BASTEI
LÜBBE
TASCHENBUCH

Über die Autorin

Ute Maria Bernatzki wurde 1967 in Köln geboren. Nach langjähriger Tätigkeit im Marketing betrieb sie mit ihrem Mann eine Tauchschule auf den Malediven. Seit einiger Zeit lebt sie wieder in Deutschland. IM SCHATTEN DER KATHEDRALE ist ihr erster Roman.

Ute Maria Bernatzki

Im Schatten der Kathedrale

Kriminalroman

BASTEI LÜBBE TASCHENBUCH

BASTEI LÜBBE TASCHENBUCH
Band 16874

MIX
Papier aus verantwortungsvollen Quellen
FSC® C014496
FSC
www.fsc.org

Dieser Titel ist auch als E-Book erschienen

Originalausgabe

Dieses Werk wurde vermittelt durch die Literaturagentur Ultreya GmbH

Titelillustration: Sandra Taufer, München unter Verwendung
von Motiven von © shutterstock/Dray van Beeck;
shutterstock/happykanppy
Umschlaggestaltung: Sandra Taufer, München
Satz: two-up, Düsseldorf
Gesetzt aus der Minion
Druck und Verarbeitung: GGP Media, Pößneck
Printed in Germany
ISBN 978-3-404-16874-3

2 4 6 5 3

Für meinen Vater,
der niemals aufhörte zu kämpfen

1

Köln, 18. Mai

Es war wieder eine dieser Nächte.

Kriminalhauptkommissar Lukas Rosenzweig drehte sich seufzend von der linken auf die rechte Seite und dann wieder zurück auf die linke. Auf den Bauch. Auf den Rücken. Keine dieser Positionen konnte das Gedankenkarussell, das sich in seinem Kopf drehte, stoppen. Er schob den linken Arm in den Nacken und starrte Löcher in die Dunkelheit. Es war sinnlos. Er würde in dieser Nacht keinen Schlaf mehr finden. Gerade als er aufstehen und in die Küche gehen wollte, um sich eine Flasche Wasser zu holen, klingelte das Handy und erlöste ihn von der schlaflosen Herumwälzerei. Er tastete neben sich, wo eigentlich Alex hätte liegen sollen, nach seinem Telefon und fand es irgendwo unter den Kissen. Das hell erleuchtete Display bildete die einzige Lichtquelle in dem dunklen Raum.

»Ja?«

Das Gespräch dauerte keine dreißig Sekunden.

»Ja, ich fahre sofort los. Habt ihr Lisa schon verständigt?«

Er verabschiedete sich nicht, nachdem er die Antwort erhalten hatte, sondern drückte einfach auf die Taste mit dem roten Telefonsymbol. Sein Blick fiel auf den Wecker: drei Uhr zweiundvierzig. Er schaltete das Licht ein, fand auf dem Boden seine Jeans, die er gestern getragen hatte, und ein frisches weites Leinenhemd im Schrank. Er streifte sich die Kleidung achtlos über, und nach einem mehr als kurzen Umweg über das Badezimmer war er schon aus der Tür. In der Garage stülpte er schnell den Helm über den Kopf, bevor er sich in die enge Lederjacke zwängte und dann laut röhrend losfuhr. Sein Auto stand auf der

Straße, aber seine Ducati 900 SS parkte er immer liebevoll in der Garage.

Er musste zum Dom. Von der Südstadt aus war es nicht weit bis dahin, und nach nur wenigen Kilometern am Rhein entlang erreichte er das Ziel.

2

Paris, 18. Mai, zwei Jahre zuvor

Er war aus seiner eigenen Wohnung geflüchtet.

Zwar wusste er selbst nicht so genau, wovor er eigentlich davongelaufen war, aber er hatte sie einfach nicht mehr ertragen können. Sie war jung und hübsch, und er hatte keinerlei Verpflichtungen ihr gegenüber. Besser ging es doch gar nicht. Er lief rasch, aber ziellos durch die nächtlichen Straßen von Paris und verstand immer noch nicht so genau, was er da eigentlich trieb. Chantal war eine der angesagtesten und gleichzeitig diskretesten Edelnutten in der Stadt. Und sie verstand ihr Handwerk wie keine Zweite! Dennoch empfand er einfach nur Langeweile, wenn er mit ihr zusammen war – ein Gefühl, das er schon bei so vielen anderen Frauen vor ihr verspürt hatte.

Er hatte irgendwie kein Glück mit Frauen. Er liebte sie, begehrte sie und genoss ihre Schönheit, aber zu viel Nähe ödete ihn an. Dabei hatte sie ihm nichts getan. Er war ruhelos in seinem Penthouse auf und ab gegangen, und sie hatte ihn freundlich, vielleicht auch ein wenig wollüstig gefragt, ob er keine Lust mehr hätte. Das war alles.

Er beschleunigte erneut seine Schritte. Für Mitte Mai war es außergewöhnlich warm, und als er um die nächste Ecke bog, fand er sich am Quai Saint-Michel wieder, wo noch viele Studenten und zahllose andere Nachtschwärmer entlang des Seine-Ufers unterwegs waren. Spontan setzte er sich an einen Tisch unter freiem Himmel und bestellte einen Pastis. Er bevorzugte meistens die Getränke, die typisch für das Land waren, in dem er sich jeweils aufhielt. Ein kleiner Versuch, etwas Abwechslung in sein tristes Leben zu bringen.

Das Stimmengewirr rundherum ließ ihn ein wenig ruhiger werden. Er zündete sich eine Gauloise ohne Filter an und blickte sich um. Überall saßen Pärchen. Wie langweilig. Er war nie eine feste Beziehung eingegangen, weil er sich beim besten Willen nicht vorstellen konnte, mit ein und derselben Frau alt zu werden. Er unterhielt ein paar lose Bekanntschaften in den Ländern, die er regelmäßig bereiste. Das bedeutete allerdings nicht, dass er diese Frauen auch jedes Mal anrief, wenn er sich gerade in ihrer Nähe aufhielt.

Noch einfacher war es mit Prostituierten. Er liebte Sex mit einer Frau, aber sobald sein Trieb befriedigt war, wollte er sie so schnell wie möglich wieder loswerden. Einer Hure Adieu zu sagen war eindeutig leichter, als eine Affäre zu beenden.

Er hätte auch Chantal einfach nur bitten können zu gehen. Stattdessen war er in seine Klamotten gestiegen, hatte fast die doppelte Summe ihres normalen Honorars auf den Tisch geworfen und die Wohnung fluchtartig verlassen. Warum hatte er das getan? Jetzt, zwischen Hunderten von Fremden in einer lauen Frühlingsnacht, erschien ihm sein eigenes Verhalten völlig irrational.

Eben war das noch anders gewesen. Sie hatten ein paar schöne Stunden miteinander verbracht, aber danach hatte die Langeweile wieder Besitz von ihm ergriffen. Und wenn er sich langweilte, konnte er keinen Menschen in seiner unmittelbaren Umgebung ertragen.

Er musste etwas unternehmen. Ansonsten würde ihn diese Langeweile eines Tages noch umbringen.

3

Köln, 18. Mai

Der Tatort auf dem Domplatz war weiträumig abgesperrt, und mehrere Polizisten achteten darauf, dass sich kein Passant in Zivil der Leiche näherte. Doch fast alle Uniformierten kannten Lukas Rosenzweig, weshalb er sich nicht einmal die Mühe machen musste, seinen Ausweis zu zücken. Die Kollegen von der Spurensicherung trafen nur allmählich ein, und so fand Lukas sich plötzlich allein mit seinem ältesten Freund, dem Rechtsmediziner Dr. Daniel van der Mühlen, neben der Leiche wieder.

Van der Mühlen und er arbeiteten seit mehr als fünfzehn Jahren zusammen. Daher wusste der Rechtsmediziner genau, dass er in den ersten Minuten am Tatort besser den Mund hielt, damit Lukas sich ein eigenes Bild machen konnte. Später würde van der Mühlen sowieso mehr Fragen gestellt bekommen, als er zum jetzigen Zeitpunkt beantworten konnte.

Die Tote ruhte auf der Umrandung des Springbrunnens, daneben auf dem Boden lagen eine nachtblaue Seidendecke und eine nur zur Hälfte gerauchte Zigarette. Nachdem Lukas die junge Frau einige Sekunden lang betrachtet hatte, war er sich fast sicher, dass sie nicht tot war; er hatte vielmehr den Eindruck, dass sie einfach nur schlief. Automatisch streckte er den Arm aus, um den Puls an ihrem Hals zu fühlen. Van der Mühlen legte die Hand auf seine Schulter und hielt ihn von seinem Vorhaben zurück.

»Sieh sie dir erst einmal ganz genau an, dann reden wir darüber«, sagte der Rechtsmediziner in einem ruhigen Tonfall. Er war ein eher stiller Zeitgenosse und verstand es, andere Menschen zu besänftigen, selbst wenn sie in heller Aufregung waren.

Lukas betrachtete die Leiche genauer und war verwirrt über den Anblick, der sich ihm bot. Er war seit vielen Jahren bei der Polizei, die meisten davon bei der Mordkommission. Köln war nicht gerade eine Metropole, die häufig von durchgedrehten Massen- oder Serienmördern heimgesucht wurde; doch im Vergleich zu einem Dorf oder einer Kleinstadt gab es hier wesentlich mehr Tötungsdelikte, als ihm lieb war. Er kannte sich aus mit Opfern von Messerstechereien zwischen Bandenmitgliedern, mit Erschossenen, die von Drogenkartellen regelrecht hingerichtet wurden – ganz zu schweigen von denen, die bei Familientragödien einen unnatürlichen Tod fanden.

Aber noch nie hatte er eine Leiche gesehen, die auch nur annähernd so friedlich aussah wie die Tote, die jetzt vor ihm lag. Sie war noch sehr jung, schätzungsweise zwischen siebzehn und zweiundzwanzig Jahre alt. Und sie war schön. Langes, glänzendes schwarzes Haar umgab ein madonnenhaftes Gesicht; der vollständig nackte Körper war makellos. Die Arme lagen locker neben dem Rumpf, sodass man einen freien Blick auf ihn hatte. Ihre Scham war rasiert, aber das interessierte Lukas im Augenblick weniger. Sein Blick heftete sich vielmehr auf ein Bild, das mit einem scharfen Messer oder vielleicht einem Skalpell in den Körper eingeritzt war: Vom Bauchnabel hoch zur Brust verlief ein Stiel mit Blättern, der zwischen den Brüsten endete, wo sich eine große Rosenblüte entfaltete.

Was für ein wunderschönes Bild!, kam Lukas spontan in den Sinn. Doch sogleich rief er sich selbst zur Ordnung. Noch nie hatte er während seiner gesamten Polizeikarriere das Wort »wunderschön« auf eine Leiche bezogen. Irgendetwas störte ihn allerdings an diesem Anblick, aber bevor er darauf kam, was es sein könnte, wurde er durch ein vertrautes Geräusch abgelenkt.

Man hörte Lisa näher kommen, lange bevor sie eintraf. Sie war sehr klein, kaum größer als ein Kind an der Schwelle zum Teenager. Damit dies nicht zu stark auffiel, trug sie extrem hohe

Absätze, und das Klick-Klack ihrer High Heels war es, das stets ihre baldige Ankunft verriet.

Lukas Rosenzweig und seine Arbeitskollegin Lisa Voigt hätten unterschiedlicher nicht aussehen können. Er wäre mit seiner Größe und seinem durchtrainierten Körper problemlos als Basketballspieler durchgegangen. Jede freie Stunde verbrachte er im Fitnesscenter: Sport befreite irgendwie seinen Geist. Er trug ausschließlich Jeans und am liebsten weite Hemden dazu, und sein dunkles Haar war immer etwas modisch zerzaust. Die schokoladenbraunen Augen wirkten auf den Betrachter rätselhaft: Von Weitem sah Lukas aus wie ein zu groß geratener Junge, doch wer sich ihm näherte und in seine Augen blickte, fühlte sich auf einmal an einen uralten Mann erinnert. Niemand hatte dieses merkwürdige Phänomen bisher aufklären können. Seltsam war auch, dass sein Lächeln, wenn er es denn einmal zeigte, oft ziemlich verkniffen wirkte.

Vor knapp einem Jahr war ihm Lisa Voigt als Partnerin zugeteilt worden. Sie kam ursprünglich aus Hamburg und liebte nichts mehr als exquisite Kleidung. Der einzige Sport, den sie betrieb, war Shopping. Von ihrem Gehalt konnte sie sich keine Armani- oder Versace-Kostüme leisten, obwohl sie natürlich ständig davon träumte, aber sie war immer stilvoll gekleidet. Meistens trug sie kurze Röcke, die knapp über dem Knie endeten; und Lukas konnte sich nicht erinnern, sie jemals in einer Jeans oder überhaupt in einer Hose gesehen zu haben. Ihre Kollegen, allen voran Lukas, fragten sich, wie sie es schaffte, neben einer Leiche in die Knie zu gehen, ohne dabei zu viel zu offenbaren, aber in solchen Fällen hatte sie sich bisher immer elegant und ladylike aus der Affäre gezogen.

Da weder Lukas noch van der Mühlen im Augenblick wussten, was sie sagen sollten, lauschten sie einfach dem klackenden Geräusch, bis ungefähr zehn Zentimeter hohe Absätze zwischen sie beide und die Leiche traten. Lukas, dem die Tote einfach nur

Rätsel aufgab, war froh, sich auf etwas Belangloses konzentrieren zu können. Lisa ging mit einer anmutigen Bewegung, die sie wie eine Schauspielerin einstudiert hatte, in die Hocke, und nach nur wenigen Sekunden der Betrachtung schlug sie die Hände vor dem Mund zusammen.

»Was ist denn das?«, rief sie aus und sah zu Lukas hoch; das lange hellblonde Haar hatte sie wie üblich zu einem Knoten im Nacken gebunden, was ihre feinen Gesichtszüge mit den klaren blauen Augen noch mehr zur Geltung brachte.

In ihrem Blick las er die gleiche Mischung aus Entsetzen, Faszination und Ratlosigkeit, die er selbst verspürte. Lukas merkte, wie ein regelrechter Widerwillen in ihm aufstieg, sich mit dieser merkwürdigen Leiche auseinanderzusetzen. Stattdessen betrachtete er seine Kollegin und fragte sich unwillkürlich, wie sie es fertigbrachte, um diese Uhrzeit so perfekt gestylt wie immer an einem Tatort zu erscheinen.

»Das ist definitiv nicht der Tatort«, stellte Lisa fest. Sie hatte sich schneller wieder gefasst als Lukas und erhob sich. »Es gibt kein Blut hier.«

Der Rechtsmediziner nickte.

Lukas rang sich nun endlich dazu durch, die junge Tote genau zu mustern. Sie war blass, aber ihre Hautfarbe wirkte deutlich natürlicher als die einer normalen Leiche, falls es so etwas wie eine *normale* Leiche überhaupt gab. Bei näherer Betrachtung stellte er fest, dass sie geschminkt war. Nicht grell wie eine Nutte, sondern sehr dezent; und das Make-up ließ sie wie eine gepflegte, schlafende Frau erscheinen. Ein leises Lächeln umspielte ihre Lippen. Das war grotesk. Tote lächelten nicht. Sein Blick wanderte zu der Rose hinunter. Lisa hatte recht. Auch wenn die einzelnen Schnitte, die das Bild ergaben, nicht tief waren, so hätte doch Blut zu sehen sein müssen – doch es gab nicht einen einzigen Tropfen davon. Überhaupt schien die Leiche völlig blutleer zu sein. Das Wort »Vampir« kam ihm in den

Sinn, ohne dass er etwas dagegen tun konnte. Vielleicht hatte er ja zu viele Horror-Romane gelesen.

Er schüttelte unwirsch den Kopf und seufzte. »Was kannst du uns sagen, Daniel?«

Das war eine ungewöhnliche Äußerung für Lukas. Normalerweise schoss er, wie die meisten Kriminalbeamten, seine Fragen wie aus einem Maschinengewehr ab: »Wie lange ist sie schon tot, wie wurde sie ermordet, ist der Fundort der Tatort?« Und so weiter und so fort.

Diesmal spürte er instinktiv, dass er keine Antwort auf die sonst üblichen Fragen erhalten würde.

Der Rechtsmediziner strich sich durch das langsam schütter werdende, dunkle Haar und seufzte ebenfalls. »Eine seltsamere Leiche habe ich noch nie an einem solchen Ort gesehen.«

Lisa sah ihn verblüfft an. »Was meinst du mit ›an einem solchen Ort‹?«

Van der Mühlen zögerte und zuckte dann nur hilflos mit den Achseln. »Wenn man einmal die Rose außer Acht lässt, sieht sie aus, als hätte man sie aus einem Bestattungsunternehmen entführt.«

Im nächsten Moment mussten die drei zur Seite treten, da der Fotograf gerade eingetroffen war und nach einer kurzen Begrüßung damit begann, den Fundort und die Leiche von allen Seiten zu fotografieren. Lukas und seine Kollegin beschlossen, als Nächstes den Nachtportier des Hotels Agrippina zu befragen, der die Tote gefunden hatte.

Auf dem Weg zum Hotel kamen ihnen einige Kollegen von der Spurensicherung entgegen. Lars Möller, ein großer, etwas grobschlächtig gebauter Mann, dem man kaum zutraute, die penible Arbeit eines Kriminaltechnikers durchzuführen, blieb grinsend vor ihnen stehen. »Na, Zweiglein, auch schon so früh auf den Beinen?«

Lukas mochte den Mann eigentlich, aber er hasste nichts

mehr, als »Zweiglein« genannt zu werden. Er war allerdings zu aufgewühlt und gleichzeitig zu müde, um sich mit Möller anzulegen. So grummelte er nur etwas Unverständliches, was man mit ein wenig Fantasie als »Dummschwätzer« interpretieren konnte, und ging zielstrebig weiter.

Im Foyer des Hotels lief ein kleiner, älterer Mann, der die Livree eines Portiers trug, unruhig auf und ab. Der uniformierte Beamte, der bei ihm war, stellte ihn als Clemens Schuhmacher vor. Er hatte die Leiche gefunden und die Polizei verständigt. Sie setzten sich in die luxuriösen Sessel des um diese Uhrzeit wie ausgestorben wirkenden, exklusiven Hotels und begannen mit ihrer Befragung.

Lisa, die merkte, dass der Mann noch völlig unter Schock stand, schlug einen sanften, freundlichen Ton an. »Können Sie uns sagen, wann Sie die Leiche gefunden haben?«

Schuhmacher rückte seine schwarzumrandete Brille zurecht und antwortete, ohne zu zögern. »Es war kurz nach drei, so ungefähr fünf nach, würde ich sagen.«

Lukas ließ seinen Blick durch die Empfangshalle schweifen, um sich mit der Örtlichkeit vertraut zu machen, bevor er nachhakte: »Woher wissen Sie das so genau?«

Der Portier druckste ein wenig herum und hob dann mit einer resignierenden Geste die Hände. »Die Direktion sieht es zwar nicht gerne, wenn man die Rezeption verlässt, aber ich wollte eine rauchen. Zwischen drei und fünf Uhr ist in der Nachtschicht am wenigsten los. Wenn frühmorgens niemand abreist, sogar bis sechs Uhr. Ich habe also bis kurz nach drei gewartet, weil es dann am unwahrscheinlichsten ist, dass es auffällt, wenn man mal kurz verschwindet.« Er zuckte mit den Achseln und sah sie fast schon ein wenig reumütig an.

Lukas musste sich ein Grinsen verkneifen. »Was ist dann passiert?«

»Ich ging hinaus, habe mir eine Zigarette angezündet und

bin ein wenig auf und ab geschlendert, um mir die Beine zu vertreten. Irgendwann fiel mir auf, dass etwas Großes auf der Umrandung des Springbrunnens lag. Es sah schon von Weitem aus wie ein zugedeckter Mensch, aber ich habe mir zunächst noch nichts dabei gedacht, weil auf dem Domplatz häufiger mal ein Penner übernachtet. Ich ging näher heran und betrachtete die Decke. Sie machte einen teuren Eindruck, und das ließ mich stutzen. Die Tippelbrüder haben normalerweise alte, zerfetzte Wolldecken, aber diese war völlig anders. Ich zog ein wenig daran und schaute plötzlich in das Gesicht eines jungen Mädchens. Ich dachte zunächst, sie schläft.«

Diesen Eindruck konnte Lukas nur allzu gut verstehen. »Was haben Sie dann gemacht?«

Der Portier knetete seine Hände und wirkte zunehmend nervöser. »Es war schrecklich. Ich wusste nicht so recht, was ich tun sollte. Was macht ein Mädchen in diesem Alter nachts um drei schlafend auf der Domplatte? Sie war sehr hübsch, und ich zog die Decke ein wenig weiter herunter, um zu sehen, wie sie gekleidet war. Ich wollte wissen, ob sie eher eine Ausreißerin oder ein Mädchen aus gutem Hause war, das hier nichts zu suchen hatte. Vielleicht war sie ja auch einfach nur betrunken. Ich schlug also die Decke zurück und sah das Bild auf ihrer Brust. Es war entsetzlich.« Schuhmacher ballte eine Hand zur Faust und nagte unruhig daran herum.

»Haben Sie sie angefasst?«

Er nickte zögerlich. Als er schließlich antwortete, hatte er Tränen in den Augen. »Sie ist ungefähr im gleichen Alter wie meine Enkelin. Ich musste die ganze Zeit an sie denken und fragte mich, was ich tun würde, wenn sie es wäre und nicht eine Fremde. Ich tastete an ihrem Handgelenk nach dem Puls. Als ich dort nichts spürte, versuchte ich es an ihrem Hals. Aber da war kein Puls … und sie war auch so kalt.« Er wischte sich die Tränen aus den Augen und rang um Fassung.

Lisa tätschelte beruhigend seinen Arm. »Was haben Sie dann gemacht?«

»Ich bin nur noch ins Hotel gerannt und habe die Polizei angerufen.«

»Ist Ihnen in der Nacht sonst noch etwas aufgefallen? Haben Sie vorher vielleicht schon mal eine Zigarette geraucht?«

Der alte Mann schüttelte den Kopf. »Nein. Ich gehe immer erst nach drei, vorher ist es einfach zu riskant. Und von der Rezeption aus sieht man den Springbrunnen nicht. Ich habe weder etwas gehört noch gesehen.« Er zuckte entschuldigend mit den Achseln und schüttelte den Kopf. »Es war alles wie immer.«

«Gut, das reicht uns fürs Erste.« Lukas erhob sich und zog eine Visitenkarte aus der Innentasche seiner Lederjacke. »Falls Ihnen noch etwas einfällt, rufen Sie mich an. Wenn wir noch Fragen haben, werden wir uns bei Ihnen melden.«

Nachdem sie sich von Schuhmacher verabschiedet hatten, gingen sie zum Fundort der Leiche zurück. Es war nur eine kurze Strecke, und unmittelbar hinter dem Springbrunnen ragten die dunklen Türme des Doms bedrohlich in die Nacht.

»Was hältst du von ihm?« Lukas sah seine Kollegin fragend an. »Klingt logisch, was er gesagt hat. Und sein Entsetzen schien mir nicht vorgetäuscht.«

Sie lächelte. »Ich glaube, er war auch ziemlich nervös, weil er Angst hat. Er befürchtet, Ärger zu bekommen, weil er unerlaubt eine Zigarette geraucht hat.«

Lukas nickte zustimmend. Er hatte den gleichen Eindruck gewonnen. Unwillkürlich dachte er daran, wie gut sie inzwischen zusammenarbeiteten, was er anfangs für unmöglich gehalten hatte.

Als er Lisa Voigt zum ersten Mal gesehen hatte, war er innerlich ausgerastet, dass man ihm ein solches Modepüppchen an die Seite stellen wollte. Er konnte es nicht fassen, dass eine Kommissarin des Morddezernats in Stöckelschuhen und Minirock zur Arbeit erschien. Daher hatte er ihr während der ersten Wochen in ihrem neuen Job das Leben zur Hölle gemacht. Natürlich nicht offensichtlich, so dumm war er nicht gewesen. Er hatte sie höflich behandelt, ihr allerdings keinerlei Informationen zukommen lassen und möglichst viel im Alleingang durchgezogen. Doch in manchen Fällen war das nicht möglich gewesen, und nach einiger Zeit hatte er feststellen müssen, dass sie sich nicht nur als Kleiderständer gut machte, sondern auch etwas im Kopf hatte. Für Lisa musste diese Zeit extrem frustrierend gewesen sein, und als er selbst langsam ein schlechtes Gewissen wegen seines Verhaltens bekam, hatte sie ihn zur Rede gestellt. Nicht einfach so im Revier – nein, sie hatte es viel eleganter angestellt. Lisa hatte ihn zum Mittagessen in ein hübsches, aber nicht überkandideltes Restaurant eingeladen; und anstatt ihm Vorwürfe zu machen, hatte sie ihm einfach einen Teil ihres Wesens offenbart. Nicht zu privat, aber auch nicht zu unpersönlich. Sie hatte ihm erklärt, dass jeder Polizist andere Wege geht, um das Grauen, welches seine Arbeit täglich mit sich brachte, zu verarbeiten und zu vergessen. Dabei hatte sie sich nicht in psychologischem Gefasel verloren, sondern war kurz und bündig auf den Punkt gekommen. Für sie waren Kleidung, Make-up und Parfum einfach schöne Dinge im Leben, mit denen sie sich gerne umgab, um die schrecklichen Seiten ihrer Arbeit besser ertragen zu können. Ende, aus, basta! Ihre Rede hatte ihm imponiert, und auch wenn ihm Mode zukünftig genauso wichtig sein würde wie der berühmte umgefallene Sack Reis in China, verstand er doch den tieferen Sinn, den ein schickes Outfit für Lisa besaß. Er selbst trieb Sport bis zum Exzess, um sich von den Bildern der ihn anklagenden Toten zu befreien, deren Mörder er noch nicht gefasst hatte. Die Unterredung war damals nicht so verlaufen, dass er sich am Ende wegen seines Verhaltens bei ihr entschuldigte. Sie hatte ihm vielmehr zu verstehen gegeben, dass das nicht nötig war, aber von diesem Tag an hatte er sie respektiert. In den folgenden Monaten hatten sie sich zu einem gut funktionierenden Team zusammengerauft, und mittlerweile schätzte er nicht nur ihre Intelligenz, sondern auch ihren untrüglichen Instinkt.

Als die beiden zum Fundort zurückkehrten, sahen sie, dass der Leichenwagen inzwischen eingetroffen war und die schöne Tote gerade abtransportiert wurde. Um den Springbrunnen herum gingen die Mitarbeiter der Spurensicherung emsig wie die Bienen ihrer Arbeit nach.

Van der Mühlen kam auf sie zu und nahm erst einmal seine randlose Brille von der Nase, um sie lange und umständlich mit einem Zipfel seines Hemdes zu putzen. Lukas kannte seinen Freund gut genug, um zu wissen, dass diese Geste dazu diente, ein wenig Zeit zu schinden, damit er sich seine Worte zurechtlegen konnte. Daher sagte er erst einmal nichts, sondern sah den Rechtsmediziner nur abwartend an. Auch Lisa schwieg.

Schließlich setzte van der Mühlen seine Brille wieder auf und begann mit seinem kleinen Vortrag. »Viel kann ich euch im Moment noch nicht sagen. Wer auch immer dafür verantwortlich ist, hat sie mit allen Mitteln der Kunst hergerichtet. Sie ist perfekt geschminkt, und er hat sogar ihr Haar mit Parfum besprüht. Die Rose wurde *post mortem* eingeritzt, und auch wenn es im Moment nur eine Vermutung ist, glaube ich, dass sie sogar erst nach der Aufbereitung entstanden ist. Das weiß ich genauer, nachdem ich sie auf dem Tisch hatte.«

»Hast du schon eine Idee, was die Todesursache gewesen ist?«, erkundigte sich Lukas.

Der Rechtsmediziner schüttelte den Kopf. »Nicht die Geringste. Abgesehen von der Rose weist sie auf den ersten Blick keinerlei äußere Verletzungen auf. Ich kann also nicht einmal sagen, dass sie ermordet wurde.«

Lisa und ihr Kollege sahen sich ratlos an. Sie schaffte es irgendwie, ihrer beider Verwirrung auf den Punkt zu bringen.

»Wir haben also eine Leiche, die wunderschön, ja schon regelrecht liebevoll hergerichtet wurde, aber keine Idee, woran sie gestorben ist? Weißt du wenigstens, wie lange sie schon tot ist?«

Van der Mühlen sog hörbar die Luft ein und ließ sie mit einem langen Seufzer wieder entweichen. »Nein, ich schätze, zwischen achtundvierzig Stunden und zwei Wochen.«

Lukas sah den Rechtsmediziner verblüfft an, dann fiel bei ihm der Groschen, und er verstand plötzlich seine eigene Konfusion. »Thanatopraxie.«

Er hatte das Wort nur leise vor sich hin gesagt, aber der Rechtsmediziner nickte zustimmend. »Ich konnte sie hier kaum untersuchen, weil wir erst Proben von dem ganzen Make-up in ihrem Gesicht nehmen müssen, aber ihre Nase und auch die Gehörgänge sind mit Watte verschlossen. Es deutet alles darauf hin, dass sie einbalsamiert wurde.«

Lisa sah die beiden Männer fragend an. »Thanatopraxie ... ist das nicht eine neuere Art der Aufbereitung von Leichen, damit sie ungekühlt länger ... äh, um sie haltbarer zu machen?«

Van der Mühlen nickte ein weiteres Mal. »So neu ist diese Praxis allerdings nicht. In den USA, Frankreich und Großbritannien ist sie gang und gäbe. Sie wird auch schon lange bei Überführungen von Leichen ins Ausland angewendet. In Deutschland setzt sie sich erst langsam bei den Bestattungsunternehmen durch. Man braucht eine besondere Ausbildung, und die Thanatopraxie unterliegt strengsten Gesetzen. Trotzdem ... Es würde den Zustand unserer Leiche erklären.«

Lukas sah auf seine Uhr. Inzwischen war es achtzehn nach fünf in der Früh. Die Stadt begann langsam zu erwachen. »Wann weißt du Genaueres?«

Van der Mühlen verdrehte die Augen. »Ich beeile mich. Ich weiß doch, wie sehr euch dieser merkwürdige Fall unter den Nägeln brennt. Ich fahre jetzt sofort in die Rechtsmedizin und melde mich sobald wie möglich bei euch.« Er grinste. »Ihr werdet schon etwas finden, womit ihr euch in der Zwischenzeit beschäftigen könnt. Wie wäre es zum Beispiel mit der Identität des Mädchens?« Er wartete ihre Antwort gar nicht erst ab, sondern drehte sich mit einer schwungvollen Bewegung um und ging mit langen Schritten davon.

Lukas und seine Kollegin sprachen kurz mit der Spurensicherung, aber da diese noch nicht viel zu berichten hatte, machten sie sich auf den Weg ins Präsidium. Da Lukas mit dem Motorrad und Lisa mit dem Auto hergekommen war, fuhren sie nun getrennt zu ihrem Büro.

Als er auf seiner Ducati die Deutzer Brücke überquerte, fluchte er leise vor sich hin. Das tat er seit knapp neun Jahren fast jeden Morgen auf dem Weg zur Arbeit. Welcher Trottel war nur auf die Idee gekommen, das Präsidium vom Waidmarkt nach Kalk zu verlegen? Er war in Köln geboren und aufgewachsen. Seiner festen Überzeugung nach sollte sich das Polizeipräsidium eigentlich im Zentrum der Stadt befinden – und auf gar keinen Fall auf der falschen Rhein-Seite, der sogenannten *Schäl Sick*. Als Urkölner empfand Lukas es als persönlichen Affront, dass er nun jeden Tag seine »Heimat« verlassen musste, um zur Arbeit zu fahren, ganz davon abgesehen, dass sich der Weg dorthin gut und gerne verdreifacht hatte. Von seiner Wohnung aus war es ein Katzensprung bis zum Waidmarkt, nach Kalk brauchte er, je nach Verkehrsaufkommen, selbst mit dem Motorrad eine gute halbe Stunde. Okay, es hatte den Verdacht auf Asbest gegeben, und das alte Präsidium war aus allen Nähten geplatzt … Aber warum musste es ausgerechnet Kalk sein? Selbst nach neun Jahren fühlte er sich auf der anderen Seite des Rheins einfach nicht zu Hause.

4

New York, 24. Juni

Er hatte Todesängste ausgestanden. Was war nur in ihn gefahren?

Er schenkte sich, noch etwas zittrig, einen Bourbon ein und fügte ein paar Eiswürfel hinzu. In Amerika musste man einfach Whiskey trinken. Er trat an das große, bis zum Fußboden reichende Fenster im Wohnzimmer seines Apartments im vierunddreißigsten Stock und sprang fast panisch wieder zurück.

Ob er wohl jemals wieder auf die wie Spielzeug wirkenden Autos auf der 42nd Street hinunterblicken könnte? Im Augenblick bezweifelte er das stark. Der Moment des Fallens war grauenvoll gewesen. Wie hatte er so etwas Bescheuertes nur tun können?

Er war ein cleverer Geschäftsmann, der zur rechten Zeit die richtige Idee gehabt hatte. Millionen hatte er mit seinem Consulting-Unternehmen gescheffelt und sie dann sehr geschickt investiert. Sein Vermögen vervielfältigte sich nun an der Börse ohne sein Zutun. Außerdem hatte er fähige Manager gefunden, die inzwischen seine weltweit operierende Firma ohne ihn leiteten. Er hatte mit seinen dreiundvierzig Jahren alles erreicht, was man erreichen konnte, und musste sich nicht mehr selbst um sein Unternehmen kümmern.

Nun könnte er eigentlich das Leben genießen ... Doch was geschah? Er langweilte sich, und das bedrückte ihn. Er langweilte sich so sehr, dass er alles ausprobierte, um diese Tristesse aus seinem Leben zu vertreiben.

Er war zum Helikopter-Ski nach Kanada geflogen, aber die wenigen Stunden Spannung konnten die große Langeweile nicht vertreiben. Schnee war irgendwie auch nicht sein Ding. In Südfrankreich war er Speedboat-Rennen gefahren, aber das war in der

Region schon nichts Besonderes mehr, weshalb es auch ihn schnell wieder langweilte. Er war ein intelligenter Mann. Es musste doch etwas zu finden sein, das ihn interessierte und seinem Leben eine gewisse Spannung verlieh?

Auf seiner Suche hatte er sich dann zu dieser mehr als dämlichen Aktion hinreißen lassen. Er schüttelte über seine eigene, grenzenlose Dummheit den Kopf. Es war ein Horrortrip gewesen. Gut, er musste zugeben, dass er seine Langeweile für ein paar Minuten vergessen hatte, aber die ganze Geschichte hatte dennoch ihren Zweck verfehlt. Er wollte wieder Spaß in seinem Leben haben – und nicht darum fürchten müssen.

Die Zeit des Fallens war ihm an jenem Morgen endlos erschienen. Als das Gummiseil ihn dann wieder in die Höhe katapultiert hatte, wusste er nicht, ob er sich übergeben oder in die Hose machen sollte. Es war zwar nichts dergleichen passiert, aber er hatte sich in seiner Panik unglaublich hilflos gefühlt. Und Hilflosigkeit war das Letzte, was er verspüren wollte.

Er seufzte und strich sich durch sein schon wieder viel zu langes blondes Haar. So konnte es einfach nicht weitergehen. Entweder langweilte er sich, oder er machte sich zum Affen. Ein Blick auf die Uhr bestätigte ihm, dass Naomi gleich kam. Vielleicht würden ihn ein paar Stunden hemmungsloser Sex auf andere Gedanken bringen.

5

Köln, 18. Mai

Als Lisa ihr gemeinsames Büro betrat, war Lukas schon dabei, die Fotos der Leiche genauer in Augenschein zu nehmen. Er schien völlig in Gedanken versunken zu sein und erwiderte nicht einmal ihren kurzen Gruß. Sie nahm das jedoch nicht persönlich, sondern stellte nur ihre Handtasche auf dem Schreibtisch ab, bevor sie zu ihm hinüberging.

Erst jetzt nahm er sie zur Kenntnis und reichte ihr ungefragt einen Teil der Bilder. »Du hast vorhin am Fundort etwas Merkwürdiges gesagt«, erklärte er. »Dass dies die schönste Leiche ist, die wir jemals gefunden haben, steht außer Frage, aber du hast sie als ›regelrecht liebevoll hergerichtet‹ bezeichnet. Je länger ich darüber nachdenke, desto mehr Sinn ergibt das.« Er legte die Fotos, die er noch in der Hand hielt, auf den Schreibtisch und sah seine Kollegin nachdenklich an. »Auch wenn ihr die Haut eingeritzt wurde, sieht das Bild nicht wie eine brutale Verstümmelung aus, sondern eher wie ein Liebesbeweis. Vielleicht war sie die Frau oder Freundin eines Mannes, der sie unglaublich geliebt hat und sie nach ihrem Tod einfach der Welt noch einmal in all ihrer Schönheit präsentieren wollte?«

Lisa runzelte die Stirn, während sie einen Moment über seine Worte nachdachte. »Nein!«

Sie sagte es sehr entschieden, und Lukas fand, dass sie ihm eine Erklärung schuldig war. Er schaute sie fragend an.

»Wenn du eine Frau abgöttisch liebst, würdest du dann ihren nackten Körper, inklusive rasierter Scham, mit aller Welt teilen wollen?«, fuhr Lisa fort. »Das Motiv, das du gerade erwähnt hast, würde nur dann möglicherweise zutreffen, wenn er sie dort in einem wunderschönen Kleid abgelegt hätte. Wäre das tatsächlich der Fall gewesen, hätte er sie vermutlich mit einer echten Rose oder vielleicht auch mit einem ganzen Strauß in den Händen aufgebahrt, ihr das Bild aber bestimmt nicht in den Körper geritzt.«

Lukas zögerte einen Augenblick, musste ihr dann aber widerwillig recht geben. »Peters und Reimann gehen die Vermisstenanzeigen durch«, fügte er hinzu. »Ein Bild unserer schönen Toten wird gerade an alle Polizeidienststellen im Großraum Köln geschickt. Und ab acht Uhr machen sich Hansen und Kleiber daran, die Bestattungsinstitute anzurufen, um festzustellen, ob vielleicht irgendwo eine Leiche abhandengekommen ist.«

Sie lächelte ihn an. »Der Begriff ›schöne Tote‹ scheint inzwischen fest in deinem Vokabular verankert zu sein.«

Mit seinem typisch schiefen Lächeln erwiderte er: »Du magst mich jetzt für verrückt erklären, aber eine so schöne Leiche nimmt dem Tod irgendwie ein bisschen von seiner Bedrohlichkeit, auch wenn es Schwachsinn ist.«

Lisa nickte. »Ähnliche Gedanken sind mir am Springbrunnen auch schon durch den Kopf gegangen.« Sie hielt einen Moment inne. »Mich stört allerdings die Rose. Ich kann mich einfach nicht entscheiden, ob ich sie faszinierend oder abstoßend finden soll.« Sie zuckte ratlos mit den Achseln.

Lukas verstand ihre zwiespältigen Gefühle. Ihm ging es nicht viel anders; die ganze Geschichte war in höchstem Maße mysteriös. »Wir können im Augenblick sowieso nicht viel tun, lass uns einfach ein bisschen brainstormen. Es handelt sich in jedem Fall um eine verrückte Geschichte, lassen wir also ein paar verrückte Gedanken zu.«

Das hatten sie schon häufiger getan. Seitdem sie vertraut miteinander umgingen, hatten sie sich bei einigen Fällen zusammengesetzt, ihren Gedanken freien Lauf gelassen und selbst die irrsinnigsten Vermutungen einfach von sich gegeben. Das half beim Nachdenken, und oft wurde einem erst dann klar, ob eine Überlegung sinnvoll war, wenn man sie laut aussprach.

»Vielleicht ist das Ganze ja irgendwie religiös motiviert?«, meinte Lisa.

Lukas sah seine Kollegin erstaunt an. »Ich dachte, ihr da oben im hohen Norden seid nicht so katholisch.«

Lisa zog eine Grimasse. »Na und, ich weiß auch viel über Mörder, ohne gleich selbst einer zu sein.« Sie kam ohne Umschweife zurück zu ihrer eigentlichen Idee. »Nein, ganz im Ernst – sie war hergerichtet wie eine Madonna. Die heilige Maria wird oft mit einer Rose dargestellt oder sogar damit verglichen. Dazu kommt, dass unsere Tote nicht einfach nur vor *einer*, sondern vor *der* bedeutendsten katholischen Kirche in Köln, vielleicht sogar in ganz Deutschland, niedergelegt wurde. Frag mal einen Ausländer nach einer deutschen Kirche. Neunzig Prozent würden wahrscheinlich zuerst den Kölner Dom erwähnen. Er ist weitaus bekannter – auch wenn ich es nur ungern zugebe – als der Hamburger Michel oder irgendein anderes Gotteshaus in Deutschland.«

Lukas wiegte seinen Kopf ein wenig zweifelnd hin und her. »Ich fürchte, jetzt muss ich dich mit deinen eigenen Waffen schlagen. Falls tatsächlich ein religiöser Zusammenhang vorliegen würde – warum ist sie dann nackt? Und warum wurde ihr keine echte Blume gegeben, sondern eine Rose in die Haut eingeritzt?«

Sie diskutierten noch eine Weile über verschiedene Erklärungsansätze. Plötzlich klingelte das Telefon, und Lukas nahm ab.

Es war Daniel van der Mühlen, der statt einer Begrüßung sogleich sagte: »Freu dich nicht zu früh, so schnell bin ich nicht.«

Lukas starrte verblüfft auf das Telefon. »Und warum rufst du mich dann an?«

»Weil ich ein netter Mensch und ein noch viel netterer Kollege bin.«

Lukas sah förmlich den Rechtsmediziner am anderen Ende der Leitung grinsen.

»Inzwischen bin ich mir sicher, dass unsere Leiche thanatopraktisch behandelt wurde«, fuhr van der Mühlen fort, dann zögerte er einen Moment. »Das wird dich jetzt nicht freuen … Aber ich werde mit der Autopsie erst beginnen, wenn ein Fachmann anwesend ist. Ich habe schon einen angefordert, und er wird in ungefähr einer Stunde hier aufkreuzen.«

Lukas stöhnte, wusste aber, dass er machtlos gegen diese Entscheidung war. »Na toll. Das heißt, erste Ergebnisse werden wir nicht vor heute Abend haben.«

»Reg dich wieder ab! Du wärst der Erste, der mir den Hals umdreht, wenn ich irgendwelche Spuren zerstören würde, die auf den Thanatopraktiker hinweisen, der sie behandelt hat. Ich bin da nun mal kein Fachmann. Normalerweise untersuche ich die Leichen, *bevor* sie zum Bestatter gebracht werden und nicht erst hinterher.«

»Ja, ja, schon gut. Trotzdem danke, dass du mir Bescheid gesagt hast.«

Er legte den Hörer auf und wollte gerade Lisa darüber berichten, was er erfahren hatte, als das Telefon erneut klingelte.

Es war Möller. »Hallo, Zweiglein.«

Lukas stöhnte. Warum konnte dieser Mensch ihn nicht einfach mit seinem Namen ansprechen? Er ging nicht weiter darauf ein, sondern fragte nur: »Was gibt's?«, und ließ dabei seine Stimme möglichst barsch klingen, was ihm nicht sonderlich schwerfiel.

»Leider nicht viel bisher. Die blaue Decke ist im Labor und wird gerade untersucht. Ebenso die zur Hälfte gerauchte Zigarette. Die stammt vermutlich von dem Nachtportier des Hotels, aber wir untersuchen sie trotzdem. Es hat ein Weilchen gedauert, den Zuständigen zu finden, aber inzwischen haben wir es geschafft, den Springbrunnen abzustellen. Wir lassen jetzt das Wasser ab und sieben es durch. Viel Hoffnung, etwas Brauchbares zu finden, habe ich allerdings nicht.«

»Ihr macht *was?*« Lukas hatte sich abrupt aus seiner sonst eher lässigen Position am Schreibtisch aufgerichtet. »Wir wissen noch nicht einmal, ob es sich überhaupt um einen Mord handelt, und ihr durchsucht Millionen von Wassertropfen auf mögliche Spuren?«

Möller seufzte. »Tja, Zweiglein, da bist du nicht der Einzige, der sich wundert. Aber die Order kam von ganz oben. Ich melde mich, wenn es etwas Neues gibt. Ach ja, und bestell Grace Kelly schöne Grüße von mir.«

Lukas legte ohne ein weiteres Wort auf. Auch er konnte bei Lisa eine entfernte Ähnlichkeit mit der vor langer Zeit gestorbenen Schauspielerin feststellen, aber er wäre nie auf die Idee gekommen, seiner Kollegin gleich diesen Spitznamen anzuhängen. Typisch Möller.

Nachdem Lukas kurz berichtet hatte, was ihm gerade mitgeteilt worden war, fragte er Lisa: »Hast du mit irgendwem über die Tote gesprochen, als du auf dem Weg hierher warst?«

Sie schüttelte den Kopf.

Irgendetwas Merkwürdiges ging hier vor, dachte Lukas und blickte auf die Uhr. Kurz nach acht. »Lass uns zu Baumgartner gehen, vielleicht weiß der ja, was hier los ist.«

Josef Baumgartner, genannt Jupp, war der Leiter des Morddezernats im Präsidium. Er war knapp über sechzig und wartete eigentlich nur noch auf seine Pensionierung. Seinen Mitarbeitern ließ er freie Hand, wenn er davon überzeugt war, dass sie gute Arbeit leisteten. Und oft hielt er ihnen den Rücken frei, wenn sich die Herren aus der Chefetage einmischten. Baumgartner besaß eine mittlere Statur und trug eine kleine »Wohlstandskugel« vor sich her, wirklich dick war er jedoch nicht. Von seinem einst vollen Haar war nicht mehr viel übrig; es zog sich nur noch ein schmaler, silbergrauer Kranz von einem Ohr zum anderen. Er hatte ein freundliches Gesicht, und die vielen Fältchen um seine blassblauen Augen verrieten, dass er gerne lachte.

Im Moment lachte er jedoch nicht, sondern blickte ernst, fast ein wenig wütend, während er einer Stimme aus dem Hörer lauschte. Als Lisa Voigt und Lukas Rosenzweig wieder gehen wollten, nachdem sie bemerkt hatten, dass er telefonierte, winkte er sie zu sich.

»Ja, wir kümmern uns doch immer um alles!«, blaffte er, bevor er den Hörer auf die Gabel knallte. »Was ist hier eigentlich los?«

Lukas und Lisa sahen sich an, bevor sie entgegnete: »Ehrlich gesagt hatten wir gehofft, dass du uns das erklären könntest.«

Baumgartner lehnte sich zurück. »Also, was ist das für eine Geschichte mit dieser merkwürdigen Leiche, die ihr da heute Morgen gefunden habt?«

Sie berichteten ihm die Details und erläuterten, was sie bisher in die Wege geleitet hatten. Auch die beiden Anrufe aus der Rechtsmedizin und der Spurensicherung ließen sie nicht aus. »Das Telefonat mit Möller war der eigentliche Grund, warum wir zu dir gekommen sind«, schloss Lukas und beugte sich vor. »Wer da oben hat denn eigentlich Anweisungen gegeben, alles genau zu untersuchen, obwohl wir noch nicht einmal dazu gekommen sind, von diesem Fall zu berichten?«

Baumgartner lachte verbittert auf. »Na, wer wohl?«

Lukas zog die Augenbrauen in die Höhe. »Schneider?«

Sein Chef nickte bloß.

Daraufhin ließ sich Lukas mit einem Stöhnen gegen die Lehne seines Stuhls sinken. »Das hat uns gerade noch gefehlt.«

Lukas konnte den Kriminaldirektor Friedhelm B. Schneider

partout nicht ausstehen. Der Mann sah gut aus, hatte immer ein gekonntes Lächeln für die Presse parat und liebte, ähnlich wie Lisa, die schönen Dinge des Lebens. Allerdings tat er dies aus anderen Gründen als sie, und natürlich spielte er dabei in einer völlig anderen Liga. Er hatte reich geheiratet, und die Familie seiner Frau besaß hohes Ansehen in Köln. Ihre Mitglieder waren in allen wichtigen Institutionen vertreten, inklusive diverser Karnevalsvereine der Stadt – der berühmte Kölsche Klüngel. Zu den schönen Dingen, mit denen Schneider sich umgab, gehörten neben seiner hübschen, deutlich jüngeren Frau mehrere Sportwagen, ein kleines Speedboat sowie eine nicht ganz so kleine Motorjacht, die am Rheinufer vertäut lag. Lukas hielt Schneider für einen durch und durch arroganten Blender, der von der eigentlichen Polizeiarbeit keine Ahnung hatte. Verirrte der Mann sich aus Versehen doch einmal ins Präsidium, lobte er in erster Linie die Beamten, denen er ansonsten bei der Arbeit nur zusah. Tätigkeiten, wie beispielsweise telefonische Recherchen durchzuführen oder gar eine Akte zum hundertsten Mal zu lesen, weil man glaubte, vielleicht etwas übersehen zu haben, lagen ihm vollkommen fern. Normalerweise ließ er seine Mitarbeiter in Ruhe arbeiten; er mischte sich nur dann ein, wenn politische Aspekte eine Rolle spielten oder das Ansehen der Stadt in Gefahr war.

Baumgartner riss Lukas aus seinen Gedanken. »Schneider hat mich heute Morgen um halb sieben zu Hause angerufen, nachdem ihn der Oberbürgermeister höchstpersönlich aus dem Bett geklingelt hatte. Der wiederum war vom Direktor des Hotels Agrippina geweckt worden und erhielt kurz danach noch einen Anruf vom Generalsekretär des Kardinals, der bekanntlich gleichzeitig der Erzbischof von Köln ist. Der Dompropst muss ihn wohl unmittelbar nach dem Fund informiert haben.« Er sah seine Mitarbeiter an. »Muss ich noch weiterreden?«

Sie schüttelten beide den Kopf. Auch Lisa hatte nach ihrer

Ankunft in Köln recht schnell begriffen, wie heikel der Umgang mit den führenden Köpfen des Kölschen Klüngels war.

»Der Kardinal, das Hotel und der Oberbürgermeister fordern eine möglichst schnelle Aufklärung des Falls unter höchstmöglicher Diskretion«, betonte Baumgartner.

Lisa schüttelte den Kopf. »Wir wissen doch bisher noch nicht einmal, ob es sich überhaupt um einen Mord handelt.«

Baumgartner zuckte nur mit den Achseln. »Eine Leiche vor dem Dom wird in Köln nicht gern gesehen, ob sie nun ermordet wurde oder nicht.« Er rieb sich müde die Augen. »Wir werden wohl eine Mordkommission bilden müssen, auch wenn der Fall das im Moment noch gar nicht verdient. Ich werde versuchen, das so lange wie möglich hinauszuzögern. Seht zu, dass ihr so schnell wie möglich etwas herausfindet. Vielleicht können wir uns dann die Kommission ersparen.«

6

London, 16. Juli

Er musste bei einem geschäftlichen Termin zwingend anwesend sein und bei dem anschließenden Dinner zumindest kurz in Erscheinung treten. London mochte er nicht. Die Engländer waren ihm entweder zu steif oder zu durchgedreht. Ein gesundes Mittelmaß schien es hier einfach nicht zu geben. Er wohnte im Hotel Riz, da er in einer Stadt, die er so selten wie nur möglich aufsuchte, logischerweise auch keine eigene Wohnung unterhielt.

Der Geschäftsabschluss war reibungslos über die Bühne gegangen, und nun saßen sie beim zweiten Gang. Er sah gelangweilt zu, wie beflissene Sommeliers ununterbrochen von dem teuren Wein nachschenkten. In England war es ihm sogar egal, was er trank. Er beschloss, dass er den Hauptgang wohl noch über sich ergehen lassen musste, zum Dessert wollte er dann die Flucht ergreifen.

Wenigstens handelte es sich um ein internationales Unternehmen, mit dem er heute einen Vertrag abgeschlossen hatte, sodass er nicht nur mit Engländern am Tisch saß, sondern auch mit Franzosen, Italienern, Deutschen und Amerikanern. Er war so in seine eigenen Gedanken versunken, dass er nicht mitbekam, wie sich die Gespräche immer mehr privaten Themen zuwandten. Dies war nicht weiter verwunderlich, zumal die ausländischen Gäste am nächsten Morgen noch ein paar Sehenswürdigkeiten besuchen wollten, bevor sie am Nachmittag zurückfliegen würden.

Als das Hauptgericht endlich serviert wurde, irgendein Fisch, von dem er noch nie gehört hatte, kam jemand auf *Jack the Ripper* zu sprechen. Seltsamerweise interessierte ihn dieses Gesprächsthema, und er hörte nun den anderen aufmerksam zu.

Die Engländer sprachen beinahe ehrfürchtig über den berühmten Serienmörder, weil er nie gefasst worden war. Es klang fast so, als würden sie von einem Nationalhelden reden. Einer der Amerikaner hatte wohl zu viel CSI im Fernsehen gesehen, denn er war der Meinung, dass mit moderner Forensik heutzutage jeder Serienmörder irgendwann überführt werden könnte. Ein Franzose teilte diese Ansicht, wenn auch weniger aus kriminaltechnischen, sondern mehr aus psychologischen Gründen. Er glaubte, dass ein Triebtäter nicht aufhören konnte zu töten, weil er einen inneren Zwang verspürte, und wer morden musste, würde unweigerlich irgendwann einen Fehler begehen.

Die Italiener schwiegen und widmeten sich lieber dem Fisch.

7

Köln, 18. Mai

Es war kurz nach vier am Nachmittag, als van der Mühlen endlich anrief. »Könnt ihr herkommen?«

Lukas verdrehte die Augen. »Dir ist klar, dass wir dazu einmal quer durch die Stadt fahren müssen und dein Timing noch dazu hervorragend zum Berufsverkehr passt. Kannst du mir nicht einfach am Telefon sagen, was los ist?« Es war ein langer Tag gewesen, der mitten in der Nacht begonnen hatte. Lukas war müde und gereizt.

Der Rechtsmediziner zögerte kurz, ließ aber nicht locker. »Gut, ich formuliere meine Frage anders: Könnt ihr herkommen, wenn ich dir jetzt sage, dass es höchstwahrscheinlich doch Mord war?«

Lukas war plötzlich wieder hellwach. »Höchstwahrscheinlich, sagst du. Wie ist sie getötet worden?« Auch Lisa horchte bei diesen Worten auf, und er stellte sein Telefon auf Lautsprecher, damit sie mithören konnte.

»Sie wurde vergiftet«, antwortete van der Mühlen. »Allerdings kann ich noch nicht genau sagen, mit welchem Gift. Es ist dem des Kugelfischs sehr ähnlich, aber nicht hundertprozentig identisch. Wir arbeiten noch daran. Trotzdem würde ich euch ein paar Dinge lieber hier zeigen und erklären, als nur am Telefon darüber zu reden. Also, was ist? Kommt ihr noch her, oder wollt ihr das auf morgen früh verschieben?«

Nach einem kurzen Blickaustausch mit Lisa, die ihm zunickte, erwiderte Lukas: »Nein, wir kommen lieber jetzt noch vorbei. Du hast ja keine Ahnung, wie brisant dieser Fall inzwischen geworden ist.«

Wieder einmal sahen sie den Rechtsmediziner förmlich durch den Äther grinsen, als er dazu bemerkte: »Mhh, ich hab da so was läuten hören …«

Sie brachten Baumgartner kurz auf den neuesten Stand, bevor sie sich wieder einmal getrennt auf den Weg machten, weil sie beide nach dem Treffen im rechtsmedizinischen Institut direkt nach Hause fahren wollten.

Für Lisa wurde es eine regelrechte Rundreise. Als Hamburgerin war es ihr damals ziemlich egal gewesen, auf welcher Seite des Rheins sie eine Wohnung suchen sollte. Sie kannte sich in Köln überhaupt nicht aus, und nach einem Blick auf den Stadtplan hatte sie sich spontan für Deutz entschieden. Von dort gelangte sie schnell ins Zentrum und war außerdem nicht allzu weit vom Präsidium entfernt. Sie hatte schließlich eine schöne Wohnung gefunden, die ihren Vorstellungen entsprach. Und noch viel besser war, dass die Deutzer Freiheit, eine Einkaufsstraße mit zahlreichen Boutiquen, direkt um die Ecke lag – falls ihre Zeit einmal nicht ausreichen sollte, um in die Stadt zu fahren.

Jetzt würde sie gleich zweimal den Rhein überqueren müssen: zuerst, um zum rechtsmedizinischen Institut am Melatengürtel zu gelangen, und anschließend noch einmal auf dem Weg nach Hause. Sie seufzte. Manchmal ging ihr Lukas mit seinem »linke versus rechte Seite«-Wahn echt auf die Nerven. Wenn sie allerdings genauer darüber nachdachte, musste sie fairerweise einräumen, dass es in Hamburg letztendlich auch nur eine richtige Seite der Elbe gab und sie niemals am anderen Ufer hätte leben wollen. Wenn Lukas sie jetzt damit aufzog, dass sie auf der *Schäl Sick* wohnte, antwortete sie immer nur gelassen, dass sie in Deutz einen weitaus spektakuläreren Blick auf den Dom und die Altstadt von Köln hatte als er in der Südstadt.

Lukas Rosenzweig. Er hatte es ihr am Anfang weiß Gott nicht

leicht gemacht. Sie war kurz davor gewesen, sich bei Baumgartner zu beschweren, als sie sich in letzter Sekunde besonnen und ihre Probleme doch lieber selber in die Hand genommen hatte. Im Nachhinein war sie heilfroh darüber. Es war, als wäre durch ihr Gespräch damals ein Knoten geplatzt. Sie hatten seinerzeit gelernt, sich einander zu respektieren, und waren danach schnell zu einem gut eingespielten Team geworden.

Inzwischen mochte sie ihn sogar. Ja, sie mochte Lukas wirklich, aber sie wurde einfach nicht schlau aus ihm. Er redete nie über sein Privatleben. Einige Kollegen behaupteten, er hätte für so etwas keine freie Zeit. Sein Dasein bestünde einfach nur aus Arbeit, Sport und seiner Ducati. Lisa konnte das nicht so recht glauben. Manche bezeichneten seinen Augenausdruck als »uralt«; sie jedoch deutete dies als Zeichen einer seelisch tief verankerten Traurigkeit. Was dahintersteckte, wusste sie allerdings nicht.

Sie parkte schließlich ihren alten Alfa direkt neben dem noch älteren Motorrad ihres Kollegen. Wie jedes Mal, wenn sie hier war, musste sie darüber lächeln, dass das rechtsmedizinische Institut an den ältesten und bekanntesten Friedhof in ganz Köln grenzte. Wie praktisch, dachte sie sarkastisch, während sie die paar Stufen hinaufging und sich innerlich für eine erneute Leichenschau wappnete.

Lukas und van der Mühlen hatten in dessen Büro auf Lisa gewartet. Als sie eintrat, standen beide sofort auf, und nur Sekunden später streiften sich alle drei auf dem Weg in den Sektionsraum Kittel und Handschuhe über.

Dort hatte Anette Römer, van der Mühlens Assistentin, die Leiche schon aus dem Kühlfach geholt und rollte sie gerade auf einen Stahltisch, der unter der großen Lampe in der Mitte des Raums stand. Römer war mittelgroß, rothaarig und trug meistens ein sympathisches Lächeln in ihrem sommersprossigen

Gesicht. In der Regel hielt sie sich still im Hintergrund; jetzt grüßte sie allerdings freundlich, als sie die beiden Kommissare eintreten sah und sie erkannte.

Bevor der Rechtsmediziner das grüne Tuch, mit dem das Opfer bedeckt war, zurückschlug, blickte er seine beiden Besucher eindringlich an. »Erinnert mich daran, dass ich euch nachher die Visitenkarte von dem Thanatopraktiker gebe, der heute hier war, um mir bei der Obduktion zu helfen. Ich habe viel von ihm gelernt, und ich denke, dass er einige Fragen, die ihr sicherlich stellen werdet, besser beantworten kann als ich.«

Er zog das Tuch erst einmal bis zum Brustansatz zurück. Die Hautfarbe der Toten sah nicht mehr ganz so lebendig aus wie am Morgen, da man ihr inzwischen das komplette Make-up abgewaschen hatte; aber sie war immer noch auf eine natürliche Weise schön und lange nicht so blass und grau wie andere Leichen. Nur ihre Augen sahen merkwürdig aus – irgendwie eingefallen –, und das Lächeln war verschwunden.

Van der Mühlen deutete auf eine Stelle an der rechten Seite ihres Halses. Lisa und ihr Kollege sahen, dass dort die Halsschlagader und die Hauptvene durchtrennt worden waren.

»An der Fundstelle sind mir diese Schnitte nicht aufgefallen«, führte van der Mühlen aus. »Sie waren mit einem speziellen, in Bestattungsunternehmen gebräuchlichen Klebstoff verschlossen und mit Make-up übertüncht. Wir haben sie erst entdeckt, als Dr. Maurer, der Thanatopraktiker, uns sagte, wo wir suchen sollten. Ich vereinfache das jetzt ein bisschen, wie der Austausch der Körperflüssigkeiten abläuft. Aber im Prinzip wird an die *Arteria carotis*, also die Halsschlagader, ein Schlauch angeschlossen und dann auch an die Jugularvene, besser bekannt als Drosselvene; und anschließend pumpt man unter Druck das Formaldehyd in und gleichzeitig das Blut aus dem Körper. Dabei werden bis zu drei Bar angewandt.« Er warf den beiden einen Blick über die Schulter zu. »Nur als Vergleich: Ein Autoreifen wird mit knapp zwei bis … na ja, je nach Modell … maximal zweieinhalb Bar befüllt. Wenn so ein Reifen platzt, steckt schon ordentlich Kraft dahinter. Mit noch etwas höherem Druck wird also die Flüssigkeit im Körper ausgetauscht.«

Lukas fühlte, wie ihm ein kalter Schauer über den Rücken lief. So falsch hatte er mit seinem Gedanken an einen Vampir heute Morgen gar nicht gelegen. Nur dass die wohl inzwischen auch mit der Zeit gingen und zu technischen Hilfsmitteln griffen. »Warum ist ihre Hautfarbe so natürlich, wenn kein Tropfen Blut mehr in ihrem Körper ist?«

Der Rechtsmediziner deutete auf ein Reagenzglas, das auf einem der Labortische stand. Es sah aus wie eine Blutprobe. »Er hat das Formaldehyd eingefärbt; so hat es den gleichen Effekt wie Blut.« Van der Mühlen drehte sich zu ihnen herum und sah sie an. »Ihr müsst euch das so vorstellen: Durch den Druck wird die Einbalsamierungsflüssigkeit bis in die kleinsten Kapillaren gepumpt. Normalerweise massiert ein Thanatopraktiker den Körper dabei, besonders die eher schlecht durchbluteten Teile. Dabei kann natürlich viel schiefgehen, gerade bei älteren Menschen, die leichter zu verstopften oder sogar verschlossenen Blutgefäßen neigen. Bei einem so jungen Menschen wie unserer schönen Toten dürfte das alles reibungslos abgelaufen sein.« Er wandte sich wieder der Leiche zu und zog das Tuch nun bis zur Hüfte hinab.

Lukas, der schon unzähligen Obduktionen beigewohnt hatte, war verwirrt über den Anblick, der sich ihm bot. Den aus dem Fernsehen bekannten Y-Schnitt, der in den USA tatsächlich angewandt wurde, in Deutschland jedoch nicht, hatte er aufgrund seiner Erfahrungen nicht erwartet; und so erstaunte es ihn auch nicht, dass die Brust des Opfers unversehrt war, abgesehen von der Rose natürlich. Außerdem fehlte der obligatorische I-Schnitt, ein langer gerader Schnitt vom Kinn bis zum Schambein, und der Bauch war eingefallen. Was ihn allerdings verblüffte, waren die langen Schnitte, die unter den Achseln begannen und an den Körperseiten entlang bis zu den Hüften reichten.

Lisa schien ebenso erstaunt, wie ihr Blick verriet.

Van der Mühlen, der die Verwirrung seiner beiden Besucher bemerkte, zuckte nur entschuldigend mit den Achseln. »Ich konnte sie nicht auf normalem Weg obduzieren, weil ich auf gar keinen Fall das eingeritzte Bild zerstören wollte.« Er zeigte auf den am Bauchnabel beginnenden Stiel. »Wer auch immer das getan hat – er hat sehr präzise und sehr fein gearbeitet. Die Schnitte sind nicht einmal einen Millimeter tief.« Dann deutete er auf einen etwas höher gelegenen Schnitt, der den Ansatz eines Blattes bildete und sich irgendwie von den anderen unterschied. »Hier wurde eine Saugpumpe eingeführt. Die Einstichstelle wurde ebenso wie die Adern am Hals verklebt, dann allerdings nicht mit Make-up überdeckt, sondern einfach in die Zeichnung integriert.« Der Rechtsmediziner trat einen Schritt zurück, nahm seine Brille ab und putzte sie mit einem Papiertuch.

Lisa und Lukas sahen sich kurz an. Jetzt kam anscheinend der komplizierte Teil der Ausführungen.

»Mit dieser Pumpe werden Luft, Gase, Mageninhalt, Urin et cetera abgesaugt. Das ist normale Praxis. Nicht so normal ist die Tatsache, dass man diese Prozedur anscheinend mehrfach wiederholt hat und einige Organe daher nicht nur einmal, sondern mehrmals perforiert wurden. Laut Dr. Maurer gibt es dafür nur zwei Erklärungen: Der Thanatopraktiker hat sich entweder ziemlich ungeschickt angestellt, oder er wollte besonders gründlich sein.« Van der Mühlen ließ seine Worte einen Moment lang wirken, bevor er weitersprach. »Nach dem Absaugen wird auch der Körper mit Formaldehyd gefüllt und danach, wie eben erklärt, verschlossen.« Kurz drehte er sich erneut zu den Kriminalbeamten um. »Fakt ist also, dass wir weder Blut noch

Mageninhalt haben, sondern nur geringe Mengen hochgradig verdünnter anderer Körperflüssigkeiten.« Er deckte die Leiche wieder zu und ging zurück zu ihrem Kopf. »Ebenfalls ungewöhnlich ist, dass er ihr die Augen entfernt und durch Plastikkugeln mit einer rauen Oberfläche ersetzt hat, damit die Lider geschlossen bleiben. Laut Dr. Maurer werden normalerweise nur leicht gebogene Augenkappen mit ebenfalls rauer Oberfläche eingesetzt, ohne die Augen selbst zu entfernen. In unserem Fall bedeutet dies, dass wir auch keine Augapfelflüssigkeit haben, in der für gewöhnlich manches nachgewiesen werden kann.« Er machte eine weitere bedeutungsschwangere Pause. »Der letzte Punkt, der uns stutzig machte, ist ihre Körperbehaarung. In einem Bestattungsinstitut werden Männer rasiert, und auch bei Frauen entfernt man – falls vorhanden – die leichte Gesichtsbehaarung. Der Körper bleibt unangetastet, da die Leichen in der Regel bekleidet aufgebahrt werden. Unsere schöne Tote wurde jedoch am ganzen Körper epiliert.«

Lisa zuckte unweigerlich zusammen, was dem Rechtsmediziner nicht entging.

Er nickte ihr verständnisvoll zu. »Genau. Für viele Frauen ist es normal, sich mit einem elektrischen Gerät oder mit Wachs die Beine und sogar die Achseln zu epilieren. Doch nur wenige Frauen würden das im kompletten Schambereich tun, da es ungeheuer schmerzhaft wäre. Also vermuten wir, dass die Haare, an dieser Stelle zumindest, *post mortem* entfernt wurden. Das spricht nicht gerade für einen staatlich anerkannten Bestatter.« Er deckte die Leiche wieder komplett zu. »Bei einer thanatopraktischen Behandlung wird der Körper auch äußerlich gewaschen und desinfiziert, inklusive Maniküre – und in unserem Fall sogar einschließlich einer Pediküre. Alle Körperöffnungen werden mit Desinfektionsmitteln besprüht oder gespült und danach mit Watte oder Wachs verschlossen. Wir haben es also mit einer absolut sterilen Leiche zu tun.«

»Wie habt ihr das mit dem Gift denn herausgefunden?«, wollte Lukas wissen. Er versuchte, irgendwie die Fäden wieder zusammenzuknüpfen.

»Wir haben ihre Haut, ihr Haar, das Rückenmark und das Gehirn. Dort haben wir sowohl das Gift als auch ein gängiges Betäubungsmittel nachweisen können.«

Lisa hatte sich inzwischen von der Vorstellung erholt, im Schambereich epiliert zu werden. »Ist sie vergewaltigt oder sonst irgendwie misshandelt worden?«

Van der Mühlen schüttelte den Kopf. »Nein, sie scheint zwar sexuell aktiv gewesen zu sein, aber es sind keinerlei Anzeichen von Gewalt zu erkennen.« Er zog die Handschuhe aus und band den Kittel auf. »Lasst uns in mein Büro gehen, da können wir besser reden.«

Lisa schritt am Kopfende um die Leiche herum und stutzte plötzlich. Sie beugte sich vor und ergriff eine der langen dunklen Haarsträhnen, um sie sich unter die Nase zu halten. Den Bruchteil einer Sekunde später ließ sie sie fallen und sprang einen Schritt zurück. Die Augen weit aufgerissen, wurde sie zusehends blasser. Van der Mühlen machte einen Schritt auf sie zu, weil er befürchtete, dass sie kollabieren könnte.

Aber sie winkte nur ab, als er nach ihrem Arm greifen wollte. »Tut mir leid, aber das ist einfach so unheimlich. Sie trägt mein Parfum. *Rêve de la rose.*«

8

Taj Exotica, 12. August

Er hatte vor einigen Jahren einen Tauchschein auf den Philippinen gemacht, war aber relativ enttäuscht gewesen, weil er dort nur kleine Fische zu Gesicht bekommen hatte. Nach seinem missglückten *Bungee-Jump* hatte er sich allerdings wieder daran erinnert, wie angenehm er es damals gefunden hatte, quasi schwerelos über die Riffe hinwegzugleiten. Als eine Art Ausgleich zu seinem Fall-Trauma hatte er daher beschlossen, ein wenig zu schweben, und zwar auf den Malediven.

Leider hatte ihm vorher keiner gesagt, dass es im Wasser rund um die Inseln mit dem Schweben nicht so weit her war, da man hier ständig mit starken Strömungen zu kämpfen hatte. In den ersten Tagen hatte ihn das frustriert, doch inzwischen hatte er sich daran gewöhnt und genoss es nun, mit dem Anblick vieler großer Fische entschädigt zu werden. Er hatte Mantas mit einer Spannweite von bis zu fünf Metern gesehen. Und es gab große Schulen von nicht ganz so großen grauen Riffhaien. Adlerrochen, die wie im Formationsflug an ihm vorbeizogen ... und ... und ... und ...

Er hatte tatsächlich etwas gefunden, das ihm Spaß machte. Das Problem war nur, dass er hier maximal drei, oft auch nur zwei Tauchgänge am Tag machen konnte. Das bedeutete zwei bis drei Stunden Genuss und einundzwanzig bis zweiundzwanzig Stunden gähnende Langeweile. Die Malediven waren zwar sehr hübsch anzusehen, aber ansonsten einfach nur öde. Die turtelnden Pärchen, die er im Restaurant oder am Strand traf, waren unerträglich, und so verkroch er sich die meiste Zeit in seiner Suite.

Jetzt saß er an der Bar auf seiner Luxusinsel im Süd-Malé-Atoll und hatte keine Ahnung, was er bestellen sollte. Es wurde zwar Alkohol ausgeschenkt, aber da die Malediven ein moslemisches Land waren, gab es hier nicht einen einzigen einheimischen alkoholischen Drink.

Und Prostituierte gab es auch nicht.

9

Köln, 19. Mai

Lukas Rosenzweig war völlig gerädert, als er am nächsten Morgen im Präsidium erschien. Man sollte meinen, dass brutal zugerichtete Leichen ihn eher um seinen Schlaf brächten, aber der Fall der schönen Toten hatte ihn fast die ganze Nacht wach gehalten.

Lisa war schon da, wie üblich perfekt gestylt. Sie trug ein hellgraues Kostüm mit kurzem Rock, hatte die Haare zu einem straffen Knoten zurückgebunden und erinnerte ihn mit ihrem dezenten, aber wirkungsvollen Make-up mehr denn je an die junge Grace Kelly. Nahezu jeder schätzte sie auf Ende zwanzig, obschon sie Mitte dreißig war. Ein Blick unter ihren Schreibtisch bestätigte, was er sowieso schon vermutet hatte: Ihre Absätze waren etwa zehn Zentimeter hoch.

Sie legte gerade den Hörer auf und sah zu ihm hinüber. »Die kriminaltechnische Untersuchung hat ergeben, dass die Decke handgewebt ist und zu hundert Prozent aus Seide besteht«, berichtete sie ihm. »Die Kollegen von der KTU haben bereits herausgefunden, dass die Seide aus Südostasien stammt, prüfen aber zurzeit noch, wo diese Art der Webtechnik angewendet wird. Allerdings rätseln sie über die Herkunft des Farbstoffs sowie des Füllmaterials. Die Vermisstenanzeigen haben bisher nichts ergeben, obwohl im gesamten Bundesgebiet gesucht wird; das Foto ist inzwischen an alle Dienststellen in Deutschland geschickt worden. Hansen und Kleiber sind mit den Kölner Bestattungsunternehmen durch, aber alle Leichen sind dort, wo sie hingehören. Sie überprüfen jetzt die Beerdigungsinstitute in ganz Nordrhein-Westfalen, werden das aber kaum ohne Unterstützung schaffen. Die Rechtsmedizin hat die Fingerabdrücke des Opfers schon gestern Abend geschickt, aber der Abgleich läuft noch. Baumgartner war eben auch schon hier. Seit bekannt ist, dass es wohl doch um Mord geht, hat er keinen Grund mehr, die Bildung einer Mordkommission hinauszuzögern. Um zehn Uhr haben wir ein Meeting, da werden wir wohl mehr erfahren.« Plötzlich blickte sie ihn prüfend an. »Was ist los? Du siehst nicht gut aus.«

Er zögerte und strich sich fahrig durch die Haare. »Ich weiß auch nicht. Der Fall nimmt mich mehr mit, als ich dachte. Vielleicht kommt es daher, dass sie einfach so schön und so unschuldig aussieht.«

Sie seufzte. »Ich verstehe, was du meinst, aber das bringt uns auch nicht weiter. Schneider sitzt Baumgartner im Nacken und der jetzt uns.« Sie hielt einen Moment inne. »Weißt du, bei allem, was wir gestern ermittelt haben, haben wir eine Sache vollständig außer Acht gelassen: Wie hat der Täter es eigentlich ungesehen geschafft, die Leiche direkt auf dem Springbrunnen abzulegen? Auch wenn es nachts auf dem Dom- und dem Roncalliplatz ruhiger wird, ist die Gegend doch nie richtig menschenleer. Der Hauptbahnhof ist direkt gegenüber, und dort fahren Tag und Nacht Züge. Soweit ich weiß, übernachten in der Regel auch mehrere Obdachlose vor den Toren des Doms. Irgendwer muss etwas gesehen haben.«

»Scheiße!« Lukas schlug sich mit der Hand an die Stirn. »Das hätte ich fast vergessen. Reimann hat mir gestern gesagt, dass die Uniformierten auf ihrer Suche nach möglichen Zeugen einen volltrunkenen Penner in die Ausnüchterungszelle gesteckt haben. Der sollte inzwischen wieder so weit klar sein, dass wir ihn vernehmen können.« Er griff zum Telefon und rief die zuständigen Beamten an. Nach einem kurzen Gespräch wandte er sich wieder seiner Partnerin zu. »Ich kenne den Mann; er heißt Freddy. Er wird in zwanzig Minuten im Verhörraum eins sein.«

Lisa sah ihn in perfekter Hollywood-Manier an – mit nur einer hochgezogenen Augenbraue. »Hast du mir vielleicht sonst noch etwas zu sagen?«

Es war unmöglich, Freddys Alter zu schätzen. Die ungefähr eine Million Runzeln standen im krassen Gegensatz zu seinen flinken grünen Augen, die allerdings durch den Alkoholmissbrauch etwas trüb erschienen. Er war nicht besonders groß und eher mager als schlank.

Lisa und ihre Kollege setzten sich ihm gegenüber an den Tisch.

Seine Stimme klang heiser, als er kurz und bündig fragte: »Zigarette?«

Da sich niemand im Raum rührte, zog Lisa schließlich ein flaches, silbernes Etui aus ihrer Handtasche. Sie öffnete es und bot dem Obdachlosen eine so dünne Zigarette an, wie Lukas sie noch nie gesehen hatte. Dankbar nahm Freddy die Frauenzigarette entgegen.

Lukas war verblüfft. Er wäre niemals auf den Gedanken gekommen, dass Lisa rauchte.

Bevor er eine Bemerkung dazu äußerte, holte sie ein zierliches, ebenfalls silbernes Feuerzeug aus der Tasche, gab dem Obdachlosen Feuer und sagte dabei entschuldigend: »Ich gewöhne es mir ab. Ständig und immer wieder.« Sie hob resignierend die Schultern. »Zumindest habe ich es geschafft, nur noch dann zu rauchen, wenn ich allein bin.«

Die feminine Zigarette mit perlmuttfarbenem Filter sah in den groben Händen mit den schmutzigen Fingernägeln einfach nur lächerlich aus, aber Freddy sog mit einem freundlichen Seitenblick auf Lisa daran.

Rauchen war im Präsidium streng verboten. Aber Lisa hatte sogleich erkannt, dass der arme Kerl genug mit seinem Alkoholentzug zu tun hatte. Und manche Regeln durfte man auch bei der Polizei ab und an beugen, wenn dies einem wichtigeren Zweck diente.

Freddy war ein der Polizei bekannter Obdachloser, der seine Stammplätze am und um den Dom herum hatte. Er galt als harmlos und freundlich, und manche der Streifenpolizisten steckten ihm hin und wieder ein Päckchen Zigaretten zu. Lukas war ihm bei seinen Ermittlungsarbeiten schon einige Male begegnet.

»Freddy, lang nicht mehr gesehen, was? Wie geht's dir denn so?«, fragte er kumpelhaft.

Der Obdachlose zuckte mit den Achseln, während er konzentriert Rauchringe in die Luft blies. »Et kütt, wie et kütt.«

Lukas musste lachen. »Da hast du wohl recht. Sag mal, Freddy, wo warst du denn in der vorletzten Nacht – also von Montag auf Dienstag?«

Die grünen Augen blitzten spitzbübisch. »War das nicht die Nacht, in der ich frühmorgens so freundlich ins ›L'Hôtel de la Police‹ gebeten wurde?«

»Ja, genau die Nacht meine ich.«

Freddy konnte noch so besoffen sein, irgendwie bekam er immer alles mit und hatte der Polizei in der Vergangenheit wiederholt wertvolle Hinweise geben können. Er war auch intelligenter, als es auf den ersten Blick erschien. Lukas hatte gehört, Freddy wäre vor seinem Absturz Arzt gewesen. Er hatte nicht in Erfahrung gebracht, ob das stimmte, aber er wusste definitiv, dass man den Mann nicht unterschätzen durfte.

»Mhh, lass mich überlegen. Wir waren vorm Bahnhof. Der dicke Hannes hatte 'nen echt guten Tag und hat 'ne Runde Apfelkorn ausgegeben. Wir haben einfach nur geredet. Über die armen Viecher, die in Amerika im Öl auf dem Meer krepieren. Ellie hat fast geweint. Sie mag die Pelikane so gerne.«

»Ihr habt euch über die Ölkatastrophe im Golf von Mexiko unterhalten?«, rief Lisa verwundert aus.

Sie hatte ihr Etui offen auf den Tisch gelegt, und Freddy zog eine weitere Zigarette heraus. Diese Glimmstängel für Frauen waren einfach zu dünn, als dass ein Mann von einer »satt« wurde, dachte er im Stillen.

»Mhh, ich les den anderen immer aus der Zeitung vor.« Er hatte deutlich Mühe mit dem zierlichen Feuerzeug, aber beim vierten Versuch gelang es ihm endlich, das dünne Stäbchen anzuzünden. »Deshalb bin ich auch so gern am Bahnhof. Da findet man immer ein paar aktuelle Zeitungen im Müll.«

Lukas konnte sich ein Grinsen nicht verkneifen, wurde dann aber schnell wieder ernst. »Du warst aber nicht die ganze Nacht am Bahnhof, oder?«

»Nee, es war nicht so sicher, ob es nicht doch regnen würde. Also bin ich mit Ellie irgendwann los, und wir haben uns unter den Durchgang vom Museum gelegt.«

»Vom Römisch-Germanischen Museum?«

»Ja, wo denn sonst?«

Lukas seufzte. Er merkte, dass es nicht einfach sein würde, etwas aus Freddy herauszubekommen. »Weißt du noch, wann das war?«

»Keine Ahnung. Das Glockenspiel um Mitternacht haben wir noch gehört, aber wann wir dann los sind …?« Er zuckte wieder mit den Achseln, und seine Hand wanderte fast automatisch ein weiteres Mal zu dem Etui. Das waren für ihn keine Zigaretten, sondern nur ein kleiner Gaumenkitzler für den hohlen Zahn.

»Ist euch auf dem Weg dorthin am Springbrunnen etwas aufgefallen?«

Freddy schüttelte den Kopf. »Nö, da saß bloß ein ziemlich verliebtes Pärchen.« Er kicherte. »Das war alles.« Diesmal funktionierte das Feuerzeug schon beim zweiten Versuch.

»Was war dann?«

»Was soll gewesen sein? Wir sind zum Museum, haben uns hingelegt, und ich bin sofort eingeschlafen.«

Lukas seufzte erneut. »Ihr habt nicht mehr geredet, euch nicht ein bisschen umgesehen oder auf das Pärchen geschaut …?«

Freddy konzentrierte sich auf seine Rauchringe, dann druckste er ein wenig herum. »Mhh, also …« Er gab auf, blickte um Verständnis heischend in die Runde und erklärte dann recht kleinlaut und leise: »Ich vertrag diesen Apfelkorn nicht so richtig. Ich hab mich hingelegt und war sofort weggetreten.« Er drückte seine Zigarette aus. »Vielleicht hat Ellie ja was gesehen. Als die Polizei kam, war sie jedenfalls schon weg.«

»Und wo können wir diese Ellie finden?«

Auf dem Weg zurück ins Büro sagte Lisa kein Wort. An ihrem Schreibtisch angekommen, schwieg sie weiter vor sich hin.

»Was ist?« Lukas grinste. »Ist es dir peinlich, dass ich dich sozusagen beim Rauchen ertappt habe?«

Sie schenkte ihm ein schwaches Lächeln und schüttelte den Kopf. »Nein, das ist es nicht … Ich weiß es auch nicht. Da ist jemand, der – durch welche Gründe auch immer – abgestürzt ist; und nun sitzt er da und liest seinen Saufkumpanen aus der Zeitung vor … Das ist irgendwie so traurig und so schön zugleich. Ich weiß nicht, wie ich das anders beschreiben soll.«

Jetzt war es Lukas, der den Kopf schüttelte. »Du überraschst mich immer wieder. Du siehst aus wie eine dieser eiskalten Blondinen, die Hitchcock für seine Filme so geliebt hat, und jetzt lerne ich fast gleichzeitig zwei deiner Schwächen kennen. Du rauchst, und du zeigst Mitgefühl für Menschen, die abgewetzte Hosen und durchlöcherte Hemden tragen …«

Sie blitzte ihn böse an; ihre blauen Augen funkelten. »Das war kein Witz, ich habe das wirklich ernst gemeint. Und nur weil ich mich kleide, wie ich mich kleide, hat das nichts mit meinen Gefühlen zu tun.« Sie warf wütend einen kleinen Stapel Akten von der einen auf die andere Seite ihres Schreibtischs.

Lukas vermutete, dass sie ihm die Unterlagen lieber an den Kopf geworfen hätte. »Es tut mir leid. Ich habe das nicht so gemeint. Ich verstehe auch, was du sagen willst. Freddy ist eine genauso verzweifelte Person wie unsere Leiche. Beide sind auf ihre Art schön und gleichzeitig so traurig.«

Die Suche nach Ellie würde nicht einfach werden. Freddy hatte ihnen erzählt, dass sie keinen Stammplatz hatte, sondern kreuz und quer durch Köln streifte. Nachdem sie die Fahndung nach ihr an alle Dienststellen der Stadt herausgegeben hatten, war es Zeit, zum Meeting zu gehen.

Als Lukas mit Lisa den Raum betrat, verdrehte er unwillkürlich die Augen: Auch Schneider war anwesend. Das konnte ja heiter werden! Die beiden anderen Teams waren schon da. Sebastian Peters und Carsten Reimann hätte man fast für Brüder halten können. Die zwei waren ungefähr im gleichen Alter wie Lukas, also um die fünfundvierzig, und etwas größer und breiter als der Durchschnitt; zudem hatten sie beide dunkelblondes, volles Haar. Sie arbeiteten schon seit Jahren zusammen und ergänzten sich perfekt. Brigitte Kleiber und Rüdiger Hansen waren das jüngste Team in der Abteilung. Hansen war Ende dreißig, hatte eine stämmige Figur und braunes Haar, das bereits langsam schütter wurde. Seine Partnerin war genauso groß wie er, durchtrainiert und so muskulös, dass sie schon fast männlich wirkte, wäre da nicht ihr langes rotblondes Haar gewesen, das sie meist zu einem Pferdeschwanz gebunden hatte. Sie war erst Anfang dreißig, trainierte regelmäßig im Fitnessstudio und liebte asiatische Kampfsportarten.

Baumgartner kam herein, und alle nahmen Platz. Er eröffnete das Meeting nur mit einer kurzen Begrüßung und kam sogleich zur Sache. »Ich hatte es ja gestern schon angedeutet; wir werden für unsere unbekannte Dom-Leiche eine Mordkommission einrichten.«

»Aber nicht unter diesem Namen!«, rief Schneider und blickte den Dezernatsleiter entrüstet an. »Der Fall soll so diskret wie möglich behandelt werden, und du titulierst ihn als ›Dom-Leiche‹? Jupp, das geht nicht! Der Oberbürgermeister, der Kardinal und die Direktion des Hotels sind in höchstem Maße beunruhigt und reagieren sehr sensibel auf alles, was mit diesem Mord zu tun hat.«

Baumgartner zog entnervt die Augenbrauen in die Höhe. »Dürfen wir dann von der ›Brunnen-Leiche‹ sprechen? Oder ist der Springbrunnen auch sakrosankt?«

Das konnte einfach nicht wahr sein, dachte Lukas, der langsam wütend wurde. Da hatten sie es mit einem extrem mysteriösen Todesfall zu tun, und Schneider hielt sie von der Arbeit ab, weil ihm der Name der Akte nicht passte. Da fehlten einem die Worte! Es war Lukas egal, wie die anderen den Fall oder die Leiche nennen wollten – für ihn würde sie immer die »schöne Tote« bleiben.

Schneider hatte keine Einwände gegen Baumgartners neue Bezeichnung, machte aber deutlich, dass höchste Geheimhaltungsstufe angesagt war und keinerlei Informationen an die Presse weitergegeben werden durften. Sollten die Medien den Mordfall auch nur erwähnen, würde er sich höchstpersönlich darum kümmern, weshalb er bis ins Detail über den Fortgang der Ermittlungen informiert werden wollte.

Lukas seufzte innerlich auf. Das wurde ja immer besser! Und wann sollten sie arbeiten?

Baumgartner schaffte es irgendwie, das Gespräch wieder an sich zu bringen, und sie gingen alle Fakten noch einmal durch, die sie bisher gesammelt hatten. Am Ende fasste er alles zusammen. »Wir haben also eine präparierte, praktisch sterile Leiche, die wunderschön zurechtgemacht wurde, aber nicht in den Vermisstenanzeigen zu finden ist. Sie ist, wenn auch in der Nacht, an einem der belebtesten Plätze in Köln abgelegt worden, ohne dass der Täter Spuren hinterlassen hat. Und keiner hat etwas gehört oder gesehen. Wie sieht es mit den Fingerabdrücken aus?«

Reimann schüttelte den Kopf. »Nichts. Sie ist nirgendwo erfasst.«

»Hat die KTU schon Neuigkeiten von der blauen Decke?«, fragte der Dezernatsleiter als Nächstes.

Jetzt war es an Lisa, den Kopf zu schütteln. »Sie wissen nur, dass die Seide aus Südostasien stammt, am Rest sind sie noch dran. Die Untersuchung des Springbrunnens und des Wassers darin hat auch nichts ergeben.«

Baumgartner rieb sich müde die Stirn. »Und die einzige – eventuelle – Zeugin ist eine Obdachlose, von der kein Mensch weiß, wo sie steckt. Irgendwer muss doch etwas gesehen haben.« Sein Blick wanderte zu Lukas. »Ihr sechs werdet das Herz der Mordkommission bilden, und du übernimmst die Leitung, Lukas. Das heißt: Alle Informationen werden bei dir zusammenlaufen. Ihr bekommt so viel Unterstützung, wie ihr braucht. Rechnet am Anfang mal mit zwanzig Beamten. Wie willst du weiter vorgehen?«

Lukas, der bis dahin noch kein Wort gesagt hatte, räusperte sich. »Wenn wir so viel Unterstützung bekommen, sollten wir sie auch nutzen. Ich möchte, dass alle Häuser um den Dom herum noch einmal unter die Lupe genommen werden. Die umliegenden Nachbarn sollen befragt werden, und wir brauchen eine Gästeliste des Hotels Agrippina.«

Schneider stöhnte und sah Lukas unglücklich an, wusste aber, dass sich eine Befragung der Hotelgäste nicht vermeiden ließ. »Ich kümmere mich darum. Aber noch einmal – so diskret wie möglich. Ich möchte keine uniformierten Beamten im Hotel sehen.«

Lukas zuckte nur mit den Achseln. »Was die anhaben, ist mir egal. Hauptsache, die Leute werden befragt. Ich möchte auch wissen, wer schon alles abgereist ist; da müssen wir eventuell die Kollegen von anderen Dezernaten mit einbeziehen. Ich hoffe nur, es waren nicht ausschließlich internationale Gäste. Das würde unsere Suche ziemlich erschweren.«

Schneider nickte erneut. »Ich rufe gleich das Hotel an.« Dann verabschiedete er sich. Sein Maß an Polizeiarbeit war heute vermutlich schon weit überschritten. »Ich melde mich.«

Kaum hatte er den Raum verlassen, wurde die Atmosphäre unter den Beamten entspannter.

Lukas kehrte gleich zum Thema zurück. »Was wir bisher haben, ist nicht viel. Ich denke, der Schlüssel liegt irgendwo in der Thanatopraxie. Das ist das Ungewöhnlichste an unserem Mord, also sollten wir dort ansetzen.« Er sah Hansen und Kleiber an. »Nehmt euch so viele Beamte, wie ihr braucht, und klappert weiter alle Bestattungsunternehmen in Deutschland ab. Irgendwo muss die Leiche präpariert worden sein; so etwas geht wohl kaum zu Hause auf dem Küchentisch.« Er hielt einen Moment inne. »Beschränkt eure Suche auf die Institute, die auch tatsächlich Thanatopraxie anbieten. Das dürfte euch schneller voranbringen.« Die beiden nickten, und Lukas wandte sich nun Reimann und Peters zu. »Macht weiter mit den Vermisstenanzeigen und bleibt mit der KTU in Kontakt. Ich möchte sofort wissen, wenn die was Neues von der Decke haben.«

Carsten Reimann sah ihn an. »Was ist mit Ellie und den Befragungen am Dom?«

Lukas grinste schief, doch irgendwie entwaffnend. »Würde ich euch auch gerne aufs Auge drücken. Dann können Lisa und ich uns mehr auf die Hintergründe der Thanatopraxie konzentrieren. Wir werden diesem Dr. Maurer, der bei der Autopsie dabei war, heute Nachmittag einen Besuch abstatten, da van der Mühlen meinte, er könnte uns noch ein paar Details geben. Daniel ruft mich auch sofort an, wenn er mehr Informationen über das Gift hat; bisher wissen wir nur, dass es tierischen Ursprungs ist und dem des Kugelfischs gleicht.« Er seufzte. »Tja, und dann macht euch alle mal Gedanken darüber, was es mit dieser Rose auf sich haben könnte. Ein so künstlerisch gestaltetes Bild muss einfach eine Bedeutung haben.«

10

Paris, 28. August

Er saß am Schreibtisch in seinem Penthouse an der Rue Danton und surfte im Internet. Dieses weltweite Netz war wirklich eine geniale Erfindung, und er bediente sich seiner häufig und immer wieder gerne. Auch der überwältigende Erfolg seiner Firma wäre ohne das Internet so nicht denkbar gewesen.

Während er im Netz recherchierte, dachte er kurz an seinen zweiwöchigen Urlaub auf den Malediven. An einem der endlosen Abende dort, als er sich wieder einmal unsäglich gelangweilt hatte, war er auf der Suche nach Abhilfe an der Rezeption auf ein paar Romane gestoßen, die ehemalige Urlaubsgäste hinterlassen hatten. Es war zwar nicht gerade eine umfangreiche Bibliothek, und unter normalen Umständen war er auch nicht gerade ein Freund von Belletristik, aber er hatte immerhin einen wirklich spannenden Thriller gefunden. Der Täter hatte einige der bekanntesten Serienmörder, wie Bundy oder Berkowitz, kopiert und die Polizei damit vor verwirrende Rätsel gestellt. Da es ein Roman war, hatten die Guten am Ende natürlich gewonnen, aber ihn hatte das Buch dazu angeregt, darüber nachzudenken, was solche Menschen antrieb.

Als er seine Recherche begonnen hatte, war er verblüfft gewesen, wie viele Serienmörder es gab und wie viel Informationen man selbst als Laie über sie finden konnte. Er hatte sich in seine Lektüre vertieft und nach ein paar Sandwiches am Abend sogar Céleste – der neue Geheimtipp unter den Edelhuren – abgesagt.

Es war weit nach Mitternacht, als er schließlich den Computer ausschaltete und sich nachdenklich ins Bett begab.

11

Köln, 19. Mai

Diesmal machten sie sich gemeinsam auf den Weg. Lisa fuhr. Das tat sie meistens, weil sie Lukas von Anfang an darum gebeten hatte. Ihre Begründung dafür war, dass man eine neue Stadt nur dann kennenlernen konnte, wenn man nicht auf dem Beifahrersitz, sondern selbst am Steuer saß. Lukas musste ihr zwar im Stillen beipflichten, fühlte sich aber immer etwas verunsichert, da es ihm einfach schleierhaft war, wie man mit solchen Schuhen ein Gefühl für die Pedale haben konnte.

Der Thanatopraktiker wohnte in Bonn und hatte auch seine Sektionsräume dort. Nach einem kurzen Schlenker über die A4, auf der sie den Rhein überquerten – Lukas vergaß sogar zu meckern, weil ihn der Fall so beschäftigte –, waren sie nun auf der A555 unterwegs, die von Köln nach Bonn führte. Als die große Shell-Raffinerie in Wesseling an ihnen vorbeiglitt, musste Lukas wieder an das Gespräch mit Freddy denken. Da saßen alkoholabhängige Obdachlose am Bahnhof zusammen und machten sich Gedanken über die Ölpest im Golf von Mexiko. Das war irgendwie rührend. Trotzdem war er froh, dass die hiesige Raffinerie nicht zu BP gehörte, sonst hätte es hier vermutlich längst jede Menge friedliche und weniger friedliche Demonstrationen oder sogar Ausschreitungen gegeben.

Lisa riss ihn aus seinen Gedanken. »Ich bin zwar schon eine ganze Weile bei der Polizei – natürlich nicht so lange wie du –, aber so etwas habe ich noch nie gesehen, und ich habe auch noch nie von einem ähnlichen Fall gehört.« Lukas nickte nur, sagte aber nichts. »In Hamburg hatten wir Morde im Zusammenhang mit dem organisierten Verbrechen oder aus dem Milieu. Viel Blut und harte Waffen aus Metall. Hier passt einfach nichts zusammen. Kein Blut, keine Waffe, keine Identität, keine Spuren … einfach nichts.«

Lukas nickte erneut und seufzte. »Sehe ich genauso. Doch das Ungewöhnlichste ist nach wie vor die Präparation der Leiche. Im Moment ist das wirklich die einzige Schiene, der wir mit einer gewissen Hoffnung folgen können, dadurch auf eine Spur zu stoßen, die zum Täter führt.«

Dr. Joachim Maurer war hochgewachsen und sehr hager. Lukas schätzte ihn auf Mitte fünfzig. Sein militärisch kurzer Haarschnitt ließ noch recht volles, graubraunes Haar erkennen. Lukas konnte sich nicht entscheiden, ob er den Mann sympathisch finden sollte oder nicht, aber die grauen Augen blickten ihn freundlich und offen an.

Maurer bat die beiden Kommissare in sein Büro, und nachdem sie sich gesetzt hatten, erzählte er ihnen ein wenig über seinen beruflichen Hintergrund. Er war ursprünglich Pathologe gewesen, hatte sich dann aber als einer der ersten Deutschen zum Thanatopraktiker ausbilden lassen. Bei Überführungen von Leichen ins Ausland forderten viele Staaten, dass vorher eine thanatopraktische Behandlung stattfand, da dem Toten sonst gesetzlich die »Einreise« verwehrt wurde. Und so kam es, dass Maurer schon seit vielen Jahren kreuz und quer durch Deutschland reiste, um der Polizei bei bestimmten Fällen beratend zur Seite zu stehen und die Einbalsamierung von Toten aus anderen Ländern durchzuführen.

Zu Beginn seiner beruflichen Karriere war diese Art der Bestattungsvorbereitung hierzulande noch völlig unbekannt gewesen, und so hatte Maurer seine Ausbildung in den USA gemacht, wo diese Technik schon länger angewendet wurde. »Mittlerweile gibt es natürlich auch in Deutschland Aus- und Weiterbildungsmöglichkeiten, zumindest was den theoretischen Teil des Unterrichts betrifft«, fuhr Maurer fort und räusperte sich. »Und es wurden Organisationen und Verbände gegründet. Trotzdem ist Amerika nach wie vor führend auf diesem Gebiet. Aber nun zu ihrer Leiche. Inwieweit hat Dr. van der Mühlen sie schon informiert?«

Sie berichteten kurz, was sie vom Rechtsmediziner erfahren hatten, und der Thanatopraktiker nickte dabei nachdenklich vor sich hin.

»Abgesehen von den Ihnen schon bekannten Abweichungen ist mir noch etwas aufgefallen«, erklärte er anschließend. »Es gibt verschiedene Möglichkeiten, einer Leiche den Mund zu verschließen, was bei einer öffentlichen Aufbahrung unerlässlich ist. Die einfachere Variante ist, die Lippen zu verkleben – in Deutschland die gängigste Methode. In den USA würde das nicht akzeptiert. Denn weitaus natürlicher sieht es aus, wenn Ober- und Unterkiefer mit einem einzigen Stich durch Nasenscheidewand und Unterkiefer vernäht werden. Das Ganze wird dann mit einem speziellen Knoten zusammengezogen, was dem Gesicht einen weniger künstlichen Ausdruck verleiht. Genau das wurde bei Ihrer Leiche gemacht.«

»Heißt das – wer immer sie behandelt hat, muss in Amerika ausgebildet worden sein?« Lisa sah Maurer fragend an.

Der wiegte den Kopf ein wenig unentschlossen hin und her. »Vielleicht. Aber das bringt Sie wahrscheinlich nicht weiter. Viele Thanatopraktiker haben sich in den USA ausbilden lassen, und in Deutschland werden natürlich auch die gängigen amerikanischen Praktiken gelehrt.« Er zögerte kurz. »Ich wollte aber auf etwas anderes hinaus. Der Mann, den Sie suchen, beherrscht dieses Verfahren mit der Naht perfekt. Sie erinnern sich bestimmt, dass die Leiche ursprünglich ein leichtes Lächeln im Gesicht trug.«

Lukas nickte. Bei all den verrückten Neuigkeiten, die sie in der Rechtsmedizin erfahren hatten, war ihm das völlig entfallen. »Stimmt, ich fand das noch so grotesk, weil Tote normalerweise nicht lächeln.«

Maurer seufzte. »Ich muss gestehen, dass ich so etwas auch noch nie gesehen habe, weder als Pathologe noch als Thanatopraktiker. Allerdings … Sie wissen, dass Amerika das Land der unbegrenzten Möglichkeiten und der verrücktesten Ideen ist. Wenn Hinterbliebene dort eine lächelnde Leiche wollen, bekommen sie auch eine. Unser Mann hat es ihr mit zwei weiteren kleinen Nähten ins Gesicht gezaubert.«

»Wer macht nur so etwas?«, rief Lisa.

Sie befanden sich auf dem Rückweg nach Köln, und die junge Kommissarin schüttelte mehrfach ungläubig den Kopf.

»Lach mich jetzt bitte nicht aus«, fuhr sie fort, »aber als ich die Leiche zum ersten Mal gesehen habe, dachte ich noch, dass ich auch gerne so hübsch aussehen möchte, wenn ich tot bin.« Sie seufzte. »Man hat es schließlich nicht mehr selbst in der Hand, was nach dem eigenen Tod geschieht, und es hat fast etwas Beruhigendes, dass man so schön hergerichtet werden kann.«

Lukas verkniff sich ein Lachen. Typisch Lisa. Selbst im Tod wollte sie unbedingt noch gut aussehen. Ob man sie wohl eines Tages mit ihren High Heels begraben würde? Aber irgendwie hatte sie auch recht. Bei blutigen, brutal ermordeten Opfern machte man sich viel weniger Gedanken über den Tod an sich als bei dieser schönen Leiche. Vielleicht war der Grund dafür, dass keinerlei Anzeichen von Gewalt zu sehen waren. Er wusste es nicht. Der Fall wurde immer mysteriöser.

Lukas' Gedankengang wurde vom durchdringenden Piepton seines Handys unterbrochen: Während ihres Besuchs bei Maurer waren offenkundig einige Nachrichten eingegangen. Lukas hörte die Mailbox ab; unter anderem hatte Daniel van der Mühlen angerufen und dringend um Rückruf gebeten. Lukas kam umgehend der Bitte nach.

»Hast du Neuigkeiten?« Zuvor hatte er weder seinen Namen noch ein Begrüßungswort gesagt.

»Auch dir einen wunderschönen guten Tag, Herr Hauptkommissar.«

Lukas grinste. Er wusste, dass der Rechtsmediziner jetzt die Augen verdrehte, aber nicht weiter darauf eingehen würde. Dazu kannten sie sich schon zu lange und waren auch zu gut befreundet.

Also seufzte van der Mühlen nur einmal kurz, bevor er weitersprach. »Ja, habe ich. Hört sich an, als wärst du im Auto. Könnt ihr vorbeikommen?«

»Können wir. Wir sind auf dem Rückweg von Dr. Maurer, also noch auf der richtigen Seite des Rheins.«

Diesmal blieben sie im Büro des Rechtsmediziners, der sofort zur Sache kam. »Wir haben die Marken des Make-ups. Von wem auch immer sie geschminkt worden ist – er hat sich nicht lumpen lassen. Make-up, Puder und Rouge stammen von Chanel. Lippenstift und Wimperntusche sind von Yves Saint Laurent, Lidschatten, Eyeliner und ein durchsichtiger Lipgloss, der noch über dem Lippenstift aufgetragen wurde, von Dior.«

Lisa sah ihn frustriert an. »Na super! Also alles Marken, die weltweit vertrieben werden. In jeder Douglas-Filiale, in jedem Duty-free-Shop und jeder Parfumerie auf diesem Globus.« Sie runzelte für einen Augenblick die Stirn. »Ich dachte, Bestatter nutzen ganz spezielle Produkte.«

Van der Mühlen nickte. »Ich habe gerade noch mal mit Maurer telefoniert. Es gibt spezielle Produkte. Die kommen aber eher dann zum Einsatz, wenn der Tote einen Unfall hatte und erst plastisch wiederhergerichtet werden musste. Auch bei großporiger Haut oder bei einem Gesicht mit vielen Falten und Fältchen eignet sich die Spezial-Kosmetik besser. Doch bei einer so jungen Frau mit makellos reiner Haut ist das nicht nötig. Maurer sagt, dass bei Bestattungsunternehmen beides verwendet wird.« Er grinste ein wenig spöttisch. »Ich wage allerdings zu bezweifeln, dass dort Chanel, Dior und Co. zum Einsatz kommen.«

Lukas wippte unwillig mit seinem Stuhl vor und zurück. Das wird alles immer verworrener, dachte er; und mit diesem ganzen »Schminkzeugs« konnte er überhaupt nichts anfangen. »Das ergibt doch alles keinen Sinn!«, rief er frustriert. »Hier passt einfach nichts zusammen.«

Van der Mühlen warf seinem Freund einen mitleidigen Blick zu. »Oh, es kommt noch besser. Hast du schon einmal etwas von einem Blauringoktopus gehört?«

»Blauringoktopus?« Lukas schüttelte den Kopf und blickte zu seiner Partnerin, die ebenfalls verblüfft schaute und fragend die Schultern hochzog.

»Er ist hauptsächlich in Australien und Tasmanien beheimatet und eines der giftigsten Tiere, das die Erde hervorgebracht hat. Es gibt verschiedene Arten, manche können bis zu zwanzig Zentimeter groß werden. Unser Kandidat ist etwas kleiner, aber ebenso giftig. Das Besondere an diesem Kraken ist, dass er nicht wie seine weniger giftigen Verwandten Tinte ausstößt, wenn er sich bedroht fühlt, sondern sich seine Körperzeichnung verändert. Normalerweise sind diese Tiere gelblich braun. Bei Gefahr zeigen sich jedoch leuchtend türkisblaue Ringe auf ihrer Haut. Daher der Name. Ihr Biss kann für den Menschen tödlich sein. Es gibt kein Gegengift, aber wenn man bei einem Opfer sofort mit der Herz-Lungen-Wiederbelebung beginnt, hat es gute Chancen durchzukommen. Wenn nicht … dann war's das.«

»Und was für ein Gift ist das?«

»Ähnlich wie das der Kugelfische ist es ein Tetrodotoxin, ein Nervengift. In unserem Fall handelt es sich um Maculotoxin – benannt nach dem lateinischen Namen des Kraken: *Hapalochlaena maculosa*. Interessant ist auch, dass der Oktopus das Gift nicht einmal selbst produziert. Symbiotische Bakterien in seinen Speicheldrüsen übernehmen das für ihn.«

Lisa sah genauso unglücklich aus, wie Lukas sich fühlte. Als er sie jetzt anschaute, dachte er nicht an Grace Kelly, sondern an Hitchcock, der nicht nur für seine Blondinen bekannt war, sondern auch dafür, dass in seinen Filmen wenigstens mit Arsen oder anderen gängigen Mitteln getötet wurde – und nicht mit etwas so Exotischem wie dem Gift eines Blauringoktopus.

Lukas stöhnte kurz und strich sich unbewusst durch sein volles Haar. »Und was macht dieses Gift?«

Van der Mühlen tippte kurz auf die Tastatur seines Computers und drehte anschließend den Bildschirm um neunzig Grad, sodass auch die beiden Beamten darauf sehen konnten. Er hatte ein Foto des Blauringoktopus geöffnet, und ihr Blick fiel auf das Bild eines kleinen, völlig harmlos wirkenden Tiers mit den erwähnten grellblauen Ringen. »Das Gift verhindert die Übertragung von Impulsen über die Nervenbahnen; es führt also unweigerlich zu Lähmungen und später zum Atemstillstand. Bei einem Biss kann es einige Stunden dauern, bis der Tod eintritt. Wird das Gift intravenös verabreicht, geht es bedeutend schneller. Das Schlimme ist, dass der Körper zwar paralysiert, der Mensch aber bis zum Schluss bei Bewusstsein ist. Also kein sehr schöner Tod.«

Lukas sah seinen Freund mit unverhohlener Bewunderung an. »Alle Achtung, wie hast du das alles so schnell herausfinden können, wo dieses Kerlchen doch am anderen Ende der Welt lebt?«

Van der Mühlen grinste. »Erinnerst du dich noch an Jean-Luc? Den Franzosen, mit dem ich damals gemeinsam studiert habe? Er ist inzwischen Toxikologe in einem Institut in der Nähe von Sydney. Ich habe ihm meine Daten geschickt und postwendend eine Antwort bekommen. Blauringkraken sind sozusagen sein Spezialgebiet.«

Lisa interessierte sich weniger für den Toxikologen als für das Gift an sich. »Kannst du sagen, ob unser Opfer gebissen oder das Gift direkt injiziert wurde? Und könnte es theoretisch auch ein Unfall gewesen sein?«

Der Rechtsmediziner gab zunächst keine Antwort und putzte wie üblich erst einmal seine Brille. Als er sie wieder aufgesetzt hatte, schien er immer noch ein wenig unentschlossen. »Alles, was ich euch jetzt sage, ist reine Spekulation. Bitte behandelt das diskret; ich möchte nicht gerne zitiert werden, weder in euren Akten noch in der Presse.«

Lukas grinste. »Großes Indianerehrenwort! Habe ich dich in der Beziehung schon einmal enttäuscht?«

Van der Mühlen lächelte schwach. »Nein, aber diese Geschichte ist einfach so bizarr und so heikel ... Na gut. Der Biss des Blauringoktopus ist winzig, also kaum zu sehen. Wahrscheinlich würde er einem Einstich mit einer Nadel ähneln. Wäre es ein Unfall gewesen, hätte ich etwas an Händen oder Armen finden müssen, was das Naheliegendste wäre, wenn sie ein solches Tier im Aquarium gehalten hätte. Habe ich aber nicht.«

Lukas schauderte bei dem Gedanken. Er wollte so ein Tier nicht in seinem Wohnzimmer haben – nicht einmal hinter einer dicken Glasscheibe.

»Auch die Menge, die wir im Körper der Toten gefunden haben, spricht dagegen«, fuhr der Rechtsmediziner fort. »Genaue Werte ließen sich bei ihrem Zustand nicht feststellen, aber es war definitiv so viel, dass sie schon von mehreren Kraken gleichzeitig gebissen worden sein müsste. Und das halte ich doch für sehr unwahrscheinlich. Dazu kommt, dass wir auch ein Betäubungsmittel bei ihr gefunden haben: Propofol, ein gängiges Anästhetikum. Niemand spritzt sich so etwas selbst, bevor er ein Aquarium reinigt, oder?«

Lukas grinste. »Okay, der Punkt geht an dich. Aber du hast

bisher praktisch nur Fakten genannt. Mal ehrlich – was glaubst du, was passiert ist?«

Van der Mühlen knurrte etwas Unverständliches vor sich hin. »Du lässt einfach nicht locker, was? Nichts von dem, was ich jetzt sage, kann ich beweisen, aber ich glaube, dass der Mörder sie erst betäubt und ihr dann das Gift injiziert hat. Ich denke, sie wusste gar nicht, wie ihr geschah, und hat daher auch nichts von allem mitbekommen. Ich glaube das, weil es zu dem ganzen Rest passen würde. An der Leiche ist sich in keiner Weise brutal vergangen worden. Sie hat friedlich ausgesehen, und ich kann mir nicht vorstellen, dass der Täter daneben gesessen hat, als sie qualvoll gestorben ist. Ich denke wirklich, dass sie nicht gelitten hat.«

Lisa hatte eine ganze Weile an den überdimensional großen Knöpfen ihrer Kostümjacke herumgespielt und ein wenig abwesend gewirkt. Nun erklärte sie: »Ich weiß, was du meinst, Daniel. Mein Bauch sagt mir das Gleiche. Der perfekte Mord ohne Anwendung jeglicher Gewalt. Du hast die Geschichte eben als bizarr bezeichnet; ich finde, das trifft genau ins Schwarze.«

Lukas zog die Stirn in Falten. »Eure Bäuche in allen Ehren, aber wie ist der Täter so nah an sie herangekommen, dass er sie ganz friedlich betäuben konnte?«

Der Pathologe zuckte mit den Achseln. »Ein paar Teile von dem Puzzle müsst ihr schon selber finden.«

Es war bereits nach sechs, als sie sich auf den Weg zum Präsidium machten. Im Auto sprachen sie wenig miteinander, da sie beide ihren Gedanken nachhingen.

Lisa fuhr mitten durch die Stadt, und so standen sie kurz vor der Deutzer Brücke mal wieder im Stau. Jetzt, so dicht am Rhein, sah Lisa aus dem Augenwinkel, dass Lukas gerade zu einer – wahrscheinlich bissigen – Bemerkung ansetzte. Doch anstatt die Worte auszusprechen, die ihm auf der Zunge lagen, erstarrte er von einer Sekunde auf die andere und blieb weiterhin schweigsam.

Lisa folgte seinem Blick, der auf die Tankstelle an der anderen Straßenseite geheftet war. Eine hochgewachsene, schlanke Gestalt stieg dort von einem dunkelblauen Motorrad. Als sie den Helm abnahm, kamen lange schwarze Locken zum Vorschein, und Lisa erkannte, dass es sich um eine Frau handelte. Nach einem kurzen Blick auf das versteinerte Gesicht ihres Kollegen entschied sie, dass es klüger war, nicht weiter nachzufragen.

Aber sie war sich sicher, dass diese Frau eine bedeutende Rolle in Lukas' Leben spielen musste.

*

Alex.

Lukas war wie gelähmt. Wenn er an sie dachte, hatte er seine Gefühle inzwischen einigermaßen im Griff, wenn er sie jedoch sah – wie jetzt –, verlor er die Kontrolle über sich.

Er vermisste sie unsäglich. Ein Jahr, drei Monate und einundzwanzig Tage waren jetzt vergangen, seit Alex ihn aus heiterem Himmel verlassen hatte. Nach mehr als acht Jahren. Acht guten Jahren. Lukas verstand immer noch nicht, wie das hatte passieren können.

Er war nicht mehr in der Lage, klar zu denken. Wie durch einen Nebel nahm er war, dass ihr Wagen sich dem Präsidium näherte. Eigentlich hatten sie vorgehabt, die Neuigkeiten mit Baumgartner und den anderen Mitgliedern der Mordkommission zu besprechen, aber dazu hatte er jetzt einfach keinen Nerv. Er verabschiedete sich kurz angebunden von Lisa, stieg aus dem Wagen und rannte fast zu seinem Motorrad. Bloß weg hier.

Automatisch schlug er den gewohnten Weg ein, der zu seiner Wohnung führte. Während er am Rhein entlangfuhr, wurde ihm jedoch bewusst, dass er eigentlich gar nicht nach Hause wollte. Um jetzt alleine in seinen vier Wänden zu hocken, war er einfach zu aufgewühlt. Also bog er nicht in die Maternusstraße ab, sondern lenkte seine Maschine zum Bonner Verteiler. Dort fädelte er sich in den Strom der Fahrzeuge ein, die auf die Autobahn fuhren. Anschließend heizte er mit allem, was die Ducati hergab, in Richtung Bergisches Land. Wie gut, dass Motorräder vorne keine Nummernschilder hatten.

Erinnerungen suchten ihn heim.

Ihre Freunde nannten sie Lexi, aber für ihn war sie immer Alex gewesen. Er hatte sie wirklich geliebt und das Leben mit ihr genossen. Wenn er ehrlich zu sich selbst war, musste er sich eingestehen, dass er sie immer noch liebte.

Nur sein Freund Daniel van der Mühlen wusste, was damals wirklich geschehen war. Ansonsten hatte er mit niemandem darüber gesprochen.

Lukas nahm die nächste Ausfahrt, wendete und fuhr zurück nach Köln. Das Bergische Land war auch keine gute Idee. Alex und er hatten dort viel zu oft Motorradtouren unternommen.

12

Mackay, 14. November

Er saß an Bord der *Rosebud* und wartete ungeduldig darauf, dass die Crew endlich mit neuem Proviant zurückkehrte, damit sie wieder in See stechen konnten. Die Yacht gefiel ihm gut, sonst hätte er sie nicht gekauft. Aber es war ihm schleierhaft, wie man ein Schiff nach dem letzten Wort eines Sterbenden in einem uralten und äußerst umstrittenen Kinofilm benennen konnte. Orson Welles hatte das Wort *Rosebud* kurz vor seinem Tod in *Citizen Kane* geflüstert, und die ganze Geschichte drehte sich dann darum, herauszufinden, was es bedeutete. Er hatte den Film gesehen und wusste selber nicht so genau, ob er ihn gut oder schlecht finden sollte.

Die Idee, auf dem Sterbebett etwas zu sagen, was alle anderen in größte Verwirrung stürzte, fand er jedoch höchst amüsant. Und wenn er sich langweilte, hatte er schon so einige Male darüber nachgedacht, welche Worte er der Nachwelt hinterlassen könnte, wenn es bei ihm so weit war. Er würde allerdings kaum den Namen eines alten Schlittens wählen, denn mit Schnee hatte er es ja nicht so.

Eine Weile hatte er darüber nachgedacht, seiner Yacht einen neuen Namen zu geben. Doch nach Ansicht des Kapitäns, den er eingestellt hatte, würde es Unglück bringen, ein Boot umzutaufen. Und so durfte die *Rosebud* auch weiterhin unter ihrem ursprünglichen Namen am Great Barrier Reef entlangschippern.

Er war jetzt schon seit gut zwei Monaten in Australien. Es war die richtige Entscheidung gewesen, hierherzukommen. Das Tauchen auf den Malediven hatte ihm gefallen, aber auf der Insel hatte er sich halb zu Tode gelangweilt und war einfach zu abhängig gewesen. Mit der eigenen Yacht unterwegs zu sein und am Barrier Reef zu tauchen – das war etwas völlig anderes.

Das fünfundzwanzig Meter lange Boot war in einem erstklassigen Zustand gewesen, als er es gekauft hatte. Reparaturen oder Umbauarbeiten waren nicht nötig gewesen. Er hatte lediglich einen Kompressor installieren lassen, der die Flaschen zum Tauchen füllte, und die Ausrüstung an Bord geschafft; das war's schon. Der Kapitän, Jason McDermot, war ein absoluter Glücksgriff gewesen. Der erfahrene Schiffsführer war freundlich und zurückhaltend, immer da, wenn er gebraucht wurde, und ansonsten praktisch unsichtbar. Nach diesen Kriterien hatte er auch die übrige Crew ausgesucht, einen Koch und zwei Bootsjungen, und mit ihnen war er ebenfalls hochzufrieden. Hinzu kam, dass Jason ein exzellenter Hobbytaucher war, der sich in den hiesigen Gewässern bestens auskannte. Der Mann wusste genau, wo getaucht werden durfte und wo nicht – und wo sich die schönsten Stellen befanden.

In den vergangenen Wochen waren sie häufig zu zweit an den Riffen entlanggeschwommen. Und während er auf den Malediven noch ausschließlich an Großfisch interessiert gewesen war, schaffte Jason es, ihn auch für die kleineren Bewohner der Unterwasserwelt zu begeistern. Der Kapitän zeigte ihm Lebewesen, die er nie selber entdeckt hätte, und wusste immer gleich etwas über sie zu erzählen.

Auch auf der *Rosebud* hatte er Zugriff aufs Internet, und in der ersten Zeit hatte er oft nachgeprüft, ob Jasons Ausführungen vielleicht doch eher dem gerne zitierten Taucherlatein zuzuordnen waren. Aber bis jetzt hatte er stets feststellen müssen, dass alles stimmte, was der Kapitän ihm erzählte. Der Mann hatte echt was auf dem Kasten!

So war er also zu seinem persönlichen *Tauch-Guide* gekommen, der ihn natürlich auch vor den gefährlichen Tieren im Wasser warnte. Dabei sprach er weniger von den großen Haien, wie man hätte meinen können, sondern mehr von den kleinen, oft unscheinbaren Giftmördern, die ihrer Beute auflauerten. Es war unglaublich, was die Natur sich da alles ausgedacht hatte. Im Moment faszinierte ihn die Kegelschnecke am meisten. Sie jagte mit einer Harpune, die sie auf kleine Fische abschoss; und sobald sie ein Opfer am Haken hatte, lähmte sie es, indem sie durch einen winzigen Schlauch Gift in das arme Tier hineinpumpte. Manche dieser Schneckenarten produzierten einen Giftcocktail, der sogar für Menschen tödlich war.

Aber nicht nur die Unterwasserwelt fesselte ihn. Abends widmete er sich dem Internet und führte seine Recherchen über Serienmörder fort. Es war hochinteressant, wie dämlich sich manche von ihnen angestellt hatten, wie unvorsichtig sie nach einiger Zeit geworden waren und die Polizei sie förmlich hatte fassen müssen. Ansonsten trank er australische Weine, die ihm vorzüglich mundeten und eine willkommene Alternative zum Bier darstellten, dem eigentlichen Nationalgetränk in Australien. Und manchmal zog es ihn für ein paar Tage an Land: Auch in Queensland gab es Prostituierte.

Alles in allem war er mit der momentanen Situation zufrieden und langweilte sich ausnahmsweise einmal nicht.

13

Köln, 20. Mai

Obwohl es erst kurz nach sieben am Morgen war, saß Lisa schon seit einer halben Stunde an ihrem Schreibtisch. Sie hatte schlecht geschlafen und war früh aufgewacht. Der Fall der schönen Toten ließ sie einfach nicht los.

Wie viele Leichen hatte sie schon gesehen, die brutal ermordet und dann achtlos irgendwo liegen gelassen worden waren? Sie wurden in die Rechtsmedizin gebracht, obduziert und schließlich, sobald sie freigegeben waren, einem Bestattungsunternehmen übergeben. Ende der Geschichte. Die Polizei konzentrierte sich auf Spuren oder Motive, die zur Ergreifung des Mörders führten, aber setzte sich nicht weiter mit dem Leichnam selbst auseinander. Man stützte sich bei der Ermittlungsarbeit ausschließlich auf die Ergebnisse der Autopsie, die möglicherweise einen Hinweis enthielten, der zum Täter führen konnte.

In diesem Fall war vieles anders. Der Mörder hatte die Leiche nicht einfach achtlos zurückgelassen, sondern – ganz im Gegenteil – sich mit großer Sorgfalt um sie gekümmert. Irgendwie hatte Lisa den Verdacht, dass der Täter nach dem Mord deutlich mehr Zeit mit seinem Opfer verbracht hatte als vorher. Wieder eines dieser Bauchgefühle. Aber es beruhte auf handfesten Indizien. Er hatte sich viel Mühe gegeben, um die Leiche zu präparieren, und dabei sehr fein und präzise gearbeitet. Und dazu die Darstellung auf dem Oberkörper: Allein die Rose zu »zeichnen« musste Stunden gedauert haben.

Lisa lehnte sich nachdenklich in ihrem Stuhl zurück. Sie hatte in den letzten beiden Tagen mehr darüber erfahren, was mit einer Leiche passierte, die für ihren letzten Weg vorbereitet wurde, als sie jemals hatte erfahren wollen. Ob mit Katja damals das Gleiche gemacht worden war? Sie wusste es nicht. Ihre jüngere Schwester war vor elf Jahren an Leukämie gestorben. Sie hatte Katja geliebt und die Beerdigung nur wie in Trance wahrgenommen. Das Einzige, woran sie sich noch erinnerte, war, dass sie das Kleid ausgesucht hatte, das ihre Schwester im Sarg getragen hatte … Waren das gerade wirklich die Worte gewesen, die sie gedacht hatte? Das Kleid, das ihre Schwester im Sarg getragen hatte? Eine merkwürdige Formulierung – so als wäre es eine bewusste Entscheidung ihrer toten Schwester gewesen! Langsam schien sie wirklich durchzudrehen. Sie seufzte und beschloss, ihre Mutter nach den elf Jahre zurückliegenden Details zu fragen. Dann schob sie die Gedanken an ihre Schwester erst einmal beiseite.

Sie griff nach Daniel van der Mühlens offiziellen Autopsiebericht, den sie heute früh auf ihrem Schreibtisch vorgefunden hatte, und begann zu lesen. Hier und da musste sie sich ein Grinsen verkneifen. Der Rechtsmediziner war ein brillanter Rhetoriker, der manches so darstellte, dass es vieldeutig klang. Würde sie seine mündlichen Erklärungen nicht kennen, wären für sie nach der Lektüre dieses Berichts noch viele Fragen offen – sogar ob es sich um einen Mord oder einen Unfall handelte. Sie mochte den Arzt. Sein sensibel wirkendes Äußeres hatte sie sofort angesprochen, und aufgrund seiner feinen Gesichtszüge fand sie ihn trotz seines schütter werdenden Haars sehr attraktiv.

Bevor sie zur Polizei gegangen war, hatte sie sich nicht vorstellen können, dass ein Rechtsmediziner ein ganz normaler Mensch mit einem ganz normalen Leben und ebenso normalen Gefühlen sein könnte. In ihrem Kopf hatte sich der Gedanke festgesetzt, dass jemand, der tagtäglich Leichen aufschnitt, mindestens genauso krank sein musste wie ein Serienmörder. Doch schon in Hamburg, seit sie dort beim Morddezernat tätig war, hatte sie ihre Meinung revidiert. Lisa war auch nicht darüber verärgert gewesen, dass die dortigen Rechtsmediziner sie ständig aufzogen, nachdem sie sich bei ihrer ersten Autopsie hatte übergeben müssen – das gehörte wohl irgendwie dazu. Vielmehr hatte sie gelernt, die Witze dieser Ärzte zu verstehen, die auf diese Weise einfach die dunkle Seite ihrer Arbeit zu kompensieren versuchten.

Daniel war freilich anders. Er hatte zwar Humor, machte sich aber nie über die Leiche auf seinem Tisch lustig. Auch Tote waren für ihn Personen, denen er Respekt zollte. Lisa hatte das Gefühl, dass er kaum einen Menschen würdevoller behandelte als das jeweilige Opfer, dem er unwürdige Dinge antun musste, um dabei zu helfen, seinen Mörder zu finden. Sie konnte nicht genau beschreiben, was ihn von den anderen Rechtsmedizinern unterschied, doch es imponierte ihr, wie er mit den Verstorbenen umging.

Unvermittelt musste sie ironisch lächeln, als ihr ein verblüffender Gedanke kam: Vielleicht waren ja Bestatter und Rechtsmediziner diejenigen, die normal waren – und alle anderen, sie eingeschlossen, nicht. Schließlich wurde in anderen Kulturen und Zeitaltern der Tod als etwas Natürliches betrachtet und war nicht so ein Tabuthema wie heute: In der ach so zivilisierten westlichen Welt schwieg man die Toten am liebsten tot. Wer wollte denn noch eine Leiche waschen, anziehen oder schminken? Früher hatten Familienmitglieder diese Aufgabe übernommen; heutzutage war man hingegen froh, nichts damit zu tun zu haben.

»Du konntest also auch nicht schlafen.«

Lisa schrak auf. Sie war so in Gedanken versunken gewesen, dass sie nicht mitbekommen hatte, wie Lukas Rosenzweig ins Büro gekommen war. Bevor sie jedoch etwas zu ihm sagen konnte, klingelte ihr Telefon. Wer rief so früh an? Normalerweise waren sie erst ab acht im Präsidium, jetzt war es noch nicht einmal halb.

Sie griff nach dem Hörer und lauschte eine Weile, bevor sie nach einem kurzen »Moment bitte« die Muschel zuhielt und sich an Lukas wandte. »Sie haben Ellie gefunden. Sie ist in der Polizeiinspektion West auf der Venloer Straße. Fahren wir hin, oder soll sie hergebracht werden?«

Lukas schüttelte entsetzt den Kopf, bevor er antwortete: »Auf jeden Fall bringen lassen ... Weißt du nicht, wie lange wir um die Zeit nach Ehrenfeld brauchen?« Gleichzeitig fuchtelte er mit der Hand in der Luft herum, um zu verdeutlichen, dass er unter keinen Umständen dorthin fahren wollte.

Lisa ließ sich von der energischen Gestik so beeindrucken, dass sie die Kollegen in Köln West bat, die Zeugin ins Präsidium und später auch wieder zurückzufahren.

»Gut, vielleicht hat sie ja tatsächlich was gesehen«, meinte Lukas. »Gibt es sonst noch Neuigkeiten?« Er war im Vergleich zum vorhergehenden Abend wie ausgewechselt und schien voller Tatendrang zu sein.

Lisa schüttelte den Kopf. »Nein, jedenfalls nichts Weltbewegendes. Ich habe gerade Daniels Autopsiebericht gelesen. Das Einzige, worüber wir nicht mit ihm gesprochen haben, ist die Todeszeit. Er glaubt – und wird dabei von Dr. Maurer unterstützt –, dass sie zwischen dem 14. und 16. Mai getötet wurde. Genauer können sie es nicht sagen.«

Lukas winkte ab. »Das hilft uns im Moment sowieso nicht weiter. Wir wissen, dass der Täter nach ihrem Tod eine gewisse Zeit für die Präparation gebraucht hat. Ob das nun ein, zwei oder drei Tage gedauert hat, bringt uns im Augenblick nicht voran.« Er zuckte mit den Achseln. »Vielleicht wird das später noch wichtig, aber jetzt sollten wir uns erst mal auf ein paar andere Dinge konzentrieren.« Aus seinem Rucksack holte er einen großen Umschlag hervor und entnahm ihm einige beschriftete Kartonstreifen. »Ich würde gerne ein paar Dinge mit dir besprechen, bevor die anderen kommen. Lass uns in Konferenzraum vier gehen.«

Der Konferenzraum mit der Nummer vier unterschied sich ein wenig von den drei anderen. Er war ungefähr sechs mal acht Meter groß, und wenn man durch die Tür eintrat, fiel der Blick zunächst auf die riesengroße Tafel an der gegenüberliegenden Wand und danach auf die überdimensionalen Pinnwände, die man an der fensterlosen Längsseite angebracht hatte.

Lukas legte die vorbereiteten Pappestreifen auf den langen Tisch und drehte sich dann zu Lisa um. Er sah sie fast ein wenig treuherzig an, als er erklärte: »Ich habe letzte Nacht auch kein Auge zugetan.«

Sonst sagte er nichts, und Lisa vermutete, dass dies wohl seine Art war, sich zu entschuldigen, weil er sie gestern einfach so auf dem Parkplatz hatte stehen lassen. Sie akzeptierte das und sah ihn einfach nur fragend an.

Er ging zu dem Sideboard neben der Tür, ergriff die dort abgestellte Schachtel mit Pinnwandnadeln und kehrte zu Lisa zurück. »Der Fall unserer schönen Toten ist ein einziges mysteriöses Durcheinander, und ich denke, dass wir zuallererst ein bisschen Struktur in den Fall hineinbringen müssen.« Er nahm den obersten Pappestreifen und befestigte ihn an einer der Pinnwände.

Lisa musste sich ein Grinsen verkneifen. Statt »Opfer« hatte Lukas ernsthaft »schöne Tote« auf den Karton geschrieben.

Er bemerkte ihren Gesichtsausdruck. »Lach nicht, ich habe das ganz bewusst so gemacht. Auch wenn ich mich Daniels Vermutung und deinem Bauchgefühl anschließe, wissen wir nicht, ob sie tatsächlich ermordet wurde.«

Sie setzte zu einer Erwiderung an. »Man hätte auch ›Opfer‹ –«

Aber Lukas brachte sie mit einer Handbewegung zum Schweigen. »Ich weiß, auch bei Unfällen spricht man von Opfern. Aber vergiss nicht, dass wir uns hier im Morddezernat befinden, da werden die sogenannten Opfer in der Regel umgebracht.«

Dem hatte sie nichts entgegenzusetzen.

Lukas' Ton wurde wieder versöhnlicher, als er fortfuhr: »Ich will hier keine Haarspalterei betreiben; ich habe den Begriff nur deshalb gewählt, weil man leicht in Stereotypen denkt. Und ich will, dass wir für alle denkbaren Erklärungen, wie es zu ihrem Tode kam, offen bleiben. Wir müssen uns immer wieder vor Augen halten, dass es ein Unfall gewesen sein könnte. Auch wenn ich das selber nicht glaube.«

Die letzten Worte hatte er in seinen nicht vorhandenen Bart gebrummelt, aber Lisa hatte sie trotzdem verstanden. Auf dem nächsten Streifen, den Lukas an die Wand heftete, stand »Rose«.

»Damit haben wir uns praktisch noch gar nicht auseinandergesetzt«, hob er hervor. »Wenn es ein Mord war, muss diese Rose eine besondere Bedeutung haben.«

Lisa nickte zustimmend, sagte aber nichts. Auf dem Streifen Nummer drei prangte »Fundort«. Darunter pinnte Lukas mit ein wenig Abstand drei weitere, kleinere Kartonstücke mit den Aufschriften »Dom?«, »Springbrunnen?« und »Wie?«.

»Wir haben keine Ahnung, was dem Täter wichtig ist – immer vorausgesetzt, es war wirklich Mord«, erklärte Lukas. »Ist es für ihn von Bedeutung, dass die Tote in der Nähe des bekanntesten Gotteshauses in Deutschland gefunden wird? Hat er vielleicht eine besondere Beziehung zu Brunnen, oder steht er irgendwie auf Wasser? Keine Ahnung. Dazu kommt, dass wir nicht den blassesten Schimmer haben, wie er es zustande gebracht hat, die Leiche an einem … nein, an *dem* populärsten Platz in Köln abzulegen, ohne dass irgendwer etwas gesehen hat. Ich hoffe wirklich, dass Ellie da ein bisschen Licht ins Dunkel bringen kann.«

Lisas Achtung für ihren Kollegen stieg. Sie waren beide völlig verwirrt und emotional sehr berührt von dem Fall – sie war sich sicher, dass es ihm in dieser Hinsicht nicht anders erging als ihr. Aber er hatte mit seinen beschrifteten Kartons tatsächlich einen Weg gefunden, um rational an den Fall heranzugehen. Sie merkte selbst, wie sie ihre wenig zielführenden Gedankenassoziationen, denen sie sich am frühen Morgen hingegeben hatte, aus dem Bewusstsein verbannte und ihr Spürsinn erwachte.

Lukas war jedoch noch lange nicht fertig. Als nächsten Punkt hatte er »Thanatopraxie« aufgeschrieben. »Die Reihenfolge der Themen ist völlig willkürlich, denn zum jetzigen Zeitpunkt können wir nicht beurteilen, ob bestimmte Aspekte bedeutsamer sind als andere. Ich glaube allerdings, dass die Präparation der Leiche einer der wichtigsten Ansätze ist.« Er seufzte tief und strich sich fast schon wütend durchs Haar – wohl ein Ausdruck der eigenen Ratlosigkeit. »Bis gestern dachte ich, es ist der wichtigste Punkt. Aber seit dieses blaugeringelte Kerlchen ins Spiel gekommen ist, weiß ich das nicht mehr so genau.« Er drehte sich um und heftete den Karton mit der Aufschrift »Blauringoktopus« an die Wand. »Falls wir einen Unfall ausschließen … Wer zum Teufel tötet in Köln mit einem Gift, das von einem Meerestier aus Australien stammt?«

Man sah ihm an, dass er sich noch länger über dieses Thema hätte auslassen können, aber er riss sich zusammen.

Als Nächstes pinnte er den Begriff »Spuren« an die Wand, zu dem es zwei Unterkategorien gab: »Seidendecke« und »Make-up«. »Hier können wir nicht viel tun«, sagte er und zeigte auf »Seidendecke«. »Da müssen wir uns gedulden, bis die KTU mehr Informationen hat.« Und zu »Make-up« erklärte er: »Da müssen wir bei den Herstellern nachfragen, ob die Produkte wirklich weltweit gleich sind oder ob es Unterschiede gibt – beziehungsweise, was überhaupt wo vertrieben wird.« Auf dem letzten Streifen, den er anheftete, stand »Mord-Art«.

Lisa schnappte nach Luft und lachte dann laut auf, was für sie sehr ungewöhnlich war, da sie sonst eher durch vornehme Zurückhaltung auffiel. Lukas sah sie mit einer Mischung aus Verwirrung und Empörung an. Dann begriff er selbst, wie vieldeutig dieser Begriff war, und stimmte in ihr Lachen ein. Sie fielen sich nicht gerade in die Arme; dazu war Lisa viel zu distanziert. Aber es tat einfach gut, für einen Moment alles zu vergessen und nur zu lachen. Die letzten zwei Tage waren von großer Anspannung geprägt gewesen – vor allem auch deshalb, weil der neue Fall so merkwürdig war. Ein Teil dieser Anspannung fiel nun von ihnen ab.

»Was ist denn hier los?«, rief eine bekannte Stimme.

Lukas und seine Kollegin drehten sich um.

Er hätte nie gedacht, dass ihm das Lachen so schnell vergehen würde. Aber die entsetzten Gesichter von Baumgartner und Schneider wirkten wie eine kalte Dusche.

Nach ein paar Sekunden unangenehmen Schweigens ergriff Lisa das Wort. »Ich kann das erklären.«

Sie ging – nein, stolzierte – mit einer für Lukas unfassbaren Gelassenheit zum Sideboard neben der Tür, griff dort nach einem Laserpointer und richtete ihn auf das erste Wort an der Pinnwand.

»Wir haben versucht, eine Struktur in diesen Fall zu bringen«, fuhr sie fort und zögerte dann einen Moment. »Das Wörtchen ›wir‹ stimmt nicht so ganz; es war Lukas, der die Idee dazu hatte.« Sie lächelte ihre zwei Vorgesetzten charmant an. »Wenn Kommissar Rosenzweig nichts dagegen hat, werde ich Ihnen jetzt gerne erklären, was er mir eben erläutert hat.« Mit einem filmreifen Augenaufschlag in Richtung Schneider sprach sie weiter. »Dann weiß er auch, ob ich es richtig verstanden habe.«

Der Wechsel vom blonden Dummchen zur eiskalten Blondine kam so unverhofft, dass sich Lukas richtig anstrengen musste, um sein Lachen in dieser unglücklichen Situation zu unterdrücken. Lisa warf anschließend Schneider die Fakten höchst professionell und weitaus detaillierter, als Lukas das zuvor getan hatte, um die Ohren, und auch Baumgartner musste das ein oder andere Mal Husten, um offenkundig ein unpassendes Lachen zu unterdrücken.

Als sie bei der »Mord-Art« ankam, sah sie Schneider aus völlig unschuldigen Augen an und erklärte: »Diesen Punkt haben wir noch nicht besprochen, weil ich aufgrund seiner Zweideutigkeit angefangen habe zu lachen.«

Sie sagte das so ergreifend schlicht, dass es Schneider völlig den Wind aus den Segeln nahm. Der Kriminaldirektor grummelte etwas vor sich hin und bat dann, auch hierüber aufgeklärt zu werden.

Lukas ergriff nun das Wort. »Ich meine mit diesem Ausdruck natürlich die Art und Weise, wie die junge Frau getötet wurde.« Unter der »Mord-Art« heftete er einen kleineren Kartonstreifen mit der Aufschrift »Betäubung«. »Wir wissen, dass sie betäubt worden ist, wahrscheinlich hat man sie sogar richtig anästhesiert. Wie ist der Täter so nah an sie herangekommen? Warum hat er sie betäubt? Sollte sie einfach nur nicht leiden?« Er zuckte mit den Achseln. »Leider gibt es mehr offene Fragen als Antworten.« Er griff nach dem letzten Stück Pappe, auf dem »Motiv?« stand. »Wir sind so weit entfernt von einem Motiv, dass wir auch diesen Begriff im Augenblick nur mit einem großen Fragezeichen versehen können. Zudem finde ich, dass er als Unterpunkt zur Art und Weise des Mordes im Moment am besten aufgehoben ist und nicht als eigenständiges Thema betrachtet werden sollte.« Er lächelte schwach. »Ich weiß nicht, ob mir mein Unterbewusstsein da einen Streich gespielt hat, denn im Englischen bedeutet *art* bekanntlich Kunst.« Er machte eine kleine Pause. »Was natürlich perfekt zu unserer schönen Toten passt.«

Ellie wartete schon seit zwanzig Minuten, und der gesamte Verhörraum eins roch nun nach ungewaschenem Mensch. Lisa und ihr Kollege ließen sich das nicht anmerken und nahmen gegenüber der obdachlosen Frau Platz.

Ellie sah sie mit einer Mischung aus Argwohn und Gereiztheit aus ihren trüben Augen an. »Was wollt ihr von mir, ich hab nix gemacht.«

Lukas schüttelte beschwichtigend den Kopf. »Das behauptet ja auch keiner«, sagte er freundlich. »Wir glauben aber, dass du vielleicht etwas gesehen hast, was uns bei einem Mordfall helfen könnte. Du bist also nur als Zeugin hier und nicht, weil du etwas verbrochen hast.«

Ellie wurde gleich ein paar Zentimeter größer auf ihrem Stuhl und sah Lukas mit einem süffisanten Grinsen an. »Ich bin also wichtig?«

Lukas nickte, und sie dachte einen Moment angestrengt nach. »Habt ihr für wichtige Zeugen vielleicht einen Kaffee und was zum Essen?«

»Das wird sich einrichten lassen.« Ein leises Lächeln umspielte die Augen des Kommissars, als er aufstand und dem Beamten vor der Tür ein paar Anweisungen gab.

Lisa betrachtete die Frau in der Zwischenzeit genauer. Ellie war kaum größer als sie selbst und schien zierlich gebaut zu sein, was allerdings unter den vielen Schichten Kleidung, die sie trug, nicht genau auszumachen war. Die alte Frau tat ihr leid. Ellies Haar war lang, grau und ungepflegt. Sie hatte es zu einem Zopf geflochten und mit einer Haarspange für Kinder zusammengebunden, die sie wahrscheinlich irgendwo gefunden hatte. Irgendwie rührte Lisa diese Haarspange. Die schreiend bunten Teddybären darauf bildeten einen extremen Gegensatz zu der ansonsten farblos wirkenden Gestalt. Lisa wurde unvermittelt aus ihren Gedanken gerissen, als Lukas mit der Befragung fortfuhr.

»Es geht um die Nacht von Montag auf Dienstag. Von Freddy wissen wir, dass ihr beide unter dem Durchgang des Römisch-Germanischen Museums übernachtet habt.«

Ellie nickte. »Mhh, und?«

Rosenzweig seufzte innerlich auf. Das würde nicht einfach

werden. »Er sagte, er sei sofort eingeschlafen, weil er den Apfelkorn nicht vertragen hat.«

»Stimmt, das is 'n Teufelszeugs. Ich hab's nicht angerührt.«

»Gut. Hast du vielleicht etwas gesehen, was auf dem Roncalliplatz oder am Springbrunnen passiert ist?«

Sie schüttelte den Kopf und sah Lukas an, als könne der nicht bis drei zählen. »Passiert? Was soll 'n da passiert sein? War 'ne total ruhige Nacht ... nix los.«

Lukas stöhnte erneut innerlich auf. Er musste wohl etwas stärker an den Würmern in ihrer Nase ziehen. »Freddy sagte, da hätte ein Pärchen auf der Umrandung des Brunnens gesessen, als ihr vom Bahnhof zum Museum gegangen seid. Hast du die auch gesehen?«

»Ja, aber die waren nicht lang da. Sind nach ein paar Minuten gegangen.«

»Alle beide?«

»Ja klar, alle beide.« Sie kicherte. »Sind ganz eng umschlungen runter Richtung Altstadt.«

Das war also auch eine Sackgasse, dachte Lukas. »War sonst noch jemand da? Möglicherweise in der Nähe des Brunnens?«

»Nee, ich sag doch, war nix los. Hier und da ist noch einer vorbeigekommen, aber nur einfach quer über den Platz.«

Es klopfte, und eine junge Beamtin kam mit dem Kaffee und ein paar belegten Brötchen herein. Ellie stürzte sich auf das Essen, und in Lisa rührte sich wieder ein Funken Mitleid.

»Warum waren Sie eigentlich nicht mehr da, als die Polizei Freddy gefunden hat?«, erkundigte sich Lisa.

Die alte Frau kaute, schluckte und ließ sich ein wenig Zeit mit der Antwort. »Na ja, Krach stört mich sonst ja nicht, aber Freddy hat so laut geschnarcht, dass ich echt kein Auge zumachen konnte. Und das hallt da auch so laut.« Sie zuckte entschuldigend mit den Achseln. »Bin dann rüber zum Altermarkt und hab mir da ein Plätzchen gesucht.«

Lukas nickte. Im Durchgang zum Römisch-Germanischen Museum standen tagsüber oft Straßenmusiker, weil die Akustik dort hervorragend war und auch sehr weit trug. »Und bevor du weg bist, hat sich niemand mehr dem Springbrunnen genähert?«

»Nee, sag ich doch. Da war nur kurz dieses Auto.«

Lukas und seine Kollegin fuhren beide wie elektrisiert in ihren Stühlen auf. »Was für ein Auto?«, fragte er.

»Na, irgend so ein Wagen von der Stadt. Bisschen größer, wie so 'n kleiner Bus. Und mit einem von diesen orangefarbenen Blaulichtern auf'm Dach.«

Sie saßen zu sechst im Konferenzraum vier und trugen die wenigen Fakten zusammen, die sie bislang ermittelt hatten.

»Das *orange Blaulicht,* wie Ellie es so schön formuliert hat, ist einfach genial.« Lukas konnte immer noch nicht fassen, wie simpel der Täter das Problem gelöst hatte, seine Leiche direkt vor dem Dom abzulegen. »Überlegt doch mal. Nehmt ein Polizeiauto mit Blaulicht, und schon habt ihr jede Menge Schaulustiger. Nehmt eine orange blinkende Rundumleuchte auf einem städtischen Fahrzeug, und ihr seid praktisch unsichtbar. Keiner interessiert sich für so etwas … Ganz im Gegenteil, die Leute machen eher einen großen Bogen, weil sie Angst haben, im Dunkeln ein nicht gut abgesichertes Straßenloch zu übersehen und womöglich in einen Kanal zu fallen.« Er schüttelte mehrmals den Kopf. »Das ist einfach perfekt: anhalten, Tür auf, Leiche raus, Tür zu, wegfahren. Und keiner hat etwas gesehen.«

Lisa nickte zustimmend. »Auf die Idee, dass er ein Auto benutzt hat, um die Tote zu transportieren, hätten wir auch gleich kommen können. Eine thanatopraktisch behandelte Leiche kann man sich wohl kaum mal eben so über die Schulter werfen.«

Sie nickten alle etwas betreten, weil ihnen dieser Gedanke nicht schon früher gekommen war.

»Die Frage ist nur, wo wir jetzt ansetzen sollen«, gab Carsten Reimann zu bedenken. »So eine Rundumleuchte kann man sich überall besorgen, einen Aufkleber der Stadt Köln auch ... Selbst wenn wir noch weitere Augenzeugen finden sollten, wird uns keiner von ihnen sagen können, ob es sich um ein echtes oder gefaktes Fahrzeug der Stadt handelt, denn wie du eben so richtig bemerkt hast: Kein Mensch interessiert sich für so etwas. Wo sollen wir nun unseren Mörder suchen? Ist er ein Mitarbeiter der Stadt Köln, ein Toxikologe oder Meeresbiologe, ein Thanatopraktiker oder einfach nur ein durchgedrehter Irrer?«

Lukas blickte seinen Kollegen an und seufzte. »Ich weiß, wir sind unserem Täter noch keinen Schritt nähergekommen. Allerdings bin ich mir ziemlich sicher, dass er kein durchgedrehter Irrer ist. Er ist nach einem ausgeklügelten Plan vorgegangen. Ich schätze, dass er sehr intelligent und sehr clever ist. Auch glaube ich nicht, dass er bei der Stadt Köln arbeitet. Aber wenigstens wissen wir jetzt, wie er die Leiche zum Fundort gebracht hat. Gibt es sonst noch irgendwas Neues?« Er warf einen fragenden Blick in die Runde.

Brigitte Kleiber stand auf. »Ich konnte letzte Nacht nicht schlafen, also habe ich ein bisschen gegoogelt.«

Lukas zeigte sein schiefes Lächeln. »Na dann, willkommen im Club.«

Sie lächelte zurück. »Inzwischen wäre ich froh, wenn er ihr ein Gänseblümchen oder ein Vergissmeinnicht eingeritzt hätte, also irgendetwas, das nicht so viele Bedeutungen hat.« Sie verdrehte kurz die Augen. »Aber es musste ja eine Rose sein. Mit der ›Königin der Blumen‹, wie sie auch genannt wird, kann man sich stundenlang im Internet vergnügen, deshalb habe ich jetzt einfach mal die wichtigsten Bedeutungen zusammengefasst.« Sie ging an die große Wandtafel und griff nach einem Stück

Kreide. »Erstens steht die Rose natürlich für die Liebe. Bei den alten Griechen galt sie als Symbol für Aphrodite und Eros, bei den Ägyptern für die Göttin Isis. Zweitens steht sie aber auch für Schmerz – keine Rose ohne Dornen.« Sie hielt kurz inne, um ihre Ausführungen stichpunkthaltig an der Tafel festzuhalten. »Im Altertum wurde dann der Ausdruck *sub rosae* geprägt, was so viel bedeutet wie ›unter den Rosen‹. Bei vertraulichen Unterredungen wurden damals nämlich Rosen an die Decke gehängt, was die Gesprächsteilnehmer zu absoluter Verschwiegenheit verdammte. Dabei handelte es sich meistens um weiße Rosen. Und da unser Täter der Blume auf seinem Opfer keine Farbe gegeben hat, auch nicht die des Blutes, dachte ich, es könnte eventuell wichtig sein.«

»Na ja, und schweigen wird sie garantiert«, merkte Reimann an, woraufhin alle ein wenig schmunzeln mussten.

Lukas war beeindruckt von der Recherche seiner Kollegin und froh darüber, dass sie mit solchem Enthusiasmus an die Sache heranging. Der Fall hatte so viele verschiedene Aspekte, dass ein einzelner Beamter mit der Ermittlungsarbeit hoffnungslos überfordert wäre.

»Oft wird die Rose aber auch mit dem Tod in Verbindung gebracht«, fuhr Kleiber fort. »Die alten Römer zum Beispiel feierten den *dies rosae*, also den ›Rosentag‹, an dem man der Toten gedachte. Auch in der religiösen Symbolwelt des Mittelalters spielt die Rose eine große Rolle. Sie wurde verstärkt Maria zugeordnet, die man oft als ›Rose ohne Dornen‹ oder ›schönste Rose unter den Frauen‹ bezeichnete. Selbst im Islam ist die Rose heilig. Es heißt, dass Saladin den Felsendom in Jerusalem von den unerwünschten Christen mit Rosenwasser säubern ließ, nachdem er die Stadt zurückerobert hatte.« Sie ließ die Hand mit der Kreide sinken und drehte sich dann etwas nachdenklich zu ihren Kollegen um. »Tja, was ich persönlich noch recht interessant finde – auch wenn ich natürlich nicht weiß, ob es etwas mit unserem Fall zu tun haben könnte –, ist, dass Nordrhein-Westfalen als einziges deutsches Bundesland eine Rose in seinem Wappen hat …«

Als Lisa endlich das Präsidium verließ, brummte ihr der Kopf. Sie hatten noch stundenlang Fakten zusammengetragen und darüber diskutiert. Der Fall war einfach zu facettenreich …

Sie musste erst einmal abschalten und sich mit etwas völlig anderem beschäftigen, bevor sie wieder Ordnung in ihre Gedanken bringen konnte – am besten wäre da ein wenig Shopping. Also fuhr sie in die Innenstadt und schlenderte durch die Hohe Straße und die Schildergasse. Auch wenn das Wetter im Moment eine mittlere Katastrophe war, musste der Sommer doch irgendwann kommen, und so beschloss sie, schon einmal nach ein paar luftigen Kleidern für heiße Tage zu suchen.

Keine gute Idee, wie sich herausstellen sollte.

In diesem Jahr waren Blumenmuster aktuell, und jedes zweite Kleid war mit Rosen bedruckt. Dann eben nicht!

Ohne dass sie es beabsichtigt hatte, trugen ihre High Heels sie zu einer Douglas-Filiale. Gut, sie musste sich sowieso nach einem neuen Duft umsehen, da sie ihr Parfum *Rêve de la rose* nicht mehr tragen konnte, nachdem sie es an der schönen Toten gerochen hatte. Aber heute hatte sie einen rabenschwarzen Tag erwischt. Bei der Suche nach alternativen Düften stieß sie immer wieder auf Parfums, deren Namen – von *Rose Essentielle* über *Rock & Rose* und *Laura Rosé* bis hin zu *Rose The One* – unerwünschte Erinnerungen auslösten. Das konnte einfach nicht wahr sein!

Sie kapitulierte, lief unverrichteter Dinge zum Parkhaus zurück und fuhr nach Hause. Soweit sie sich erinnern konnte, war dies das erste Mal, dass sie im Kölner Zentrum gewesen war, ohne etwas zu kaufen.

An der Haustür traf sie ihren Nachbarn Jochen Bäumler. Er

war groß und schlank und sah mit seinem stets ungewollt zerzausten blonden Haar recht gut aus. Lisa fand ihn ganz niedlich, allerdings war er der schüchternste und ungeschickteste Mensch, den sie jemals kennengelernt hatte. Noch heute fragte sie sich manchmal, wie er nach seinem Einzug den Mut hatte aufbringen können, sich bei ihr vorzustellen. Seitdem pflegten sie eine typisch flüchtige Nachbarschaftsbeziehung – à la ›Hast du vielleicht etwas Milch für mich?‹ oder ›Mir ist der Zucker ausgegangen‹. Ein oder zwei Mal hatten sie einen Kaffee zusammen getrunken, und als Lisa während ihres zweiwöchigen Weihnachtsurlaubs bei ihren Eltern gewesen war, hatte er ihre Blumen gegossen und die Post aus dem Briefkasten geholt.

Jetzt hielt er ihr zwar wenig elegant, dafür aber mit einem schüchternen Lächeln die Tür auf. »Hallo, Lisa.«

»Hi, Jochen, geht's dir gut?«

Er nickte, hob etwas linkisch die Hand zum Gruß und verließ dann fast schon fluchtartig das Haus.

Lisa schmunzelte amüsiert vor sich hin, als sie nach oben ging. Sie wurde das Gefühl nicht los, dass der gute Jochen ein wenig in sie verliebt war. Endlich in ihrer Wohnung angekommen, schob sie eine tiefgefrorene Lasagne in den Ofen und rief dann ihre Mutter an. Ihre Eltern wohnten in Norderstedt, nicht weit von Hamburg entfernt. Lisas Vater war Anwalt und für eine große Versicherung tätig. Ihre Mutter Anna-Maria illustrierte Kinderbücher und konnte so zu Hause arbeiten. Lisa hatte sich stets hervorragend mit ihren Eltern verstanden, und durch Katjas tragischen Tod vor elf Jahren war die Familie noch enger zusammengerückt.

»Hallo, Mama, wie geht es euch?«

»Gut so weit. Dein Vater macht den Versicherungsbetrügern wie üblich das Leben schwer, und ich zeichne gerade süße kleine Koalas für ein Buch, das in Australien spielt.«

Australien! Blauringoktopus! Verfolgte dieser Fall sie denn

heute einfach überall, selbst beim Gespräch mit ihrer Mutter? Lisa seufzte hörbar.

»Was ist los?«, fragte ihre Mutter, deren Stimme einen argwöhnischen Unterton angenommen hatte. »Du klingst nicht gut. Ist etwas passiert?«

Lisa musste unwillkürlich grinsen. Sie konnte ihrer Mutter einfach nichts verheimlichen. »Nein, es ist nichts passiert.« Sie schwieg einen Moment und suchte nach den richtigen Worten. »Wir haben seit Kurzem einen sehr merkwürdigen Fall auf dem Tisch … und irgendwie muss ich dabei immer wieder an Katja denken.«

Ihr Beruf verurteilte sie zwar zu absoluter Verschwiegenheit gegenüber dritten, aber Lisa fand, dass ihre Mutter davon ausgenommen war. Und daher begann sie, von ihrem Fall zu erzählen. Vieles, wie zum Beispiel die eingeritzte Rose und das Gift, ließ sie allerdings unerwähnt. Sie sprach darüber, dass die Tote wunderschön ausgesehen hatte und thanatopraktisch behandelt worden war – und dass sie deswegen immer wieder an Katja denken musste, weil sie nicht wusste, was damals mit ihrer Schwester geschehen war.

Anna-Maria Voigt war ein offener Mensch und sprach daher lieber über Probleme, als sie unter den Tisch zu kehren, selbst wenn es ihr schwerfiel. Da sie nun spürte, dass ihre Tochter das Bedürfnis hatte, über Katja zu reden, griff sie das schmerzliche Gesprächsthema auf. »Für uns war es damals auch nicht einfach, zu entscheiden, was wir tun sollten. Der Bestatter kam auf uns zu und erklärte, dass es Möglichkeiten gäbe, sie offen aufzubahren. Soweit ich mich erinnern kann, ist der Begriff Thanatopraxie damals nicht gefallen, aber nach dem, was du jetzt erzählt hast, muss man Katja damals wohl in dieser Weise behandelt haben. Sie lag drei Tage in einem Abschiedsraum, und auch während des Gottesdienstes war der Sarg noch offen …« Sie schwieg einen Moment lang.

Lisa spürte, dass ihre Mutter mit den Tränen kämpfte, obwohl sie sie nicht sehen konnte.

»Weißt du, wir dachten damals, dass wir ihren Freunden das einfach schuldig waren«, fuhr Lisas Mutter fort. »In den letzten Wochen auf der Intensivstation durfte nur noch die Familie zu ihr, und wir wollten, dass alle danach noch einmal Abschied nehmen konnten.«

»Ich erinnere mich daran, und ich weiß auch, dass ich das Kleid ausgesucht habe. Aber der ganze Rest ist irgendwie so verschwommen.«

Die Stimme ihrer Mutter wurde warm. »Ich weiß, du hattest dich damals völlig in dich zurückgezogen. Wir hatten wirklich Angst um dich.«

»Das tut mir leid.«

»Das braucht dir nicht leidzutun, jeder trauert auf seine Weise.« Ihre Mutter hielt erneut inne. »Mir hat es damals gutgetan, sie noch einmal so zu sehen, wie sie vor der Krankheit ausgesehen hatte. Vom Bestattungsinstitut wurde sie mit großer Sorgfalt hergerichtet. Sie hatten ihr eine Perücke aufgesetzt und sogar, ganz dezent, ein paar Wimpern angeklebt.« Sie seufzte. »Ich kann dich verstehen. Deine Schwester war auch eine sehr schöne Tote.«

Auf dem Weg zum Fitnessstudio kam Lukas zufällig an Miriams Wohnung vorbei. Oder war er vielleicht doch absichtlich den kleinen Umweg gefahren? Er blickte hoch zu der Dachwohnung, die jetzt auch Alex' Zuhause war.

Es war vermutlich immer schwierig, wenn man von einem geliebten Menschen verlassen wurde. Ohne Vorwarnung. Aber wie ging man damit um, wenn man von seiner Lebensgefährtin wegen einer anderen Frau verlassen wurde? Wäre es ein Mann gewesen, hätte er sich die Fragen stellen können, die man sich in solchen Momenten immer stellte: *Was hat er, was ich nicht habe? Mehr Geld, mehr Gefühl, mehr Romantik? Sieht er besser aus? Habe ich etwas falsch gemacht?*

In seiner Situation blieben Lukas nur Verständnislosigkeit und Hilflosigkeit. Wie konnte so etwas passieren? War ihre achtjährige Beziehung eine einzige Lüge gewesen? Hatte sie schon immer einen Hang zu Frauen gehabt und es sich nur selbst nicht eingestanden? Oder war Alex eines Morgens aufgewacht, und alles war plötzlich anders gewesen? Ihr Weltbild und ihre Sexualität?

Lukas gab unwirsch Gas, und die »Contitüten« seiner Ducati röhrten erbost, wie ein aufgeregter Hornissenschwarm, in der hohen Häuserschlucht auf. Vielleicht wachte Alex ja eines Tages noch einmal mit einem neuen Weltverständnis auf. Er konnte das zwar selbst nicht recht glauben, aber so ganz hatte er die Hoffnung noch nicht aufgegeben.

Im Studio trainierte er wie ein Wahnsinniger. Zum Schluss bearbeitete er einen Punchingball, als hätte der ihn persönlich beleidigt. Ein Jahr, drei Monate und zweiundzwanzig Tage: ein Schlag für jeden beschissen einsamen Tag, seit sie gegangen war.

14

New York, 4. Dezember

Bevor er zur Beerdigung aufbrach, schaute er noch einmal in den großen Spiegel. Der schwarze Anzug und die Krawatte saßen tadellos.

Ron Anderson war tot. Ein Autounfall.

Er hatte zwar überhaupt keine Lust verspürt, Australien und die *Rosebud* zu verlassen, aber es war ihm nichts anderes übrig geblieben. Anderson war der Geschäftsführer seiner New Yorker Filiale gewesen und hatte jahrelang gute Arbeit geleistet. Der Anstand gebot, dass er zur Beerdigung erschien, Ron die letzte Ehre erwies und seiner trauernden Witwe kondolierte. Außerdem musste er natürlich einen Nachfolger für Ron finden. Das passte ihm alles nicht in den Kram, aber es ging nun mal nicht anders. Ein Blick auf die Uhr bestätigte ihm, dass er sich langsam auf den Weg machen musste.

Die Trauerfeier fand in einer Kapelle direkt am Friedhof statt. Er war einer der letzten Gäste, die eintrafen. Kurz nickte er der Witwe zu, ging dann langsam an dem offenen Sarg vorbei und warf einen Blick auf seinen verstorbenen Geschäftsführer. Er blieb ruckartig stehen.

Ron sah aus, als ob er nur schliefe! Wie war das möglich? Von Mitarbeitern hatte er erfahren, dass der Unfall sehr schwer gewesen war und Feuerwehrmänner den völlig entstellten Leichnam aus dem zertrümmerten Fahrzeug herausgeschweißt hatten. Dazu kam, dass Ron schon vor knapp einer Woche gestorben war. Wie konnte der Tote jetzt hier offen aufgebahrt liegen – in einem Zustand, als hätte er nie eine äußere Verletzung erlitten?

15

Köln, 21. Mai

Déjà-vu. Das Telefon klingelte, und Lukas tastete wieder auf Alex' Seite des Bettes nach seinem Handy.

Fünfunddreißig Minuten später war er am Fundort, von einem Tatort konnte man auch in diesem Fall nicht sprechen. Die Leiche war blond, nicht dunkelhaarig, ansonsten war alles wie bei der schönen Toten. Die gleiche Rose, die gleiche nachtblaue Seidendecke. Sie war ebenso unbekleidet und genauso liebevoll hergerichtet und geschminkt wie das erste Mordopfer … Genauso schön. Und sie lag ebenfalls direkt neben einer Kirche: St. Maria in der Kupfergasse.

Lukas war durch den eher unscheinbaren Eingang des Gotteshauses in einen Innenhof getreten, wo sich direkt an der dem hohen Kirchengebäude gegenüberliegenden Mauer ein Brunnen befand. Dessen Umrandung war zu schmal, als dass eine Leiche darauf ruhen konnte, daher hatte der Täter sie diesmal neben dem Brunnen auf den Boden gelegt. Lukas kam sogleich der Gedanke, dass der Mörder diesen Ort mit Bedacht ausgewählt haben musste: War der Dom die bedeutendste Kirche in Köln, so war St. Maria in der Kupfergasse mit dem Gnadenbild der Schwarzen Muttergottes der wichtigste Wallfahrtsort der Stadt. Viele Pilger kamen hierher, um insbesondere bei Herzenswünschen die Jungfrau Maria um Hilfe zu bitten.

Lisa Voigt und Daniel van der Mühlen waren bereits da; der Fotograf hatte seine Arbeit gerade beendet, und die Kollegen von der Spurensicherung begannen nun mit der ihren. Lukas war jedoch sicher, dass sie nichts finden würden. Er ließ den Anblick der Toten kurz auf sich einwirken, dann ging er zu seiner Kollegin und dem Rechtsmediziner. Lisa sah wie immer perfekt aus, obwohl es kurz vor halb drei in der Nacht war. Schlief die Frau etwa mit ihrem Make-up?

Nach einer knappen Begrüßung kam van der Mühlen sofort zur Sache. »Bevor du fragst – es ist der gleiche Modus Operandi. Dank Dr. Maurer weiß ich ja jetzt, wonach ich suchen muss. Sie ist definitiv thanatopraktisch behandelt worden. Alles andere ist auch gleich. Make-up, Parfum in den Haaren und so weiter.«

»Nicht ganz.« Lisa ging anmutig neben der Leiche in die Knie und deutete auf das Gesicht der jungen Frau. »Der Duft ist der gleiche, wie bei unserem ersten Opfer, aber sie ist anders geschminkt.« Sie erhob sich wieder und drehte sich zu den beiden Männern um. »Eine blonde, blauäugige Frau benutzt ganz andere Farben für ihr Make-up als eine Schwarz-, Braun- oder Rothaarige mit grünen oder braunen Augen. Darauf scheint unser Täter tatsächlich geachtet zu haben.« Sie zuckte kurz mit den Achseln. »Die Farbe ihrer Augen kennen wir ja noch nicht, aber zumindest die ihrer Haare. Unsere erste Leiche mit den schwarzen Haaren hatte einen viel dunkleren Teint als diese Blonde hier. Schon allein Grundierung und Puder sind viel heller als bei der anderen Toten. Lippenstift und Lidschatten sind perfekt darauf abgestimmt.«

Van der Mühlen kratzte sich verlegen am Kopf und nahm erst einmal seine Brille ab, um sie zu putzen. »Das ist mir ehrlich gesagt nicht aufgefallen.«

Lukas grinste. »Dafür habe ich halt immer meine modebewusste Partnerin dabei. Mir wäre das auch entgangen.« Trotz des etwas spöttischen Tonfalls entging keinem von ihnen, dass seine Worte als Kompliment an Lisa zu verstehen waren. »Wer hat die Leiche gefunden?« Er sah sich suchend um, konnte aber nur Mitarbeiter der Polizei entdecken.

Lisa kniff die Lippen zusammen und strich sich eine unsichtbare Haarsträhne aus der Stirn. »Das wird dir nicht gefallen,

Lukas.« Sie blickte ihn an, als fürchtete sie seine Reaktion auf ihre nächsten Worte. »Es ist ein Journalist.«

Lukas kannte Markus Behrend schon seit Jahren. Der unscheinbare, kleine Mann war Polizeireporter bei einer großen Kölner Tageszeitung. Lukas mochte ihn. Behrend war kein sensationsgieriger Paparazzo, sondern ein seriöser Journalist, der für eine seriöse Zeitung arbeitete. In heiklen Fällen war er bereit, sich auf Absprachen mit Kriminalbeamten einzulassen, und hielt sie auch ein.

Lukas schritt auf ihn zu. Behrend saß rauchend auf der Motorhaube seines Wagens, den er unmittelbar vor der Kirchenmauer geparkt hatte, und wirkte nervös. »Hallo, Markus.«

»Hi, Luke.« Bevor der Kommissar ein weiteres Wort sagen konnte, hielt ihm der Reporter sein Handy entgegen.

Lukas las die SMS auf dem kleinen Display: *Schwarze Madonna – Leiche – Exklusivstory.* Der Absender war anonym, die Nachricht um genau ein Uhr dreißig eingegangen.

»So was habe ich noch nie gesehen.« Behrend warf den Rest seiner Zigarette in den Rinnstein und zündete sich gleich eine neue an.

Lukas erwiderte nichts darauf. Was hätte er auch sagen sollen? Etwa: *Oh, ich schon, ist gerade mal drei Nächte her …?*

Als Lukas beharrlich schwieg, begann der Journalist zu reden. »Ich war noch unterwegs, als die SMS kam. Auf dem Militärring hatte es einen tödlichen Unfall gegeben.« Er zögerte kurz. »Wir bekommen viele solcher Nachrichten. Sind sie anonym, hake ich die, bei denen viel rumgeschwafelt wird, immer sofort ab. An den kurzen und bündigen ist meistens was dran.« Er zuckte mit den Achseln und zog eine Grimasse. »Also bin ich sofort los. Das Tor war nur angelehnt. Scheint, dass man es gewaltsam geöffnet hat.«

Lukas grinste; Behrend war schon zu lange Polizeireporter,

als dass ihm so etwas nicht aufgefallen wäre. Er selbst hatte sich das Schloss an dem schmiedeeisernen Tor, das zu dem Innenhof führte, nur kurz angesehen und war erstaunt gewesen, wie professionell es aufgebrochen worden war.

»Ich habe die Frau anfangs gar nicht gesehen. Zunächst bin ich zur Kirche gegangen, habe mich dort umgeschaut und versucht, hineinzugehen. Erst als ich festgestellt habe, dass die Kirchentüren fest verschlossen sind, habe ich am Brunnen nachgeschaut.« Mit zitternden Händen warf er seine Zigarette weg und steckte sich abermals eine neue in den Mund. »Ich habe sie angefasst. Ich dachte, sie schläft, also habe ich nach ihrem Puls gesucht. Am Hals. Tut mir leid.«

Lukas nickte verständnisvoll, sagte aber immer noch nichts.

»Erst als ich spürte, wie kalt sie war, habe ich die Decke weiter zurückgeschlagen …«

»Hast du Fotos gemacht?«

Der Journalist schwieg, was für Lukas Antwort genug war.

»Pass auf, ich meine es wirklich nur gut. Der Fall ist ein Pulverfass, und hier sprühen schon überall erste Funken. Komm mit aufs Präsidium, gib den Chip deiner Kamera ab, und tu, was man dir sagt.«

Behrend dachte einen Augenblick nach. Lukas Rosenzweig hatte bisher noch nie ein falsches Spiel mit ihm getrieben. Wenn der Kommissar sagte, dass die Geschichte mehr als heiß war, dann stimmte das auch. Der Reporter nickte schließlich und willigte nach einem leichten Zögern ein.

Trotz der nächtlichen Stunde waren sie sofort ins Präsidium gefahren und hatten ihre Kollegen, inklusive Baumgartner, aus dem Bett geklingelt. Dem Leiter des Morddezernats schien es ein fast schon kindisches Vergnügen zu bereiten, auch Schneider zu wecken, damit dieser sich, wie von ihm selbst angeordnet, persönlich um die Presse kümmern konnte.

Nachdem sie die Suche nach der Identität des zweiten Opfers in die Wege geleitet und die notwendigen Absprachen mit der Spurensicherung und der Rechtsmedizin getroffen hatten, hielten die Kommissare ein Meeting im Konferenzraum vier ab. Schneider und Baumgartner befassten sich gerade mit dem armen Markus Behrend, und Lukas wollte dies nutzen, um die neuesten Entwicklungen erst einmal im kleineren Kreis zu diskutieren.

Er war gerade dabei, ein Foto des zweiten Opfers an die Pinnwand zu heften, als Reimann den Raum betrat und nach einer kurzen Begrüßung bemerkte: »Wie gut, dass ›schöne Tote‹ sowohl im Singular als auch im Plural gleich bleibt.«

Lukas verzog das Gesicht, sagte aber nichts dazu. Carsten Reimanns beißende Ironie war legendär, und Lukas vermutete, dass der Sarkasmus für den Kollegen die gleiche Funktion hatte wie für Lisa die schicke Kleidung und für ihn selbst der Sport.

»Ich denke mal, keiner von uns hat Zweifel daran, dass es sich um denselben Täter handelt wie bei unserer ersten Leiche«, erklärte Lukas. »Die thanatopraktische Behandlung, die Rose und das Make-up sprechen eine eindeutige Sprache. Und es werden wohl kaum zwei junge Frauen von unterschiedlichen Tätern in einem so kurzen Zeitabstand auf die gleiche Art und Weise präpariert und an bekannten Plätzen Kölns abgelegt. Auch wenn wir noch keine Ergebnisse aus der Rechtsmedizin haben, können wir bei dem zweiten Opfer wohl einen Unfall ausschließen.« Alle nickten. »Meiner Meinung nach sollten wir uns daher mehr mit den Unterschieden als mit den Ähnlichkeiten beschäftigen.«

Wieder nickten alle. Ein unbehagliches Schweigen hatte sich in dem großen Raum ausgebreitet. Wie ein Damoklesschwert hing ein einziges Wort über ihren Köpfen, das niemand auszusprechen wagte.

Lukas stöhnte innerlich auf. Er hatte gehofft, sich dem Thema irgendwie subtiler nähern zu können, aber bei fünf erfahrenen Kommissaren war das wohl einfach illusorisch gewesen. »Okay, dann spreche ich die Frage aus, die euch allen gerade durch den Kopf geht: Haben wir es hier mit einem Serienmörder zu tun?«

16

New York, 12. Dezember

Er war noch nie so direkt mit dem Tod konfrontiert worden. Auch hatte er sich nie konkret mit ihm auseinandergesetzt, selbst dann nicht, als vor einigen Jahren sein Vater und seine Mutter kurz hintereinander gestorben waren. Denn von seinen Eltern hatte er sich schon früh entfremdet und war deshalb nicht einmal zur Beerdigung erschienen.

Ron Andersons Leichnam hatte ihn jedoch fasziniert. Bei seinen Recherchen über Serienmörder war er auf Bilder von brutalen Verstümmelungen, Kannibalismus und mehr als entwürdigende Zurschaustellungen der Opfer gestoßen. Ron dagegen hatte so friedlich ausgesehen. Mehr noch: Sein verstorbener Geschäftsführer war kein besonders gut aussehender Mann gewesen, und ihm erschien er im Tod schöner als im Leben.

Unter dem Vorwand, Vorkehrungen für sein eigenes Ableben treffen zu wollen, hatte er am Tag nach der Beerdigung den zuständigen Bestatter aufgesucht. Der Mann war sehr offen gewesen, hatte ihm das Wichtigste über die plastische Chirurgie bei Leichen erklärt und ihn in die Geheimnisse der Thanatopraxie eingeweiht. Auch wenn ihm die Detailkenntnisse fehlten, hatte er nun doch ein einigermaßen klares Bild davon, wie ein Verstorbener für die öffentliche Aufbahrung hergerichtet wurde.

17

Köln, 21. Mai

Die Definition des FBI für einen Serienmord lautete: »The unlawful killing of two or more victims by the same offender(s), in separate events.« In Deutschland berief man sich auf Stephan Harbort, einen hierzulande in Fachkreisen bekannten Kriminalisten und Spezialisten für Serienmorde: »Der voll oder vermindert schuldfähige Täter begeht alleinverantwortlich oder gemeinschaftlich mindestens drei vollendete vorsätzliche Tötungsdelikte, die von einem jeweils neuen, feindseligen Tatentschluss gekennzeichnet sind.« Der einzige Unterschied bestand also darin, dass in den USA zwei Morde ausreichten, um von einer Serie zu sprechen, während es in Deutschland hierfür mindestens drei Opfer geben musste.

Lukas waren diese Zahlen herzlich egal. Genau wie seine Kollegen befürchtete auch er, dass die schöne blonde Tote nicht die letzte Leiche war, die sie finden würden. Es herrschte ein bedrücktes Schweigen im Raum, nachdem er das ausgesprochen hatte, was alle dachten. Wenige Sekunden später redeten alle wild durcheinander.

Er ließ den anderen ein paar Minuten Zeit, ihre Anspannung abzubauen, und wischte seelenruhig die große Wandtafel aus. Brigitte Kleibers Recherche-Ergebnisse über die verschiedenen Bedeutungen der Rose waren inzwischen auf die Pinnwand übertragen worden. Dann schrieb er links oben das Wort »Serienmörder« und setzte noch ein Fragezeichen dahinter.

Als wieder einigermaßen Ruhe eingekehrt war, sagte er zu seinem Team: »Auch auf die Gefahr hin, dass ich mich wiederhole – wir sollten uns auf die Unterschiede bei den beiden Morden konzentrieren, nicht auf die Ähnlichkeiten.« Er machte eine kurze, bedeutungsschwangere Pause. »Ich weiß, dass ihr lieber diskutieren würdet, ob es sich tatsächlich um einen Serienmörder handelt oder nicht, aber das bringt uns im Moment noch nicht weiter. Wir werden das im Hinterkopf behalten; aber lasst uns jetzt erst mal sehen, was wir haben. Einer der offensichtlichsten Unterschiede ist, dass sie diesmal nicht auf der Umrandung des Springbrunnens lag, sondern daneben. Der Grund dafür dürfte schlicht und ergreifend die Tatsache sein, dass der Rand zu schmal ist, um einen Menschen darauf abzulegen. Also ist es eigentlich doch kein Unterschied.«

Lukas wandte sich wieder der Tafel zu und zeichnete eine Tabelle mit zwei Spalten: »Ähnlichkeiten versus Unterschiede«. In die erste Spalte schrieb er »katholische Kirche«, »Springbrunnen« und »Lage des Opfers«.

»Aber es gibt gravierende Unterschiede bei der Haarfarbe und dem Make-up!«, rief Lisa. »Die zweite Tote scheint eine echte Blondine zu sein. Ich kann das zwar nicht mit Sicherheit behaupten, da die Körperbehaarung fehlt, aber es gab keinen Hinweis für eine Tönung oder Färbung. Daniel wird uns das genauer sagen können. Im Moment sollten wir von einem schwarzhaarigen und einem blonden Mordopfer ausgehen. Der Täter scheint der Farbe also keine Bedeutung beizumessen; beide allerdings hatten sehr langes Haar.« Lukas schrieb an der Tafel mit, während seine Kollegin nun etwas zögerlicher weitersprach. »Die Geschichte mit den unterschiedlichen Make-ups bereitet mir jedoch ein wenig Kopfzerbrechen. Ich denke jetzt einfach mal laut. Eigentlich gibt es nur zwei Möglichkeiten. Entweder hat der Täter beide Frauen mit ihrem jeweils eigenen Make-up geschminkt, was bedeutet, dass sie ihre Kosmetika in der Handtasche bei sich trugen oder er Zugang zu ihren Wohnungen hatte. Oder er hat die Produkte selbst gekauft. In dem Fall muss er gewisse Kenntnisse über die Anwendung von

Make-up besitzen und – vorausgesetzt, er hatte niemanden, der ihm dabei half – eine gehörige Portion Geschick darin haben.«

Reimann sah seine hübsche Kollegin mit einem ironischen Lächeln an. »Na, Bingo. Dann können wir auf unserer Liste der möglichen Berufe des Täters jetzt zu dem Meeresbiologen, dem Toxikologen und dem Thanatopraktiker auch noch den Maskenbildner und den Star-Stylisten hinzufügen.«

Anschließend erörterten sie die bisher noch unbeachteten Fakten, wie zum Beispiel das professionell geknackte Schloss des Tores, was Reimann dazu veranlasste, seine Liste um einen Einbrecher und einen Schlüsseldienst-Mitarbeiter zu erweitern.

Zu guter Letzt schnitten sie das Thema an, das ihnen allen offenbar sehr großes Unbehagen bereitete: der Versuch des Mörders, durch Markus Behrend die Öffentlichkeit gezielt über seine Taten zu informieren. Lukas verschwendete nicht einen Gedanken daran, dass der Polizeireporter etwas mit der Sache zu tun haben könnte; dazu kannte er ihn schon zu lange.

St. Maria in der Kupfergasse war aufgrund der Schwarzen Madonna ein Wallfahrtsort, den viele Gläubige aufsuchten; doch abends wurden das Tor und die Kirchentüren abgeschlossen. Unter normalen Umständen wäre also in der Nacht niemand dort gewesen, der die Leiche hätte finden können. Der Täter hatte jedoch höchstpersönlich dafür gesorgt, dass die Tote entdeckt wurde, und zwar von einem ganz bestimmten Journalisten. Er hatte offenkundig den Wunsch, dass seine Taten einer großen Öffentlichkeit bekannt wurden, was die Theorie untermauerte, dass es sich um einen Serienmörder handelte.

»Warum informiert er den Mitarbeiter einer seriösen Tageszeitung und nicht jemanden von der Boulevardpresse?« Sebastian Peters hatte die Frage gestellt, versuchte jedoch sogleich, sie selbst zu beantworten. »Bedeutet dies, unser Mörder verfügt über eine gewisse Bildung und möchte daher nicht, dass vor allem in der Sensationspresse über seine Taten berichtet wird, sondern in einem seriösen Blatt? Dass er glaubt, in einer solchen Zeitung würde man seine ›Arbeit‹ angemessener darstellen – vielleicht sogar würdigen?«

Lukas nickte. »Durchaus vorstellbar.« Er ging wieder zur Tafel und zeichnete eine weitere Spalte mit der Überschrift »Täter«. Darunter setzte er das Wort »Bildung« und versah es mit einem Fragezeichen. »Er hat sich viel Mühe mit den beiden Leichen gegeben. Nun möchte er dafür belohnt werden, indem in einer Zeitung über seine Genialität geschrieben wird. Das ist typisch für Serienmörder.« Er drehte nachdenklich die Kreide in seinen Händen. »Ich frage mich nur, ob er das von Anfang an so geplant hatte oder ob es eine Reaktion darauf war, dass nach dem Fund der ersten Leiche nicht die kleinste Meldung in der Zeitung erschienen ist.«

»Nun … dann wird er nach dem Fund der zweiten Leiche ziemlich frustriert sein, wenn wieder nichts erscheint«, stellte Lisa fest und erhob sich. »Oder glaubt hier jemand, Schneider wird es zulassen, dass die Presse auch nur die kleinste Information veröffentlicht? Der arme Behrend wird wahrscheinlich gerade gefesselt und geknebelt.« Sie begann, in dem großen Raum auf und ab zu gehen.

Brigitte Kleiber nickte zustimmend. »Auf gar keinen Fall wird etwas in der Presse erscheinen. Aber wenn wir bei der Identifizierung nicht bald weiterkommen, müssen wir an die Öffentlichkeit gehen.«

Lukas nickte. »Mir gefällt dieses Spiel mit der Presse auch nicht. Ein frustrierter Mörder ist in der Regel ein sehr gefährlicher Mörder; allerdings kann Frustration auch dazu führen, dass er einen Fehler macht.«

Am frühen Nachmittag fuhr Lukas mit seiner Partnerin in die Rechtsmedizin. Daniel van der Mühlen erwartete sie schon ganz aufgeregt, und während sie noch damit beschäftigt waren, ihre Kittel und Handschuhe anzuziehen, putzte er ungeduldig seine Brille. Ohne großartige Reden zu halten, zog van der Mühlen das grüne Tuch zurück. Die Leiche lag auf dem Bauch, und er deutete auf eine Stelle knapp über ihrem Steißbein. Ein ungefähr zehn Mal zehn Zentimeter großes Stück Haut war dort mit geraden, exakten Schnitten entfernt worden.

»Zuerst konnte ich mir keinen rechten Reim darauf machen«, erklärte der Rechtsmediziner. »Aber irgendwann kam mir die Idee, dass das eine gute Stelle für eine Tätowierung wäre.«

Lukas sah sich das kleine Viereck genauer an. »Könnte sein. Und unser Täter hat es entfernt, um die Identifizierung zu erschweren.« Er sah van der Mühlen etwas enttäuscht an. »Und deswegen hast du uns herbestellt?«

»Nein, ich fand das nur sehr interessant. Er scheint sich Mühe zu geben, uns die Arbeit zu erschweren. Aber diesmal hat er etwas übersehen.«

Anette Römer, seine rothaarige Assistentin, half van der Mühlen dabei, das Mädchen auf den Rücken zu drehen. Abgesehen von den blonden Haaren sah alles an ihr genauso aus wie bei dem ersten Opfer. Er ging zu ihrem Kopf, öffnete den Mund ein wenig und zog die Lippe nach oben, damit die anderen einen freien Blick auf ihre Vorderzähne erhielten. »Fällt euch etwas auf?«

Lisa und ihr Kollege traten etwas näher heran, aber da sie nichts bemerkten, sahen sie den Rechtsmediziner nur ratlos an.

»Dem Täter ist es auch entgangen. Aber beim Röntgen haben wir festgestellt, dass dieser Zahn ein Implantat ist.« Er deutete auf den rechten oberen Schneidezahn.

Aber auch als die beiden Kommissare wussten, dass der Zahn nicht echt war, sahen sie keinen Unterschied zu den anderen.

Van der Mühlen grinste. »Na ja, das ist auch eigentlich der Sinn eines Implantats, dass man es nicht als solches erkennt.«

Lisa trat wieder einen Schritt zurück. »Gut, dann beginne ich jetzt eine Gegenliste zu der von Reimann. Zahnarzt ist unser Täter garantiert nicht.«

Daniel van der Mühlen sah sie verständnislos an, und sie erklärte ihm, worum es bei ihrem wenig heiteren Beruferaten ging. Dann sagte er: »Ich bin auch kein Zahnarzt, aber ich werde ihr jetzt trotzdem diesen Zahn ziehen, damit wir das Implantat untersuchen können. Auch wenn die Dinger winzig sind, haben sie eine Seriennummer. Und mit ein bisschen Glück haben wir morgen vielleicht schon den behandelnden Arzt der jungen Dame.«

Als Lukas Rosenzweig am Abend seine Wohnung betrat und erst einmal den Kühlschrank inspizierte, fand er dort nichts als gähnende Leere. Nicht einmal ein einziges Bier war noch da. Er fluchte leise vor sich hin. Jetzt musste er auch noch einkaufen gehen: an einem Freitagabend, wo halb Köln vermutlich die Supermärkte bevölkerte. Aber er war während der letzten Tage einfach nicht dazu gekommen, ja, er hatte nicht einmal daran gedacht.

Er schnappte sich den leeren Kasten Kölsch und begab sich auf die Suche nach seinem Auto. Der BMW-Kombi war schon ein älteres Modell, und er nutzte ihn eigentlich nur zum Einkaufen oder bei extrem schlechtem Wetter. Das letzte Mal war er vor über einer Woche mit dem Wagen gefahren, und er konnte sich partout nicht daran erinnern, wo er ihn abgestellt hatte. Die Suche nach seinem Auto kostete ihn eine geschlagene Viertelstunde, was seine Laune nicht gerade verbesserte.

Der Supermarkt war genauso überfüllt, wie er erwartet hatte, und so legte er nur rasch das Nötigste in seinen Einkaufswagen, um so schnell wie möglich wieder zu verschwinden. Nach einer gefühlten Ewigkeit in der Schlange an der Kasse hatte er es endlich geschafft. Er verließ den Laden mit zügigen Schritten –

und wäre an der automatischen Glastür fast in Alex hineingerannt.

Sie blieben beide abrupt stehen und sahen sich an.

Alex versuchte sich an einem unsicheren Lächeln. »Hi, Luke.«

Er sagte nichts. Er war wie zur Salzsäule erstarrt und bekam nicht einmal die verzweifelten Versuche der Tür mit, die sich mit einem leichten Zischen immer wieder zu schließen versuchte. Dann wollte er etwas sagen, brachte aber keinen Ton heraus. Alex nickte ihm schließlich kurz zu und ging um ihn herum in den Supermarkt.

Er stand da wie ein begossener Pudel, in der einen Hand den vollen Kasten Bier, in der anderen eine Plastiktüte. Eigentlich hatte er ihr tausend Dinge sagen wollen, aber sowohl sein Sprachzentrum als auch seine Stimmbänder hatten ihn im Stich gelassen. Er drehte sich noch einmal um, aber sie war schon zwischen den hohen Regalen verschwunden. Frustriert ging er zu seinem Wagen, und die Tür zum Supermarkt schloss sich mit einem erleichterten Zischen.

Zu Hause angekommen, legte er wütend seine eingekauften Lebensmittel in den Kühlschrank, stellte noch ein paar Flaschen Kölsch hinein und starrte danach missmutig vor sich hin. Jetzt hatte er zwar wieder Bier, aber kein kaltes. Seine Stimmung war auf dem Nullpunkt angelangt. Er konnte jetzt einfach nicht alleine sein. Daher rief er van der Mühlen an und fragte ihn, ob er Lust hätte, etwas essen oder trinken zu gehen.

Der Rechtsmediziner wusste sofort, was los war. Lukas rief ihn oft an, wenn er etwas von Alex gehört oder sie gesehen hatte, und normalerweise hätte er sofort zugesagt. Diesmal druckste er jedoch ein wenig herum. »Luke, sei nicht böse, aber ich bin schon verabredet. Wenn es nicht ein echter Notfall ist, würde ich das gerne auf morgen verschieben.«

Lukas war zu frustriert, um sich zu fragen, mit wem sein

Freund sich treffen wollte. Also seufzte er nur ergeben und erwiderte: »Nee, schon okay. Bis morgen dann.« Er legte auf, schnappte sich seine Jacke und ging hinaus.

Gut, dass es in der Südstadt so viele Kneipen gab, wo man immer irgendwen zum Quatschen fand.

Lisa hatte sich schon zum fünften Mal umgezogen, und auf dem Bett türmten sich jede Menge Kleidungsstücke. Sie war aufgeregt wie eine Siebzehnjährige vor ihrem ersten Date und schalt sich selbst eine Närrin dafür. Sie ging mit einem Kollegen essen – was war schon dabei? Trotzdem zauberten die Schmetterlinge im Bauch ein leichtes Dauergrinsen auf ihr Gesicht.

Sie war todmüde gewesen und hatte gerade nach Hause fahren wollen – Lukas hatte das schon ein paar Minuten früher getan –, als das Telefon noch einmal klingelte. Daniel van der Mühlen. Er hatte ihr mitgeteilt, dass sie genau wie bei dem ersten Opfer das Gift des Blauringoktopus und das Betäubungsmittel Propofol hatten nachweisen können. Mit dem Implantat waren sie noch nicht weitergekommen und warteten auf die Ergebnisse. Nach einer kurzen Pause hatte er sie gefragt, ob sie an diesem Abend schon etwas vorhätte, und die Müdigkeit war schlagartig von ihr abgefallen.

Jetzt stand sie hier vor dem Spiegel wie ein dämlicher Teenager und wusste nicht, was sie anziehen sollte. Da die Zeit langsam drängte, wählte sie kurz entschlossen ein schlichtes rauchblaues Etuikleid und eine lange anthrazitfarbene Jacke. Rasch zog sie Pumps in der gleichen Farbe wie das Kleid an; das Haar ließ sie ausnahmsweise offen. Was tat sie da eigentlich? Sollte sie die Haare nicht doch lieber zusammenbinden? *Nein*, entschied sie, schnappte sich ihre Handtasche und suchte noch ungefähr fünf Minuten nach ihrem Autoschlüssel, bevor sie sich auf den Weg machte.

Sie trafen sich im *Latio*, einem noch relativ neuen italienischen Restaurant in der Südstadt. Da Lisa erst wenige Restaurants in Köln kannte, hatte sie am Telefon natürlich sofort zugestimmt. Van der Mühlen war schon da und half ihr galant aus der Jacke. Nachdem die beiden Platz genommen hatten, bestellte er zwei Prosecco als Aperitif, anschließend vertieften sie sich in die Speisekarte. Lisa hatte sich schnell entschieden: Tomaten mit Mozzarella und Basilikum, danach Fettucine mit Steinpilzen. Daniel van der Mühlen blickte noch etwas unentschlossen in die Karte, und sie nutzte die Gelegenheit, um ihn genauer zu betrachten.

Das dunkle mittellange, etwas schüttere Haar hatte er locker zurückgekämmt, wodurch seine sensiblen Gesichtszüge noch mehr zur Geltung gebracht wurden. Hin und wieder fiel ihm eine Haarsträhne ins Gesicht, die er dann sogleich wieder zurückstrich: eine Gewohnheit, die er selbst wahrscheinlich gar nicht mehr bewusst wahrnahm. Die dunkelgrauen Augen blickten konzentriert durch die randlose Brille; zuweilen leuchteten sie humorvoll auf. Irgendwie hatte er etwas Altgriechisches an sich, vielleicht lag es ja an der langen, geraden Nase. Seine Lippen waren eher schmal, dennoch wirkten sie sinnlich. Lisas Blick wanderte zu seinen Händen, von denen sich eine gerade wieder einmal um eine vorwitzige Haarsträhne kümmerte. *Frauen sehen bei Männern immer auf die Hände*, dachte Lisa; die von Daniel waren lang, schmal und sensibel. Für einen kurzen Augenblick fragte sie sich, wie sich diese Hände wohl auf ihrer Haut anfühlen mochten.

Lisa war so tief in ihre Betrachtungen versunken, dass sie gar nicht merkte, wie der Rechtsmediziner die Karte beiseitelegte und sie nun seinerseits ansah. Als es ihr schließlich auffiel und sie seinen amüsiert fragenden Blick wahrnahm, wurde sie unwillkürlich rot. Da ihr nichts Besseres einfiel, um ihre Verlegenheit zu überspielen, griff sie nach ihrem Glas Prosecco und prostete ihm zu.

18

Great Barrier Reef, 23. Dezember

Er war wieder auf der *Rosebud,* und auch jetzt langweilte er sich nicht. Vielleicht lag es daran, dass er mehr als zwei Wochen im eisigen New York verbracht hatte und nun heilfroh war, die heiße Sonne Australiens genießen zu können.

Jason hatte ihm weitere unbekannte Lebewesen unter Wasser gezeigt. Sie waren sehr versteckt, unscheinbar und absolut tödlich. Den Blauringoktopus hätte er niemals entdeckt, wäre er vom Kapitän nicht förmlich mit der Nase darauf gestoßen worden. Die braungelbe Färbung und die unregelmäßige Hautstruktur ließen den kleinen Meeresbewohner völlig mit dem Riff verschmelzen – zumindest solange, bis Jason ihn ein wenig geärgert hatte und plötzlich wie aus dem Nichts diese blauen Kreise erschienen waren. Er wollte es seinem Tauchpartner nachtun, aber der hatte ihn sofort am Handgelenk gepackt und mit der anderen Hand das von ihnen selbst kreierte Unterwasserzeichen für *hochgiftig* geformt. Der Kapitän hatte ihm später alles erzählt, was er über das kleine Wesen wusste.

Er hatte dann im Internet noch so manches über den Blauringoktopus gelesen. Hatte ihn die Kegelschnecke mit ihrer einzigartigen Jagdstrategie schon in höchstem Maße interessiert, fand er den Blauringoktopus noch faszinierender. Der kleine Killer produzierte sein Gift nicht einmal selbst, sondern ließ andere für sich arbeiten. Ziemlich clever.

Seine tägliche Recherche über Serienmörder hatte sich inzwischen fast zu einer Art Besessenheit entwickelt. Er hatte ihre Motive, die Art und Weise ihrer Morde und ihre dummen Fehler, durch die sie gefasst und überführt worden waren, bis ins Detail analysiert. Ted Bundy zum Beispiel hatte Bissspuren im Gesäß eines Opfers hinterlassen, die ihm eindeutig zugeordnet werden konnten. Wie dämlich! So etwas konnte man doch herausschneiden. Und David Berkowitz hatte einfach nur falsch geparkt. Unfassbar! Joachim Kroll hatte mit Leichenteilen eine Toilette verstopft und sich dann dabei ertappen lassen, wie er gerade die Hand eines kleinen Mädchens in einer Suppe kochte, statt die Verstopfung zu beseitigen. Unglaublich. Der Typ zerstückelt und verspeist seine Leichen eiskalt, schafft es aber nicht, eine Toilette zu reinigen. Bei Peter Kürten war es ein falsch zugestellter Brief. Na gut, das war mehr Pech als Dummheit. Den Brief hatte allerdings ein entkommenes Opfer geschrieben, und es war eine Dummheit, wenn man jemanden entkommen ließ. Auch Anthony Sowell, Jeffrey Dahmer und Jürgen Bartsch waren ergriffen worden, weil Opfer flüchten konnten. Eine schlechte oder gar fehlende Planung waren die Ursache dafür.

Er war sicher, dass er das besser könnte. Rätsel gab ihm Reiner Sturm auf. Er hatte zwar nicht so viele Menschen getötet wie manch anderer, war dafür aber umso brutaler vorgegangen und wurde als extrem bösartig bezeichnet. Der Mann hatte sich selbst gestellt, ohne jedoch nur einen Funken Reue zu zeigen. Sturm hatte sowohl die Polizei als auch die Opfer verspottet, während er im Gefängnis saß. Warum hatte Sturm das getan?

Er hatte nicht die leiseste Erklärung dafür.

19

Köln, 22. Mai

Es war schon nach Mitternacht, aber Lisa Voigt und Daniel van der Mühlen saßen immer noch im *Latio* und unterhielten sich angeregt. Ihre anfängliche Verlegenheit war im Verlauf eines Gesprächs über den aktuellen Fall verschwunden. Danach hatten sie sich privateren Themen zugewandt.

Kurz nach dem Dessert bemerkte Lisa zu ihrer Verwunderung, dass sie anfing, dem Rechtsmediziner von Katja zu erzählen. Das hatte sie noch nie getan, aber sie brachte ihm ein ihr selbst völlig unverständliches Vertrauen entgegen. Van der Mühlen war natürlich sofort eines klar: Der Anblick der »schönen Toten« hatte dazu geführt, dass sie immer wieder an ihre verstorbene Schwester denken musste. Seine weiteren verständnisvollen Worte zeigten Lisa überdies, dass er nicht nur sensibel aussah, sondern es tatsächlich war. Um das traurige Thema zu beenden, gestand sie ihm dann – sie konnte es selbst kaum fassen –, was sie vor ihrer Zeit beim Morddezernat über Rechtsmediziner gedacht hatte.

Seine Belustigung darüber war nicht zu übersehen. »Das heißt also, du bist mutig genug, mit einem Mann essen zu gehen, dessen Gedanken denen eines Serienmörders nicht unähnlich sind.«

Lisa grinste. »Mach dir bloß keine falschen Hoffnungen, ich trage auch jetzt eine Waffe.« Sie wurde wieder ernst. »Nein, mal ganz ehrlich. Warum bist du Rechtsmediziner geworden?«

Er lächelte ein wenig in sich hinein. »Ob du es glaubst oder nicht, als kleiner Junge wollte ich unbedingt Polizist werden. Später wurde mir allerdings klar, dass ich einfach nicht der Typ bin, der seine Waffe zieht und ›Halt! Stehen bleiben! Polizei!‹ brüllt. Trotzdem hatte ich immer noch vor, etwas zu machen, das mit der Polizeiarbeit zu tun hat. Was die Leichen angeht … Nun, in meiner Familie ist der Tod stets etwas Natürliches gewesen. Gleich vorweggesagt: Ich habe während meiner Kindheit keine Dramen mit zu früh verstorbenen Angehörigen erlitten; was ich erlebt habe, war der Tod von Urgroßeltern, meiner Großeltern und, auch wenn sich das komisch anhören mag, von Tieren. Wir hatten immer Hunde zu Hause. Als Brandy, unsere Golden-Retriever-Hündin, an Altersschwäche starb, war ich zehn Jahre alt. Mein Vater erzählte mir nicht diesen ganzen vermeintlich tröstenden Mist – dass sie jetzt an einem besseren Ort sei oder Ähnliches –, sondern erklärte mir ganz ruhig, der Tod gehöre nun mal zum Leben dazu und müsse daher akzeptiert werden, auch wenn es weh täte.« Er trank einen Schluck Wein und zuckte fast ein wenig resignierend mit den Achseln. »Mit diesen Gedanken bin ich großgeworden. Später war ich, wie du dir vielleicht vorstellen kannst, ziemlich entsetzt, als ich bemerkte, dass der Tod in unserer Gesellschaft stark tabuisiert wurde. Vielleicht war meine Berufswahl in gewisser Weise eine Trotzreaktion darauf – so nach dem Motto: Wenn sich keiner um die Toten kümmern will, tu ich es eben. Ich finde, jeder Mensch hat es verdient, dass seine sterblichen Überreste mit Anstand und Respekt behandelt werden … Gut, ich hätte natürlich auch Bestatter werden können; aber so ganz hatte ich damals die Idee mit der Polizei noch nicht ad acta gelegt, und die Rechtsmedizin ist für mich der perfekte Kompromiss.« Er grinste plötzlich und sah dabei aus wie ein kleiner Junge. »Aber es kann doch einfach nicht wahr sein, dass ich hier mit einer wunderschönen Frau sitze, einen hervorragenden Rotwein trinke und sie mich dann nur darüber ausfragt, warum ich Leute aufschneide. Ist es das, was die Frauen von heute unter Romantik verstehen?«

Sie mussten beide lachen. Auf einmal bemerkten sie, dass sie die letzten Gäste in dem Restaurant waren, und beschlossen aufzubrechen.

»Mein Auto steht ein Stück die Straße dort hinunter«, sagte Lisa, als sie draußen vor der Tür des *Latio* standen, und deutete mit dem Arm in die Richtung.

»Dann steht es vermutlich genau vor meiner Haustür«, entgegnete van der Mühlen.

Sie sah ihn erstaunt an. »Hier wohnst du?«

Er nickte, und als sich ihre Hände wie zufällig berührten, ergriff er ihre Linke und ließ sie nicht mehr los. Die Schmetterlinge in ihrem Bauch tanzten Tango.

Seine Stimme klang ein wenig heiser, als er fragte: »Möchtest du … Ich meine, traust du dich, vielleicht noch einen Espresso bei einem potenziellen Psychopathen zu trinken?«

Alles in ihr schrie nach einem »Ja«. Aber war das wirklich klug? Sie beide waren Kollegen, und Lisa wusste, dass sich so etwas meistens eher negativ auf die Zusammenarbeit auswirkte. Ihre Gefühlswelt ließ diese Bedenken jedoch nicht gelten, und während sie noch überlegte, wie sie antworten sollten, hatte sie mit dem Kopf bereits genickt, ohne dass es ihr so richtig bewusst wurde.

Als sie van der Mühlens Haus fast erreicht hatten, sprang plötzlich eine dunkle Gestalt von den Stufen, die zur Eingangstür hinaufführten. Im gelben Licht einer Straßenlaterne erkannten sie Lukas Rosenzweig.

Alle drei sahen sich ein wenig entgeistert an, bevor Lukas seinen Helm aufsetzte und stammelnd erklärte: »Tut mir leid … ich hätte … nicht herkommen sollen.«

Dann war er auch schon wieder verschwunden.

Wir konnte er nur so dumm gewesen sein?

Im Nachhinein fiel es Lukas wie Schuppen von den Augen, als er darüber nachdachte, wie Lisa und sein Freund Daniel sich verhalten hatten: die Blicke, die die beiden sich zugeworfen hatten, und ihre kleinen Neckereien; Daniels besorgter Augenausdruck, als Lisa fast umgekippt wäre, nachdem sie ihr Parfum an der Toten gerochen hatte. Unzählige Kleinigkeiten hatten darauf hingedeutet, dass es zwischen den beiden funkte. Und er – Kriminalhauptkommissar Lukas Rosenzweig, der von allen Ermittlern in Köln bei Mordfällen die höchste Aufklärungsrate vorweisen konnte – war zu dämlich gewesen, das zu erkennen. Sein Spürsinn hatte komplett versagt.

Nein, wenn er ehrlich war, hatte nicht sein Spürsinn versagt, sondern er war zurzeit so stark auf seine Arbeit konzentriert, dass er einfach alles ausblendete, was nichts damit zu tun hatte. Er nahm seine private Umwelt gar nicht mehr wahr. Und wenn er einmal nicht über seine Mordfälle nachdachte, wanderten seine Gedanken automatisch zu Alex. Am sozialen Leben außerhalb seines Jobs nahm er überhaupt nicht mehr teil. Er war voller Selbstmitleid in tiefe Trauer versunken und hatte dabei völlig vergessen, dass andere Menschen im Unterschied zu ihm noch ein Privatleben besaßen.

Lukas hätte sich ohrfeigen können. Daniel hatte ihm ausdrücklich gesagt, dass er verabredet war. Doch anstatt nachzufragen, mit wem er sich traf, hatte Lukas einfach angenommen, dass Daniel wie so oft mit ein paar Bekannten Doppelkopf spielen würde. Er war überhaupt nicht auf den Gedanken gekommen, dass sein bester Freund sich mit einer Frau treffen könnte.

Lisa erwachte von einem Ton, der sie an das Sonargeräusch eines U-Boots erinnerte. Ein U-Boot mitten in Köln? Nachdem sie den Ton zum dritten Mal vernommen hatte, hörte sie, wie jemand verschlafen »Van der Mühlen« sagte.

Sie riss die Augen auf und fand sich in einem ihr fremden Schlafzimmer wieder. Nach der ersten Schrecksekunde überzog ein sanftes Lächeln ihr Gesicht. Sie drehte sich zu Daniel herum, der auf dem Rücken lag und sein Handy am rechten Ohr hielt. Als er sah, dass sie wach war, lächelte er sie an und wickelte eine Strähne ihres langen Haars um seine Finger. Lisa spürte, dass die Schmetterlinge in ihrem Bauch immer noch tanzten.

Er beendete das Gespräch und strich ihr sanft über die Wange. »Ich glaube, jetzt wird es wirklich kompliziert.«

Lisa befürchtete im ersten Moment, dass sich der Satz auf das bezog, was letzte Nacht zwischen ihnen geschehen war. Aber als Daniel weitersprach, wurde ihr klar, dass seine Worte auf ihren mysteriösen Fall gemünzt waren.

»Das Implantat wurde in Frankreich hergestellt, bei einer Firma namens Medi-Dental, die ihren Sitz in einem der Außenbezirke von Paris hat.«

Zum Glück lag ihre Wohnung auf dem Weg zum Präsidium, und so konnte Lisa sich wenigstens noch schnell zu Hause umziehen. Lukas und sie hatten am heutigen Samstag Bereitschaft, und auch der Rest der Mordkommission musste im Notfall am Wochenende zur Verfügung stehen. Die beiden hatten jedoch bei einem kurzen Telefongespräch beschlossen, dass es genügte, wenn nur sie sich im Büro einfinden würden. Sie wollten die Pariser Kriminalpolizei um Mithilfe bitten.

Als Lisa dort eintraf, saß Lukas schon am Schreibtisch. Er telefonierte mit Daniel van der Mühlen, der in die Rechtsmedizin gefahren war und ihn nun ausführlich über die neue Faktenlage in Kenntnis setzte. Nachdem Lukas aufgelegt hatte, sahen er und Lisa sich ein wenig verlegen an.

Lukas ergriff schließlich als Erster das Wort. Er lächelte sie entwaffnend an und erklärte: »Ihr seid beide erwachsen, und es tut mir einfach leid, dass ich gestern Abend dazwischengefunkt habe. Ich hatte ja keine Ahnung, dass ihr verabredet wart. Und bevor du fragst – nein, ich habe kein Problem damit, auch wenn ich eng mit Daniel befreundet bin.«

Das entsprach natürlich nur bedingt der Wahrheit. Er hatte sich schon so seine Gedanken gemacht, ob die beiden nach seinem unglücklichen Auftauchen vor Daniels Wohnung über ihn gesprochen hatten und ob sein Geheimnis bei seinem Freund noch sicher war. Doch schließlich war er zu der Auffassung gelangt, dass Daniel, der sich bislang stets als sehr vertrauenswürdig gezeigt hatte, darüber schweigen würde.

Lisa warf nun ihrem Kollegen ein scheues Lächeln zu. »Danke«, erwiderte sie nur.

Lukas grinste. Seine so perfekt gestylte Partnerin schaffte es manchmal, mit einer schlichten Geste und einer einfachen Äußerung etwas auszudrücken, das überzeugender war als tausend Worte. »Sag mal, sprichst du eigentlich Französisch?«

Sie sprach ... Also war es Lisa, die sich in Paris mehrfach verbinden ließ, bevor sie die zuständige Stelle an der Strippe hatte, während Lukas eine E-Mail in englischer Sprache an die französischen Kollegen verfasste.

Nachdem er von Lisa die richtige E-Mail-Adresse erhalten hatte, schickte er seinen Text ab und lehnte sich anschließend seufzend zurück. »Meinst du, sie ist Französin? Das würde natürlich erklären, warum wir auch in ihrem Fall nichts unter den Vermisstenanzeigen gefunden haben.«

Lisa zuckte nur mit den Achseln. »Keine Ahnung. Ich weiß nicht, woher Zahnärzte ihre Werkzeuge und sonstigen Materialien beziehen. Seit es in Europa praktisch keine Grenzen mehr gibt, würde es mich nicht wundern, wenn Zahnärzte vieles im Ausland bestellen.«

Lukas nickte nachdenklich vor sich hin. »Ich habe ein ganz merkwürdiges Gefühl bei diesem Fall ... so, als würde sich das Ganze noch zu etwas viel Größerem entwickeln, als wir uns im Moment vorstellen können.« Er griff nach einem dünnen Aktenordner. »Wir haben übrigens neue Informationen über die Decke. Sie besteht aus Mudmee-Seide: ein Stoff, der nur im

Nordosten Thailands produziert, aber leider weltweit vertrieben wird. Es gibt verschiedene Arten von Mudmee-Seide, und wir haben es hier mit der teuersten zu tun, die auf hundert Prozent Handarbeit beruht. Sie wird auch von Hand gefärbt, mit einem Farbstoff, der ebenfalls aus jener Region stammt. So, und jetzt wird es wirklich spannend. Das Füllmaterial besteht aus amerikanischer Baumwolle; zudem sind unsere Leute auf Fäden aus reiner chinesischer Seide gestoßen, die in einer Fabrik im australischen Canberra gefertigt wurden. Alles in allem muss diese Decke ein Vermögen gekostet haben.«

Lisa zog die Augenbrauen in die Höhe. »Ganz schön international. Aber wo hat denn nun die Endherstellung der Decke stattgefunden?«

»Tja, genau da liegt das Problem. Die Spurensicherung hat zwar die Einzelteile nachverfolgen können, ist aber auf keinen Hinweis gestoßen, der Rückschlüsse auf die endgültige Produktion zulässt.«

20

Great Barrier Reef, 25. Dezember

Es gefiel ihm gar nicht, wie die Dinge sich hier entwickelten. Er hatte sich in der letzten Zeit auf der *Rosebud* wirklich wohlgefühlt, aber jetzt hatte Jason eine Grenze überschritten und sich eine Vertraulichkeit herausgenommen, die ihm einfach nicht zustand.

Er selbst glaubte nicht an Gott, auch wenn ihn seine Eltern im katholischen Glauben erzogen hatten. Wäre er gefragt worden, hätte er sich wohl als Atheist bezeichnet. Mitten auf dem Ozean unter der heißen australischen Sonne war ihm daher auch völlig entfallen, dass es so etwas wie Weihnachten überhaupt gab.

Und jetzt hatte sein Kapitän ihm dieses Weihnachtsgeschenk gemacht. Ein Geschenk war etwas sehr Privates, regelrecht Intimes und hatte seiner Meinung nach nichts in einer »Beziehung« zwischen Arbeitgeber und Arbeitnehmer zu suchen.

Da Weihnachten nun mal fast überall auf der Welt gefeiert wurde, zahlte er anlässlich dieses Festes seinen Mitarbeitern Gratifikationen, aber er wäre nie auf die Idee gekommen, ihnen Geschenke zu machen. Auch der Crew der *Rosebud* hatte er ein paar australische Dollar zusätzlich gezahlt, aber das sollte alles gewesen sein, was an die Feiertage erinnerte.

Doch der Kapitän hatte einfach, ohne ihn vorher um Erlaubnis zu fragen, ein paar Worte zu Weihnachten gesprochen und ihm dann das Geschenk überreicht. Zugegeben, die Decke war wunderschön. Jason hatte ihm erklärt, dass seine Schwester gerne in ihrer Freizeit nähte und oft sehr ausgefallene Stücke anfertigte. Das tiefe Nachtblau ließ den kostbaren Stoff noch edler wirken. Jetzt lag die Decke zusammengefaltet auf dem Bett in seiner Kabine, und sein Blick wanderte immer wieder zu dem teuren Stück.

Nein, es gefiel ihm gar nicht, wie die Dinge sich hier entwickelten.

21

Köln, 22. Mai

Lukas Rosenzweig und Daniel van der Mühlen saßen zu zweit im *Mainzer Hof.* Das Lokal, eine Mischung aus Kneipe und Restaurant, lag in der Straße, in der Lukas wohnte, und man kannte ihn hier als Stammgast. An einem Samstagabend brauchte man sich keine Gedanken darüber zu machen, dass private Gespräche am Nachbartisch mitgehört werden konnten: Der Laden war brechend voll, und bei dem allgemeinen Stimmengewirr, dem Stühlerücken und Gläserklirren konnte ein jeder froh sein, wenn er überhaupt seinen Tischpartner verstand.

Die beiden hatten nur kurz über Lisa gesprochen, und Daniel hatte sich wie ein wahrer Gentleman über die gemeinsame Nacht mit der Kollegin ausgeschwiegen. Lukas fragte sich, wie er am Morgen noch ernsthaft hatte glauben können, dass der Rechtsmediziner sein Vertrauen jemals missbrauchen würde. Er erzählte ihm von seiner zufälligen Begegnung mit Alex und von seinen Überlegungen in der letzten Nacht: Am Ende war er zu der Erkenntnis gelangt, dass er wohl oder übel auch ohne sie wieder am gesellschaftlichen Leben teilnehmen musste, wenn er nicht zu einem unerträglichen, mürrischen Zeitgenossen mutieren wollte.

Daniel lachte. »Ich weiß, dass klingt jetzt mehr als abgedroschen, aber irgendwie ist in den altbekannten Lebensweisheiten doch immer ein Funke Wahrheit enthalten. Du kennst den Satz mit der Einsicht und dem ersten Weg …?«

Lukas grinste. »Mhh, schon mal gehört. Besagte Einsicht traf mich völlig unerwartet, nachdem ich wie ein Depp in euer gestriges Tête-à-Tête gestolpert bin.«

Sie unterhielten sich noch über dieses und jenes, bis sie unweigerlich wieder auf die »schönen Toten« zu sprechen kamen.

»Sag mal, wie viel Gift habt ihr eigentlich bei dem zweiten Opfer gefunden?«

»Genaue Mengen sind in ihrem Zustand kaum nachzuweisen, aber auch sie hätte mehr als einmal gebissen werden müssen, wenn das Gift direkt von einem oder mehreren Blauringoktopoden stammen würde. Wenn du mich fragst, ist beiden das Gift injiziert worden.«

»Hast du Einstichstellen gefunden?«

Daniel schüttelte den Kopf. »Nein, aber das ist unwichtig. Wenn der Täter schlau war, hat er ihnen das Gift in die Drosselvene gespritzt, und zwar jeweils an derselben Stelle, an der er zuvor schon das Propofol verabreicht und die er später für die thanatopraktische Behandlung genutzt hat.« Er zuckte grinsend mit den Achseln und musste an Lisas ursprüngliche Ansichten über Rechtsmediziner denken. »So würde ich es jedenfalls machen, wenn ich der Mörder wäre.«

Lukas grinste nicht, sondern grübelte laut vor sich hin. »Schön und gut, aber wie bringst du ein Opfer dazu, dass es dir brav den Hals hinhält und du in aller Ruhe nach der Vene suchen kannst?«

»Er könnte sie gekannt haben … Aber irgendwie glaube ich das nicht. Er könnte ihnen auflauern, sie mit Chloroform oder Äther auf einem Tuch kurzfristig betäuben und sie erst danach mit dem Propofol anästhesieren. Einen kleinen Rausch durch Inhalation könnten wir bei dem jetzigen Zustand der Leichen nicht mehr nachweisen.«

Lukas nickte. »Klingt logisch.« Und dann fügte er mit einem schwachen Lächeln hinzu: »Würdest du das auch so machen, wenn du der Täter wärst?«

»Verhaftest du mich gleich, wenn ich dir noch weitere Tipps gebe?« Jetzt mussten sie beide grinsen.

»Wer weiß, du scheinst dich bestens in unseren Täter hineindenken zu können«, erwiderte Lukas. »Nee, mal im Ernst. Da ist noch etwas anderes, worüber ich mit dir reden wollte. Abgesehen von dem Blauringoktopus haben wir inzwischen noch eine andere Spur, die uns ebenfalls nach Australien führt.« Er berichtete kurz, was die Spurensicherung über die Decke herausgefunden hatte. »Wie weit ist denn die Toxikologie mit dem Gift? So etwas kann man doch nicht an jeder Ecke kaufen. Oder wie schwierig ist es, so einem Vieh das Gift zu entnehmen, falls unser Täter ein Aquarium zu Hause hat?«

Daniel seufzte. »Die Toxikologie ist noch dabei. Ich fürchte nur, die sind da im Moment ein wenig überfordert, weil es ein so ungewöhnliches Gift ist. Ich habe aber noch eine Mail an Jean-Luc geschickt und hoffe, dass der in diesem Fall ein bisschen schneller ist.«

Lukas deutete eine leichte Verbeugung an. »Es ist wie immer eine wahre Freude, mit dir zusammenzuarbeiten. Und noch schöner ist, dass du zu denen gehörst, die hin und wieder auch mal selbstständig mitdenken.«

22

Köln, 24. Mai

Nach einem ereignislosen Sonntag begann der Montag im Büro umso arbeitsamer mit neuen Informationen aus aller Welt. Lisa Voigt und Lukas Rosenzweig telefonierten gleichzeitig, sie auf Französisch, er auf Deutsch. Kaum hatten sie beide nahezu gleichzeitig aufgelegt, begannen sie aufgeregt zu reden. Abrupt verstummten sie, und nach einem kurzen Moment des Schweigens prusteten beide los.

Lukas hatte seine Kollegin noch nie so glücklich erlebt und war sich sicher, dass sie sich gestern erneut mit Daniel getroffen hatte. Umgekehrt hatte Lisa ihren Kollegen noch nie besser gelaunt und ausgeglichener gesehen. Am Wochenende musste auch bei ihm irgendetwas Besonderes passiert sein.

»Okay, du zuerst«, sagte schließlich Lukas.

»Also, unsere schöne blonde Tote heißt Juliette Moullard, einundzwanzig Jahre alt. Sie kam in Marseille zur Welt und ist dort auch aufgewachsen. Seit zwei Jahren studierte sie Sprachen an der Sorbonne in Paris. Sie hatte dort eine Wohnung, die sie sich mit einer anderen Studentin teilte. Ihre Mitbewohnerin, Béatrice Chevallier, war es dann auch, die sie am 17. Mai als vermisst gemeldet hat. Juliette Moullard hatte zwei Tage zuvor den Samstagabend bei einer Freundin verbracht. Kurz vor Mitternacht ist sie zu Fuß nach Hause gegangen, aber dort nie angekommen. Die beiden Wohnungen liegen keine zehn Minuten voneinander entfernt. Chevallier hat sich zunächst keine Gedanken gemacht, da sie vermutete, dass Juliette bei ihrer Freundin übernachten würde. Erst am Abend des 16. Mai war sie beunruhigt und hat angefangen herumzutelefonieren. Nachdem besagte Freundin, eine gewisse Nicolette Moreau, ihr nur sagen konnte, dass sich Juliette am späten Samstagabend auf den Weg nach Hause gemacht hatte, war sie dann besorgt genug, um die Eltern der Vermissten zu kontaktieren. Sie verabredeten, dass Béatrice am nächsten Morgen zur Polizei gehen sollte, falls Juliette bis dahin nicht wieder aufgetaucht sei. Die Pariser Kollegen haben die Sache wohl am Anfang nicht ganz so ernst genommen, da Studenten am Wochenende häufiger mal versumpfen. Als Juliette Moullard aber auch am Dienstag nicht zu ihren Vorlesungen erschienen war, haben sie sie dann endgültig auf die nationale Vermisstenliste gesetzt und sowohl Chevallier als auch Moreau genauer verhört. Die Suche blieb ohne Erfolg. Juliette ist auf der kurzen Strecke nach Hause einfach spurlos verschwunden.«

Lukas seufzte. »Na ja, *spurlos* passt ja perfekt zu unserem Täter.«

Lisa nickte. »Hier ist noch etwas Interessantes. Bei der Beschreibung ihrer Freundin erwähnte Nicolette Moreau ein Tattoo direkt oberhalb des Steißbeins … eine verschnörkelte Lilie.«

Rosenzweig sah verblüfft auf. »Eine Lilie – keine Rose?«

»Nein, eindeutig eine Lilie.« Sie lachte. »Weißt du, wofür die Lilie in früheren Zeiten in Frankreich stand?«

Lukas schüttelte den Kopf.

»Die Lilie war das bekannteste Symbol für die französische Monarchie. Später wurden auch Prostituierte mit diesem Zeichen gebrandmarkt. Nicht auf dem Rücken, sondern am Oberarm.«

Der Kommissar zog im Geiste den Hut vor seiner Kollegin. »Du interessierst dich für französische Geschichte?«

Lisa errötete leicht und druckste ein wenig herum, bevor sie mit einem verlegenen Lächeln antwortete: »Nein, aber ich habe alle möglichen Verfilmungen der *Drei Musketiere* gesehen.«

Lukas konnte sich ein Lachen nicht verkneifen. »Auch nicht

schlecht, doch ich glaube, dass die Bedeutung des Symbols und das Motiv für die Tätowierung in unserem Fall unwichtig sind.«

Sie nickte. »Denke ich auch. Aber genau das sagt uns noch etwas anderes. Ich bin mir fast sicher, dass er seine Opfer nicht kannte – oder falls doch, dann nicht besonders gut. Er wusste nichts von dem Tattoo, als er sie tötete, und musste es deshalb entfernen. Es befand sich an einer Stelle, die normalerweise von der Kleidung verdeckt wird.«

Lukas schoss ein vager Gedanke durch den Kopf, den er noch nicht ganz greifen konnte. Er dachte einen Moment angestrengt nach, bevor er resignierend den Kopf schüttelte. »Was ist mit dem Zahnarzt? Wissen wir, warum sie dieses Implantat hat?«

Lisa blätterte in ihren Notizen und nickte. »Ja, sie hatte einen Unfall beim Segeln, als sie noch in Marseille wohnte. Da war sie sechzehn, und irgendein Mast oder Baum – oder wie immer man das nennt – hat ihr den Zahn ausgeschlagen. Der Arzt konnte nur noch ein Implantat einsetzen.«

Der vage Gedanke kursierte noch immer in Lukas' Hirnwindungen. Ihm war nicht wirklich bewusst, dass er laut vor sich hin dachte, als er sagte: »Er wusste weder von dem Implantat noch von dem Tattoo. Er checkt den Körper nach dem Tod auf verräterische Merkmale, entfernt eine Tätowierung, kommt aber gar nicht erst auf die Idee, dass ein so junger Mensch ein Implantat haben könnte.«

Lisa spann seine Überlegungen weiter aus. »Er entfernt zwar nicht die Eingeweide, aber zumindest ihren Inhalt … weiterhin das Blut, die Augen und das Schamhaar: alles Dinge, die in der Forensik eine Rolle spielen.«

Lukas schüttelte den Kopf. »Aber das ergibt keinen Sinn. Sofern die Frauen das nicht schon selbst getan haben, epiliert er ihre Körperbehaarung. Er lässt jedoch die Wimpern, die Brauen und das Kopfhaar unangetastet, was für eine DNA-Analyse keinen Unterschied bedeutet. Also, warum macht er bei der Spurenvernichtung nur halbe Sachen?«

»Vielleicht hat er *Medical Detectives* ja nicht bis zum Ende angesehen?«, ertönte eine bekannte Stimme.

Sie drehten beide erstaunt den Kopf und erblickten Carsten Reimann, der grinsend in der Tür stand.

»O Mann, deine Weisheiten haben mir gerade noch gefehlt.« Lukas stöhnte und rieb sich müde die Augen.

»Hey, so weit hergeholt ist das gar nicht«, entgegnete sein Kollege. »Schalt einfach das Fernsehen ein, und du findest garantiert auf irgendeinem Kanal eine Sendung, die gerade erklärt, wie die *Crime Scene Investigation* arbeitet.« Er verzog entschuldigend das Gesicht. »Sorry, aber klingt einfach besser als KTU oder Spurensicherung.«

Jetzt konnten sich auch Lukas und Lisa ein Grinsen nicht verkneifen. »Bist du hier, um einen gemütlichen Videoabend zu planen, bei dem wir alle noch etwas lernen können, oder gibt es was Neues?«, erkundigte er sich.

Nun wurde Carsten Reimann ernst. »Es gibt nicht wirklich etwas Neues, aber mich hat das ganze Wochenende über deine Frage geplagt, ob der Kontakt zu dem Journalisten geplant oder eine spontane Entscheidung war.« Er machte eine kleine Pause, während der Lukas die Augenbrauen fragend in die Höhe zog. »Ich habe keine Ahnung, wer den Kölner Kirchen ihre Namen gegeben hat. Tatsache ist jedoch, dass der letzte Fundort, also die Kirche, zwar St. Maria in der Kupfergasse heißt, besagte Gasse aber nichts mit der Adresse zu tun hat. Die lautet offiziell Schwalbengasse 1. Muss ich noch mehr dazu sagen?«

»Scheiße!« Lukas sprang auf und war mit zwei langen Schritten vor dem großen Kölner Stadtplan, der fast die Hälfte der gegenüberliegenden Wand einnahm. »Du hast recht.«

Lisa sah verwirrt von einem Kollegen zum anderen. »Könnte mich jemand vielleicht mal aufklären?«

Reimann verschränkte die Arme und lehnte sich selbstgefällig gegen den Türrahmen. »Aber gerne, mein hübsches Nordlicht. Der Schwalben-Verlag ist der Herausgeber der Zeitung, für die Behrend schreibt.«

23

Nördlich von Sydney, 21. Januar

Wer hatte eigentlich die Behauptung aufgestellt, man könnte für Geld nicht alles kaufen? Diese Frage schoss ihm durch den Kopf, während er zusah, wie Jean-Luc Gatineau einem Blauringoktopus Gift entnahm. Es sah nicht weiter kompliziert aus, trotzdem war es etwas Besonderes, die Privatvorführung eines Fachmanns zu genießen, statt sich ausschließlich auf Informationen im Internet zu verlassen.

Große Unternehmen spendeten gerne für Organisationen, die sich für soziale Belange einsetzten oder gar Leben retteten, um ihre Menschenfreundlichkeit und ihr moralisches Engagement zu demonstrieren. Auch sein Unternehmen war groß, und er hatte für seine Geldspenden ein australisches Forschungsinstitut ausgewählt, das eine Abteilung unterhielt, die tierische Gifte für medizinische Zwecke erprobte. Bahnbrechend waren in diesem Institut die Experimente mit seiner alten Freundin, der Kegelschnecke. Aus ihrem Giftcocktail hatten Wissenschaftler ein Schmerzmittel entwickelt, dessen Wirkung um ein Vielfaches stärker war als die von Morphium, den Patienten dabei aber nicht gleichzeitig süchtig werden ließ.

Er hatte dem Institut eine ordentliche Summe zukommen lassen und bei einem Abendessen mit dem Direktor ganz nebenbei einfließen lassen, dass er selbst begeisterter Hobbytaucher war und sich sehr für die Tierwelt unter Wasser interessierte. Er hätte auch »Sesam, öffne dich« sagen können, es wäre auf das Gleiche hinausgelaufen. Der Direktor war in höchstem Maße darüber erfreut, dass hier jemand nicht nur einfach spendete, um gewisse Summen steuerlich absetzen zu können, sondern tatsächlich Interesse an der Forschungsarbeit seiner Mitarbeiter bekundete. Anschließend hatte er mehr oder minder freien Zugang zum Institut, und die Wissenschaftler rissen sich förmlich darum, ihm ihre Forschungsziele näherzubringen.

Wer hatte noch gleich gesagt, dass man für Geld nicht alles kaufen könnte?

24

Köln, 24. Mai

Das Meeting war so plötzlich einberufen worden, dass keiner wirklich wusste, aus welchem Anlass dies geschah. Selbst Lukas, von Baumgartner zum offiziellen Leiter der Mordkommission Brunnenleiche ernannt, hatte keine Ahnung, worum es gehen sollte. Sie fanden sich alle im Konferenzraum vier wieder, und während sie noch ihre bisher dürftigen Erkenntnisse zu dem Fall an der Pinnwand betrachteten, stürmte Kriminaldirektor Schneider mit seinem schönsten Zahnpasta-Lächeln und zwei unbekannten Männern im Schlepptau in den Raum. Josef Baumgartner schlich merkwürdig bedrückt hinter den dreien her, und als er Lukas Rosenzweigs fragenden Gesichtsausdruck bemerkte, zuckte er nur entschuldigend mit den Schultern.

Nachdem alle Platz genommen hatten, begrüßte Schneider kurz die Anwesenden und verkündete dann: »Meine Damen und Herren, es mag für Sie vielleicht etwas überraschend sein, aber nach den neuesten Entwicklungen in unserem Brunnenleichen-Fall sind wir auf höchster Ebene zu dem Schluss gekommen, dass wir Experten hinzuziehen müssen, die über große internationale Erfahrungen verfügen – zumal wir keine Kosten und Mühen scheuen wollen, um so schnell wie möglich eine Aufklärung herbeizuführen.«

Lukas drehte sich unwillkürlich auf seinem Stuhl um, konnte aber weder Zeitungs- noch Fernsehjournalisten im Raum entdecken. Wem galt dieser Müll, den Schneider da gerade von sich gab?

»Ich möchte Ihnen nunmehr Dr. Christian Neuberg vorstellen«, fuhr der Kriminaldirektor fort und wies auf einen seiner

Begleiter. »Er ist Psychologe, hat in den USA studiert und war dort jahrelang für die Polizei in beratender Funktion bei Serienmorden tätig. Da es ihn inzwischen wieder zurück in die Heimat gezogen hat, können wir nun von seinen Fähigkeiten profitieren.«

In Lukas' Augen sah der Mann wie ein Bibliothekar an der Universitätsbücherei aus. Neuberg vermittelte den Eindruck, als würde er jedes Eselsohr und jede noch so fein mit Bleistift geschriebene Notiz in einem ausgeliehenen Buch mit der Todesstrafe ahnden. Sein huldvolles Begrüßungslächeln erinnerte an die Königin von England bei der Abnahme ihrer Geburtstagsparade. Die Augenfarbe konnte Lukas aus der Entfernung nicht erkennen, und er war sich auch nicht ganz sicher, ob er das Haar dieses mittelgroßen, schlanken Mannes nun eher als blond, hellgrau oder weiß bezeichnen sollte, da sein Alter unmöglich zu schätzen war. Aber er konnte schon jetzt mit Sicherheit sagen, dass er den Typen nicht ausstehen konnte.

Neuberg hatte sich inzwischen erhoben und bedachte das Team der Mordkommission mit einem gönnerhaften Blick. »Ich freue mich über das Vertrauen, das mir entgegengebracht wird, und möchte Ihnen versichern, dass ich Sie in keiner Weise bei Ihren Ermittlungen behindern, sondern Sie unterstützen werde, wo ich nur kann. Je mehr Details ich von Ihnen erfahre, desto genauer wird mein Profil des Täters ausfallen.«

Lukas tauschte einen kurzen Blick mit Lisa, und sie verdrehten gleichzeitig die Augen. Hatte der Kerl diesen Text auswendig gelernt, weil er genau wusste, dass ihn keiner leiden konnte?

Nachdem der Psychologe sich ohne großartige Beifallsbekundungen wieder gesetzt hatte, ergriff Schneider erneut das Wort. »Da unsere zweite Leiche in Paris entführt wurde und die Identität des ersten Opfers noch immer nicht geklärt ist, haben wir uns ebenfalls dazu entschieden, dass wir internationale Unterstützung benötigen. Um sie in einem ausreichenden

Maße zu erhalten, haben wir uns an Kriminalhauptkommissar Lutz Mankowski gewandt.« Schneider zeigte auf seinen zweiten Begleiter. »Er war zuerst langjähriger Mitarbeiter bei Interpol, danach beim BKA und ist inzwischen wieder zur Polizei zurückgekehrt. Ich denke, er wird dazu beitragen, den Vorgang der Identitätsbestimmung des ersten Opfers zu beschleunigen. Er wird bis zur Aufklärung des Falls ein Mitglied unserer Mordkommission sein und gleichzeitig unser Bindeglied zum BKA und zu Interpol darstellen, was bedeutet, dass wir schnellen Zugriff auf internationale Datenbanken erlangen und so gezielter vorgehen können. Wenn wir es mit einem Täter zu tun haben, der international operiert, werden wir ihn auch international bekämpfen.« Er setzte sein bestes Presse-Lächeln auf. »Ich erwarte von Ihnen allen engste Zusammenarbeit mit unserer neuen Verstärkung. Vielen Dank.« Er hatte kaum ausgesprochen, als er den Konferenzraum geradezu fluchtartig verließ und seine neuen Elitesoldaten dem gemeinen Fußvolk zum Beschnuppern überließ.

Ein unangenehmes Schweigen breitete sich aus, was Lukas allerdings nicht weiter störte. Er hatte sich – äußerlich entspannt – in seinem Stuhl zurückgelehnt und musterte den zweiten Neuen völlig ungeniert. Wäre sein Name nicht Mankowski gewesen, hätte Lukas ihn mit an Sicherheit grenzender Wahrscheinlichkeit für einen Skandinavier gehalten. Der Mann war fast so groß wie er selbst und extrem durchtrainiert, wobei seine Muskeln nicht direkt an einen Bodybuilder erinnerten. Lukas schoss sofort ein Bild von Dolph Lundgren durch den Kopf, was er nach kurzem Nachdenken auf die kantigen Gesichtszüge und die hellblonden Haare zurückführte, die der neue Kollege zu einem kurzen Zopf im Nacken gebunden hatte.

Noch während er in seine Betrachtungen versunken war, kam Mankowski langsam auf ihn zu, lehnte sich gegen den Tisch vor Lukas' Stuhl und schenkte ihm dann ein offenes Lächeln. »Hey, ich bin genauso begeistert wie du. Mich haben sie von einer ziemlich heißen Organhandelgeschichte abgezogen, damit ich mich um eure Brunnenleichen kümmere. Find ich auch nicht so prickelnd.« Er zuckte kurz mit den Achseln. »Wir können uns jetzt gegenseitig Stress machen, oder wir ziehen die Nummer so schnell wie möglich durch, damit jeder danach wieder an seinem eigenen Ding arbeiten kann.«

Lukas deutete ein zustimmendes Nicken an, entgegnete aber nichts darauf.

»Ihr braucht mir eure geheimsten Gedanken über eure Täter-Theorien auch gar nicht zu verraten. Gebt mir die Akten, wenn möglich noch ein paar Details, und dann lass ich erst mal alles durch die verschiedenen Datenbanken laufen.«

Lukas sprach immer noch kein Wort und sah den Ex-BKA-Mann einfach nur stur an. Nach einer geschlagenen Minute überzog ein breites Grinsen sein Gesicht. »Lukas Rosenzweig. Und das hier ist meine Partnerin Lisa Voigt. Willkommen im Team.«

»So was nennt man bei euch einen Hahnenkampf, oder?« Lisa schüttelte belustigt den Kopf. »Ich meine, es war sehr amüsant. Aber war das wirklich nötig?« Sie hatten sich eine knappe Stunde mit Mankowski unterhalten, ihm die Akte kopiert und ihn mit weiteren Details versorgt. »Erst machst du eine Riesenshow, und dann erzählst du ihm doch alles, was wir bisher herausgefunden haben. Wieso?«

Lukas lachte ein wenig verbittert auf. »Glaubst du wirklich, es ging hier um Mankowski und mich?«

Sie zuckte ratlos mit den Achseln. »Um wen denn sonst?«

Ihr Partner ließ sich in seinen Stuhl fallen und lehnte sich müde zurück. »Ach Lisa, hast du früher schon mal mit Interpol gearbeitet?«

»Ja klar, ständig. Nicht während meiner Zeit bei der Mordkommission, aber vorher schon. Hamburg hat einen internationalen Hafen… Natürlich hatte ich da mit Interpol zu tun.«

Lukas nickte gleichmütig. »Okay, das verstehe ich. Wir befinden uns hier aber in einer Stadt mitten in Deutschland, und normalerweise wird die Entscheidung, Mitarbeiter einer fremden Einheit einzuschalten, im Team besprochen. Nicht so bei Schneider. Er stellt uns vor vollendete Tatsachen, und mit meinem Spielchen wollte ich einfach nur herausfinden, wo Mankowski steht und wie viel er weiß. Ich glaube, ihm geht es ähnlich wie uns, und ich denke, der ist gar nicht so verkehrt. Kannst du mit dieser Erklärung leben?«

Lisa nickte bloß.

Was Neuberg betraf, wollte Lukas ein Gespräch unter vier Augen in jedem Fall vermeiden. Der Mann war ihm einfach unsympathisch, und er wusste genau, dass er nicht einmal richtig zuhören könnte, wenn der Psychologe ihm etwas erklären würde. Daher hatte er ein Meeting mit dem kompletten Team der Mordkommission anberaumt. Vielleicht würde einer seiner Kollegen ja besser mit Neuberg zurechtkommen, dachte er.

Als das Treffen schließlich stattfand, bestand sein einziger verbaler Beitrag in dem kurzen Hinweis, dass alles, was sie bisher über den Täter wussten, an der Tafel stand und an der Pinnwand hing. Weitere Kommentare und Fragen überließ er seinem Team.

Zurück im Büro, ließ sich Lukas mit einem Seufzer der Erleichterung auf seinen Stuhl fallen. »Ich weiß nicht, warum, aber ich kann den Kerl einfach nicht leiden.«

Lisa grinste. »Mir sind auch schon sympathischere Zeitgenossen über den Weg gelaufen. Doch ganz so schlimm finde ich ihn nun auch wieder nicht. Er macht halt seinen Job, und dazu braucht er nun mal ein paar Infos.«

»Ich weiß nicht … Mit diesem Profiler-Gedöns kann ich einfach nicht viel anfangen. Mir wird da zu sehr in Schubladen gedacht. Ich glaube nach wie vor, dass jeder Mörder anders tickt und man sie nicht einfach so über einen Kamm scheren kann.«

Lisa schüttelte lachend den Kopf. »Könnte es sein, dass Reimann recht hatte und wir uns doch ein paar amerikanische Serien ansehen sollten, um dich zu bekehren?«

Lukas ging nicht weiter auf ihren Scherz ein, sondern blickte nur nachdenklich vor sich hin. Eine Idee – oder eine Ahnung – keimte in seinem Hinterkopf auf. Sie war noch sehr vage, und er vermochte sie noch nicht richtig zu greifen. Doch er hatte das unbestimmte Gefühl, dass sie sehr wichtig sein könnte. »Vielleicht hat Schneider uns mit diesem Profiler einen größeren Gefallen getan, als er selber weiß.«

Lisa konnte ihrem Kollegen nicht folgen. »Wie meinst du das? Gerade hast du mir noch erklärt, dass du ihn nicht ausstehen kannst.«

»Na ja, wie wir soeben festgestellt haben, denken beratende Psychologen eher stereotyp, was wir von Anfang an vermieden haben, um für alle Möglichkeiten offen zu sein. Neuberg wird versuchen, unseren Täter in eine Schablone zu pressen. Du weißt schon: männlicher Weißer zwischen zwanzig und fünfunddreißig, gestörte Familienverhältnisse, blablabla. Was, wenn unser Mörder genau das beabsichtigt? Wenn er will, dass wir ihn einem Muster zuordnen, um uns auf eine völlig falsche Fährte zu lenken?«

Lisa sah ihn etwas zweifelnd an, versuchte jedoch, seinen Gedankengang nachzuvollziehen. »Wie kommst du …« Sie verstummte abrupt und riss die Augen auf. »Ich glaube, ich verstehe, was du meinst … Zu wenig Gefühl, zu wenig Leidenschaft, zu perfekt.«

»Exakt!« Lukas war aufgesprungen und lief nun aufgeregt im Büro auf und ab. »Ich kann es auch noch nicht richtig erklären, aber irgendwie wirkt das Ganze einfach zu inszeniert und zu geplant.« Er blieb einen Augenblick stehen und drehte sich zu Lisa um. »Lass uns einfach mal annehmen, ich hätte recht mit meiner Theorie, und sie weiter ausführen.« Er setzte seine Wanderung fort, während Lisa nach Stift und Papier griff, um sich Notizen zu machen. »Das fängt schon bei der Auswahl der Opfer an: junge, extrem hübsche Frauen, die eine Modelfigur haben. Wir beziehungsweise der Profiler sollen denken, dass er ein Problem mit Frauen hat. Entweder hat er seine Mutter nie kennengelernt und sie nur auf Fotos gesehen –«

»Stopp!« Lisa schüttelte energisch den Kopf. »Kann nicht sein, denn die Mädchen hatten unterschiedliche Haarfarben. Wenn es um die Mutter ginge, würde er sich auf einen Frauentyp mit gleicher Haarfarbe beschränken.«

»Okay, sehe ich ein. Aber Neuberg wird schon etwas einfallen. Vielleicht ist unser Täter irgendwie entstellt, behindert oder einfach nur hässlich. Er wäre nicht der Erste, der sich später an Frauen rächt, die denen ähneln, die ihn in der Schule verspottet und verhöhnt haben.«

Lisa zog anerkennend die Augenbrauen in die Höhe. »Schon besser.«

»Gut. Nach meiner Theorie hat er sich nur deshalb junge Menschen ausgesucht, weil es leichter ist, sie thanatopraktisch zu behandeln und sie in der Regel weniger unverwechselbare Merkmale als ältere Menschen haben. Die Tätowierung hat er exakt, sauber und, meiner Meinung nach, völlig emotionslos entfernt. Das war mit Sicherheit keine große Sache für ihn. Die Tatsache, dass er das Implantat übersehen hat, ist verständlich. Er hätte sie röntgen müssen, um es zu entdecken.« Lisa schrieb eifrig Notizen und unterbrach ihren Partner nicht, da sie seinen Redefluss nicht unterbinden wollte. »Frauen hat er ausgesucht, weil er so das Make-up ins Spiel bringen kann, und eine Rose ist wohl auch eher ein feminines als ein maskulines Symbol.«

»Und wozu das Ganze?«

»Um uns zu verwirren! Er spielt mit uns und sucht sich verschiedene Aspekte aus, die einem Serienmörder zugeschrieben werden können, um uns auf die falsche Fährte zu locken.« Lukas blieb grinsend vor seiner Kollegin stehen. »Du hast dich übrigens zuallererst in die Irre führen lassen und mich gleich mit in die falsche Richtung gezogen.«

Lisa richtete sich empört in ihrem Stuhl auf. »Wie bitte?«

»Sei nicht böse, ich habe es ja auch nicht gemerkt. Aber deine Worte, er habe sie ›regelrecht liebevoll hergerichtet‹, haben mich genau das denken lassen, obwohl es absolut nicht stimmt. Sie sind alles andere als liebevoll hergerichtet: Sie sind perfekt, aber eiskalt bearbeitet worden. Er hat versucht, *Gefühle* zu inszenieren, und es wäre ihm beinahe auch gelungen. Doch er ist dabei einen Schritt zu weit gegangen. Bei einer anderen Sache hast du dich als Einzige nämlich nicht in die Irre führen lassen.«

»Und die wäre?«

»Das Make-up. Wem außer dir wäre das am Tatort aufgefallen? Wärst du nicht in unserem Team, hätte wahrscheinlich erst das Labor die Unterschiede an den Tag gebracht.«

Lisas Gesichtsausdruck zeigte, dass sie durch seine Worte versöhnt war, und sie fühlte sich sofort wieder auf sichererem Boden. »Ich bin inzwischen davon überzeugt, dass der Täter das Make-up gekauft hat.«

»Warum? Du hast doch auch nicht ausgeschlossen, dass sie ihre eigenen Kosmetika in der Handtasche dabeihatten.«

»Ja, aber das glaube ich inzwischen nicht mehr. Juliette Moullard hat noch studiert. Welche Studentin hat so viel Geld, dass sie ausschließlich extrem teure Produkte benutzt? Hätte sich ein einziger Lippenstift von Chanel eingeschlichen … das wäre noch okay gewesen. Aber alles andere? Außerdem sind junge Frauen noch äußerst experimentierfreudig, was ihr Make-up betrifft. Normalerweise haben sie mehrere Lippenstifte und Lidschatten. In dem Alter ist eher Quantität als Qualität gefragt.«

Lukas hätte es nie für möglich gehalten, dass er sich jemals mit einer Frau ernsthaft über Schminke unterhalten würde, aber Lisa hatte eindeutig recht. »Das bedeutet, dass er auch mit der Wahl der Produkte weit über das Ziel hinausgeschossen ist. Einfach zu perfekt.«

Lisa wiegte ihren Kopf ein wenig unentschlossen hin und her. »Nein, das glaube ich nicht.« Sie zögerte, und Lukas sah sie fragend an, ohne etwas zu sagen. »Jedenfalls war ihm das nicht bewusst.«

»Jetzt verwirrst du mich.«

»Na ja, wenn wir deiner Theorie folgen, hat er internationale Produkte gekauft, weil es schwerer ist, nachzuvollziehen, wo sie gekauft wurden. Es gibt aber auch preiswertere internationale Make-up-Artikel. Ich glaube eher, er muss sich um Geld keinerlei Sorgen machen und hat deshalb nicht einen Gedanken daran verschwendet, dass er es billiger hätte haben können. Dafür spricht auch die Seidendecke.«

»Na schön, dann haben wir es also mit einem intelligenten, reichen und eiskalten Täter zu tun.«

Lisa streckte sich auf ihrem Stuhl und versuchte, die angespannten Glieder etwas zu lockern. »Mir ist da noch etwas eingefallen, was zu deiner Theorie passen könnte.« Sie zog zwei Fotos aus der Akte und drehte sie herum, sodass Lukas, der vor ihrem Schreibtisch stand, sie betrachten konnte. Es waren Bilder der eingeritzten Rosen. »Die Zeichnungen gleichen sich wie ein Ei dem anderen, und ich denke, dass er eine Art Schablone benutzt haben muss.«

»Daniel hat aber nichts in den Wunden gefunden. Keine Überreste von Farbe, falls er das Bild erst aufgezeichnet hat. Kein Papier, keine Folienpartikel, einfach gar nichts.«

»Ich weiß, aber ich kann mir nicht vorstellen, dass er das mit der freien Hand eingeritzt hat. Es mag zwar Künstler geben, die immer wieder das gleiche Motiv zeichnen, doch ich weigere mich, auf Reimanns Liste jetzt auch noch einen Maler zu setzen.«

Lukas nickte. »Ich sehe, was du meinst. Eine Schablone spricht wieder für unsere These von einem gefühllosen Täter. Ich glaube, wir brauchen die anderen Faktoren jetzt auch gar nicht mehr im Detail zu diskutieren. Fakt ist, dass ich mit meiner Theorie recht haben könnte.« Er druckste einen Moment herum. »Ich glaube, denke, meine … All das bringt uns im Augenblick nur leider nicht weiter. Vielleicht sollten wir diese Idee erst mal für uns behalten, bis wir mehr Beweise dafür haben.«

Lisa warf ihm einen verschwörerischen Blick zu. »Und es könnte ja auch ganz interessant sein, sich erst einmal anzuhören, was dein hochgeschätzter Profiler zu sagen hat.«

25

Mackay, 24. Februar

»Warum schaust du mich so an?« Sharon lächelte zwar, aber ihr Gesichtsausdruck verriet gleichzeitig Verunsicherung. »Ist mein Lippenstift verschmiert, oder habe ich einen Fleck auf der Nase?«

Er grinste jungenhaft und spielte mit einer Locke ihres rötlichen Haars. »Nein, du siehst perfekt aus, keine Sorge. Ich frage mich nur, wie ihr das mit der ganzen Farbe in euren Gesichtern so macht. Ist es nicht höllisch kompliziert, das Zeug so exakt aufzutragen?«

Ihre Züge entspannten sich, und sie lachte hell auf. »Was glaubst du, warum wir damit schon als kleine Mädchen anfangen? Ein bisschen Übung braucht man, aber dann wird es eigentlich zur Routine.«

Die *Rosebud* lag mit einem kleinen Schaden an der Ankerwinsch im Hafen. Während sie repariert wurde, hatte er die Zeit genutzt, um sich mit Sharon, seiner momentanen Favoritin, in einem exklusiven Hotel zu vergnügen.

Jetzt stand er von dem riesigen Bett auf und ging ins Bad. Er schaltete die Pumpe für den Whirlpool ein, stieg ins Wasser und plätscherte ein wenig herum. Wie nicht anders erwartet, wurde Sharon von dem leisen Geräusch angelockt. Beim Anblick des überdimensional großen Jacuzzis lächelte sie entzückt und glitt in aufreizender Pose zu ihm ins einladende Nass.

26

Köln, 24. Mai

Lukas Rosenzweig und seine Partnerin gingen nach Feierabend gemeinsam in die Tiefgarage. Als sie gerade dabei waren, sich voneinander zu verabschieden, kam plötzlich Lutz Mankowski auf sie zugelaufen. Unter dem Arm trug er eine dünne Mappe.

»Hey, wartet mal!«, rief er und rang ein wenig nach Luft.

Sie blickten ihn erwartungsvoll an.

Die letzten Meter schlenderte er lässig auf sie zu. »Wir haben da vielleicht einen Treffer, was die Identifikation des ersten Opfers angeht.«

Lukas hatte zwar eigentlich vorgehabt, ins Studio zu fahren, dachte dann aber, dass es nur von Vorteil sein könnte, die Gelegenheit beim Schopf zu fassen, um den Neuen besser kennenzulernen. »Klingt gut. Aber wenn's geht, sollten wir nicht hier in dieser Kohlenmonoxid-Höhle darüber reden. Entweder gehen wir zurück ins Büro oder irgendwo etwas trinken.«

Mankowski machte eine zustimmende »Ich-bin-für-alles-offen«-Geste.

Lisa hingegen schaute missmutig auf ihre Uhr. Sie wollte vor dem fremden Kollegen auf gar keinen Fall zugeben, dass sie eine Affäre – war es tatsächlich nur eine Affäre oder doch mehr? – mit dem für diesen Fall zuständigen Rechtsmediziner hatte. Also beschloss sie, die Wahrheit nun ein wenig zu dehnen, sah die Männer offen an und erklärte: »Ich kann leider nicht. Ich hatte eben noch einen Anruf des Rechtsmediziners, der ein paar Neuigkeiten über den Blauringoktopus hat.«

Lukas grinste ein wenig in sich hinein, ließ sich aber nichts anmerken, sondern fragte nur ganz beiläufig, wo sie van der Mühlen denn treffen wollte.

»Beim Mexikaner in Deutz.«

»Oh, das trifft sich gut.« Mankowski war Feuer und Flamme. »Mein Hotel ist auch in Deutz.«

Lisa war alles andere als begeistert, als sie nun mit dem Ex-BKA-Mann auf dem Beifahrersitz in Richtung Deutz fuhr. Sie war ein wenig sauer auf Lukas. Er hatte sie zwar nicht verraten, doch sie war der Auffassung, er hätte verhindern können, dass ihr Rendezvous mit Daniel nun so ganz anders als geplant verlaufen würde. Jetzt musste sie da irgendwie durch. Lukas hatte gleich nach dem Meeting am Morgen klargestellt, dass er Neuberg nicht leiden konnte, Mankowski jedoch »gar nicht so verkehrt« fand. Lisa war sich da allerdings nicht so sicher. Sie hatte den Eindruck, dass die freundschaftliche, kollegiale Art von diesem Typen nicht ganz echt war. Aber vielleicht lag es ja auch nur an der Situation, dachte sie und seufzte vernehmlich.

»Was ist los?«, fragte Mankowski und sah unbefangen zu ihr hinüber. »Stimmt etwas nicht?«

»Nein, nein, alles okay. Es ist nur dieser Fall, der uns wohl allen im Moment ziemliches Kopfzerbrechen bereitet.«

Er nickte, sagte aber nichts darauf.

Lisa warf einen kurzen Blick zu ihm hinüber. Mankowski war ähnlich gekleidet wie Lukas, trotzdem erschien der ihr irgendwie normaler und weniger abgedreht. Vielleicht lag es an diesem Karl-Lagerfeld-Pferdeschwanz und dem kleinen Brillanten, den der neue Kollege im linken Ohr trug. Hatte das eine Bedeutung? Sie wusste es nicht, aber das Funkeln lenkte irgendwie von den auffallend hellen, blonden Wimpern und seinen graublauen Augen ab, die eine leichte Kälte ausstrahlten. Er war offen und freundlich, aber irgendetwas störte sie, auch wenn sie es nicht benennen konnte.

»Wo kommst du eigentlich her?«, fragte sie. Wenn sie schon

in dieser höchst unangenehmen Situation steckte, konnte sie ebenso gut versuchen, ein wenig über den Neuen herauszufinden.

»Berlin.«

Die Antwort war nicht nur sehr knapp, sondern verblüffte sie zudem. »Berlin? Ich hätte Stein und Bein darauf geschworen, dass sie dich aus Wiesbaden geschickt haben.«

»Wow, da hat wohl jemand in der Polizeischule gut aufgepasst. Aber ich stimme dir zu. Es wäre naheliegender gewesen. Sowohl geografisch als auch hierarchisch.«

Lisa musste sich am Riemen reißen, um diesem arroganten Schnösel nicht eine passende Antwort zu geben. Sie atmete tief durch und dachte daran, wie sie mit Schneiders unerträglichem Wesen umging. Das half. An der nächsten roten Ampel wandte sie sich Mankowski zu und lächelte ihn charmant an. »Trotzdem hat man dich geschickt. Warum?«

»Keine Ahnung, aber ich habe da so eine Vermutung«, deutete er herablassend an.

Wieder nur eine überhebliche Erwiderung statt einer richtigen Antwort, dachte Lisa. Jetzt ging er ihr echt auf den Keks. Wollte er sich interessant machen, oder was sollte das? Trotzdem schaffte sie es irgendwie, ruhig zu bleiben. »Und?«

Er hob die Hände zu einer Geste, die alles bedeuten konnte. »Ich bin mir nicht sicher, doch es könnte damit zusammenhängen, dass ich jahrelang in der Interpolzentrale in Lyon gearbeitet habe. Danach war ich eine Zeit lang beim BKA in Berlin und bin erst vor Kurzem wieder zum ›normalen‹ Polizeidienst zurückgekehrt. Vielleicht hat man sich gedacht, dass gute Kontakte nach Frankreich in diesem Fall nicht schaden könnten. Aber wie gesagt, das ist reine Spekulation.«

Lisa beschloss, weiterhin freundlich zu bleiben. »Klingt logisch. Und wieso bist du überhaupt wieder zur Polizei zurück? Läuft die normale Karriere nicht eher umgekehrt?«

Er nickte knapp. »Mag sein. Doch ich habe das Gefühl, dass ich in meiner jetzigen Situation wieder näher am Geschehen dran bin. Und das hat für mich den Ausschlag gegeben.«

Das *Especial* war ein alteingesessenes, ziemlich bekanntes mexikanisches Restaurant in Deutz. Als Lisa mit Mankowski im Schlepptau dort eintraf, saßen Daniel und Lukas schon vor ihrem ersten Corona, einem mexikanischen Bier. Sie warf Lukas einen fragenden Blick zu und erhielt als Antwort ein kaum wahrnehmbares Nicken. Er hatte also ihren gemeinsamen Freund eingeweiht. Sie stellte den Ex-BKA-Mann und Daniel einander vor, und Mankowski duzte auch ihn sofort, ohne zu fragen. Das hatte er mit Lukas gemein, dachte Lisa, während sie Daniels Hand kurz unter dem Tisch drückte.

»Na, dann lass mal hören, was du über unser erstes Opfer herausgefunden hast«, sagte Lukas.

Mankowski bestellte ebenfalls noch schnell ein Corona, bevor er seine dünne Mappe aufschlug und darin zu blättern begann. »Also, so wie es aussieht, heißt sie Marijke Veenstra, zweiundzwanzig Jahre alt. Geboren und aufgewachsen in Rotterdam, wo sie Soziologie studierte –«

»Schon wieder eine Studentin!«, fiel ihm Lisa ins Wort.

Fast gleichzeitig rief Lukas verblüfft: »Eine Holländerin?«

Mankowski machte eine beschwichtigende Handbewegung. »Sicher ist hier noch gar nichts. Sie sieht dem Foto der Toten sehr ähnlich, und zeitlich passt es zu ihrem Verschwinden und der Vermisstenanzeige der Eltern. Die werden gerade von den holländischen Kollegen verständigt, die sich auch darum kümmern, dass wir die zahnärztlichen Unterlagen und eine DNA-Vergleichsprobe erhalten.«

Lukas stöhnte. »Na super, das wird ja immer internationaler. Haben die in Frankreich und Holland keine Kirchen mit Springbrunnen davor, wo sie ihre Leichen entsorgen können?«

»Wie ist sie verschwunden?«, wollte Lisa wissen.

Mankowski blätterte erneut in der Akte.

Konnte der Typ sich denn gar nichts merken?, fuhr es Lisa durch den Kopf.

»Sie war am Freitag, dem 14. Mai, abends noch in der Universitätsbibliothek, bis diese geschlossen wurde«, antwortete Mankowski. »Das war so gegen dreiundzwanzig Uhr. Auf dem Weg zum Bus, mit dem sie nach Hause fahren wollte, ist sie anscheinend spurlos verschwunden. Sie wohnte noch bei ihren Eltern, und die sind sofort zur Polizei gegangen, als sie bis zum nächsten Morgen nicht aufgetaucht war.«

»Im Prinzip also wie bei unserer Französin«, meinte Lukas. »Na, dann werden wir wohl abwarten müssen, was uns das Zahnschema zeigt.« Er griff nach der Speisekarte und begann sie zu studieren.

Daniel, der bis dahin noch keinen Ton von sich gegeben hatte, biss nachdenklich auf seiner Unterlippe herum, was Lisa dazu veranlasste, ihm einen fragenden Blick zuzuwerfen. Er schüttelte kurz den Kopf, als müsse er sich selber aus seinen Gedanken reißen. »Merkwürdig.«

Lukas blickte von der Speisekarte auf. »Was ist merkwürdig?«

»Na ja, hätte ich beide Leichen nebeneinander auf dem Tisch liegen und wäre mir gesagt worden, dass eine davon Französin und eine Holländerin ist, hätte ich die Nationalitäten mit Sicherheit umgekehrt zugeordnet. Eine blonde Französin und eine schwarzhaarige Holländerin? Das ist zwar nicht unmöglich, und es kann auch durchaus Zufall sein … Aber dennoch irgendwie ungewöhnlich.« Er führte diesen Gedanken nicht weiter aus, sondern griff nun ebenfalls nach der Speisekarte.

Lisa schaute kurz zu Lukas, der den Blick erwiderte. War das auch ein Teil des Spiels ihres eiskalten Täters?

Als das Essen serviert wurde, tauchte Mankowski einen seiner *Taquitos* sofort in die große Extraportion *Guacamole*, die sie für alle bestellt hatten. Er steckte sich die kleine gefüllte Teigrolle mit der Avocadocreme in den Mund, kaute kurz und sah Daniel van der Mühlen fragend an. »Lisa sagte eben, dass du Neuigkeiten über den Blauringoktopus hast.«

Lisa zuckte innerlich zusammen, aber ihre Befürchtung war grundlos. Lukas hatte Daniel gut gebrieft, der nun noch einmal erzählte, was er ihnen am Morgen schon telefonisch mitgeteilt hatte.

»Stimmt. Ein ehemaliger Studienkollege von mir, übrigens auch ein Franzose, arbeitet als Toxikologe in der Nähe von Sydney. Blauringkraken sind sein Spezialgebiet, und ohne seine Hilfe hätten wir das Gift niemals so schnell identifizieren können. Ich hatte ihm daraufhin noch andere Mails geschickt; unter anderem habe ich ihn gefragt, wie schwierig es ist, einem solchen Tier das Gift zu entnehmen.« Er schnitt ein Stück von seiner Quesada Grande ab und strich ordentlich Guacamole darauf, bevor er weitersprach. »Jean-Luc meinte, dass es gar nicht so kompliziert ist, dass man aber unbedingt genau wissen müsste, was man tut.«

Lisa hatte ihn bei seinen Ausführungen interessiert angeschaut und so getan, als ob sie das alles zum ersten Mal hören würde. Auch Lukas spielte mit.

Er sah den Rechtsmediziner mit einem unschuldigen Lächeln an und fragte: »Und wo kann man so etwas lernen?«

»Tja, das ist eine gute Frage. Laut Jean-Luc wird nur in Sydney, irgendwo an der Westküste der USA und in Singapur mit dem Gift des Blauringoktopus experimentiert. Zumindest sind das die ihm bekannten Institute; er kann allerdings nicht ausschließen, dass es noch weitere gibt.« Daniel steckte sein Messer erneut in die Guacamole. »Mann, das Zeug macht süchtig.«

Sie stimmten ihm alle zu.

»Ich habe heute Nachmittag dann selber noch ein bisschen im Internet geforscht«, fügte er hinzu; und das war nun auch für Lisa neu. »Ihr könnt euch echt nicht vorstellen, was für Foren es da inzwischen gibt. Ich habe mehrere Plattformen gefunden, auf denen sich Halter exotischer Tiere im Allgemeinen austauschen können; und es gibt sogar welche für Besitzer von Exoten in der Aquaristik. Ich war ehrlich gesagt ziemlich überrascht, wie viele Leute in Deutschland sich einen Blauringoktopus im Aquarium halten, und mein Respekt *für das* und *vor dem* Tier sind ins Unermessliche gestiegen. In vielen Einträgen heißt es, dass Tintenfische extrem intelligent sind und man höllisch aufpassen muss, damit sie nicht abhauen.«

Mankowski lachte. »Und wo wollen die dann hin? Ins Bad? Oder bevorzugen sie die Spüle in der Küche?«

Daniel sah ihn ernst an und zeigte nicht, wie gewöhnlich in solchen Situationen, sein humorvolles Lächeln. Lisa grinste vor sich hin. Ob er den Ex-BKA-Mann auch nicht leiden konnte?

»Bei den ersten Sätzen, die ich gelesen habe, hielt ich das auch noch für einen Witz«, entgegnete Daniel. »Später weniger. Die Viecher können einige Stunden außerhalb des Wassers überleben, und viele Einträge im Netz sprachen von winzigen Lücken, durch die sie entkommen können.« Er blickte nun erst seinen Freund und dann Lisa an. »Ihr erinnert euch, dass ich vor ein paar Tagen gesagt habe, dass die Opfer Bisse an Händen oder Armen haben müssten, wenn es sich um einen Unfall, zum Beispiel beim Reinigen des Aquariums, handeln würde … Das glaube ich inzwischen nicht mehr. Die Bisse könnten überall am Körper zu finden sein.«

»Wow, Angriff der Killer-Oktopussies!«, rief Mankowski. »Das glaubst du doch wohl selber nicht, oder?« Er bog sich vor Lachen.

»Lies es selber nach, wenn du daran zweifelst; ich empfehle dir den Eintrag über Mäxchen. Der haut ständig ab, kommt allerdings auch freiwillig zurück, wenn es Zeit für ihn wird, wieder ins Wasser zurückzukehren.«

Lukas fand das Thema keineswegs so witzig wie der neue Kollege, und so sah er seinen Freund eindringlich an. »Hältst du einen Unfall tatsächlich für möglich, Daniel?«

Der schüttelte den Kopf. »Nein, nicht wirklich. Wir haben die Leichen von Kopf bis Fuß untersucht und weder kleine Bisswunden noch Einstiche gefunden. Dazu kommt die Aufbereitung der Leichen und die Rose. Außerdem kann ich mir beim besten Willen nicht vorstellen, dass eine Holländerin und eine Französin von einem oder mehreren Blauringkraken genau an der Stelle in den Hals gebissen werden, die später zur thanatopraktischen Behandlung genutzt wird. Das alles kann kein Zufall sein. Falls es dich beruhigt … Ich habe heute eine weitere Mail an Jean-Luc geschickt, in der ich ihm meine neuesten Erkenntnisse zwecks Bestätigung mitgeteilt habe.«

27

Mackay, 24. Februar

»Das hast du absichtlich gemacht.« Sharon lachte. »Du hättest doch einfach fragen können.«

Die wilden Spiele im Whirlpool waren nicht nur sehr erotisch gewesen, sondern hatten auch ihre Spuren hinterlassen. Hauptsächlich in Sharons Gesicht.

Er wickelte sich fester in seinen Bademantel, setzte sich auf den Wannenrand und lehnte sich an die Wand, während er lässig an einer Gauloise zog. »Das wäre aber lange nicht so aufregend gewesen und hätte auch viel weniger Spaß gemacht.«

Sie lachte erneut auf. Über den großen Spiegel, vor dem sie gerade stand, um ihr Make-up aufzutragen, warf sie ihm einen verführerischen Blick zu. Nach dem Gerangel im Jacuzzi hatte sie es kurzerhand vollständig entfernt, da sie es lieber neu auftragen wollte, als nur zu »reparieren«, wie sie das nannte. Es war das erste Mal, dass er ihr dabei zusehen wollte. Er hatte das Gefühl, Zeuge einer sehr intimen Handlung zu sein.

Er fand es faszinierend, wie sie mit Pinseln, Stiften und Quasten Farbe auftrug. Ihre Handbewegungen waren zielstrebig und in keiner Weise zögerlich. Sie wusste genau, was sie da tat. Und in seinen Augen hatte es etwas Erotisches und Indiskretes, ihr dabei zuzusehen.

Eben noch hatte sie so verletzlich ausgesehen – ohne Make-up. Jetzt war sie wie ein anderer Mensch, der mit ein paar Strichen die eigentliche Sharon kreierte.

Für ihn war es Kunst.

28

Köln, 25. Mai

Lisa war kaum im Büro angekommen, als ein wütender Lukas Rosenzweig mit hochrotem Kopf von seinem Stuhl aufsprang und in Richtung Tür eilte.

Statt Guten Morgen zu sagen, warf er ihr nur einige aufgebrachte Worte entgegen. »Schneider, dieser Idiot, will, dass ich ihm persönlich rapportiere. Das ist doch die reinste Verarschung.« Unter weiteren Flüchen verließ er den Raum.

Lisa musste unwillkürlich grinsen. Das sollte ihr aber schnell vergehen, als sie kurz darauf einen sehr angespannten Daniel van der Mühlen am Telefon hatte.

»Wir haben hier ein kleines Problem … Die Veenstras stehen vor der Tür und bestehen darauf, ihre Tochter zu sehen. Das Zahnschema habe ich schon überprüft, und es handelt sich eindeutig um Marijke Veenstra. Ich denke, dass unbedingt einer von euch herkommen sollte.«

Der Umgang mit den Angehörigen war oft das Heikelste, wenn man in einem Mordfall ermittelte. Lisa hasste es, einer Mutter, einem Vater, einer Ehefrau, einem Sohn oder einer Tochter die schreckliche Todesnachricht zu überbringen. Das war immer sehr belastend, besonders weil sie selbst schon einen ihr nahestehenden Menschen verloren hatte und dieses Gefühl der Trauer und der Leere nur allzu gut kannte. Fast genauso schlimm war es, mit den Angehörigen die Rechtsmedizin aufzusuchen. Leichen wurden heutzutage zwar mithilfe von zahnärztlichen Unterlagen oder DNA-Vergleichsproben identifiziert und nicht durch die Familie, aber es kam immer wieder vor, dass Hinterbliebene der Technik nicht trauten und sich unbedingt selbst Gewissheit verschaffen wollten.

Also seufzte sie ergeben und machte sich umgehend auf den Weg in die Rechtsmedizin.

Die Veenstras waren beide um die fünfzig, er leicht untersetzt, sie zierlich und schlank. Beide wirkten nervös und angespannt, was man ihnen kaum verdenken konnte.

Als Daniel das grüne Tuch bis knapp unter den Halsansatz zurückzog, erstarrte der Vater einen Moment lang, schloss die Augen und nickte und nickte. Er hörte überhaupt nicht mehr auf zu nicken ... Seine Frau hingegen brach mit einem entsetzlichen Schrei, der nicht von einem Menschen zu stammen schien, an der Seite ihrer Tochter zusammen. Daniel und seine Assistentin kümmerten sich um die verzweifelte Mutter, während Lisa versuchte, den noch immer völlig verstörten Vater so sanft wie möglich aus dem Sektionsraum zu führen.

»Warum?« Er wiederholte das Wort immer wieder und schüttelte fassungslos den Kopf.

Lisa geleitete ihn zu einer Bank und bat ihn, sich zu setzen.

»Warum Marijke?«, rief er erschüttert. »Sie hat doch keinem was getan.« Sein Deutsch war fehlerlos, die Aussprache allerdings von einem starken holländischen Akzent gefärbt.

Die Kommissarin schwieg. Es gab nicht viel, was man einem trauernden fremden Menschen sagen konnte, ohne dass es gleich wie eine leere Floskel klang.

Veenstra wischte sich über die feuchten Augen und starrte vor sich hin. »Sie war so ein liebes Mädchen. Sie war fleißig und hat ihr Studium sehr ernst genommen. Manche unserer Freunde haben uns um sie beneidet: keine Drogen, kein Alkohol, gute Noten.« Er sah Lisa jetzt direkt an. »Warum?«

»Ich weiß es nicht.« Sie berührte leicht seinen Arm. »Aber falls es sie ein klein wenig tröstet: Sie hat nicht gelitten. Sie wurde weder missbraucht noch misshandelt, und wir sind uns sicher, dass sie überhaupt nicht mitbekommen hat, was mit ihr geschah.«

Daniel kam mit der noch immer leichenblassen Mutter am Arm in den langen, düsteren Flur. Sie ging wie in Trance auf ihren Mann zu, der sich mit einem kurzen Nicken von Lisa verabschiedete und dann seine Frau zum Ausgang führte. Von hinten sahen die beiden aus, als wären sie in den letzten Minuten um mindestens dreißig Jahre gealtert.

Als die schwere Schwingtür sich hinter dem trauernden Paar geschlossen hatte, sah Daniel seine Freundin mit vor Wut blitzenden Augen an. »Weißt du, was mich echt sauer macht? Dieser Mistkerl mag sich ja tatsächlich bemühen, die Mädchen so sanft wie möglich zu töten. Aber ich wette, dass er nicht einen Gedanken daran verschwendet, was er den Angehörigen antut.«

Zurück im Büro, traf Lisa auf einen nicht weniger wütenden Lukas.

»Zwei Stunden! Zwei Stunden habe ich mit diesem arroganten Windbeutel verschwendet. Warum muss er unbedingt aus meinem Mund hören, was auch Baumgartner ihm hätte sagen können? Das ist doch reine Schikane! Er tut das, weil er weiß, dass ich ihn nicht leiden kann!« Lukas besann sich, dass seine Partnerin gerade von einer recht unangenehmen Aufgabe zurückgekehrt war, und beruhigte sich ein wenig. »Wie war es bei dir?«

Lisa zuckte nur kurz mit den Achseln. »Furchtbar, wie immer. Daniel hatte die Tote vorher schon über das Zahnschema identifiziert, aber die Eltern wollten sie unbedingt sehen. Die beiden sind am Boden zerstört. Der Vater hat beim Anblick der Tochter immer nur genickt und erst damit aufgehört, als ich ihn weggeführt habe.«

»Hast du ihnen ein paar Fragen stellen können?«

»Nein, daran war gar nicht zu denken. Die Mutter ist komplett zusammengebrochen. Sie bleiben allerdings hier, bis die Leiche freigegeben wird, und wollen dann gemeinsam mit ihrer Tochter nach Rotterdam zurückkehren.« Sie kramte in ihrer Tasche. »Irgendwo habe ich auch einen Zettel mit der Anschrift des Hotels. Aber ich denke, vor morgen sollten wir ihnen keine Fragen stellen.«

Lukas nickte zustimmend. »Lassen wir ihnen ein bisschen Zeit, sich wieder zu fangen. Wir haben auch so genügend zu tun.«

Es klopfte gegen den Rahmen der offen stehenden Tür, und Mankowski trat in den Raum, ohne ein »Komm rein« abzuwarten.

»Ah, gut, dass du da bist. Es gibt da etwas, was ich mit Lisa und dir besprechen möchte.« Lukas deutete auf den Stuhl vor seinem Schreibtisch.

Der Ex-BKA-Mann setzte sich mit einem leicht ironischen Lächeln im Gesicht. »Und … womit kann das niedere Fußvolk dienen?«

Lukas seufzte entnervt. »Komm, hör auf damit. Ich dachte, wir hätten uns geeinigt, keinen Stress zu machen. Ich habe zwei Stunden mit Schneider hinter mir, das reicht für ein halbes Jahr. Können wir uns jetzt vielleicht wie ganz normale Menschen unterhalten?«

Mankowskis Lächeln wurde offener. »Sorry, schieß einfach los.«

»Okay. Der gute Dr. Neuberg braucht zwei bis drei Tage, bevor er auch nur ansatzweise mit einem ersten Profil aufwarten kann. Ich habe keine Lust, diese Zeit mit Däumchendrehen zu verbringen.« Lukas warf einen vielsagenden und zugleich beschwichtigenden Blick zu Lisa hinüber. »Meine Kollegin und ich haben generell leichte Zweifel daran, dass wir es hier mit einem Serienmörder im klassischen Sinn zu tun haben.«

Lisa schnappte unmerklich nach Luft, sagte aber nichts.

Mankowski zog fragend die Augenbrauen in die Höhe. »Wie kommt ihr darauf? Reicht euch die Anzahl der Leichen noch nicht aus?«

Lukas schüttelte den Kopf. »Nein, das hat damit nichts zu tun. Die Gründe für unseren Verdacht sind im Moment aber zweitrangig. Wir wollen einfach nur in alle Richtungen ermitteln. Nehmen wir einfach mal an, die Morde sind nicht triebgesteuert, wurden nicht von einem Psychopathen durchgeführt, sondern von jemandem, der mehr von seinem Verstand geleitet wird.«

Mankowski zuckte kurz mit den Schultern. »Gut, nehmen wir das einfach mal an. Ich verstehe aber immer noch nicht, worauf du hinauswillst.«

Lukas lehnte sich zurück und spielte mit einem Bleistift, den er zwischen seinen Fingern hin und her drehte. »Es gab schon genügend Fälle, bei denen eine Serie vorgetäuscht wurde, um einen einzelnen, gezielten Mord zu vertuschen. Wir wissen einfach zu wenig über unsere Opfer, deren Hintergrund und Umfeld. Aufgrund deines Backgrounds bist du der geeignetste Mann in unserem Team, um das zu ändern. Ich möchte alles über die Mädchen wissen. Sind die Eltern reich oder politisch engagiert? Steht eine Erbschaft an etc. etc. Du weißt schon, was ich meine. Eine weitere wichtige Frage ist natürlich auch, ob es eine Verbindung zwischen den Familien gibt. Da wir erst seit heute die Identität der ersten Leiche kennen, konnten wir uns darum bisher nicht kümmern. Ich habe keine Ahnung, ob an dieser Theorie etwas dran sein könnte oder nicht. Das werden wir aber nur herausfinden, indem wir mehr über unsere Opfer erfahren.«

Mankowski nickte nachdenklich vor sich hin. »Okay, verstehe.« Er stand auf. »Ich kümmere mich darum. Das kann ich aber besser in Berlin. Ich nehme den nächsten Flug und denke, dass ich morgen Nachmittag schon wieder hier sein könnte.« Er tippte sich kurz zum Gruß mit zwei Fingern seitlich an die Schläfe und marschierte aus dem Raum.

»Du denkst also, dass an unserer Theorie wirklich etwas dran ist?«, fragte Lisa. Ihr Ärger darüber, dass Lukas ausgerechnet Mankowski ihren gemeinsamen Verdacht mitgeteilt hatte, war inzwischen verflogen. Er hatte ihr erklärt, dies sei nötig gewesen, um dem neuen Kollegen vor Augen zu führen, dass er so umfassend wie nur möglich recherchieren sollte.

»Ich weiß es nicht«, antwortete Lukas. »Aber uns ist bisher eigentlich nur klar, was nicht dahintersteckt. Womit wir es tatsächlich zu tun haben, wissen wir nicht. Wir glauben, dass die Morde zu kaltblütig und zu kopfgesteuert für einen klassischen Serienmörder sind. Zu perfekt. Keine Vergewaltigung, kein Sex, keine Folter, keine Misshandlungen. Aber warum werden die Mädchen dann getötet? Irgendeinen Grund muss es doch geben.«

29

Mackay, 16. April

Es hatte ihn schon ein wenig Überwindung gekostet, aber die Neugier hatte gesiegt. Nun befanden sich Bonnie und Clyde endlich in ihrem neuen Zuhause.

Für die Errichtung ihrer Unterkunft hatte er weder Kosten noch Mühen gescheut. Wie üblich, hatte er sich zuerst im Internet schlau gemacht. Als Erstes war die ungenutzte Kabine der *Rosebud* absolut ausbruchsicher versiegelt worden; selbst vor dem Schacht der Klimaanlage war ein starkes, feinmaschiges Edelstahlgitter befestigt worden.

Wahrhaft außergewöhnlich waren das Aquarium und seine Befestigung im Raum. Im Web hatte er gelesen, dass Oktopoden seekrank werden konnten. Er hatte keine Ahnung, ob das stimmte oder nicht – das war der Nachteil am Internet: Man konnte sich nie sicher sein, ob alles der Wahrheit entsprach, was in einem Eintrag stand. Aber da er kein Risiko eingehen und nicht ständig eine Überschwemmung auf dem Boot haben wollte, war er auf eine überaus geniale Idee gekommen. Das neue Heim für seine Blauringkraken war deshalb zwar fast ebenso teuer wie ein kleiner Sportwagen geworden, dafür aber stellte es eine absolut einzigartige Konstruktion dar. Er war ein paar Wochen auf der Suche gewesen, bis er einen Ingenieur gefunden hatte, der seine Vision in die Tat umsetzen konnte, aber dann war plötzlich alles ganz schnell gegangen. Nun lebten Bonnie und Clyde in einem kardanisch aufgehängten Aquarium, und die Yacht konnte noch so schaukeln: Ihr Zuhause würde sich nicht einen Millimeter bewegen. Normalerweise wurde diese Technik genutzt, um Messinstrumente, vor allem Kompasse, in einem Schiff so aufzuhängen, dass sie immer – auch bei starkem Seegang – ihre Position beibehielten. Aber warum nicht einmal neue Wege beschreiten?

Bonnie und Clyde machten jedenfalls einen sehr zufriedenen Eindruck, und das war die Hauptsache.

30

Köln, 26. Mai

Der Tag war ruhig und ohne großartige Neuigkeiten verlaufen.

Lukas Rosenzweig wartete darauf, dass sein neuer Kollege endlich aus Berlin zurückkehrte – mit Informationen im Gepäck, die sie hoffentlich weiterbringen würden. Mankowski rief um kurz nach vier an, um ihnen mitzuteilen, dass er nicht vor neun wieder in Köln sein würde. Doch er bot an, sich nach seiner Ankunft wieder mit ihnen in dem mexikanischen Restaurant zu treffen. Lukas hatte eigentlich keine Lust, einen weiteren Abend in Gesellschaft des Ex-BKA-Manns zu verbringen. Aber da sie an diesem Tag keinen Schritt weitergekommen waren und die Zeit drängte, stimmte er zu.

Lisa war genauso wenig begeistert wie er, als sie von der erneuten Zusammenkunft im *Especial* erfuhr. Sie hatte eigentlich vorgehabt, sich endlich einmal wieder richtig auszuschlafen. Ihre Miene hellte sich jedoch auf, als Lukas ihr erzählte, dass Mankowski ihn gebeten hatte, Daniel ebenfalls zu dem Treffen einzuladen – auch wenn sie nicht verstand, warum.

Spätabends saßen sie in vertrauter Runde vor einer großen Schale Guacamole und lauschten Mankowskis Bericht, derweil sie eifrig Taco-Chips in die grüne Creme tauchten.

»Ich will euch nicht unnötig auf die Folter spannen.« Der Ex-BKA-Mann trank einen Schluck Bier und sah sie offen an. »Ich habe weitaus weniger herausgefunden, als wir gehofft haben. Die Familie Veenstra ist absolut sauber. Der Vater ist seit fast fünfundzwanzig Jahren Arzt in einem Krankenhaus in Rotterdam. Seine Frau war in der gleichen Klinik Krankenschwester.

Der Ehe-Klassiker also: Arzt heiratet Schwester. Sie hat ihren Beruf aufgegeben, als das erste und einzige Kind kam: Marijke. Veenstra hat zwar ein gutes Einkommen, aber man könnte ihn nicht wirklich als reich bezeichnen. Die Großeltern sind alle verstorben, und keiner von ihnen hat irgendetwas von Wert hinterlassen. Abgesehen von einem Strafzettel vielleicht, ist kein einziges Mitglied der Familie jemals mit dem Gesetz in Konflikt geraten.« Er machte eine kurze Pause, um noch einen letzten Rest der Guacamole zu ergattern.

Lukas grinste. »Sorry, sollen wir noch eine Portion bestellen?«

Mankowski nickte und kam dann gleich wieder zur Sache. »Wir haben auch die Klinik genauer unter die Lupe genommen. Es scheint sich um ein ganz normales Unfallkrankenhaus zu handeln. Keine plastische Schönheitschirurgie, keine betuchten Patienten, keine merkwürdigen Medikamente-Tests, einfach nichts. Wir bleiben da natürlich noch dran. Dr. Veenstra hat einen guten Ruf, aber man weiß ja nie, ob nicht doch irgendein Patient gestorben ist, dessen Angehörige ihm nun die Schuld dafür geben. Aber … der Mann arbeitet da seit fünfundzwanzig Jahren. Bis wir die gesamte Liste seiner Patienten durchhaben, wird einige Zeit vergehen, zumal ein Großteil davon noch nicht einmal elektronisch erfasst worden ist.«

Die Bedienung brachte eine zweite Portion Guacamole mit Chips, und Lisa, Daniel und Lukas ließen diesmal dem neuen Kollegen den Vortritt, bevor auch sie eifrig von der Creme aßen.

»Bei den Moullards wird es ein bisschen interessanter. Die Eltern haben ein Geschäft für Bootszubehör in Marseille. Der Laden läuft zwar gut, aber von Reichtum können wir auch hier nicht sprechen. Juliette hat allerdings einen Bruder, Marcel, der wiederholt wegen Drogen Ärger mit der Polizei hatte.« Mankowski hielt kurz inne, um noch einmal zuzugreifen, bevor die Schüssel wieder leer war.

Daniel grinste ihn entwaffnend an. »Ich sag ja, das Zeug macht süchtig.«

Der Ex-BKA-Mann grinste zurück, während er genüsslich kaute. Nachdem er mit einem Schluck Bier nachgespült hatte, fuhr er fort: »Das waren jedoch nur kleinere Delikte. Er hatte einfach Pech, dass er erwischt wurde, wenn er bei den falschen Leuten etwas gekauft hatte. Ich glaube nicht, dass er selber gedealt hat, und bezweifle, dass er irgendwie mit den Morden in Verbindung steht. Interessanter ist da ein Cousin der Mutter. Er lebt an der Südküste Spaniens, betreibt etwas undurchsichtige Geschäfte und hatte wohl schon hin und wieder Probleme mit der Steuerfahndung. Wie viel Geld er wirklich hat, weiß keiner so genau, und es wird auch über Beziehungen zur Mafia gemunkelt. Das war's.«

Lukas wischte sich ein paar Krümel von der Hose und griff dann nach seinem Glas. »Wenn du meinst, dass der Typ in irgendeiner Form Dreck am Stecken hat und unser Serienmörder sein könnte, dann nimm ihn auseinander.«

Mankowski nickte. »Tun wir auch, meine Leute sind gebrieft. Die bleiben an ihm dran. Sein Name ist Antoine Deveraux.«

Sie blickten alle etwas gedankenverloren vor sich hin.

Lisa nippte an ihrem Fruchtsaft und sehnte sich nach einer Zigarette. Da sie jedoch als Einzige von den vieren rauchte, war es ihr irgendwie peinlich, aufzustehen und ihrem Laster vor der Tür nachzugeben. Also konzentrierte sie sich lieber auf den Fall und gab zu bedenken: »Falls wir es hier tatsächlich mit einer Serie zu tun haben, die einen einzelnen Mord vertuschen soll, wissen wir noch nicht einmal, ob die Person, auf die der Täter es abgesehen hat, überhaupt schon getötet worden ist. Mein Bauch sagt mir, dass es noch mehr Morde geben wird, und dann haben wir wirklich eine Serie – in Deutschland wird ja bei zwei Opfern noch nicht von einer Serie gesprochen.«

»Da ist noch etwas«, sagte Mankowski. »Ich habe mich auch

ein wenig nach dem Oktopus umgehört.« Er blickte Daniel van der Mühlen an. »Abgesehen von den Instituten, die du schon erwähnt hast, gibt es auch in Südfrankreich ein Labor, das Versuche mit dem Gift des Blauringkraken macht. Es liegt irgendwo zwischen Nizza und Cannes. Ich habe die genaue Adresse in meinen Unterlagen und dachte, dass du vielleicht direkt mal mit den Zuständigen dort reden könntest. Ist halt nicht ganz so weit weg wie Australien und Singapur.«

»Gerne«, erwiderte Daniel, der erfreut darüber war. »Das kleine Mistvieh raubt mir langsam den Schlaf, und mal mit jemandem darüber zu reden wäre deutlich einfacher, als immer nur an einen Toxikologen zu mailen, der schläft, wenn ich wach bin, und umgekehrt.«

Lisa war nun wieder ganz Ohr. »Ist dieses Institut das einzige in Europa?«

Mankowski nickte. »Soweit wir herausfinden konnten, ja.«

»Vielleicht bezieht unser Täter ja sein Gift von dort.«

Daniel schüttelte den Kopf. »Glaub ich nicht. Bei meinen Recherchen bin ich auf ziemlich viele ›Fachleute‹ für exotische Tiere im Internet gestoßen. Und ich kann mir einfach nicht vorstellen, dass ein Täter mit einer so intelligenten Planung sein Gift von einem auf solche Tiere spezialisierten Institut bezieht, wenn es weltweit nur insgesamt vier davon gibt. Viel zu gefährlich. Und Jean-Luc hat mir ja auch mitgeteilt, dass es gar nicht so schwierig ist, das Gift zu gewinnen, wenn man nur einigermaßen hierüber Bescheid weiß. Ich werde aber gerne morgen mit einem Fachmann aus diesem französischen Institut reden … vorausgesetzt, mein Französisch ist noch nicht komplett eingerostet.«

Lukas war inzwischen recht froh, dass Mankowski zum Team gehörte, wie ihm unwillkürlich bewusst wurde. Diese Ex-BKA-Leute hatten tatsächlich ganz andere Möglichkeiten als die »gemeinen Stadt-Bullen«, an Informationen heranzukommen.

Er gähnte und blickte auf die Uhr; es war schon kurz vor eins. Er wollte sich gerade von den anderen verabschieden, als sein Handy klingelte. Es wurde zwar eine Nummer angezeigt, aber sie sagte ihm nichts.

»Ja?«, meldete er sich.

»Luke, bist du das?«

»Ja, wer spricht denn da?«

»Ich bin's, Markus. Markus Behrend.«

Das Blut gefror Lukas in den Adern, und noch bevor der Journalist weitersprach, wusste er, was der ihm mitteilen würde. »Wo?«

31

Great Barrier Reef, 18. Mai,
ein Jahr vor dem Fund der ersten Leiche

Er konnte nicht schlafen. Die Nacht war ruhig, das Boot sicher verankert, aber er verspürte eine innere Unruhe in sich, die er nicht erklären konnte.

Er hatte eine Viertelstunde bei den beiden Oktopoden zugebracht und beobachtet, wie Bonnie einen kleinen Imperator-Fisch erst betäubt und dann gefressen hatte. Na ja, für ihn war der Imperator klein, im Vergleich zu dem Oktopus war er eigentlich ganz schön groß. Von diesem Erlebnis rührte seine Unruhe allerdings nicht. Er hatte sich an die neuen Mitbewohner gewöhnt und schon oft mit großer Faszination zugesehen, wie die kleinen Giftmörder in der Nacht jagten. Inzwischen wusste er, was auf ihrem Speiseplan stand und was ihre Lieblingsgerichte waren: eine neue Aufgabe für seine täglichen Tauchgänge.

Nun verriegelte er die ausbruchsichere Tür und ging hinauf in den Salon. Eine angebrochene Flasche Penfolds Grange stand im Regal, und er schenkte sich ein Glas von der rubinrot glitzernden Flüssigkeit ein. Der würzige, aber dennoch feine Duft des Weins mischte sich mit dem salzigen Geruch des Meeres zu einem kostbaren Bouquet, als er ins Freie trat und sich an die Reling stellte. Der Ozean: endlose Freiheit und ein noch größeres Rätsel als das Weltall.

Aber auch philosophische Gedanken konnten die innere Unruhe nicht vertreiben. Er nahm einen großen Schluck und ging hinunter in seine Kabine, um noch ein wenig im Internet zu surfen. Doch er fand einfach keine Seiten, die ihn interessierten. Also blätterte er durch seine Ordner, in denen er die Informationen über Serienmörder gesammelt hatte.

Als er bei Jack the Ripper ankam, überzog ein melancholisches Lächeln sein Gesicht. Er erinnerte sich an dieses grässliche Dinner vor knapp einem Jahr und entschuldigte sich innerlich bei dem CSI-verseuchten Amerikaner. Jack the Ripper war zwar immer noch nicht enttarnt, aber die Forensik war ein gehöriges Stück vorangekommen. Auch Jack – oder sollte er besser Jill the Ripper sagen – hatte Briefe an die Polizei geschickt, um sie zu verhöhnen. Vor einiger Zeit hatte man auf diversen Briefmarken Speichel gefunden und analysiert: Die getrocknete Mundflüssigkeit konnte eindeutig einer Frau zugeordnet werden. In diesem Zusammenhang war interessant, dass damals die Ripper-Morde schlagartig aufgehört hatten, nachdem eine Frau namens Mary Pearcy wegen Mordes verhaftet und gehängt worden war. Ob die Wahrheit jemals ans Licht kam, war fraglich, aber man konnte auf der Grundlage neuer Indizien zumindest eigene Schlüsse ziehen.

Genau da lag sein Problem. Er hatte im letzten Jahr alles gelernt, was es über Serienmörder zu lernen gab. Und bei jeder neuen Erkenntnis, die er gewonnen hatte, war er absolut sicher, dass er das besser machen könnte. Und jetzt verfolgte ihn diese Unruhe.

Er musste eine Entscheidung treffen, bevor ihn die Langeweile erneut in ihren brutalen Griff bekam. Er nahm einen weiteren Schluck des erlesenen Weins und prostete sich selbst zu. Er würde keinen Mord begehen, aber er würde den perfekten Mord planen.

Oder sogar die perfekte Mordserie.

32

Köln, 27. Mai

Lukas war fassungslos, als er sich dem dritten Mordopfer näherte. Der Brunnen der Fischweiber gehörte zwar nicht direkt zu einem Gotteshaus, lag aber nur wenige Meter von Groß St. Martin entfernt, der zweitgrößten katholischen Kirche in Köln nach dem Dom. Allerdings gab es einen großen Unterschied zu den beiden vorhergehenden Fundorten: Zum ersten Mal hatten sie Publikum rund um die Leiche. Lukas konnte sich nicht vorstellen, wie sie diesmal die Presse und die Öffentlichkeit aus dem Fall heraushalten sollten. Fast war er dankbar dafür, dass der Täter seine Opfer mit dunkelblauen Seidentüchern zudeckte. So war die Tote vor den zudringlichen Blicken der Schaulustigen halbwegs geschützt. Das Polizeiaufgebot war diesmal ungleich größer als an den anderen Fundorten, und erst nachdem er Baumgartner informiert hatte, konnte sich Lukas der Leiche zuwenden.

Nach Behrends Anruf waren sie alle vier zum Fischmarkt gefahren. Dort hatte sich eine ständig wachsende Menschenmenge um die Leiche versammelt. Uniformierte Beamte bemühten sich nach allen Kräften, die Menge weiter fortzudrängen, um einen größeren freien Kreis um den Fundort zu bekommen, damit die Mitarbeiter von der Spurensicherung ihrer Arbeit nachgehen konnten. Eine mannshohe Bauplane, die um den Brunnen herum aufgestellt worden war, nutzten die Polizisten schließlich als Sichtschutz.

Lukas war übermüdet, gereizt und nervös; es gab hier einfach zu viele Menschen. Er vermochte sich kaum auf das Opfer zu konzentrieren, nachdem die Seidendecke zurückgeschlagen war. Die Tote war diesmal rothaarig. Sie befand sich unterhalb des Beckens auf dem Boden, da der Brunnenrand, ähnlich wie der bei der Kirche St. Maria in der Kupfergasse, zu schmal war, um einen Körper darauf abzulegen.

Im Unterschied zu Lukas blieb Daniel gelassen und ging routiniert seiner Arbeit nach. Schließlich stellte er fest: »Gleicher Modus Operandi.« Mehr brauchte er nicht zu sagen.

»Auch der Duft ist der gleiche, und das Make-up ist perfekt auf eine Rothaarige abgestimmt«, fügte Lisa hinzu.

Dann wurde die Leiche abtransportiert.

Mankowski starrte Lukas verblüfft an. »Macht ihr das immer so, oder gibt es einen Code, den ich vielleicht nicht kenne?«

Lukas grinste schwach. »Nein, du hast nichts verpasst, ich erkläre es dir später. Fahr mit Lisa in die Rechtsmedizin, wir treffen uns gleich da.«

»Du kannst mir doch jetzt nicht mehr den Mund verbieten! Ich meine … das ist die zweite tote Frau, die irgendwie an mir klebt. An mir, nicht an dir!« Behrend raufte sich die Haare und ging wütend in der Lintgasse, einer kleinen Seitenstraße, die direkt auf den Fischmarkt führte, auf und ab. »Ich habe dir vertraut. Ich habe das getan, was du mir gesagt hast, weil ich dachte, du hättest das im Griff … und jetzt … jetzt hänge ich wieder mittendrin!«

Lukas, der an einer der alten Häuserwände lehnte, ließ sich müde daran hinabsinken, bis er mit angewinkelten Beinen auf dem Boden saß. Er seufzte tief. »Markus, bitte, hör mir wenigstens zu.«

Der Journalist kam näher und blieb an der gegenüberliegenden Wand stehen, die kaum drei Meter entfernt war. Dort hockte er sich nieder und nahm dann die gleiche Position wie Lukas ein. »Okay, du hast fünf Minuten. Fünf Minuten, um mir zu erklären, was hier vorgeht und warum ich da mit drinhänge.«

Daniel schob die neue Leiche erst einmal unter das Röntgengerät, bevor er sie genauer untersuchen wollte.

Nichts. Kein Implantat, kein genagelter Bruch, rein gar nichts. Sie hatte noch nicht einmal Zahnfüllungen.

Kurze Zeit später schlurfte Anette Römer schlaftrunken in den Raum und zuckte zusammen, als sie das rote Haar bemerkte. Sie hatte sich allerdings schnell wieder im Griff und half ihrem Chef dabei, die äußerliche Untersuchung vorzunehmen.

Nichts. Nicht die kleinste Narbe an Knien oder Ellbogen: keinerlei Spuren von Verletzungen, die man sich in der Kindheit und Jugend durch Stürze beim Fahrrad-, Rollschuh- oder Skifahren zuzog. Keine Windpocken- oder Blinddarmnarben. Sie hatte sogar noch ihre Mandeln.

Lisa saß mit Mankowski in Daniels Büro und wartete auf erste rechtsmedizinische Ergebnisse. Sie hatte keine Ahnung, warum ausgerechnet sie diejenige sein musste, die erneut mit diesem suspekten Ex-BKA-Mensch alleine war, versuchte aber das Beste aus der Situation zu machen.

Ihr Gegenüber war allerdings ziemlich schlechter Laune, was die Sache nicht gerade erleichterte. »Also, ich will hier nicht über eure Arbeit am Tatort meckern – aber was war denn das vorhin für eine Aktion?«

Sie schüttelte müde den Kopf. »Erstens: Das war nicht der Tatort, sondern der Fundort. Zweitens: Wir haben uns auf das Offensichtliche konzentriert, weil da einfach zu viele Leute rumgelaufen sind.« Sie war zu müde, um Lügengeschichten zu erzählen. »Drittens: Der Kriminaldirektor will die Öffentlichkeit und die Presse aus dem Fall heraushalten. Das ist das oberste Gebot. Kölscher Klüngel, falls du das schon mal gehört hast.« Sie stand auf, ging zu dem kleinen Waschbecken im Büro und spritzte sich Wasser ins Gesicht. »Wir versuchen, einen extrem merkwürdigen Fall zu lösen und gleichzeitig weder die Chefetage noch den Bürgermeister noch andere hochstehende Persönlichkeiten der Stadt zu verprellen.«

»Ich kann dir nicht erlauben, Fotos von der Leiche zu schießen. Kapier das doch endlich!« Lukas, dessen Ducati noch vor dem *Especial* stand, hatte es irgendwie geschafft, Markus Behrend zu überreden, ihn in die Rechtsmedizin zu fahren. Dafür musste er sich unterwegs mit den Forderungen des Journalisten auseinandersetzen.

Behrend war stocksauer. »Du bist undankbar. Ich hätte dich nicht mal anrufen müssen. Aber kaum war die SMS da, habe ich deine Nummer gewählt.«

»Mann, versteh das doch endlich. Keine zwei Sekunden nach deinem Anruf habe ich die gleiche Info über den offiziellen Polizei-Kanal gehört. Du wärst komplett raus aus der Story, wenn ich nicht mit dir geredet hätte.«

»Gut, aber der Mörder will mich anscheinend in der Geschichte mit drinhaben. Also kannst du mich nicht so einfach rauskicken.«

»Mensch, Markus, kapier doch einfach, dass mir hier die Hände gebunden sind. Ich handle auf Befehl von Schneider; und wir müssen tun, was der Depp sagt.«

»Du vielleicht. Aber was habe ich mit Friedhelm B. Schneider zu tun? Nichts! Ich kann schreiben, was ich will. Schon mal was von Pressefreiheit gehört?«

Sie standen nun vor der Ampel an der Ecke Aachenerstraße/Melaten-Gürtel und hatten nur noch wenige hundert Meter vor sich, bevor sie das rechtsmedizinische Institut erreichen würden.

»Hör zu. Im Moment haben wir eine totale Pressesperre. Wenn du jedoch noch ein bisschen Geduld hast, bekommst du die Exklusivstory. Das verspreche ich dir. Wenn du aber jetzt etwas schreibst, verschreckst du möglicherweise unseren Täter – und dann werden wir ihn unter Umständen niemals finden. Möchtest du wirklich daran schuld sein, dass ein Mörder frei herumläuft?«

Behrend seufzte vernehmlich. »Hab ich dein Wort?«

»Ja, hast du. Versprochen!«

Sie berieten sich kurz in der Rechtsmedizin. Da es keine neuen Erkenntnisse gab, fuhren die drei Kriminalbeamten nach wenigen Minuten ins Präsidium, wo die Fotos des letzten Opfers schon auf dem Schreibtisch lagen.

Lukas griff nach einem Bild und drückte es Mankowski in die Hand. »Identifizierung. So schnell wie möglich!«

Danach saßen er und Lisa vor ihren Schreibtischen und schwiegen sich an. Sie waren beide erschöpft und entsetzt.

»Was will der eigentlich?«, rief Lukas schließlich. »Warum Köln? Warum Kirchen? Warum Brunnen? Glaubst du immer noch an die Theorie, dass eine Serie einen einzelnen Mord vertuschen soll?« Er fuhr sich durch sein immer länger werdendes Haar. »Ich weiß überhaupt nicht mehr, was ich glauben soll.«

»Manuela Sanchez.«

Sie fuhren beide erschrocken auf und blickten auf Mankowski, der plötzlich im Eingang stand.

Lisa fasste sich wie üblich schneller als Lukas. »Eine Spanierin?«

Der Ex-BKA-Mann nickte.

»Etwa wieder eine Studentin?«, wollte Lukas als Erstes wissen.

Mankowski nickte erneut, hob dann aber abwehrend die Hand. »Genau wie bei der Holländerin ist es erst einmal nur eine Vermutung. Ohne Identifizierung werden wir nicht sicher sein können. Die spanischen Kollegen sind bereits informiert.

Sie sind jetzt auf dem Weg zur Mutter, der Vater ist vor ein paar Jahren durch einen Unfall ums Leben gekommen.«

»O Gott!« Lisa massierte sich müde die Schläfen. »Gibt es Geschwister?«

»Keine Ahnung«, erwiderte Mankowski. »Meine Leute sind dran, aber ich wollte euch sofort die ersten Infos geben. Es ist mitten in der Nacht. Ich denke, wirklich verwertbare Informationen werden wir erst im Verlauf des Vormittags bekommen.«

Lukas fuhr zunächst mit Lisa nach Deutz, denn in der Nähe ihrer Wohnung befand sich das Restaurant, vor dem immer noch seine Ducati stand. Sie hatten vereinbart, wenigstens ein paar Stunden zu schlafen, um fit zu sein, wenn Mankowski neue Ergebnisse bringen würde und sie danach ihre Ermittlungsarbeit fortführen könnten.

Ziemlich genau in der Mitte der Deutzer Brücke fasste Lukas spontan den Entschluss, noch einmal zum Fundort der rothaarigen schönen Toten zu fahren. Bis dorthin war es nicht weit, und so parkte er sein Motorrad schon wenige Minuten später auf dem Fischmarkt. Die Spurensicherung hatte ihre Arbeit längst abgeschlossen, dennoch wimmelte der Platz noch immer von Beamten, die zahlreiche Nachtschwärmer vernahmen. Viele Kölner hatten die erste laue Frühlingsnacht dieses Jahres genutzt, um endlich einmal wieder im Freien zu sitzen.

Lukas ließ den Platz zunächst einmal auf sich wirken; erst danach wollte er mit den Kollegen sprechen. Dieser Fundort unterschied sich stark von den anderen. Der Domplatz, wo man die erste Leiche gefunden hatte, war in der Nacht düster, und die nur schwach beleuchtete Kathedrale schuf eine schon fast bedrohliche Atmosphäre. St. Maria in der Kupfergasse lag in einem Büroviertel, wo es nachts unbelebt und sehr einsam war. Doch hier am Fischmarkt tobte auch zu später Stunde noch das Leben. Den nicht sehr großen, fast quadratisch angelegten Platz säumten Kneipen und Restaurants mit Tischen im Freien: Normalerweise herrschte hier eine fröhliche Stimmung. Die beschwingte Atmosphäre wurde durch die bunten, alten Häuser rundherum noch verstärkt: Der *Martinswinkel* war zur Hälfte gelb und zur Hälfte rosa, das *Stapelhäuschen* orange und die danebenliegende Weinstube grün. Davor plätscherte der Brunnen mit seinen vier Fischweiber-Statuen. Und hinter all dem ragte Groß St. Martin majestätisch, aber in keiner Weise bedrohlich in den Himmel.

Lukas seufzte. Eine Leiche vor dem Dom abzulegen war schon extrem dreist, vor dem Fischweiberbrunnen war es jedoch schier unfassbar. Er konnte nur hoffen, dass dem Täter in seiner unglaublichen Arroganz diesmal ein Fehler unterlaufen war.

Lukas ging ein paar Schritte und wollte sich gerade an den leitenden Beamten wenden, als er hörte, wie jemand seinen Namen rief. Er drehte sich um und erstarrte zur Salzsäule.

Alex und Miriam saßen an einem der Tische vor dem *Martinswinkel* und versuchten, seine Aufmerksamkeit zu erregen. Das war ihnen zwar gelungen, dennoch rührte sich Lukas nicht vom Fleck. Er schaffte es irgendwie, grüßend die Hand zu heben, aber seine Beine setzten sich einfach nicht in Bewegung.

Du bist Polizist, flüsterte ihm eine innere Stimme zu. *Zeugen und Zeuginnen zu vernehmen gehört zu deiner Arbeit.* Schön und gut, aber mussten diese Zeuginnen ausgerechnet Miriam und Alex sein? Es kostete ihn eine unmenschliche Anstrengung, seinem Gehirn den Befehl zu geben, einen Fuß vor den anderen zu setzen. Doch es gelang ihm schließlich, zuerst die Kontrolle über seinen Körper zurückzugewinnen und danach in schon fast normalem Tempo auf die beiden Frauen zuzugehen.

»Hi, Luke.« Alex' Stimme klang sanft, aber angespannt.

»He, Lukas.« Miriam wusste, dass er sie als seine Todfeindin betrachtete, und gab sich daher keinerlei Mühe, auch nur ansatzweise höflich zu klingen.

Lukas nickte nur kurz. »Seid ihr schon vernommen worden?« Er brachte es einfach nicht fertig, etwas Persönliches zu sagen. Miriams Anwesenheit ließ sein Innerstes zu Eis gefrieren.

»Nein, wir haben nur die Anweisung erhalten, hier zu warten«, antwortete Alex freundlich, während Miriam sich Kaugummi kauend und sichtlich gelangweilt auf ihrem Stuhl lümmelte.

Was fand Alex nur an ihr? Miriam war weder besonders attraktiv, noch hatte sie in Lukas' Augen irgendeine Form von Ausstrahlung. Das kurz geschnittene rotblonde Haar umrahmte ein blasses Gesicht mit noch blasseren, hellblauen Augen. Nur die vielen Sommersprossen setzten farbige Akzente. Sie war genauso groß wie Alex, aber sie hatte nicht deren zierliche Gestalt, sondern war eher drahtig und muskulös. *Wie ein Mann eben*, dachte Rosenzweig, der sich sicher war, dass sie auch genau diesen Part in der Beziehung übernahm. Plötzlich wurde ihm bewusst, dass er die verhasste Frau einfach nur anstarrte, ohne ein Wort zu sagen.

Er räusperte sich. »Okay, dann können wir das auch gleich jetzt erledigen.« Er hätte einen der zahlreichen Beamten bitten können, die beiden Frauen zu vernehmen, aber obwohl er sich in Miriams Gegenwart mehr als unwohl fühlte, ließ sein Ego es einfach nicht zu, jetzt einfach zu kneifen. Er wäre sich feige vorgekommen, und das war so ungefähr der letzte Eindruck, den er bei Alex erwecken wollte. »Also gut, was könnt ihr mir erzählen?« Er vermied es, erneut Miriam anzustarren, und hielt seinen Blick ausschließlich auf Alex gerichtet.

Sie war es auch, die seine Frage beantwortete. »Wir haben hier gesessen und uns ganz normal unterhalten, als es plötzlich am Nachbartisch einen lautstarken Streit zwischen einem Gast und einer Kellnerin gab. Der Mann, der dort allein saß, war ziemlich blau. Er hatte schon vor einer Weile ein Glas vom Tisch gestoßen, und die Bedienung weigerte sich nun, ihm weiterhin Alkohol auszuschenken, was er wohl nicht so toll fand. Nun ja … Lange Rede, kurzer Sinn, der Geschäftsführer wurde gerufen, und irgendwann gelang es ihm, den sturzbetrunkenen Gast zu überreden, nach Hause zu gehen. Hätte es diese Vorgeschichte nicht gegeben, hätten wir den Typen überhaupt nicht beobachtet; so aber haben wir zugesehen, wie er in Schlangenlinien über den Platz geschwankt ist. Am Brunnen ist er gestolpert und hat versucht, sich an der Plane, die dort aufgebaut ist, festzuhalten. Aber er ist trotzdem gefallen und hat einen Teil dieser Plane mitgerissen. Danach hat er einfach nur noch geschrien.« Alex schüttelte ihre wilden schwarzen Locken und sah Lukas verstört aus ihren dunkelbraunen Augen an. »So einen Laut habe ich noch nie gehört. Irgendwie war auch sofort klar, dass er nicht schrie, weil er sich verletzt hatte, sondern dass es irgendeinen anderen Grund geben musste.«

Lukas hatte schon dazu angesetzt, seine Hand auf Alex' Schulter zu legen, als er einen hämischen Seitenblick von Miriam bemerkte. Augenblicklich riss er den Arm hoch und fuhr sich mit den Fingern kurz durch sein Haar. »Was ist dann passiert?«

Alex schwieg. Lukas sah, dass es ihr wirklich schwerfiel, weiterzusprechen. Abgrundtiefes Entsetzen lag auf ihrem schmalen Gesicht. Er wünschte Miriam in diesem Moment auf einen anderen Stern, in eine andere Galaxie, in ein anderes Universum.

Schließlich fand Alex ihre Sprache wieder. »Der Betrunkene schrie immer weiter und versuchte ein paar Mal, sich aufzurappeln, was ihm aber misslang. Dann bewegte er sich auf allen vieren von der Stelle weg. Dabei rief er völlig panisch immer die gleichen Worte: ›Die is' tot! Die is' tot! Die is' tot!‹« Alex schlug die Hand vor den Mund und schwieg erneut.

Lukas wollte ihr ein wenig Zeit lassen und stellte daher keine weitere Frage.

Miriam ließ eine große Kaugummiblase zerplatzen, und als sie die Reste um ihre Lippen wieder eingesammelt hatte, redete sie anstelle von Alex weiter. »Das war dann der Startschuss für die Neugierigen. Die Tische waren fast voll besetzt, und viele sprangen auf, sahen sich an und fragten einander, warum der Kerl so brüllte. Dann gingen sie zum Brunnen.« Sie grinste. »Mindestens ein Viertel der Schaulustigen hat gekotzt. Irgendwer musste wohl in der Zwischenzeit die Polizei gerufen haben. Zwei Minuten später traf der erste Streifenwagen hier ein, und die Show war zu Ende. Allerdings hatte sich die Nachricht, dass dort hinter der Bauplane eine nackte Frauenleiche liegt, schon wie ein Lauffeuer verbreitet.«

Lukas sah die Frau entgeistert an. Entweder musste etwas an der Volksweisheit dran sein, dass Gegensätze sich anziehen, oder Alex war auf dem »Fehltrip« ihres Lebens. Er hoffte auf Letzteres und eine baldige Einsicht, während er weiterhin auf diesen Kaugummi kauenden Mund mit seinem deplatzierten Lächeln starrte. Die Lippen öffneten sich, und weitere Worte quollen heraus. Lukas konnte sie förmlich sehen.

»Wir haben dich vorhin auch schon hier bemerkt. Aber du schienst uns etwas angespannt, als du mit dem Kamera-Fritzen in der Lintgasse verschwunden bist. Deshalb wollten wir dich erst mal nicht belästigen.«

Lukas wandte sich entschlossen von Miriam ab und blickte wieder auf Alex, die ihre Fassung inzwischen zurückerlangt hatte. »Diese Bauplane war die ganze Zeit schon am Brunnen?«, fragte er.

Alex nickte. »Ja, allerdings war früher am Abend noch mal jemand von der Stadt da und hat irgendetwas gemacht.«

Lukas richtete sich wie elektrisiert auf. »Woher weißt du, dass der Typ von der Stadt war?«

»Na ja, der kam mit so einem orangefarbenen Transporter der Stadt Köln hier an. Du weißt schon, so einer mit diesem orangefarbenen Lämpchen auf dem Dach. Er fuhr direkt zu dem Gerüst um den Brunnen und stieg aus. Was er dann genau gemacht hat, konnten wir nicht sehen. Der war aber kaum eine Minute hier und ist dann wieder gefahren.«

Zum ersten Mal in dieser Nacht war es Lukas völlig egal, wer da als Zeugin vor ihm saß. Sein ganzer Körper vibrierte. Alex und Miriam hatten den Täter gesehen. Und viele andere Nachtschwärmer auch.

33

Paris, 15. Juni

Einen groben Plan hatte er sich schnell zurechtgelegt. Sein oberstes Motto war: Verwirrung stiften, wo es nur geht.

Es machte ihm Spaß, eine Mordserie zu planen, auch wenn er sie nicht durchführen würde. Er dachte auch keine Sekunde darüber nach, was er tun sollte, wenn sein Plan fertig wäre, sondern ging mit Feuereifer ans Werk. Die Langeweile, die er in der letzten Zeit auf der *Rosebud* wieder verspürt hatte, war verflogen.

Noch in derselben Nacht, als er zu der Entscheidung gekommen war, einen Plan zu verfassen, hatte er erste Notizen zu Papier gebracht und sie anschließend in seinen Computer gehämmert. Bei seinen Recherchen über Serienmörder hatte er gelernt, wie verabscheuungswürdig die Täter mit ihren Opfern umgegangen waren. Bei ihm wäre das vollkommen anders. Er würde seine Leichen keinesfalls zerstückelt oder in entwürdigenden Posen zur Schau stellen. Und er würde schnell töten. Seine Opfer sollten nicht leiden. Vielmehr sollten sie lächelnd in den Tod gehen und danach in all ihrer Schönheit präsentiert werden. Somit wäre auch von vornherein klar, dass nur hübsche junge Frauen als Opfer in Frage kamen. Aber wie konnte man diese Schönheit im Tod bewahren? Seine Gedanken führten ihn zu Ron Anderson, der als Leiche besser ausgesehen hatte als im wahren Leben. Thanatopraxie. Das war der Schlüssel.

In Saint-Quentin kaufte er ein Bestattungsinstitut. Der Besitzer war kurz zuvor gestorben, und dessen Kinder wollten den Betrieb nicht weiterführen. Das Büro und der Abschiedsraum lagen im Zentrum der nordfranzösischen Stadt. Die eigentliche Leichenhalle und die Präparationsräume waren in ein nah gelegenes Industriegebiet ausgegliedert worden. Perfekt.

Er kam sich allerdings schon etwas verloren vor, als er zum ersten Mal allein zwischen den Metalltischen und den Regalen voller merkwürdiger und, ehrlich gesagt, ziemlich abstoßender Instrumente stand. Da würde jede Menge Arbeit auf ihn zukommen.

Seine nächste Internetsuche galt der Präparation von Leichen. Ihm wurde jedoch schnell klar, dass eine rein theoretische Recherche in diesem Fall nicht ausreichen würde.

34

Köln, 27. Mai

»Das kann doch einfach nicht wahr sein!« Lukas schlug wütend mit der Hand auf den Tisch im Konferenzraum vier. »Soldaten tragen Flecktarnuniformen, damit sie nicht gesehen werden. Diebe, die nachts auf Beutezug gehen, kleiden sich von Kopf bis Fuß in Schwarz und meiden belebte Gegenden. Doch unser Täter fährt in einem großen orangefarbenen Auto auf einen Platz, wo ungefähr einhundert Leute essen oder trinken, steigt in einem knallorangefarbigen Anzug mit reflektierenden Streifen aus – und kein einziger Mensch kann ihn beschreiben?«

Carsten Reimann zuckte resigniert mit den Schultern. »Dreistigkeit siegt nun einmal. Außerdem muss ich dich korrigieren. Er ist nicht nur einmal, sondern gleich zweimal in seiner orangefarbenen Tarnkleidung auf den Fischmarkt gefahren.«

Lukas rieb sich müde die Augen. Nachdem er seine Vernehmung mit Alex und Miriam beendet hatte, war er noch nicht allzu entmutigt gewesen, als sie ihm keine richtige Beschreibung des Täters geben konnten. Es saßen schließlich rund hundert andere Gäste an den Tischen, die befragt wurden. Danach war er nach Hause gefahren, um wenigstens noch zwei Stunden Schlaf zu bekommen.

Vor etwa einer Viertelstunde hatte sich die Mordkommission Brunnenleiche im Konferenzraum getroffen, um die Vernehmungsprotokolle der letzten Nacht auszuwerten. Reimann war als Erster an diesem Morgen im Büro gewesen und daher am besten über die Ergebnisse der Zeugenbefragungen informiert.

»Ich fasse mal zusammen, was ich bisher zusammengetragen habe«, fuhr er nun fort. »Von den Besitzern und Angestellten der Kneipen und Restaurants wissen wir, dass gegen sechzehn Uhr ein Wagen der Stadt Köln am Brunnen auf dem Fischmarkt angehalten hat. Dann ist ein einzelner Mann in orangefarbener Arbeitskleidung aus dem Auto gestiegen und hat das kleine Metallgerüst mit der blauen Plane errichtet. Laut den Aussagen der Zeugen hat die Aktion mindestens zehn, maximal fünfzehn Minuten gedauert. Bei den Beschreibungen des Mannes ist leider nicht allzu viel herausgekommen; es gibt da zum Teil erhebliche Unterschiede. Der Mann ist zwischen eins achtzig und eins fünfundneunzig groß – also eher überdurchschnittlich groß als klein. Weder dick noch dünn, also keine auffallende Körperstruktur. Zum Gesicht kann keiner was sagen, weil er eine dunkle Baseballkappe mit einem langen Schirm getragen hat: Die einen sprechen von einer schwarzen, die anderen von einer dunkelblauen und einige von einer dunkelgrünen Mütze. Eine Frau aus der Weinstube meint, sich an ein paar blonde Haarsträhnen erinnern zu können, ist sich aber nicht sicher.«

Lukas schüttelte frustriert den Kopf. »Da werkelt der Typ am helllichten Tag eine Viertelstunde lang an dem Brunnen herum, genau im Zentrum des Fischmarkts – und das ist alles, woran sich die Leute erinnern?«

»Leider ja.« Reimann schien seinen üblichen Sarkasmus für den Moment völlig vergessen zu haben. »Die Zeugenaussagen vom Abend sind auch nicht besser. Gegen dreiundzwanzig Uhr dreißig hielt erneut ein Transporter der Stadt Köln neben dem Gerüst mit der Plane um den Brunnen. Der Fahrer stieg aus, aber niemand hat gesehen, was er getan hat. Wir wissen jetzt natürlich, dass er die Leiche dort abgelegt hat. Unfassbar, wie dreist der Kerl ist.« Reimann schüttelte empört den Kopf, und der Rest der Truppe murmelte zustimmend. »Die vagen Beschreibungen des Fahrers passen zu denen von dem Mann, der am Nachmittag dort war. Mehr haben wir nicht – keinerlei neue Informationen von den Zeugen am Abend.« Er sah nun Lukas direkt an. »Du hattest absolut recht, Lukas. Dieses städtische Fahrzeug ist die perfekte Tarnung. Es interessiert niemanden, keiner schaut hin, und keiner erinnert sich. Es muss ähnlich wie am Dom abgelaufen sein. Er kommt an und parkt so neben der Plane, dass das Fahrzeug ihm als Sichtschutz dient. Dann legt er die in eine blaue Decke gewickelte Leiche hinter der Plane ab und ist nach einer Minute wieder verschwunden.«

Lukas raufte sich unglücklich die Haare. Einhundert Zeugen, und sie waren genauso schlau wie vorher. Unglaublich. Er wandte sich an Mankowski. »Haben wir denn wenigstens Neuigkeiten, was das Opfer betrifft?«

»Ja, haben wir. Die Mutter ist informiert, und das Zahnschema sollte schon in der Rechtsmedizin sein, aber wir haben noch kein Ergebnis. Die Eckdaten passen allerdings ziemlich gut. Die Tote heißt Manuela Sanchez. Sie ist zwanzig Jahre alt, in Pamplona geboren und aufgewachsen …« Der Ex-BKA-Mann hielt kurz inne und grinste. »Ist das nicht diese verrückte Stadt, wo sie heute noch Stiere durch die Straßen jagen?« Da er recht schnell merkte, dass seinen Kollegen heute wohl nicht der Sinn nach blöden Spötteleien stand, fuhr er in sachlicherem Ton fort: »Studiert hat sie seit einem Jahr in Barcelona. Medizin. Sie bewohnte ein Zimmer in einem Studentenheim nahe der *Universitat de Barcelona*. Dem Protokoll der Vermisstenanzeige konnten wir entnehmen, dass kein Mensch weiß, wann genau sie verschwunden ist. Sie war sehr introvertiert, lebte zumeist für sich allein und hatte sich völlig auf ihr Studium konzentriert. Ihre Kommilitonen haben sie als Streberin bezeichnet, weshalb sie auch nicht besonders beliebt war. Der Studentin, die das Zimmer auf der gegenüberliegenden Seite des Flurs bewohnte, fiel irgendwann auf, dass sie Manuela ein paar Tage nicht gesehen hatte. Sie fragte bei anderen Studenten nach und fand heraus, dass Sanchez seit drei Tagen nicht zu den Vorlesungen erschienen war, was bei einer solchen Streberin wohl ziemlich ungewöhnlich erschien. Die Leiterin des Wohnheims setzte sich daraufhin mit der Mutter in Verbindung, die sofort darauf bestand, eine Vermisstenanzeige bei der Polizei aufzugeben. Das war vorgestern.«

»Na super!«, rief Reimann. »Wir haben hundert Zeugen in Köln, die alle praktisch nichts gesehen haben, und zig Studenten in Barcelona, die Tage brauchen, bis sie merken, dass eine der Ihren fehlt. Wo leben wir hier eigentlich?« Offenkundig fand er langsam zu seiner alten Form zurück.

Lukas blickte ihn kurz an und nickte zustimmend. Im nächsten Moment drehte er sich wieder zu Mankowski und fragte: »Wissen wir schon etwas über die Familie?«

»Hey, nun mach mal langsam. Wir haben das Mädchen erst vor ein paar Stunden gefunden, und sie ist noch nicht einmal identifiziert worden. Meine Leute arbeiten auf Hochtouren daran. Bisher weiß ich nur, dass der Vater vor vier Jahren bei einem Autounfall ums Leben kam. Die Mutter hat daraufhin sein Antiquitätengeschäft weitergeführt und ist dabei von der ältesten Tochter unterstützt worden. Mehr hab ich noch nicht.«

Lukas seufzte. »Ja, ist ja schon gut. Mach einfach ein bisschen Druck. Wir brauchen diese Infos so schnell wie möglich.« Dann wandte er sich an den Rest der Gruppe. »Und euch möchte ich bitten, die Vernehmungsprotokolle von letzter Nacht noch einmal genau zu studieren, damit wir kein Detail übersehen. Die vielversprechendsten Zeugen sollten wir noch einmal befragen.« Er erhob sich. »Also dann, an die Arbeit.«

»Wartet mal!«, rief Lisa eindringlich, und anstatt fortzugehen, blickten die anderen sie erwartungsvoll an.

Erst jetzt fiel Lukas auf, dass Lisa während des bisherigen Meetings nicht einen Ton von sich gegeben hatte, sondern einfach nur gedankenverloren in die Luft gestarrt hatte. »Was ist los?«

Sie zögerte einen Moment mit der Antwort und sah ihre Kollegen fast schon ein wenig angriffslustig an. »Bin ich hier die Einzige, die bemerkt hat, dass es letzte Nacht ein paar zeitliche Übereinstimmungen gab, die einfach zu merkwürdig sind, als dass es sich um Zufall handeln kann?«

Lukas setzte sich wieder hin und sah seine Partnerin entgeistert an. »Wie meinst du das?«

Jetzt erhob sich Lisa und begann, in dem großen Raum auf und ab zu gehen, wie sie es beim Nachdenken gerne tat. »Der Täter spielt mit uns. Wir haben das schon vorher vermutet, aber die Dreistigkeit, eine Leiche vor hundert Augenzeugen abzulegen, übertrifft wirklich alles. Trotzdem glaube ich, dass er noch einen Schritt weiter gegangen ist, um uns endgültig zu verspotten.« Sie blieb hinter Reimanns Stuhl stehen. »Carsten, ich habe mir die Vernehmungsprotokolle auch angesehen. Wo ist denn das von dem Betrunkenen, der die Leiche sozusagen entdeckt hat?«

Reimann blickte sie unbehaglich an. »Ähm, darauf bin ich noch nicht gestoßen. Wir haben doch weit über hundert Vernehmungsprotokolle; in der relativ kurzen Zeit habe ich nicht alle lesen können.«

Lisa legte ihm besänftigend die Hände auf die Schultern. »Ich habe auch noch nicht alle gelesen, sondern vornehmlich nach dieser speziellen Aussage gesucht.«

»Und?«

Lisa setzte ihre Wanderung fort. »Es gibt kein Protokoll von diesem Mann – genauso wenig, wie es einen Betrunkenen in der Ausnüchterungszelle gibt. Er ist einfach verschwunden.«

Man hätte eine Stecknadel fallen hören können, so still wurde es im Konferenzraum vier.

Brigitte Kleiber war die Erste, die ihre Stimme wiederfand. »Schön und gut, aber hattest du nicht eben von merkwürdigen zeitlichen Übereinstimmungen gesprochen? Was haben die mit einem verschwundenen Besoffenen zu tun?«

Lisa begann nun, um den Tisch herumzulaufen, was ihre Kollegen dazu zwang, ständig den Kopf zu wenden, wenn sie sie im Blick behalten wollten. »Um kurz vor eins erhält Lukas einen Anruf von Markus Behrend. Der behauptet, ihn sofort verständigt zu haben, nachdem die SMS des Täters bei ihm eingegangen war. Noch während die beiden miteinander telefonieren, bekomme ich einen Anruf der Zentrale, die mich über den Leichenfund informiert. Behrends SMS und das Auffinden der Leiche sind also fast zeitgleich abgelaufen. Viele Zeugen am Fischmarkt sagen übereinstimmend aus, dass der erste Streifenwagen kaum zwei Minuten nach dem Gebrüll des Betrunkenen eingetroffen ist. Der war aber zu diesem Zeitpunkt gar nicht mehr dort.« Lisa blieb stehen und hob fragend ihre Hände in die Luft. »Ist das nun seltsam oder nicht?«

Bei Lukas fiel der Groschen pfennigweise, aber nach einer halben Minute begriff er, was für eine ungeheuerliche Vermutung seine Kollegin gerade angedeutet hatte. »Du glaubst, dass der Betrunkene eigentlich völlig nüchtern und unser Täter war, der quasi seine eigene Leiche gefunden hat?«

»Ja, genau das glaube ich. Der Typ ist völlig frustriert, weil bis heute nicht die kleinste Notiz über ihn veröffentlicht wurde. Er legt eine Leiche vor dem Dom ab – kein Zeitungsartikel. Er schickt bei Leiche Nummer zwei eine SMS an einen Journalisten, macht dabei noch diesen Scherz mit der Schwalbengasse und dem Schwalben-Verlag – und was passiert? Nichts! Kein Zeitungsartikel. Egal, aufgrund welcher Motive er zum Serienmörder geworden ist – er braucht offensichtlich die Öffentlichkeit und versucht nun mit allen Mitteln, dass seine Taten publik werden. Beim zweiten Opfer hat er gemerkt, dass eine SMS an einen Reporter nicht ausreicht. Die dritte Leiche musste daher unbedingt vor Publikum gefunden werden, damit jetzt endlich etwas in den Zeitungen passiert.«

»Es passiert aber nichts!«, rief eine bekannte Stimme.

Lisa fuhr herum. »Was?«

Baumgartner stand in der Tür – keiner von ihnen wusste, wie lange schon. »Fragt mich nicht, wie Schneider das macht. Ich habe gerade mit ihm gesprochen – in den Tageszeitungen wird nicht eine einzige Zeile über die Tote am Fischmarkt stehen.«

35

Los Angeles, 1. Juli

Nach seiner erkenntnisreichen Internetrecherche über die Präparation von Leichen für ihren letzten Weg hatte er sich tatsächlich zu dem Kurs angemeldet, der nun begann. Unter demselben falschen Namen, den er auch schon beim Kauf des Bestattungsinstituts verwendet hatte.

Alternative Identitäten waren für ihn kein Problem. Dank seines großen Vermögens und spezieller Kontakte konnte er sich problemlos gefälschte Dokumente besorgen. Jetzt trat er als Bestattungsmeister Georges Dupont auf, der sich zu einer Weiterbildung zum Thanatopraktiker angemeldet hatte. Die Fortbildung sollte sechs Wochen dauern, und er hatte sich dafür bewusst die Metropole an der Westküste der USA ausgesucht.

Los Angeles. Die Stadt der Engel. Hier würde er lernen, wie man Menschen in Engel verwandelt.

36

Köln, 27. Mai

Lisa Voigts Theorie klang ungeheuerlich. Doch je länger sie alle – Baumgartner eingeschlossen – darüber nachdachten, desto logischer erschien sie ihnen. Schließlich mussten sie Lisa recht geben. Jetzt war es notwendig, noch einmal alle Zeugen zu vernehmen, um von ihnen eine Beschreibung des betrunkenen Gasts im *Martinswinkel* zu bekommen.

Lukas' Magen krampfte sich zusammen, als ihm bewusst wurde, dass er nun noch einmal Alex und Miriam befragen musste. Es war normale Praxis, dass man solche Befragungen zu zweit durchführte, und es fiel ihm kein noch so abwegiger Grund ein, Lisa davon auszuschließen – zumal Alex jetzt eine sehr wichtige Zeugin war, da sich die Szene mit dem angeblich Betrunkenen an ihrem Nachbartisch abgespielt hatte.

Und so machte er sich umgehend mit seiner Kollegin auf den Weg zu Alex, die freiberuflich als Übersetzerin tätig war und daher zu Hause arbeitete. Ihm war eines klar: Lisa würde sicherlich bemerken, dass Alex keine Fremde für ihn war. Deshalb erklärte er, die Zeugin Alexandra Wagner sei eine flüchtige Bekannte von ihm, als sie sich während der Fahrt kurz über die anstehende Befragung unterhielten.

Lisa erkannte die Motorradfahrerin von der Tankstelle sofort wieder.

Das war also die *flüchtige Bekannte*, die Lukas' Seelenleben so durcheinanderbrachte, dachte sie, während sie sich der Zeugin vorstellte. Sie wunderte sich in keiner Weise darüber, dass die Frau ihren Kollegen mit einem sanften »Hi, Luke« begrüßte –

mit dem Namen, der nur seinen engsten Freunden erlaubt war. Lisa musste sich selbst gegenüber eingestehen, dass sie mehr als nur neugierig war zu erfahren, was sich zwischen den beiden abgespielt hatte. Dennoch beschloss sie, im Hintergrund zu bleiben, da Lukas sie, was ihre Beziehung zu Daniel betraf, auch vor den Kollegen gedeckt hatte. Sie würde zunächst ihrem Kollegen das Reden überlassen.

Alexandra Wagner führte sie in ein gemütlich eingerichtetes Wohnzimmer, bot ihnen höflich einen Kaffee an und ging dann in die Küche, um ihn zuzubereiten. Während sie warteten, fiel Lisa auf, dass ihr Kollege unbehaglich auf seinem Sessel herumrutschte und sein Blick immer wieder von einem gerahmten Foto angezogen wurde, das neben einem vollgestopften Bücherregal an der Wand hing. Das Bild, das ungefähr so groß wie eine DIN-A4-Seite war, zeigte zwei Frauen an einem Strand, im Hintergrund leuchtete türkisfarbenes Wasser. Sie standen eng nebeneinander, blickten sich tief in die Augen und hatten sich gegenseitig den Arm um die Taille gelegt. Eine von ihnen war Alexandra Wagner. Die andere Frau auf dem Bild kannte Lisa nicht.

Wenig später kehrte Alexandra mit einem Tablett zurück, auf dem drei hohe Tassen sowie eine Zuckerdose und ein Milchkännchen standen. Nachdem sie den Kaffee serviert hatte, nahm sie den Beamten gegenüber Platz und fragte: »Was gibt es denn noch?«

Lukas musste sich mehrfach räuspern, da ihm offenbar seine Stimme nicht so recht gehorchen wollte. Schließlich fand er seine Sprache wieder und sagte nervös: »Wir haben ein paar neue Erkenntnisse gewonnen, und deshalb ist es sehr wichtig, dass du uns noch einmal ganz genau und so detailliert wie möglich die Szene mit dem Betrunkenen schilderst. Außerdem brauchen wir eine Beschreibung von dem Mann.«

Was macht Lukas denn da?, fuhr es Lisa durch den Kopf.

Einer Zeugin gleich zwei Aufgaben zu geben war eine ziemlich ungeschickte Vorgehensweise. Man sollte einen Augenzeugen niemals überfordern und sich bei der Befragung in kleinen Schritten dem Thema nähern, das am wichtigsten war. Lisa wunderte sich zwar, hielt aber vorsichtshalber weiterhin den Mund.

»Okay, ein bisschen merkwürdig war der Typ schon«, erwiderte Alexandra. »Aber Köln ist eine Großstadt, und gerade spätabends trifft man viele merkwürdige Kreaturen. Wenn du mich fragst, definieren sich heutzutage nicht wenige Leute allein über ihre Merkwürdigkeit.«

»Alex, bitte gib uns eine Beschreibung. Das ist jetzt echt wichtig.«

»Schon gut, reg dich ab, ich hab's ja verstanden. Aber der Typ war wirklich ein bisschen schräg. Er trug einen ganz normalen dunklen Anzug. Nicht schwarz, sondern eher anthrazit … Wenn ich so darüber nachdenke, war sein Outfit doch nicht normal. Die Hose war relativ eng und definitiv ein wenig zu kurz, so als ob er seine Doc-Martens-Schuhe besonders zur Geltung bringen wollte. Das klingt jetzt ein bisschen, als hätte er wie ein Komiker ausgesehen, aber so krass war er nicht. Die Hose war nur ein wenig zu eng und auch nur eine Nuance zu kurz. Über Jacke, Hemd und Krawatte lässt sich nicht viel sagen. Ganz normal, wie Geschäftsleute oder auch manche Yuppies sie nun mal tragen. Seine Haare waren schwarz, ein wenig zu lang, aber absolut gekonnt zerzaust, wenn du weißt, was ich meine.«

Lisa bemerkte am Gesichtsausdruck ihres Kollegen, dass der letzte Satz ihn ziemlich verwirrte. Sie wusste, dass Lukas die eigenen Haare für viel zu lang hielt. Aber er hatte es in den letzten Wochen einfach nicht zum Friseur geschafft, weshalb sie immer etwas verwuschelt waren. Offenbar verstand er nicht so wirklich, was Alexandra ihm da begreiflich machen wollte. Lisa, die ja eigentlich dem Kollegen die Gesprächsführung überlassen wollte, fühlte sich nun doch genötigt, einzugreifen. »Ich glaube, ich verstehe, was Sie meinen. Die Frisur ähnelte nicht dem Haarschopf eines von Wind und Wetter zerzausten Surflehrers, sondern war Strähne für Strähne durchgestylt, nicht wahr?«

Alexandra nickte. »Genau, das meinte ich mit ›gekonnt‹. Das Schrägste an ihm war aber diese Brille. Sie sah aus wie eine alte abgelegte von Woody Allen aus den Siebzigerjahren. ›Nerd-Brillen‹ nennt man das heute, glaube ich, und die liegen zurzeit wohl wieder voll im Trend. Also, um ganz ehrlich zu sein, sah er gar nicht schlecht aus. Wenn man auf diese Art von Typ steht, vielleicht sogar richtig gut.«

»Kannst du uns noch etwas zu seiner Statur sagen?«, fragte Lukas.

»Er war groß ... Nicht so groß wie du, aber ich würde mal sagen – so ungefähr zwischen eins achtzig und eins fünfundachtzig. Das ist allerdings nur grob geschätzt. Ich habe schließlich gesessen, als er aufgestanden ist, daher kann ich es nicht mit Bestimmtheit sagen. Und er war schlank und durchtrainiert. Also weder dünn noch hager, sondern mit Muskeln an den richtigen Stellen.«

»Wie alt könnte er sein?«

»Mhh, das ist nicht einfach einzuschätzen. Diese Brille hat ja sein halbes Gesicht verdeckt. Und viele der langen Strähnen fielen ihm in die Stirn. Irgendwo zwischen dreißig und vierzig, würde ich sagen, aber das ist echt nur geraten.« Sie zuckte hilflos mit den Achseln.

»Gut, das reicht erst mal. Lass uns auf das Streitgespräch mit der Bedienung und danach mit dem Geschäftsführer zu sprechen kommen. Kannst du dich noch an genaue Wortlaute erinnern?«

Alexandra lehnte sich zurück, fuhr sich durch ihre wilden Locken und atmete mit einem nicht zu überhörenden »Ppphhhhhhh« langsam aus. »O Mann, das ist echt nicht einfach.

Ja, natürlich haben wir gehört, wie nebenan ein oder zwei Gläser zu Bruch gegangen sind, aber sag mir, in welcher Kneipe das nicht hin und wieder mal passiert. Besonders nach Mitternacht, wenn die Gäste schon ein wenig getankt haben.« Sie verdrehte die Augen und hob in einer entschuldigenden Geste die Hände. »Wir haben das mitbekommen, uns aber nicht weiter darum gekümmert. Erst als der Typ am Nachbartisch richtig laut wurde, konnten wir praktisch nicht mehr weghören. Die Kellnerin war ein winziges, zierliches Mäuschen. Sie piepste ihm entgegen, dass er genug getrunken hätte und sie ihm keinen Alkohol mehr ausschenken dürfte. Die Kleine war ziemlich verängstigt. Deshalb hat es uns eigentlich nicht gewundert, dass sie wegrannte und einen Moment später mit dem Geschäftsführer zurückkam, einem ziemlich bulligen Typen. Der Mann war ein völlig anderes Kaliber, und *Mr. Besoffsky* hat dann auch recht schnell seine Strategie geändert. Wir haben nicht richtig zugehört, aber er hat wohl versucht, die Kleine einzuschüchtern. Als der Geschäftsführer ihm dann nahelegte, das Lokal doch so schnell wie möglich zu verlassen, sprach er plötzlich mit französischem Akzent und meinte, er würde diskriminiert, weil er zu einer Minderheit in Deutschland gehörte und die Deutschen die Franzosen einfach nicht ausstehen könnten. Die Nummer war total lächerlich, zumal er ja vorher perfektes Deutsch gesprochen hatte.«

Lukas nickte nachdenklich vor sich hin. »Hat der Typ gelallt?«

»Ja … Nein. Also … jetzt, wo du fragst … Das ist wirklich merkwürdig.«

»Was ist merkwürdig?«

»Als er mit der kleinen Bedienung sprach, hat er definitiv gelallt. Er hat so undeutlich genuschelt, dass man ihn kaum verstehen konnte. Nachdem er aber zum französischen Akzent übergegangen war, hat er viel deutlicher gesprochen. Er klang wie ein waschechter Franzose, der deutsch spricht.«

37

Los Angeles, 5. Juli

Er kotzte sich die Seele aus dem Leib. Schon seit dem gestrigen Nachmittag. Ununterbrochen. Er kniete vor der Toilettenschüssel, da seine Beine ihn nicht mehr tragen wollten, und befürchtete, dass er beim nächsten Würgen seine Eingeweide gleich mit ausspucken würde. So hatte er sich das nicht vorgestellt.

Die ersten drei Tage des Kurses war nur theoretisches Wissen vermittelt worden, aber seit gestern arbeiteten sie mit echten Leichen. Ihm war durchaus klar gewesen, dass man Theorie und Praxis nicht miteinander vergleichen konnte. Doch er hätte nie gedacht, dass es so schlimm für ihn sein würde. Allein der Geruch ... Er hatte den Gedanken kaum zu Ende gedacht, als er sich schon wieder über die Porzellanschüssel beugen musste.

Auch wenn ihm hundeelend zumute war, empfand er eine ungeheure Wut. Wut auf sich selbst. Sollten seine Pläne hier scheitern, weil er den Anblick und den Geruch des Todes nicht ertragen konnte? Er hatte zwar nicht vor, tatsächlich zu töten, aber wenn er die perfekte Mordserie planen wollte, musste er einfach genau wissen, wie der Tod sich anfühlte. Ein Gespür dafür entwickeln. Gott sei Dank war heute Freitag. Er hatte also das ganze Wochenende Zeit, sich zu erholen und erneut zu wappnen. Doch ab Montag würde seine Entschuldigung mit den verdorbenen Meeresfrüchten nicht mehr ziehen. Ob seine Mitstreiter ihm das abgenommen hatten oder sich heimlich über ihn lustig machten, wusste er nicht.

Aber er wollte diesen Kurs unbedingt schaffen. Er musste es. Schließlich war diese neue Beschäftigung seine einzige Waffe gegen die Langeweile.

38

Köln, 27. Mai

»Vielleicht hat er ja damit seinen ersten Fehler begangen«, bemerkte Lukas Rosenzweig.

Anschließend beäugte er skeptisch Lisas Absatzhöhe, während sie den Wagen in Richtung Rudolfplatz lenkte, wo Miriam Erhard in einer Werbeagentur arbeitete. Ihm graute vor dem Gespräch mit seiner ärgsten Feindin, und so versuchte er, sich mit ein wenig Geschwätz über den Fall abzulenken.

»Womit?« Lisa warf einen kurzen Blick auf ihren Kollegen, bevor sie sich wieder auf den dichten Stadtverkehr konzentrierte.

»Na ja, ich bin inzwischen sicher, dass du recht hast und der Betrunkene unser Täter ist. Als er begonnen hat, mit französischem Akzent zu reden, anstatt weiterhin zu lallen, hat er vielleicht einfach nur vergessen, dass er ja eigentlich einen Betrunkenen mimen wollte. Möglicherweise hat er sich zu sehr auf die französische Aussprache konzentrieren müssen.«

Lisa lachte kurz auf, aber es klang nicht fröhlich, sondern eher verbittert. »Oh nein, der wusste genau, was er tat. Der Mann spielt mit uns, und er weiß genau, dass er uns immer ein paar Schritte voraus ist. Ich möchte wetten, er hat das absichtlich gemacht, damit wir auf jeden Fall herausfinden, dass er selbst diese ganze Show nur inszeniert hat, um die Leiche vor Publikum zu finden. Der verspottet uns nach Strich und Faden.«

Jetzt musste Lukas grinsen. »Sag mal, benutzt du eigentlich nie richtige Schimpfwörter?«

Lisa sah ihn verwirrt an. »Wie meinst du das?«

»Na ja, jeder normale Mensch würde sagen: Der Typ verarscht uns nach Strich und Faden. Kein anderer käme heute noch auf die Idee, das Wort ›verspotten‹ zu benutzen.«

Lisa setzte ihren unschuldigsten Grace-Kelly-Blick auf. »Warum sollte ich so etwas sagen? Solange du genau verstehst, was ich meine …«

Innerhalb von Sekunden wurde Lisa klar, was es mit Lukas' traurigem Blick auf sich hatte.

Miriam Erhardt war eindeutig die zweite Frau auf dem Foto in Alexandras Wohnzimmer, und Lisa konnte sich nun die Beziehungsgeschichte in ihren Grundzügen zusammenreimen. Lukas tat ihr leid, und ihr wurde bewusst, wie hart diese Vernehmungen für ihn sein mussten. Daher übernahm sie es nun, die Befragung durchzuführen.

Hierbei hatte sie das Gefühl, ein wenig unhöflich zu sein, obwohl Frau ihr persönlich ja nichts getan hatte. Miriams Täterbeschreibung entsprach der von Alex, war jedoch weit weniger detailliert. Auch ihre Darstellung des Zwischenfalls am Nachbartisch unterschied sich kaum von der, die sie kurz zuvor gehört hatten. Nichts Neues also, dachte Lisa, als sie und ihr Kollege die Werbeagentur verließen.

Vom Rudolfplatz aus brauchten sie trotz des starken Verkehrs kaum zwanzig Minuten, um zur Rechtsmedizin zu fahren. Unterwegs sprachen beide kein Wort; jeder hing seinen Gedanken nach.

Lisa fragte sich, ob Lukas bemerkt hatte, dass ihr inzwischen klar war, was für eine Bedeutung Alexandra und Miriam in seinem Leben spielten … Sie wusste genau, dass Lukas wegen der beiden unglücklich war und jedes Mal aufs Neue litt, wenn er eine von ihnen oder beide traf. Dummerweise waren die zwei als Zeuginnen in einen Mordfall verwickelt, den sie nun zu lösen versuchten.

Über die dritte schöne Tote hatte Daniel van der Mühlen nichts anderes als über die ersten beiden Opfer zu berichten. Das gleiche Gift, das gleiche Betäubungsmittel, die gleiche thanatopraktische Behandlung. »Der einzige Unterschied ist der, dass er besser wird«, stellte er zum Schluss fest.

Lukas und seine Kollegin runzelten gleichzeitig die Stirn. »Besser?«

Der Rechtsmediziner nickte und sprach diesmal weiter, während er seine Brille putzte. »Bei unserem ersten Opfer, Marijke Veenstra, hatte ich ja Dr. Maurer hinzugezogen. Ihr erinnert euch vielleicht, dass er mir sagte, der Täter sei entweder besonders gründlich oder besonders unerfahren vorgegangen, da manche Organe mehrfach perforiert waren. Bei unserer Spanierin hier gibt es deutlich weniger Perforationen.«

»Scheiße!«, rief Lukas. Er war von dem Besuch bei Miriam sowieso schon angespannt genug, und diese Neuigkeit gefiel ihm überhaupt nicht. »Das passt nicht. Der Typ ist ein Perfektionist. Alles andere ist in allen drei Fällen hundertprozentig gleich, wenn man das den Frauen angepasste Make-up noch dazunimmt, sogar perfekter als perfekt. Das ist keiner, der dazulernt, sondern von Anfang an makellos arbeitet.«

Daniel hob hilflos die Hände. »Keine Ahnung, ich kann euch nur sagen, was ich hier sehe. Make-up ist übrigens ein gutes Stichwort. Das Labor hat inzwischen herausgefunden, wo die einzelnen Produkte vertrieben werden. Einige sind fast weltweit erhältlich, Puder und Make-up der drei Frauen allerdings ausschließlich in den USA.«

Lisa zog fragend die Brauen in die Höhe. »Und wieso ausgerechnet diese Artikel nur in Amerika?«

»Wir haben uns direkt bei Chanel erkundigt. In der ganzen Welt werden Produkte mit nahezu gleicher Zusammensetzung verkauft. Jedes Land hat allerdings eigene dermatologische Bestimmungen, welche Rohstoffe eingesetzt werden dürfen und welche nicht. Daher können manche Artikel nicht global vertrieben werden, sondern differieren leicht von Land zu Land. Wir können nicht genau sagen, wo die andern Produkte gekauft worden sind, aber wir wissen, dass alle in den USA erhältlich sind – und Puder und Make-up ausschließlich dort.«

Nach der Rückkehr ins Präsidium beobachtete Lisa, wie ihr Partner schweigend in seinem Schreibtisch herumkramte und dann mit einem großen Papierbündel in Richtung Konferenzraum vier davoneilte.

Als sie ihm in den Konferenzraum folgte, sah sie ihn vor einer freien Stelle an der Pinnwand stehen und dort etwas aufhängen. Sie trat näher und stellte fest, dass es sich um eine Weltkarte handelte. »Gute Idee!«

Lukas nickte nur und holte sich anschließend eine Packung bunter Nadeln, von denen er mehrere in die Karte steckte. »Okay, eine rote Nadel für Köln – den Fundort der Leichen. Grüne für Rotterdam, Paris und Barcelona – dort sind die Mädchen verschwunden. Blaue für die USA, Australien und Thailand – in allen drei Fällen führen Spuren dorthin.« Er trat einen Schritt zurück und betrachtete sein Werk. »Hast du während deiner Zeit in Hamburg schon einmal in einem Fall mit so vielen internationalen Bezügen ermittelt?«

Lisa schüttelte den Kopf und starrte ebenfalls auf die mit Nadeln gespickte Karte. »Nein. Bei den Fällen in Hamburg hatten wir es meistens nur mit den jeweiligen Heimathäfen der Schiffe zu tun – oder auch mal mit einem Land, in dem es einen Zwischenstopp gegeben hatte. Ab und an konnte es vorkommen, dass ein paar Staaten involviert waren, aber in der internationalen Schifffahrt ist das nicht wirklich etwas Ungewöhnliches.«

Lukas rieb sich nachdenklich das Kinn, griff erneut nach der Schachtel mit den bunten Nadeln und tauschte die blaue in den

USA gegen eine gelbe aus. Lisa sah ihn fragend an, sagte aber nichts.

»Laut Daniel muss ein Teil der Kosmetikprodukte in den Vereinigten Staaten gekauft worden sein, vielleicht sogar alle«, führte Lukas aus. »Das heißt, unser Täter war da oder hat einen Kontakt dort. Das ist sicher. Blauringoktopoden bekommt man selbst hier in Deutschland, er muss also nicht zwingend in Australien gewesen sein. Was die Decken betrifft, wissen wir nur, woher die einzelnen Teile stammen, nicht aber, wo sie genäht und verkauft wurden. Unserem Täter würde ich sogar zutrauen, dass er die Bestandteile eigenhändig in den verschiedenen Ländern erworben und sie dann selbst zusammengenäht hat. Genauso könnte er sie aber auch irgendwo gekauft oder vielleicht sogar ihre Anfertigung in Auftrag gegeben haben. Die KTU hat bestätigt, dass alle drei Decken handgenäht sind und die Stiche sich sehr stark ähneln. Die Experten dort sind sich zu neunundneunzig Prozent sicher, dass die Decken von ein und derselben Person gefertigt wurden.«

Lisas Blick, der auf Thailand gerichtet war, schwenkte wieder zurück nach Europa. »Schön und gut, mich würde allerdings vielmehr interessieren, wie er die Mädchen über die Grenzen bringt. Auch wenn diese in Europa offen sind, kann er doch nicht einfach so mit einer Leiche im Kofferraum durch die Gegend fahren. Und sein Wagen der Stadt Köln dürfte außerhalb der Grenzen unserer Kommune eher auffallen als zur Tarnung dienen.«

»Vielleicht sind sie ja noch gar nicht tot, wenn er sie über die Grenze bringt«, gab Lukas zu bedenken. »Er anästhesiert sie, bevor er sie tötet. Vielleicht benutzt er einen Krankenwagen.«

»Oder einen Leichenwagen. Wenn er ein Auto so umbauen kann, dass es wie ein Fahrzeug der Stadt Köln aussieht, wird es ihm auch gelingen, einen Leichen- oder Krankenwagen nachzumachen.«

»Durchaus möglich«, stimmte Lukas ihr zu, doch seiner Stimme waren deutliche Zweifel anzuhören. »Der Krankenwagen könnte natürlich auch dazu dienen, die Mädchen zu entführen. Vor einem Rettungssanitäter, der beispielsweise mitten in der Nacht nach dem Weg fragt, hat keiner Angst, und die Mädchen sind vermutlich völlig arglos näher getreten. Aber warum macht er das? Warum lässt er die Mädchen nicht in ihrem jeweiligen Heimatland, nachdem er sie getötet hat? Er geht ein wahnsinnig großes Risiko ein, und ich verstehe einfach nicht, warum.«

Lisa seufzte tief, und ihr Gesichtsausdruck verriet leichte Resignation. »Ich weiß es auch nicht. Schon die ganze Zeit versuche ich mich zu erinnern, ob es jemals einen Serienmörder gab, der in verschiedenen Ländern gemordet hat. Doch mir will einfach keiner einfallen. Weißt du vielleicht einen?«

»Johan Jack Unterweger«, antwortete eine Stimme hinter ihnen.

Sie fuhren herum. Mit einer Mappe in der Hand schritt Neuberg auf sie zu.

Lukas war augenblicklich genervt, als er sah, wie der Psychologe eine belehrende Pose einnahm und zu einem besserwisserischen Vortrag ansetzte.

»Unterweger hat mindestens zehn Morde an Prostituierten in Österreich, Tschechien und den USA verübt«, erklärte Neuberg. »Er war auch als der ›Knastpoet‹ bekannt, da er im Gefängnis zu schreiben begann. Aufgrund seiner literarischen Fähigkeiten wurde er vorzeitig entlassen und mordete dann fröhlich weiter. Aber es hat noch andere gegeben. Wie etwa Pedro Alonzo Lopez. Das ›Monster aus den Anden‹ hat vermutlich über dreihundert kleine Mädchen in Peru, Ecuador und Kolumbien auf dem Gewissen. Oder Earl Leonard Nelson, der seine Taten in den USA und Kanada beging. Er hat zweiundzwanzig Frauen getötet und wurde unter dem Spitznamen *Gorilla Murderer* und *Dark Strangler* bekannt.« Der Psychologe grinste sie fast schon ein wenig süffisant an. »Schön, dass Sie so pünktlich zu dem Meeting erschienen sind.«

»Was für ein Meeting?«, verlangte Lukas zu wissen. Er konnte nichts daran ändern, dass sein Tonfall leicht aggressiv klang. Der Kerl war einfach ein rotes Tuch für ihn.

»Ach, hat man Sie nicht informiert, dass wir uns jetzt hier zusammensetzen wollen, damit ich Ihnen ein erstes Täterprofil präsentieren kann?«

Lisa setzte ihr strahlendstes Grace-Kelly-Lächeln auf, um die fast greifbare Spannung im Raum aufzulösen und um zugleich Neuberg den Wind aus den Segeln zu nehmen. »Doch, natürlich. Ich habe die Notiz eben auf meinem Schreibtisch gefunden. Bin nur noch nicht dazu gekommen, meinem Kollegen davon zu berichten.« Sie klimperte leicht mit den Wimpern. »Sie wissen doch, wir haben zurzeit rund um die Uhr zu tun.«

Neuberg brauchte darauf nichts mehr zu entgegnen, da nun die übrigen Mitglieder der Mordkommission Brunnenleiche – mit Ausnahme von Mankowski – sowie Josef Baumgartner den Raum betraten. Dem Gesichtsausdruck des Dezernatsleiters nach zu schließen, fühlte er sich genauso unbehaglich wie Lukas. Die beiden tauschten einen einvernehmlichen Blick, bevor sie sich setzten.

Nach der allgemeinen Begrüßung trat der Psychologe an das Kopfende des großen Tischs, entnahm seiner Mappe einige Papiere und ordnete sie auf dem Tisch an. Danach räusperte er sich vernehmlich und begann mit seinen Ausführungen.

»Wie viele Serienmorde haben Sie hier in Köln schon bearbeitet? Ich glaube nicht …«

Gleich nach dem ersten Satz hörte Lukas nicht mehr zu, sondern ließ den Blick durch den Raum schweifen. Lisa schaute interessiert zu Neuberg und lächelte. Das Lächeln war allerdings auf ihren Lippen festgefroren und erreichte ihre Augen nicht; augenscheinlich wurde auch ihre Geduld auf eine harte Probe gestellt. Baumgartner sah aus, als hätte er Zahnschmerzen wegen des Fauxpas, den der Profiler mit seinen einleitenden Worten begangen hatte. Ungeschickter ging es nun wirklich nicht. Kein Polizist wollte in diesem Stadium der Ermittlung und in einer solchen Situation - wo man unter dem Druck des Kölschen Klüngels stand - gerne hören, was er noch nicht getan hatte, sondern Hinweise und Hilfestellungen zur Ergreifung des Täters bekommen. Wollte dieser Mann nur provozieren? Ging so etwa ein promovierter Psychologe vor, der über große Erfahrungen im Polizeidienst verfügte?

Lukas' Augen wanderten weiter. Brigitte Kleiber starrte völlig gedankenverloren auf einen Punkt an der Wand hinter Neuberg, während ihr Partner angestrengt sein Missfallen über diesen Vortrag zu verbergen versuchte. Carsten Reimann und Sebastian Peters warfen sich einen kurzen Blick zu, der Bände sprach, und wandten sich dann unterschiedlichen Beschäftigungen zu. Peters malte mit leicht verkrampfter Hand Kästchen auf das vor ihm liegende Papier, während Reimann erst die Augen verdrehte und dann langsam die Mundwinkel nach unten zog, um dem Redner eindeutig zu zeigen, was er von den Ausführungen hielt.

Lukas entspannte sich ein wenig; er war froh, nicht der Einzige zu sein, der mit diesem Doktor so seine Probleme hatte. Plötzlich hörte er, wie die Tür leise geöffnet wurde, und drehte den Kopf. Mankowski schlich in den Raum hinein und nickte ihm kurz zu. Es schien Neuigkeiten zu geben. Lukas blickte wieder zum Redner, und er fragte sich erneut, wie alt dieser Mann wohl war. Er hatte selten jemanden gesehen, bei dem diese Einschätzung so schwierig war. Neuberg konnte Ende dreißig sein, vielleicht war er aber auch an die sechzig.

»... daher kann ich Ihnen vorerst nur Folgendes sagen: Es

handelt sich um einen Mann weißer Hautfarbe zwischen fünfundzwanzig und fünfundvierzig«, resümierte nun der Psychologe. »Er ist intelligent, und ein Hochschulabschluss kann nicht ausgeschlossen werden –«

»Moment, Moment!«, rief plötzlich Reimann und straffte seinen Oberkörper. »Warum sind Sie so sicher, dass es sich um einen männlichen Täter handelt? Die perfekte Abstimmung des Make-ups auf die verschiedenen Haut- und Haartypen deutet doch eher auf eine Frau hin.«

Aha, dachte Lukas, *Carsten hat seiner privaten Liste möglicher Täterberufe auch noch geschlechtsspezifische Merkmale hinzugefügt.* Der Psychologe sah Reimann mit einem väterlich wohlwollenden Blick an. Wahrscheinlich war Neuberg froh, dass wenigstens einer zugehört und aufgepasst hatte.

»Ich stimme Ihnen zu, dass man für die Art und Weise, wie die Mädchen getötet wurden, nicht viel Kraft braucht«, antwortete der Profiler. »Und auch darin, dass Giftmorde natürlich gerne Frauen nachgesagt werden. Doch wegen der Nachbehandlung der Leichen und des sorgfältigen Ablegens an bestimmten Orten kann ich fast hundertprozentig ausschließen, dass wir es mit einer Mörderin zu tun haben. Auch wenn die Wege nicht weit waren und er die Toten in einem Fahrzeug transportiert hat – es gehört ein ungeheurer Kraftaufwand dazu, eine thanatopraktisch behandelte Leiche hochzuheben und irgendwo hinzulegen. Aufgrund fehlender Hautabschürfungen oder ähnlicher Verletzungen wissen wir, dass die Frauen nicht von einer Trage zu Boden oder auf den Brunnenrand gerutscht sind; vielmehr wurden sie auf Armen getragen und behutsam niedergelegt.« Er machte eine kurze Pause. »Die Opfer waren zwar alle sehr schlank, aber sie haben nach ihrem Tod definitiv mehr Gewicht auf die Waage gebracht als vorher. Vergessen Sie nicht, dass man bei einer Einbalsamierung nicht nur das Blut durch Formaldehyd ersetzt, sondern der gesamte Körper damit aufgefüllt wird. Das macht einige Kilo aus. Außerdem haben ihre Zeugen doch eindeutig ausgesagt, dass der Verdächtige, der sich als Mitarbeiter der Stadt Köln getarnt und den Betrunkenen gespielt hat, ein Mann gewesen ist.« Ein *Was soll die blöde Frage?* ließ er unausgesprochen, doch es schwang in seinen letzten Worten mit.

»Warum halten Sie es für möglich, dass unser Täter erst fünfundzwanzig – also noch ziemlich jung – sein könnte?«, erkundigte sich Lisa.

Lukas fühlte sich genervt. Anscheinend interessierte auch sie sich jetzt für Neubergs Geschwätz. Er hingegen hoffte nur, dass keine weiteren Fragen gestellt würden und das Meeting so schnell wie möglich zu Ende ginge.

»Ich meine, die Taten zeugen von absoluter Perfektion und nicht gerade von Leidenschaft«, fuhr Lisa fort, als der Psychologe nicht sofort antwortete. »Wäre da nicht eher ein älterer Täter zu vermuten?«

Ein leichter Tadel schlich sich in Neubergs Stimme, als er antwortete: »Nein, nicht in diesem Fall.« Er lächelte gewinnend in die Runde. »Hätten Sie sich meine Ausführungen bis zum Ende angehört und mich nicht unterbrochen, wären einige Ihrer Fragen automatisch beantwortet worden … Aber nun gut.«

O Mann, was für ein Arschloch! Lukas musste sich schwer am Riemen reißen, um nicht einfach aufzustehen und zu gehen.

»Ich bin davon überzeugt, dass wir es hier nicht mit einem Serienmörder im klassischen Sinne zu tun haben«, erklärte der Profiler. »Damit meine ich, dass dieser Täter während seiner Kindheit weder missbraucht noch misshandelt noch in anderer Weise gequält wurde. Dafür spricht, dass er im Vergleich zu den allermeisten Serienmördern eher ›sanft‹ tötet – allerdings auch absolut präzise. Ich denke, er stammt aus einer intakten Familie, in der er jedoch von frühester Kindheit an mehr Disziplin als Liebe erfahren hat.«

Lisa war sauer auf ihren Partner. Sie mochte Neuberg auch nicht besonders, aber sie fand sein erstes Profil deutlich besser und fundierter als erwartet.

Im Gegensatz zu Lukas. Sie hatte mit ihm über den Vortrag des Profilers reden wollen, doch daraufhin nur die spöttische Entgegnung erhalten: »Hat er dich mit den drei Namen von international mordenden Serientätern so beeindruckt, dass du jetzt zu seinen Anhängern gehörst?«

Diese Worte hatten sie zur Weißglut getrieben. »Hör zu, Lukas! Wir treten in dem Fall auf der Stelle. Wir sollten im Moment nach jedem Strohhalm greifen, den wir kriegen können. Und Neuberg zuzuhören tut nicht weh. Ich bin ihm gegenüber auch kritisch eingestellt, aber du bist regelrecht ignorant!«

Vielleicht waren ihre Worte zu hart gewesen. Lukas hatte sie anschließend gekränkt angesehen, seinen Rucksack geschnappt und wortlos das Büro verlassen.

Jetzt fuhr sie schon zum dritten Mal um ihren Block und hatte immer noch keinen Parkplatz gefunden, was ihre Laune nicht unbedingt verbesserte. Sie war kurz zuvor noch rasch im Supermarkt gewesen und hatte alles Notwendige für den heutigen Abend eingekauft, den sie mit Daniel in ruhiger und angenehmer Atmosphäre verbringen wollte. Da, endlich eine Parklücke! Sie stellte den Wagen ab, schnappte sich die beiden Plastiktüten und rannte, so schnell es ihre High Heels zuließen, auf ihre Wohnung zu. Daniel lehnte schon an der Wand neben der Haustür und lächelte sie an, als er sie erblickte.

Sie ließ die Tüten fallen und flüchtete sich in seine Arme. »Ich wollte duschen, mich hübsch machen, den Tisch wunderschön decken und schon alles vorbereiten … Und jetzt …«

Er drückte sie liebevoll an sich. »Jetzt machen wir das alles gemeinsam.«

Die Dusche hatte sie sich erst einmal gespart und sich einfach nur umgezogen. Jetzt trug sie ein locker fallendes, langes Sommerkleid aus dem Vorjahr – ohne Rosenaufdruck – und würfelte Zwiebeln, derweil Daniel den Knoblauch schälte. Sie war keine besonders gute Köchin, aber es gab ein paar einfache Gerichte, die sie ziemlich gut hinbekam. Heute hatte sie sich für simple Spaghetti bolognese entschieden.

Als sie gerade die Zwiebeln mit ein wenig Öl in eine Pfanne gab, klingelte es. Sie sah Daniel erstaunt an, zuckte die Achseln, ging zur Tür und öffnete sie. Vor ihr stand Jochen Bäumler.

»Hi, Lisa. Du … tut mir echt leid, wenn ich störe.«

»Kein Problem, was gibt's denn?«

Ihr Nachbar, der ein ziemlich großes Paket in seinen Händen hielt, trat verlegen von einem Fuß auf den anderen. »Der Postbote hat bei mir geschellt, nachdem er festgestellt hatte, dass du nicht zu Hause warst, und gefragt, ob ich das Paket annehmen könnte. Ich hab einfach ja gesagt.« Er sah sie mit seinem schüchternen Lächeln an. »Ich hoffe, das war okay.«

Lisa lächelte zurück. »Klar, das war echt nett von dir.«

Sie nahm ihm das Paket ab, drückte kurz seine Hand und schloss die Tür. Auf dem Weg zurück in die Küche warf sie einen Blick auf den Absender: *Anna-Maria Voigt*. Sie wunderte sich ein wenig, da ihre Mutter normalerweise keine Pakete schickte, und legte den Karton auf den Couchtisch im Wohnzimmer.

Daniel hatte inzwischen die Zwiebeln und das Hackfleisch angebraten und passierte Tomaten dazugegeben. »Ab jetzt weiß ich nicht weiter; du musst wieder das Ruder übernehmen.«

Lisa lachte und griff fröhlich nach dem Oregano. Inzwischen war sie froh darüber, dass nun alles ganz anders als geplant ablief. Es machte viel mehr Spaß, gemeinsam mit Daniel zu kochen, als sich in hektischen Vorbereitungen zu ergehen, damit auch ja alles perfekt wurde. »Wenn du Lust hast, kannst du schon mal den Tisch decken und den Wein aufmachen.«

Sogleich kam er ihrem Wunsch nach, und während Lisa das Nudelwasser aufsetzte, wunderte sie sich, wie unkompliziert die ganze Situation war. Zwanzig Minuten später setzten sie sich an den Tisch, und Lisa fühlte sich wunderbar entspannt.

Plötzlich musste sie ein albernes Lachen unterdrücken: Daniel hatte die Servietten so gefaltet, dass sie wie kleine Vögel aussahen. »Ich habe noch nie einen *Psychopathen* gesehen, der Origami kann.«

»Also, da sind Möwen als Motiv drauf.« Er zog in gespielter Empörung die Augenbrauen in die Höhe. »Ich fand das daher sehr passend.«

Sie prusteten gleichzeitig los. Nachdem sie sich wieder beruhigt hatten, blickte Lisa ihren Freund lange an. »Daniel, kannst du mir einen Gefallen tun?«

Er musterte sie aufmerksam, sagte aber kein Wort.

»Ich fühle mich richtig gut, hier und jetzt und mit dir zusammen. Versprich mir, dass wir heute Abend kein einziges Wort über den Fall verlieren, okay?«

Ein breites Grinsen überzog sein Gesicht. »Das verspreche ich dir sofort. Zumal mir tausend andere Dinge einfallen, über die wir sprechen können. Da wäre zum Beispiel die Frage, wo du diese unsäglichen Servietten überhaupt herhast.«

Nachdem sie auch den Abwasch gemeinsam erledigt hatten, trug Daniel ihre Gläser und die angebrochene Weinflasche ins Wohnzimmer. Lisa folgte ihm. Rasch nahm sie das Paket vom Tisch, legte es auf einen Sessel und flitzte noch einmal in die Küche.

Mit einem Messer bewaffnet, kehrte sie zurück und lächelte spitzbübisch vor sich hin. »Meine Mutter schickt mir sonst nie Geschenke. Aber wir haben vor ein paar Tagen länger telefoniert und ein gutes Gespräch geführt. Ich wette, da ist eine Überraschung drin.«

»Vielleicht noch mehr Möwen-Servietten aus Hamburg?« Daniel versuchte zwar, ernst zu bleiben, doch es gelang ihm nicht besonders gut.

»Na und! Selbst wenn … Lass mir doch den Spaß.« Sie durchtrennte das Paketklebeband und klappte mit einem erwartungsfrohen Blick den Deckel auf.

Im nächsten Moment erstarrte sie, und ihre Gesichtszüge entgleisten. Nach einem kurzen Augenblick des Begreifens drückte sie sich die Hand auf den Mund und eilte ins Badezimmer, wo sie sich erbrach.

Daniel fühlte sich hilflos und verwirrt. Von einer Sekunde auf die andere war die wunderbare Stimmung ins Gegenteil umgeschlagen, und er wusste nicht, ob er Lisa folgen oder erst einmal einen Blick in das Paket werfen sollte.

Lukas brauchte keine zwanzig Minuten, um zu Lisas Wohnung zu fahren. Als er ihre Wohnung betrat, waren die Differenzen vom frühen Abend vergessen.

Er hatte sie noch nie so blass und so verletzlich gesehen, und ohne ihre High Heels wirkte sie noch kleiner als sonst. Sie sah aus wie eine Fünfjährige, der ein paar Rangen gerade die Puppe geklaut hatten. Er zückte einen Stift aus seiner Lederjacke und klappte den Paketdeckel vorsichtig nach hinten. Die nachtblaue Seidendecke darin starrte ihn geradezu vorwurfsvoll an.

»Hast du einen großen, ungebrauchten Müllbeutel? Damit wir das Ding eintüten können?« Er wusste, er hätte mit ihr reden und sie beruhigen sollen. Doch ihm fielen einfach nicht die passenden Worte ein, um sie zu trösten. Er funktionierte nur und tat das Nächstliegende, was von einem Kriminalbeamten der Mordkommission in einer solchen Situation erwartet wurde.

Lisa wand sich wie in Zeitlupe aus Daniels Arm und schlich in die Küche. Wie in Trance kehrte sie kurz darauf mit einem blauen Müllbeutel zurück. Sie schien gar nicht zu bemerken, dass Lukas ihr den Beutel aus der Hand nahm und auf das Paket legte.

»Er kennt die Adresse meiner Eltern.« Ihre Stimme war ein raues Flüstern. Sie begann zu schwanken und ließ sich in einen der Sessel fallen.

Lukas kniete sich vor sie hin und legte ihr die Hände auf die Schultern. »Lisa, er wird deinen Eltern nichts tun. Sie entsprechen in keiner Weise dem Schema seiner Opfer. Er will einfach nur mit uns spielen und zeigen, dass er uns immer ein paar Schritte voraus ist.«

»Würdest du das auch sagen, wenn es um deine Eltern ginge?«

Über seine Eltern wollte Lukas im Augenblick auf gar keinen Fall sprechen. »Ich weiß es nicht. Ich werde auf jeden Fall gleich mit den Kollegen in Hamburg sprechen und dafür sorgen, dass die einen Streifenwagen vor dem Haus deiner Eltern postieren.«

»Spinnst du!« Sie schüttelte seine Hände ab. »Mein Vater ist Anwalt, der ist nicht blöd. Ich muss mit meinen Eltern reden, bevor du so eine Aktion durchziehst.« Während sie weitersprach, überschlug sich ihre Stimme und endete in einem Schluchzen. »Wie soll ich denen nur erklären, dass mein Beruf sie in Gefahr bringt?«

Daniel trat zu ihr und umfasste sie sanft von hinten. »Zeter und Mordio bringen uns hier nicht weiter.« Er hauchte ihr einen zärtlichen Kuss auf den Scheitel und sah seinen Freund Lukas dabei beschwörend an. »Ich kann verstehen, dass du deine Mutter nicht beunruhigen willst, aber du hast gerade selber gesagt, dass dein Vater ein erfahrener Anwalt ist. Sprich mit ihm und erklär ihm die Situation. Er wird verstehen, dass es nicht deine Schuld ist und dass du nur versuchen willst, sie zu schützen. Er oder ihr beide gemeinsam könnt dann entscheiden, ob ihr deine Mutter einweihen wollt oder ob ihr es für besser haltet, wenn sie sich über einen Streifenwagen vor dem Haus einfach nur wundert.«

Lukas war ehrlich verblüfft, als er bemerkte, wie sehr diese Worte Lisa beruhigten. Sie schniefte noch einmal und wischte sich kurz über die Augen.

»Das ist keine schlechte Idee«, meinte sie. »Aber wenn meine Mutter ans Telefon geht, wird sie sofort wissen, dass etwas nicht stimmt. Sie kennt mich zu gut.«

Daniel lächelte schwach. »Okay, dein Vater ist Anwalt. Da wird er bestimmt hin und wieder Anrufe von Mandanten spät am Abend erhalten.«

Lukas verstand sofort, was sein Freund meinte. »Gut, ich rufe an. Und sobald ich deinen Vater an der Strippe habe, kannst du mit ihm reden.«

39

Los Angeles, 12. August

Er hatte es geschafft!

Nach diesem unsäglichen Start in die Thanatopraxie-Fortbildung war es ihm irgendwie doch gelungen durchzuhalten. Nach dem peinlichen Beginn hatte er eine Weile zu Hilfsmitteln wie Eukalyptus- und Pfefferminzöl gegriffen. Das fühlte sich zwar in und unter seiner Nase fast unerträglich kalt an, aber es hatte geholfen. Nach einer weiteren Woche war er imstande gewesen, darauf zu verzichten und den Tod mit Haut und Haaren aufzusaugen.

Der Kurs selbst war dann völlig anders verlaufen, als er ihn sich vorgestellt hatte. Er hatte erwartet, dass dort mit der Präzision eines Neurochirurgen gearbeitet würde, und sich nicht im Entferntesten dieses Gemetzel vorstellen können, das dann tatsächlich stattfand. Bestatter waren ein ihm fremder Menschenschlag; sie liefen normalerweise in dunklen, maßgeschneiderten Anzügen herum und zeigten dabei ein ernstes, pietätvolles Lächeln. Er hatte niemals einen Gedanken daran verschwendet, was sie hinter den verschlossenen Türen in Wirklichkeit taten.

An manchen Tagen durften sie einer thanatopraktischen Behandlung zusehen, an anderen gab es nur Erklärungen und Anweisungen, und bisweilen wurden sie einfach auf die zur Verfügung stehenden Leichen losgelassen. Am Anfang fand er das ziemlich gruselig, später stellte es für ihn eine Motivation dar, besser als die übrigen Kursteilnehmer zu sein. Natürlich war auch seine Intention eine völlig andere als die seiner Mitstreiter. Bei einer Leiche, die normal bestattet werden sollte, war es egal, wie ihr Rumpf nach der Einbalsamierung aussah, da der Oberkörper bei einer Aufbahrung bekleidet sein würde. Bei den Leichen in seiner

Vorstellung sah das anders aus. Daher war er froh gewesen, als er häufiger allein und unbeobachtet hatte arbeiten können, um gerade diesen Teil der Thanatopraxie zu perfektionieren.

Wie auch immer ... Er hatte am heutigen Abend sein Zertifikat erhalten und saß nun wieder einmal mit einer größeren Gruppe von Leuten unterschiedlicher Nationalitäten in einem Toprestaurant in Los Angeles, wo sie alle den bestandenen Kurs feierten. Auf dem Menü stand zwar an diesem Tag kein Fisch, aber er fühlte sich dennoch an den längst vergangenen Abend in London erinnert, als er das Geschwafel über Serienmörder, Forensik und Psychologie einfach nur langweilig gefunden hatte. Heute fragte er sich, ob sein Unterbewusstsein schon an jenem Abend auf die Thematik reagiert hatte.

Egal, die Stadt der Engel hatte ihm eindeutig Glück gebracht. Und nun wurde es Zeit für die Engel in seiner Fantasie.

40

Köln, 28. Mai

»Jupp, ich muss dringend mit dir reden.«

Das war die Kernbotschaft des Telefonats, das Lukas um halb sieben am Morgen mit Josef Baumgartner geführt hatte. Eine Dreiviertelstunde später saßen sie im Büro des Dezernatsleiters, und Lukas fragte sich, wie ihm hatte entgehen können, dass Baumgartners sonst so freundliche Augen immer müder wirkten und inzwischen von dunklen Schatten umgeben waren.

Lukas war als kleines Kind zur Adoption freigegeben worden und in einem Heim aufgewachsen. Trotz größter Bemühungen hatte er nie herausgefunden, wer seine wirklichen Eltern waren. Nun arbeitete er seit fünfzehn Jahren im Kölner Morddezernat, und Baumgartner war während der gesamten Zeit sein direkter Vorgesetzter gewesen – und noch vieles mehr: sein Freund und vielleicht auch so etwas wie ein Vaterersatz, obwohl er selbst dies niemals zugegeben hätte.

»Ich weiß, dass ich sie am Anfang nicht gerade nett behandelt habe«, vertraute Lukas ihm nun an. »Aber wir haben uns zusammengerauft – was mehr ihr als mein Verdienst war –, und inzwischen schätze ich sie sehr als fähige Kollegin und noch mehr als zuverlässige Partnerin.« Er grübelte einen Moment vor sich hin, bevor er hinzufügte: »Wir sind so unterschiedlich, wie ein Polizistenteam nur sein kann, aber genau deshalb ergänzen wir uns perfekt und haben in Köln die höchste Aufklärungsrate.« Erst als er den letzten Satz aussprach, wurde ihm klar, dass er auch wirklich meinte, was er da sagte.

Baumgartner lächelte nachdenklich und etwas traurig vor

sich hin. »Warum kannst du nicht mal zugeben, dass du sie vielleicht einfach auch ein kleines bisschen magst?«

»Jupp, da missverstehst du mich kolossal. Ich mag sie sogar sehr und gebe das gerne zu. Ich mache mir einfach Sorgen um sie. Ich will nicht, dass sie an diesem Fall zerbricht.«

»Glaubst du, dass das passieren könnte?«, fragte Baumgartner in einem sehr ruhigen und sachlichen Ton.

Lukas zuckte ratlos mit den Achseln. »Ich weiß es nicht. Sie ist klein und zierlich, weshalb viele sie für schwach halten. Bei unseren Ermittlungen erweist sich das oft als Vorteil, denn in Wirklichkeit ist sie sehr stark und vor allem extrem zäh.« Er zögerte einen Moment. »Wäre das Paket anonym an sie gegangen, hätte sie überhaupt kein Problem damit. Sie hätte dem Täter den Kampf angesagt und mit einem grimmigen Lächeln einfach weitergemacht. Was sie umgehauen hat, ist die Tatsache, dass nun ihre Eltern involviert sind – dass ihnen womöglich Gefahr droht. Und genau deshalb ist sie für unseren Täter so angreifbar geworden. Bei der Arbeit war sie stets cool und gelassen, aber da sie jetzt weiß, dass er die Adresse ihrer Eltern kennt …« Er raufte sich mit einer hilflosen Geste die inzwischen deutlich zu langen Haare.

»Bist du letzte Nacht bei ihr geblieben …?«

Zum ersten Mal an diesem Morgen zeigte sich die Andeutung eines Lächelns auf Lukas' Gesicht. Interessant an dieser Frage war nicht, dass Baumgartner sie gestellt hatte, sondern das, was er nicht ausgesprochen hatte. Lukas schüttelte den Kopf und dachte: *Nein, keine Sorge, die Frau, die ich noch immer liebe, hat in den Armen ihrer maskulinen Freundin geschlafen.* Laut sagte er: »Nein, ich habe den Karton mit der Decke noch in der Nacht in die KTU gebracht und bin dann nach Hause gefahren.«

Der Dezernatsleiter sah verblüfft auf. »Du hast sie in dieser Situation allein gelassen?«

Lukas zögerte einen Moment und seufzte dann tief. »Also

gut. Irgendwann wirst du es ja doch erfahren. Als ich bei Lisa ankam, war Daniel van der Mühlen dort. Mittlerweile stehen sich die beiden sehr nah. Ich denke, man könnte sagen, sie sind ein Paar.«

Nun lächelte auch Baumgartner. »Verstehe, ich habe nichts gehört und weiß von nichts.«

Lukas sah ihn dankbar an. Wenn zwei Polizisten aus derselben Abteilung etwas miteinander anfingen, führte das in der Regel zur Versetzung eines der Beteiligten. Gab es eine Beziehung zwischen einem Polizisten und einem Staatsanwalt, Spurensicherer, Kriminaltechnologen oder eben einem Rechtsmediziner, hatte das zwar keine direkten Konsequenzen, aber es wurde ebenfalls nicht gerne gesehen. »Nachdem sie mit ihrem Vater telefoniert hatte, habe ich dafür gesorgt, dass ein ziviler Streifenwagen vor dem Haus ihrer Eltern und ein weiterer vor ihrer eigenen Tür postiert worden ist. Daniel ist bei ihr geblieben.« Er starrte gedankenverloren auf die triste Bürowand. »Weißt du, was mir wirklich Angst macht? Sie sorgt sich in keiner Weise um sich selbst, sondern ausschließlich um ihre Eltern.«

Lisa traf kurz nach Lukas in ihrem gemeinsamen Büro ein. Die dunklen Ringe unter den Augen hatte sie gekonnt überschminkt, aber er sah ihr trotzdem an, dass sie in der letzten Nacht keine Auge zugetan hatte. Sie hatten keine Möglichkeit, auch nur ein Wort unter vier Augen zu wechseln, weil schon im nächsten Moment ein unpassend gut gelaunter Mankowski im Eingang auftauchte.

»Seid froh, dass ich nicht nachtragend bin«, sagte er statt einer Begrüßung. »Gestern habe ich gedacht, ihr würdet auf meine neuen Infos warten, und dann ist nach dem Meeting plötzlich keiner mehr da gewesen.« Sein breites Grinsen erstarb, als er die bedrückten Mienen seiner Kollegen bemerkte. Unsicher fuhr er fort: »Ähm, stimmt irgendwas nicht? Ist irgendwas passiert?«

»Nein, alles in Ordnung, nur der allgemeine Stress«, antwortete Lisa.

Ihre Stimme klang fester, als Lukas es erwartet hatte. Er streifte sie mit einem respektvollen Blick, bevor er sich dem Ex-BKA-Mann zuwandte. »Was hast du denn für uns?«

»Ein paar Neuigkeiten. Können wir in den Konferenzraum gehen? Ich hab alle meine Sachen dort.«

»Klar, kein Thema.« Lukas war schon an der Tür, als sein Telefon klingelte. Er hob entschuldigend die Hände. »Geht schon vor, ich komme sofort nach.«

»Luke, ich muss dringend mit dir reden.«

Der Satz kam ihm irgendwie bekannt vor. Hatte er selbst ihn nicht erst vor knapp zwei Stunden zu Baumgartner gesagt?

»Daniel? Bist du das?«

»Ja. Ist Lisa bei dir im Büro?«

»Nein, ich bin allein. Wir können reden.«

Der Rechtsmediziner seufzte vernehmlich. »Luke, ich glaube, wir beide wissen, dass wir bezüglich des Pakets mit der Decke nicht auf die KTU warten müssen. Das Ergebnis dürfte eindeutig sein. Die gleiche Decke, keine Spuren. Lisa sieht das auch so, ist aber nicht bereit, einzusehen, dass der Täter sie vielleicht auf dem Kieker haben könnte. Sie hat einfach nur Angst um ihre Eltern.«

Auch das kam Lukas bekannt vor. »Ich weiß, was du meinst, und ich habe, ehrlich gesagt, auch noch keine Idee, wie ich ihr das klarmachen soll.«

»Ich schon!«, rief er laut.

Lukas war erstaunt über die Entschlossenheit, die in Daniels Stimme lag. Er kannte seinen Freund als ruhigen, sensiblen Zeitgenossen, nicht als brüllenden Löwen. »Okay, was hast du vor?«

»Wir werden heute Abend wieder bei Lisa kochen. Ich

schwöre dir, dass ich jede Nacht bei ihr bleiben werde, bis ihr diesen Irren geschnappt habt.« Er hielt einen Augenblick inne, als müsste er seine Gedanken neu sortieren. »Ich möchte, dass du auch dabei bist und wir sie gemeinsam ein wenig bearbeiten, damit sie den Ernst der Lage begreift.« Er zögerte erneut. »Ich habe letzte Nacht nicht mit Lisa darüber gesprochen und weiß auch noch nicht so recht, wie ich das Thema anschneiden soll ... Sie ist zwar älter als die anderen Opfer, sieht aber jünger aus ... Außerdem ist sie schlank und hat extrem langes Haar ...«

Lukas nickte zustimmend. Als ihm aufging, dass sein Gesprächspartner ihn ja nicht sehen konnte, räusperte er sich kurz und erklärte: »Darüber habe ich auch schon nachgedacht. Die Frage ist nur: Spielt der Täter mit uns, will er uns verarschen und uns Angst machen, oder würde er sich wirklich eine Polizistin als Opfer suchen?«

»Da ist noch etwas ... Wir haben das alle am Anfang nicht besonders wichtig genommen ... Du erinnerst dich bestimmt noch daran, was mit Lisa passiert ist, als ihr beide nach der Obduktion der ersten Leiche bei mir wart ...?«

Das Parfum!, fuhr es Lukas durch den Kopf. Mein Gott, wie hatte er das nur vergessen können? Er musste ein paar Mal trocken schlucken, bevor er antworten konnte, doch dann explodierte er regelrecht. »Verdammte Scheiße, du hast recht! An den Leichen haftete Lisas Parfum. Wenn das kein Zufall war – und dieser Bastard scheint ja nichts dem Zufall zu überlassen –, dann muss er sehr dicht an Lisa herangekommen sein, um seinen Opfern ihren Duft zu verleihen!«

Lisa brachte Mankowski gerade auf den neuesten Stand der Dinge, als Lukas endlich zu ihnen stieß.

»Tut mir leid, hat ein wenig länger gedauert«, entschuldigte er sich.

Der Ex-BKA-Beamte zuckte kurz die Achseln. »Kein Problem, wir haben ja auf dich gewartet. Und ich hab auch noch nichts erzählt, damit ich nicht alles zweimal sagen muss.«

Lukas musterte Mankowski mit einem abwartenden Blick. »Dann schieß mal los.«

»Also, wir haben da wirklich etwas Interessantes gefunden. Manuelas Mutter, Emilia Sanchez, und ihre Schwester Francesca haben nach dem Tod des Vaters das Antiquitätengeschäft gemeinsam weitergeführt. Das hatte ich ja schon erwähnt. Neu ist, dass dieser Laden sich auf antike Bücher spezialisiert hat, wovon einige extrem wertvoll sind. Und jetzt ratet mal, wer zu den Kunden dieses elitären Lädchens gehört.« Er blickte die beiden anderen Kommissare auffordernd und mit einem geradezu kindischen »Ich-weiß-etwas-was-du-nicht-weißt«-Blick an.

Lukas hob entnervt die Hände, und seine Stimme klang eher resigniert als aggressiv, als er entgegnete: »Mensch, sag es uns einfach.«

Mankowski grinste. »Euch ist wohl doch irgendeine Laus über die Leber gelaufen. So schlecht gelaunt hab ich euch ja noch nie erlebt.«

Lukas' Stimme war fast nur noch ein dumpfes Knurren. »Mankowski ... den Namen ... Sag uns einfach nur den Namen.«

»Okay, okay, ist ja schon gut. Der Kunde ist unser zweifelhafter Monsieur Antoine Deveraux.« Er schaute sie an wie ein Magier, der gerade ein Kaninchen aus dem Hut gezaubert hatte.

Lukas' Interesse war sofort geweckt; er hatte sich bei der Erwähnung des Namens unwillkürlich kerzengerade aufgerichtet. »Der undurchsichtige Cousin von Juliette Moullards Mutter, der in Spanien lebt?«

Mankowski nickte zustimmend. »Genau der. Man könnte ihn auch als Stammkunden bezeichnen, da er praktisch alle zwei bis drei Monate ein Buch kauft. Keins davon unter zwölftausend Euro. Das teuerste lag bei dreiundachtzigtausend.«

Lukas stieß einen anerkennenden Pfiff aus. »Wow.« Zwar las er gerne und kaufte sich in unregelmäßigen Abständen Bücher, jedoch keine antiquarischen Werke. Ihm kam es auf den Text an, nicht auf das Alter des bedruckten Papiers oder auf den Wert einer Buchausgabe. Die erwähnten Preise waren einfach unvorstellbar für ihn; allerdings wurden solche Bücher in der Regel nicht erworben, um sie tatsächlich auch zu lesen. »Also kennen sich Deveraux und die Sanchez?«

Der Ex-BKA-Mann schüttelte den Kopf – eine Geste, die deutlich weniger triumphierend aussah. »Nein. Die Mutter sagt, dass Deveraux grundsätzlich einen Gutachter schickt, der die Bücher dann in seinem Namen erwirbt. In dieser Branche läuft anscheinend vieles über Mundpropaganda ab, und Emilia Sanchez schickt, wenn sie neue Bücher erworben hat, E-Mails an die Kunden, von denen sie glaubt, dass sie interessiert sein könnten. Auf der einen Seite scheint es dort sehr persönlich zuzugehen; auf der anderen Seite kann es offenbar vorkommen, dass man eine enge geschäftliche Beziehung pflegt, ohne sich persönlich zu kennen.« Er lächelte entwaffnend und zuckte nur leicht die Achseln. »Wer kann sich auch schon Bücher für dreiundachtzigtausend Euro leisten? Der Laden funktioniert mit Sicherheit nicht durch Laufkundschaft. Wir haben die Kundenliste, aber Deveraux war der einzige Bekannte, den wir dort gefunden haben. Trotzdem ist es eine Spur … eine erste Verbindung.«

Lukas nickte. »Habt ihr in der Zwischenzeit schon mehr über die dubiosen Geschäfte des ominösen Monsieur Deveraux herausgefunden? Ich meine, abgesehen davon, dass er gerne alte Bücher kauft.«

Mankowskis zuvor gezeigter Stolz über die Entdeckung war verschwunden. »Nein, der Typ ist aalglatt. Er ist Geschäftsmann, der andere für sich arbeiten lässt. Er reist sehr viel, aber wir konnten immer noch nicht herausfinden, welcher Art diese

Geschäfte wirklich sind. Er verbirgt sich hinter einer nichtssagenden Fassade, die keinerlei Schlüsse auf seine eigentliche Tätigkeit zulässt. Wir bleiben da natürlich dran.«

»Gibt es zufällig auch eine Verbindung zu den Veenstras? Hat er sich dort vielleicht mal operieren oder sonst wie behandeln lassen?«

Mankowski schüttelte erneut den Kopf. »Nein, in der Richtung konnten wir nichts aufspüren. Aber wie gesagt, wir sind diesem Deveraux auf der Spur.«

41

Saint-Quentin, 23. August

Während er zwischen den Sektionstischen stand, erfasste ihn eine leichte Müdigkeit; er schloss die Augen und ließ seinen Gedanken freien Lauf.

Verwirrung zu stiften war noch immer sein oberstes Motto bei der Ausgestaltung seines Plans. Daher wollte er in einigen Punkten exakt wie ein Serienmörder vorgehen, in anderen davon abweichen, um die Ermittlungen zu erschweren und gerade beratenden Psychologen Rätsel aufzugeben.

Ihm war natürlich nicht entgangen, dass in zahlreichen Serientäterprofilen eine gestörte Sexualität und fanatisch religiöse Motive auftauchten. Als er einmal auf seiner Yacht darüber nachgedacht hatte und ihm dabei zufällig der Namenszug der *Rosebud* auf einem der Rettungsringe ins Auge gestochen war, war er auf das Symbol der Rose gekommen: Diese Blume stand sowohl für Erotik als auch Religion – sie war perfekt und würde daher bei den Morden eine gewichtige Rolle spielen.

Er hatte zudem beschlossen, eine internationale Mordserie zu planen. Deren Umsetzung wäre wohl am einfachsten in der EU möglich, wo es heutzutage keine Grenzkontrollen mehr gab. Dies hätte auch andere Vorteile. Aus Fernsehberichten hatte er den Eindruck gewonnen, dass etliche Völker, wie etwa die Franzosen, Engländer und Spanier, aufgrund der Europäisierung noch mehr als früher darauf achteten, ihre Traditionen, ihren Patriotismus und ihre eigene nationale Identität zu bewahren. Diese Mentalität könnte bei der Jagd auf einen in verschiedenen Ländern agierenden Täter leicht zu Kompetenzstreitigkeiten zwischen den Ermittlungsbehörden führen und deren Zusammenarbeit behindern.

Möglicherweise würden sich die Polizisten aus unterschiedlichen Ländern lieber gegenseitig Fehler unterstellen, als an einem Strang zu ziehen. Auch das war perfekt.

Und genau das schwebte ihm vor: Perfektion bis ins Detail. Nichts sollte ungeplant sein oder auch nur diesen Anschein erwecken.

Bei weiteren Suchaktionen im Web war er dann auf die Lippische Rose gestoßen, die das Wappen Nordrhein-Westfalens zierte. Das Bild dieser stilisierten Blume hatte seinen Blick magisch angezogen. Als er danach bei einer illegalen Internetrecherche einen Kölner Kommissar namens Rosenzweig entdeckt hatte, war er fast geneigt, dies als einen Fingerzeig Gottes anzusehen, auch wenn er nicht an jenen glaubte. Danach stand jedenfalls fest, in welcher Stadt er seine Engel präsentieren würde: in Köln.

Daraufhin hatte er beschlossen, sich eine Wohnung in der Domstadt zu nehmen und dort weiter an seinem Plan zu arbeiten. In ein paar Tagen würde er dorthin ziehen …

Er riss sich selbst aus seinen Tagträumereien, öffnete die Augen und begann mit der Arbeit. Für seine Engel hatte er sich etwas ganz Besonderes ausgedacht, und jetzt wollte er ausprobieren, ob er das auch in die Tat umsetzen konnte. Vor ihm lag auf einem der Sektionstische ein Stück weiches Leder, das er fest in einen Rahmen gespannt hatte. Den Raum hatte er abgedunkelt, und ein Beamer, der ein Stück weit über seinem Kopf summte, warf in gleißend hellem Licht das Abbild einer stilisierten Rose auf die sandfarbene Tierhaut. In seiner rechten Hand hielt er ein Skalpell, das er nun ansetzte, um die geschwungenen Linien »nachzuzeichnen«. Ein zärtliches, nahezu verklärtes Lächeln lag dabei auf seinem Gesicht.

Fast drei Stunden lang arbeitete er konzentriert an seinem Kunstwerk, ohne auch nur ein einziges Mal innezuhalten. Dann schaltete er das Licht ein und den Beamer aus. Er nahm den mit Leder bespannten Rahmen und trug ihn zu einem Labortisch, wo bereits ein ähnliches Stück Tierhaut mit eingeritzter Zeichnung lag. Mit einer hochauflösenden elektrischen Lupe verglich er seine beiden Werke. Schließlich nickte er zufrieden vor sich hin. Die beiden Rosen waren so identisch, wie etwas mit der Hand Eingeritztes nur sein konnte.

Perfekt.

42

Köln, 28. Mai

Lisa Voigt war an diesem Abend ganz allgemein nicht nach Kochen zumute, und noch weniger wollte sie gleich für drei Personen ein Abendessen zubereiten. Also bestellten sie etwas beim Chinesen, da niemand auch nur den Vorschlag zu machen wagte, Tacos, Quesadas oder gar Guacamole vom *Especial* zu holen. Wahrscheinlich würde mexikanisches Essen sie alle drei von nun an immer an die tote Manuela Sanchez und den chaotischen, mit zu vielen Menschen bevölkerten Fundort erinnern. Es herrschte eine bedrückte Atmosphäre, und sie sprachen nur wenig miteinander, während sie auf das Essen warteten. Lukas und Daniel dachten immer wieder darüber nach, wie sie am besten ihr heikles Anliegen vorbringen sollten.

Als Lisa mit sorgenvoller Miene Besteck und Servietten – diesmal in schlichtem Blau und ohne Möwenaufdruck – aus den Schubladen kramte, erklärte sie: »Stäbchen habe ich leider keine; ihr müsst also mit ganz normalen Messern und Gabeln vorliebnehmen.«

Die Männer nickten geistesabwesend, und alle waren froh, als der Bote endlich das Essen brachte. Sie aßen zunächst schweigend.

Schließlich platzte Lisa der Kragen. »Was ist eigentlich mit euch los? Ich meine, ich habe gestern von unserem Täter die kleine Aufmerksamkeit erhalten, und es sind meine Eltern, die in Gefahr sind – und nicht eure. Also warum sitzt ihr hier mit einer solch leichenbitteren Miene? Ich hatte gedacht, ihr würdet mich vielleicht ein wenig aufmuntern und auf andere Gedanken bringen, wenn ihr schon hier seid.«

Lukas und Daniel warfen sich einen kurzen Blick zu. Mit einem nahezu unmerklichen Nicken gab der Rechtsmediziner seinem Freund zu verstehen, dass er es ihm überließ, das Problem anzusprechen.

»Lisa, genau darum geht es ja«, begann Lukas. »Seit letzter Nacht höre ich dich immer nur über deine Eltern reden. Nicht ein einziges Mal hast du in Erwägung gezogen, dass du selbst ins Visier unseres Mörders geraten könntest. Ist dir schon mal der Gedanke gekommen, dass wir uns um dich ebensolche Sorgen machen wie du dir um deine Familie? Du bist doch viel dichter an der Sache dran, und du entsprichst wesentlich mehr seinem Opfertyp als deine Mutter oder dein Vater. Nicht zu vergessen: Die toten Frauen tragen –«

»Ja, ja, ich weiß. Sie tragen mein Parfum.« Lisa winkte abweisend mit ihrer Gabel, bevor sie sie regelrecht trotzig in ihr Essen stieß. »Trotzdem glaube ich nicht, dass ich zu seiner ›Zielgruppe‹ gehöre. Die Opfer sind jünger als ich, und bisher hat er sich nur Studentinnen geschnappt. Passt also hinten und vorne nicht.« Sie schob sich gespielt unbekümmert einen Bissen süßsaurer Ente in den Mund und sprach weiter, bevor sich die beiden Männer von ihrer Überraschung erholt hatten, dass auch Lisa sich offenbar schon intensiv mit diesem Problem auseinandergesetzt hatte. »Ich finde es auch wirklich lieb von euch, dass ihr euch Sorgen macht.« Sie lächelte erst Lukas und dann Daniel an, den sie dabei liebevoll ansah. »Wir wissen doch inzwischen, dass er gerne spielt. Ich glaube, dass diese Aktion nur eine Machtdemonstration ist. Er will uns zeigen, dass er in diesem Spiel alles unter Kontrolle hat. So etwas Ähnliches hast du letzte Nacht auch gesagt, Lukas.«

Ihr Kollege sah sie unglücklich an. »Ja, das habe ich gesagt, und ich glaube es noch immer. Glauben ist jedoch nicht Wissen. Ich tendiere auch zu deiner Erklärung, aber wir können nicht hundertprozentig ausschließen, dass du auf seiner Liste stehst.«

Sie nickte. »Können wir nicht; dennoch ist es sehr unwahrscheinlich. Ich bin zu alt. Du selbst bist davon überzeugt, dass er nur deshalb junge Frauen aussucht, weil sie in der Regel weniger unveränderliche Kennzeichen aufweisen und weil sie thanatopraktisch leichter zu präparieren sind.«

Doch Lukas gab so schnell nicht auf. »Du siehst aber jünger aus.«

Lisa verdrehte die Augen. »Wenn er weiß, welchen Duft ich trage, wird er wohl auch wissen, welche Schuhgröße ich habe – und zudem, wie alt ich bin.«

Nun fuhr Daniel aus der Haut. »Das ist jetzt nicht dein Ernst, oder? Da draußen läuft ein Killer herum, aber es scheint dich nicht im Geringsten zu stören, dass er sich verstärkt für dich interessiert, wahrscheinlich dein Alter und definitiv dein Parfum kennt und dir noch dazu Geschenke schickt.« Bei den letzten Worten war er aufgesprungen und ans Fenster getreten. Jetzt stand er mit dem Rücken zu den beiden anderen. »Ich kann ja verstehen, dass du dich um deine Eltern sorgst.« Er wandte sich um und versuchte zu lächeln, was ihm jedoch nur teilweise gelang. »Mach dir nur halb so viel Sorgen um dich selbst, und ich wäre schon zufrieden. Aber bitte mach dir Sorgen!«

Lisa sah ein wenig reumütig zu ihm auf, während sie unbewusst damit begann, ihre Serviette in viele kleine Streifen zu zerreißen. »Ich gebe ja zu, dass das nicht ganz so spurlos an mir vorbeigeht, wie ich es nach außen hin zeige.« Sie seufzte und zerteilte die einzelnen Streifen in kleine Fetzen. »Daniel, du widmest dich hauptsächlich den Opfern, und hin und wieder erklärst du vor Gericht, wie groß der Täter gewesen sein muss, ob er Rechts- oder Linkshänder war oder ob bestimmte DNA-Proben identisch sind oder nicht.« Sie blickte hilfesuchend zu Lukas. »*Der* Kommissar, der noch nie von einem Täter bedroht wurde, existiert einfach nicht. Wir erleben es immer wieder bei Verhaftungen, Verhören oder Verurteilungen, dass die Täter uns drohen.«

Lukas nickte, als würde er ihr beipflichten. »Ja, du hast recht. Ich durfte mir auch schon das eine oder andere Mal anhören, dass mich jemand ›zu Brei schlagen‹, ›kaltmachen‹ oder mir ›die Visage frisieren‹ wollte.« Er sah ihr eindringlich in die Augen. »Allerdings waren das alles Drohungen, die spontan und aus dem Affekt heraus geäußert wurden. Keiner dieser Idioten wusste, wo ich wohne, ob ich Familie habe oder welches Duschgel ich benutze, was mich gleich zu der entscheidenden Frage bringt: Woher weiß ein Fremder, welchen Duft du trägst?«

Darauf wusste Lisa keine Antwort und schwieg.

Lukas rieb sich müde die Augen, bevor er fortfuhr: »Hör zu, ich will dich hier nicht noch weiter quälen. Aber gerade dir sollte klar sein, dass du versuchen musst, uns zu helfen herauszufinden, wie er so dicht an dich herankommen konnte.«

Lisa sammelte das Servietten-Konfetti zusammen, zerknüllte es zu einem kleinen Ball und warf es in die leere Schachtel, die zuvor die süßsaure Ente enthalten hatte. »Ja, ich weiß, aber ich habe nicht die geringste Ahnung; ansonsten hätte ich schon etwas gesagt. Vielleicht war das ja tatsächlich ein Zufall.«

Beide Männer warfen ihr gleichzeitig zweifelnde Blicke zu und zogen die Augenbrauen in die Höhe.

»Okay, dann war es eben kein Zufall«, erklärte sie. »Trotzdem ist mir völlig schleierhaft, wie er das herausgefunden haben könnte.« Sie zuckte ratlos mit den Achseln. »Vielleicht hat er eine gute Nase. Wie ihr wisst, liebe ich Parfums. Wenn ich durch die Stadt spaziere, erhasche ich hier und da einen Dufthauch und könnte euch dann sofort sagen, welches Parfum die Frau trägt, die gerade in meiner Nähe gewesen war. Vielleicht ist der Täter einfach dicht an mir vorbeigegangen.«

»Könnte sein.« Lukas war jetzt wieder ganz der konzentriert denkende Kriminalhauptkommissar. »Das setzt aber voraus, dass er weiß, wer du bist, und dass er es darauf angelegt haben muss, dicht an dir vorbeizugehen. So, wie der Typ plant, kann ich mir das aber nicht vorstellen. Er hätte an dir geschnuppert und dann die nächste Parfumerie aufgesucht, um an Hunderten von Fläschchen zu riechen, bis er auf das richtige gestoßen wäre? Nee, das glaubst du doch wohl selber nicht.« Er zögerte kurz. »Wer hat eigentlich einen Schlüssel zu deiner Wohnung?«

Lisa sah ihn fassungslos an. »Du glaubst, er war hier? In meiner Wohnung?«

Lukas wiegte den Kopf unentschlossen hin und her. »Ich weiß es nicht. Doch es wäre für ihn eine bessere Möglichkeit, etwas über dich herauszufinden. Also noch einmal: Wer hat einen Schlüssel?«

»Nur der Hausmeister und ich, sonst keiner.«

»Bist du da sicher? Hast du deinen Schlüssel vielleicht einmal verliehen?«

Lisa stutzte kurz. »Ja, habe ich tatsächlich. Aber es ist Schwachsinn –«

»An wen?« Die beiden Männer sprachen zwar wie aus einem Mund, doch Daniel hatte vermutlich einen anderen Grund für diese Frage als sein Freund.

»An meinen Nachbarn, als ich Weihnachten bei meinen Eltern war. Er hat die Blumen gegossen und die Post geholt. Das ist alles.«

»Was ist das für ein Typ?«

Lisa verzog das Gesicht. »Jochen ist ein lieber, schüchterner, total verklemmter Kerl – den könnt ihr gleich wieder ausschließen. Der tut keiner Fliege was zuleide.«

»Bist du dir da sicher?«, entgegnete Lukas. »Immerhin hätte er hier leicht herausfinden können, welchen Duft du trägst.«

»Nein, hätte er nicht.«

Er sah sie verblüfft an. »Warum nicht?«

»Wie du dich sicherlich erinnerst, arbeite ich bei der Polizei und nicht in einer bekannten Anwaltskanzlei oder als hochdotierte Ärztin. Weißt du eigentlich, was eine Flasche *Rêve de la rose* kostet? Ich kann es mir nicht leisten, gleich mehrere davon zu besitzen, also kaufe ich immer erst dann eine neue, wenn die alte leer ist, und die habe ich natürlich über Weihnachten auch mit zu meinen Eltern genommen. Und bevor du fragst: Der Hausmeister ist über siebzig und macht das hier nur noch, damit er etwas zu tun hat. Den können wir als Täter auch ausschließen.« Nach einem kurzen Moment des Zögerns sah sie plötzlich die beiden Männer – und ganz besonders Daniel – mit einem um Verzeihung bittenden Blick an. »Ich muss euch noch etwas Wichtiges sagen. Morgen früh werde ich den ersten Flieger nach Hamburg nehmen.« Sie erhob abwehrend ihre rechte Hand, als sie bemerkte, dass die zwei anderen sogleich etwas entgegnen wollten. »Ich weiß, wir können jederzeit eine neue Leiche finden, aber offiziell haben Peters und Reimann am Wochenende Bereitschaft. Wenn ihr wollt, dass ich mich wieder hundertprozentig auf den Fall konzentrieren kann, muss ich vorher mit meinen Eltern sprechen.« Sie hob trotzig den Kopf und sah nun Daniel direkt an. »Ich habe dir erzählt, dass meine Schwester gestorben ist. Wenn wieder das Leben von Familienangehörigen in Gefahr ist, muss ich bei ihnen sein.«

43

Köln, 29. Mai

Lukas Rosenzweig und Daniel van der Mühlen saßen zwischen fröhlich angetrunkenen Rheinländern in einem Biergarten. Das Wetter war weiterhin recht mild, und so bot es sich an, den Samstagabend im Freien zu verbringen.

»Du musst ihr diese Zeit in Hamburg einfach geben«, erklärte Lukas und grinste. »Klar, ich bin der Letzte, der irgendwelche Ratschläge zu Beziehungsfragen abgeben dürfte; aber da ich die Geschichte mit ihrer Schwester kenne, kann ich sie verstehen.«

»Wirklich?« Daniel schien nicht überzeugt zu sein.

»Keine Ahnung, ob ich sie *wirklich* verstehe, aber ich kann mir vorstellen, dass sie das jetzt einfach braucht – bei ihren Eltern zu sein, um direkt mit ihnen zu reden. Nicht nur über das Telefon. Ich denke, dass da etwas dran ist, was sie selber gesagt hat: dass sie den Kopf erst wieder frei bekommt, um sich auf den Fall zu konzentrieren, wenn sie in der Familie darüber gesprochen hat. Außerdem …«, er zögerte kurz, »… möchte ich wetten, dass sie mit einem ihrer alten Kollegen in Hamburg reden wird, damit der besonders gut auf ihre Eltern aufpasst. Sie hat einige Jahre dort gearbeitet, hat ehemalige Kollegen dort; und wer würde sich nicht besser fühlen, wenn er den Schutz der eigenen Eltern alten Bekannten anvertraut hat – statt einer fremden Einheit.«

Daniel erwiderte zunächst nichts, sondern putzte konzentriert seine Brille. Als er wieder aufsah, lag ein flehentliches Bitten in seinem Blick. »Lass uns über etwas anderes reden, okay? Was tut ihr eigentlich, um den Kerl zu schnappen?«

Lukas lächelte verständnisvoll, bevor er ein wenig kleinlaut antwortete: »Wir setzen verstärkt Streifen an vielen Kirchen und Brunnen in Köln ein. Eine Überwachung rund um die Uhr wäre natürlich besser, aber dazu fehlen uns einfach die Mittel.« Er strich sich durch sein Haar, das mittlerweile so lang war, dass er es zu einem kleinen Pferdeschwanz hätte binden können. »Weißt du eigentlich, wie viele Kirchen und Brunnen es in Köln gibt? Bestimmt nicht – und ich bis vor Kurzem auch nicht. ›Frag mich nach Kneipen in der Südstadt, aber nicht nach so etwas‹, wäre früher meine Antwort gewesen, wenn jemand das von mir hätte wissen wollen. Aber jetzt weiß ich's: Es gibt über sechzig Brunnen und noch viel mehr Kirchen in dieser Stadt. Es ist zum Verzweifeln.«

»Gibt es denn tatsächlich so viele Kirchen, vor denen auch ein Brunnen ist?«, fragte Daniel, der wirklich interessiert zu sein schien.

»Nein, das nicht. Aber da der Fischweiberbrunnen auch nicht wirklich zu Groß St. Martin gehört, überprüfen wir natürlich alle Kirchen, in deren näherer Umgebung sich ein Brunnen befindet. Das versuchen wir zumindest.« Er schüttelte resignierend den Kopf. »Der Fall geht mir echt an die Nieren. Wir jagen ein Phantom und haben nichts in der Hand. Gar nichts, null, *nada*. Eine meiner Stärken liegt im Verhören von Verdächtigen. Aber wen, bitte schön, soll ich hier verhören? Zwei unschuldige obdachlose Zeugen? Alex und Miriam? Toll – genau das, wovon ich immer geträumt habe. Trotzdem ist es unfassbar, dass über hundert Zeugen am Fischmarkt waren, wir aber immer noch keine vernünftige Täterbeschreibung haben. Wir sind alle Aussagen noch einmal durchgegangen; doch selbst diejenigen, die wir noch einmal vorgeladen haben, konnten uns nicht im Geringsten weiterhelfen. Das glaubt dir kein Mensch.«

Daniel zog verblüfft die Augenbrauen in die Höhe. »Können sie euch nicht weiterhelfen, oder wollen sie es nicht?«

»Keine Ahnung, aber die meisten haben wohl kaum einen

Grund, uns anzulügen. Der einzige halbwegs interessante Hinweis, der noch eingegangen ist, kam von einer Friseuse. Sie meint, dass die schwarzen Haare von dem Betrunkenen gefärbt waren. Eine Bedienung, die nachmittags gearbeitet hat, glaubt hingegen, ein paar blonde Strähnen unter der Baseballkappe gesehen zu haben. Aber was bringt uns das? Dann hat der Täter halt sein Haar gefärbt, bevor er die Rolle als betrunkener Gast gespielt hat. Und? Das bringt uns keinen Schritt weiter, sondern bestärkt nur unsere Annahme, dass er sich perfekt zu tarnen versteht. Dazu kommt, dass dieser Fall international ist. Unsere einzige, mehr als zweifelhafte Spur führt nach Spanien zu diesem Deveraux. Ich will den Kollegen dort nichts unterstellen, aber ich begreife es einfach nicht, dass sie es bisher noch nicht fertiggebracht haben, den Typen zu befragen. ›Monsieur Deveraux ist auf Reisen‹, heißt es ständig, wenn wir nachhaken. Wer's glaubt, wird selig.« Er setzte sein Bier mit einem lauten Knall auf dem einfachen Holztisch ab und sah gleichgültig dabei zu, wie die goldene Flüssigkeit überschwappte und eine kleine Pfütze bildete.

»Kann die spanische Polizei ihn denn nicht einfach offiziell suchen lassen?«

»Aus welchem Grund? Er hat bei Emilia Sanchez ein paar Bücher gekauft und ist zufällig der Cousin von Moullards Mutter. Dadurch wird er nicht gleich zu einem Serienmörder. Der Typ scheint in ein paar dunkle Geschäfte verwickelt zu sein und soll Kontakte zur Mafia haben. Das macht es nicht gerade leichter. Diese Leute sind gewieft, und bevor wir überhaupt an ihn herankommen, werden wir vermutlich gegen ein halbes Dutzend schräger Winkeladvokaten kämpfen müssen.« Lukas seufzte vernehmlich. »Am liebsten würde ich selber nach Spanien fliegen, um mir diesen Deveraux ein wenig genauer anzusehen.«

»Dann mach das doch«, sagte Daniel trocken und sah seinen Freund ernst an.

»Du machst wohl Witze, oder? Friedhelm B. Schneider höchstpersönlich hat doch diesen Ex-BKA-Heini eingeschaltet. In Köln kann ich schalten und walten, wie ich will, aber die Auslandsverbindungen müssen alle über Mankowski laufen. Da sind mir die Hände gebunden. Ich halte unseren neuen Kollegen eigentlich für recht fähig, aber manchmal … manchmal habe ich ein merkwürdiges Gefühl. Es ergibt zwar keinen richtigen Sinn, aber irgendwie drängt sich mir der Verdacht auf, dass er zu wenig Druck macht und nicht genügend nachhakt. Mich nervt auch sein Gerede … von wegen ›Meine Leute sind dran‹. Was für Leute? Er nennt nie einen Namen und erzählt uns nichts über diese Kollegen. Außerdem ist er inzwischen wieder im normalen Polizeidienst. Also sind es nicht einmal mehr ›seine Leute‹, sondern höchstens seine alten Kollegen. Auch dieses Hin- und Herfliegen zwischen Köln und Berlin. Warum muss er ständig in die Hauptstadt, wenn er doch ›seine Leute‹ dort hat? Irgendetwas ist da nicht ganz koscher. Nur habe ich leider nicht die geringste Ahnung, was das sein könnte.«

44

Paris, 10. Oktober

Er lebte nun schon seit über einem Monat in Köln, nutzte die Wochenenden aber gerne zu einem Kurztrip nach Paris. Mit dem Auto war er in vier bis fünf Stunden hier und hinterließ dank der offenen Grenzen keine verräterischen Spuren, wie es mit dem Flugzeug der Fall gewesen wäre.

Augenblicklich wartete er auf Sophie, eine dunkelhaarige Schönheit, mit der er die nächsten Stunden zu verbringen gedachte. Die Mädchen fanden sein Interesse an ihrem Make-up höchst amüsant. Da er sehr gut bezahlte und sie wahrscheinlich schon abwegigere Wünsche anderer Kunden erfüllt hatten, ließen sie es gerne zu, dass er sie nach vergnüglichen Spielen unter der Dusche oder im Bad schminkte. Er lernte schnell, und nachdem er es mit seiner ruhigen Hand schon früh zu beachtlichen Resultaten gebracht hatte, begriff er nach und nach auch, dass Haut-, Haar- und Augenfarbe eine bedeutende Rolle bei der Auswahl der Produkte spielten. Dies wusste er, weil er bei der Planung seiner Verabredungen darauf achtete, dass die Frauentypen ständig wechselten. So hatte er das letzte Wochenende mit der rothaarigen Elise verbracht, das davor mit der blonden Béatrice.

Alles entwickelte sich positiv. Er war in jüngster Zeit auch nicht mehr aus der Wohnung gerannt, weil ihn die postkoitale Langeweile ergriff. Er hatte nun eine höchst erregende Aufgabe *danach*. Und so war der Sex allein nicht mehr der Höhepunkt, denn die darauf folgenden Farbexperimente zogen ihn weitaus mehr in ihren Bann. Alle hatten Spaß daran, und keines der Mädchen ahnte auch nur, was der wirkliche Grund für sein kleines *Nachspiel* war.

Perfekt.

45

Köln, 31. Mai

Seine Partnerin war noch nicht aus Hamburg zurück, als Lukas Rosenzweig am Morgen sein Büro betrat. Er schaltete missmutig den Computer ein und fragte sich verzweifelt, was er nun tun sollte. Er zermarterte sich zum wiederholten Mal das Hirn, was sie vielleicht übersehen haben könnten. Immer noch fand er es unglaublich, dass der Täter an keinem der Fundorte und an keiner der Leichen auch nur die geringste Spur hinterlassen hatte. Dazu kam die Frage, wo er die schönen Toten präparierte. So etwas konnte nur in einem Bestattungsinstitut oder in Sektionsräumen durchgeführt werden. Er lachte verbittert auf. Sie wussten ja nicht einmal, in welchem Land das geschah. Wie sollten sie diesen Ort also eingrenzen oder gar finden?

Seine eh schon schlechte Laune verschlimmerte sich noch mehr, als das Telefon klingelte und Lars Möller ihm ein viel zu fröhliches »Morgen, Zweiglein!« entgegenposaunte. Lukas musste sich schwer am Riemen reißen, um nicht einfach loszubrüllen. Stattdessen sagte er gar nichts und wartete einfach darauf, dass der Kriminaltechniker weitersprach.

»Wir haben da etwas gefunden. Sowohl an der Seidendecke aus dem Sanchez-Fall als auch an der Decke, die Grace Kelly zugeschickt wurde, haben wir winzige Blutspuren entdeckt.«

Lukas fuhr auf. Die Nachricht elektrisierte ihn so sehr, dass er vergaß, Möller anzupfeifen, weil der nicht Lisas richtigen Namen genannt hatte. Stattdessen fragte er sogleich: »Blut, sagst du? Genug für eine DNA-Analyse?«

»Nein, dafür haben die Mengen nicht ausgereicht, und wenn ich ›Decke‹ sage, stimmt das auch nicht so ganz. Es waren in beiden Fällen sehr geringe Konzentrationen an den Seidenfäden, mit denen sie genäht worden sind, so als hätte sich dabei jemand in den Finger gestochen.«

»Und das hat unser superschlauer Täter übersehen?«

»Das kann man so nicht sagen. Er hat die Decken wohl abgesaugt, gereinigt, desinfiziert – und was weiß ich nicht alles damit gemacht. Wir haben so gut wie keine anderen Fasern oder Hautschüppchen daran gefunden, und das Blut haben wir auch erst bei einer Untersuchung mit Luminol entdeckt. Für eine vollständige DNA ist es zu wenig, aber wir haben die Blutgruppe, die in beiden Fällen übereinstimmt, und wir wissen, dass es sich um eine Frau handelt.«

»Willst du mir jetzt erzählen, dass wir doch nach einer Frau suchen müssen?«

»Natürlich nicht. Das Einzige, was ich damit sagen will, ist, dass eine Frau die Dinger genäht hat. Abgesehen von den Blutspuren haben wir auch feststellen können, dass die Stiche etwas unregelmäßiger geworden sind – nicht mehr so fein säuberlich wie bei den ersten Decken. Es sieht so aus, als hätte sie plötzlich angefangen, schneller zu arbeiten. Dazu passt auch, dass sie sich in den Finger gestochen hat.«

Lukas nickte zögerlich. »Also hat unser Mann die Decke wohl bei einer Privatperson in Auftrag gegeben. Aber wirklich weiter hilft uns das auch nicht, da wir so etwas schon vermutet haben.«

Möller atmete mehrmals tief ein und sprach erst nach einer kurzen Pause weiter. »Da ist allerdings noch etwas … Sag mal, du hast doch den Karton mit der Decke in die KTU gebracht und dabei den Kollegen erzählt, dass Lisa die Kiste zwar geöffnet, die Decke darin aber weder berührt noch herausgenommen hat, nicht wahr?«

»Ja, warum?«

Der Techniker hüstelte ein wenig verlegen.

Lukas wurde langsam ungeduldig. »Hallo, Möller, ich warte.«

»Ja, ja, … Also, der Karton ist Standardware, sodass wir nicht nachverfolgen können, wo der herkommt. Die Decke in der Schachtel war vier Mal gefaltet, und ganz innen haben wir ein Haar gefunden. Blond. Achtundsechzig Zentimeter lang. Von Moullard, der blonden Französin, haben wir Haare hier, weil wir nachgeprüft haben, ob das ihre natürliche Farbe ist oder ob sie sie getönt oder gefärbt hatte. Hatte sie übrigens nicht, aber auch wenn sie ebenfalls langes Haar hatte, kamen wir bei ihr nur auf vierundfünfzig Zentimeter. Die einzige Blondine mit einer ähnlichen Pracht, die mir sonst noch einfällt, ist Grace. Ich brauche dringend eine Vergleichsprobe von ihr.«

Lukas war wie betäubt. Falls der Täter vorhatte, die Polizei nicht nur zu verarschen, sondern auch zu verunsichern, war ihm das eindeutig gelungen. Sollte dieses Paket und sein Inhalt darauf hindeuten, dass Lisa sein nächstes Opfer sein würde? Oder wollte er ihnen »nur« auf der Nase herumtanzen, um ihnen zu zeigen, wie unfähig sie waren und dass er sich alles erlauben konnte – sogar ihnen buchstäblich bis auf Haaresbreite nahe zu kommen?

Lukas stand auf und schloss erst einmal die Tür zu seinem Büro. Dann schnappte er sich ein Paar Handschuhe und öffnete den Garderobenschrank, in dem Lisa und er Ersatzkleidung und Schuhe aufbewahrten. Als Polizist wusste man nie so genau, wie lange eine Schicht dauern konnte, und so war es nicht verkehrt, wenn sie in bestimmten Fällen rasch auf saubere oder trockene Kleidungsstücke zurückgreifen konnten.

Am Ärmel ihrer Kostümjacke wurde er fündig. Er ging zurück zum Schreibtisch, wobei er das Haar vorsichtig zwischen Daumen und Zeigefinger seiner linken Hand hielt. Mit der anderen suchte er in den Schubladen nach einem Lineal. Schließlich fand er eines und maß damit das Haar. Siebenundsechzig Zentimeter. Scheiße! Er tütete das verräterische Haar ein und war gerade damit beschäftigt, einen Aufkleber zu beschriften, als die Tür aufgerissen wurde.

»Lukas, seit wann schließt du deine Tür?«, fragte Baumgartner verwundert und blickte sich argwöhnisch in dem Raum um. Dann heftete er die Augen fest auf seinen Mitarbeiter. »Stimmt etwas nicht?«

»Gar nichts stimmt mehr.« Lukas berichtete seinem Vorgesetzten kurz von dem Telefonat mit Möller und deutete dann auf die vor ihm liegende Plastiktüte. »Ich bringe das jetzt in die KTU und will danach Lisa vom Flughafen abholen, wenn du einverstanden bist.«

Baumgartner nickte. »Kein Problem. Willst du ihr davon erzählen oder nicht?«

»Ich weiß es nicht. Ich hatte noch keine Zeit, genauer darüber nachzudenken. Einerseits will ich sie nicht noch mehr beunruhigen, aber auf der anderen Seite kann ich sie schlecht ins offene Messer laufen lassen.« Er seufzte abgrundtief. »Ich weiß es einfach nicht.«

Baumgartner biss gedankenverloren auf seine Unterlippe. »Ich kann dein Problem verstehen, aber an deiner Stelle würde ich es ihr sagen.« Sogleich hob er beschwichtigend die Hände. »Ist nur ein Vorschlag. Du kennst sie besser, daher überlasse ich die Entscheidung dir allein. Sag mir nur Bescheid, damit ich weiß, wie ich mich zu verhalten habe.« Er kratzte sich am Kopf und trat näher an den Schreibtisch. »Deshalb bin ich aber nicht hier, wie du dir sicher denken kannst … Ich will dich zwar nicht noch mehr unter Druck setzen – aber wir brauchen dringend Ergebnisse. Schneider ist kurz vor dem Ausrasten. Der Oberbürgermeister und der Generalsekretär des Kardinals drangsalieren ihn mit Anrufen, und er hat einfach nichts vorzuweisen. Du weißt, dass ich ihn genauso wenig ausstehen kann wie du, aber im Moment kann er einem fast leidtun. Es geht dabei ja auch nicht mehr nur um Köln allein. Unsere Stadt scheint im

Mittelpunkt einer internationalen Mordserie zu stehen, was die Herren des Kölschen Klüngels mehr als nur beunruhigt.«

Da Lukas am Morgen wie immer mit seiner Ducati ins Präsidium gefahren war, borgte er sich nun einen zivilen Streifenwagen, um zum Flughafen zu fahren. Auf dem Weg in die Tiefgarage machte er noch einen kurzen Abstecher ins Kriminalkommissariat 63, wo die KTU untergebracht war. Mit einem mulmigen Gefühl in der Magengrube gab er Lisas Haar direkt bei Möller ab, hielt sich aber nicht weiter dort auf.

Als er in der Wartehalle des Konrad-Adenauer-Flughafens in Köln-Porz stand, rief er Daniel an und berichtete ihm von der jüngsten Entwicklung. Schließlich fragte er: »Würdest du es ihr sagen oder nicht?«

Sein Freund zögerte nicht eine Sekunde mit der Antwort. »Wie würdest du reagieren, wenn der Täter dich ins Visier genommen hätte und du irgendwann erfahren müsstest, dass Lisa dir so etwas Wichtiges verheimlicht?«

»Du hast ja recht, ich wäre sicherlich stinksauer. Aber ich will es ja nur verheimlichen, weil ich sie schützen möchte.«

»Unwissenheit schützt aber nicht.« Daniel seufzte. »Mensch, Luke, ihr habt eine ganze Weile gebraucht, um euch zusammenzuraufen. Willst du das inzwischen entstandene gegenseitige Vertrauen aufs Spiel setzen, indem du aus völlig falschen Gründen versuchst, ihr ein paar Sorgen zu ersparen? Du kannst sie nicht rund um die Uhr bewachen lassen; das würde sie niemals zulassen. Daher wäre es besser, wenn sie wüsste, woran sie ist.«

Lukas gab sich geschlagen. »Okay, ich sag's ihr.« Er hielt einen Moment inne. »Mich überrascht nur, dass dein Beschützerinstinkt in diesem Fall so unterentwickelt ist und du so gelassen reagierst.«

»Wer sagt denn, dass ich gelassen bin? Ich werde alles in meiner Macht Stehende tun, um sie keine Sekunde aus den Augen zu lassen, wenn sie nicht mit dir zusammen ist. Die Frage ist nur, ob sie mich lässt. Man darf sich von ihrer kleinen Statur nicht täuschen lassen. Sie ist alles andere als ein Zuckerpüppchen und weiß genau, was sie will. Und was sie nicht will. Ich kann dir aber garantieren, dass sie es dir niemals verzeihen würde, wenn du ihr die Geschichte mit dem Haar verschweigst.«

Der Flug aus Hamburg war pünktlich, und keine zwanzig Minuten nach der Landung war Lukas mit einer sehr gefasst wirkenden Lisa auf dem Beifahrersitz schon wieder auf dem Rückweg. Aus Rücksicht auf ihre Gefühle wollte er nicht mit der Tür ins Haus fallen und sofort die Sache mit dem Haar erzählen, sondern zunächst ein paar unverfängliche Worte mit ihr wechseln.

»Und, wie war das Wochenende bei deinen Eltern?«, erkundigte er sich.

»Es war die richtige Entscheidung … zumindest fühlt es sich richtig an. Es wäre eine Lüge, wenn ich behaupten würde, dass ich mir jetzt keine Sorgen mehr mache, aber die Angst hat ein wenig nachgelassen. Ich habe die Beamten vor ihrer Tür kennengelernt und auch mit einem alten Kollegen gesprochen.«

Lukas grinste. »Das habe ich mir schon gedacht.«

Sie lächelte schwach. »Ist das so verwunderlich? Du hättest in meiner Situation das Gleiche getan.«

Lukas nickte, sagte aber nichts.

»Am meisten geholfen haben mir die Gespräche mit meinem Vater. Bevor er sich auf Versicherungsrecht spezialisiert hat, war er Strafverteidiger. Er weiß also, was für gefährliche Typen in der Welt herumlaufen, und ich bin froh, dass er bei meiner Mutter ist.« Sie zuckte kurz mit den Achseln. »Es war daher kein ›Trauerwochenende‹, sondern wir konnten offen, sachlich und vernünftig über die ganze Sache reden. Meine Eltern sind gewarnt, und mir geht es jetzt eindeutig besser.«

Lukas brachte es einfach nicht übers Herz, ihr die gerade erst wiedergewonnene Gelassenheit schon jetzt zu rauben. Er würde im Büro mit ihr reden, beschloss er.

Carsten Reimann fing die beiden im Korridor ab und schob sie nach einer kurzen Begrüßung in den Konferenzraum vier, der inzwischen in »Salon der schönen Toten« umgetauft worden war. »Habt ihr einen Moment Zeit?«

Lukas grinste. »Na ja, die Frage kommt ein wenig zu spät. Aber wo wir jetzt schon einmal hier sind …«

»Was gibt es denn?«, fragte Lisa, stellte ihre Reisetasche unter dem Konferenztisch ab und hängte ihren Mantel über einen Stuhl.

Reimann deutete in Richtung Wandtafel, die momentan durch eine von der Decke herabgelassene Leinwand verdeckt wurde. »Ich wollte euch etwas zeigen. Ich weiß nicht, ob der Täter es wirklich so gemacht hat, aber es wäre zumindest eine Möglichkeit.«

Lukas konnte nicht behaupten, Reimann zu mögen, aber er schätzte seine berufliche Kompetenz. Sein Sarkasmus ging ihm zumeist auf die Nerven, aber er musste zugeben, dass sein Kollege genau damit oft ins Schwarze traf. Außerdem konnte der Mann sich in Probleme verbeißen wie ein angriffslustiger Wachhund ins Hosenbein eines Briefträgers.

Reimann schaltete nun den Beamer ein, legte eine DVD in den Recorder ein und verdunkelte die Fenster. Anschließend griff er nach der Fernbedienung und drückte auf eine Taste. Im nächsten Moment erschien ein Bild auf der riesigen Leinwand.

Lisa kicherte unwillkürlich. Auch Lukas konnte sich ein Grinsen nicht verkneifen und fragte: »Hast du das etwa gemalt?«

»Ja, ich weiß, an mir ist ein Picasso verloren gegangen. Aber es geht hier nicht um das Bild an sich, sondern ums Prinzip.«

Lukas betrachtete das Bild – eine aus schwarzen Linien bestehende Blume – und dachte, dass man eine solche Zeichnung wohl eher von einem fünfjährigen Kind als von einem erwachsenen Mann erwarten würde. »Und was soll das Ganze, großer Meister?«

»Wartet, als Negativ wird es noch klarer.« Reimann tippte erneut auf die Fernbedienung, und innerhalb eines Sekundenbruchteils war der ganze Raum in tiefe Dunkelheit gehüllt. Immer noch war die Blume zu sehen, aber diesmal leuchteten weiße Linien auf schwarzem Grund.

»Schöner wird die Blume dadurch aber auch nicht«, spottete Lukas. Er hatte keine Lust mehr, sich irgendwelche Kinderzeichnungen anzusehen, sondern wollte endlich wissen, was der Zweck dieser Vorführung war.

»Schöner vielleicht nicht, obwohl das eindeutig im Auge des Betrachters liegt«, entgegnete Reimann, dessen Tonfall erkennen ließ, dass er bis über beide Ohren grinste. »Aber definitiv klarer.«

»Klar doch!«, rief Lisa. »Das ist eine Schablone – und der Täter benutzt beim Einritzen der Rosen wahrscheinlich auch so etwas. Carsten, du bist wirklich ein Ass.« Dann schaltete sie die grelle Deckenbeleuchtung ein, und sie mussten alle drei kurz blinzeln, um sich an die Helligkeit zu gewöhnen.

»Alle Achtung, so könnte er es in der Tat gemacht haben«, sagte Lukas beifällig. »Wie bist du darauf gekommen?«

Sein Kollege verdrehte die Augen. »Das wollt ihr gar nicht wissen. Mein lieber Schwager hat uns in seinem wie ein kleines Kino eingerichteten Hobbykeller DVDs über den letzten Familienurlaub mit seinem Beamer gezeigt. Immer wenn ein Film zu Ende war, haben die Kinder vor der Leinwand Schattenspiele veranstaltet. Ihr wisst schon … Häschen oder kleine Vögel mit den Fingern geformt. Das hat mich irgendwie auf die Idee gebracht, dass eine Schablone nicht unbedingt aus einem festen Material bestehen muss. Vielleicht hat er es ja auch ganz anders gemacht. Vielleicht ist so viel Hightech gar nicht nötig. Zur Not tut's wahrscheinlich auch eine starke Lampe und eine bemalte Folie darunter.«

Lukas lächelte Reimann anerkennend an. »Egal, wir wissen jetzt zumindest, dass es eine Möglichkeit gibt, die Rose mit einer Art Schablone einzuritzen, die keine Spuren an der Leiche hinterlässt. Das bringt uns diesem Irren zwar nicht wirklich näher, aber es ist immerhin ein Puzzleteil mehr.«

In ihrem Büro angekommen, ließ Lisa sich auf ihren Schreibtischstuhl fallen und lehnte sich erst einmal weit zurück. »Gibt es irgendwelche Neuigkeiten, von denen ich noch nichts weiß?«

Lukas zuckte zusammen und nickte langsam mit dem Kopf.

Doch bevor er zu einer Antwort ansetzen konnte, ertönte eine laute Stimme in der Tür. »Ja, die gibt es tatsächlich.«

Sie drehten die Köpfe. Es war Mankowski.

Lukas warf dem blonden Ex-BKA-Mann einen erwartungsvollen Blick zu. »Na, dann lass mal hören.«

»Wir wissen jetzt, wo Deveraux steckt. Es hat sich herausgestellt, dass er eine Consulting-Firma besitzt, die international tätig ist, und wir haben ein paar Filialen in Europa ausfindig machen können. Er selbst hält sich zurzeit in Paris auf und wird heute am späten Nachmittag zum ersten Mal befragt.« Er hielt kurz inne und warf einen raschen Seitenblick auf Lukas. »Daher habe ich jetzt auch nicht viel Zeit. Ich nehme den nächsten Flieger nach Paris und werde bei der Vernehmung dabei sein.«

Lukas hatte kurzzeitig das Gefühl, als würde ihm das Blut gefrieren, dann jedoch schien es umso heißer durch seine Adern zu schießen. Das konnte doch nicht wahr sein! Er sehnte sich geradezu danach, endlich einen Verdächtigen in diesem Fall zu vernehmen – und was machte Schneider? Der schickte einfach diesen Lagerfeld-Verschnitt an seiner Stelle nach Frankreich! Lukas konnte es nicht fassen. Er benötigte ein paar Momente, bis sich sein Verstand wieder einschaltete. Was hatte er eigentlich erwartet? Im Gegensatz zu ihm sprach Mankowski fließend Französisch und hatte einige Jahre bei Interpol in Lyon gearbeitet. Natürlich hatte er mehr Auslandserfahrung vorzuweisen, und genau das imponierte einem Kerl wie Schneider. Lukas schluckte und brachte dann ein gequältes »Glückwunsch« heraus, wobei er hoffte, dass Mankowski das Büro so schnell wie möglich wieder verließ. Der Mann tat ihm den Gefallen, und Lukas ließ mit einer resignierenden Geste die Luft aus seinen Lungen entweichen.

Lisa sah zu ihm herüber und schnitt eine Grimasse. »Eine wirkliche Überraschung ist es ja nicht, dass Mankowski Verdächtige im Ausland befragen darf; doch ich kann verstehen, dass du sauer bist.«

»Ich bin noch nicht mal wirklich sauer. Aber ich weiß nicht, wie das weitergehen soll, wenn die wenigen greifbaren Dinge in diesem Fall an uns vorbeilaufen.« Er schüttelte frustriert den Kopf. »Ich habe bei Verdächtigen eigentlich immer recht schnell eine Ahnung, ob sie tatsächlich als Täter infrage kommen, und habe dann ein besseres Gefühl für den gesamten Fall. Bei Mankowski weiß ich allerdings nicht, ob er das nötige …« Er suchte nach einem passenden Begriff.

»Ob er das nötige Einfühlungsvermögen hat?«, versuchte seine Kollegin ihm weiterzuhelfen.

»Ja, vielleicht auch das. Vor allem frage ich mich jedoch, ob er das nötige Verständnis für Mordfälle hat. Schön, er war bei Interpol und beim BKA, aber da geht es hauptsächlich um Drogen, organisiertes Verbrechen und Menschenhandel. Wie viele Serienmörder jagt man dort international?«

Lisa runzelte zweifelnd die Stirn. »Wie viele Serienmörder hast du schon in Köln gejagt?«

»Okay, okay, du hast ja recht. Trotzdem habe ich schon mehr Mörder verhaftet, als Mankowski je zu Gesicht bekommen wird. Und vergiss bitte nicht, dass wir eine andere Sichtweise auf den Fall haben als er. Wir sind uns ja eigentlich einig, dass wir es in diesem Fall nicht mit einem klassischen Serienmörder zu tun haben. Das Motiv kennen wir zwar noch nicht, aber ich möchte wetten, dass der Täter in keiner Weise emotional gesteuert ist.«

Lisa merkte plötzlich auf. »Was du gerade gesagt hast, bringt mich auf eine Idee. Was sind die typischsten Mordmotive?«

Lukas sah sie etwas verwirrt an. »Das muss ich dir jetzt nicht wirklich erklären, oder?«

»Nein, im Ernst. Rache, Hass, Eifersucht und Neid stellen die klassischen Motive dar. Und sie alle sind emotional. Psychopathen und Soziopathen töten aus gefühlsbedingten Motiven, von denen manche für normale Menschen nicht nachvollziehbar sind. Sogar im Krieg spielen Gefühle eine wichtige Rolle: Soldaten töten aus Liebe zum Vaterland oder weil sie den Wunsch haben, als Held bewundert zu werden. Unser Täter ist da ganz anders. Wer nur mordet so emotionslos wie er?«

Lukas zuckte die Achseln. »Da gibt es einige: Auftragskiller, die Mitglieder von Drogenkartellen und – wenn es sich nicht gerade um eine Vendetta handelt – auch die Mafia.«

»Da stimme ich dir zu. Aber diese Typen von Mördern töten ihre Opfer, ohne sich in besonderer Weise um die Leichen zu kümmern.«

Lukas wiegte seinen Kopf hin und her. »Bei einem Auftragskiller würde ich behaupten, dass es, wie der Name schon sagt, auch von dem Auftrag abhängt, wie er tötet und was er dann mit den Leichen anstellt.«

Lisa zog missmutig die Brauen zusammen. »Ja, und damit wären wir wieder bei unserer Mordserie, die einen einzelnen Mord vertuschen soll. Doch das passt auch nicht. Wer sucht schon die Opfer, die der Ablenkung dienen, in verschiedenen Ländern aus? Das ergibt keinen Sinn, sondern erhöht nur das Risiko, entdeckt zu werden.«

Lukas lachte verärgert auf. »Ich weiß, ich habe auch keine Ahnung, was dahinterstecken könnte. Du erinnerst dich, dass du am Anfang noch an eine religiöse Motivation gedacht hast. Ich glaube allerdings, das können wir inzwischen auch ausschließen. Wenn es um Probleme mit der Kirche oder dem Glauben geht, sind definitiv Emotionen im Spiel.«

Sie schwiegen eine Weile und hingen beide ihren wenig ermutigenden Gedanken nach. Lukas wollte sich gerade dazu aufraffen, seiner Kollegin nun endlich von dem langen blonden Haar zu berichten, als erneut jemand ihr Büro betrat.

»Störe ich?« Brigitte Kleiber sah ihre beiden Kollegen fragend an.

Lisa schüttelte den Kopf. »Nein, wir versuchen gerade nur herauszufinden, was unseren Täter antreibt. Doch wir kommen kein Stück weiter.«

»So direkt kann ich euch da auch nicht weiterhelfen. Doch ich bin auf etwas anderes gestoßen, das interessant ist. Schneider hat bekanntlich dafür gesorgt, dass über die Leiche am Fischmarkt nichts in der Presse stand. Am Freitag gab es jedoch eine kurze Notiz darüber in einer Boulevardzeitung, wie mir aufgefallen ist.«

Lukas sah überrascht auf. »In der Boulevardpresse? Und nicht in einer Kölner Tageszeitung?«

Kleiber nickte. »Finde ich, ehrlich gesagt, nicht weiter verwunderlich, da Schneider die lokale Presse im Griff hat. Bei überregionalen Zeitungen sieht das wohl etwas anders aus – wobei ein winziger Text auf Seite drei in einer Boulevardzeitung nicht gerade das sein dürfte, was sich unser Täter erhofft hat.« Sie setzte sich auf die Ecke von Lukas' Schreibtisch, nachdem sie kurz zum Besucherstuhl geschaut hatte, auf dem wie so oft der

Motorradhelm ihres Kollegen lag. »Wie dem auch sei … Wenn ich der Täter wäre und darauf warten würde, dass die Medien ausführlich über meine öffentlich präsentierten ›Kunstwerke‹ berichten, und genau das dann nicht passiert, also … ich wäre ziemlich angepisst … äh …« Sie warf Lisa einen um Entschuldigung bittenden Blick zu. »Also, ich wäre supersauer.«

Lukas grinste unwillkürlich. »Und was tust du, wenn du angepisst bist?«

Nun mussten die beiden Frauen lachen. Lisa benutzte zwar keine ordinären Schimpfwörter, hatte aber kein Problem damit, wenn andere das taten.

Kleiber überging die nicht ernst gemeinte Frage und fuhr fort: »Wenn ich heutzutage nach einer Veröffentlichung über ein Thema suche und am Kiosk und im Fernsehen nichts finde, schaue ich sofort ins Internet. Zuerst auf die Seiten von Zeitungen, Zeitschriften und Fernsehsendern. Bleibt das ebenfalls erfolglos, grabe ich mich immer tiefer in das weltweite Netz. Daher bin ich auf die Ideen gekommen, im Web nach Texten zu unseren Mordfällen zu suchen. Und siehe da, es gibt dort schon ein paar Leute, die sich über unsere schöne Tote Gedanken machen.« Sie überreichte Lukas einige Computerausdrucke. »Ein paar Besucher unterhalten sich in diversen Chatrooms darüber, dass sie es höchst merkwürdig finden, nichts über die tote Frau am Fischmarkt gehört oder gelesen zu haben. Derartige Gespräche finden sich hauptsächlich in Kölner Chatrooms wie *Neuköln*, *Domaniac* oder *Verzällnix*.«

»Ver… was?« Lisa sah ihre Kollegen belustigt an.

Die beiden schmunzelten und warfen sich vielsagende Blicke zu, bis Brigitte Kleiber sich schließlich dazu bequemte, ihre norddeutsche Kollegin ein wenig in die kölsche Mundart einzuweihen. »›Verzäll‹ bedeutet so viel wie Geschwätz, und ›nix‹ dürfte ja wohl selbst eine Hamburgerin verstehen. ›Verzäll nix‹ könnte man also mit ›Red keinen Scheiß‹ übersetzen.«

Lisa zuckte amüsiert mit den Achseln. »Für mich klang das eher wie eine Figur aus *Asterix*.«

Sie grinsten alle drei. Doch schon im nächsten Moment wurde Brigitte Kleiber wieder ernst und erklärte: »Es geht aber noch weiter. Ich habe mir nicht vorstellen können, dass es die Geltungssucht unseres Täters befriedigt, wenn sich einige wenige Leute ein bisschen über die fehlende Berichterstattung wundern. Also habe ich weitergegraben. Na ja, um genau zu sein … Ich kenne da jemanden bei der Internet-Kriminalität …«

Sie errötete leicht, was ihr, wie Lukas fand, recht gut stand, da es sie etwas femininer erscheinen ließ. »Und was hat dieser Jemand herausgefunden?«, fragte er.

»Es gibt da wohl ein paar einschlägige Seiten für Snuff-Movies und -Fotos. Da hat er sofort einen Treffer gelandet; aber seht selbst.« Sie reichte Lukas zwei weitere Blätter.

Lisa stand auf und trat hinter Lukas' Schreibtisch, um zu sehen, was er betrachtete. Sie fuhr zusammen. »Mein Gott, das ist ja ein Foto von Manuela Sanchez' Leiche. Und das habt ihr im Internet gefunden?«

Kleiber nickte. »Guido … äh, also der Typ, den ich da kenne … Er sagt, dass sie zurzeit einige Seiten beobachten, die unter Snuff-Verdacht stehen. Er hat geglaubt, dass sich in diesen Foren kein Mensch für das Bild einer solchen Leiche interessiert, weil dort in der Regel weitaus härtere Dinge eingestellt werden. Aber irgendwer muss ja das Foto auf die Seite gepostet haben, und dann ist da noch zumindest einer gewesen, der sich sehr wohl dafür interessiert hat. Sieh mal auf die zweite Seite! Dort stehen die Kommentare, die zu dem Foto geschrieben wurden.«

Lukas legte das erste Blatt zur Seite. Gemeinsam mit Lisa, die sich über seine Schulter lehnte, begann er die zweite Seite zu lesen.

17.32
Engelmacher2405: Göttlicher Paladin, zeige mir, wie du Engel erschaffst, und ich werde auf immer dein demütiger Diener sein.

17.38
Bonebreaker666: Eh, Alter, wir spielen doch hier nicht mit Puppen! Diese Rose ist einfach nur krank. Wo ist das Blut?

17.39
Engelmacher2405: Hinweg mit dir, Unwürdiger, der du wahre Größe nicht erkennst. Göttlicher Paladin, ich werde auf ein Zeichen von dir harren. Ich bin bereit, wenn du meiner Dienste bedarfst.

17.58
Engelmacher2405: Vergiss nicht, ich werde warten.

18.07
Engelmacher2405: Warten. Warten! Warten!! Warten!!!

Lukas machte ein betretenes Gesicht. »Was genau ist das? Wie konntet ihr das nachvollziehen? Ich dachte, in einem Chat ist nur das sichtbar, was gerade geschrieben wird, und danach verschwindet alles spurlos.«

»Das ist richtig. Aber hier handelt es sich nicht um einen Chat, sondern da hat jemand das Bild kommentiert. Und das bleibt auf der Seite stehen.«

»Kann man herausfinden, wer das Bild dort eingestellt und wer diese Kommentare geposted hat?«

Kleiber zuckte mit den Achseln und errötete wieder leicht. »Ich weiß es nicht genau, da müssten wir einen Fachmann hinzuziehen.«

Lukas konnte sich ein Grinsen nicht verkneifen. »Okay, dann werden wir beide jetzt zu Baumgartner gehen, um der ganzen Sache einen offiziellen Charakter zu verleihen.«

Sie sah ihn dankbar an. Dann machten sie sich zu zweit auf den Weg zum Dezernatsleiter.

46

Köln, 4. November

Das Kölsch schmeckte ihm gut, obwohl er normalerweise kein Biertrinker war. Noch in Australien war er auf die lokalen Weine umgestiegen, weil das dortige Gebräu nicht seine Billigung gefunden hatte. Hier in Köln musste man zwar ständig nachbestellen, weil die Gläser so klein waren, aber das hatte auch einen Vorteil: Das Bier, das man trank, war stets erfrischend kühl.

Kölsch als Dialekt – oder man konnte fast sagen: als eigene Sprache – war da schon gewöhnungsbedürftiger. Er hatte nicht im Entferntesten erwartet, dass so viele Worte aus dem Französischen entlehnt waren: Wenn man bedachte, wie alt Köln schon war, stellte die Zeit der französischen Besatzung doch nur eine relativ kurze Periode dar. Er amüsierte sich königlich über Begriffe wie »Schäselong«, »Adjö«, »Malör« oder »Lamäng«. Sein Favorit war aber eindeutig die »Trottewarschwalf«, und er fragte sich insgeheim, wie Béatrice, Sophie oder Elise wohl reagierten, falls er sie so benennen würde.

Nicht alles kam aus dem Französischen. Manche Wortschöpfungen folgten auch nur einer einfach bestechenden Logik. Warum ein Känguru nicht »Höppedier« nennen? Schwierig wurde es allerdings, wenn diese Logik fehlte. Wie zum Teufel sollte ein Nichtkölner auch nur erahnen können, was sich hinter einem »Halve Hahn« verbarg? Definitiv kein halbes Hähnchen, wie er in einem Brauhaus gelernt hatte, als ihm vom Köbes – so nannte man die Kellner hier – ein einfaches Roggenbrötchen mit Käse gebracht worden war. Ein breites Grinsen auf dem Gesicht des Obers hatte ihm verraten, dass er nicht als Erster darauf hereingefallen war.

Auch die Stadt gefiel ihm. Die Kölner waren ein quirliges Völkchen und blickten auf eine lange Tradition zurück. Die große Kathedrale im Zentrum hatte ihn sofort in seinen Bann gezogen. Der Dom gehörte zu Köln wie Bonnie zu Clyde oder der Ripper zu Whitechapel.

Das grandiose Gotteshaus war das Wahrzeichen der Stadt und sollte daher auch im Mittelpunkt seines Plans stehen. Er hatte lange auf der Umrandung des Brunnens gesessen und das hohe Gebäude einfach nur betrachtet. Selbst der beißende Novemberwind, der ihm auf der Domplatte um die Ohren pfiff, hatte ihn nicht vertreiben können. Sogar nach mehreren Stunden waren ihm immer noch neue Details an den fein gearbeiteten Außenmauern aufgefallen. Ein wirkliches Meisterwerk, das leider ständig von gewaltigen Baugerüsten verschandelt wurde. Er war drei Mal um den Dom herumgelaufen. Das Gebäude war einfach gigantisch. Ein kleines Stück vom Haupteingang entfernt stand eine Kopie der Kreuzblumen, die in schwindelerregender Höhe die Spitzen der beiden Kathedralentürme bildeten. Sahen sie dort oben wie Spielzeuge aus, so wirkte das Gebilde hier unten auf dem Boden riesig. Die Kreuzblume passte irgendwie auch hervorragend zu seinem Plan mit der Rose.

Da er sich noch recht gut an seinen Bungee-Sprung erinnerte, unterließ er es, den Turm zu besteigen, dafür schaute er sich aber umso genauer in der Kirche um. Sie beherbergte unzählige Schätze und Kunstwerke, von denen der goldene Schrein der Heiligen Drei Könige am bekanntesten war. Er bezweifelte allerdings, dass die echten Gebeine in diesem Behältnis lagen. Das Innere der Kathedrale faszinierte ihn nicht halb so sehr wie das Gebäude an sich. Es war insgesamt zu düster und an vielen Stellen zu bunt. Und zu voll: Die einzelnen Kunstwerke kamen in dieser Ansammlung von Heiligenfiguren, Mosaiken und Gemälden überhaupt nicht richtig zur Geltung.

Er verließ das Gotteshaus und sah wieder zu den beiden Türmen hinauf, die erhaben über die ganze Stadt blickten. Wenn man direkt davorstand und die Wolken über den Dom hinwegzogen, hatte man fast das Gefühl, dass die Türme mit einer unwirklichen Langsamkeit auf den Betrachter hinabstürzten. Als wären sie lebendig. Er entschied, mindestens einen seiner Engel vor diesem majestätischen Gemäuer abzulegen. Seine Kunstwerke sollten in einer würdigen Kulisse präsentiert werden, die jedoch nicht von ihnen ablenkte.

Auch die Atmosphäre auf dem Dom- und dem Roncalliplatz begeisterte ihn. Er mochte die Skateboardfahrer und Straßenkünstler. Vor einem trotz der kalten Witterung nur leicht bekleideten, mit Goldfarbe angemalten römischen Feldherren, der reglos wie eine Statue auf einem kleinen Podest stand, blieb er stehen. Ein kleines Mädchen trat vor und warf eine Münze in das aufgestellte »Schatzkästchen«. Der Römer begann sich wie auf Kommando zu bewegen, beugte sich zu der Kleinen hinunter und ließ sie mit staunenden Augen über seine goldene Wange streichen.

An den Abenden tauchte er tief in die Stadt ein. Er ging in Kneipen, Cafés und Restaurants, beobachtete die Menschen, die hier lebten, und unterhielt sich mit ihnen. Sie waren ihm sympathisch, und er befand, dass sie ein würdiges Publikum für seine Werke bildeten. Er durchstöberte das Internet nach allem, was mit Köln und seinen Kirchen zu tun hatte, und durchstreifte danach die Stadt, um alles in sich aufzusaugen.

Seine Engel sollten im Zentrum gefunden werden, nicht in einem der öden Randbezirke, beschloss er. Kirchen gab es mehr als genug, und bei einigen befand sich ein Brunnen in der Nähe. Wasser stand für Reinheit, doch die katholische Kirche war in seinen Augen alles andere als rein. Ein hübscher Gegensatz, und er mochte Gegensätze. Das waren genau die richtigen Orte, um seine Engel der Öffentlichkeit zu zeigen.

Einfach perfekt.

47

Köln, 31. Mai

Allein im Büro, griff Lisa erst einmal zum Telefon, um Daniel von ihrem Wochenende zu berichten. Er war so besorgt um sie gewesen und hatte ihr einige SMS geschickt, die sie allerdings nicht beantwortet hatte. Sie hatte Köln in den zwei Tagen komplett aus ihren Gedanken verbannt und sich ausschließlich auf Hamburg und ihre Eltern konzentriert. Für sie war das gut gewesen; aber sie verstand, dass Daniels Sorgen noch größer geworden sein mussten, weil sie sich nicht bei ihm gemeldet hatte.

Er nahm nach dem zweiten Klingeln ab. »Van der Mühlen«, sagte er nur; seiner Stimme konnte sie entnehmen, dass er angespannt und müde war.

»Hi, ich wollte mich eigentlich sofort bei dir melden, wenn ich zurück im Büro bin. Heute Morgen ging es hier jedoch einfach drunter und drüber.«

»Geht es dir gut? Ich meine, fühlst du dich jetzt besser, nachdem du bei deinen Eltern gewesen bist und mit ihnen gesprochen hast?«

»Ja, definitiv. Ich kann nicht behaupten, dass ich mir jetzt keine Sorgen mehr mache, aber ich bin deutlich beruhigter.«

»Dann ist ja gut.« Daniels Tonfall war zu entnehmen, dass er wohl noch immer leicht verschnupft war, weil sie seine SMS nicht beantwortet hatte.

Lisa seufzte. »Ich weiß ja, dass es nicht besonders nett war, dich kein einziges Mal anzurufen. Aber ich habe diese Auszeit einfach gebraucht.«

Er lachte leise auf. »Schon gut, mach dir keine Gedanken. Was war denn bei euch im Büro los, dass du erst so spät anrufst?«

»Wir haben diesen Franzosen aufgetrieben, diesen Deveraux, und er wird heute zum ersten Mal befragt. Dann haben wir vielleicht noch eine Spur im Internet entdeckt.«

»Sonst nichts?«

Bildete sie sich das nur ein, oder klang Daniels Stimme schon wieder angespannt? »Reicht das nicht fürs Erste?«

»Doch, doch. Sehen wir uns heute Abend?«

»Wär ich schwer dafür.« Ein Schatten fiel auf den Teppich, und sie blickte auf. Baumgartner stand in der Tür. »Du, ich muss Schluss machen. Bis später.« Sie legte auf und sah ihren Chef erstaunt an. »Hallo … Ich dachte, Lukas und Brigitte sind bei dir?«

»Ja, das waren sie auch. Aber als sie mir all dieses Computerkauderwelsch um die Ohren werfen wollten, habe ich lieber gleich mit dem zuständigen Dezernatsleiter gesprochen und die beiden dann direkt dorthin geschickt.« Er lächelte ein wenig resignierend. »Weißt du, ich bin eigentlich ganz zufrieden, dass ich in meinem Alter einen Computer bedienen kann und mich sogar im Internet so einigermaßen zurechtfinde … Doch wie das alles funktioniert und was eine IP-Adresse ist, muss ich nun wirklich nicht mehr lernen.« Er nahm Lukas' Motorradhelm vom Stuhl und zog diesen vor Lisas Schreibtisch. Nachdem er sich gesetzt hatte, sah er sie mit einem warmen, aber auch prüfenden Lächeln an. »Wie geht es dir jetzt?«

Lisa war in dem ganzen Durcheinander nicht ein einziges Mal auf den Gedanken gekommen, ihren direkten Vorgesetzten über die Geschehnisse in Hamburg zu informieren. Das hatte sie völlig verschwitzt, und nun hatte sie ein schlechtes Gewissen, weil er sich auch noch so fürsorglich um sie bemühte. »Tut mir leid, Jupp, eigentlich hätte ich zu dir kommen müssen, nicht du zu mir.«

Er winkte ab. »Wer zu wem gehen sollte, ist in so einem Fall völlig egal. Doch ich finde es wichtig, dass wir miteinander reden.« Er hielt einen Moment inne, als müsse er seine nächsten Worte sorgfältig abwägen. »Du weißt, es ist kein Einzelfall, dass ein Polizist persönlich in einen Fall hineingezogen wird. Für die jeweiligen Betroffenen ist es aber natürlich eine sehr unangenehme Situation.«

Lisa schüttelte energisch den Kopf. »Dass man da persönlich mit hineingezogen werden kann, ist mir völlig klar und hier auch nicht das Problem. Ich mache mir Sorgen, weil er meine Mutter in seine hinterhältigen Spiele einbezogen hat. Und wir wissen, dass das Paket tatsächlich in Norderstedt aufgegeben wurde – er war also dort.«

Baumgartner hob beschwichtigend die Hände. »Das bestreitet ja auch niemand. Doch vergiss nicht, dass du diejenige bist, um die es dem Täter eigentlich geht. Deine Eltern darin hineinzuziehen ist für ihn nur eine Taktik, um dich zu verunsichern.« Er lächelte. »Und genau das scheint ihm ja auch gelungen zu sein.«

Lisa blickte schuldbewusst zu Boden, sagte aber nichts.

»Lisa, ich will dir keine Vorwürfe machen, sondern nur versuchen, dir zu helfen, wieder klarer zu sehen. Für die meisten Menschen ist die Vorstellung, dass ein geliebtes Familienmitglied oder ein Freund in Gefahr ist, viel schlimmer, als möglicherweise selbst in Gefahr zu sein. Ganz besonders, wenn sich dabei noch Schuldgefühle wegen der eigenen Berufswahl in ihre Gedanken mischen. Aber auch das ist schon vorgekommen. Und das ist allgemein bekannt. Auch unser Täter weiß das und setzt es nun als Verunsicherungsstrategie ein. Davon bin ich überzeugt.«

Lisa hob ihren Blick nur zögerlich und sah ihn dann zweifelnd an. »Glaubst du das wirklich?«

»Ja, das glaube ich wirklich. Aber eigentlich wollte ich auf etwas ganz anderes hinaus. Wenn ihr auch ein paar Startschwierigkeiten hattet, so habe ich doch das Gefühl, dass Lukas und du ein gutes Team seid. Oder liege ich da falsch?«

Lisa sah ihn verblüfft an. »Du wusstest von unserer anfänglichen … äh … Inkompatibilität?«

»Ja, ich wusste davon.«

»Und warum hast du nichts unternommen? Ich war kurz davor, mich bei dir zu beschweren.« Lisa wirkte tatsächlich empört.

Baumgartner lächelte sie entwaffnend an. »Das habe ich mir schon gedacht. Doch ich kenne Lukas seit vielen Jahren, und ich war mir sicher, dass er deine Fähigkeiten erkennen würde, wenn er sich erst einmal an deine, sagen wir, für eine Polizistin selten feminine Art gewöhnt hätte.« Er lachte, und sein Ton wurde leicht verschwörerisch. »Lukas stand unmittelbar vor der Kapitulation, als du mit ihm gesprochen hast.«

Lisa war perplex. Über jenes Gespräch wusste er auch Bescheid? Was wusste er eigentlich nicht? Sie merkte, dass sie Baumgartner aufgrund seiner zurückhaltenden, gutmütigen Art eindeutig unterschätzt hatte. »Okay, dann kapituliere ich jetzt. Was willst du mir eigentlich wirklich sagen?«

Zu einer Antwort kam Baumgartner nicht mehr, da in diesem Moment Lukas zusammen mit einem mittelgroßen, untersetzten Mann das Büro betrat, der Lisa aus der Kantine bekannt vorkam.

»Das ist Guido Reuther, das Hackergenie in der Abteilung für Internet-Kriminalität«, stellte Lukas seinen Begleiter vor.

Lisa hob erstaunt die Brauen, bevor sie den Kollegen begrüßte. So hätte sie sich weder einen Computerfreak noch einen Mann vorgestellt, der Brigitte Kleiber zum Erröten brachte. Mit seiner beginnenden Glatze und der etwas aus der Mode gekommenen Brille mit dunklem Metallrahmen sah Reuther eher aus wie ein Buchhalter als wie ein Computergenie. Und die völlig unsportliche Figur passte so gar nicht zu Kleibers durchtrainiertem Körper. Nun ja, Gegensätze ziehen sich ja bekanntlich an, dachte Lisa.

»Kommt ihr mit in den Konferenzraum?«, fragte Lukas. »Dort können wir Guido besser erklären, worum es geht.«

Baumgartner erhob sich und erklärte: »Ich glaube nicht, dass ihr mich dabei braucht.«

Also gingen sie nur zu dritt in den Konferenzraum, wo Brigitte Kleiber schon auf sie wartete.

Guido Reuther entpuppte sich als ein sympathischer, fröhlicher Mensch, dessen Augen ständig zu lächeln schienen. Auch erging er sich nicht in langatmigen Phrasen voller Computerkauderwelsch, wie Baumgartner es genannt hatte, sondern war wortgewandt und außerdem auf eine unaufdringliche Art witzig. Lisa mochte ihn und begann zu verstehen, weshalb ihre Kollegin sich in ihn verliebt hatte.

Er gab ihnen einen guten Überblick über die sogenannte Snuff-Szene und wies dabei darauf hin, dass das Foto und der Kommentar von Engelmacher2405 eigentlich gar nicht zu diesem Milieu passten. »Die Snuff-Movies sind ein Mythos, der mit Charles Manson begonnen hat. Er soll angeblich die ersten Morde mit der Kamera live festgehalten haben; die Filme sind allerdings nie gefunden worden. Danach sind viele Filme gedreht worden, die angeblich echte Morde zeigten, sich aber im Nachhinein immer als reine Show herausstellten. Die Szene heute teilt sich in *Snuff*, *Splatter* und *Gore* auf. Splatter kommt von Metzelei, was wohl für sich spricht. Da geht es nicht unbedingt um Mord, sondern um möglichst blutige Folterbilder, um abgetrennte Körperteile und Ähnliches: Szenen, die so realistisch wie nur möglich wirken sollen, aber gar nicht erst den Anspruch erheben, tatsächlich echt zu sein. Bei den Gore-Filmen oder -Fotos geht es nicht um die Tat an sich – also um das Morden, Foltern oder Abtrennen von Körperteilen –, sondern um die Bilder nach dem Massaker. Dort findet man Darstellungen einzelner Beine, durchgeschnittener Leichen etc.«

Lisa schüttelte sich und war ganz froh, dass sie das Mittagessen hatte ausfallen lassen.

Reuther hingegen fuhr ungerührt fort: »Bei den Gore-Geschichten gibt es manchmal auch echte Bilder. Auf Umwegen über die Presse gelangen immer mal wieder originale Polizeifotos auf die entsprechenden Webseiten. Es gibt da inzwischen ein paar alte Bilder, die schon regelrecht berühmt sind.«

»Und ihr findet da tatsächlich Filme und Fotos, die echte Morde zeigen?«, fragte Lukas nach, dessen Mimik zum Ausdruck brachte, dass auch er das Thema ziemlich ekelhaft fand.

Reuther wiegte seinen Kopf ein wenig hin und her. »Sagen wir mal so: Bisher hat sich das meiste als Fake herausgestellt. Allerdings müssen wir der Sache halt grundsätzlich nachgehen. Die Grenzen zwischen den einzelnen Szenen sind fließend; man kann daher nicht immer schnell erkennen, ob ein Bild echte Körperteile darstellt. Weiterhin beschränken sich alle drei Genres nicht nur auf Menschen, sondern zeigen auch Tiere; und da wird dann leider häufig die Realität dargestellt.«

»Was sind denn das für kranke Hirne?«, rief Lisa angewidert aus.

Reuther zuckte mit den Achseln. »Je blutiger und je bizarrer, desto besser.« Er hielt kurz inne. »Haltet ihr es für möglich, dass euer Täter das Bild selber auf die Seite gestellt hat?«

»Auf gar keinen Fall!« Lukas schüttelte vehement den Kopf. »Unser Typ ist Perfektionist. Er versucht, seine Leichen so schön und so ästhetisch aussehen zu lassen, wie es eben nur geht. Außerdem sucht er die große Presse und nicht irgendwelche schwer zugänglichen, mehr oder minder geheimen Seiten.«

Reuther, der sich inzwischen die Fotos an der Pinnwand genauer angesehen hatte, nickte zustimmend. »Kann ich nachvollziehen. Brigitte hat mir ein wenig von dem Fall erzählt, insbesondere von dem Chaos des letzten Leichenfunds vor Publikum. Das Foto, das im Netz steht, ist übrigens definitiv von einem Handy gemacht worden.«

Lisa seufzte resigniert. »Das ist nicht weiter verwunderlich. Es hat zwar nicht sehr lange gedauert, aber die Leute hatten zumindest ein paar Minuten Zeit, bis die ersten Beamten eintrafen. Ich fürchte, das ist nicht das einzige Handy-Foto, das gemacht wurde. Die Frage ist nur – wie bringt uns das weiter? Könnt ihr herausfinden, wer das Foto ins Netz gestellt hat und wer dieser Engelmacher2405 ist? Bonebreaker666 können wir ja wohl ausschließen. Nach allem, was du gerade gesagt hast, ist das wohl einer aus der Szene, der nur zufällig über das Foto gestolpert ist.«

Reuther nickte zustimmend. »Ich denke auch, dass ihr den vergessen könnt. Was das Foto betrifft, so wurde es in einem Internetcafé in Düsseldorf ins Netz gestellt. Dort herauszufinden, wer das getan hat, ist fast unmöglich. Wir können das Foto aber im Auge behalten und sehen, wie oft es angeklickt wird. Sollte eine Adresse häufiger als andere das tun, könnte sie demjenigen gehören, der es eingestellt hat und der nun sehen will, welches Feedback er erhält. Bei diesem Engelmacher ist das schon schwieriger. Das scheint ein Computerfreak zu sein, ein regelrechter Hacker. Solche Typen loggen sich über verschiedene IP-Adressen weltweit ein, die sie ständig wechseln. Da müssen wir warten, bis er wieder online ist und lange genug auf der Seite mit dem Foto bleibt, damit wir ihn zurückverfolgen können.« Er grinste. »Aber meistens kriegen wir sie doch. Wir sind nämlich auch ganz gut im Hacken, auch wenn ich das jetzt niemals laut gesagt habe.«

»Ach, hier steckt ihr!«, rief plötzlich eine bekannte Stimme.

Sie drehten ihre Köpfe zur Tür. Lars Möller betrat lässig, mit den Händen in den Hosentaschen, den Konferenzraum.

Lukas durchlief es heiß und kalt, als er Möller sah. Er überlegte fieberhaft, wie er dem wenig feinfühligen Kollegen ein Zeichen geben könnte, ohne dass Lisa es merkte. Er schüttelte den Kopf ein wenig, was Möller allerdings nicht zu bemerken schien.

»Also, Zweiglein, die Ergebnisse von dem Schnelltest des DNA-Vergleichs werden wir erst übermorgen Vormittag haben«, erklärte der Kriminaltechniker. »Aber ich habe mir die Struktur und Farbe des Haars mal genauer angesehen und bin fast überzeugt davon, dass es nur unserer Grace gehören kann.« Bei den letzten Worten hatte er sich übertrieben schwungvoll herumgedreht und sah nun Lisa mit einem breiten Grinsen direkt ins Gesicht.

Ihre Miene verdüsterte sich, und sie zog fragend die Augenbrauen in die Höhe. Dann wandte sie sich um und blickte ihrem Partner direkt in die Augen. »Was für ein Haar?«

Lukas lief hochrot an. Das hatte ihm gerade noch gefehlt. Schlimm genug, dass ausgerechnet Möller hier hereinplatzte und die Sache mit dem Haar ausplauderte. Aber dass sie nun auch noch Publikum in Form von Kleiber und Reuther dabeihatten, machte das Ganze noch schlimmer. Einen Moment lang fehlten Lukas die Worte. Er wollte gerade zu einer Antwort ansetzen, als Möller in schallendes Gelächter ausbrach.

»Uups, da scheint es bei euch wohl eine kleine Lücke in der Kommunikation gegeben zu haben«, spottete der Kriminaltechniker, nachdem er sich wieder beruhigt hatte. »Grace, dein Kollege hat mir heute Morgen ein Haar von dir gebracht. Wir vergleichen es mit dem, das wir ganz im Innern der zusammengefalteten Decke gefunden haben. Ich wollte nur kurz einen Zwischenbericht abliefern, da ich sowieso gerade hier zu tun hatte.« Er warf einen letzten Blick auf den noch immer hochroten Lukas und wandte sich dann Richtung Tür. »Bin dann mal weg.«

Alle Blicke der noch Anwesenden waren auf Lisa gerichtet. Reuther schaute ein wenig verwirrt, Kleiber ziemlich entsetzt.

»Der Täter hatte ein Haar von dir?«, rief sie bestürzt.

Lisa ignorierte die Frage. Mit starren Gesichtszügen sah sie Lukas an. »In unser Büro. Sofort!«

Sie hatte Mühe, nicht gleich vor den anderen zu explodieren; diese Blöße wollte sie sich jedoch nicht geben. Mit zusammengebissenen Zähnen und unter Aufgebot all ihrer Kräfte stapfte sie ein paar Augenblicke später wenig damenhaft den Flur hinunter.

Kaum waren sie im Büro angelangt, knallte sie die Tür zu und sah Lukas wütend an. »Was hattest du dir denn so vorgestellt, wann ich über die Geschichte mit *meinem* Haar informiert werden sollte?«

»Lisa, es tut mir leid. Ich habe seit unserem Wiedersehen mehrfach versucht, es dir zu sagen.« Er hob hilflos die Hände. »Es ist ständig etwas dazwischengekommen.«

»So ein Blödsinn. Wir beide haben gut zwanzig Minuten allein im Auto gesessen. Da wäre ja wohl mehr als genug Zeit gewesen.«

»Ja, aber –«

»Nichts ›ja, aber‹. Ich fasse es einfach nicht. Am Freitag erzählst du mir noch, ich sollte mich mit dem Gedanken anfreunden, dass der Täter es auch auf mich abgesehen haben könnte und nicht auf meine Eltern. Und dann verschweigst du mir so etwas? Ich kann das einfach nicht glauben!« Sie stampfte wütend mit dem Fuß auf. Sie fühlte sich verraten und verkauft und wusste nicht, wohin mit ihrer Frustration und Hilflosigkeit. Sie hatte Lukas vertraut, sie waren zu einem wirklich guten Team herangewachsen – und jetzt so etwas. Sie hatte Mühe, die Tränen zurückzuhalten.

»Lisa, bitte, versteh mich doch. Heute Morgen im Auto warst du zum ersten Mal, seit du das Paket bekommen hast, wieder ein bisschen entspannt; und das wollte ich nicht gleich –«

»Entspannt? Von wegen entspannt. Ich bin so wenig entspannt wie noch niemals zuvor. Was hast du dir eigentlich dabei gedacht?« Es hatte ihr tatsächlich den Boden unter den Füßen weggezogen. Sie fuhr sich unwirsch durchs Haar, und einige Strähnen aus dem sonst so straff gebundenen Knoten lösten sich. Eine davon hielt sie Lukas nun unter die Nase. »Woher hast du eigentlich das Haar für den Vergleich?«

Lukas blickte zerknirscht zu Boden und deutete mit dem Kopf auf den Wandschrank.

»Was?«, schrie Lisa empört. »Du hast auch noch meine Sachen durchstöbert?«

Sie stampfte erneut mit dem Fuß auf, und diesmal hielt der Absatz des fragilen Schuhs ihrem Wutausbruch nicht stand und brach ab. Lisa zog ihn aus und sah ihn fassungslos an. Ging denn zurzeit einfach alles schief? Im Augenblick fühlte sie sich genauso zerbrochen wie dieser Schuh. Sie musste raus hier. Sie hatte das Gefühl, dass sie gleich zusammenbrechen würde, und sie gönnte es Lukas nicht, das mitzuerleben. Wutentbrannt warf sie den beschädigten Schuh gegen die Wand, kickte den anderen achtlos in eine Ecke und floh auf Strümpfen aus dem Büro.

48

Köln, 18. November

Er hatte sich inzwischen etliche Kirchen angesehen, die einen Brunnen in der Nähe aufwiesen. Doch diejenigen, die ihm nach seiner Internetrecherche am besten geeignet zu sein schienen, hatte er sich bis zum Schluss aufgehoben. Eine davon stand nun direkt vor ihm.

Die barocke Kirche war winzig im Vergleich zum Dom und von außen sehr schlicht. Das gefiel ihm. Erwartungsvoll trat er ein – und sogleich verspürte er ein Gefühl der Enttäuschung: Das Innere der Kirche stand in einem krassen Gegensatz zu ihrem einfach gehaltenen Äußeren. Er blickte auf den riesigen Hochaltar flämischer Herkunft, der geradezu erdrückend wirkte und viel zu verschnörkelt und viel zu üppig verziert war. Die kleine, in Weiß und Gold gehaltene Kanzel, die in der Luft zu schweben schien, war noch schlimmer. Sie sah aus wie ein Zuckertörtchen mit einer Krone.

Kopfschüttelnd verließ er den Altarraum und betrat die kleine Kapelle, in der sich die Hauptattraktion des Gotteshauses befand: die Schwarze Madonna. Sie sah ja ganz nett aus. Ihr Blick erschien ihm sanft und weise. Wie ein dunkelhäutiger Engel, auch wenn er fand, dass sie viel zu pompös gekleidet war. Er stutzte einen Augenblick. Auf dem Bild, das er im Internet gesehen hatte, trug sie eindeutig ein anderes Gewand. Er fragte sich, wie sie wohl darunter aussah und wer von diesen, zumindest nach außen hin, oberkeuschen Geistlichen sich erdreistet hatte, eine heilige Figur der Muttergottes zu entkleiden, um ihr dann ein anderes Gewand überzustreifen. Sein süffisantes Grinsen wurde noch breiter, als er darüber nachdachte, was er so alles über Schwarze Madonnen im

Internet gelesen hatte. Dort hieß es, dass die meisten von ihnen nicht die Jungfrau Maria, sondern Maria Magdalena darstellten. In frühchristlichen Zeiten konnte das einfache Volk mit der neuen Religion nicht viel anfangen, und so verehrte es weiterhin die heidnischen Gottheiten. Dazu gehörten natürlich auch bedeutende Göttinnen: im Orient zum Beispiel Astarte, Ischtar und Isis, in Rom Juno, Venus und Diana. Sie waren Himmelsköniginnen, Göttinnen der Fruchtbarkeit, der Liebe oder der Ehe. Die Kirche initiierte daraufhin den Marienkult, um quasi den Menschen den Übergang zur neuen Religion zu erleichtern.

Er lachte leise vor sich hin. Das Volk hatte sich zwar der Obrigkeit gefügt und die christliche Religion angenommen, aber im Prinzip war es so gewesen, dass die Leute ihre alte Göttin nur unter einem neuen Namen angebetet hatten. Und den uralten Göttinnen entsprach nicht die Jungfrau Maria, sondern eher Maria Magdalena, die nach der Überlieferung die Freuden des Lebens kannte und deren Nähe zu Jesus auch der Vatikan langsam nicht mehr wegdiskutieren konnte.

Er legte nachdenklich einen Finger an die Lippen. Die Schwarze Madonna hier in St. Maria in der Kupfergasse kam aus Holland. Der Künstler war unbekannt. Woher sollte man also wissen, welche der beiden Marien gemeint war? Und wenn diese Statue tatsächlich Maria Magdalena darstellte, wer zum Teufel war dann das Kind in ihrem Arm?

49

Köln, 31. Mai

Ohne Schuhe würde sie nicht weit kommen, und so hetzte sie, ohne weiter darüber nachzudenken, in Baumgartners Büro. Der sah verblüfft von seinem Schreibtisch auf, als sie hereinstürmte, und zum ersten Mal dämmerte ihr, dass sie sich aufführte wie eine Furie und vermutlich auch genauso aussah: ohne Schuhe, mit aufgelöstem Haar und wahrscheinlich roten Flecken im Gesicht. Aber auch diese Einsicht konnte sie nicht bremsen.

»Diesmal ist er wirklich zu weit gegangen!«, rief sie empört.

Josef Baumgartner erhob sich und kam ihr um den großen Schreibtisch herum entgegen. »Wer?«

»Lukas! Er hat es nicht einmal für nötig gehalten, mir mitzuteilen, dass ein Haar von mir in der Decke gefunden wurde. Das ist unfassbar. Er hilft mir nicht, sondern lässt mich einfach ins offene Messer rennen.« Baumgartner hatte sie inzwischen zu der kleinen Sitzecke geführt und ließ sie dort auf einem der Sessel Platz nehmen. Bevor er sich ihr schräg gegenüber hinsetzte, schenkte er noch ein Glas Wasser ein und reichte es ihr.

»Jetzt erzähl erst mal von Anfang an«, forderte er sie auf.

Lukas saß in seinem Büro, hatte den Kopf zurückgelehnt und massierte sich die Schläfen. War er einfach zu blöd im Umgang mit Frauen? Er versuchte doch immer, alles richtig zu machen, aber der Schuss ging meistens nach hinten los. Siehe Alex. Und jetzt auch noch Lisa. Und alles wegen diesem Idioten von Möller. »Scheiße!«, schrie er und war anschließend überrascht, dass er das Wort laut ausgesprochen hatte. Er seufzte. Eigentlich war es nicht Möllers Schuld gewesen, auch wenn dessen plumpe

Art, über das Thema zu reden, nicht gerade hilfreich gewesen war. Trotzdem war er, Lukas, es gewesen, der hinter Lisas Rücken ein Haar von ihr in die KTU zur Untersuchung gebracht hatte, ohne sie über alles zu informieren. Er hatte es ihr nicht verschweigen wollen. Nicht nach den Gesprächen mit Daniel und Baumgartner. Wenn er recht überlegte, war ihm von Anfang an klar gewesen, dass er es ihr sagen würde. Die Frage war nur, wie und wann das hätte geschehen sollen; er hatte sie ja nicht einfach mit der unerfreulichen Nachricht überrumpeln wollen. Doch er hatte den richtigen Zeitpunkt für dieses Gespräch verpasst … Das Klingeln seines Telefons riss ihn aus seinen Überlegungen. Er nahm ab und meldete sich.

Am anderen Ende der Leitung war ein ziemlich frustrierter Mankowski. »Wir haben noch kein einziges Wort mit Deveraux gesprochen. Bisher schlagen wir uns nur mit seinen Anwälten herum. Ich melde mich, wenn es etwas Neues gibt.«

»Das habe ich mir schon gedacht. Aber irgendwann muss er mit euch reden, wenn er sich keine Anklage wegen Behinderung der Ermittlungen einfangen will.«

»Sehe ich auch so. Also, wie gesagt, ich melde mich, wenn es Neuigkeiten gibt. Bis dann.«

Auch wenn er eigentlich nichts anderes erwartet hatte, war Lukas enttäuscht. Im Moment lief einfach rein gar nichts so, wie er es sich vorstellte. Der Fall war absolut nervtötend, weil sie die ganze Zeit über auf der Stelle traten und nicht auf eine einzige konkrete Spur stießen – von Deveraux vielleicht mal abgesehen. Aber der hatte bisher kein Wort gesagt. Und jetzt kamen auch noch die Probleme mit Lisa dazu! Es war zum Kotzen. Daniel anzurufen wäre mit Sicherheit auch vollkommen sinnlos, da Lukas annahm, dass sein Freund sich am Abend mit Lisa treffen würde. Super. Und jetzt? Da ihm nichts Besseres einfiel, packte er die Fallakte in seinen Rucksack und fuhr nach Hause.

Baumgartner hatte ihr zugehört, ohne sie auch nur ein einziges Mal zu unterbrechen. Schon während Lisa die ganze Geschichte erzählte, wurde sie ruhiger und begann sich zu fragen, ob sie nicht leicht überreagiert hatte. Es war einfach alles zu viel gewesen: das Paket, die Sorge um ihre Eltern, dann heute die Sache mit dem Haar sowie, was noch viel schlimmer war, die Tatsache, dass Lukas ihr das verschwiegen hatte.

»Lisa, ich kann verstehen, dass du verärgert bist«, sagte schließlich Baumgartner, »aber versuch doch auch einmal das Ganze aus Lukas' Sicht zu betrachten.«

Er lächelte bei diesen Worten, und sie hatte nicht das Gefühl, dass er sie kritisieren wollte. »Genau das tue ich ja. Wenn mir gesagt worden wäre, dass in der Decke irgendetwas von ihm gelegen hätte, wäre er der Erste gewesen, der es von mir erfährt.« Sie konnte und wollte das nicht anders sehen.

Baumgartner lächelte noch immer, hatte aber die Brauen leicht zweifelnd in die Höhe gezogen. »Bist du da ganz sicher? Würdest du ihm das tatsächlich sofort um die Ohren hauen, auch wenn du wüsstest, dass er sowieso schon angeschlagen ist, weil er sich um etwas anderes große Sorgen macht?«

»Sorgen hin oder her, es bringt doch nichts, so etwas zu verschweigen – zumal es einfach unfair ist, jemandem nicht mitzuteilen, dass er in Gefahr ist.«

»Hat er das denn wirklich getan? Soweit ich informiert bin, macht er sich große Sorgen um dich. Und es gefällt ihm gar nicht, dass du nur an deine Eltern denkst und dir anscheinend keinerlei Gedanken um dich selbst machst.«

Das war richtig, musste sie widerstrebend zugeben. Trotzdem hätte er sie sofort informieren müssen. Doch sie wollte nicht mehr weiter darüber reden und wechselte das Thema. »Was wolltest du mir eigentlich heute Mittag noch sagen? Ich meine, als wir von Lukas und dem Computerfreak unterbrochen worden sind.«

Baumgartner lehnte sich zurück und schien nachzudenken. »Es ist völlig gleichgültig, was ich dir heute Mittag sagen wollte. Die Situation hat sich wieder verändert, und ich möchte nicht, dass aufgrund der Raffinesse eines Serientäters eins unserer besten Ermittlerteams gespalten wird. Doch genau diese Gefahr sehe ich im Moment.« Er sah sie eindringlich an. »Was ich dir jetzt sage, bleibt bitte unter uns. Am Morgen nachdem du das Paket erhalten hattest, saß Lukas genau in diesem Sessel, in dem du jetzt sitzt, und sagte mir, dass er sich ernsthaft Sorgen um dich macht.« Lisa wollte aufbegehren, aber Baumgartner brachte sie mit einer Geste zum Schweigen. »Ich kenne Lukas schon sehr lange und weiß, dass er keine besonders schöne Kindheit hatte. Ich werde dir jetzt keine Details verraten, aber er musste recht früh lernen, auf sich selbst aufzupassen, und sich häufig alleine durchbeißen. Er ist jemand, der in der Regel seine Probleme auch alleine löst. Wenn also so jemand zu mir kommt, um mir seine Sorgen mitzuteilen, dann müssen sie schon sehr ernsthafter Natur sein.«

Lisa war noch immer nicht besänftigt. »Also hält er mich für schwach und hat Angst, dass ich meine Probleme nicht alleine lösen kann.«

Baumgartner schüttelte den Kopf und lächelte schwach. »O nein, Lisa, ganz und gar nicht. Er fürchtet vielmehr, dass dir deine Stärke zum Verhängnis werden könnte.«

Es war ihr höchst peinlich, erneut auf Strümpfen durch den Gang zu laufen. Daher schlich sie erst einmal rasch in Konferenzraum vier, wo noch immer ihre Reisetasche vom Wochenende stand, und nahm ein anderes Paar Schuhe aus dem Seitenfach heraus. Die passten farblich zwar nicht so ganz zu ihrem anthrazitfarbenen Kostüm, aber das war immer noch besser, als auf Strümpfen zu gehen. Gleich fühlte sie sich besser.

Auf dem Weg zu ihrem und Lukas' Büro ließ sie noch einmal das Gespräch mit Baumgartner Revue passieren. Vielleicht hatte er gar nicht so unrecht, und sie beurteilte die ganze Situation falsch. Seit Katjas Tod war ihr die Familie noch wichtiger als zuvor. Regelrecht heilig. Sie würde es nicht zulassen, dass man ihr noch einmal einen geliebten Menschen wegnahm, wenn sie irgendwie in der Lage war, das zu verhindern. Baumgartner glaubte, dass sie im Moment einfach zu empfindlich reagierte, was sie nicht ganz ausschließen konnte. Normalerweise blieb sie gelassener und fuhr nicht so aus der Haut, wie sie es eben getan hatte. Eigentlich kannte sie sich selbst nicht mehr wieder: Die Geschichte mit dem Haar hätte sie unter anderen Umständen auch nicht so tragisch gefunden. Aber im Augenblick schien sie unterbewusst jeden Angriff auf ihre eigene Person als Angriff auf ihre Familie zu betrachten. Sie blieb kurz stehen, lehnte sich an die Wand und versuchte sich zu sammeln. Es war für sie schwer, dies zuzugeben – aber wenn sie ganz ehrlich zu sich selbst war, hatte Lukas heute in der Tat wenig Gelegenheit gehabt, ihr von dem Haar zu berichten. Im Auto hatte sie die meiste Zeit geredet, und danach … Na ja, danach hatte er schon dazu angesetzt, ihr irgendetwas zu erzählen, aber in dem Augenblick war Mankowski ins Büro gestürmt. Und später Brigitte Kleiber.

Lisa riss sich zusammen, versuchte eine einigermaßen freundliche Miene aufzusetzen und ging ins Büro. Es war leer.

Lukas war nicht nach Hause gefahren, sondern zum Dom. Sein Motorrad hatte er vor einem Brauhaus direkt am Heinzelmännchenbrunnen geparkt und war dann langsam über den Roncalliplatz zu der großen Kathedrale hinübergegangen, wobei er zahlreichen Skateboardfahrern ausweichen musste. Vor dem Springbrunnen war er stehen geblieben. Es war erst sechs Uhr abends und noch hell. Der Täter hatte die schöne Tote in der Nacht hier abgelegt, aber Lukas ging davon aus, dass er vorher bei Tageslicht hier gewesen war, um die Umgebung auszukundschaften.

An einem Tatort oder, wie in ihrem Fall, einem Leichenfundort herrschte kurz nach der Entdeckung grundsätzlich Hektik. Rechtsmediziner, Spurensicherer, uniformierte Polizisten sowie Zivilbeamte eilten geschäftig hin und her, um so schnell wie möglich an relevante Spuren und Informationen zu gelangen. Dabei war es egal, wo sich dieser Fundort befand. Er wurde großräumig abgesperrt, damit sie nicht von Neugierigen bei der Arbeit behindert wurden. Die Umgebung nahm man dabei überhaupt nicht mehr wahr.

Natürlich hatten sie hinterher über die Kirchen und die Brunnen gesprochen, dennoch gewann Lukas den Eindruck, dass sie deren Bedeutung zu wenig Aufmerksamkeit geschenkt hatten. Vielleicht wollte er aber auch einfach nur einen anderen Weg gehen, weil seine Partnerin inzwischen persönlich involviert war und sie bisher nicht richtig weitergekommen waren: Sie hatten keine echte Spur, und der Täter war ein Phantom. Wo sonst könnte Lukas ihm näher sein als an den Fundorten, die der Mörder offenbar mit großer Sorgfalt ausgewählt hatte? Lukas ließ sich auf der breiten Umrandung des Brunnens nieder, gleich neben der Stelle, wo Marijke Veenstra gelegen hatte. Ob der Täter ihren Namen überhaupt gewusst hatte? Hinterher mit Sicherheit, da sie unbekleidet und ohne Handtasche aufgefunden worden war – aber vorher? Hatte er sie gekannt oder wahllos ausgesucht? Er wusste es nicht.

Lukas sah hinauf zu den alles überragenden Türmen des Doms. Für einen Kölner gehörte er zur Stadt wie D'Artagnan zu den Musketieren, und gleichzeitig nahm man ihn gar nicht mehr bewusst wahr. Lukas liebte den Dom. Seinen Glauben hatte er zwar schon während seiner Kindheit aufgegeben, aber er mochte das beeindruckende Bauwerk. Wann immer er verreiste, was er hauptsächlich mit der Ducati tat, freute er sich auf dem Heimweg, bald wieder einen Blick auf die Spitzen des Doms werfen zu können. Lukas riss sich aus seinen Tagträumen, da Alex, die ihn auf diesen Motorradtrips häufig begleitet hatte, sich in seine Gedanken zu schleichen drohte.

Er hing weiter seinen Überlegungen nach. Irgendwann blickte er auf die Uhr und stellte fest, dass er fast eine Stunde auf dem Brunnenrand gesessen, nachgedacht und das – trotz der ständigen Baugerüste – stolze Gebäude angestarrt hatte. Doch er war keinen Schritt weitergekommen. Er erhob sich und begann den Dom zu umrunden. Auf dem Platz vor dem Haupteingang fanden sich neben Hunderten von Touristen mehrere Kreidezeichner, die Engel, Kirchengemälde oder moderne 3D-Bilder auf den Asphalt zauberten. Dazwischen, auf kleinen Podesten oder angemalten Holzkisten, standen reglos Menschen, die Engel, alte Römer, Charlie Chaplin oder mittelalterliche Herrscher darstellten. Sie bewegten sich nur dann kurz, wenn man eine Münze in den vor ihnen stehenden Hut oder Kasten warf. Lukas mochte das. Er hatte nicht viel für Schnorrer übrig, aber ihm gefiel es, wenn jemand sein Talent in der Öffentlichkeit präsentierte, und er fand, dass eine kleine Gage gerechtfertigt war. So kramte er ein paar Münzen aus seiner Hosentasche und warf sie in den Helm eines komplett goldfarben bemalten römischen Feldherren. Der bedankte sich mit einer tiefen, altertümlich anmutenden Verbeugung, bevor er sich wieder in eine reglose Statue verwandelte.

Lukas ging weiter. Nachdem er den Dom zum zweiten Mal umrundet und noch immer keine neuen Eingebungen bekommen hatte, beschloss er, zu Fuß zum nächsten Fundort zu gehen.

50

Köln, 24. November

Das war nun wirklich eine Kirche, die ihm ganz besonders gefiel.

Hätte ihm noch vor einem Jahr jemand gesagt, dass er eines Tages verschiedene katholische Gotteshäuser mit großem Interesse besuchen würde, hätte er denjenigen eindeutig für verrückt erklärt. Jetzt stand er hier und war beeindruckt. Eines seiner größten Probleme mit der Institution Kirche war ihr großer Reichtum, den sie zudem öffentlich zeigte: Dies widersprach dem Lebensstil von Jesus, dem Sohn eines Zimmermanns. Das stellte jedoch kein ernsthaftes Problem für ihn dar; schließlich besaß er selbst ein großes Vermögen.

Jetzt befand er sich in einem hellen, schlichten, nahezu minimalistisch eingerichteten Bauwerk, das für ihn eine nie zuvor erlebte Würde ausstrahlte. Von außen betrachtet konnte das Gebäude nur als imposant bezeichnet werden. Es war ein fester Bestandteil der Kölner Skyline und bot einen majestätischen Anblick. Und wie schon beim Dom, neben dem nun das Museum Ludwig stand, hatten es die Kölner auch hier geschafft, Geschichte mit Moderne zu verbinden. Eingefasst in Glas, stand hier eine Kirche, deren Ursprung rund einhundert Jahre vor der Grundsteinlegung des Doms lag. Ausgrabungen, die noch tiefer als das mittelalterliche Fundament gingen, hatten überdies zutage gebracht, dass dieses Gotteshaus auf einem rund zweitausend Jahre alten Römerlager erbaut worden war. Dessen Grundstrukturen hatten anscheinend der geradlinigen, schlichten Inneneinrichtung der Kirche als Vorlage gedient.

Perfekt. Aber wo war der Brunnen?

51

Köln, 31. Mai

»Könnte es sein, dass du dem Ganzen vielleicht ein wenig zu viel Gewicht beimisst?«, fragte Daniel.

Er hatte darauf bestanden, Lisa vom Präsidium abzuholen, da sie, abgesehen von dem Streifenwagen vor ihrer Wohnung, Polizeischutz abgelehnt hatte. Nun machten sie einen Spaziergang durch den Volksgarten, und Lisa fühlte sich bei der Frage des Rechtsmediziners ein wenig ertappt.

»Kann sein«, meinte sie. »Ich war einfach so wütend und enttäuscht. Du hättest das Grinsen in Möllers Gesicht sehen müssen. Ich glaube, das war auch irgendwie der Auslöser für meinen ganzen Frust. Ich habe mich so entblößt gefühlt, gerade vor der Kleiber und diesem Reuther.« Sie zuckte die Achseln. »Wahrscheinlich habe ich mich einfach nur lächerlich gemacht.«

Daniel legte einen Arm um ihre Schultern. »Ach was, es war ja auch viel los in letzter Zeit. Und wenn du diesen Möller einfach mal beiseitelässt, werden die anderen mit Sicherheit Verständnis für dein Verhalten in dieser Situation haben.«

»Aber ob Lukas das auch so sehen wird?« Der Zweifel stand ihr ins Gesicht geschrieben.

»Bestimmt, glaub mir. Ich weiß, Lukas ist manchmal etwas grummelig, und seine große Statur kann regelrecht Angst einflößend wirken, aber er ist weitaus sensibler, als du denkst.«

»Was ist das eigentlich für eine Geschichte zwischen ihm und dieser Alexandra Wagner?«

Daniels Griff um ihre Schultern lockerte sich ein wenig, und er wich ein paar Zentimeter von ihr ab. »Es wäre nicht fair, mit dir darüber zu reden, er ist schließlich mein Freund.«

Sie zuckte ein wenig zusammen, ließ aber noch nicht locker. »Ich will dich hier nicht aus purer Neugier aushorchen, ich versuche nur einfach, ihn zu verstehen.« Etwas leiser fuhr sie fort: »Außerdem kann ich mir die Geschichte in groben Zügen zusammenreimen. Sie hat ihn wegen Miriam Erhard verlassen, oder?«

Der Rechtsmediziner sah sie verblüfft an. »Wie kommst du darauf?«

»Na ja, Lukas und ich haben sie beide gemeinsam befragt … und man müsste schon blind sein, um nicht eins und eins zusammenzählen zu können …«

Daniel seufzte. »Ich kann und will dazu nicht viel sagen, aber das hat ihn damals schwer getroffen, und er wird bis heute nicht wirklich damit fertig.«

Lukas Rosenzweig ließ den Blick schweifen. Die kleine Kirche verschwand fast zwischen den hohen, gläsernen Bürogebäuden auf der einen und den unzähligen Geschäften auf der anderen Seite. Durch die Mauer mit dem schmiedeeisernen Tor war sie fast von der Öffentlichkeit abgeschnitten und bot eine Oase der Ruhe inmitten der Stadt.

Unvermittelt erinnerte sich Lukas, dass der Papst bei seinem letzten Deutschlandbesuch eine Messe hier abgehalten hatte. Das Morddezernat hatte zwar nichts damit zu tun gehabt, aber der gesamte Polizeiapparat war mit den Sicherheitsvorkehrungen für den Heiligen Vater auf Trab gehalten worden. Für St. Maria in der Kupfergasse war das natürlich eine große Ehre gewesen, und ihr Status als Wallfahrtsort hatte sich dadurch erhöht.

Lukas blieb lange vor dem kleinen Brunnenbecken stehen, neben dem Juliette Moullard gelegen hatte. Was hatte den Täter bewogen, diesen unscheinbaren Ort auszusuchen, nachdem er zuvor einen so spektakulären wie den Dom ausgewählt hatte?

Lukas wandte sich um und betrat das Gotteshaus, das er von innen ziemlich kitschig fand. Wie konnte man eine Kirche nur so bunt und chaotisch gestalten? Irgendwie passte hier nichts richtig zusammen. Die Schwarze Madonna gefiel ihm allerdings. Sie wirkte menschlicher als ihre weißen Schwestern. Nicht so unnahbar mit ihrem dunklen Gesicht, das ihn zwar nicht anlächelte, ihn aber dennoch mild und weise anblickte. Ob der Täter auch hier gestanden und sie betrachtet hatte? Oder interessierte der sich nur für das Äußere der Gebäude? Möglicherweise betrat er sie noch nicht einmal. Lukas wusste es einfach nicht. Achselzuckend machte er sich auf den Weg zum Fundort Nummer drei.

Lisa und Daniel kochten diesmal in der großzügig geschnittenen Küche des Rechtsmediziners.

»Du kochst gerne, oder?«, fragte Lisa nach einer Weile.

Daniel nickte schweigend und konnte sich ein süffisantes Grinsen nicht verkneifen.

»Soso, dann war deine Hilflosigkeit bei meiner Sauce bolognese also nur gespielt.« Obwohl ein leichter Tadel in ihrer Stimme lag, musste auch Lisa feixen.

Daniel zuckte entschuldigend die Achseln. »Nein, eigentlich nicht. Ich wollte dir in deiner Küche einfach nicht dazwischenfunken. Und außerdem … wollte ich einfach mal sehen, was du so kannst.«

»War das jetzt ein kleiner Wink mit dem Zaunpfahl, dass ich mich in deiner Küche nicht einmischen soll? Damit ich sehe, was du kannst?«

Daniel entkorkte eine Flasche Wein, schenkte zwei Gläser ein und reichte ihr eins davon. »Nein, du kannst in meiner Küche treiben, was du möchtest. Ich dachte nur, dass du nach dem heutigen Tag ein wenig Entspannung gebrauchen könntest. Magst du eigentlich Fisch und Meeresfrüchte?«

Lisa prostete ihm zu und sah ihn mit einem warmen Lächeln an. »Ich bin Hamburgerin, was glaubst du denn? Ich bin mit Fisch groß geworden.«

»Hab ich es mir doch gedacht.« Daniel ging zum Kühlschrank und holte eine große Tüte mit diversen Meeresfrüchten heraus. »Ach übrigens, ich habe jetzt tatsächlich in dem französischen Forschungsinstitut mal jemanden an die Strippe bekommen.«

»Und?« Lisa war neben ihn getreten und bestaunte die bunte Auswahl an Garnelen, Shrimps und Calamari.

»Tja, leider konnten die mir etwas wirklich Neues auch nicht erzählen. Im Prinzip haben sie nur bestätigt, was Jean-Luc mir bereits gesagt hat.«

»Könnte denn bei ihnen Gift verschwunden sein?«

Daniel schüttelte den Kopf. »Der Wissenschaftler, mit dem ich gesprochen habe, hält das für äußerst unwahrscheinlich, aber er wird das noch einmal checken.« Nach einem resignierten Schulterzucken fuhr er fort: »Ich glaube das aber auch nicht. Euer oder besser unser Täter ist viel zu raffiniert, um irgendwo etwas mitgehen zu lassen. Ich möchte wetten, dass er ein Aquarium mit mindestens einem Blauringoktopus besitzt und das Gift selbst gewinnt. Auch der Franzose hat mir bestätigt, dass es mit den notwendigen Instrumenten kein großes Problem ist, das Gift zu entnehmen.«

52

Köln, 24. November

Eigentlich hatte er sich Groß St. Martin nur von der Rückseite ansehen wollen, als er den Brunnen entdeckt hatte.

Er war die paar Stufen an der linken Seite der Kirche hinuntergegangen und stand nach nur wenigen Schritten auf dem Fischmarkt. Der Platz hatte eine ganz eigene Atmosphäre. Der November war bis auf einige wenige Tage recht mild in diesem Jahr, und so standen vor den verschiedenen Restaurants noch immer Tische und Stühle im Freien. Auf den Lehnen der Stühle hingen zusammengefaltete bunte Wolldecken, und zwischen den Tischen waren hier und da Heizstrahler aufgestellt. Der Brunnen der Fischweiber stand in der Mitte des Platzes, auf drei Seiten umrahmt von bunten und höchstwahrscheinlich unter Denkmalschutz stehenden Gebäuden. Die offene Ostseite wurde durch den Rhein abgegrenzt. Er wandte dem Fluss den Rücken zu und betrachtete erneut den Brunnen und die dahinterliegende Szenerie. Leicht erhöht thronte die schlichte, aber dennoch majestätische Kirche über dem bunten Trubel. Ein Platz, der – wie an vielen Stellen in Köln – krasse Gegensätze und verschiedene Zeitalter harmonisch vereinte. Perfekt.

Er suchte sich einen Platz unter einem der Heizstrahler vor dem *Martinswinkel*, wickelte sich in eine der Decken und ließ die Atmosphäre auf sich wirken. Er bestellte ein Kölsch, zündete sich eine Gauloise an und inhalierte tief. Es war später Nachmittag, und unzählige Touristen schlenderten an ihm vorbei, während die Einheimischen eher schnellen Schrittes über den Platz eilten.

Ein kleiner Transporter der Stadt Köln fuhr auf den Fischmarkt. Er hielt zwischen dem Brunnen und dem Fluss. Die beiden Männer in ihren orangefarbenen Anzügen stellten ein paar Warnhütchen auf und machten sich dann daran, einen Kanaldeckel zu öffnen. Die vorbeiziehenden Touristen beachteten den Wagen überhaupt nicht, sondern hielten ihre Augen auf den Brunnen, die Kirche Groß St. Martin oder den Rhein gerichtet. Gleiches galt für die Kölner, die quasi automatisch um das Gefährt herumgingen, während sie auf die Uhr sahen oder mit dem Handy telefonierten.

Er lehnte sich in seinem Stuhl zurück und grinste breit. Soeben hatte er ein weiteres Problem in seiner Planung gelöst.

Perfekt.

53

Köln, 31. Mai

Lukas war total verblüfft, als er eintrat.

Er war noch nie zuvor in dieser Kirche gewesen und hatte sie bislang nur aus der Distanz gesehen. Von außen ein majestätischer Anblick, fest in der Kölner Skyline verankert, war sie innen praktisch … leer? Natürlich … es waren schon Stühle für die Gläubigen aufgereiht, aber selbst das war in einer so alten Kirche befremdlich. Wo waren die Bänke? Auch einen Altar suchte er vergeblich. Der kleeblattförmige Bereich, den man wohl dafür vorgesehen hatte, war hoch, weit und, na ja, eben leer. Im Kirchenschiff fand er hier und da eine Heiligenfigur, aber alles in allem wirkte das riesige Gebäude von innen schlicht und regelrecht minimalistisch. Sogar die Fenster waren nur vereinzelt bunt und ansonsten einfach transparent, was das Gotteshaus heller und trotz der kargen Einrichtung freundlicher erscheinen ließ.

Als die Verwunderung allmählich nachließ, musste er sich eingestehen, dass es ihm gefiel. Diese Räumlichkeiten konnte er definitiv besser mit dem Sohn eines Zimmermanns in Verbindung bringen als die protzigen anderen Kirchen. Da er sowieso nichts Besseres zu tun hatte, sah er sich auch noch die Ausgrabungen in den unterirdischen Gewölben an. Relikte der alten Römer. Es machte ihm Spaß, über die ungefähr zweitausend Jahre alten Steine zu streichen und sich vorzustellen, dass Feldherren, die vielleicht ähnlich ausgesehen hatten wie der Artist auf der Domplatte, dies lange vor ihm getan hatten. Er hatte sein ganzes Leben in Köln verbracht, trotzdem fand er noch immer Dinge oder Plätze, die ihn überraschen konnten.

Eine Viertelstunde später saß er an einem der Tische vor dem *Stapelhäuschen*, bestellte sich einen Kaffee und zermarterte sich das Hirn darüber, nach welchen Kriterien der Täter die Orte aussuchte, an denen er die Leichen ablegte. Auf den ersten Blick schienen sie sich alle zu ähneln: katholische Kirchen mit einem Brunnen davor. Ging man mehr ins Detail, ergaben sich erhebliche Unterschiede. Beispielsweise war der Dom gotisch, St. Maria in der Kupfergasse barock und Groß St. Martin romanisch. Hatte das eine bestimmte Bedeutung für den Täter gehabt? Auch die Atmosphäre in und um die drei Gebäude herum war so unterschiedlich, dass man schon fast glauben konnte, sie seien willkürlich ausgewählt worden. Willkür passte allerdings überhaupt nicht zu dem Bild, das sich Lukas von dem Täter gemacht hatte. Dieser Mann war absolut durchorganisiert, tat nichts ohne Grund und überließ nichts dem Zufall.

Lukas lehnte sich zurück und betrachtete den Brunnen der Fischweiber. Was war das Motiv dafür, dass er nur Kirchen mit einem Brunnen in der Nähe nahm? Hatte es etwas mit der symbolischen Bedeutung von Brunnen zu tun – als Quelle oder Ursprung? Oder ging es mehr um das Wasser? Wasser bedeutete Leben und Reinheit, aber auch Kraft und Zerstörung. Er schüttelte unwirsch den Kopf. So kam er einfach nicht weiter. Er kramte einen Stift aus der Innentasche seiner Lederjacke, schnappte sich eine Serviette und begann ein paar Notizen darauf festzuhalten:

18. Mai, Dom, Brunnenanlage ›Domfontäne‹, Holländerin
21. Mai, St. Maria in der Kupfergasse, ehemaliger Marktbrunnen aus Villmar an der Lahn, Französin
27. Mai, Groß St. Martin, Fischweiberbrunnen, Spanierin

Aber warum der Fischweiberbrunnen und nicht der Tierbrunnen?

Der Tierbrunnen auf der Nordseite von Groß St. Martin lag viel näher an der Kirche. Allerdings war er auch viel abgelegener, während sich hier ständig zahlreiche Menschen aufhielten. Lukas warf erneut einen Blick auf den Fischmarkt. Es musste dem Täter wirklich darum gegangen sein, viel Aufmerksamkeit zu erregen. Unfassbar, wie dreist der Kerl hier die Leiche von Manuela Sanchez abgelegt hatte. Lukas nahm einen Schluck Kaffee und betrachtete seine eher spärlichen Notizen. Plötzlich stutzte er. Konnte das sein? Er knallte die Tasse auf den Tisch, warf ein paar Euromünzen daneben und machte sich im Laufschritt auf den Weg zu seinem Motorrad, das noch immer am Heinzelmännchenbrunnen stand.

Diesmal war Lisa dafür zuständig, den Tisch zu decken. Sie wollte auf keinen Fall Vögel aus den Servietten falten, da sie das zu sehr an den furchtbaren Abend mit der blauen Seidendecke erinnerte. Also versuchte sie sich an blütenförmigen Gebilden, was gründlich misslang. Origami schien gar nicht so einfach zu sein. Nach zwei weiteren missglückten Versuchen faltete sie zwei Papiertücher zu schlichten Dreiecken und legte sie neben die Teller. Lisa zerknüllte die Überreste ihrer ersten Anstrengungen, ging damit zurück in die Küche und versuchte sie unbemerkt in den Mülleimer zu werfen.

»Kann ich noch irgendetwas tun?«, fragte sie. »Ich würde mich gern ein wenig nützlich machen.«

Daniel, dem nicht entgangen war, was sie da gerade entsorgt hatte, grinste. »Du kannst dich frisch machen, deine Nase pudern – oder was Frauen sonst so tun, wenn sie aufs Essen warten.«

»Alles schon passiert. Ich dachte mehr daran, Töpfe umzurühren oder Schüsseln durch die Gegend zu tragen.« Sie nippte an ihrem Wein und trat hinter Daniel, um einen Blick in die große Pfanne zu werfen. »Das duftet köstlich.«

Er drehte sich zu ihr um und gab ihr einen leichten Kuss auf die Stirn. Dann stutzte er kurz und vergrub sein Gesicht in ihrem Haar. »Hm, du riechst aber auch gut.«

Sie bog den Kopf etwas zurück und strahlte ihn an. »Gefällt es dir? Ich habe endlich ein neues Parfum gefunden.«

»Ja, es gefällt mir. Es gefällt mir sogar sehr, aber ich glaube, ich muss das noch ein wenig intensiver evaluieren.«

Er bedeckte ihren Hals und ihren Nacken mit kleinen Küssen, und ihr lief ein wohliger Schauer über den Rücken. Daniel arbeitete sich gerade zu ihrem Dekolleté vor, als es an der Tür klingelte. Sie zuckten gleichzeitig zusammen. Ein gegenseitiger Blick in die Augen verriet ihnen, dass sie auch das Gleiche dachten. *Nicht schon wieder!*

Daniel löste seine Hände nur widerwillig aus ihrem Haar. »Rühr dich nicht von der Stelle, ich bin gleich wieder da.«

Lisa blieb wie zur Salzsäule erstarrt an dem Fleck stehen, an dem Daniel sie zurückgelassen hatte. Sie hörte Stimmen, als er die Tür öffnete, und begann erst wieder zu atmen, als sie auch die Stimme des Besuchers erkannte. Lukas Rosenzweig. Scheiße! Inzwischen war ihr zwar klar, dass sie sich wohl ein wenig danebenbenommen hatte und ein klärendes Gespräch mit Lukas fällig war, aber sie hatte gehofft, sich diesem Problem erst am nächsten Morgen stellen zu müssen. Das war wohl nichts. Sie griff hektisch nach dem Kochlöffel und versuchte, so unbekümmert wie möglich dreinzuschauen, als die beiden Männer die Küche betraten. Sie rührte ein wenig unbeholfen in der Pfanne herum und bemühte sich, Lukas nur einen beiläufigen Blick zuzuwerfen, indem sie vorgab, furchtbar beschäftigt zu sein. Irgendwer musste sich ja um das Essen kümmern.

Lisa beobachtete, wie Lukas nach einer kurzen Begrüßung wie selbstverständlich zum Kühlschrank ging, eine Flasche Bier herausnahm und aus einer Schublade den Flaschenöffner holte, ohne erst danach suchen zu müssen. Klar! Daniel war sein bester Freund. Natürlich kannte er sich in dieser Wohnung und in dieser Küche viel besser aus als sie. Wollte er ihr zeigen, wer hier die älteren Rechte besaß, oder verhielt er sich hier immer so? Oder brauchte er vielleicht gerade seinen Freund, um sich auszusprechen, und sie war ihm deshalb schlicht und ergreifend im Weg?

»Hey Luke, wir wollen gleich essen. Magst du auch etwas?« Daniel deutete auf die große Pfanne und warf Lukas einen fragenden Blick zu.

Der schaute kurz aufs Essen und winkte ab. »Nee, lass gut sein. Du weißt, dass ich keinen Fisch oder anderes Meeresgedöns mag.«

Daniel nahm Lisa den Kochlöffel aus der Hand, schob sie sanft in Lukas' Richtung und blickte dann beide ernst an. »Tut mir einen Gefallen. Geht ins Wohnzimmer und redet miteinander. Das hier ist einfach unerträglich. Wenn ich es ein wenig hinauszögere, brauche ich noch eine Viertelstunde. Seht zu, dass ihr bis dahin alles wieder bereinigt habt.« Nachdem beide Daniel einen kurzen, empörten Blick zugeworfen hatten, ergaben sie sich in ihr Schicksal und trotteten mit hängenden Schultern ins Wohnzimmer.

»Hör mal, Lukas …«

»Also, Lisa … hör zu.«

Dass sie gleichzeitig zu sprechen begonnen hatten, löste einen kleinen Teil der Anspannung, und sie mussten sich beide ein Grinsen verkneifen.

Lukas verbeugte sich knapp. »*Ladies first.*«

Lisa war wirklich wütend auf ihn gewesen, aber mit diesen wenigen, eigentlich ziemlich abgegriffenen Worten schaffte er es wieder einmal, ihr den Wind aus den Segeln zu nehmen. Sie zögerte ein wenig. Noch immer leicht verunsichert, erklärte sie schließlich: »Weißt du, Lukas, du hast dich so paradox verhalten. Du hast mir unbedingt verdeutlichen wollten, dass ich in

Gefahr bin, doch das Allerwichtigste verschweigst du mir dann. Das verstehe ich einfach nicht.«

Lukas nahm einen großen Schluck aus der Bierflasche und drehte sich zum Fenster. Er zuckte leicht mit den Achseln. »Ich wollte es dir so schnell wie möglich sagen, aber dabei nicht gleich wieder einmal wie der Elefant im Porzellanladen vorgehen. Tut mir leid. Ich habe weder das richtige Timing noch die richtigen Worte gefunden. So etwas habe ich nun mal nie gelernt. Es tut mir leid, dass die Sache mit dem Haar auf diese blöde Art und Weise durch Möller ans Tageslicht gekommen ist. Es war definitiv nicht meine Absicht, dich bloßzustellen.« Er hob die Hände in einer entschuldigenden Geste.

»Lukas, kannst du dir vorstellen, wie ich mich heute gefühlt habe? Ja, wir hatten ein paar Startschwierigkeiten, aber ich hatte angenommen, dass das der Vergangenheit angehört. Heute habe ich mich gefühlt, als stünde ich einem Fremden gegenüber, der mich in ein offenes Messer rennen lässt. Wie stellst du dir eigentlich vor, wie es weitergehen soll? Ich möchte dir gerne vertrauen, aber wie soll ich das tun?«

Lukas drehte sich wie in Zeitlupe vom Fenster weg und trat auf sie zu. »Lisa, wir könnten noch Stunden darüber diskutieren, wer hier recht oder unrecht hat. Wer sich wie verhalten hat. Ich denke, wir haben beide Fehler gemacht. Ich will gar nicht weiter darüber reden; es tut mir leid, wenn du mich missverstanden hast. Das wollte ich nicht.« Er hielt plötzlich seine Flasche Bier in Richtung ihres Weinglases. »Übrigens, nenn mich doch einfach Luke.«

Das war … das war einfach … wow, dachte Lisa. Sie kannte nur sehr wenige Menschen, die ihren Kollegen »Luke« nennen durften. Das bedeutete mehr als tausend Worte oder ein mehrstündiges Gespräch. Es war ein Vertrauensbeweis, der sie sprachlos machte. Sie lächelte, hob ihr Weinglas und stieß mit ihm an. »Hey Luke.« Es kam ihr leichter über die Lippen, als sie gedacht hatte. »Bin ich jetzt ein bisschen im Weg, weil du eigentlich mit Daniel reden wolltest … Ich meine … er ist schließlich dein bester Freund … und ich weiß noch nicht so genau, wo ich hier eigentlich stehe …?«

Lukas sah sie verwundert an. Dann zeigte sich ein verstehendes Grinsen auf seinem Gesicht, und er schüttelte den Kopf. »Nein, ich wollte mit dir sprechen, und da ich in deiner Wohnung niemanden angetroffen habe, kam mir als ausgefuchster Kriminalhauptkommissar der Gedanke, dass du vielleicht hier stecken könntest.« Nun mussten sie beide lachen. »Ich bin aber nicht böse darüber, dass Daniel auch hier ist. Dieser Rechtsmediziner ist ein cleveres Köpfchen, und ich habe schon früher so manchen Denkanstoß von ihm erhalten.«

Sie prosteten sich erneut zu, und Lukas' Stimme wurde ein wenig kleinlaut, als er fragte: »Sag mal, Lisa … waren die Schuhe eigentlich sehr teuer? Ich meine, die mit dem abgebrochenen Absatz?«

54

Saint-Quentin, 16. Dezember

Nach einem weiteren vergnüglichen Wochenende in Paris hatte er noch ein paar Tage in Saint-Quentin angehängt, um sich nun endgültig um Ausstattung und Design seiner Leichenwagen zu kümmern. Menschen starben überall auf der Welt, was bedeutete, dass sie nicht zwangsläufig in ihrem Heimatland verschieden. Internationale Leichenüberführungen waren also nichts Besonderes und gerade im offenen Europa überhaupt kein Problem.

Sein Bestattungsunternehmen verfügte über einen Fuhrpark von fünf Leichenwagen. Er hatte sie mitsamt dem Betrieb übernommen, was ihm gerade recht kam. Bei einer Kontrolle würde ein Leichenwagen, der schon längere Zeit auf ein Bestattungsunternehmen zugelassen war, sicherlich unverdächtig wirken. Trotzdem wollte er kein Risiko eingehen und präparierte die Autos auf verschiedene Art und Weise. Die Aufkleber dafür hatte er in den Staaten drucken lassen. Einen Wagen behielt er unter dem Namen des ursprünglichen Besitzers, die anderen wurden äußerlich als »Internationale Leichentransporte« deklariert. Dabei benutzte er bei zwei Fahrzeugen den Namen Dupont. Die Aufkleber waren sehr unterschiedlich in Form, Farbe, Größe und Schriftzug. Alle sahen natürlich seriös aus – er transportierte schließlich Leichen, keine Gummibärchen –, waren aber so unterschiedlich, dass niemand die verschiedenen Autos miteinander in Verbindung bringen würde. Dank des Bestattungsinstituts und seiner nicht unbedeutenden Computerkenntnisse würden seine Papiere selbst bei einer sorgfältigen polizeilichen Untersuchung keinen Argwohn erregen.

Was ihm noch Kopfschmerzen bereitete, war die Frage, wie er die Mädchen noch lebend nach Saint-Quentin bringen konnte. Dies war notwendig, denn eine ungekühlte Leiche konnte nur dann gefahrlos über die Grenze gebracht werden, wenn sie schon thanatopraktisch behandelt worden war. Wie aber sollte er lebende Opfer in sein Bestattungsunternehmen bringen? Er hatte keine Ahnung.

Sein Plan war noch nicht in allen Details perfekt!

55

Köln, 31. Mai

Als Daniel van der Mühlen das Essen auftrug, sah er zwei entspannte Kommissare auf dem Sofa sitzen und war froh, dass die beiden sich offenkundig ausgesprochen hatten. In seinem gut bestückten Kühlschrank hatte er noch ein dickes Rumpsteak gefunden und es schnell gebraten, was nun auch Lukas dazu veranlasste, zum Essen zu bleiben.

Trotzdem verzog sein Freund das Gesicht. »Ihr esst da echt so was Ähnliches, was unsere schönen Toten umgebracht hat?«

Daniel verdrehte die Augen. »Garnelen und Calamari. Das hat nichts mit diesem blöden Blauringoktopus zu tun!«

»Okay, okay … wollte euch nicht den Appetit verderben. Sorry!«

»Schön, freut mich zu hören. Aber was genau wolltest du dann eigentlich?«

Lukas wurde sofort ernster. »Weiß ich auch nicht so genau. Ich habe da eine neue Theorie, die ich erst mal …«, er warf einen bedeutsamen Blick auf Lisa, »… mit meiner Partnerin besprechen wollte, bevor ich sie auf die gesamte Mordkommission loslasse.«

»Soll ich jetzt aufstehen und mich in der Küche nützlich machen, oder darf ich bleiben?« Daniel sah seinem Freund offen in die Augen.

Lukas seufzte. »Hört mal, ich bin hier, weil ich mit euch reden möchte. Können wir die ganzen Querelen und Komplikationen endlich wieder vergessen und uns wie ganz normale Menschen unterhalten? Wenn ich nicht offen mit euch beiden reden wollte, wäre ich nicht hergekommen!«

Daniel und Lisa schauten ihn an und nickten zustimmend; die Unstimmigkeiten waren endgültig vom Tisch.

»Lisa und ich waren uns eigentlich schon einig, dass wir es hier nicht mit einem normalen Serientäter zu tun haben«, fuhr Lukas fort. »Nach dem … ähm … Streit heute wusste ich einfach nicht, wohin. Also habe ich mir die drei Fundorte noch mal genauer angesehen, mich in die Stadt gesetzt und nachgedacht. Wir, und damit meine ich wieder Lisa und mich, haben festgestellt, dass bei den Morden die Leidenschaft fehlt, wie man sie bei ›klassischen Serienmördern‹ antrifft. Alles ist viel zu gut geplant, regelrecht inszeniert.« Er hob den Blick und sah nun ganz besonders Lisa an. »Bei einem normalen Serientäter verkürzen sich die Zeiten zwischen den Morden … was jemand wie Neuberg wahrscheinlich bestätigen würde. Bei unserem Fall ist das irgendwie anders.« Er zögerte. »Vielleicht liege ich völlig falsch, aber …« Er zückte eine ziemlich zerrupfte Serviette aus seiner Hosentasche. »Leiche Nummer eins, Marijke Veenstra, haben wir am 18. Mai gefunden, Leiche Nummer zwei, Juliette Moullard, am 21. Mai, Leiche Nummer drei, Manuela Sanchez, am 27. Mai. Zwischen Opfer eins und zwei lagen drei Tage … zwischen Opfer zwei und drei sechs Tage … Heute haben wir den 31., also vier Tage nach dem letzten Leichenfund … und es ist noch nichts passiert … Was, wenn er die Zeiten verdoppelt?«

Lisa legte die Gabel mit dem Calamari-Häppchen abrupt ab. Sie sah Lukas lange an und nickte dann vorsichtig. »Ich weiß, worauf du hinauswillst … aber es gibt keinen Beweis.«

»Wenn es einen Beweis gäbe, säße ich nicht hier, sondern würde der kompletten Mordkommission, inklusive Baumgartner und Schneider, morgen früh meine Theorie darlegen. Es gibt nichts, was meine Gedanken unterstützt … deshalb bin ich hier. Diesmal spricht mein Bauch. Wir versuchen Kirchen und Brunnen zu überwachen, aber so etwas können wir nicht wochenlang oder gar bis zum Sankt-Nimmerleins-Tag tun. Für eine Nacht könnten wir das schon. Für die zwölfte Nacht. Aber all das sagt mir nur mein Bauch. Ich brauche Hilfe, um das Baumgartner und Schneider begreiflich zu machen. Habe nur keine Ahnung, wie.«

Die restliche Mahlzeit verbrachten sie in nachdenklichem Schweigen. Alle drei hingen ihren Gedanken nach und überlegten, ob an Lukas' Theorie etwas dran sein könnte. Der Tisch war schnell abgeräumt, und anschließend kreiste ihr Gespräch erneut um das Thema, was für eine Art von Täter sie suchten.

»Ich bin Rechtsmediziner, kein Psychologe oder Profiler«, erklärte Daniel, »aber vielleicht sollte ich es trotzdem einmal versuchen, mich ein wenig in den Täter hineinzuversetzen. Wenn ich das alles richtig verstanden habe, glaubt ihr nicht, dass wir es mit einem Serienmörder im herkömmlichen Sinn zu tun haben, sondern mit jemandem, der eiskalt kalkulierte Morde begeht, deren Gründe euch noch unklar sind.«

Lukas nickte. »Genau. Wir haben keine Ahnung, warum er diese Mädchen tötet. Die für uns wahrscheinlichste Theorie ist, dass er eine einzelne Tötung tarnen will, indem er eine Serie von Morden begeht. Wer das eigentliche Opfer ist und ob er sie schon ermordet hat, wissen wir nicht.«

»Wieso glaubt ihr überhaupt, dass er kein Nullachtfünfzehn-Serienmörder ist?«, wollte Daniel wissen.

Lisa warf ihm einen verschmitzten Blick zu. »Keine Leidenschaft.« Danach wurde sie sofort wieder ernst. »Es hat natürlich schon etliche Serientäter gegeben, die ihre Opfer weder vergewaltigt noch missbraucht haben, das ist also nicht wirklich etwas Besonderes. Viele allerdings foltern sie und ziehen daraus ihre Lust oder ihren Kick. Manchen reicht es, sie sterben zu sehen, um eine Erektion zu bekommen. In unserem Fall liegt keine der drei Varianten vor. Nach allem, was wir – hauptsächlich von dir – wissen, betäubt er zuerst seine Opfer und tötet sie dann. Das bedeutet, dass sie nicht leiden müssen, wenn sie sterben, und der Täter nicht einmal mitbekommt, wann genau sie sterben. Ich schätze, er muss tatsächlich ihren Puls fühlen, um zu erkennen, dass sie tot sind. Wo ist da der Kick, wenn es sich um Verbrechen handeln würde, die triebgesteuert oder durch Leidenschaft motiviert wären?«

»Er denkt klar und strategisch«, fügte Lukas hinzu. »Die Leichen sind so steril und sauber, wie eine Leiche nur sein kann. Die blauen Decken auch. Er hat bisher noch keine einzige Spur hinterlassen, was dafür spricht, dass er nicht von etwas getrieben wird, sondern jeden einzelnen Handlungsschritt bewusst plant.«

»Die Leichen sind auch einfach zu schön«, hob Lisa hervor.

Beide Männer warfen ihr einen erstaunten Blick zu. Die Wortkombination »zu« und »schön« passte so gar nicht zu ihr.

Sie grinste. »Ja, ich weiß, ich liebe auch schöne Klamotten, perfektes Make-up und style mich gerne. Aber sobald Leidenschaft ins Spiel kommt, geht es nicht mehr um Perfektion, sondern mehr um natürliche Schönheit. Ich möchte wetten, er ist ein Ästhet, aber es fehlt ihm eindeutig an Leidenschaft und Gefühl. Seht euch die Mädchen an. Man könnte auch drei hübsche Schaufensterpuppen nebeneinanderlegen, die würden genauso viel Gefühl vermitteln.« Sie redete sich langsam in Fahrt, und es hielt sie nicht mehr auf ihrem Stuhl. Sie begann mit einer ihrer berühmten Wanderungen durch den Raum, während sie weitersprach. »Die Mädchen sind jung, aber gleichzeitig zu alt, um für einen Pädophilen interessant zu sein. Er epiliert sie, falls sie das nicht schon selbst getan haben.« Sie blieb vor einem hohen Bücherregal stehen und betrachtete die Buchrücken, ohne sie jedoch wahrzunehmen. »Epilation geht viel tiefer als eine Rasur. Die Haut sieht viel reiner aus, weil die dunklen Pünktchen fehlen, die eine Rasur unweigerlich hinterlässt.« Lisa verstummte und drehte sich erst nach einer Weile wieder zu ihren Kollegen um. »Er möchte, dass sie so schön und ästhetisch wie eben möglich aussehen, was sie aber auch kalt und steril wirken lässt. Und steril bedeutet weniger Spuren. Bei Serientätern begegnen wir immer wieder sexuellen Motiven, sadistischen Veranlagungen oder religiösen Wahnvorstellungen. Hier haben wir nichts davon –«

Daniel unterbrach sie. »Warum sind die Opfer dann nackt? Warum sind es ausschließlich junge, hübsche Frauen? Hat das für dich nichts mit Sexualität zu tun?«

Lisa legte nachdenklich einen Finger an die Lippen und wippte vorsichtig auf ihren hohen Absätzen vor und zurück. »Es soll uns denken lassen, es hätte mit Sexualität zu tun, aber es ist, wie alles andere auch, nur eine Inszenierung.« Sie nahm ihre Wanderung wieder auf. »Was würdet ihr tun, wenn ihr einen Serienkiller kopieren wolltet? Ihr würdet über all die Aspekte stolpern, die ich eben erwähnt habe, und genau das hat auch unser Täter getan. Er zieht sie aus und schminkt sie, was uns suggerieren soll, dass er von seiner sexuellen Veranlagung gesteuert wird. Er legt sie vor katholischen Kirchen ab, was an religiösen Wahn erinnern soll. Und als Höhepunkt seiner Choreographie ritzt er ihnen die Rose fachmännisch mit einer Schablone ein. Die Rose kann sowohl mit der Kirche als auch mit Erotik oder Liebe in Verbindung gebracht werden. Ein perfektes Bindeglied sozusagen. Wenn ihr mich fragt – ein bisschen zu perfekt. Außerdem ist es die einzige äußerliche ›Verstümmelung‹. Vielleicht wollte er tatsächlich noch einen Hauch Brutalität hinzufügen, um sozusagen das Bild abzurunden.«

»Mag außer mir noch jemand einen Kaffee?« Daniel hatte sich erhoben und blickte fragend in die Runde.

Als die beiden anderen dankbar zustimmten, ging er in die Küche und kehrte kurze Zeit später mit drei hohen Tassen zurück. Nach dem ersten Schluck räusperte er sich. »Ich habe da auch noch etwas. Als ihr beide so erstaunt wart, dass er bei der

Präparation der Leichen besser wurde, habe ich mir diesen Aspekt noch einmal genauer angesehen.« Er hob entschuldigend die Hände. »Ihr wisst, dass ich kein Fachmann im Bereich der Thanatopraxie bin, daher hat es etwas länger gedauert. Ich musste mich erst einmal genauer damit auseinandersetzen. Ich habe mir die Instrumente, die für so etwas benutzt werden, noch einmal angesehen und dann die drei Leichen erneut untersucht. Es stimmt, er hat bei jeder Leiche weniger Perforierungen der Organe gebraucht, um sie zu behandeln. Was mich aber etwas stutzig gemacht hat, ist die Tatsache, dass die eigentlichen Einstiche sich nicht verändert haben.«

»Wie meinst du das?«

»Auch bei den Organen, wo er die Sonde mehrfach eingeführt hat, ist er nicht stümperhaft vorgegangen. Wenn sich unser Täter auch nur ein bisschen ungeschickt angestellt hätte, lägen die Einstiche dicht beieinander. Es gäbe außerdem kleine Kratzwunden dazwischen, und die Perforationen wären eingerissen. Das war aber nicht der Fall. Die Einführung der Sonden war stets präzise und exakt. Nur die Anzahl der Einstiche hat sich von Leiche zu Leiche verringert.«

»Also bedeutet dies, dass unser Serientäter nicht etwa mit der Zeit dazulernt, sondern auch die Anzahl der Einstiche ist ein Bestandteil seiner Inszenierung!«, rief Lukas aufgeregt.

Lisa sah Daniel prüfend an. »Gibt es irgendein erkennbares Muster bei der Verringerung der Anzahl? Hat er sie vielleicht jedes Mal halbiert?«

Daniel schüttelte den Kopf. »Nein, die Abweichungen sind unregelmäßig. Warum?«

»Weil wir immer noch nach Gründen, Indizien oder Hinweisen suchen, die möglicherweise Lukas' Theorie unterstützen, dass der Täter die Zeit zwischen den Leichenfunden verdoppelt. Hättest du ein Muster gefunden, spräche das dafür, so aber bleibt es weiterhin reine Spekulation.«

Lukas seufzte. »Scheiße. Ich weiß nicht, wie ich es logisch erklären soll. Aber ich bin fest davon überzeugt. Unser Täter inszeniert eine Show, bei der er sich einerseits durch Präzision auszeichnet und andererseits Verwirrung stiften will. Es würde perfekt zu ihm passen. Und wenn wir mal ganz ehrlich sind – was haben wir denn in der Hand? Wir wissen nicht, welche Nationalität er hat, wo er lebt oder woher die nächste Leiche kommen wird. Rot, blond und schwarz hat er schon durch. Sollen wir jetzt alle europäischen Brünetten warnen und sie bitten, nicht mehr auf die Straße zu gehen?« Er drehte die inzwischen leere Kaffeetasse in seinen Händen, ohne es zu bemerken. »Ich finde es in Filmen und Serien immer übel, wenn die tollen Detectives und Profiler auf den nächsten Mord beziehungsweise auf die nächste Leiche warten, in der Hoffnung, dann den Täter zu schnappen oder zumindest mehr über ihn herauszufinden. Aber genau an diesem Punkt sind wir jetzt. Wir haben nichts. Die einzige Chance ist eine neue Leiche, und ich hasse mich selber dafür, dass ich das sage.« Er sah Lisa eindringlich an. »Ich habe immer noch keine Ahnung, wie ich Schneider morgen verkaufen soll, dass ich in der Nacht vom 8. Juni jede Kirche und jeden Brunnen in Köln bewacht haben möchte, aber ich will alles daransetzen, dass genau das passiert. Habe ich deine Unterstützung dabei?«

»Klar … Luke.«

56

Köln, 7. Januar

Ein Krankenwagen wäre optimal, um die Mädchen mitsamt einer Infusion in der Vene zu transportieren. Sanitäter waren eine Berufsgruppe mit positivem Image, praktisch jeder vertraute ihnen. Es wäre ein Leichtes, eine junge Frau nachts von einem Rettungswagen aus anzusprechen und verschwinden zu lassen.

Die Sache hatte nur einen Haken. Ein Krankenwagen war niemals nur mit einem Fahrer besetzt. Und Gesellschaft konnte er nun wirklich nicht gebrauchen. Er zermarterte sich jetzt seit Wochen das Hirn, wie er die Mädchen betäuben und transportieren konnte, ohne einen Schritt weitergekommen zu sein. Ambulanzwagen wurden in der Regel zwar nicht von der Polizei angehalten, aber man wusste ja nie. Und er wollte nichts dem Zufall überlassen und musste daher alle Eventualitäten einkalkulieren. Einen Unfall zum Beispiel. Wie sollte er dann erklären, dass eine Patientin im Rettungswagen war, jedoch kein medizinisches Personal? Nicht gut.

Rastlos lief er durch die Südstadt, um sich mit der Gegend, in der »sein« Rosenkommissar wohnte, ein wenig besser vertraut zu machen. Er konnte verstehen, warum der sich genau dieses Viertel – oder Veedel, wie man in Köln sagte – ausgesucht hatte. Es lag dicht am Rhein, und viele Bars, Kneipen und Restaurants reihten sich in den alten Sträßchen aneinander. Hier war immer etwas los, ohne dass sich so viele Touristen wie in dem Bezirk rund um den Dom durch die Straßen wälzten.

Nach einer Weile setzte er sich in ein kleines Café, betrachtete durch das Fenster die Autos, die draußen vorbeifuhren, und wartete auf eine Erleuchtung, mit welchem Fahrzeug er den Transport bewerkstelligen sollte. Doch der erhoffte Geistesblitz stellte sich nicht ein. Stattdessen fiel ihm ein blaues Motorrad auf, das schräg gegenüber hielt. Die Fahrerin stieg ab, und als sie ihren Helm abnahm, fiel eine Flut langer dunkler Locken über ihre Schultern. Er stutzte. Die Frau kannte er doch. Er war sich ganz sicher, sie schon einmal gesehen zu haben. Eine solche Haarpracht vergaß man nicht so schnell. Er blieb ruhig sitzen und beobachtete sie weiter. Sie schloss eine Haustür auf der gegenüberliegenden Straßenseite auf und betrat den Hausflur. Zwei Minuten später ging in der Dachwohnung das Licht an. Er zahlte seine Rechnung, eilte über die Straße und warf einen Blick auf die Namen an der Klingel: *Erhard/Wagner*. Er schlug seinen Mantelkragen höher und machte sich auf den Weg zu seinem Wagen, während er leise vor sich hin lächelte. Er hatte sie auf einem Foto gesehen. Einem Schnappschuss, der auf irgendeinem Polizeifest gemacht worden war. Sie war die Freundin von seinem Rosenkommissar. Gewesen. Auf Events aus der jüngeren Zeit hatte sie nicht mehr an seiner Seite gestanden.

57

Köln, 1. Juni

Das Meeting war für zehn Uhr angesetzt. Jetzt war es gerade einmal halb neun, und Lukas Rosenzweig versuchte zum wiederholten Mal verzweifelt, Mankowski ans Telefon zu bekommen.

»Was treibt der Typ da eigentlich in Paris?«, sagte er zu Lisa und drückte wütend den Hörer auf die Gabel. »Macht der Urlaub, oder was? Das Nachtleben dort soll ja ganz nett sein und die Baguettes am nächsten Morgen besonders knusprig.« Er griff erneut zum Hörer, als Lisas Telefon klingelte.

Sie hörte aufmerksam zu, und nach einigen Augenblicken überzog ein amüsiertes Lächeln ihr Gesicht. »Das ist Mankowski. Er sagt, er versucht dich seit einer halben Stunde zu erreichen, aber bei dir sei immer besetzt.«

Lukas ließ resigniert die Schultern sinken und brachte ein teils gequältes, teils selbstironisches Lächeln zustande. »Stell ihn einfach auf Lautsprecher.«

»Moin, wen textest du denn schon am frühen Morgen stundenlang zu?«, erkundigte sich Mankowski.

Lukas verdrehte die Augen und deutete Lisa mit einer Geste an, das Gespräch zu führen. »Oh, wir arbeiten hier, während du in Paris Ferien machst.«

Mankowski schnaubte. »Von wegen, wir haben diesen Deveraux die halbe Nacht vernommen. War 'ne schwere Geburt.«

Lukas richtete sich interessiert auf. »Na, dann schieß mal los.«

»Also, nachdem wir uns stundenlang mit drei Anwälten herumgeschlagen haben, machte Deveraux plötzlich eine Hundertachtzig-Grad-Wende und kreuzte höchstpersönlich im Präsidium auf.« Der Ex-BKA-Mann lachte. »Den Typen muss man echt gesehen haben. Der Auftritt war inszeniert wie der eines Filmstars.«

Bei dem Wort »inszeniert« warfen sich seine beiden Kollegen in Köln einen alarmierten Blick zu. »Ja, und weiter?«, wollte Lisa wissen.

»Na ja, er gab sich jovial und freundlich, so nach dem Motto: Nennen Sie mich doch bitte Antoine. Ihr wisst schon. Dann hat er erklärt, das Ganze wäre ein Missverständnis und die Polizei – er hat also uns eindeutig die Schuld gegeben – hätte doch anfänglich einfach nur klarer ausdrücken sollen, worum es eigentlich ging. Natürlich sei er absolut bereit, alles zu tun, was in seiner Macht stünde, um den schrecklichen Mord an seiner …« Er unterbrach sich selbst. »Ich weiß noch nicht mal, wie man das nennt … Großcousine? … Um-die-Ecke-Nichte …?«

Lukas stöhnte auf. »Ist doch völlig egal. Sie sind verwandt, das reicht. Weiter im Text.«

»Okay, okay, ist ja schon gut. Er wollte also freiwillig mit uns reden und war bereit zu helfen. Das Problem ist nur, er sieht aus wie ein Schauspieler und redet wie ein Politiker. Wir haben stundenlang mit ihm gesprochen, aber gesagt hat er eigentlich nicht viel.«

»Na ja, irgendetwas wird er ja wohl von sich gegeben haben.«

Mankowski wirkte leicht zerknirscht. »Ja, hauptsächlich hat er Fragen gestellt.«

»Wie bitte?« Lisa und Lukas sprachen wie aus einem Mund.

»Ich weiß, das klingt alles ein wenig verdreht, aber der Typ hat die französischen Kollegen ausgequetscht wie eine Zitrone. Er wollte die genauen Umstände wissen, wie seine … äh … Verwandte getötet worden ist und so weiter. Ich sag ja, viel haben wir nicht aus ihm rausbekommen.«

Lukas musste an sich halten, um nicht wieder laut zu werden.

»Was heißt hier ›viel‹? Bisher hast du uns noch gar nichts erzählt. Kommt da noch etwas, oder war es das schon?«

Der Kollege in Paris schien sich einen Moment zu sammeln, bevor er zum Sprechen ansetzte. »Also, aus dem Gespräch und unseren eigenen Recherchen konnten wir uns Folgendes zusammenreimen: Deveraux hat nicht nur mehrere eigene Unternehmen, sondern irgendwie überall die Finger mit drin. Er hat ein Consulting-Unternehmen, das mit Computersicherheit zu tun hat. Absicherung ganzer Netzwerke, Firewalls, Verschlüsselungen … solche Sachen eben. Der Hauptsitz ist in Paris, aber es gibt weltweit Filialen. Davon abgesehen ist er auch noch im Investmentgeschäft tätig. Das ist der Bereich, wo die Steuerfahndung ihm wohl schon mal auf die Finger geschaut hat. Damit nicht genug, gibt es noch eine lange Liste verschiedener Firmen, an denen er Anteile hält. Viele aus der Computerbranche, aber nicht ausschließlich. Seine berufliche Situation ist also ziemlich komplex.« Mankowski seufzte ironisch. »Das waren noch Zeiten, als man die Leute nach ihrem Beruf gefragt hat und als Antwort eine schlichte Bezeichnung wie Bäcker, Arzt oder Lehrer erhalten hat.«

Rosenzweig musste ausnahmsweise auch grinsen. »Ja, das waren die Zeiten, als *Apples* und *Blackberries* noch zu Obstsalat verarbeitet wurden. Was habt ihr weiter? Wisst ihr, wo sich Deveraux während der Leichenfunde aufgehalten hat?«

»Ja, sein Anwesen in Spanien ist zwar inzwischen offiziell sein Hauptwohnsitz, aber da die Zentrale seiner Firma in Paris liegt, hält er sich häufiger in Frankreich als in Spanien auf; obendrein treibt er sich auch oft irgendwo in der Welt herum. Er hat eine schicke Wohnung in einem noblen Viertel und war nach eigener Aussage seit Anfang April fast ständig in Paris. Abgesehen von einigen Geschäftsreisen, die ihn kreuz und quer durch die Weltgeschichte geführt haben, war er also hier. Wir haben das so weit wie möglich überprüft, und so wie es aussieht, sagt er die Wahrheit. Es gab ein paar Flüge nach Südafrika, Brasilien und in die USA. An allen drei Tagen, an denen wir die Leichen gefunden haben, war er jedoch in Paris.«

»Er war in den USA, sagst du?«

»Ja, nur für ein paar Tage im April.«

»Vielleicht auch noch in Australien oder Thailand?«, warf Lisa ein.

»Mann, ihr kapiert das nicht. Wir haben nichts gegen ihn in der Hand. Er ist freiwillig zu uns gekommen, um mit uns über die tote Tochter seiner Cousine zu reden. Er ist kein Verdächtiger, noch nicht mal ein Zeuge. Wir haben keinerlei Handhabe, ihm konkrete Fragen nach seinem Alibi zu stellen, und wenn wir es täten, würden wir von diesen Pitbulls von Anwälten angeblafft. Die waren die ganze Zeit anwesend und haben ihm ständig geraten, irgendwelche Fragen nicht zu beantworten. Wir sind noch dabei, seine Flüge zu checken, bisher haben wir nur die drei erwähnten gefunden.«

Lukas nickte. »Gut, macht das. Vielleicht könnt ihr auch herausfinden, ob er einen Abstecher in die Niederlande gemacht hat. Hm, glaubst du, es gibt eine Möglichkeit, den Typen irgendwie im Auge zu behalten? Ganz besonders in der Nacht vom 8. Juni?«

»Und warum, wenn ich fragen darf?«

»Hör zu, wir haben da eine neue Theorie aufgestellt und vermuten, dass die nächste Leiche in genau dieser Nacht abgelegt werden könnte. Dir die Hintergründe zu erklären würde im Moment zu lange dauern, weil wir gleich ein Meeting zu diesem Thema haben. Aber es würde riesig weiterhelfen, wenn Deveraux am 7. und 8. Juni unter Beobachtung stehen würde. Kannst du da was machen?«

»Keine Ahnung, aber ich werde mal mit den Kollegen reden.«

58

Köln, 23. Januar

Der Krankenwagen ging ihm einfach nicht aus dem Kopf, auch wenn er wusste, dass diese Überlegung in eine Sackgasse führte.

Er war gerade in Deutz unterwegs, und ihm fiel zum wiederholten Male auf, dass Rosenkommissars Partnerin auch keine schlechte Gegend gewählt hatte. Der Blick von dieser Rheinseite auf den Dom und die Skyline von Köln war wirklich spektakulär. Nur dass er ihn heute nicht so recht genießen konnte, weil er sein Problem noch immer nicht gelöst hatte. Er fand nach einiger Zeit ein mexikanisches Restaurant und aß dort zu Abend. Die Quesada Grande war wirklich gut, und der Kellner sah ihn auch nur einen kurzen Moment schräg an, als er auf ein echtes Kölsch bestand, anstatt das empfohlene mexikanische Corona zu probieren. Er war schließlich in Köln und nicht in Tijuana. Allerdings hielt er sich nicht sehr lange dort auf. Eine innere Unruhe trieb ihn wieder auf die Straße.

Sein Plan war gut, und auch die praktische Umsetzung machte gute Fortschritte. Er hatte den Kurs zum Thanatopraktiker trotz anfänglicher Probleme bestanden. Die Leichenwagen standen bereit, um die Mädchen von Saint-Quentin nach Köln zu fahren. Er hatte etwas außerhalb der Stadt eine kleine Lagerhalle in einem Industriegebiet gemietet, in der sich schon ein orangefarbener Kleintransporter befand, auf dem nur noch die Aufkleber und eine orangefarbene Rundumleuchte fehlten. Gleich daneben hatte er einen unauffälligen nachtblauen SUV asiatischen Fabrikats geparkt. Auf dem Rücksitz waren zwei Kindersitze befestigt, und an den Scheiben prangten bunte Bilder von kleinen Affen, Elefanten und Giraffen. Den Beifahrersitz zierte eine mit Blumen bedruckte

Papiertücherschachtel, und auf dem Fußboden lagen ein paar Spielzeuge und ein alter ausgefranster Teddybär. Der Wagen sah aus wie eine häufig benutzte Familienkutsche.

Aber wie sollte er die Mädchen aus den umliegenden Ländern nach Frankreich bringen? Er fuhr zurück in die Innenstadt und hoffte, dort eine Inspiration zu finden. Als ihm auch nach längerer Zeit nichts einfiel, kehrte er nach Hause zurück und befragte seinen besten Freund: das Internet. Eine Stunde später begann ein Gedanke langsam Gestalt anzunehmen. Er war noch nicht perfekt, aber ging definitiv in die richtige Richtung. Und den Plan mit dem Krankenwagen musste er auch nicht völlig über den Haufen werfen.

59

Köln, 1. Juni

Kriminaldirektor Schneider sah müde und gerädert aus. Er hatte tiefe Ringe unter den Augen, und die Falten um seine Mundwinkel schienen sich während der letzten zwei Wochen deutlich vertieft zu haben. Das kam wahrscheinlich von seinem krampfhaften Lächeln, mit dem er den Oberbürgermeister, den Kardinal und die Direktion vom Hotel Agrippina immer wieder zu beschwichtigen suchte, da er ihnen bislang noch keine Ermittlungserfolge auf den Tisch legen konnte.

Lukas rief sich zur Ordnung. Es würde doch wohl nicht so weit kommen, dass er Mitleid mit diesem arroganten Schnösel hatte. Er spürte, dass er sehr nervös war. Alles hing nun davon ab, wie gut er seine Idee verkaufen konnte. Er hätte lieber zuerst allein mit den anderen Mitgliedern der Mordkommission gesprochen, aber das ließ sich jetzt leider nicht mehr einrichten. Also ging er nach vorn, hob den Blick und begann mit seinem Vortrag. Er gab eine Zusammenfassung von dem wieder, was sie am Abend zuvor bei Daniel besprochen hatten, und betonte dabei mehrmals, dass sie außer drei Leichen praktisch nichts in der Hand hatten. Dabei verheimlichte er auch nicht, dass er sich durchaus irren könnte. Es war wie eine Flucht nach vorn. So mussten sich amerikanische Anwälte fühlen, wenn sie in einem Fall, der auf Messers Schneide stand, ihr Schlussplädoyer hielten.

Bei Reimann und Kleiber sah Lukas nach anfänglichen Zweifeln Interesse aufflackern. Baumgartners Blick war nicht zu deuten, aber zumindest nicht abweisend. Peters und Hansen wirkten ein wenig abwesend, weshalb er auch bei ihnen nicht so recht ausmachen konnte, was sie dachten. Lisa nickte ihm unmerklich zu, sie schien seine Rede also nicht allzu schlecht zu finden. Schneider hielt die Augenlider leicht gesenkt, und Lukas fragte sich schon, ob er kurz davor stand einzuschlafen, als er seinen Vortrag beendete. Dem war allerdings nicht so.

Der Kriminaldirektor hob plötzlich den Kopf und sah den Kommissar mit leicht hochgezogenen Brauen an. »Nur um das richtig zu verstehen. Sie haben einen unbegründeten Verdacht, eine Intuition sozusagen, aufgrund derer ich eine der größten Polizeiaktionen in Köln genehmigen soll? Ist das alles, was Sie nach knapp zwei Wochen vorzuweisen haben?«

Alle schwiegen betreten.

»So unbegründet ist dieser Verdacht gar nicht«, bemerkte plötzlich jemand.

Lukas drehte sich erstaunt um. Neuberg lehnte neben der Tür an der Wand. Er hatte ihn gar nicht hereinkommen hören.

»Ich schließe mich Kommissar Rosenzweigs Ansichten durchaus an.«

Lukas musste sich ein Lachen verkneifen. Er hatte alles erwartet, aber nicht, dass dieser Mann, der ihm bislang so suspekt erschienen war, für ihn in die Bresche springen würde. Neuberg schlenderte lässig zum Tisch und setzte sich Schneider genau gegenüber. Auch Lukas nahm wieder Platz und wartete mit Hochspannung auf die Erklärungen des Psychologen.

»Bei meinem ersten Profil habe ich Ihnen bereits mitgeteilt, dass ich davon überzeugt bin, dass es sich nicht um einen Serientäter im klassischen Sinn handelt. Daran halte ich auch weiterhin fest. Genauso an der Aussage, dass dieser Mann meiner Auffassung nach in seiner Kindheit und Jugend weder gequält noch misshandelt worden ist. Ich denke aber nach wie vor, dass er unter größten Disziplinierungszwängen und nur mit sehr wenig oder gar keiner Liebe aufgewachsen ist.« Neuberg warf Lukas einen anerkennenden Blick zu. »Ich würde andere

Termini benutzen, aber im Großen und Ganzen gefällt mir Ihr Profil.«

Lukas begann sich nun etwas unwohl zu fühlen. Was redete der Kerl da?

»Schauen Sie mich nicht so erstaunt an, Herr Hauptkommissar. Nichts anderes haben Sie getan. Sie haben ein Profil erstellt.«

»Schön!« Schneider hieb genervt mit der flachen Hand auf den Tisch. »Und wohin führt uns das jetzt? Könnten Sie bitte auf den Punkt kommen, Dr. Neuberg, denn ich habe da draußen noch einen leicht angespannten Oberbürgermeister und einen sehr ungeduldigen Kardinal, die darauf drängen, dass wir mit Resultaten aufwarten.«

Der Psychologe ließ sich in keiner Weise einschüchtern und sprach genauso gelassen wie zuvor weiter. »Gut, ich werde mich kurzfassen. Ich denke, Hauptkommissar Rosenzweig hat absolut recht damit, dass hier jemand versucht, einen Serientäter zu kopieren. Er geht kalkuliert und präzise zu Werk, versucht jedoch Gefühle zu inszenieren. Da er nie gelernt hat zu lieben, kann er dabei nur Vorbildern nacheifern. Ich möchte sogar noch einen Schritt weitergehen. Der Täter ist nicht nur unfähig zu lieben, sondern hat auch, wenn ich mit meinem Profil richtigliege, nie gelernt zu hassen. Eigentlich hat er überhaupt nicht gelernt, Gefühle in irgendeiner Art zu entwickeln. Ich könnte mir gut vorstellen, dass er allein lebt und rein körperliche Befriedigung bei Prostituierten findet. Denn trotz des unterentwickelten Gefühlsspektrums bleiben die physischen Bedürfnisse. Er ist ein hochbegabter Einzelgänger, der die Zurschaustellung von Gefühlen in diesem Fall genauso akribisch plant wie die Morde an sich. Er ist ein Perfektionist. Aber selbst ein so exzellent organisierter Täter macht Fehler …«

»Auch auf die Gefahr hin, dass ich mich wiederhole. Würde es Ihnen etwas ausmachen, endlich auf den Punkt zu kommen?«, unterbrach ihn der Kriminaldirektor mit unterdrückter

Wut. Man hatte zuvor zusehen können, wie Schneiders Ungeduld immer mehr zunahm.

Doch die Worte schienen an Neuberg völlig wirkungslos abzuprallen. »Fehler Nummer eins: die Rose. Eine Rose ist die wohl am höchsten emotional besetzte Blume, die wir kennen. Das konnte auch unser Täter in einem Buch nachlesen. Hätte er die Blüten auf den Opfern ohne Schablone eingeritzt, hätte er uns weitaus mehr an einen Gefühlsakt glauben lassen können. Er ist aber nicht fähig, so zu denken. Durch die Disziplin, die er in jungen Jahren erfahren hat, ist er förmlich gezwungen, in klar strukturierten Rastern zu denken. Eine handgemalte Rose passt nicht in ein solches Raster. Viel zu unordentlich.« Er warf einen Blick auf Lukas Rosenzweig. »Fehler Nummer zwei: die von Ihnen erwähnten Perforierungen der Organe. Ich stimme Ihnen zu, dass es sich auch hier um eine Inszenierung handelt. Seine zwanghaft strategische Art zu denken verrät ihn auch in diesem Punkt. Er findet heraus, dass ein Serientäter mit der Zeit dazulernt. Also versucht er, genau das umzusetzen, bringt es aber nicht fertig, tatsächlich stümperhaft vorzugehen. Seine Vorgehensweise beim ersten Opfer ist wie üblich fehlerlos.«

»Entschuldigen Sie, wenn ich Sie unterbreche, Dr. Neuberg«, warf Lisa dazwischen. Sie erinnerte sich zwar, dass der Psychologe so etwas überhaupt nicht mochte, aber ihr brannte eine Frage unter den Fingernägeln. »Wenn er so zwanghaft in Rastern denkt, wieso hat er die Mädchen dann unterschiedlich geschminkt und nicht einfach die gleichen Farben für alle drei verwendet?«

Neuberg lächelte und nickte ihr anerkennend zu. »Eine interessante Frage. Aber es handelt sich nur auf den ersten Blick um einen Widerspruch. Vergessen Sie nicht, dass er Perfektionist ist. Sobald er den Plan gefasst hat, die Frauen zu schminken, wird er sich gründlich mit dem Thema Make-up auseinandergesetzt haben. Und Perfektionisten sind in der Regel sehr gute

Beobachter. Zu lernen, welche Farben welcher Frauentyp am besten tragen kann, dürfte kein Problem für ihn sein. Schalten Sie das Fernsehen ein oder schlagen Sie eine Zeitschrift auf – und sofort werden Sie mit Make-up-Werbungen überflutet. Er ist zwar zwanghaft diszipliniert, aber gleichzeitig auch hochintelligent. In seinem Raster gibt es nicht einfach bloß die Kategorie ›Frau‹. Dazu denkt er viel zu komplex. Er wird die Frauen sehr differenziert in verschiedene Typen einteilen.«

»Hören Sie, Dr. Neuberg, das ist ja alles sehr interessant, aber wo soll uns das bitte hinführen?« Schneiders zuvor noch müdes, graues Gesicht hatte sich inzwischen rot verfärbt.

Nun zeigte auch der Psychologe einen ersten Anflug von Ärger. »Also gut, Herr Schneider, da ich Sie mit meinen Ausführungen zu langweilen scheine, werde ich Ihnen nun einfach empfehlen, die von Hauptkommissar Rosenzweig angefragte Polizeiaktion zu genehmigen und durchzuführen. Und zwar ohne weitere Angabe von Gründen.«

Der Kriminaldirektor zuckte zusammen, und für einen Augenblick schien es, als wollte er den Profiler heftig anfahren. Dann erkannte er, dass er in seine eigene Falle getappt war, und schwieg. Mit einer resignierenden Handbewegung bedeutete er Neuberg fortzufahren.

Der schien seinen Ärger im Handumdrehen wieder im Griff zu haben und sprach weiter, als wäre nichts geschehen. »Einen Punkt möchte ich noch erwähnen, bevor ich Ihnen erkläre, warum ich den 8. Juni auch für sehr wahrscheinlich halte. Viele Serientäter behalten Souvenirs ihrer Opfer. Da die Frauen alle nackt aufgefunden wurden, könnte man meinen, dass in diesem Fall die Kleidung als Souvenir gedient hat. Andererseits kann unser Mann seine Opfer nicht angezogen ablegen, da ansonsten die Rose einen viel geringeren Effekt hätte. Dazu kommt, dass er vermutlich von der Souvenir-Geschichte weiß. Deshalb muss er auch daran denken. In vielen Fällen behalten und sammeln die Täter Körperteile. Einen Fuß, einen kleinen Finger, was auch immer. Dazu wäre unser Täter niemals fähig. Ein abgeschnittener Finger würde sein Gesamtbild in Unordnung bringen. Eine abgeschnittene Haarsträhne wäre nicht auffällig genug. Also …«

»… also behält er die Augen«, vervollständigte Lisa seinen Satz. »Er muss die Frauen mit geschlossenen Augen präsentieren, weil sein perfektes Make-up dann besser zur Geltung kommt. Daher sind die Augen das Einzige, das er entfernen kann, ohne dass es die Ästhetik stört.«

Lukas war fasziniert von den Ausführungen des Psychologen. Plötzlich hatte der Täter ein Gesicht, und Lukas hatte zum ersten Mal das Gefühl, ihm auf der Spur zu sein. Außerdem begann er, wenn auch immer noch mit einem gewissen Widerwillen, sein Bild von Neuberg zu revidieren. Sie hatten am Abend zuvor bei ihrer Unterredung in Daniels Wohnung gar nicht so viel anders gedacht als der Psychologe und eigentlich auch ähnliche Schlüsse gezogen. Der Profiler – Lukas mochte diese Bezeichnung noch immer nicht – hatte es aber irgendwie geschafft, diese Gedanken zu ordnen und zu strukturieren, sodass sie deutlich klarer waren. Er begriff nun auch langsam, worauf Neuberg hinauswollte und weshalb der die gleiche Vermutung hatte wie er selbst. Er lauschte gespannt, als der Psychologe weitersprach.

»Betrachten wir alle Fakten im Zusammenhang, so wird deutlich, dass der Täter einerseits das Muster von Serientätern exakt kopiert und andererseits gezielt Verwirrungselemente einsetzt. Er distanziert sich von bekannten Serienmördern, indem er viel gewaltloser und ästhetischer vorgeht. Gleichzeitig bemüht er sich aber, typische Kriterien so genau wie möglich zu replizieren. Aufgrund der zwangsgestörten Denkweise dieses Mannes halte ich es für ausgeschlossen, dass die Ausdehnung der Zeiträume zwischen den Leichenfunden ein ungeplanter

Zufall ist. Ich bin sicher, dass er dies bewusst macht, um sich auch in diesem Punkt von anderen zu unterscheiden. Ziehen wir nun seine geradlinige Denkstruktur in Betracht, so ist es sehr wahrscheinlich, dass er die Zeiträume verdoppelt. Unregelmäßige Abstände brächten das Gesamtbild in Unordnung.«

60

Saint-Quentin, 28. Februar

Voilà: *Cosmopolitan – Internationale Patiententransporte.*

Das war sogar noch besser als ein Rettungswagen – viel unauffälliger, da man ohne Blaulicht und Sirene fuhr. So etwas zog nur Gaffer an. Die Scheinfirma war schnell gegründet, ein alter Krankenwagen rasch gekauft und umgebaut. Der neue Name prangte nun auf der Seite des Fahrzeugs, darunter war ein Äskulapstab in unauffälligem Blau auf dem silbernen Lack des Wagens.

Patienten, die keiner akuten medizinischen Betreuung bedurften, wurden von solchen Unternehmen transportiert. Von zu Hause in eine Spezialklinik, zu einem Reha-Aufenthalt, zur Dialyse, zur Kur ... Es gab viele Möglichkeiten. Chronisch Kranke, die nur liegend transportiert werden konnten, waren auf solche Firmen angewiesen. Sie konnten gemütlich alleine hinten im Wagen liegen – sofern sich dort auch ihre Infusionen oder Schmerzmittelpumpen an den dafür vorgesehenen Apparaturen befanden –, während ein einziger Fahrer ausreichte und kein besonders medizinisch geschultes Personal notwendig war. Perfekt.

Dieses Problem hatte ihm so lange auf der Seele gelegen, dass er sich nach seiner Lösung nicht nur erleichtert, sondern regelrecht leer fühlte. Er hatte allerdings keine Zeit, sich auf diesem Etappenerfolg auszuruhen. In Europa stand alles bereit, aber auf der *Rosebud* und in den USA gab es noch einiges zu tun. Er beschloss, für den nächsten Morgen einen Flug zu buchen und den Abend mit Sophie in Paris zu verbringen.

61

Köln, 1. Juni

Im Kölner Polizeipräsidium war das absolute Chaos ausgebrochen. Alle redeten, rannten, schrien oder telefonierten durcheinander. Trotzdem herrschte ein fast heiteres Klima, das neue Energien freisetzte, die man förmlich aus der Luft greifen konnte.

Lukas Rosenzweig wusste nicht, wo ihm der Kopf stand und was er zuerst machen sollte. Aber endlich gab es etwas Konkretes zu tun. Sie hatten einen Plan, und die nervtötende Ruhe, als sie ununterbrochen auf der Stelle getreten hatten, gehörte der Vergangenheit an. Schneider hatte sich nach Neubergs Ausführungen schneller geschlagen gegeben, als Lukas es für möglich gehalten hatte. Er schuldete dem Psychologen etwas.

Nachdem er sich eine Weile bemüht hatte, die Aktivitäten der Mordkommission in geregelte Bahnen zu lenken, musste er unwillkürlich grinsen. Schade, dass der Täter nicht hier war. Der hätte ihm mit seiner methodischen Denkweise bestimmt helfen können. Lukas schüttelte den Kopf. Mein Gott, in seiner Euphorie musste er wirklich aufpassen, dass er nicht in Reimanns Sarkasmus abrutschte.

Als Lisa mit einem dicken Papierstapel ins Büro gestürmt kam, diesen auf ihren Schreibtisch warf und gleich darauf schon wieder hinausflitzen wollte, rief er sie zurück. »Hey, atme erst einmal durch. Ich glaube, wir haben nach den zähfließenden Ermittlungen in den ersten beiden Wochen ein wenig hektische Aktivität gebraucht, aber jetzt sollten sich langsam alle so weit abreagiert haben, dass wir wieder vernünftig arbeiten können. So planlos, wie hier alle herumlaufen, wird das nichts.«

Lisa ließ sich erschöpft auf ihren Stuhl fallen und schenkte ihm ein schwaches Lächeln. »Du hast recht. Wir drehen hier gerade alle ein wenig am Rad.«

Lukas grinste und nickte dabei. »So hätte ich es vielleicht nicht formuliert ... Aber ja, ich stimme dir zu.«

»Was ist dein Plan? Sollen wir sechs uns erst einmal im ›Salon der schönen Toten‹ zusammensetzen, um die Aufgaben zu verteilen?«

Lukas nickte erneut. »Ja, und zwar so schnell wie möglich.«

»Das Problem ist, dass ich zwar jetzt zwei lange Listen mit Brunnen und mit Kirchen habe, aber leider kein Programm, das die Standorte zusammenfügen kann. Das heißt, es wird ein mühseliges Suchspiel mithilfe von Stadtplänen, um die Brunnen den Kirchen zuzuordnen.« Brigitte Kleibers anfänglicher Enthusiasmus schien wie ein Kartenhaus in sich zusammenzufallen.

Lukas rieb sich nachdenklich das Kinn. »Kann Reuther dir dabei helfen?«

Kleiber schüttelte den Kopf. »Ich glaube nicht. Viel nützlicher wären ein paar Leute, die extrem gut recherchieren können. Ich habe große Bedenken, dass uns irgendein Brunnen oder irgendeine Kirche entgeht.«

Das durfte auf keinen Fall passieren, dachte Lukas und erklärte: »Okay, du und Rüdiger, ihr werdet euch ausschließlich um die Suche nach Brunnen und Kirchen kümmern. Schnappt euch einen Konferenzraum und lasst euch durch nichts stören. Ich sorge dafür, dass euch ein paar Rechercheexperten zugeteilt werden. Wenn irgendetwas fehlt oder ihr mehr Hilfe braucht, meldet euch sofort.«

Die beiden standen auf und verließen den Raum, um sich gleich an die Arbeit zu machen.

Lukas wandte sich an Peters und Reimann. »Ihr zwei übernehmt die Koordination der Zivilüberwachung. Der Täter darf auf keinen Fall merken, dass die Brunnen und Kirchen observiert werden. Ich will an jedem möglichen Platz zwei Beamte haben. Sie müssen so gut getarnt sein, dass sie in keiner Weise auffallen. Brigitte und Rüdiger werden euch die möglichen Fundorte sagen. Fahrt da hin, schaut euch die Gegebenheiten an. Checkt, ob eine Überwachung aus einem Fahrzeug möglich ist. Überlegt euch passende Tarnungen. Ihr wisst schon, was ich meine. Das Ganze muss bis ins Letzte durchdacht sein.«

»Das schaffen wir unmöglich alleine. Du hast gesehen, wie lang Brigittes Listen sind.«

»Das ist mir klar. Ich werde bei Baumgartner auch für euch Unterstützung anfordern. Ein paar Leute, die sich mit so etwas auskennen. Ich möchte auch, dass ihr die Beamten brieft. Ihr habt genau eine Woche Zeit, und ich will, dass ihr nach dieser Woche die absoluten Experten für jeden einzelnen beschissenen Brunnen seid, der irgendwo in der Nähe einer Kirche steht.«

Reimann grinste. »Okay, dann hoffen wir mal, dass uns das Kind nicht in einen dieser beschissenen Brunnen fällt.«

»Und was machen wir jetzt?«, fragte Lisa, nachdem sie mit Lukas in ihr Büro zurückgekehrt war.

»Telefonieren«, antwortete er lakonisch. »Erst Baumgartner, wegen der Unterstützung für die beiden Teams, dann Mankowski. Der muss unbedingt zusehen, dass er eine Überwachung von Deveraux hinbekommt. Vielleicht sollte ich da auch noch mal mit Baumgartner reden.« Er machte sich eine kurze Notiz. »Und danach würde ich mich gerne noch mal mit Neuberg unterhalten.«

Lisa schnappte überrascht nach Luft und begann zu lachen. »Nein, hast du da etwa einen neuen besten Freund?«

Lukas zog eine Grimasse, musste dann aber auch grinsen. »Ja, ich gebe es ja zu. Ich habe mich in ihm völlig geirrt.«

»Wow, ich bin sprachlos, diese Worte aus deinem Mund zu hören.«

»Dann sei auch bitte wirklich sprachlos und reite nicht weiter darauf herum.«

»Schon gut, aber warum willst du eigentlich mit ihm reden?«

»Die wichtigsten Punkte haben wir heute schon besprochen, denke ich, vor allem die, die für unsere Aktion wichtig sind. Ich muss gestehen, dass ich wirklich beeindruckt war, wie er uns den Täter nähergebracht hat. Für mich hat der Mörder jetzt ein Gesicht, was er vorher nicht hatte, und wird irgendwie berechenbarer. Allerdings ...« Er zögerte einen Augenblick. »... fällte es mir zunehmend schwerer, an die Theorie zu glauben, dass hier eine Serie einen einzelnen Mord vertuschen soll. Nach allem, was wir heute gelernt haben, passt das hinten und vorne nicht mehr. Es muss einen anderen Grund für die Ermordung dieser Mädchen geben, und mich würde interessieren, ob Neuberg eine Ahnung hat, was das sein könnte.«

62

Mackay, 31. März

Er war schon viel länger auf der *Rosebud*, als er ursprünglich geplant hatte, und konnte seine Ungeduld kaum noch zügeln.

Jason McDermot war echt ein netter Kerl, aber dessen Schwester trieb ihn langsam in den Wahnsinn. Es konnte doch nicht so lange dauern, vier Decken zu nähen. Und er hatte sie schon vor drei Monaten in Auftrag gegeben. Gut, sie waren wirklich etwas Besonderes; aber es wollte ihm einfach nicht in den Kopf gehen, dass man auf das bisschen Näherei so viel Zeit verschwenden konnte.

Er war über Sydney angereist, hatte diesem Jean-Luc Gatineau einen erneuten Besuch abgestattet und noch einmal sehr aufmerksam dabei zugesehen, wie der einem Blauringoktopus das Gift entnahm. Die ersten Tage auf der *Rosebud* war er dann damit beschäftigt gewesen, sich die nötigen Instrumente zu besorgen und erste Versuche mit Bonnie und Clyde zu starten. Inzwischen lagerte so viel Gift im Kühlschrank seiner Kabine, dass er ganz Köln damit ins Jenseits befördern könnte.

Und jetzt hing er hier fest, weil diese blöde Kuh einfach nicht in die Gänge kam. Die Tauchgänge empfand er schon seit Langem nicht mehr unterhaltsam. Es drängte ihn weiterzuführen, was er begonnen hatte. Natürlich hätte sie ihm die Decken auch schicken können, aber er fürchtete, dass sie sich noch mehr Zeit lassen würde, wenn er erst einmal abgereist war. So hatte er wenigstens noch ein klein wenig Kontrolle über diese Angelegenheit.

Er zog hektisch an seiner Gauloise und kramte das Mobiltelefon aus den Taschen seiner Shorts. Vielleicht hatte Sharon ja Zeit für ihn.

63

Köln, 4. Juni

Die letzten Tage waren wie im Flug vorbeigegangen, und sie waren gut vorangekommen. Beide Teams hatten bisher exzellente Arbeit geleistet, und Lukas wagte inzwischen davon zu träumen, dass sie es tatsächlich schaffen könnten, alle Brunnen und Kirchen aufzuspüren, die als mögliche Leichenfundorte infrage kamen. Es waren hektische und anstrengende Tage gewesen, und natürlich hatte es Hunderte von Detailfragen gegeben, über die sie leidenschaftlich diskutiert hatten, um zu einer Entscheidung zu gelangen. Wie weit durften die Brunnen maximal von den Kirchen entfernt sein? Sollten sie sich wirklich nur auf katholische Kirchen beschränken oder die evangelischen doch mit einbeziehen? Was war mit Brunnen in geschlossenen Gebäuden, wie zum Beispiel dem Schokoladenbrunnen im Schokoladenmuseum? Was war mit Brunnen innerhalb von Kirchengebäuden? Würden sie zwei Überwachungsteams brauchen, wenn auch eins ausreichte, um zwei Brunnen im Auge zu behalten?

So ging es von morgens bis abends, und Lukas' und Lisas' Hauptfunktion war es inzwischen, Feuerwehrmann zu spielen, wenn es irgendwo brannte. So war es nicht weiter erstaunlich, dass Lukas noch immer nicht dazu gekommen war, sich mit Neuberg über das Motiv des Täters zu unterhalten.

Er wollte gerade zum Telefon greifen, als Reimann in der Tür erschien. »Was gibt es?«

»Sebastian und ich haben gerade noch mal mit Brigitte und Rüdiger zusammengesessen, und uns ist aufgefallen, dass wir über eine Sache bisher gar nicht gesprochen haben. Was ist mit den drei ersten Fundorten? Sollen die auch noch mal überwacht werden?«

Lukas verschluckte sich fast vor Entsetzen. Für ihn war das so selbstverständlich, dass er es nicht einmal für nötig gehalten hatte, es zu erwähnen. »Auf jeden Fall. Wenn du mich fragst, haben wir große Chancen, ihn am Dom zu erwischen.«

»Wie kommst du denn darauf?«

»Na ja, er ist von Fundort zu Fundort dreister geworden. Die berühmtesten und interessantesten Kirchen hat er durch. Wenn ich er wäre und mir überlegen müsste, wie ich die Meisterleistung vom Fischmarkt noch übertreffen könnte, käme ich unweigerlich wieder auf den Dom zurück.«

Reimann schüttelte zweifelnd den Kopf. »Ich weiß nicht. Wenn er wirklich so viel Hirn im Kopf hat, wie dieser Profiler behauptet, muss er doch damit rechnen, dass wir ihn dort erwarten. Aber okay, dann teilen wir auch für diese Standorte Überwachungsteams ein.«

»Lisa und ich übernehmen den ersten Fundort. Das heißt, wir überwachen den großen Brunnen vor dem Hotel *Agrippina* und den Petrusbrunnen direkt am Dom.«

Reimann grinste süffisant und warf einen lüsternen Seitenblick auf Lisa. »Was wollt ihr zwei Hübschen denn vorgeben zu sein? Ein verliebtes Pärchen, das in dem noblen Hotel wohnt, oder lieber zwei zerlumpte Obdachlose, die sich am Dom ein Plätzchen für die Nacht suchen?«

Lukas seufzte und wollte dem Kollegen eine passende Antwort geben, aber Lisa war schneller als er. »Da ihr ja inzwischen die Spitzenexperten für solche Dinge seid, überlassen wir diese Entscheidung natürlich euch Fachleuten«, erwiderte sie.

Reimann setzte schon zu einer sarkastischen Entgegnung an, doch Lukas kam ihm zuvor. »Apropos Fachleute, vergesst bloß den Dionysos-Brunnen hinterm Dom nicht.« Er zögerte einen Augenblick und ließ seine kürzlich erfolgten Besuche an den drei Kirchen im Geiste Revue passieren, bevor er fortfuhr: »Dann ist da noch der Brunnen in der alten römischen Hafenstraße, direkt neben dem Römisch-Germanischen Museum. Und auch wenn wir uns sonst auf kürzere Distanzen geeinigt haben – ich möchte, dass auch der Rheingartenbrunnen hinter der Philharmonie sowie der Heinzelmännchenbrunnen auf der anderen Seite des Roncalliplatzes beobachtet wird.«

»Ja, reg dich ab, wir haben das schon im Griff.«

»Bei Groß St. Martin müsst ihr auch zwei Teams einsetzen. Eins für den Fischweiberbrunnen und das andere für den Tierbrunnen auf der Nordseite. Bei St. Maria in der Kupfergasse gibt es nur den Brunnen im Kirchhof, da reicht also ein Team.«

Als Reimann wieder in seinen Konferenzraum zurückgekehrt war, rief Lukas endlich Neuberg auf dessen Handy an, und der antwortete zu seiner Freude gleich nach dem zweiten Klingeln.

»Guten Tag, Dr. Neuberg«, grüßte Lukas, »ich habe Sie auf Lautsprecher gestellt und sitze hier im Büro mit meiner Kollegin Lisa Voigt zusammen. Uns sind da noch ein paar Unstimmigkeiten aufgefallen, und wir wollten fragen, ob sie vielleicht ein paar Minuten Zeit für uns hätten.«

»Natürlich, gerne. Wie es der Zufall will, bin ich noch im Gebäude und könnte auch persönlich bei Ihnen vorbeischauen.«

Umso besser, dachte Lukas. Keine fünf Minuten später saß der Psychologe in ihrem Büro.

»Wo liegt denn das Problem?« Neuberg blickte Lukas offen und freundlich an, der sich erneut fragte, wie er sich in dem Mann so hatte täuschen können.

»Problem ist eigentlich das falsche Wort, es geht mehr um ein paar noch offene Fragen, genauer gesagt nur um eine einzige: Warum? Warum tötet er diese jungen Frauen?«

Neuberg strich seine Krawatte glatt und beugte sich dann ein wenig vor. »Eine sehr gute Frage, aber nicht leicht zu beantworten.«

Als er nicht gleich weitersprach, sagte Lisa: »Hauptkommissar Rosenzweig und ich hatten bislang die Theorie, dass hier vielleicht eine Serie vorgetäuscht wird, um einen einzelnen Mord zu vertuschen. Das ist zwar nicht alltäglich, aber es gibt Präzedenzfälle. Nachdem Sie uns ein so überzeugendes Täterprofil präsentiert haben, können wir allerdings nicht mehr so recht an unsere eigene Theorie glauben. Wir drehen uns also ein wenig im Kreis und wüssten wirklich gerne, was Sie uns dazu sagen können.«

Der Profiler fühlte sich von Lisas Worten sichtlich gebauchpinselt und lehnte sich lässig in seinem Stuhl zurück. Lukas widerte das an, und er begann im Geiste schon wieder sein Bild von diesem Mann zu revidieren.

»Also, einen als Serie getarnten Einzelmord würde ich in diesem Falle eindeutig ausschließen«, erklärte Neuberg. »Der Aufwand, der hier betrieben wurde, stünde in keiner Relation zu der Ermordung eines einzelnen Menschen. Gut, heutzutage gibt es praktisch nichts, was es nicht gibt, aber ich müsste mich schon sehr täuschen, wenn wir es hier mit einer Tarnserie zu tun hätten.« Er schüttelte vehement den Kopf. »Nein, ich bin mir ganz sicher, dass das nicht der Grund für die Morde ist.«

»Aber was ist es dann?«, hakte Lukas nach. »Oder haben Sie vielleicht schon einmal von völlig grundlosen Morden gehört?«

Neuberg lächelte amüsiert. »Im Prinzip schon. Fragen Sie mal die Ehefrau eines Mannes, der in einer U-Bahn zu Tode geprügelt wurde.«

Lukas nickte ergeben. »Sie wissen, dass ich das nicht so gemeint habe.«

»Ja, natürlich, aber manchmal sollte man genau darauf achten, welche Fragen man stellen muss, um die richtigen Antworten zu erhalten.«

Lukas stöhnte innerlich auf. O Mann, an dem Typ war anscheinend auch ein Philosoph verloren gegangen. Er merkte, dass ihm langsam, aber sicher die Lust an diesem Gespräch verging. Einen letzten Versuch wollte er jedoch noch starten. »Gut, dann komme ich auf meine erste Frage zurück. Warum tötet dieser Mann junge Frauen?«

Der Psychologe seufzte. »Das habe ich befürchtet. Diese Frage lässt sich zum jetzigen Zeitpunkt nicht beantworten, weil man dazu nur Vermutungen anstellen kann. Bei den meisten Tätern gibt es einen Auslöser, und solange wir den nicht kennen, wissen wir nicht, was ihn dazu treibt. Dazu kommt, dass wir es hier mit einer extrem emotionslosen Persönlichkeit zu tun haben. Was kann einen Menschen mit einem unterentwickelten Gefühlsspektrum zum Mörder werden lassen? Vielleicht versucht er, seine emotionalen Defizite zu kompensieren. Er muss sich wie ein leeres Gefäß vorkommen, das er irgendwie zu füllen versucht. Die einen probieren es vielleicht mit Alkohol oder Drogen, die anderen mit dem Kick, den sie aus einem Mord ziehen. Da wir seine Intelligenz nicht unterschätzen dürfen, könnte sein Kick natürlich auch der sein, dem Mythos des perfekten Mordes hinterherzujagen.«

64

New York, 14. April

Endlich wieder unterwegs. Und nicht nur er selbst! Die Seidendecken waren einzeln verpackt auf dem Weg nach Europa, das Maculotoxin von Bonnie und Clyde als Insulin getarnt in seinem Gepäck.

Er selbst warf gerade eine nur zur Hälfte gerauchte Gauloise in den Rinnstein und stieg dann in ein gelbes Taxi. »Herald Square, Macy's«, sagte er, woraufhin der Fahrer nur kurz nickte und den Wagen in Bewegung setzte.

Am frühen Morgen war er auf dem JFK-Flughafen gelandet. Danach hatte er seinen Koffer in der Wohnung in der 42nd Street abgestellt und war sofort losgezogen, um sämtliche Parfumerien und Kaufhäuser abzuklappern, die Make-up-Produkte führten. Die säuberlich aufgereihten Lippenstifte, Lidschatten und Mascaras faszinierten ihn. Es sah hübsch aus, wie sie unter künstlicher Beleuchtung in ihren unterschiedlichen Nuancen schimmerten. Heutzutage war es auch nicht weiter auffällig, wenn sich ein Mann für Kosmetika interessierte, denn sie wurden oft als Geschenk für die Ehefrau, Freundin oder Geliebte gekauft. Kein Wunder, bei den Preisen. Er hatte heimlich Markennamen und Farbcodes der Produkte aufgeschrieben, die seine Mädels benutzten, und die überkandidelten Verkäuferinnen rissen sich förmlich darum, ihm zu helfen, wenn er gespielt unbeholfen einen Zettel aus der Brusttasche seines Anzugs zog, auf dem »seine Frau« ihm ihre Wünsche notiert hatte. Er hatte in keinem Laden mehr als zwei Produkte gekauft und grundsätzlich bar bezahlt. Auch die Taxis hatte er nie warten lassen, sondern sich jedes Mal ein neues besorgt.

Jetzt hatte er fast alles zusammen, und in seiner großen Ledertasche häuften sich die als Geschenke verpackten Artikel. Das war der nervige Teil eines Einkaufs. Aber wenn er schon ein Geschenk für »seine Frau« kaufte, wäre es verdächtig gewesen, es nicht in Geschenkpapier einwickeln zu lassen. Diese aufgedonnerten Hühner brauchten jedoch ewig lange für diese Arbeit. Er lächelte sinnierend vor sich hin. Obwohl diese überschminkten Verkäuferinnen ja eigentlich die Spezialistinnen waren, musste er voller Respekt anerkennen, dass seine Edelhuren weitaus geschickter in der Kunst des Make-up-Stylings waren als diese aufgemotzten Möchtegernvamps. Er machte sich im Geiste eine Notiz, seinen Mädels ruhig einmal ein Kompliment dazu auszusprechen. Dann lehnte er sich entspannt zurück und freute sich darauf, das letzte noch fehlende Produkt zu kaufen. Einen transparenten Lipgloss. Sharon hatte ihm gezeigt, wie man ihn über dem eigentlichen Lippenstift auftrug. Das einzige Make-up, das er bei allen Frauen anwenden würde – egal, wie hell oder dunkel ihr Teint war oder welche Haarfarbe sie besaßen. Einem solchen Produkt kam natürlich eine besondere Bedeutung zu. Daher hatte er beschlossen, es als einziges bei Macy's zu kaufen.

Nach seiner eingehenden Besichtigung der uralten Kirchen in Köln war ihm bewusst geworden, dass ihn Geschichte interessierte. Die Vergangenheit starb nie, war heute noch präsent. Das gefiel ihm. Macy's hatte auch eine große Vergangenheit. Das erste Geschäft war 1858 in New York gegründet worden, an der Ecke 6th Avenue und 14th Street. Der Laden existierte nicht mehr, weshalb er jetzt zu dem 1902 eröffneten Kaufhaus am Herald Square fuhr. Es war das erste amerikanische Geschäft, das abgesehen von Aufzügen auch Rolltreppen besaß, was in jener Zeit eine brandneue technische Errungenschaft darstellte. Die über hundert Jahre alten hölzernen Antiquitäten taten noch heute ihren Dienst. Das hatte Stil. Und das war er seinen Mädels und seinen Engeln schuldig.

65

Köln, 5. Juni

Für einen Samstagnachmittag herrschte reges Treiben in den Räumlichkeiten des Morddezernats. Es blieben nur noch wenige Tage bis zur Nacht des 8. Juni, und die Vorbereitungen liefen weiterhin auf Hochtouren. Alle waren angespannt bis in die Haarspitzen.

Lisa checkte gerade die aktuellste Liste mit den infrage kommenden Brunnen und Kirchen, als Lukas mit noch mehr Papier unter dem Arm in ihr Büro eilte. »Hat Mankowski sich gemeldet?«

Sie schüttelte den Kopf. »Nein, ich versuch es aber gleich noch mal.«

Dank Schneiders Intervention hatte die französische Polizei sich bereit erklärt, ein kleines Team zur Überwachung von Deveraux abzustellen. Nachdem der Kriminaldirektor erst die Aktion für den 8. Juni genehmigt hatte, schien der Wall gebrochen zu sein, und er stimmte praktisch allem zu, was Lukas verlangte. Mankowski war ein Mitglied dieses Teams und sollte eigentlich regelmäßig Bericht erstatten, was er aber nur sporadisch tat. Diesmal hatten sie allerdings Glück, und er ging wenigstens sofort ans Telefon.

»Sag mal, was genau ist eigentlich so unverständlich an dem Ausdruck ›regelmäßige Berichterstattung‹?«, fuhr Lukas ihn sofort an. Er benötigte offenbar ein Ventil für seine Anspannung.

Der Ex-BKA-Mann seufzte müde. »Lukas, du bist hier nicht der Einzige, der Überstunden macht und unter Strom steht. Wir sind nur zu viert für Deveraux abgestellt, das bedeutet Zwölf-Stunden-Schichten. In den anderen zwölf Stunden versuche ich weiterhin, mehr Infos über unseren Freund Antoine zu erhalten. Schalte also mal einen Gang zurück.«

»Okay, tut mir leid. Ich denke, wir stehen alle etwas unter Druck. Wie sieht es aus bei euch?«

»Viel Neues kann ich nicht berichten. Deveraux verhält sich relativ unauffällig. Tagsüber hockt er in seiner Firma, und abends geht er hin und wieder essen oder manchmal auch in einen Nachtclub. In der Regel mit unterschiedlichen Begleitungen. Ich habe zwar noch keine endgültige Bestätigung, aber die Ladys sind superattraktiv, und ich denke, dass sie für einen Hostessenservice oder als Edelprostituierte arbeiten. Nicht unbedingt ein Verbrechen, wenn ein unverheirateter Mann sich einen solchen Luxus erlaubt.«

»Nein, aber es passt ins Profil. Neuberg glaubt, dass unser Täter ein Einzelgänger ist, der seine physische Befriedigung bei Prostituierten sucht.«

»Seit wann interessierst du dich denn dafür, was Neuberg sagt?« Mankowski lachte höhnisch auf. »Seid ihr neuerdings Freunde?«

Lukas stöhnte. Hatte er diese Frage nicht schon einmal gehört? »Nein, Lutz, Freunde nicht gerade, aber seit du weg bist, ist auch hier so einiges passiert, und Neuberg hat zumindest ein paar recht treffende Kommentare abgegeben. Ist aber auch egal. Ich bin mir genauso wenig sicher, ob Deveraux unser Mann ist, aber theoretisch könnte er es sein. Er war in den Staaten, könnte die Make-up-Produkte also gekauft haben. An den Tagen der Leichenfunde war er in Paris. Paris und Köln sind nur etwa fünfhundert Kilometer voneinander entfernt. Wenn du abends losfährst, kannst du mitten in der Nacht eine Leiche in Köln ablegen und am nächsten Morgen schon wieder zu Hause in Paris sein. Ich behaupte ja nicht, dass es so war, aber es wäre definitiv möglich. Der Typ hat Filialen in aller Welt; wer sagt uns, dass er die Decken nicht schon vor Monaten oder Jahren irgendwo in Asien oder Australien gekauft hat? Ihr werdet wohl kaum Hausdurchsuchungen bei ihm durchgeführt haben. Er könnte in Spanien, in seinem Nobelapartment in Paris oder sogar im Büro ein Aquarium mit Blauringoktopoden stehen haben. Wir wissen es einfach nicht. Aber er ist der Einzige, der zumindest eine Verbindung zu zweien der drei Opfer hat. Habt ihr dazu eigentlich etwas Neues herausgefunden?«

»Nein. Da decken sich die Aussagen von Sanchez' Mutter und Deveraux zu einhundert Prozent. Er kauft Bücher bei ihr, aber sie haben sich nie persönlich kennengelernt. Das bringt uns also auch nicht weiter.«

»Okay, Mankowski, bleib du einfach an deinem Freund Antoine dran. In ein paar Tagen wissen wir mehr.«

»Warte mal.« Lisa war dem Gespräch bisher nur schweigend gefolgt. »Spricht dieser Deveraux eigentlich Deutsch?«

Mankowski zögerte einen Moment mit der Antwort. »Gute Frage, ich bin mir nicht ganz sicher. Er selber behauptet, nur wenige Brocken Deutsch zu beherrschen. Das nehme ich ihm aber nicht so ganz ab. Ich habe ihm hier und da einen Kaffee auf Deutsch angeboten oder beiläufig ein paar Sätze in unserer Sprache fallen lassen. Er schien sie alle mühelos verstanden zu haben, sodass ich glaube, er kennt mehr als nur ein paar Brocken. Würde meine Hand dafür aber nicht ins Feuer legen.«

»Glaubst du, dass es Deveraux ist?«, fragte Lisa. Nachdem das Gespräch mit Mankowski beendet war, hatte sie wieder damit begonnen, in ihren Listen zu blättern, konnte sich jedoch nicht so recht konzentrieren.

Lukas sah sie unglücklich an. »Ich weiß es einfach nicht.«

»Ich frage mich nur, wie das funktionieren soll. Heute ist Samstag. Die neue Leiche erwarten wir in der Nacht von Dienstag auf Mittwoch. Müsste er da nicht langsam losziehen, um irgendwo in Europa ein Mädchen zu entführen? Ich meine, so eine thanatopraktische Behandlung führt man ja nicht gerade in fünf Minuten durch, ganz zu schweigen von der Rose. Außerdem muss der Täter sein Opfer ja auch irgendwo aufbereiten. Ich möchte wetten, dass er das immer am selben Ort getan hat, was bedeutet, er hat bis Dienstag noch so einiges an Fahrerei vor sich.«

Lukas wog seine Antwort sorgfältig ab. »Vielleicht ist sie ja schon tot. Eine thanatopraktisch aufbereitete Leiche kann bis zu zwei Wochen ungekühlt aufgebahrt werden. Ich weiß nicht, wie viel länger das der Fall ist, wenn sie zwischendurch gekühlt wird.« Er stand auf und ging zur Tür. »Ruf Daniel an. Vielleicht weiß der das. Wenn nicht, soll er sich bei Maurer schlaumachen. Ich muss jetzt zu Baumgartner, bin aber in einer halben Stunde wieder da.« Er hielt noch einmal kurz inne, bevor er das Büro verließ. »Würde mich nicht wundern, wenn Opfer Nummer vier schon fertig aufbereitet in einem Kühlfach läge und nur noch auf den Transport wartet. Ist das der Fall, ist auch Deveraux wieder als möglicher Täter im Rennen, und es würde seine scheinbare Untätigkeit erklären.«

66

Köln, 2. Mai

Er wartete in dem orangefarbenen Kleintransporter, bis das elektrische Rolltor der Lagerhalle sich geöffnet hatte. Dann fuhr er hinein, und das Tor schloss sich umgehend mit einem kaum hörbaren Schnurren. Er stellte den Motor ab, zog den Schlüssel aber nicht aus der Zündung. Beide Hände hielten das Steuerrad fest umklammert, bis die Knöchel weiß in der dämmerigen Beleuchtung schimmerten. Ein Blick in den Rückspiegel ließ gehetzt wirkende Augen in einem blassen Gesicht erkennen.

Es war perfekt! Und genau da lag das Problem. Er war tagelang in seinem umgebauten Krankenwagen durch Wien gefahren. Hauptsächlich um die Universität herum und durch das Studentenviertel. Niemand hatte sich großartig um ihn gekümmert oder ihn beachtet. Während der Nacht hatte er Ausschau nach potenziellen Opfern gehalten. Es wäre so einfach gewesen. Er hatte ein paar von den unbekümmerten Studentinnen, die durch die dunklen Gassen von Wien stromerten, versuchsweise angesprochen und nach dem Weg gefragt. Sie waren vollkommen unbesorgt und vertrauensvoll gewesen. Unfassbar. Es wäre ein Leichtes gewesen, die eine oder andere rasch mit Chloroform zu betäuben und in den Wagen zu ziehen. Eine Mindestausstattung an medizinischem Zubehör war in einem Wagen, der Patienten transportierte, nichts Ungewöhnliches – und er hatte noch einige Besonderheiten hinzugefügt. Da gab es die als Kochsalzlösung deklarierten Infusionsbeutel, die zusätzlich Propofol enthielten, was von außen natürlich nicht zu erkennen war. Ein paar Spritzen, ein paar Nadeln, ein paar Tupfer. Die als Desinfektionsalkohol getarnte Flasche mit dem Chloroform. Eine Pappschachtel mit sterilen Handschuhen und eine mit den Mundschutzen. Alles war an seinem Platz. Fiel nicht auf. Es wäre so einfach gewesen.

Nachdem er eine zierliche Brünette, die mutterseelenallein in einer Straße mit wenigen, nachts geschlossenen Geschäften spazieren gegangen war, angesprochen hatte – er hätte sie ohne Probleme überwältigen können –, war er losgefahren. Die Strecke von Wien nach Saint-Quentin war lang. Aber weder an der deutschen noch an der französischen Grenze hatte es Probleme gegeben. Gut, er war natürlich auch ohne Patient unterwegs gewesen, aber das wusste ja keiner. In Saint-Quentin hatte er den Wagen gewechselt und war mit einem der Leichenwagen nach Köln gefahren, den er dort im Industriegebiet gegen das städtische Fahrzeug getauscht hatte. Damit war er dann am späten Abend gestartet und hatte sich irgendeinen belebten Punkt in der Stadt ausgesucht, wo er seinen imaginären Engel abgelegt hatte. Er war ins Severinsviertel in der Südstadt gefahren. Niemand hatte Notiz von ihm genommen. Es war unfassbar, wie »unsichtbar« er in seinem grellorangefarbenen Gefährt zu sein schien. Er war sicher, er hätte eine Leiche selbst direkt unter dem Severinstor am Chlodwigplatz ablegen können, ohne dass es irgendwer bemerkt hätte.

Es war unglaublich und perfekt.

Sein Plan funktionierte.

Und jetzt?

Er fuhr sich fahrig durchs Haar und riskierte einen erneuten Blick in den Rückspiegel. Statt des erwarteten Triumphgefühls über solche Stümper wie Bundy oder Berkowitz fühlte er sich einfach nur leer. Und er sah Angst in seinen eigenen Augen aufflackern. Zwei Jahre hatte er es nun geschafft, seine ärgste Feindin, die Langeweile, in Schach zu halten. Seit einem Jahr plante er die perfekte Mordserie und war nun sicher, für alle Probleme eine virtuose Lösung gefunden zu haben. Warum fühlte er sich nicht gut? Erhaben? Machtvoll? Allen anderen überlegen?

Er sank über dem Steuer zusammen und klammerte sich daran, wie ein Ertrinkender an einen Rettungsring. Was sollte er nur tun? In dieser Nacht? Morgen? In den nächsten Wochen? Monaten? Jahren?

67

Köln 7. Juni

Der Countdown lief. Lisa saß alleine in ihrem Büro und erhaschte nur hin und wieder einen Blick auf Lukas, wenn der von einem Konferenzraum zum nächsten durch den Korridor hetzte.

Mankowski hatte Fotos von Antoine Deveraux geschickt. Sie betrachtete den attraktiven Mann mit dem Schauspielerlächeln und fragte sich zum wiederholten Mal, ob er ihr Täter sein könnte. Sie wusste zwar nicht genau, warum, aber sie hatte ihn sich dunkelhaarig und südländisch vorgestellt. Vielleicht, weil er in Spanien lebte. Tatsächlich war er blond.

Sie legte die Bilder beiseite und warf einen Blick auf die Unterlagen, die Möller ihr gestern auf den Tisch gelegt hatte. Der DNA-Vergleich hatte bestätigt, dass es sich bei dem Haar in der Decke um ihres gehandelt hatte. Aber das war ihr inzwischen völlig egal. Bei ihren Eltern war alles ruhig geblieben, und insofern kümmerte sie das Haar nicht im Geringsten. Sie fieberte, wie alle anderen auch, der kommenden Nacht entgegen.

Reimann hätte sie zwar vermutlich lieber in einem kurzen, tief ausgeschnittenen Abendkleidchen gesehen, aber selbst bei ihm hatte sich die Vernunft durchgesetzt, und er hatte entschieden, dass sie und Lukas als Obdachlose verkleidet am Dom unauffälliger observieren konnten. Sie wusste zwar nicht, ob sie das nun besser oder schlechter finden sollte, aber es blieb ihr wohl nichts anderes übrig, als sich mit ihrer Verkleidung abzufinden. Ihr graute vor dem Augenblick, wenn sie sich Öl und Asche in ihre gepflegten Haare schmieren musste. Egal, die Sache war es wert.

Daniel rief sie stündlich an, um zu erfahren, wie es ihr ging. Er hatte ein ungutes Gefühl, dass sie bei der Überwachungsaktion unbedingt dabei sein wollte. Aber nach all dem, was sie in den letzten Wochen durchgemacht hatte, hätte sie sich das nie und nimmer nehmen lassen. Sie hoffte, dass Lukas mit seinem Bauchgefühl recht haben und der Täter tatsächlich am Dom auftauchen würde. Sie war sich da aber lange nicht so sicher wie er. Es gab einfach zu viele andere Brunnen in der Nähe einer Kirche. Aber auch das war letztendlich zweitrangig. Hauptsache, sie erwischten diesen Mistkerl heute Nacht. Sie war schon auf halbem Weg zur Tür hinaus, um ihren Kollegen bei den letzten Vorbereitungen unter die Arme zu greifen, als das Telefon klingelte. Sogleich drehte sie sich auf dem Absatz um, ging zurück und ergriff den Hörer.

Noch bevor sie etwas sagen konnte, dröhnte Mankowskis verzweifelte Stimme aus dem Apparat: »Wir haben ihn verloren. Deveraux ist spurlos verschwunden.«

68

Rotterdam, 14. Mai

Die letzten Tage waren wie in einem Rausch an ihm vorbeigezogen. Das heißt, eigentlich war es ein einziger Rausch gewesen. Er hatte getrunken. Viel zu viel getrunken, um seine Verzweiflung zu betäuben. Er hatte sich an billigen Huren abreagiert. Immer und immer wieder. In seinem Zustand hatte er sich seinen Mädels nicht präsentieren mögen und die Anonymität der Straße bevorzugt. Doch es hatte nichts geholfen.

Er hatte sich einfach nur schmutzig und gedemütigt gefühlt. In seinen wenigen klaren Augenblicken hatte eine absolut alles umfassende Leere von ihm Besitz ergriffen. Er war wie paralysiert und konnte sich kaum regen, geschweige denn, diese Leere auf befriedigende Weise ausfüllen. Er fühlte sich, als wäre er schon tot. Wie ein Zombie, der weder leben noch sterben durfte. Es war ein einziger Horrortrip gewesen. Vor zwei Tagen hatte er dann mit der Trinkerei aufgehört. Als er wieder vollkommen nüchtern war, hatte er buchstäblich in den Spiegel geschaut, um der Wahrheit ins Gesicht zu sehen.

Es gab nur einen Ausweg. Das wusste er. Und der Mann im Spiegel wusste es auch.

Jetzt lag die dunkelhaarige Schönheit hinten in seinem Wagen und durchlebte süße Propofol-Träume. Es war genauso einfach gewesen, wie er es sich vorgestellt hatte.

Sie war alleine die dunkle Straße entlanggegangen. Er hatte sie überholt, fünfzig Meter vor ihr angehalten und die Tür für den Patientenbereich geöffnet. So war sie es, die mehr oder minder zufällig an ihm vorbeilief. Er hatte sie angesprochen und nach einer Hausnummer gefragt, die er nicht finden konnte. Sie war arglos näher getreten. Dabei hatte wahrscheinlich auch sein hellgrauer Overall – mit dem gleichen blauen Äskulapstab auf Rücken und Brusttasche wie auf dem Fahrzeug – eine Rolle gespielt. Das Wageninnere hatte er gerade so weit erleuchtet, dass sie die Rollbahre und ein wenig von dem medizinischen Zubehör erspähen konnte. Alles war so, wie es sein sollte, und natürlich war sie erpicht darauf, einem Mann zu helfen, der sich um einen armen, kranken Menschen kümmern wollte. Das Chloroform hatte innerhalb von Sekunden gewirkt, und vermutlich war sie auch einfach zu überrascht gewesen, um sich großartig zu wehren. Er hatte sie in null Komma nichts auf die Bahre gepackt und war dann zu ihr nach hinten in den Wagen gestiegen. Selbst wenn ein Passant zufälligerweise vorbeigekommen wäre, hätte er kaum Verdacht geschöpft. Hier wurde eine Patientin für einen Transport vorbereitet: Das wäre alles gewesen, was er gesehen hätte. Und er hatte die Frau ja tatsächlich für den Transport vorbereitet.

Es war freilich für ihn nicht einfach gewesen, die Vene zu finden. Und ja, es hatte ihn ein wenig Überwindung gekostet, ihr die Kanüle in das warme Fleisch zu drücken. An Leichen herumzuschneiden war doch etwas anderes, als eine lebendige Person zu verletzen, selbst wenn diese betäubt war. Schließlich hatte er es aber geschafft. Die Nadel saß gut, und er hatte die Propofol-Lösung angeschlossen. Das war der heikelste Augenblick von allen – der einzige Punkt in seinem Plan, den er vorher nicht hatte ausprobieren können. Er hatte sich genauestens informiert und exakte Berechnungen angestellt, die er nun auf ihr geschätztes Körpergewicht übertrug. Trotzdem blieb ein gewisses Restrisiko. Es könnte unangenehm werden, wenn sie ihm unterwegs einfach so wegstarb. Daher hatte er ihr ein Pulsmessgerät umgeschnallt, das ihre Frequenz über einen kleinen Sender zu einem Anzeigegerät am Armaturenbrett übertrug. So hatte er zumindest im Blick, ob sich etwas veränderte, und würde sofort eingreifen können, wenn es nötig wäre.

Inzwischen war er schon einige Kilometer durch die Stadt gefahren und bog nun auf die Autobahnauffahrt ein. Bis nach Saint-Quentin waren es gut dreihundert Kilometer. Da er sich an die Verkehrsregeln halten musste, um nicht aufzufallen, kalkulierte er für die Fahrt rund drei Stunden ein. Das gleichmäßige Piepsen des Messgerätes beruhigte ihn. Sie war jung und gesund, ein weiteres Kriterium, warum er Frauen dieser Altersgruppe ausgewählt hatte. Nach einer Weile fühlte er sich so sicher, dass er den Ton abschaltete und nur noch hin und wieder einen Blick auf das kleine pulsierende Herz auf der Anzeige warf.

69

Köln, 7. Juni

»Scheiße, wie konnte denn das passieren?« Lukas sah aus, als würde er gleich wie ein Kugelblitz kreuz und quer durch das Büro schießen.

Lisa zuckte mit den Achseln. »Mankowski war nicht dabei, es war nicht seine Schicht. Deveraux hat um die Mittagszeit das Büro verlassen und sich mit einem anderen Mann, der nach einem Geschäftspartner aussah, zum Essen getroffen. In einem kleinen Restaurant um die Ecke, er ist also zu Fuß dorthin gegangen. Die Beamten haben im Auto vor der Tür gewartet und ihn durch die Frontscheibe beobachtet. Deveraux ging irgendwann zur Toilette im hinteren Bereich des Restaurants. Als er nach fünf Minuten nicht wieder zurückgekehrt war, haben sie nachgesehen. Doch da war er schon verschwunden. Eine kurze Befragung des Geschäftspartners hat nur ergeben, dass ihr Verdächtiger plötzlich einen Anruf in Gegenwart seines Tischgenossen erhalten hatte: In kurzen Worten hatte sich Deveraux entschuldigt, dass er dringend wegmüsse. Nichts Ungewöhnliches unter Geschäftsleuten. Die Franzosen tun alles in ihrer Macht Stehende, ihn wiederzufinden, aber im Moment ist er nun einmal verschwunden.«

Lukas hieb mit der Faust gegen den Türrahmen. »Verfluchte Scheiße, kann denn hier nicht mal irgendetwas reibungslos über die Bühne gehen? Hoffentlich bauen wir heute Nacht nicht auch so einen Mist wie Mankowskis Franzosen.«

»Das ist genau der Grund, weshalb ich denke, dass wir diese Neuigkeiten erst mal für uns behalten sollten.«

Lukas sah seine Partnerin erstaunt an. »Wie meinst du das?«

Lisa musterte ihn von oben bis unten. »Sieh dich doch an: Du bist wütend wie eine wild gewordene Hammelherde und lässt gleichzeitig zu, dass sich bei dir erste Zweifel an das Gelingen der heutigen Aktion einschleichen. Wenn alle anderen jetzt davon erfahren, haben wir heute Nacht eine unkonzentriert arbeitende Truppe, die sich außerdem noch mit allen möglichen Selbstzweifeln herumschlägt. Ganz davon abgesehen macht es für unseren Einsatz keinen Unterschied, ob Mankowski Deveraux im Auge hat oder nicht. Klar, es wäre schön gewesen, wenn es sich so ergeben hätte, ganz besonders, wenn er tatsächlich der Täter ist, aber es ist keine notwendige Vorbedingung für den Erfolg unserer Aktion.«

Lukas nickte nachdenklich. »Wahrscheinlich hast du recht. Ich werde mit Baumgartner sprechen und ihm die Entscheidung überlassen, aber ich schätze, er wird sich deiner Empfehlung anschließen.«

Als er daraufhin das Büro verlassen wollte, wurde er von Reuther daran gehindert, der es im selben Moment zu betreten versuchte. »Wir haben Engelmacher2405 ausfindig gemacht!«, rief er aufgeregt.

Lukas ging wieder ein paar Schritte zurück und ließ den Kollegen eintreten. »Und?«

»Er heißt Gabriel Haussmann und wohnt in Bremen.« Guido Reuther grinste. »Vielleicht hat ihn ja sein Vorname zu seinem *Nickname* inspiriert.«

Lukas hatte keine rechte Lust, über diesen kleinen Scherz zu lachen. »Und was habt ihr jetzt vor?«

Der Computerfreak sah ihn verwundert an. »Ich dachte, ihr würdet das jetzt übernehmen. Deshalb bin ich hergekommen.«

Lukas stöhnte. »Hör zu, Guido, bei uns geht es derzeit drunter und drüber. Wir haben heute Nacht einen großen Einsatz. Wenn wir uns auch noch um diese Angelegenheit kümmern, verlieren wir mindestens einen weiteren Tag. Ich wäre euch sehr dankbar, wenn ihr euch mit den Bremer Kollegen in Verbindung setzen könntet. Ich will alles über diesen Typen wissen, und sie sollen ihn zu dem Foto vernehmen. Kannst du das erst mal über eure Abteilung laufen lassen?«

»Klar, kein Thema, ich rufe sofort die Jungs in Bremen an.«

Reuther war kaum verschwunden, als Lukas' Telefon klingelte. Er verdrehte die Augen. »Was denn jetzt schon wieder?« Er griff nach dem Hörer und meldete sich kurz, knapp und unfreundlich.

»Hi Luke, ich bin's«, meldete sich eine vertraute Stimme. »Tut mir leid, wenn ich dich störe. Aber du hattest gesagt, dass ich mich unbedingt melden sollte, falls mir noch etwas einfällt.«

Lukas schoss es heiß und kalt durch seinen ganzen Körper. Er merkte, dass seine Knie zitterten, und so ließ er sich auf seinem eigenen Besucherstuhl nieder, da er auf der falschen Seite des Schreibtischs stand. Er landete auf seinem eigenen Helm, den er dort abgelegt hatte und nun mit einer fahrigen Bewegung von der Sitzfläche stieß, sodass er unsanft auf den Boden fiel und noch ein kleines bisschen weiter eierte, bevor er zur Ruhe kam. »Alex.« Mehr brachte er im Moment noch nicht hervor. Aber dieses eine Wort reichte aus, um Lisa zu veranlassen, ihm eine kurze handgeschriebene Notiz auf den Tisch zu legen und sich mit schnellen Schritten aus dem Büro zu entfernen.

»Mir ist da tatsächlich noch etwas eingefallen. Ich bin nicht sicher, ob es wichtig ist, aber ich dachte, du würdest es wahrscheinlich gerne wissen.«

Sie hatte ihn eiskalt erwischt. Seit sie sich von ihm getrennt hatte, war er nie von ihr im Präsidium angerufen worden. Daher hatte er mit allem gerechnet, nur nicht mit ihr. Seit seinem peinlichen Auftritt vor Daniels Haustür hatte er sich schwer am Riemen gerissen und ernsthaft versucht, Alex aus seinen Gedanken, so gut es ging, zu verdrängen. Ein paar Tage war das auch gut gegangen, bis sie dann unglücklicherweise zu einer

Zeugin in seinem Mordfall geworden war. In der heutigen angespannten, gestressten Atmosphäre kurz vor einem Großeinsatz konnte er es kaum ertragen, ihre Stimme zu hören. »Was denn?« Unglaublich, er hatte es tatsächlich geschafft, die Anzahl der Wörter in seinem zweiten Satz zu verdoppeln. Mehr war im Moment nicht drin.

»Na du bist ja echt gesprächig heute.« Sie lachte. »Wenn es gerade nicht passt, kann ich auch später noch einmal anrufen.«

Wie sehr hatte er dieses Lachen an ihr geliebt, dachte er und erwiderte: »Nein, ist schon gut.« Wieder eine Verdoppelung der Wörter. Immerhin.

»Okay, an dem Abend am Fischmarkt ist Mr. Sternhagelvoll ziemlich dicht an unserem Tisch vorbeigekommen, als er zu der Bauplane am Brunnen gegangen oder vielmehr geschwankt ist. Ich hätte ihn leicht berühren können.«

Lukas war heilfroh, dass sie es nicht getan hatte. Er schwieg jedoch und ließ sie weitererzählen.

»Wie dem auch sei, er hatte einen sehr markanten Duft. Er kam mir damals schon irgendwie bekannt vor, aber ich konnte ihn einfach nicht richtig einordnen. Jetzt ist mir wieder eingefallen, welcher es war.«

»Und?« Oje, ein einzelnes Wort nur, das war ein ziemlicher Rückschlag. Es wurde Zeit, sich ein wenig mehr zusammenzureißen. Er schluckte trocken. »Ich meine, weißt du wieder, wie er heißt?« Schon besser.

»Ja, das Parfum heißt *Courant mystérieux*.«

»Bist du dir da ganz sicher?«, hakte er nach. Das entwickelte sich ja tatsächlich zu einer regelrechten Unterhaltung. Die Anspannung legte sich ein wenig, und langsam regte sich in ihm der Wunsch, dieses Gespräch so lange wie möglich am Laufen zu halten, nur damit er noch eine Weile ihrer Stimme lauschen durfte.

»Ja, absolut sicher.«

Leider regte sich nun auch der Kriminalhauptkommissar in Lukas und befahl ihm, sich doch bitte ein wenig mit dem Inhalt dieser Zeugenaussage auseinanderzusetzen. Er ließ sich resignierend an die Lehne seines Stuhls sinken und rieb sich müde die Augen, während er versuchte, sich ihre Worte in Erinnerung zu rufen. »Okay, nur damit ich das richtig verstehe: Du hast den Duft an dem Abend erkannt, aber doch irgendwie nicht richtig erkannt, und jetzt bist du ganz plötzlich felsenfest davon überzeugt, dass es dieses *Kuran mysteriös* ist. Das musst du mir irgendwie erklären.« O mein Gott, er klang ja schon fast wie Friedhelm B. Schneider.

Alex' Stimme dagegen wurde immer sanfter. »Du hast echt Stress, oder? Ich kann wirklich später noch einmal anrufen, wenn es dir lieber ist.«

Niemand kannte ihn so gut wie sie. Aber später würde er noch weniger Zeit haben. »Nein, es ist wirklich okay. Ich möchte nur ganz genau verstehen, warum du dir auf einmal so sicher bist.« Er spürte ihr Zögern, und noch bevor sie dazu ansetzte, fürchtete er sich vor der Antwort.

»Mhm, na gut. Ich habe heute unseren Badezimmerschrank aufgeräumt und die Parfumflasche gefunden. Miriam hat es bis vor ein paar Monaten auch hin und wieder getragen.«

Lukas verstand gar nichts mehr. »Willst du mir damit jetzt sagen, dass dieses *Kuran mysteriös* ein Frauenparfum ist?«

Er hörte einen abgrundtiefen Seufzer am anderen Ende der Leitung. »Nein, das will ich nicht. Der Duft ist zwar nicht ausgesprochen maskulin, aber es ist ein Herrenduft. Und er heißt nicht *Kuran mysteriös*, sondern *Courant mystérieux!*«

70

Saint-Quentin, 15. Mai

Die nächtlichen Autobahnen waren fast leer gewesen, daher traf er schon kurz vor halb vier am Morgen in Saint-Quentin ein. Sein Bestattungsinstitut verfügte über eine große Garage für den Fuhrpark, die eine Seitentür besaß, durch die man direkt ins Hauptgebäude gelangte, wo sich die Behandlungsräume befanden.

So konnte er sein dunkelhaariges Dornröschen ganz entspannt und ohne mögliche Zuschauer aus dem Wagen laden, auf einem der Stahltische deponieren und sie dann in einen der Sektionsräume rollen. Sie schlief noch immer ganz friedlich, und ihr Puls hatte sich während der gesamten Fahrt kaum verändert. Er schaltete alle Lampen in dem fensterlosen Raum ein und ging dann zu dem Kühlschrank, in dem Bonnies und Clydes großzügige Spenden lagerten. Er streifte ein Paar Handschuhe über, nahm eine Ampulle heraus und zog eine Spritze auf. Zurück am Stahltisch, entfernte er den Infusionsschlauch mit der Propofol-Lösung und injizierte stattdessen das Maculotoxin in die Kanüle. Er zögerte nicht eine Sekunde.

Trotzdem wollte er nicht dabei sein, wenn der Tod eintreten würde. Er fand selbst keine Gründe für sein Verhalten, dennoch verließ er den Raum mit zügigen Schritten, ohne auch nur ein einziges Mal zurückzublicken. Er verschloss die Tür von außen und machte sich auf den Weg in die Umkleide. Dort zog er sich aus und betrat den angrenzenden Duschraum. Er stellte den Wasserstrahl auf »extra hart« ein und schrubbte sich dann von Kopf bis Fuß ab.

Nach dem Abtrocknen schlüpfte er nur in eine Boxershorts, bevor er in einen Trockentauchanzug stieg, der aus einem leichten, glatten Kunststoffmaterial hergestellt war. Die Schuhe waren integriert, und seine Handgelenke und sein Hals wurden von eng anliegenden Manschetten umgeben. Über den Kopf zog er eine ebenfalls hautenge Latexmaske, die nur die Augen und den Mund freiließ und sich perfekt unter die Halsmanschette des Tauchanzugs schmiegte. In einem Sexshop hatte er gleich mehrere davon erstanden. Ein Ort, wo keine Fragen gestellt wurden und man anonym blieb, solange man bar bezahlte. Über die Maske zog er noch eine Chlorbrille, deren Silikonumrandung sich regelrecht am Latex festsaugte. Jetzt fehlten nur noch ein Mundschutz und Handschuhe. Er hatte die Klimaanlage im Behandlungsraum auf eine extrem niedrige Temperatur gestellt, dennoch würde er sich in seiner Aufmachung fast zu Tode schwitzen. Aber das war egal – dafür war er nun luftdicht verpackt, und die Polizei würde nicht ein Kopfhaar, nicht eine Wimper, nicht das kleinste Hautschüppchen von ihm auf der Leiche finden.

Seit er die Spritze gesetzt hatte, war eine gute halbe Stunde vergangen. Er warf einen kurzen Blick durch die Scheibe in der Tür zum Behandlungsraum und sah, dass die dunkelhaarige Schönheit sich nicht von der Stelle gerührt hatte. Er schloss auf und trat ein. Das Pulsmessgerät war verstummt. Das Display blinkte wild und zeigte »Error« an. Trotzdem versuchte er, den Puls an ihrem Handgelenk und an ihrem Hals zu fühlen. Nichts. Auch der kleine Spiegel, den er unter ihre Nase hielt, beschlug nicht.

Gut. Sie war tatsächlich tot.

Er entfernte die Kanüle aus ihrer Halsvene und begann dann, sie zu entkleiden. Sowohl ihre Handtasche als auch ihre Klamotten würden später in den Ofen wandern. So ein Bestattungsinstitut mit eigenem Krematorium war ziemlich praktisch, wenn es darum ging, Spuren zu verwischen.

Er hatte nicht einen Blick in ihre Tasche geworfen und würde das auch nicht tun. Er wollte ihren Namen nicht wissen, keine Beziehung zu ihr aufbauen. Ätherisch schöne Engel brauchten keine Namen: Sie waren Kunstwerke, keine Menschen mit so etwas Profanem wie Adressen oder Familien. Als sie vollständig entblößt vor ihm lag, nahm er sich Zeit, um sie einige Augenblicke lang zu betrachten. Sie war wirklich wunderschön. Kleine, feste Brüste, eine schmale Taille und endlos lange Beine. Perfekt. Die Haare unter den Achseln und an den Beinen hatte sie entfernt, und auch ihre Scham war teilweise rasiert. Leider wuchsen dort schon wieder erste Stoppeln nach; das sah grauenvoll aus. Dank der Erfahrungen mit seinen Mädels hatte er mit so etwas gerechnet und war vorbereitet. Er griff nach einem der vier Epiliergeräte, die er gekauft hatte, und machte sich an die Arbeit. Wenn er erst mit ihr fertig war, würde sie eine wirklich schöne Tote sein.

71

Köln, 7. Juni

Lisa drehte sich vor dem Spiegel hin und her und konnte kaum fassen, was sie dort sah. Die Bezeichnung »aschblond« hatte soeben eine völlig neue Bedeutung für sie erlangt. Auch in Hamburg hatte sie schon verdeckte Ermittlungen durchgeführt, aber noch nie in ihrem Leben hatte sie sich für einen Einsatz so hässlich machen müssen. Sie, die ums Verrecken niemals ungeschminkt aus dem Haus gehen würde. Es war entsetzlich.

Sie hatte ihr Haar eingeölt und danach mit Zigarettenasche behandelt. Jetzt war es zu einem unordentlichen, strähnigen Zopf gebunden. Sie würde Stunden brauchen, um das ganze Zeug wieder herauszuwaschen. Ihr Gesicht war vollständig ungeschminkt – sie hatte sich noch nie so nackt und verletzlich gefühlt. Ihr einziges Make-up bestand aus einer undefinierbaren Creme, die ihr eine Stylistin, die für die Polizei arbeitete, ins Gesicht gepappt hatte und die ihre sonst so makellose Haut unrein und grau erscheinen ließ. Die gleiche Frau hatte ihr dann auch noch tiefe Schatten unter den Augen verpasst. Lisa hatte das Gefühl, sie sah um mindestens zehn Jahre gealtert aus. Ihre restliche Erscheinung war auch nicht gerade dazu geeignet, ihre Stimmung zu heben. Sie trug schlabberige, abgewetzte Jeans von undefinierbarer Farbe und mit Flecken, über deren Herkunft sie nicht einmal nachdenken mochte. Dazu hatte sie ein verdrecktes khakifarbenes T-Shirt angezogen, das ihr mindestens drei Nummern zu groß war, und eine viel zu lange, löchrige graue Strickjacke, die aussah, als würde sie aus den Siebzigern stammen. Aber am schlimmsten waren die Schuhe. Alte, verschlissene und vor allem extrem flache, ehemals weiße Turnschuhe.

Sie warf einen erneuten Blick in den Spiegel und kam nicht umhin, eine gewisse Ähnlichkeit mit Ellie festzustellen. Dieser Gedanke holte sie dann auch wieder ein wenig auf den Boden der Tatsachen zurück und vermittelte ihr sofort ein schlechtes Gewissen. Sie stellte sich an wie ein zickiger Teenager, nur weil sie für eine unglaublich wichtige Ermittlung dieses »Kostüm« tragen musste. Für Ellie war es kein Kostüm, sondern ihr tägliches, reales Leben. Mein Gott, sie sollte dankbar sein, dass es nur eine Verkleidung war, und sich vielleicht einmal mit etwas Wichtigerem als dem eigenen Aussehen beschäftigen. Trotzdem war sie froh, dass Daniel sie nicht so sehen konnte. Sie atmete noch einmal tief durch, bevor sie die Umkleide verließ, um sich ihren Kollegen zu präsentieren.

72

Saint-Quentin, 15. Mai

Sie war ihm hervorragend gelungen.

Er hatte natürlich auch einen gewissen Vorteil. Jeder Thanatopraktiker träumte davon, seine Kunden zu behandeln, bevor die Leichenstarre eingetreten war. In der Realität war die Chance, dass das passierte, praktisch gleich null. Er hingegen hatte bei seinem Engel das Blut gegen eingefärbtes Formaldehyd austauschen können, als die Leiche noch warm war. Das war brillant.

Nach der Epilation hatte er ihr die Augen entfernt. Das war ziemlich ekelhaft gewesen, aber er brauchte nun mal ein glaubhaftes Souvenir. Auch wenn dieses Souvenir mitsamt der Kleidung und der Handtasche im Verbrennungsofen landen würde. Aber das wusste ja keiner. Gleich danach hatte er sie von Kopf bis Fuß gewaschen und desinfiziert. Erst dann hatte er mit der thanatopraktischen Behandlung begonnen, also ungefähr eineinhalb Stunden nach Eintritt des Todes. Das war rekordverdächtig. Die komplette Aufbereitung war reibungslos verlaufen, und er hatte sogar daran gedacht, ein paarmal zu oft in die einzelnen Organe zu pieken, damit er während seines Werdegangs noch »dazulernen« konnte. Er war hochzufrieden mit sich selbst. Für die Rose hatte er sich extra viel Zeit genommen, und sie war ihm perfekt gelungen. Es war sogar leichter gewesen als angenommen, da ihre Haut nicht so unter Spannung gestanden hatte wie die Tierhäute in den Rahmen, mit denen er geübt hatte. Es war alles wie am Schnürchen gelaufen.

Das Make-up hatte er sich bis zum Schluss aufgehoben. Er hatte es als sehr befriedigend empfunden, ihrem inzwischen doch etwas blasseren Gesicht seine ursprüngliche Schönheit zurückzugeben. Die Idee mit dem angenähten Lächeln war ihm ganz spontan während der Behandlung gekommen, und als er ihre Lippen schminkte, konnte er sich nur selbst dazu gratulieren. Sie sah einfach göttlich aus. Am liebsten hätte er sie wie Schneewittchen in einem Glassarg aufgebahrt und sie noch stundenlang betrachtet. Stattdessen schob er sie mit leichtem Bedauern in eines der Kühlfächer, aber er musste jetzt unbedingt raus aus diesem Anzug. Er hatte fast sechs Stunden an ihr gearbeitet, und anfangs hatte er, wie erwartet, geschwitzt wie ein Schwein. Nach einer Weile hatte sein feuchter Körper jedoch angefangen zu frieren, und als er das Make-up aufgetragen hatte, musste er all seine Beherrschung aufwenden, um nicht unwillkürlich zu zittern. Beim nächsten Mal würde er doch einen dieser Unterzieher tragen, die eigentlich dazugehörten, damit er eine ruhige Hand behielt.

Er schaltete das Licht aus und marschierte nun schnurstracks unter die Dusche. Als er spürte, dass seine Gliedmaßen unter dem heißen Wasserstrahl langsam wieder geschmeidiger wurden, dachte er über seine nächsten Schritte nach. Seine wunderschöne Tote würde noch ein paar Tage in ihrer dunklen, kalten Schublade zubringen müssen. Ein solches Kunstwerk musste schließlich auch genau zum richtigen Zeitpunkt präsentiert werden.

Der 18. Mai war ein gutes Datum. An einem 18. Mai hatte er erkannt, dass er seiner alten Feindin, der Langeweile, den Krieg erklären musste. An einem 18. Mai hatte er den Entschluss gefasst, die perfekte Mordserie zu planen.

Ja, der 18. Mai war ein ideales Datum.

73

Köln, 7. Juni

Sie waren vom Präsidium aus zu Fuß zur U-Bahn-Station Kalk-Post gegangen und von dort mit der Linie 1 bis zum Heumarkt gefahren. Obdachlose stiegen nun einmal in der Regel weder von Liebhaber-Motorrädern noch aus zivilen Polizeifahrzeugen.

Bis zum Dom war es nicht weit, und sie trotteten langsam in seine Richtung. Sie trugen beide winzige, drahtlose Headsets, da sie nun einer Gesellschaftsschicht angehörten, die normalerweise nicht mit modernen Mobiltelefonen aufwarten konnte. Ein wirres Selbstgespräch würde man ihnen eher abkaufen als ein iPhone am Ohr. Lukas war ähnlich verkleidet wie Lisa, und für den heutigen Einsatz hatte es sich als sehr günstig erwiesen, dass er es noch nicht geschafft hatte, zum Friseur zu gehen. Es war kurz nach zweiundzwanzig Uhr und noch immer nicht vollständig dunkel. Der Abend war angenehm warm, und ein paar letzte Skateboardfahrer kurvten über den Roncalliplatz. Vor dem Haupteingang der Kathedrale standen sogar noch ein paar unverbesserliche Straßenkünstler auf ihren angemalten Kisten, wahrscheinlich in der Hoffnung, sie könnten ihre Tageseinkünfte noch auf den letzten Drücker erhöhen.

Hatte man sie in der Straßenbahn mit herabwürdigenden Blicken bedacht, was Lisa ziemlich unangenehm gewesen war, wurden sie hier am Dom kaum beachtet. Im Augenblick dachte Lisa noch darüber nach, wie sie Reimann sein hämisches Gelächter heimzahlen könnte, das förmlich aus ihm herausgeplatzt war, als er sie gesehen hatte. Ganz zu schweigen von seinen zynischen Kommentaren. Diese Wut hatte sich sogar noch gesteigert, als sie in der U-Bahn erlebt hatte, was Ellie Tag für Tag über sich ergehen lassen musste. Ein Leben auf der Straße suchte sich weiß Gott niemand freiwillig aus.

Sie war immer noch extrem wütend, als sie auf einmal bemerkte, dass Lukas sie erwartungsvoll ansah. Aber sie war so in Gedanken versunken gewesen, dass sie keine Ahnung hatte, was er von ihr wollte. »Was?«

»Ich hatte dich gefragt, ob du einen Männerduft namens *Courant mystérieux* kennst.«

Sie schüttelte den Kopf. »Nie gehört, aber das ist auch nicht gerade mein Spezialgebiet. Frag mich lieber nach Damenparfüms.«

»Das nützt uns in diesem Fall nur leider nichts.«

»Wieso?«

Lukas seufzte. »Alexandra Wagner hat mich heute angerufen. Sie glaubt sich zu erinnern, dass der Betrunkene am Fischmarkt dieses *Courant*-Zeugs getragen hat.«

Aha, daher wehte also der Wind, dachte Lisa. Der ominöse Anruf von Alex. »Und wieso ist ihr das erst jetzt eingefallen?«

»Mein Gott, das weiß ich doch nicht.«

»He, nicht so aggressiv bitte. Ich habe doch nur eine einfache Frage gestellt.«

Lukas schloss kurz die Augen und atmete einmal betont tief durch. »Sorry, sie hat heute wohl irgendwo zufällig noch einmal an einer solchen Flasche gerochen und erst dann erkannt, dass es der gleiche Duft wie bei diesem Typen war.«

Lisa konnte sich hervorragend vorstellen, an wessen Flasche Alexandra Wagner da wohl gerochen hatte. Herrendüfte waren bei einigen lesbischen Frauen sehr beliebt. Sie sah ihren Partner prüfend an und wusste nicht so recht, was sie tun oder sagen sollte. Der Einsatz heute Nacht erforderte absolute Konzentration, und ein abgelenkter Lukas Rosenzweig war dabei gar nicht gut. Sie überlegte, ob sie ihm sagen sollte, dass sie Bescheid wusste, war sich aber gleichzeitig nicht im Klaren darüber, ob das seine Anspannung vielleicht sogar noch erhöhen würde.

Während sie darüber nachdachte, warf Lukas ihr nun seinerseits einen prüfenden Blick zu. »Warum siehst du mich so an?«

Im Bruchteil einer Sekunde hatte er erfasst, was ihr Blick bedeutete, und er sprang wütend von den Stufen hoch, auf denen sie sich niedergelassen hatten. Er stapfte zornig ein paar Schritte über den Roncalliplatz, bevor er sich ihr wieder zuwandte. »Hat Daniel es dir erzählt?«

In dieser Frage schwang so viel Verzweiflung mit, dass Lisa es schwer bereute, ihn so taxierend angeschaut zu haben. Sie schüttelte den Kopf. »Nein, er hat mir nichts erzählt.« Diese Antwort löste jedoch nicht seine Skepsis auf, wie deutlich von seinen Augen abzulesen war. »Lukas, bitte! Daniel würde so etwas nie tun. Selbst als ich schon zwei und zwei zusammengezählt hatte und ihn gefragt habe, ob ich mit meiner Vermutung richtigliege, hat er kein Wort gesagt. Er ist dein Freund und würde dein Vertrauen niemals missbrauchen. Egal, was uns beide miteinander verbindet.«

Lukas ließ die Schultern resigniert sinken. »Woher weißt du es dann?«

Lisa seufzte. »Mein Gott, sie nennt dich Luke, und es herrscht eine Vertrautheit zwischen euch, wie sie nur über Jahre hinweg entstehen kann. Wir haben sie beide gemeinsam befragt. Wir waren in ihrer Wohnung, die sie mit ihrer Freundin teilt. Ich habe das Foto gesehen. Außerdem habe ich mitbekommen, wie du sie anblickst … und … wie du Miriam Erhard ansiehst. Man muss kein Kriminalist sein, um aus alldem Schlüsse zu ziehen.« Sie griff nach seinem Arm und zog ihn wieder auf die Stufen hinunter. Er ließ es willenlos geschehen. Lisas Stimme klang sanfter, als sie fortfuhr: »Ich kann mir vorstellen, dass die ganze Geschichte wahnsinnig schwierig für dich ist. Und es ist eine geradezu bösartige Ironie des Schicksals, dass ausgerechnet diese beiden Frauen Zeuginnen in unserem Fall sind.« Sie zögerte einen Augenblick. »Ich habe mir eben überlegt, ob ich dir sagen soll, dass ich es weiß, damit du dich nicht weiter vor mir verstecken musst. Ich hatte einfach das Gefühl, dass du zu angespannt und zu abgelenkt bist, um den nötigen klaren Kopf zu bewahren, den du heute Nacht brauchst.«

Lukas nickte ergeben, dann sah er sie aufmerksam an. »Kann ich dich was fragen?«

Lisa ahnte bereits, worauf das hinauslaufen würde. Doch um ein solches Gespräch zu führen, konnte sie sich kaum eine unpassendere Gelegenheit vorstellen als einen Großeinsatz, bei der ein Serientäter gefasst werden sollte. Auf der anderen Seite wusste sie, dass Lukas' Gemütslage so angegriffen war, dass er jetzt reden musste. Und zwar genau jetzt. Sie warf einen flüchtigen Blick auf ihre Uhr, die sie in die Jackentasche gestopft hatte. Viertel vor elf. Bisher war noch keine Leiche vor Mitternacht gefunden worden. Aller Voraussicht nach hatten sie also noch genügend Zeit. »Klar.«

Er öffnete den Mund und stöhnte auf; das Sprechen fiel ihm offenkundig schwer. Ihr wurde bewusst, dass er vermutlich mit niemandem außer Daniel über die ganze Sache geredet hatte, und garantiert niemals mit einer anderen Frau.

Er brauchte mehrere Ansätze, bevor er die Worte wie bittere Galle ausspie. »Könntest du dir vorstellen, von heute auf morgen lesbisch zu werden oder zu erkennen, dass du es bist? Daniel von heute auf morgen gegen eine Frau einzutauschen?«

»Nein, könnte ich nicht. Und nein, Daniel möchte ich um keinen Preis der Welt eintauschen, auch wenn das zwischen uns noch ganz frisch ist.« Sie zögerte einen Moment. Vertrauen erlangte man nur durch Vertrauen. »Ich habe einen sehr guten Freund. Er ist schwul.« Sie lächelte versonnen, als sie an Martin dachte. »Ich sage bewusst, dass er schwul ist. Für ihn ist dieser Begriff ein Lebensgefühl, eine Lebenseinstellung; und er sagt immer, dass der Ausdruck ›Homosexualität‹ wie der lateinische Name einer üblen Krankheit klingt. Wie dem auch sei. Er hat sich ziemlich lange in der Szene herumgetrieben, wo es mehr um bloßen Sex als um Beziehungen geht. Irgendwann hat er aber doch jemanden gefunden, in den er sich verliebt hat und mit dem es ihm ernst gewesen ist. Die beiden waren fast zwei Jahre zusammen, als sich herausstellte, dass sein Freund eigentlich bi war und ihn dann Hals über Kopf wegen einer Frau verlassen hat. Ihm hat die ganze Geschichte damals ziemlich den Boden unter den Füßen weggezogen. Wir haben viele lange Gespräche während der Zeit geführt, als er versuchte das Ganze zu verarbeiten.« Sie hatte die Augen während ihres Monologs permanent über den Platz und den Brunnen schweifen lassen. Jetzt sah sie Lukas direkt in die Augen. »Ich weiß, die beiden Geschichten lassen sich nicht ganz miteinander vergleichen. Was ich dir damit nur klarmachen wollte, ist, dass ich wirklich verstehe, was du gerade durchmachst … und wenn du reden willst … bin ich für dich da.«

Lukas war erstaunt über ihre Offenheit und sah sie dankbar an. »Wie lange ist das her bei deinem Freund? Und ist er inzwischen darüber hinweg?«

Lisa zuckte die Achseln. »Ich weiß nicht, ob er wirklich darüber hinweg ist. Ich denke, diese Frage kann nur er selbst in seinem tiefsten Innern beantworten. Aber er hat einen Weg gefunden, damit umzugehen und damit zu leben.« Sie dachte einen Augenblick nach. »Das muss jetzt so ungefähr eineinhalb Jahre her sein.«

Lukas schnaubte kurz auf. »Ähnlich wie bei uns. Und ich habe es einfach nicht kommen sehen.«

Nach einem weiteren verstohlenen Blick auf die Uhr und über den Domplatz schenkte Lisa ihrem Kollegen ein aufmunterndes Lächeln. »Erzähl mir, was passiert ist, wenn du magst.«

»Willst du das wirklich hören?«

Sie nickte.

»Okay, also dann … Alex war total glücklich, weil sie einen riesengroßen Auftrag an Land gezogen hatte. Du weißt, dass sie als freie Übersetzerin arbeitet, und da gibt es Zeiten, die besser laufen, und solche, wo praktisch gar nichts geht. Daher war sie in Hochstimmung, und ich erinnere mich, dass wir an dem Abend noch richtig gut essen gegangen sind, um das Ganze zu feiern. Sie machte sich natürlich mit Feuereifer an die Arbeit, weil sie ihren Auftraggeber beeindrucken wollte – zumal der ihr eine permanente Zusammenarbeit in Aussicht gestellt hatte, wenn das erste gemeinsame Projekt gut liefe. Etwas Besseres hätte ihr also gar nicht passieren können. Ich habe in jener Zeit kaum noch etwas von ihr gesehen. Ausnahmsweise hatten wir relativ normale Arbeitszeiten im Präsidium, und wenn ich nach Hause kam, war die Tür zu ihrem Arbeitszimmer stets geschlossen.« Er lächelte ein wenig verträumt vor sich hin. »Unsere Beziehung war toll. Einer der Gründe, warum wir uns so gut verstanden haben, war, dass wir einfach Respekt voreinander hatten. Eine geschlossene Tür in unserer Wohnung war genauso sicher wie Fort Knox. Keiner von uns hätte es gewagt, den anderen zu stören, wenn draußen nicht gerade die Welt unterging. Also habe auch ich sie damals in Ruhe gelassen, wohl wissend, wie wichtig diese Arbeit für sie war. Im Laufe der Wochen wurde sie jedoch immer angespannter, fahriger und zerstreuter. Ich habe sie natürlich einige Male gefragt, was los sei, doch ich erhielt immer nur die Antwort, dass sie Stress hätte, weil ihr Auftraggeber nicht wüsste, was er wollte.« Nun war sein Lächeln voller Trauer. »Im Nachhinein denke ich, dass sie diejenige war, die nicht wusste, was sie wollte – nicht ihr Auftraggeber. Sie erschien mir täglich zerrissener, auf eine unspezifische Art unzufrieden, fast ein bisschen traurig. Ich Idiot habe, genau wie sie es beabsichtigt hatte, natürlich geglaubt, es hinge mit diesem Auftrag zusammen. Also habe ich sie nicht zur Rede gestellt, sondern sie in Watte gepackt und versucht, ihr zu helfen, wo ich nur konnte.« Er rieb sich durchs Gesicht und fuhr dann durch sein öliges, zerzaustes Haar. Nach einem angewiderten Blick auf seine Hände wischte er sie dann an seiner ohnehin vor Schmutz starrenden Jeans ab. »In der letzten Phase war sie dann ständig unterwegs. Meistens kam sie spät nach Hause, was sie auf den Auftrag schob. Schließlich verreiste sie zwei Mal gleich für ein ganzes Wochenende. Als Begründung sagte sie mir, sie müsse bei einem Event in München oder Paris oder London dabei sein. Ich Volltrottel habe mich auch noch für sie gefreut.« Er schüttelte ungläubig über sich selbst den Kopf. »Wobei ich mir zu jener Zeit schon überlegt habe, ein ernstes Gespräch mit ihr zu führen. Sie war einfach nicht mehr sie selbst, und ich hatte Angst, sie würde sich kaputtmachen. Ein paar Tage nach dem zweiten Wochenende geschah es dann: Als ich eines Abends nach Hause kam, wartete sie in der Küche auf mich und verlangte eine Aussprache mit mir. Sie war so ruhig und gefasst, wie ich sie schon lange nicht mehr erlebt hatte. Ich spürte sofort, dass etwas Entscheidendes vorgefallen sein musste, hatte aber keine Ahnung, was.« Er zuckte resigniert mit den Achseln. »Viel zu erzählen gibt es da nicht mehr. Sie hat mich einfach vor vollendete Tatsachen gestellt. Ihr Auftraggeber war die Werbeagentur, in der Miriam Erhard arbeitet. Den Rest kannst du dir denken.«

74

Köln, 18. Mai

Er saß bei McDonald's in der Trankgasse. Auf dem Tisch vor ihm stand eine Cola, die er allerdings nicht angerührt hatte. Es war einfach unter seinem Niveau, hier etwas zu verzehren, aber der Laden hatte vierundzwanzig Stunden geöffnet, und man fiel nicht weiter auf. Von hier aus hatte er zwar keinen direkten Blick auf den Brunnen, aber er hatte schon zwei Streifenwagen vorbeirauschen sehen, und er konnte weitere Blaulichtschatten erkennen, die rhythmisch die hohen Türme der Kathedrale erhellten. Sie hatten seinen ersten Engel gefunden.

Schade, dass die Trankgasse so weit unterhalb des Doms lag und ihm somit Einblicke in das Geschehen vor Ort verwehrt waren. Er hätte zu gerne Rosenkommissars Gesicht gesehen, wenn der einen ersten Blick auf seinen Engel warf. Nun gut, man konnte nicht alles im Leben haben. Sein Plan hatte jedenfalls perfekt funktioniert. Das hatte er auch nicht anders erwartet. Selbst drei Tage später war sein Kunstwerk noch genauso schön gewesen wie unmittelbar nach der Präparation. Er hatte einen eleganten, mit kostbaren Kissen ausgestatteten Sarg mit reißfester Plastikfolie ausgekleidet und seine schöne Tote dann dort hineingelegt. Ihren Körper hatte er später ebenfalls mit der Folie abgedeckt, bevor er ein unschuldig-weißes Satintuch über sie gebreitet hatte. Er wollte unter keinen Umständen fremde Fasern an ihr hinterlassen und hatte sich bei diesen Vorbereitungen wieder in sein Trockentaucher-Outfit mit den Sexshop-Accessoires gehüllt.

Die Fahrt im Leichenwagen war völlig ereignislos verlaufen. Er war fast versucht gewesen, sich zu ärgern, dass er weder an der Grenze zu Deutschland noch sonst irgendwo angehalten worden war. Er war sicher, dass seine Papiere einer Überprüfung standgehalten hätten. Egal, er würde diese Reise schließlich noch einige Male unternehmen. Im Kölner Industriegebiet angekommen, hatte er die hübsche Dunkelhaarige von der Plastikfolie befreit und in eine der blauen Decken gehüllt. Die Seidendecken hatten ihm wirklich Kopfschmerzen bereitet. Nachdem sie so lange bei McDermots Schwester herumgelegen hatten, musste er sie erst einmal einer Grundreinigung unterziehen. Er hatte sie zuerst mit einem funkelnagelneuen Staubsauger bearbeitet und sich danach mit diversen, statisch aufgeladenen Tüchern und Bürsten über sie hergemacht. Später hatte er sie mehrfach in dem gleichen Mittel gewaschen, das im Bestattungsinstitut für die Leichentücher verwendet wurde ... und erneut mit den statisch aufgeladenen Tüchern bearbeitet ... und wieder gewaschen ... und so weiter. Irgendwann hatte selbst er sich nicht mehr vorstellen können, dass sie noch Partikel enthielten, die möglicherweise seine Kunstwerke verunreinigten, und die Decken vor dem weiteren Transport in Plastik eingeschweißt. Nun lagerten sie alle in Köln, und die erste hatte er heute für sein Schneewittchen verwendet. Sie war groß genug gewesen, die zierliche Gestalt komplett einzuhüllen.

Den hinteren Teil des »städtischen Fahrzeugs« hatte er natürlich auch regelrecht sterilisiert und danach eine porentief reine Stahlwanne installiert, in der er seine eingewickelten Engel transportieren konnte. Als Tüpfelchen auf dem i hatte er, kurz bevor er Schneewittchen in den orangefarbenen Kleintransporter umgeladen hatte, ihr Haar mit dem gleichen Parfum eingesprüht, das auch Rosenkommissars Partnerin bevorzugte. Bei seinen Recherchen über Serienmörder war ihm aufgefallen, dass viele von ihnen gerne mit der Polizei in Kontakt traten. So war es schon bei Jack oder besser Jill the Ripper gewesen. Deshalb wollte er das auch tun, aber natürlich viel subtiler als diese brutalen Stümper. Für den Rosenkommissar sollte es ein kleiner, aber dennoch raffinierter Hinweis sein, dass er, der Künstler, genau wusste, wer da gegen ihn ermittelte. Das war einfach brillant. Dann war er losgefahren und so gegen kurz nach zwei auf dem Domplatz eingetroffen. Als er am Springbrunnen angehalten hatte, waren zwei eng umschlungene Gestalten in Richtung Alter Markt verschwunden. Sonst hatte er keine beweglichen Objekte erkennen können. Er hatte die Seitentür geöffnet, den Engel auf der Brunnenecke abgelegt, die er mit dem Fahrzeug verdeckte, und sich sofort wieder vom Acker gemacht. Er hatte nur gut zwanzig Minuten gebraucht, um in das Industriegebiet zurückzufahren; nachts war auf den Straßen nicht viel los. Dort hatte er sich umgezogen und war dann gleich mit der Familienkutsche wieder ins Zentrum gefahren.

Er hatte in der Nähe des Neumarkts geparkt und sich dann ein Taxi zum »alten Wartesaal« am Bahnhof genommen. Auch ein geschichtsträchtiger Punkt in Köln. Daher hatte er ihn ausgewählt. Eingeweiht 1915 als Wartesaal erster Klasse, hatte schon Kaiser Wilhelm der II. seinen Champagner hier genossen. Auch die Wirren und Bomben des Zweiten Weltkriegs hatte er irgendwie überstanden.

Vor diesem Wartesaal hatte er sich absetzen lassen und gewartet, bis der Taxifahrer verschwunden war. Danach war er die paar Schritte bis McDonald's zu Fuß gegangen. Nun saß er hier, drehte seine noch immer unberührte Cola in den Händen und ahnte, dass er heute nichts Neues mehr erfahren würde. Ob Rosenkommissar mit seiner hübschen Partnerin wohl noch immer am Fundort herumkroch? Er wusste es nicht. Es war eindeutig besser, in seine Wohnung zurückzukehren, um morgen in der Presse nachzulesen, was die von seinem Engel hielt.

75

Köln, 8. Juni

Sie hatten so lange auf den Stufen vor dem Seitenportal des Doms gesessen, dass ihre Glieder schon ganz steif waren. Inzwischen war es kurz vor halb drei. Lisa stand auf und klopfte sich in alter Gewohnheit den Hosenboden ab.

Lukas grinste. »Ich glaube, das ist die falsche Geste für deine derzeitige Rolle.«

Sie hielt inne und grinste zurück. »Tja, mir liegen wohl doch eher die eiskalten Hitchcock-Blondinen.« Sie schniefte übertrieben und wischte sich dann in einer langsamen Bewegung mit dem Handrücken genüsslich die Nase ab. »Besser?«

Sie mussten beide lachen. Anschließend liefen sie ein paar Schritte auf und ab, um ihre müden Muskeln zu lockern, bevor sie zu den Stufen zurückkehrten.

»Glaubst du, er kommt noch?«, fragte Lisa.

Lukas zuckte mit den Achseln. Er hoffte sehr, dass dieser Dreckskerl noch auftauchen würde, war sich dessen aber schon lange nicht mehr so sicher wie am frühen Abend. Das mochte er aber nicht zugeben. »Die erste Leiche am Dom wurde auch erst kurz nach drei gefunden. Ich denke, hier kann er nur sehr spät in der Nacht aufkreuzen, weil früher einfach zu viel los ist.«

Das stimmte, dachte Lisa. Sie hatten selbst beobachten können, wie sich der Domplatz nur sehr langsam leerte. Selbst jetzt eilte noch der eine oder andere Passant vorbei, wenn ein Zug im Hauptbahnhof angekommen war. Und zuweilen sah man auch Gäste des Hotels Agrippina, die durch ihre elitäre Abendgarderobe besonders auffielen; angeheitert und kichernd kehrten sie nach einem späten Dinner oder einem Besuch in einem Nachtclub in ihre Zimmer zurück.

Lukas zückte heimlich sein Handy aus den tiefen Taschen seiner verdreckten, viel zu weiten Jeans und rief Reimann an. Der saß im Präsidium und hielt den Kontakt zu den Überwachungsteams. »Irgendetwas Neues?«, fragte er in sein Headset hinein, während er das Mobiltelefon zurück in seine Tasche gleiten ließ.

»Nada. Alles ist ruhig. Na ja, fast. Bei St. Severin, da, wo dieser Stollwerck-Mädchen-Brunnen steht, gab es eine kleine Schlägerei. Hatte aber nichts mit unserem Mann zu tun. Die Beamten haben eingegriffen, um die Sache so schnell wie möglich zu beenden. Jetzt ist die Lage dort wieder unter Kontrolle.«

»Okay, meld dich einfach, wenn irgendetwas los ist.« Lukas beendete das Gespräch und warf zum ungefähr hundertsten Mal einen Blick in die Runde. Alles war ruhig. Die Warterei machte ihn nervös, und er wünschte, dass endlich etwas geschehen würde.

Eine halbe Stunde später konnte er beobachten, wie sich die Tür des Hotels Agrippina öffnete und ein kleiner Mann heraustrat. Ein Feuerzeug flammte auf, und als es wieder erlosch, hinterließ es einen kleinen rot glühenden Punkt in Kopfhöhe des Mannes. Lukas grinste. Clemens Schuhmacher frönte also noch immer seinem Laster. Der alte Nachtportier ging ein paar Schritte über den Platz und warf einen misstrauischen Blick auf die Umrandung des großen Springbrunnens. Lukas konnte es ihm nicht verdenken. Erleichtert, keine weitere Leiche entdeckt zu haben, schlenderte Schuhmacher nun deutlich entspannter in Richtung Hotel zurück.

Unvermittelt vibrierte Lukas' Handy. Er erstarrte. Er ahnte, von wem die SMS stammte, noch bevor er das Telefon aus den Untiefen seiner Jeans gezerrt hatte. Niemand sonst würde ihm nachts um drei eine SMS schicken. Er warf nur einen kurzen Blick auf das Display und hielt es dann, ohne ein Wort zu sagen,

Lisa vor die Nase. Markus Behrends weitergeleitete Nachricht beinhaltete nur ein Wort: »Dom.«

Sie standen beide auf, erklommen die oberste Stufe des Seitenportals und warfen aufmerksame Blicke über den Platz und auf den Brunnen.

Nichts.

Lisa wollte ihrem Kollegen gerade etwas zuflüstern, als hysterische Schreie ertönten. Sie schienen von der anderen Seite des Domvorplatzes herüberzuschallen und wurden immer lauter und durchdringender. Wie auf Kommando setzten sie sich in Bewegung.

Aus den Augenwinkeln nahm Lukas noch schemenhaft wahr, dass auch der Nachtportier in dieselbe Richtung lief. Ganz schön flott für einen Mann seines Alters, dachte er.

Sie hielten auf die Kreuzblume vor dem Haupteingang des Doms zu. Links daneben stand ein Mann im Smoking, der eine zierliche Blondine in einem dunkelblauen, paillettenbesetzten Abendkleid im Arm hielt und sie zu beruhigen versuchte. Die kleine Frau wollte sich aber nicht beruhigen, sondern schrie unbeirrt weiter. Sie blieben unmittelbar vor dem Pärchen stehen und rangen keuchend nach Atem, immer noch nicht wissend, was hier eigentlich los war.

Der Mann sah sie mit einem befremdlichen Blick an und stellte sich dann schützend vor seine Partnerin. Erst jetzt wurde Lukas bewusst, dass er und seine Kollegin nicht unbedingt wie vertrauenswürdige Hüter des Gesetzes aussahen. Er wollte gerade seinen Ausweis zücken, als Lisa ihn leicht anstupste. Mit fassungslosem Gesichtsausdruck deutete sie auf eine Stelle ein paar Meter weiter links von ihnen. Dort stand Schuhmacher. Der alte Mann ging in die Knie und betrachtete etwas auf dem Boden.

Einen Körper. Teilweise bedeckt von einer dunkelblauen Seidendecke.

Lukas gefror das Blut in den Adern. Er versuchte, das vor ihm liegende Bild zu verarbeiten, und hatte das Gefühl, in einem Albtraum zu versinken. Auf gefühllosen Beinen stolperte er ein paar Schritte näher. Das konnte einfach nicht wahr sein. Wie hatte er das nur übersehen können?

Die Leiche lag auf einem kreisförmig angelegten Mosaik, das teilweise von einem knöchelhohen Metallgeländer umgeben war. In der Mitte des Kreises befand sich eine runde Mulde, durch die sich eine spiralförmige Rinne zog. Durch diese Vertiefung floss, wenn auch ein wenig mühsam … Wasser.

Es war ein Brunnen.

Lukas hätte am liebsten genauso hysterisch losgebrüllt wie die Frau in dem Abendkleid, deren Geschrei sich inzwischen in ein leises Wimmern verwandelt hatte. Er fühlte sich wie betäubt. Langsam blickte er sich nach Lisa um und sah, wie sie sich das Headset vom Kopf riss und stattdessen ihr Handy ans Ohr hielt. Während sie aufgeregt hineinsprach, ging sie nervös auf und ab. Der Mann im schwarzen Smoking beobachtete sie dabei misstrauisch und ungläubig, während er die kleine Frau weiterhin an seine Brust gedrückt hielt. Als Lukas sich wieder der Leiche zuwandte, bemerkte er, dass Schuhmacher ihn argwöhnisch anstarrte.

»Kommissar Rosenzweig?« In der Stimme des Alten lag unverhohlener Zweifel.

Lukas nickte nur. Er traute seiner Stimme noch nicht. Er beugte sich nun seinerseits über das Opfer und stellte ohne großartige Verwunderung fest, dass es brünett war. Ein kurzer Blick unter die Decke bestätigte, was er sowieso schon wusste. Er verhüllte sie komplett und führte den verwirrten und schockierten Schuhmacher dann ein wenig zur Seite. Allmählich begann er wieder zu funktionieren, handelte jedoch wie in Trance.

Die Tragweite des Geschehens war ihm jedoch nicht einmal ansatzweise bewusst.

76

Köln, 20. Mai

Erbost warf er die Gazette auf den Stapel schon gelesener Tageszeitungen. Er war wütend. Wütend auf Rosenkommissar, wütend auf den Kölschen Klüngel und, nicht zuletzt, wütend auf sich selbst.

Er hatte über diesen Klüngel gelesen, hatte sogar mit Einheimischen darüber gesprochen, die er abends in einer Kneipe kennengelernt hatte. Nach dem fünften Kölsch hatten sie sich sehr redselig gezeigt und waren hocherfreut gewesen, einem Nichtkölner genauestens zu erklären, was es damit auf sich hatte. Er war zwar nicht davon ausgegangen, dass sein erster Engel an die ganz große Glocke gehängt wurde, aber dass er so gar nichts gefunden hatte, weder in der Presse noch im Internet, empfand er als persönliche Beleidigung. Mehrmals schüttelte er ungläubig den Kopf, musste aber zugeben, dass es sein eigener Fehler gewesen war, diesen Nepotismus unterschätzt zu haben.

Er würde sich wohl etwas ausdenken müssen, damit es beim nächsten Mal besser lief. Mit diesem Hintergedanken im Kopf setzte er sich an seinen Computer und ging noch einmal seine Planung für den nächsten Tag durch. Als er die Webseite der Kirche aufrief, die als Rahmen für seinen zweiten Engel dienen sollte, stutzte er. Er sprang von seinem Stuhl und durchwühlte den Stapel mit den Zeitungen. Fünf Minuten später überzog ein breites Grinsen sein Gesicht. Weitere zehn Minuten später notierte er sich Markus Behrends Handynummer.

Deutlich beruhigter konnte er sich nun wieder seinen Vorbereitungen widmen. Eigentlich gab es nicht mehr viel zu tun. Die kleine Blonde lag bereits fix und fertig in einem Kühlfach in

Saint-Quentin. Nach Schneewittchen war er so euphorisch gewesen, dass er noch am gleichen Abend nach Paris gefahren war, um seinem nächsten Engel aufzulauern. Blondie war ihm dort in einer dunklen Seitenstraße genauso arglos in die Arme gelaufen wie die Schwarzhaarige in der Nacht zuvor in Rotterdam. Es war ein Kinderspiel gewesen. Mit dem Unterzieher unter dem Trockentauchanzug hatte er während der Behandlung auch nicht mehr gefroren. Es war noch perfekter gelaufen als beim ersten Mal.

Nur die Sache mit dem Tattoo hatte ihm nicht gefallen. Er hatte ernsthaft darüber nachgedacht, die Kleine zu entsorgen und sich nach Ersatz umzusehen. Schneewittchen war absolut makellos gewesen, aber diese Lilien-Tätowierung an der Blonden war ganz eindeutig ein Makel. Um kein unnötiges Risiko einzugehen, beschloss er irgendwann, sie doch zu verwenden. Schließlich würde er sie auf dem Rücken liegend präsentieren, das Gesamtbild wurde also nicht zerstört. Aber diese Blume musste weg. Seine Engel sollten mit seiner Rose geschmückt sein. Und zwar ausschließlich mit seiner Rose. Also schnitt er die Lilie einfach aus ihr heraus. Es war ganz einfach gewesen, und als sie danach wieder auf dem Rücken lag, dachte er einfach nicht mehr daran. So simpel war das.

Er würde heute Nacht nach Saint-Quentin fahren, um sie abzuholen. Tagsüber herrschte einfach zu viel Verkehr auf den Straßen.

77

Köln, 8. Juni

Lukas saß noch immer wie betäubt auf dem niedrigen Metallgeländer und folgte mit seinen Augen dem scheckenhausförmigen Rinnsal zu seinen Füßen.

»Tja, Zweiglein, da ist wohl irgendwas nicht so ganz nach Plan verlaufen.«

Lukas spürte, wie ihm eine große Pranke auf die Schulter klopfte, machte sich aber gar nicht erst die Mühe, sich zu Möller umzudrehen.

»O mein Gott, was habt ihr denn mit Grace gemacht?«, brüllte Möller. Sein ungläubiges Gelächter war so deplatziert wie ein Bikini-Girl in einer Torte auf einer Beerdigung.

Lisa, die gemeinsam mit Daniel auf der anderen Seite des Brunnens neben der Leiche hockte, warf dem Techniker einen vernichtenden Blick zu, woraufhin dieser sich fürs Erste verzog. Lukas erhob sich und betrachtete das nächtliche Szenario. Uniformierte Beamte hatten den Bereich weiträumig abgesperrt. Direkt vor dem Brunnen waren zwei Streifenwagen postiert, um die Leiche vor den Blicken der Schaulustigen zu schützen. Sie hatten bei Weitem mehr Publikum als bei der ersten Leiche am Dom. Dafür hatte die Frau im Abendkleid gesorgt, als sie wie eine Sirene losgegangen war. Sie wurde gerade von einem Arzt in einem Rettungswagen versorgt.

Lukas ließ seinen Blick über die Menge schweifen. Da stand Schuhmacher mit betroffenem Gesichtsausdruck, ganz klein und in sich zusammengesunken. Daneben waren ein paar Angestellte von McDonald's, das keine hundert Meter entfernt lag. Vor einer kleinen Gruppe Nachtschwärmer entdeckte er einen

Arm, der ihm verzweifelt zuwinkte. Behrend. Er hatte jetzt weder die Kraft noch den Nerv, zu dem Journalisten hinüberzugehen. Er würde ihn im Laufe des Vormittags anrufen. Ein Stückchen weiter sah er zwei Geschäftsleute stehen, die eifrig in ihre Mobiltelefone sprachen. Was machten Geschäftsleute morgens um halb vier am Dom, und wen zum Teufel riefen sie um diese Uhrzeit an? Lukas schüttelte unwirsch den Kopf. Na ja, der Hauptbahnhof lag schräg gegenüber, vielleicht hatten sie ja irgendeinen Flug verpasst und stattdessen den Zug genommen, was zwar ihre Anwesenheit erklärte, nicht aber, wen sie da viel zu fröhlich zutexteten. Ein wenig Abseits reckten Freddy und Ellie die Hälse. Na super, die ganze Nummer wuchs sich langsam zu einem regelrechten Familientreffen aus. Nur dass es sich weniger um ein freudiges Ereignis handelte, sondern vielmehr um eine Trauerfeier. Und zwar seiner eigenen Beerdigung, zumindest der seiner Karriere.

Nach und nach hatte er die ganze Tragweite der letzten Ereignisse erfasst und war zu einem einzigen Schluss gelangt: Er hatte Scheiße gebaut! Richtig Scheiße gebaut! Schneider würde ihn auseinandernehmen, wie er noch nie jemanden auseinandergenommen hatte. Und zu recht, wie Lukas fand. Dieser Brunnen hätte ihm niemals entgehen dürfen. Der Kriminaldirektor hatte dem Großeinsatz zugestimmt, und alle hatten hervorragende Arbeit geleistet. Alle außer Kriminalhauptkommissar Lukas Rosenzweig. Der hatte versagt.

Ein erstickter Aufschrei riss ihn aus seinen freudlosen Gedankengängen. Ein Blick zum Rettungswagen zeigte nichts Auffälliges, und ihm wurde klar, dass der Ursprung des Schreis seine Kollegin Lisa gewesen sein musste. Er ging zu ihr und Daniel hinüber und stellte fest, dass beide aussahen, als hätten sie ein Gespenst gesehen.

»Was ist los?«, erkundigte er sich.

Der Rechtsmediziner erhob sich, gab den umstehenden Beamten ein Zeichen, dass die Leiche jetzt abtransportiert werden konnte, und zog Lukas ein Stück zur Seite. Daniel sah blass aus. »Lisa hat sich erst letzte Woche ein neues Parfum gekauft, weil sie, wie du ja weißt, das alte nicht mehr tragen mochte. Und genau den gleichen neuen Duft trägt jetzt diese Leiche.«

Die Neuigkeit traf Lukas wie ein Faustschlag in den Magen. Da machte er sich Gedanken darüber, welche Auswirkungen sein Versagen auf seine Karriere hatte – und vergaß dabei das Allerwichtigste: dass nämlich seine Partnerin noch immer im Visier des Mörders stand und der bestens über sie informiert war. »Scheiße! Dieser Dreckskerl ist uns nicht nur einen, sondern immer gleich mehrere Schritte voraus. Es ist zum Kotzen!«

Daniel nickte bloß, sagte aber nichts dazu, da Lisa inzwischen zu ihnen getreten war.

»Reg dich nicht auf, Lukas«, versuchte sie ihn zu beruhigen, »das hat sowieso keinen Sinn. Der Arzt hat inzwischen der Zeugin irgendetwas zur Beruhigung gespritzt. Keine Ahnung, ob wir sie in der nächsten Zeit vernehmen können, aber wenigstens ist sie jetzt so weit versorgt, dass wir mit dem Mann reden können.«

Der Mann im schwarzen Smoking beäugte sie nach wie vor skeptisch. Aber da sie ein gewisses Misstrauen wegen ihres Erscheinungsbildes erwartet hatten, waren sie klug genug gewesen, sich von zwei uniformierten Beamten nicht nur begleiten, sondern auch vorstellen zu lassen. Nachdem der Mann ihre Ausweise gründlich studiert hatte, ließ er sich zumindest dazu herab, ihnen seinen Namen zu verraten: Adrian Hoffmann.

Aus der Nähe betrachtet, sah der Mann älter aus, als Lukas ursprünglich angenommen hatte. Sein dunkelblondes Haar war von grauen Strähnen durchzogen, und die Falten um seine Augen und die Mundwinkel verrieten, dass er die fünfzig schon überschritten haben musste, auch wenn er in dem teuren Anzug jünger wirkte. Die Frau konnte höchstens halb so alt sein wie er.

»Herr Hoffmann, könnten Sie uns bitte genau beschreiben, was hier passiert ist und wie sie die Leiche entdeckt haben?«, fragte Lukas.

Der Mann nickte, warf noch einen prüfenden Blick auf seine junge Begleiterin, die auf der Rampe des Rettungswagens saß, und begann dann mit erstaunlich ruhiger Stimme zu sprechen. »Meine Tochter und ich waren auf einer Vernissage. Ich glaube, die Galerie war nicht weit entfernt vom Rudolfplatz. Wir haben ein Taxi gerufen, um zurück zum Hotel zu fahren.« Er deutete kurz in Richtung des Hotels Agrippina. »Der Taxifahrer wollte uns zwar direkt vor dem Eingang absetzen, aber ich hatte keine Lust mehr, die große Runde zu fahren, und habe ihn gebeten, uns gleich hier rauszulassen.« Er zeigte auf die kleine Straße, die unmittelbar am Brunnen und der Kreuzblume entlangführte. »Der Fahrer hatte genau dort drüben gehalten. Wir mussten also um den Brunnen herumgehen, um zu unserem Hotel zu gelangen.« Er warf erneut einen besorgten Blick auf die zierliche Frau. »Katharina, meine Tochter, sah die Decke zuerst. Ich wollte eigentlich weitergehen, aber sie bestand darauf, sich das genauer anzusehen.« Zum ersten Mal zog sich ein leises Lächeln über Hoffmanns Gesicht. »Sie studiert Modedesign. Sie erkennt einen teuren Stoff selbst im Licht einer düsteren Straßenlaterne. Sie sagte, dass so etwas doch niemand einfach verliert, und wollte den Stoff aufheben. Nun ja, was sie darunter gefunden hat, wissen Sie ja.«

Lukas nickte. »Ist Ihnen sonst noch etwas aufgefallen? Haben Sie vielleicht ein Auto bemerkt? Ein städtisches Fahrzeug?«

Hoffmann schüttelte den Kopf. »Hören Sie, meine Tochter steht unter Schock, ich würde sie jetzt wirklich gerne ins Hotel bringen.«

Lukas warf einen Blick auf die junge Frau und musste sich widerwillig eingestehen, dass er sie heute Nacht wohl nicht mehr vernehmen konnte. Sie sah ziemlich benommen aus, fast schon wie weggetreten, und er fragte sich, was der Arzt ihr wohl gespritzt hatte. Egal was, er hätte sich am liebsten das Gleiche verabreichen lassen, um nicht mehr über sein Versagen nachdenken zu müssen.

»Wir brauchen noch ihre Personalien und müssten wissen, wie lange Sie noch in Köln bleiben.« Es war Lisa, die diese Frage gestellt hatte.

»Wir werden am Freitag zurück nach München fliegen«, antwortete Hoffmann. »Ich bin Kunsthistoriker und habe in den nächsten Tagen noch einige Termine hier in Köln, und da zurzeit Semesterferien sind, hat Katharina mich begleitet.«

Lisa wandte sich an einen der uniformierten Beamten und bat ihn um eine Visitenkarte und einen Stift. Sie schrieb ihren Namen und die Durchwahlnummer ihres Büroanschlusses auf die Rückseite. Mit einer entschuldigenden Geste reichte sie sie dann an Hoffmann weiter. »Tut mir leid, aber in diesem Aufzug habe ich meine eigenen Karten leider nicht dabei. Bitte rufen Sie mich an, wenn Ihnen oder Ihrer Tochter noch etwas einfällt. Wir müssen morgen … nein … heute im späteren Verlauf des Tages unbedingt noch mit ihrer Tochter sprechen.«

Hoffmann nickte alles andere als erfreut, sagte aber nichts. Sie verabschiedeten sich, und Lukas ging mit seiner Kollegin zu Daniel, der am Brunnen auf sie wartete.

Der Rechtsmediziner sah Lukas unglücklich an und legte ihm dann eine Hand auf die Schulter. »Luke, ich weiß, dass du im Augenblick genügend Probleme hast. Aber ich will, dass Lisa nicht mehr aus den Augen gelassen wird. Der Typ ist einfach zu dicht an ihr dran. Woher weiß er von dem neuen Parfum?«

Lisa verdrehte die Augen. »Daniel, bitte, nicht jetzt. Wir werden das schon noch herausfinden.«

Daniel seufzte. »Also gut. Kommt, ich fahr euch beide nach Hause. Dann könnt ihr noch duschen, bevor ihr ins Präsidium fahrt. Ich werde bei Lisa bleiben und sie später zur Arbeit bringen. Danach liegt ihre Sicherheit in deinen Händen, Luke.«

78

Norderstedt, 26. Mai

Er verließ das Postamt und stapfte wütend zu seinem Wagen, den er auf der anderen Straßenseite geparkt hatte. Was war das nur für ein Journalist, der eine Story auf dem Silbertablett serviert bekam und dann kein Wort darüber schrieb? Was wollte der denn noch? Sollte er beim nächsten Mal gleich den Text mitliefern?

Er konnte es nach wie vor nicht fassen, wie sehr die Presse seine Engel ignorierte. Er steuerte den Wagen in Richtung Autobahn. Es war erst kurz nach neun am Morgen, aber er hatte noch eine lange Reise vor sich. Bis nach Saint-Quentin waren es rund achthundert Kilometer. Danach noch einmal knapp vierhundert bis nach Köln. Es gab kaum eine bessere Gelegenheit, um gründlich nachzudenken, als während einer langen Autofahrt. Die Bedienung des Fahrzeugs lief automatisch, und so konnten sich die Gedanken frei in alle Richtungen entfalten.

Wie hatte dieser verfluchte Rosenkommissar es nur geschafft, den Schreiberling mundtot zu machen? Nachdem er Blondie neben dem Brunnen abgelegt hatte, war er voll freudiger Erwartung in seine Wohnung zurückgekehrt und hatte auf das Erscheinen der Tageszeitungen am nächsten Tag gewartet. Leider umsonst. Es gab nicht die kleinste Nachricht. Unfassbar!

In seiner Wut war er dann sofort in den Wagen gestiegen und nach Barcelona gefahren. Er hatte eine Nacht in einem heruntergekommenen Etablissement zugebracht und war am nächsten Abend auf die Jagd gegangen. Er hatte Wetten mit sich selbst abgeschlossen, ob ihm zuerst eine Rothaarige oder eine Brünette ins Netz gehen würde. Der Rotschopf hatte gewonnen. Sie war perfekt gewesen. Keine Tätowierung, keine Narben, einfach makellos.

Er entspannte sich ein wenig. Wenn die kommende Nacht erst vorüber war, konnten sie ihn einfach nicht mehr ignorieren. Unmöglich. Außerdem war da noch das Paket, das er gerade aufgegeben hatte. Mit dem Übernachtservice der Post. Es würde garantiert morgen bei ihr eintreffen. Er war sich sicher, dass es Rosenkommissar viel mehr zermürben würde, wenn der seine Partnerin in Gefahr wähnte, als selbst Ziel eines subtilen Angriffs zu sein. Eigentlich hatte er gleich zwei Fliegen mit einer Klatsche erwischt. Rosenkommissar sorgte sich um seine hübsche Partnerin, und diese wiederum sorgte sich um ihre Eltern. Perfekt, so hatte er gleich beide Hauptakteure unter Druck gesetzt.

Auch die längste Reise ging einmal zu Ende. Der Rotschopf lag schon am Fischweiberbrunnen.

Es war so einfach gewesen. Niemand hatte ihn beachtet. Der Wagen und die orangefarbene Kleidung hatten sich erneut als perfekte Tarnung erwiesen. Nun stand er im Industriegebiet in dem kleinen Toilettenraum vor dem Spiegel und zupfte die schwarze Perücke zurecht. Jetzt noch die Brille. Als er mit seinem Erscheinungsbild zufrieden war, machte er sich voller Enthusiasmus auf den Weg zurück zum Fischmarkt. Es würde ein grandioser Auftritt werden.

Es war ein lauer Abend, und vor den Kneipen und Restaurants in der Nähe des Brunnens saßen zahlreiche Gäste. Perfekt. Er suchte noch nach einem freien Platz, als er sie plötzlich entdeckte. Das war ja noch besser als erwartet.

Er ließ sich unauffällig am Nachbartisch nieder und versuchte in dem lauten Stimmengewirr ein paar Gesprächsfetzen aufzuschnappen. Ein Handy klingelte. Die hässliche Frau kramte in ihrem Rucksack, und nachdem sie das Telefon gefunden hatte, hielt sie es sich ans Ohr und meldete sich kurz und knapp mit »Erhard«.

Mehr konnte er nicht verstehen. Verwundert blickte er zu den beiden Frauen hinüber, die unterschiedlicher nicht hätten sein können.

Alexandra Wagner war wirklich eine Schönheit, mit ihrer hochgewachsenen, aber dennoch grazilen Figur und der schwarzen Lockenmähne. Die andere Frau, diese Erhard, war einfach nur nichtssagend und hässlich. Allein schon wie sie auf ihrem Kaugummi herumkaute. Aber die beiden wohnten zusammen. Er hatte beide Namen auf dem Klingelschild gelesen. War sie eine Freundin, zu der Wagner geflüchtet war, nachdem sie Rosenkommissar verlassen hatte? Er versuchte zu verstehen, worüber die beiden Frauen sprachen, nachdem die Unattraktive das Handy wieder im Rucksack verstaut hatte, aber der Geräuschpegel ringsum lag einfach zu hoch.

Dann sah er plötzlich, wie die Hässliche der Wagner mit einer zärtlichen Geste eine Locke aus dem Gesicht strich und ihr danach einen etwas zu langen Kuss auf die Lippen gab, als dass dieser rein freundschaftlich interpretiert werden konnte. Oh, mein Gott! Da konnte man ja fast Mitleid mit Rosenkommissar bekommen.

Ein süffisantes Grinsen überzog sein Gesicht. Perfekt. Er hatte einen wunden Punkt gefunden. Jetzt konnte die Show beginnen.

79

Köln, 8. Juni

Schneider war gefährlich ruhig. Er saß da wie eine Raubkatze, die nur auf den richtigen Moment wartete, um anzugreifen.

Lukas wünschte sich, er würde es endlich tun. Mit einem herumbrüllenden Schneider konnte er umgehen. Dieses Schweigen und der durchdringende Blick zerrten jedoch an seinen Nerven. Wahrscheinlich wusste der Kriminaldirektor das und hatte diese Taktik bewusst gewählt. Das ganze Team war versammelt, und alle rutschten unbehaglich auf ihren Stühlen hin und her.

Lukas entschloss sich zur Flucht nach vorn. »Hören Sie, Herr Schneider, ich sehe ja ein, dass ein Debriefing in diesem Fall sehr wichtig ist. Aber wir haben weiterhin alle Hände voll zu tun, weshalb ich denke, dass wir die ganze Sache abkürzen sollten.« Schneider regte sich noch immer nicht, also fuhr Lukas fort: »Ich war vor einigen Tagen noch einmal an allen drei Fundorten und habe sie mir genau angeschaut. Ich habe diesen Brunnen einfach übersehen. Wahrscheinlich bin ich schon hundert Mal daran vorbeigelaufen, trotzdem habe ich ihn niemals zur Kenntnis genommen. Ich habe Reimann genaue Anweisungen gegeben, welche Brunnen überwacht werden sollen, und der Taubenbrunnen war nicht dabei. Wenn sie also nach jemandem suchen wollen, dem Sie die Schuld für den misslungenen Einsatz geben wollen, dann sind Sie bei mir an der richtigen Adresse.«

Nachdem Schneider weiterhin schwieg, wollte Lukas noch etwas hinzufügen, aber Carsten Reimann kam ihm zuvor.

»Das ist doch Schwachsinn, Lukas. Wenn du nicht gewesen wärst, hätten wir die ersten drei Fundorte überhaupt nicht überwacht, und wie man sieht, hattest du mit deinem Bauchgefühl, dass der Typ am Dom aufkreuzt, mal wieder recht. Ich bin genauso in Köln aufgewachsen wie du, und ich habe diesen Taubenbrunnen auch nie bewusst wahrgenommen.« Reimann schüttelte wütend den Kopf. »Das ist kein Brunnen, sondern einfach nur ein kleines Loch im Boden.«

Nun mischte sich auch Brigitte Kleiber ein. »Wir haben nicht eine einzige Recherche über die drei ersten Kirchen durchgeführt, sondern ausschließlich nach weiteren mit einem Brunnen in der Nähe gesucht. Also, wenn es hier nur um Schuldzuweisungen geht, hängen wir alle mit drin.«

»Schön, dass Sie sich da so einig sind«, erklärte Schneider. Er hatte sich gerade erhoben und ließ nun den Blick durch die Runde schweifen. »Dann sehen Sie jetzt zu, wie Sie das Kind nun alle gemeinsam wieder aus dem Brunnen herausholen. Und zwar *pronto!*« Danach drehte er sich auf dem Absatz um und verließ den Raum im Stechschritt, während die verdutzten Beamten seinem von feinstem Zwirn bedeckten Rücken hinterherstarrten.

»Was war denn das jetzt?« Lukas sah Baumgartner fragend an.

Der winkte nur ab. »Ach, lass ihn einfach. Schneider steht zunehmend unter Druck. Die ganze Geschichte wächst sich mehr und mehr zu einer internationalen Affäre aus. Abgesehen von der hiesigen Prominenz wird er nun auch noch mit Anrufen aus halb Europa überschüttet, ähnlich wie der Bürgermeister, der langsam damit beginnt, die Daumenschrauben fester zu ziehen.« Er massierte sich müde die Nasenwurzel, bevor er den Blick wieder auf die Beamten richtete. »Ich weiß, dass ihr euch im Moment alle ziemlich mies fühlt, aber ich versichere euch, in Schneiders Haut möchtet ihr im Augenblick weiß Gott nicht stecken. Man könnte ihn zurzeit tatsächlich bedauern.« Er hielt einen kurzen Moment inne. »Besser wäre es allerdings, wir würden den Kerl endlich fassen. Also, was gibt es Neues?«

Lukas stöhnte laut und vernehmlich. »Leider nichts Gutes … Ich wollte nicht, dass euch das während der letzten Nacht belastet, aber Mankowski und Co. haben Deveraux gestern im Laufe des Tages verloren.«

Ein kollektives Raunen waberte durch den Raum.

»Außerdem wusste unser Täter genau, dass Lisa sich ein neues Parfum gekauft hat«, fuhr Lukas fort. »Und eben dieser Duft haftete auch an der Leiche aus der letzten Nacht.«

Alle blickten Lisa entsetzt an. Lukas hatte vorher noch überlegt, ob er ihnen diese Info mitteilen sollte oder lieber doch nicht. Nachdem das ganze Team in Schneiders Gegenwart so geschlossen hinter ihm gestanden hatte, befand er, dass sie absolute Offenheit verdient hatten. Er hoffte nur, dass Lisa das genauso sah.

Bevor irgendjemand etwas dazu sagen konnte, betrat eine junge Beamtin nach einem flüchtigen Klopfen den Konferenzraum vier. Sie sah sich kurz suchend um und übergab dann ein Fax oder einen Computerausdruck an Reimann.

Der überflog die Seiten kurz, und unter vollständiger Abwesenheit seines sonst so berühmten Sarkasmus erklärte er: »Ähm, Lukas hatte mich ja gebeten, den Kontakt zum BKA zu halten, solange Mankowski sich in Paris herumtreibt.« Er deutete auf das vor ihm liegende Papier. »So wie es aussieht, haben wir einen Treffer, was das letzte Opfer betrifft.«

»Sag an.« Lukas musste sich zum ersten Mal an diesem Morgen ein Grinsen verkneifen. Reimann war ein durch und durch sarkastischer Zeitgenosse, aber auch ein extrem guter Ermittler. Mit der Rolle als wichtiger Verbindungsmann zum BKA konnte er jedoch offensichtlich nicht gut umgehen. Er war es gewohnt, sich mit Sprücheklopfen in den Vordergrund zu schieben, ansonsten zog er einsame, gründliche, detaillierte und profunde

Polizeiarbeit vor. Alles in allem also kein schlechter Kerl, der auch in diesem Fall bisher gute Arbeit geleistet hatte. Jetzt hatte ihm jemand, der in der Hierarchie deutlich unter ihm stand, anscheinend wertvolle Informationen auf den Tisch gelegt, und er hatte keine Ahnung, wie er sie vermitteln sollte, da sie nun einmal nicht auf seinem Mist gewachsen waren. Das sprach eindeutig für ihn, und so warf Lukas ihm einen, für seine Verhältnisse, freundlich auffordernden Blick zu.

»Kimberly Crane, eine Kanadierin.«

Lukas schnappte nach Luft. »Was? Eine Kanadierin? Er hat sie über den großen Teich rübergeschafft?«

Reimann lief rot an. »Nein, ich war noch nicht fertig.« Er blickte entschuldigend in die Runde. »Hab's doch auch gerade erst gesehen, schneller kann ich nicht lesen. Ja, sie ist Kanadierin. Geboren und aufgewachsen in Québec. Also eine Frankokanadierin. Aber sie hat an einem Studentenaustauschprogramm teilgenommen. Entführt wurde sie in Brüssel.«

Okay, das klang schon mehr nach ihrem Täter, dachte Lukas und atmete auf. Zu früh, wie sich sogleich herausstellte.

»Oh, Scheiße.« Reimann zögerte. »Wenn ich das richtig übersetze, ist ihr Vater als *Director of Public Prosecution* wohl so etwas wie der Generalstaatsanwalt in Québec. Das wird Schneider gar nicht gefallen.«

Sie hatten noch eine Zeitlang ihre weitere Vorgehensweise besprochen und die Aufgaben verteilt. Niemand beneidete Baumgartner darum, die neuesten Informationen über das vierte Opfer an Schneider weiterzugeben.

Lukas Rosenzweig und seine Partnerin machten sich kurz danach auf den Weg zum Hotel Agrippina, um Katharina Hoffmann zu befragen. Im Auto versuchte Lukas, ein weiteres heikles Thema anzusprechen.

»Lisa, wenn wir mit den Hoffmanns durch sind, möchte ich,

dass wir zu deiner Wohnung fahren und sowohl mit deinem Nachbarn als auch mit dem Hausmeister reden.«

Sie schwieg zunächst, während sie den zivilen Streifenwagen, einen BMW, missmutig über die Deutzer Brücke lenkte. Sie wollte einfach nicht wahrhaben, dass vielleicht tatsächlich ein Fremder in ihrer Wohnung gewesen sein könnte. »Das ist doch Schwachsinn«, entgegnete sie schließlich. »Bäumler ist ein verklemmter Computerprogrammierer, der sich schon fast ins Hemd macht, wenn man ihn einmal freundlich grüßt, und Schmitz, der Hausmeister, hat mit Sicherheit noch nie im Leben einen Fuß aus Köln, geschweige denn aus Deutschland herausgesetzt.«

Lukas versuchte sie zu beschwichtigen. »Ich behaupte ja auch gar nicht, dass sie etwas damit zu tun haben, aber vielleicht haben sie die Schlüssel mal irgendwo liegen lassen oder sogar verloren. Wir müssen sie auf jeden Fall befragen.«

Sie seufzte und parkte den Wagen unmittelbar vor dem Eingang des Hotels. »Wenn es denn sein muss.«

Katharina Hoffmann hatte das Abendkleid gegen eine hellgraue Designerjeans und eine schlichte, aber teuer wirkende weiße Bluse eingetauscht. Gemeinsam mit ihrem Vater wartete sie schon in der Hotel-Lobby auf die beiden Beamten.

Sie starrte Lisa von Kopf bis Fuß an, dann schenkte sie ihr ein anerkennendes Lächeln. »Mein Gott, Sie sind ja kaum wiederzuerkennen.« Dann wandte sie sich ihrem Vater zu. »Siehst du, Paps, genau wie ich immer sage: Kleider machen Leute.«

»Tja, da es Ihnen ja wieder besser zu gehen scheint, können Sie uns doch sicher jetzt ein paar Fragen beantworten.« Lukas mochte sie auf Anhieb nicht. Sie roch förmlich nach »Daddys Liebling«, und zwar nach dem Liebling eines ziemlich wohlhabenden Daddys.

»Ja natürlich.« Von der verschreckten, hysterischen Person

aus der vergangenen Nacht war nichts mehr zu sehen. »Bei der Decke dürfte es sich um Seide aus Thailand handeln, handgefärbt und –«

»Ja, das ist uns bereits bekannt«, fiel Lukas ihr ins Wort. Er ärgerte sich, dass sie als Erstes ihre große Fachkompetenz demonstrieren wollte – dass sie in der Lage war, den Stoff nach nur einer kurzen Berührung zu erkennen und einzuordnen. Wieso hatte die KTU so lange dafür gebraucht? »Uns geht es mehr darum, ob Sie etwas gesehen haben. Eine Person, die sich vom Tatort entfernt hat, oder ein Fahrzeug.«

Sie dachte einen Augenblick nach. »Jetzt, wo Sie es erwähnen … Ja, da war tatsächlich ein Fahrzeug.«

Ihr Vater sah sie verblüfft an, und sie legte ihm beruhigend ihre Hand auf den Arm. »Du warst noch dabei, das Taxi zu bezahlen, als ich schon längst ausgestiegen war. In einer kleinen Seitenstraße stand ein Auto. Ich erinnere mich so genau daran, weil ich einen Moment geblendet war, als die Scheinwerfer eingeschaltet wurden und es losfuhr.«

»Was war das für ein Wagen?« Lukas' Interesse war erwacht. »Und welche Farbe hatte er?«

»Er war auf jeden Fall dunkel. Die Lichtverhältnisse waren nicht besonders gut, aber ich bin mir ziemlich sicher, dass er dunkelblau war.« Sie zögerte einen Moment. »Doch, er hatte fast die gleiche Farbe wie die Decke. Und es war einer dieser großen SUVs. Die Marke weiß ich nicht, ich kann nur sagen, dass es weder ein Audi noch ein BMW war.«

Wahrscheinlich waren das die Marken, die Mommy und Daddy kauften, dachte Lukas. Trotzdem musste er zugeben, dass sie keine schlechte Zeugin war. »Erinnern Sie sich vielleicht an das Kennzeichen?«

Sie schüttelte den Kopf. »Nein, daran habe ich überhaupt nicht gedacht. Ich war viel zu sehr damit beschäftigt, mir den Zoo auf der Fensterscheibe anzusehen.«

»Zoo?«

»Ja, die hintere Seitenscheibe war mit Äffchen, Elefanten und anderen Tieren beklebt. Sie wissen schon … diese Bilder, die auf Glas haften, die man aber jederzeit wieder abziehen kann.« Lukas musste sie wohl relativ verdutzt ansehen, denn sie schien sich zu weiteren Erklärungen genötigt zu fühlen. »Man findet so etwas an Autos von Familien mit kleinen Kindern. Die Kinder haben etwas, das sie beschäftigt, und die Mutter hat dann ihre Ruhe.«

80

Köln, 4. Juni

Was sollte er denn noch tun?

Er hatte einen Engel vor dem Wahrzeichen Kölns abgelegt. In der zweiten Runde hatte er einen Journalisten eingeschaltet, und zu guter Letzt hatte er einen Engel vor rund hundert Zeugen deponiert und diesen dann auch noch *zufällig* höchstpersönlich gefunden. Über Bundy, Berkowitz & Co. sind seitenweise Artikel in den Zeitungen erschienen. Ganze Bücher wurden über sie geschrieben und teilweise sogar verfilmt. Seine Leichen waren Kunstwerke im Gegensatz zu den verstümmelten Körpern, die diese Stümper hinterlassen hatten – und was passierte?

Ein Zweizeiler auf Seite drei einer Boulevardzeitung. Das war schlimmer als gar nichts. Das winzige Artikelchen hatte ihm so höhnisch ins Gesicht gelacht, dass er die Zeitung in seiner Wut sofort in Konfetti verwandelt hatte. Es war wirklich unfassbar. Seit vier Tagen hatte er jede Zeitung gekauft, derer er habhaft werden konnte, aber sosehr er auch suchte, er fand nichts. Sie ignorierten ihn einfach.

Wenigstens hatten seine »Freunde« bei der Polizei in der Zwischenzeit die Decke erhalten. Er gönnte ihnen die Sorge um andere Personen. Und er würde sie nicht ignorieren.

Außerdem würde ihm schon etwas einfallen, wie es ihm gelingen könnte, dass in der Presse über seine Taten berichtet wurde. Noch war er nicht fertig. Er kochte sich einen Kaffee, trank genießerisch, was ihn etwas ruhiger werden ließ, und setzte sich dann vor seinen Computer.

Vielleicht hatte er im Netz ja doch etwas übersehen. Das Problem mit dem World Wide Web war, dass es nur dann genaue Antworten lieferte, wenn man hundertprozentig exakte Fragen stellte. Vielleicht hatte er nur noch nicht die richtigen Stichwörter für die diversen Suchmaschinen gefunden. Er würde noch einmal ganz von vorne beginnen.

Eine halbe Stunde später starrte er völlig entgeistert auf den Monitor und konnte seinen Augen nicht trauen. Was war denn das, bitte schön? Und wer war dieser Vollidiot namens Engelmacher2405? Das übertraf sogar noch die zwei Sätze auf Seite drei. Wer hatte es gewagt, seinen Engel, sein wunderbares Kunstwerk, auf eine solch widerliche, dreckige, kranke Seite zu posten? Das war ... Das war ... Ihm fehlten tatsächlich die Worte, diese ungeheuerliche Schmach zu beschreiben. Er sprang erregt auf und stapfte wütend in seinem Arbeitszimmer auf und ab, wobei er immer wieder einen Seitenblick auf das Bild warf. Er wollte es nicht, aber sein Kopf drehte sich ständig wie von selbst zur Seite. Sein erster Impuls war, sofort herauszufinden, wer das Bild dort eingestellt hatte, und dann diese Person sowie den kranken Engelmacher und den noch viel durchgeknallteren Bonebreaker aufzusuchen, um sie auf eine ganz besonders perverse Art und Weise umzubringen. Aber das war nicht sein Stil.

Er setzte sich auf den kleinen Hocker, der gegenüber von seinem Schreibtisch stand, und vergrub das Gesicht in den Händen. Irgendetwas ging hier ganz schwer schief. Die meisten Serienmörder hatten es in die Presse geschafft. Und nicht nur das: Die Journalisten verliehen den noch unbekannten Tätern in der Regel würdige Spitznamen. Theodore Kaczynski war der *Unabomber* gewesen, Thierry Paulin das *Monster von Montmartre*, Peter Sutcliffe der *Yorkshire Ripper*, und ganz besonders gelungen fand er den Beinamen *Knastpoet* für Jack Unterweger. Er hatte die Schlagzeilen schon vor sich gesehen: *Der Rosenmörder schlägt wieder zu. Wieder ein neues Opfer vom Rose-Ripper. Das Rosen-Phantom hält eine ganze Stadt in Atem.*

Und was war passiert? Nichts war passiert!

Und *er* hatte sich sogar einen Spitznamen für den Kommissar ausgedacht. Er strich sich müde und frustriert durchs Haar. Er würde seine Serie wie geplant zu Ende bringen. Es war zu gefährlich, seine gut durchdachte Strategie jetzt noch zu ändern. Sollte sich dann immer noch nichts tun, würde er sich etwas Neues ausdenken. Er stand auf und schaltete den Computer aus. Es wurde Zeit, nach Brüssel zu fahren und nach einer Brünetten Ausschau zu halten.

Das würde ihn auf andere Gedanken bringen.

81

Köln, 8. Juni

»Glaubst du, er hat den Wagen gewechselt?«, fragte Lisa, während sie nun in umgekehrter Richtung wieder über die Deutzer Brücke fuhr.

»Ich denke, er musste den Wagen wechseln. Nach der Geschichte am Fischmarkt konnte er das städtische Fahrzeug wohl kaum noch verwenden.« Lukas seufzte müde nach der durchwachten Nacht. »Und es passt zu diesem Dreckskerl. Während wir uns Gedanken machen, ob er vielleicht Kranken- oder Leichenwagen einsetzt, überrascht er uns mit einer Familienkutsche mit bunten Abziehbildchen. Der Typ ist unglaublich gerissen.«

Lisa fand ausnahmsweise auf Anhieb einen Parkplatz direkt vor ihrer Haustür. Sie stiegen in den zweiten Stock hoch und klingelten bei Bäumler.

Er öffnete nach nur wenigen Sekunden und sah sie ein wenig verwundert an. »Hi, Lisa.«

Sie lächelte ihn freundlich an. »Hallo, Jochen. Das ist mein Kollege Lukas Rosenzweig. Wir ermitteln gerade in einem Fall und müssen dir ein paar Fragen stellen. Dürfen wir reinkommen?«

Bäumler nickte, trat einen Schritt zurück und bat sie in sein Wohnzimmer. Er räumte ein paar alte Zeitungen von einem Sessel und zwei leere Dosen von dem kleinen hölzernen Couchtisch. »Kann ich euch … äh … Ihnen etwas zu trinken anbieten?«

Lukas hatte das Gefühl, dass er ihnen nur deshalb etwas anbot, weil er vermutlich in einem Fernsehkrimi gesehen hatte, dass man das so machte. Als Lisa ihm erzählt hatte, ihr Nachbar wäre ein verklemmter Computerfreak, hatte er automatisch angenommen, dass es sich um einen sehr jungen Mann handelte. Bäumler war allerdings nicht mehr jung; Lukas schätzte ihn auf Anfang bis Mitte vierzig. Ansonsten entsprach er jedoch eindeutig dem Klischee vom schüchternen Freak. Das lange karierte Hemd hing teilweise aus der viel zu tief sitzenden Schlabberjeans heraus, und sein langes blondes Haar fiel ihm immer wieder in die Augen, sodass er es ständig zurückstreichen musste, wenn er Lisa scheue, aber dennoch bewundernde Blicke zuwarf. Sie lehnten die Getränke ab und setzten sich aufs Sofa.

Bäumler nahm auf der Sesselkante Platz und rutschte dort unruhig hin und her. »Was ist denn los?«

Lisa schien einen Moment darüber nachzudenken, wie viel sie ihm verraten durfte und was sie besser für sich behielt. »Machen wir es kurz. Du erinnerst dich daran, dass ich dir vor Weihnachten meinen Wohnungsschlüssel gegeben habe, damit du meine Pflanzen gießt und die Post hereinholst.«

Bäumler nickte. »Ja, klar erinnere ich mich.«

Sie zögerte einen Moment. »Wäre es möglich, dass irgendjemand während dieser Zeit Zugang zu meinem Schlüssel hatte? Vielleicht sogar einen Nachschlüssel hat anfertigen lassen?«

»Was?« Jochen Bäumler schien ehrlich entsetzt. »Wie kommst du denn darauf?«

Lisa seufzte und warf Lukas einen kurzen Blick zu. »Wir vermuten, dass sich jemand Zugang zu meiner Wohnung verschafft hat und so an Informationen gelangt ist, die nicht für ihn bestimmt sind.« Sie hob entschuldigend die Hände. »Ich muss dir diese Fragen stellen, Jochen. Abgesehen von Schmitz bist du der Einzige, dem ich jemals meinen Schlüssel gegeben habe.«

Bäumler nickte betroffen. »Verstehe.« Er warf ihr einen gekränkten Blick zu, als er die Tragweite der Frage nun endgültig begriff. Er wirkte verletzt, als er weitersprach. »Und jetzt glaubst du, dass ich in deiner Wohnung gewesen bin, nachdem ich dir den Schlüssel zurückgegeben habe?«

Lisa seufzte. »Nein, das habe ich doch gar nicht gesagt. Ich möchte nur, dass du versuchst, dich zu erinnern, ob es irgendwem möglich gewesen wäre, einen Nachschlüssel anzufertigen.«

Bäumler schüttelte den Kopf. »Ich wüsste nicht, wie. Ich habe deinen Schlüssel nicht an meinem Bund mit mir herumgeschleppt, sondern ihn hier in der Wohnung aufbewahrt. An einem Haken direkt neben der Wohnungstür. Ich habe ihn nur mitgenommen, wenn ich deine Blumen gegossen habe, und ihn danach sofort wieder dort hingehängt.«

»Sie arbeiten zu Hause?« Lukas fand, dass er nun lange genug den schweigenden Zuhörer gespielt hatte.

Bäumler nickte, dankbar, das unangenehme Thema wechseln zu können. »Ja, ich schreibe Computerprogramme. Das mache ich hier. Allerdings bin ich auch viel unterwegs. Bei manchen Aufträgen muss ich mir die Netzwerke der Firmen genau ansehen, bevor ich ein individuell auf deren Bedürfnisse zugeschnittenes Programm schreiben kann. Und je nach Komplexität der ganzen Geschichte, installiere ich sie auch selber.«

»Haben Sie vielleicht tagsüber, wenn Lisa nicht zu Hause war, einmal etwas in der Nachbarwohnung gehört oder jemanden gesehen, der nicht hierhin gehört?«

Bäumler schüttelte den Kopf und suchte wieder Lisas Blick. »Nein, nichts. Das Einzige, was mit dir zu tun hatte, war das Paket, das ich angenommen habe.«

»Kannten Sie den Briefträger? Ich meine, war es der gleiche wie immer, oder war es ein Fremder?«

»Nein, es war kein Fremder. Ich bekomme ziemlich viel Post und auch kleinere Pakete von meinen Kunden. Daher kenne ich den Briefträger ganz gut. Ich schätze, das war auch der Grund, warum er das Paket bei mir abgegeben hat.«

Das klang alles ziemlich vernünftig und ergab Sinn. Hier würden sie nicht weiterkommen. Lukas erhob sich, und Lisa folgte seinem Beispiel.

Sie griff nach Bäumlers Arm und drückte ihn kurz. »Nimm es nicht persönlich, Jochen. Wir müssen diese Fragen stellen.« Sie schenkte ihm ein strahlendes Lächeln, das er mit einem schüchternen, unsicheren Grinsen quittierte.

Bevor er die Wohnungstür öffnete, drehte sich Lukas noch einmal um. »Ach, eine Frage hätte ich doch noch. Sagen Ihnen die Namen Marijke Veenstra, Juliette Moullard, Manuela Sanchez und Kimberly Crane etwas?«

Bäumler sah ihn entgeistert an. »Wer soll das sein?«

Lukas zuckte die Achseln. »Schon gut, war nur so eine Frage.«

Es war kurz vor halb eins, als sie ins Treppenhaus traten, wo ihnen eine Mischung aus den unterschiedlichsten Essensgerüchen entgegenschlug.

Lisa rümpfte die Nase. »Gut, dass ich sonst um die Mittagszeit nicht zu Hause bin.« Sie ging vor Lukas die Stufen hinab und drehte sich nach einigen Augenblicken kurz zu ihm um. »Ich habe ja gleich gesagt, dass wir Bäumler vergessen können. Oder glaubst du, dass dieser schräge Typ auch nur im Entferntesten einen so ausgeklügelten Plan aushecken könnte?«

Lukas schüttelte den Kopf, besann sich dann aber eines Besseren. »Na ja, er scheint sich zumindest sehr ausgeklügelte Computerprogramme ausdenken zu können.«

Lisa verdrehte die Augen. »Was ihn natürlich sofort zu einem thanatopraktisch begabten Serientäter macht, der ein richtig gutes Händchen für Make-up bei Frauen hat.«

Lukas brauchte dies nicht zu kommentieren, da sein Handy klingelte. Es war ihr Kollege in Frankreich.

»Deveraux ist wieder aufgetaucht.« Mankowskis Stimme klang freudig erregt.

»Wann?«

»Vor etwa einer halben Stunde ist er einfach so in sein Büro stolziert, als wäre er nie weg gewesen. Die französischen Kollegen sind schon unterwegs zu ihm, um herauszufinden, wo er gewesen ist.«

»Gut, halt mich auf dem Laufenden.«

Er berichtete Lisa schnell von der Neuigkeit, bevor sie an Hausmeister Schmitz' Tür klingelten. Der Mann, der ihnen öffnete, war um die siebzig, hatte trotz seines Alters volles, allerdings schlohweißes Haar, das ihm ein wenig wirr vom Kopf abstand. Er stützte sich auf einen Gehstock, der mit einem kleinen Metallschild verziert war, auf dem das Wappen von Köln prangte.

»Frau Voigt, was kann ich für Sie tun?«, erkundigte er sich.

»Hallo, Herr Schmitz. Wir hätten da ein paar Fragen zu meinen Wohnungsschlüsseln.«

Eine knappe Stunde später waren sie wieder in ihrem Büro. Der alte Hausmeister war keine große Hilfe gewesen. Er hatte ihnen den Schlüsselkasten in seiner Diele gezeigt, wo er alle Zweitschlüssel der insgesamt acht Wohnungen im Haus aufbewahrte. Ja, es konnte vorkommen, dass er seine Wohnungstür nur angelehnt ließ, wenn ihn kurz jemand um etwas bat oder er mal gerade schnell bei jemandem vorbeischaute. »Kurz« und »schnell« waren sehr dehnbare Begriffe, wenn man das Tempo in Betracht zog, mit dem sich der alte Mann an seinem Stock fortbewegte. Theoretisch hätte jeder Mieter, jeder Besucher und sogar der Briefträger einen der Schlüssel »mal gerade schnell« ausborgen können.

Am späteren Nachmittag kam Guido Reuther vorbei, um über die Befragung von Gabriel Haussmann alias Engelmacher2405 zu berichten. »Ich denke, den könnt ihr von eurer Liste streichen. Die Bremer Kollegen sagen zwar, dass ihnen selten ein schrägerer Vogel in die Arme gelaufen ist, aber mit den Morden kann er nichts zu tun haben. Zum einen war er seit gestern Mittag auf dem Revier, was bedeutet, dass er die letzte Leiche definitiv nicht abgelegt haben kann. Zum anderen haben die Computerspezialisten außer seinen Kommentaren zu Sanchez' Foto keine Verbindung zu etwas gefunden, das mit dem Serientäter in Köln zu tun haben könnte.« Er schluckte trocken. »Dafür sind sie aber auf Tausende von Bildern gestoßen, von denen ihr weiß Gott nicht wissen wollt, was drauf ist. Aber wie ihr selber schon gesagt habt, ist euer Täter mit Sicherheit nicht stolz darauf, auf dieser Seite gelandet zu sein.«

Lukas und seine Partnerin seufzten einstimmig. »Also auch eine Sackgasse.«

Reuther nickte, verabschiedete sich und marschierte dann gleich weiter in Brigitte Kleibers Büro.

Kurz darauf steckte Daniel van der Mühlen seinen Kopf durch die Tür. »Hi, wie sieht es bei euch aus?«

Lukas starrte ihn missmutig an. »Frag nicht. Wir rennen heute von einer Sackgasse in die andere, und unser letztes Opfer ist auch noch die Tochter eines kanadischen Generalstaatsanwalts. Viel schlimmer konnte es eigentlich nicht mehr kommen.« Er rieb sich müde die Augen. »Hast du etwas für uns?«

Der Rechtsmediziner schüttelte den Kopf. »Nein, nichts Weltbewegendes jedenfalls. Alles wie bei den ersten drei Opfern, abgesehen von der Tatsache, dass jedes Organ diesmal nur mit einem einzelnen präzisen Stich perforiert wurde.«

Lisa setzte sich sofort wie elektrisiert auf. »Das nennst du nichts Weltbewegendes?«

Man konnte sie allerdings kaum verstehen, da Lukas mit der Hand auf den Schreibtisch hieb und ein lautes »Scheiße« von sich gab.

Daniel sah von einem zum anderen, dann dämmerte es ihm langsam. »Ihr glaubt … oh ja, natürlich glaubt ihr das.« Er schüttelte den Kopf. »Tut mir leid, so habe ich das noch gar nicht betrachtet. Ich schätze, ich war einfach zu abgelenkt, weil ich während der gesamten Obduktion Lisas neues Parfum unter der Nase hatte.«

82

Köln, 9. Juni

Entsetzt legte er die Zeitung neben sich auf den Stuhl und trank einen Schluck Kaffee, den ihm der Kellner des Hotels Agrippina gebracht hatte. Mittlerweile wäre er froh gewesen, wenn diese Schwachköpfe gar nichts geschrieben hätten. Die unvollständigen, verdrehten und missverstandenen Wahrheiten, die sich jetzt vor ihm ausbreiteten, waren entwürdigender als jedes Desinteresse.

Wie es schien, hatte dieser Behrend die Sache nun doch endlich ins Rollen gebracht, sich aber nicht getraut, seinen Maulkorb komplett abzustreifen. *Drei Frauenleichen an Kölner Brunnen.* Mein Gott, es waren doch insgesamt vier. Er hatte ihnen vier Engel präsentiert, nicht nur drei. Dann fiel ihm plötzlich ein, dass er den Journalisten über die kleine Holländerin nicht informiert hatte. Das bedeutete allerdings auch, dass der Schreiberling sich da selber etwas zusammengeschustert hatte, ohne auch nur die geringsten Informationen von der Polizei erhalten zu haben. In dem Artikel wurde noch erwähnt, dass die Frauen unbekleidet waren. Und wer in der Lage war, zwischen den Zeilen zu lesen, konnte in Erfahrung bringen, dass ein Serientäter nicht ausgeschlossen werden konnte. Wo waren die Kirchen? Wo die Rosen? Wo das Maculotoxin? Es war so erbärmlich. Alles in allem war es nur ein schwacher Abglanz einer Titelstory, den man da in Behrends Käseblatt veröffentlicht hatte – und der natürlich nicht auf der ersten Seite stand.

Auch die ersten Boulevardzeitungen hatten von der Geschichte Wind bekommen. Er wusste nicht, ob er ihre Schlagzeilen als mutiger oder ganz simpel nur als vorlauter deuten sollte: *Serientäter in der Stadt?* Oder: *Ungeklärte Frauenmorde in Köln* ... Aber auch bei diesen Gazetten musste man erst ein paar Seiten umblättern, bevor man auf dieses armselige Geschreibsel stieß. Zwei Jahre harte Arbeit – und dann das!

Er hatte die perfekte Mordserie begangen, und die Polizei würde ihn niemals fassen. Hatte das nicht ein wenig mehr Applaus verdient?

Er ließ die letzte Zeitung sinken und dachte an seine Engel. Jeder einzelne war ein perfektes Kunstwerk gewesen. Und alles, was blieb, waren ein paar müde Worte in der Presse und ein Foto auf einer Snuff- oder Gore-Seite – oder wie auch immer das hieß – im Internet. Er runzelte die Stirn. Dieser durchgedrehte Engelmacher hatte ja im Gegensatz zu den Journalisten wenigstens noch erkannt, dass es sich um einen Engel handelte.

Er trank den Kaffee aus und dachte angestrengt nach. So konnte das nicht stehen bleiben. Er konnte es nicht zulassen, dass es so endete. Immerhin hatte er jetzt genügend Erfahrung und auch schon eine grobe Idee. Er rief nach dem Kellner und bat um die Rechnung. Obwohl es noch recht früh am Morgen war, schien die Sonne schon kraftvoll auf die Sonnenterrasse des Hotels Agrippina. Nachdem er gezahlt hatte, warf er noch einen langen Blick auf die gigantische Kathedrale. Dann stand er auf und machte sich auf den Weg nach Hause.

Er hatte einen Plan auszuarbeiten.

83

Köln, 9. Juni

Im Laufe des Vormittags wurde Lukas Rosenzweig in Baumgartners Büro zitiert. Schneider stiefelte dort wie ein wütender Stier auf und ab, während Baumgartner hinter seinem Schreibtisch saß und mit einem vorsichtigen Kopfnicken auf einen Stapel Zeitungen deutete. Das verhieß nichts Gutes.

Der Kriminaldirektor blieb unmittelbar vor Lukas stehen, verschränkte die Arme und legte den Kopf leicht schräg. »Und, Herr Kommissar? Heute Morgen bei einem gemütlichen Frühstück schon ein wenig in den Zeitungen geblättert?«

Lukas verkniff es sich, einen fragenden Blick in Baumgartners Richtung zu werfen, sondern bemühte sich um eine geradezu stoische Ruhe. »Nein, Herr Kriminaldirektor, dazu fehlte es mir leider an Zeit.«

»Oder vielleicht Frühstücksfernsehen gesehen oder unterwegs Radio gehört?«

Lukas wusste, dass seine morgendlichen Gewohnheiten auch Schneider halbwegs bekannt waren. Dem Kriminaldirektor dürfte nicht entgangen sein, dass Lukas mit dem Motorrad zur Arbeit fuhr und deshalb auch kein Autoradio hörte. Und ein Frühstücksfernsehen-Typ war er nun wirklich nicht. Er hatte keine Ahnung, worauf der Mann hinauswollte, weshalb er sich mit einem knappen »Nein« als Erwiderung begnügte.

Das war wohl die falsche Antwort gewesen, denn Schneider explodierte: »Sagen Sie, Rosenzweig, wollen Sie mich verarschen? Ihr kleiner Journalistenfreund bringt die Geschichte, und Sie halten es nicht einmal für nötig, mich rechtzeitig darüber zu informieren?«

Lukas fiel siedend heiß ein, dass er es in dem allgemeinen Chaos völlig verschwitzt hatte, den Journalisten anzurufen. »Hören Sie, Herr Schneider, wundert es Sie tatsächlich, dass nach vier Leichen ein Artikel in der Presse erscheint? Der Täter hat Behrend eine SMS geschickt, und zwei Mal hat sich mein sogenannter Journalistenfreund trotz Pressefreiheit –«

»Ach, halten Sie den Mund, Rosenzweig. Sie haben ja keine Ahnung, wovon Sie reden.« Der Kriminaldirektor griff nach dem Stapel Zeitungen und drückte Sie Lukas unwirsch vor die Brust, der sie rasch mit beiden Händen festhielt, damit sie nicht zu Boden fielen. »Lokale und überregionale Blätter haben über die Leichen berichtet, und ich bin deshalb gezwungen, heute Nachmittag eine Pressekonferenz abzuhalten. Bürgermeister und Kardinal sind mehr als ungehalten, dass der von Ihnen, Herr Kriminalhauptkommissar, angeforderte Einsatz auf so unfassbare Weise schiefgegangen ist. Ich habe Ihnen meine volle Unterstützung gegeben, und Sie übersehen einen Brunnen an Ihrem Hauptziel, dem Dom! Wie soll ich das irgendwem erklären, ohne dass die Kölner Polizei wie ein Haufen Volltrottel dasteht?«

Lukas ließ die Zeitungen, die er immer noch in den Händen hielt, auf einen Stuhl fallen und zuckte völlig ungewollt und automatisch mit den Achseln. »Schieben Sie die Schuld auf mich, das habe ich Ihnen gestern schon gesagt.«

Schneiders Gesichtsfarbe nahm einen beunruhigend violetten Ton an. »Mein Gott, Sie kapieren immer noch nicht, in was für einer Situation wir uns hier befinden. Nicht nur, dass unsere Stadt zu einem Abladeplatz für Frauenleichen aus ganz Europa geworden ist … Nein, in zwei Stunden wird der Generalstaatsanwalt von Québec mitsamt dem kanadischen Botschafter hier eintreffen und wissen wollen, was wir zu tun gedenken, um den Mord an seiner Tochter aufzuklären. Das Ganze weitet sich zu einer internationalen Affäre aus, in deren Mittelpunkt die Unfähigkeit der Kölner Polizei steht!«

Als Lukas in sein Büro zurückkehrte, war Lisa nicht mehr da. Er war froh darüber, allein zu sein, und hätte am liebsten die Tür von innen abgeschlossen. Am liebsten hätte er sich jetzt ein paar Stunden verkrochen und seine brennenden Wunden geleckt. Zwar mochte er Schneider nicht, hatte ihm innerlich aber bei jedem Wort zustimmen müssen. Er hatte auf ganzer Linie versagt. Sie waren so dicht daran gewesen, den Täter zu fassen, und nur seine eigene grenzenlose Dummheit hatte sie daran gehindert. Der Täter hatte die Leiche keine zweihundert Meter von ihm entfernt abgelegt – und er hatte nichts davon bemerkt! Es war unfassbar!

Während er verzweifelt durchs Büro wanderte, bemerkte er die kleine Notiz, die Lisa ihm auf den Schreibtisch gelegt hatte. Darauf teilte sie ihm mit, dass der Kern der Mordkommission im Konferenzraum vier auf ihn wartete: im Salon der – inzwischen vier – schönen Toten, wie er in Gedanken hinzufügte. Er erinnerte sich, dass sie Neuberg gestern Abend noch angerufen und ihm die jüngsten Neuigkeiten mitgeteilt hatten. Er hatte sich bereit erklärt, am heutigen Morgen ins Präsidium zu kommen.

Lukas stöhnte auf. Er musste sich jetzt am Riemen reißen. Wenn er noch länger nachdachte und grübelte, würde das Selbstmitleid, das er selber an sich hasste, von ihm Besitz ergreifen, genauso wie nach Alex' Weggang. Das durfte er nicht zulassen.

»Tut mir leid, ich wurde aufgehalten.« Lukas setzte sich neben Lisa und warf Neuberg einen fragenden Blick zu. »Und, was halten Sie davon?«

Der Psychologe lächelte ein wenig gönnerhaft. »Sie fangen an, mir zu imponieren, Herr Hauptkommissar. Falls Sie irgendwann keine Lust mehr auf normale Polizeiarbeit haben, sollten Sie sich überlegen, ob Sie nicht eine Laufbahn als Profiler einschlagen wollen.«

Im Gegensatz zu seinen Kollegen konnte Lukas über diesen nett gemeinten Scherz nicht lachen. Wenn er Schneiders Kritik richtig deutete, hing seine Karriere momentan nur noch an einem seidenen Faden. »Nein, ganz im Ernst, was halten Sie von den nur noch einzelnen Perforationen bei der letzten Leiche?«

»Ich denke genau wie Sie, dass er fertig ist«, antwortete der Psychologe. »Es wird in vierundzwanzig Tagen keine neue Leiche geben.«

Lisa nickte zustimmend. »Das heißt, dass Sie mit Ihrer Theorie, dass sein Kick die perfekte Mordserie sein könnte, recht haben und wir keine weiteren Anhaltspunkte für unsere Ermittlungen bekommen werden.« Sie seufzte. »So froh ich auch bin, dass wir keine neuen Opfer zu erwarten haben, so schlimm ist es, dass wir nichts mehr über ihn erfahren werden.«

Auch Lukas nickte, allerdings gingen seine Gedanken noch einen Schritt weiter. Das war nicht bloß schlimm, sondern ein regelrechtes Desaster. Schneider würde, ohne mit der Wimper zu zucken, seine Laufbahn beenden.

»Ja und nein«, sagte Neuberg plötzlich. Er sonnte sich in den erstaunt fragenden Blicken und warf einen genüsslichen Blick in die Runde, bevor er weitersprach. »Ja, ich bin davon überzeugt, dass die Serie ihr Ende gefunden hat. Dafür sprechen die soeben erwähnten Perforierungen, die nun nicht mehr verbesserungsfähig sind. Das wird durch die Tatsache untermauert, dass sich quasi ein Kreis geschlossen hat: Sowohl das erste als auch das letzte Opfer wurden praktisch am gleichen Ort abgelegt.«

Das war nichts Neues, fuhr es Lukas durch den Kopf. So weit waren sie auch ohne psychologische Unterstützung gekommen. Der Täter hatte sie verhöhnt und ihm, Lukas, mit diesem Akt ganz deutlich vor Augen geführt, wie unfähig er als Ermittler war.

»Trotzdem glaube ich nicht, dass Sie nichts mehr von diesem

Täter hören werden«, erklärte der Profiler, beugte sich zur Seite und zog etwas aus seiner Aktentasche. Mit einer schwungvollen Geste warf er ein paar Tageszeitungen auf den Tisch.

Lukas schloss kurz die Augen. Nicht schon wieder.

»Haben Sie die gelesen?«, fragte Neuberg, und ein Teil der Beamten nickte, der andere Teil schüttelte den Kopf. »Was in diesen Artikeln steht, wird unseren Täter nicht erfreuen. Selbst jemand, der so emotionslos ist wie dieser Mann, wird sich darüber ärgern.«

»Was steht denn da genau?«, wollte Peters wissen, der nach einer der Zeitungen griff und suchend darin herumblätterte.

Lukas war dankbar für diese Worte, denn es ersparte ihm die Peinlichkeit, diese Frage selbst stellen zu müssen. Trotz der heißen Diskussion mit Schneider hatte er noch immer keine Ahnung, was die Presse eigentlich gedruckt hatte.

»Nicht viel«, antwortete der Profiler. »Und genau das ist der Punkt. Die Quintessenz des Ganzen ist, dass in Köln drei unbekleidete Frauenleichen gefunden wurden und man einen Serientäter nicht ausschließen könnte. Das war's.«

»Wieso drei?«, rief Peters verwundert. »Es waren doch vier Leichen.«

»Der Täter hat Behrend erst bei der zweiten Leiche involviert«, erklärte Lukas. »Von der ersten wusste er nichts. Ich schätze mal, die anderen Zeitungen haben das übernommen, was die letzten Augenzeugen am Dom und Behrend ihnen mitgeteilt haben, und sind vielleicht noch Hinweisen nachgegangen, die in der eigenen Redaktion nach der Leiche am Fischmarkt eingegangen sind.«

»Richtig«, stimmte Neuberg ihm zu. »Aber in den Artikeln steht nichts über die wichtigsten Fakten der Mordserie. Die Brunnen werden erwähnt, nicht aber die Kirchen. Kein Wort über die Rose, die thanatopraktische Behandlung oder das Make-up. Alle Charakteristika, die diese Leichen aus Tätersicht zu etwas Besonderem machen, wurden nicht einmal angedeutet.« Er beugte sich vor und sah den Beamten nacheinander eindringlich in die Augen. »Überlegen Sie doch mal. Sie planen seit geraumer Zeit, aus welchen Gründen auch immer, die perfekte Mordserie. Wir sind uns alle einig, dass er sogar sehr akribisch geplant hat. Bei seinen Vorbereitungen hat er sich mit Serienmördern beschäftigt. Er wusste von den Souvenirs, davon, dass ein solcher Täter mit der Zeit dazulernt, und hat versucht, noch weitere Stereotypen in seine Inszenierung einzubauen. Nach den ersten drei Morden wird er einfach ignoriert, und nach dem letzten findet er ein paar falsche und verdrehte Halbwahrheiten auf Seite drei oder vier. Dass muss ihn maßlos ärgern. Andere Serientäter haben wochenlang die Titelseiten der großen Tageszeitungen in ihrem Land geziert. Es wurden Bücher über sie geschrieben und sogar Filme gedreht. Auch wenn das Gefühlsleben unseres Mannes ziemlich unterentwickelt ist, wird er erwarten, dass seine Intelligenz und Raffinesse gebührend gewürdigt wird. Und genau das ist bisher nicht geschehen.«

»Und jetzt glauben Sie, dass er irgendetwas unternehmen wird, was das ändern könnte?«, fragte Reimann, der bisher auffallend still gewesen war.

Neuberg sah ihm direkt in die Augen. »Hat er das nicht bereits getan?«

»Wie meinen Sie das?«

Der Psychologe löste seinen Blick von dem Beamten und sah zu Lisa hinüber.

Die sah ihn einen Augenblick lang an, bevor sie erbleichte. »Sie glauben, dass er meinen Eltern oder mir etwas antun wird?«

»Nein.« Neuberg schüttelte den Kopf. »Ich kann natürlich nichts restlos ausschließen, dazu habe ich zu wenige Informationen über den Täter, aber ich halte es für unwahrscheinlich, dass er es in irgendeiner Form auf ihre Eltern abgesehen haben könnte.«

»Warum sind Sie sich da so sicher?«, wollte Lisa wissen.

»Weil er sich von Anfang an auf Sie eingeschossen hatte. Das Paket hat er nur aus Norderstedt abgeschickt, weil es Sie umso mehr treffen würde, wenn der Absender Ihrer Mutter darauf steht. Er weiß, welches Parfum sie tragen, sogar wenn Sie sich ein neues kaufen. Er hat es fertiggebracht, an ein Haar von Ihnen zu gelangen. Er will Ihnen zeigen, dass er alles über Sie weiß. Wie nah er Ihnen kommen kann in seiner grenzenlosen Überlegenheit.«

Lisa hatte zwar wieder ein wenig mehr Farbe im Gesicht, blickte aber alles andere als fröhlich drein. »Aber warum gerade ich? Warum nicht Lukas oder einer der anderen Kollegen?«

Neubergs Lächeln drückte eine derartige intellektuelle Selbstverliebtheit aus, dass Lukas ihm am liebsten eine Ohrfeige verpasst hätte.

»Wann haben Sie das letzte Mal in den Spiegel geschaut?«, erwiderte der Psychologe.

84

Köln, 9. Juni

Er würde seinen Plan zügig in die Tat umsetzen.

Das entsprach zwar nicht seiner sonstigen Vorgehensweise, aber er war sich sicher, dass in diesem Fall Schnelligkeit von Vorteil war. Zum einen waren die vier Leichen noch frisch im Gedächtnis derer, die davon wussten, und zum anderen hatte er so den Überraschungseffekt auf seiner Seite. Außerdem wollte er das Ergebnis, das bei der ganzen Geschichte herauskommen würde, gerne vierundzwanzig Tage nach dem letzten Leichenfund der Öffentlichkeit präsentieren. Also musste er sich sputen.

Er überlegte einen Augenblick, beschloss, sich selbst ein wenig unter Druck zu setzen, und führte das Telefonat zuerst. Es verlief zu seiner absoluten Zufriedenheit. Zehn Uhr am nächsten Morgen.

Er packte ein paar Sachen zusammen und begab sich in das Industriegebiet. In einer Ecke seines Lagers gab es einen abgetrennten Raum, an den auch die Toilette grenzte. Um auf alles vorbereitet zu sein, hatte er gleich nach der Anmietung dort ein schlichtes Bett mit einem Stahlrahmen sowie einen kleinen Kühlschrank, einen Tisch mit einem Stuhl und eine kleine Kochplatte aufgestellt. Für das, was nun kam, musste er ein paar Veränderungen an der Einrichtung vornehmen. Er überprüfte ganz genau, was er benötigte, und machte sich dann auf den Weg. Da er sich in einem Industriegebiet aufhielt, gab es gleich mehrere Baumärkte in der Nähe. Er teilte seine Einkäufe auf und zahlte wie üblich in bar.

Zwei Stunden später war er schon wieder zurück und begann mit der eigentlichen Arbeit. Er war froh darüber, dass er keine zwei linken Hände hatte, sondern handwerklich recht geschickt war. Das ermöglichte ihm, autark zu agieren. Bald schon arbeitete er wie ein Besessener. Ihm blieb schließlich nicht viel Zeit. Während seine Hände sich fast wie von allein bewegten, ging er im Kopf seinen Plan immer wieder in allen Einzelheiten durch und untersuchte ihn auf mögliche Schwachstellen. Er hasste diesen Zeitdruck, aber sein Erfolg hing jetzt davon ab, dass er möglichst schnell handelte.

Er musste etwas unternehmen, damit seine virtuos ausgeführte Mordserie nicht einfach so im luftleeren Raum verpuffte. Das hatte sie nicht verdient. Als er mit seinem Werk zufrieden war, fuhr er noch einmal zum Einkaufen. Diesmal waren es Lebensmittel.

Nachdem er sie in seinem Kühlschrank verstaut hatte, machte er sich auf den Weg zu Rosenkommissars hübscher Partnerin.

85

Köln, 9. Juni

»Glaubst du, dass er recht hat?«, fragte Lisa ihren Partner mit einer für ihn unfassbaren Gelassenheit.

»Er hat so viel gesagt – was genau meinst du?«

»Dass es dem Täter wirklich um mich geht und nicht um meine Eltern.«

Aha, das war es also, dachte Lukas. Er hätte es eigentlich gleich erkennen müssen und merkte, dass sie dies gerne glauben wollte, weil es das Leben für sie so viel einfacher machte. Um sich selbst machte sie sich wie üblich keinerlei Gedanken, deshalb war sie so gelassen. »Ja, Neuberg wird mir zwar langsam wieder unsympathischer, aber was er sagt, hat Hand und Fuß.« Er seufzte. »Lisa, der Streifenwagen steht immer noch bei deinen Eltern, und da lassen wir ihn auch, bis die Sache ausgestanden ist.« Das konnte er ihr zweifelsfrei versprechen. Baumgartner hatte es ihm zugesagt, ganz egal, was Schneider mit ihm, Lukas, auch zukünftig anstellen würde. »Aber jetzt wird es Zeit, dass wir uns ein bisschen um dich kümmern.«

Sie warf ihm einen genervten Blick zu. »Und was stellst du dir unter ›kümmern‹ so vor?«

»Daniel hat die größte Wohnung von uns dreien. Ab heute werden wir bei ihm wohnen.« Sie sah ihn an, als hätte er ihr gerade eröffnet, dass alle Polizeiautos von nun an pink lackiert werden sollten.

»Das ist jetzt nicht dein Ernst, oder?«

Doch Lukas' Gesichtsausdruck ließ keine Zweifel offen.

»Weiß Daniel das schon?«

»Nein, aber er wird überhaupt kein Problem damit haben.«

Lisa ärgerte sich ein wenig über seine Äußerung. Musste er ihr ständig vor Augen führen, dass er Daniel weitaus besser und länger kannte als sie? Sie wusste, dass er recht hatte, aber sie fühlte sich einfach übergangen. Führten sie jetzt so eine Art Beziehung zu dritt?

Da sie schwieg, fuhr Lukas fort: »Hey, ich will dich hier nicht bevormunden, aber du lässt mir keine andere Wahl. Du lehnst Polizeischutz weiterhin ab, und so bleibt mir nur, auf andere Weise für deine Sicherheit zu sorgen. Daniel ist weder Polizist, noch trägt er eine Waffe. Deshalb kann ich es nicht verantworten, dich mit ihm alleine zu lassen. Die einzige Alternative wäre, dass du in nächster Zeit zu mir ziehst, aber ich denke, dass es dir besser gefällt, wenn wir zu dritt bei Daniel wohnen. Also, was ist? Rufst du ihn an, oder soll ich es tun?«

Sie seufzte, gab sich jedoch geschlagen. »Nein, nein, ist schon gut, ich rufe ihn an.«

Der Rest des Tages verlief schleppend. Mankowski ging wie üblich nicht ans Telefon, was Lukas' Laune auch nicht gerade verbesserte. Also blieb ihm nichts anderes übrig, als sich Gedanken zu machen. Gedanken darüber, ob er tatsächlich alles getan hatte, um für Lisas Sicherheit zu sorgen – und natürlich auch Gedanken um seine eigene berufliche Zukunft. Er hatte schon als kleiner Junge Polizist werden wollen, und seit er es war, hatte das Morddezernat immer den größten Reiz auf ihn ausgeübt.

Irgendwann blickte er immer häufiger auf seine Uhr. Er wusste, dass Schneider gemeinsam mit Generalstaatsanwalt Crane in der Rechtsmedizin war. Das hatte er von Daniel erfahren. Der würde ihm vermutlich heute Abend mehr darüber erzählen können, wie Crane zu der ganzen Sache stand. Danach erst würde die Pressekonferenz stattfinden. Er blickte auf und sah, dass Reimann vor seinem Schreibtisch stand. Lukas hatte keine Ahnung, wie lange schon.

»Ich wollte dich nicht so unsanft aus deinen Tagträumereien wecken.«

»Hättest du aber besser getan, es sind im Moment sowieso nur Albträume. Was gibt es denn?«

»Das BKA hat uns weitere Informationen über das Mädchen geschickt. Kimberly Crane.« Reimann machte eine kleine Pause und grinste. »Also, das muss ein ziemliches Früchtchen gewesen sein.«

»Inwiefern?«

»Na ja, die Kleine war wohl ein hübsches Partyluder. Ständig wechselnde Beziehungen, Drogen und Alkohol. Crane ist eine hoch angesehene Persönlichkeit in Québec und sogar darüber hinaus. Aber als Staatsanwalt macht man sich natürlich nicht nur Freunde. Daher haben sich die Paparazzi mit großer Freude auf das Mädchen gestürzt, und nach einer Party konnte Crane häufig am übernächsten Morgen in der Presse nachlesen, was seine Tochter mal wieder getrieben hatte. Er und seine Frau haben sich dann für das Studentenaustauschprogramm entschieden, um Kimberly von ihrer Clique zu trennen, die, wie ihre Eltern fanden, einen schlechten Einfluss auf sie hatte. Das Ehepaar Crane hoffte darauf, dass sich ihre Tochter in Europa wieder fängt, und wie es schien, ging der Plan tatsächlich auf.« Reimann grinste ein wenig süffisant. »Das Ganze hatte natürlich den erfreulichen Nebeneffekt, dass Mr. und Mrs. Crane ihre Tochter nicht nur den Freunden mit dem schlechten Einfluss, sondern gleichzeitig auch der regionalen Presse entziehen konnten.«

»Verstehe.« Unwillkürlich musste Lukas lächeln. Er begann wieder über die alte Hypothese nachzudenken, dass eine Serie einen einzelnen speziellen Mord durchaus vertuschen könnte – auch wenn Neubergs Täterprofil dies eigentlich ausschloss.

Kurz nach Dienstschluss machte sich Lisa zusammen mit Lukas in ihrem alten Alfa auf den Weg zu ihrer Wohnung. Sie wollte dort ein paar Sachen für die nächsten Tage zusammenpacken. Das Gleiche wollte Lukas danach in seiner Wohnung tun, bevor sie sich bei Daniel häuslich einrichteten.

Lisa schloss die Tür auf und betrat dicht gefolgt von Lukas ihre Wohnung. Sie blieb so abrupt stehen, dass er förmlich in sie hineinrannte. Dann erstarrte auch er und versuchte zu begreifen, was er da erblickte. Er konnte dank seiner Größe problemlos über Lisa hinwegsehen. Die stieß einen erstickten Schrei aus und stolperte in Richtung Wohnzimmer.

Überall im Raum befanden sich Blumen. Genauer gesagt: Rosen. Rote Rosen. Auf jeder verfügbaren Fläche auf dem Boden, auf dem Tisch und den Regalen standen schlichte Glasvasen mit langstieligen roten Rosen. Es mussten Hunderte sein.

Lisa stieß ihren Partner regelrecht brutal zur Seite, als sie aus dem Raum stürmte und die Tür zu ihrem Schlafzimmer öffnete. Rosen. Unendlich viele Rosen. Überall. Und Küche, Bad und Arbeitszimmer boten den gleichen Anblick. Die beiden begegneten sich wieder in der Diele, und Lukas konnte seine Kollegin gerade noch festhalten, bevor sie zu Boden sank.

Er schob sie aus der Wohnung und klingelte bei Bäumler. Vergeblich – der war offenbar nicht da. Also trug er sie die Stufen hinunter, packte sie irgendwie ins Auto und fuhr, so schnell es der Verkehr zuließ, in die Südstadt. Er parkte recht unkonventionell vor Daniels Haustür und führte seine Partnerin in dessen Wohnung. Es bedurfte nicht vieler Worte, seinem Freund zu erklären, was vorgefallen war. Daniel kümmerte sich um Lisa, und Lukas verzog sich in die Küche, um zu telefonieren. Er wusste nicht, welche Befugnisse er noch hatte, seitdem er auf Schneiders schwarzer Liste stand. Daher rief er Baumgartner an. Er erklärte ihm, was vorgefallen war und was nun getan werden sollte. Lukas traten fast die Tränen in die Augen, als sein direkter Vorgesetzter, Freund und Vaterersatz keine Fragen stellte, sondern ganz ruhig bestätigte, dass er alles in die Wege leiten würde.

Fünfzehn Minuten später stand ein ziviler Streifenwagen vor der Tür. Lukas, der nun deutlich beruhigter war, konnte sich jetzt endlich in Lisas altem Alfa und mit ihren Schlüsseln auf den Weg zu ihrer Wohnung machen. Möller und sein KTU-Team warteten schon dort. Lukas ließ sie hinein, und nach einem weiteren vergeblichen Versuch bei Bäumler klingelte er bei Schmitz. Der alte Mann hatte weder etwas gesehen noch gehört. Erst danach fuhr Lukas zu seiner Wohnung, packte seine Sachen ein und kehrte zu Daniel zurück.

Lukas betrachtete Lisa, die es sich in einer Ecke von Daniels großer Couch gemütlich gemacht hatte. Irgendwie sah sie genauso winzig aus wie an dem Abend, als sie das Paket mit der Decke erhalten hatte. Das Haar hing ihr offen über die Schultern, und sie hatte das Kostüm gegen ein sanft fallendes Sommerkleid in Blau, Türkis und cremefarbenen Tönen getauscht. Offensichtlich wurden inzwischen einige ihrer Kleidungsstücke bei Daniel aufbewahrt.

Im Unterschied zu ihrem Aussehen, das sie brav und verletzlich wirken ließ, klang ihre Stimme hart und unerbittlich. »Es ist unsere einzige Chance! Wenn in meiner Wohnung keine verwertbaren Spuren gefunden werden, ist es die einzige Möglichkeit!«

Die beiden Männer warfen sich einen Blick zu, der mehr als tausend Worte sagte. Trotzdem schwiegen sie weiterhin.

»Aus irgendeinem unverständlichen Grund zeigt dieser Typ Interesse an mir. Wenn er seine Mordserie tatsächlich beendet hat, führt der einzige Weg zu ihm über mich.« Sie schien sich mit diesem Gedanken regelrecht anzufreunden. Seit Neuberg sie davon überzeugt hatte, dass ihren Eltern keine Gefahr drohte, war sie wieder ganz die Alte und zu jedem Risiko bereit. »Wenn ich mich hier bei Daniel verstecke und du, Lukas, auch noch den Bodyguard spielst, kommt er aber nicht mehr an mich heran. Ich sollte so schnell wie möglich zurück in meine Wohnung.«

»Lisa, bitte mach mal halblang.« Lukas hob die Hand zu einer Geste, die beschwichtigend wirken sollte, doch eher das Gegenteil zur Folge hatte, denn Lisa schüttelte daraufhin den Kopf. Dennoch sprach er unbeirrt weiter, weil er sich geschworen hatte, ihr niemals mehr Informationen zu verschweigen. »Wenn die KTU mit deiner Wohnung fertig ist, werden die Techniker in jedem Zimmer Kameras und Mikrophone installieren. Glaub mir, da willst du in nächster Zeit nicht wohnen. Es wird auch eine Kamera im Bad und im Schlafzimmer angebracht.«

Lisa schnappte nach Luft, besann sich dann aber und sah ein, dass es wohl die beste Lösung war. Sie ließ die Schultern ein wenig entmutigt sinken. »Ja, ist wahrscheinlich besser so.« Sie seufzte ergeben. »Er war ja bisher auch nur dann in meiner Wohnung, wenn ich bei der Arbeit war.«

»Eben.« Lukas nickte. »Außerdem wissen wir nicht, was passiert, wenn die Presse jetzt doch über die Morde berichtet. Vielleicht waren die Rosen einfach nur ein Zeichen seiner Wut, und wenn er jetzt genügend öffentliche Aufmerksamkeit erhält, wird er sich vielleicht nicht mehr bei dir melden. Haben sie eigentlich heute Abend schon etwas im Fernsehen gebracht?«

Daniel schüttelte den Kopf und griff nach der Fernbedienung des großen Flachbildschirms, der an der Wand hing. »Ich weiß nicht. Bisher habe ich gar nicht daran gedacht, den Apparat einzuschalten.« Er zappte durch die Kanäle, fand aber nichts. »Warten wir mal die Tagesschau ab.« Er ließ das Bild zwar weiterlaufen, stellte die Lautstärke aber auf »stumm«.

»Wie ist denn dieser Crane so?« Lukas war wirklich neugierig. »Er war doch heute mit Schneider bei euch.«

Daniel ließ geräuschvoll die Luft entweichen. »Tja, stell dir einen großen, blonden amerikanischen Präsidentschaftskandidaten mitten im Wahlkampf vor, der genau weiß, wann er knallhart sein muss und wann das Zahnpasta-Lächeln besser ankommt. Ein Politiker durch und durch.«

»Und wie hat er auf seine tote Tochter reagiert – ich meine, in dem Moment, als er erstmals die Leiche gesehen hat?«, erkundigte sich Lisa.

Daniel starrte einen Moment auf den Bildschirm, ohne jedoch die dort gezeigten Geschehnisse bewusst wahrzunehmen. Er schien seine Antwort vorsichtig abzuwägen. »Sehr gefasst. Er war wirklich außerordentlich gefasst, auch wenn ich das Gefühl hatte, dass er die Zähne ziemlich fest zusammenbeißen musste.« Er hob entschuldigend die Hände. »Aber wie gesagt, er ist ein Politiker, wie er im Buche steht.«

»Hat er irgendetwas gesagt? Oder Schneider?«, wollte Lukas wissen, der zu gerne dabei gewesen wäre.

»Nein, Crane hat mich sehr freundlich, Schneider nur sehr kurz begrüßt. Danach haben sie sich Kimberly angesehen, und der Kanadier hat nur genickt. So schnell sie gekommen sind, so schnell sind sie danach auch wieder verschwunden.«

»Und wie konntest du dann erkennen, dass er durch und durch Politiker ist? Wenn er doch eigentlich nichts gesagt hat?« Lisa sah Daniel fragend an, und Lukas teilte ihre Verwunderung.

»Es war einfach seine Art. Trotz des traurigen Anlasses hat er mich mit einem strahlenden Lächeln begrüßt und mir nicht einfach die Hand geschüttelt, sondern sie gleich mit beiden Händen ergriffen, so als lauerten die Pressefotografen hinter meinem Rücken. Kaum hatten wir den Sektionsraum betreten, knipste er das Lächeln aus, nicht weil er tatsächlich Trauer verspürte, sondern weil es einfach angemessener war. Der einzig wirklich ehrliche Moment in meinen Augen war der, als ich das Tuch zurückgeschlagen habe. Ich konnte sehen, dass er die Zähne zusammenbeißen musste. Trotzdem war er gefasst. Ich habe sie danach hinausbegleitet, und an der Tür wurde das Lächeln wieder eingeschaltet. Nicht so strahlend, ein bisschen wehmütig vielleicht.«

Lukas nickte. »Verstehe. An dieser Front also auch nicht wirklich etwas Neues.«

Sie bestellten Pizza und blieben weiterhin vor dem Fernseher hocken, während sie aßen. Ein paar Minuten nach acht wurden sie für ihre Ausdauer belohnt.

Der Nachrichtensprecher berichtete kurz und knapp über die Morde: Es seien vier Frauenleichen in Köln gefunden worden. Die Polizei kenne ihre Identitäten, wolle diese aus ermittlungstechnischen Gründen aber noch nicht veröffentlichen. Man bräuchte keine Sorge zu haben, dass weitere Morde geschähen; darauf wiesen klare Indizien hin. Deshalb könne auch nicht von einer Serie die Rede sein. Es handele sich hier vielmehr um eine versuchte Vertuschung eines Einzelmords an einer kanadischen Staatsangehörigen, und die Polizei verfolge verschiedene Spuren.

Das war's. Sie sahen sich alle drei fassungslos an und konnten kaum glauben, was sie da gerade vernommen hatten.

»Das darf doch nicht wahr sein.« Lukas war aufgesprungen und raufte sich wütend mit beiden Händen sein viel zu langes Haar. »Was hat denn der Idiot an die Presse weitergegeben? Will Schneider den Täter geradezu herausfordern? Der Typ wird doch fuchsteufelswild, wenn der das hört.« Er schüttelte noch immer ungläubig den Kopf.

Lisa beugte sich stirnrunzelnd nach vorn. Auch sie wirkte wie vor den Kopf geschlagen. »Luke, ich glaube, du hast ein echtes Problem.«

Er sah sie zweifelnd an. »Ach, ist das was Neues?«

»Nein, ehrlich. Schneider hat sich da ganz elegant aus der Affäre gezogen. Dem Kölner Klüngel zeigt er mit seiner Erklärung, dass er alles unter Kontrolle hat, das Motiv für die Verbrechen kennt und den Schwarzen Peter sogar ganz weit weg von der Stadt schieben kann, nämlich nach Kanada. Oder zweifelt hier jemand daran, dass er dem *Director of Public Prosecution* erklärt hat, seine Tochter müsse das eigentliche Opfer der Kölner Frauenmorde gewesen sein? Drogen, Alkohol, Partys – und dann ein Vater, der für Recht und Gesetz strahlend in der Öffentlichkeit steht. Mit der Geschichte hat er sowohl den Bürgermeister als auch den Kardinal beruhigt, die Stadt aus dem Mittelpunkt des Geschehens gezogen und dem kanadischen Generalstaatsanwalt den Wind aus den Segeln genommen. Und sollte alles schiefgehen und das Ganze einen unvorhergesehenen Ausgang nehmen, hat er immer noch dich als Sündenbock. Schließlich warst du bis vor ein paar Tagen noch der größte Verfechter der Theorie, dass eine Serie einen einzelnen Mord vertuscht. Weiß Schneider überhaupt, dass du deine Meinung in diesem Punkt geändert hast?« Sie stand auf und begann, die Pizza-Kartons zusammenzuräumen. Plötzlich blieb sie stehen und schüttelte den Kopf. »Ist auch egal, es war im Prinzip das Einzige, was er sagen konnte, um vor allen in einem guten Licht dazustehen. Vermutlich trinkt er gerade mit dem Bürgermeister ein Bier, und der gratuliert ihm zu der gelungenen Pressekonferenz, mit der Schneider heldenhaft dazu beigetragen hat, eine Massenhysterie in Köln zu vermeiden.«

Lukas schnaufte. »Und im Hinterkopf plant er schon meine Versetzung in irgendein gottverlassenes Dorf in der Eifel oder im Bergischen Land, wenn wir den Täter nicht bald finden.«

86

Köln, 10. Juni

Am nächsten Morgen brauchte Lukas einen Moment, um sich zurechtzufinden. Sofort nach dem Erwachen hörte er Stimmen, und es drang, was noch viel merkwürdiger war, ein verführerischer Kaffeeduft in seine Nase. Er setzte sich auf, und sogleich wurde ihm bewusst, dass er sich in Daniels modern eingerichtetem Gästezimmer befand. Es war nicht die erste Nacht, die er hier verbracht hatte. Er ging kurz in das angrenzende kleine Bad, bevor er sich anzog und dem Duft der gerösteten Bohnen folgte.

Lisa und Daniel saßen an der Küchentheke und unterhielten sich leise. Als er Lukas bemerkte, raunte Daniel seiner Freundin noch schnell etwas ins Ohr, bevor er aufstand und sich an der Kaffeemaschine zu schaffen machte. Kurz darauf reichte er Lukas eine Tasse Kaffee – nur mit Zucker, keine Milch.

Lukas trank einen Schluck. »Mhhh, schon besser.« Dann blickte er zu Lisa. »Was hat er dir da gerade zugeflüstert?«

Sie grinste. »Dass ich mich hüten soll, das Wort an dich zu richten, bevor du deinen ersten Kaffee getrunken hast.«

»Kluger Junge, unser Doktor.«

Sie grinste erneut. »Darf ich jetzt, obwohl es erst ein Schluck war …?«

Lukas nickte gönnerhaft.

Lisa deutete an sich hinab. »Ich habe zwar ein paar legere Klamotten hier, aber nichts fürs Büro. Ich würde gerne nach Hause fahren, mich umziehen und endgültig ein paar Sachen zusammenpacken.«

Erst jetzt bemerkte Lukas, dass seine Kollegin wieder ein langes, locker fallendes Sommerkleid trug, allerdings ein anderes als gestern Abend. Es war zwar auch in Blautönen gehalten, aber deutlich dunkler. »Klar, aber das mit dem Umziehen würde ich mir an deiner Stelle noch gründlich überlegen. Vielleicht sitzt Möller ja an den Überwachungsmonitoren.«

Sie hatte Glück. Die Techniker hatten gerade erst angefangen, die Kameras zu installieren, und so waren Schlafzimmer und Bad noch gefahrlos zu betreten. Also zog sie sich rasch um, band ihr Haar zu einem Knoten und packte ihre Sachen. Sie sah es Lukas an, dass er sich schwer zusammenreißen musste, als er gleich zwei große Koffer zum Auto schleppen sollte.

Im Präsidium angekommen, sprachen sie als Erstes mit Möller. »Also, wer auch immer das getan hat …«, erklärte er, »der hat sich echt nicht lumpen lassen. Der muss wirklich auf dich stehen, Grace.«

Lisa verdrehte die Augen. »Kannst du bitte etwas deutlicher werden?«

»Fünfhundert rote Rosen.«

Sie zuckte mit den Achseln. »Uns ist doch vorher schon klar gewesen, dass er sich um Geld keine Gedanken machen muss. Habt ihr Spuren gefunden?«

Möller schüttelte resigniert den Kopf. »Nein, der Typ ist wirklich ein Ass. Wir haben nichts gefunden. Wahrscheinlich hat er in der Diele eine Folie ausgerollt, die Rosen und die Vasen hereingeschleppt, dann alles dort schön arrangiert und später in den Zimmern verteilt. Zum Schluss hat er die Folie mit den abgerissenen Blättern und dem Bindematerial zusammengerollt und wieder mitgenommen. Wir überprüfen jetzt, wo in den letzten Tagen große Mengen an Rosen gekauft wurden. Und zwar nicht nur in Köln und Umgebung, sondern auch im Grenzgebiet von Holland, weil viele Deutsche ihre Blumen dort kaufen und die Strecke nicht weit ist.«

»Was ist mit Fingerabdrücken?«

»Da haben wir natürlich jede Menge gefunden. Die von Lukas und dir sind in der Kartei, die des Hausmeisters haben wir auch abgenommen. Dein Nachbar ist allerdings bisher nicht wieder aufgetaucht. Wer war noch alles in deiner Wohnung?«

Lisa wand sich ein wenig, bevor sie antwortete: »Meine Eltern natürlich und unser Rechtsmediziner, Daniel van der Mühlen.« Möller verzog das Gesicht zu einem süffisanten Grinsen, während sie weitersprach. »Bäumler, also mein Nachbar, ist oft beruflich unterwegs. Aber ich habe seine Handynummer. Ich rufe ihn an.«

»Was habt ihr sonst noch?«, wollte Lukas wissen. »Irgendwelche Spuren am Türschloss?«

»Nein, nichts. Die Tür ist garantiert mit einem Schlüssel geöffnet worden. Keine Kratzer, alles blütenrein. Buchstäblich, sozusagen.« Da niemand über seinen Witz lachte, verzog er sich sogleich.

Lukas besuchte anschließend Baumgartner in dessen Büro. Der wirkte nach wie vor übermüdet und grau im Gesicht.

Bevor Lukas etwas sagen konnte, hob sein Vorgesetzter abwehrend die Hand. »Ich weiß, Schneider hätte das niemals sagen dürfen ... Aber mal umgekehrt gefragt: Was hätte er sonst sagen sollen? Die Wahrheit?«

Lukas ließ sich in einen Stuhl fallen und rieb sich die Augen. »Ich weiß es nicht. Aber auch wenn unser lieber Kriminaldirektor damit die gesamte nationale und internationale Prominenz ruhiggestellt hat – eine Sache hat er leider übersehen.«

»Ist mir schon klar. Gestern wart ihr euch sicher, dass die Serie beendet ist. Nach den jüngsten Medienberichten könnte sich das wieder ändern.«

Lukas fuhr auf. »Warum kann dieses Arschloch nicht mit uns zusammenarbeiten? In anderen Präsidien setzt man sich zusammen und überlegt, was der Presse mitgeteilt wird und was nicht. Schneider jedoch macht das alles im Alleingang, und wenn etwas schiefgeht, sucht er sich einen Sündenbock. Wie soll das gutgehen?«

87

Köln, 10. Juni

Alexandra Wagner war hochzufrieden. Seit der Zusammenarbeit mit der Werbeagentur, in der Miriam arbeitete, hatte sie eine feste berufliche Basis und einen guten Namen in der Branche, sodass ihr nun Aufträge zuflossen, von denen sie früher nur hatte träumen können. Noch ein weiteres Jahr mit so hohen Einkünften, und sie beide wären in der Lage, sich tatsächlich ein eigenes Haus in einem hübschen Stadtteil zu leisten. Junkersdorf vielleicht oder Lindenthal. Marienburg hingegen fand sie einfach zu versnobt. Egal, sie war auf jeden Fall auf dem richtigen Weg.

Als es klingelte, streifte sie sich rasch eine dünne Jacke über und griff nach ihrem Laptop, dann rannte sie nach unten. Ihr neuer Auftraggeber holte sie ab, um ihr die Räumlichkeiten eines Bestattungsinstituts in Köln zu zeigen. So etwas war nicht ungewöhnlich. Ausländische Kunden, die eine Filiale in Deutschland gründeten, zeigten ihr häufiger die Gegebenheiten vor Ort, damit sie die vorhandenen Broschüren in angepasster Form übersetzen konnte.

Als sie vor die Haustür trat, winkte er ihr lässig zu, und sie war froh, dass er an einem dunkelblauen SUV lehnte und nicht an einem Leichenwagen. Sie ging auf ihn zu und begrüßte ihn freundlich auf Französisch. Er half ihr galant in den Wagen, und sie fuhren los.

Kaum saß sie in dem Wagen, spürte sie, dass etwas nicht stimmte; allerdings hatte sie keine Ahnung, was es war. Er fuhr konzentriert, sah nur hin und wieder zu ihr hinüber, betrieb höfliche Konversation und schwärmte von dem neuen Institut.

Sie warf einen Blick auf den Rücksitz, und das ungute Gefühl verstärkte sich, doch sie konnte noch immer nicht ausmachen, woran es lag. Etwas verunsichert starrte sie aus dem Fenster. Auch jetzt verspürte sie eine Unruhe, und immer häufiger kam ihr der Gedanke: *Ich muss hier raus!* Vorsichtig warf sie einen Blick über die rechte Schulter. Ihre Augen glitten an dem Fenster entlang und blieben an einem dunklen Gegenstand an der hinteren Scheibe hängen. Dort hing ein Jackett. Warum zum Teufel beunruhigte sie das? Eine anthrazitfarbene Jacke, aus feinster Wolle gewebt. Was war so Furcht einflößend daran?

Sie hatte keine Ahnung, aber immer noch das gleiche ungute Gefühl. Er plauderte fröhlich vor sich hin; und sie schwieg und versuchte weiterhin zu begreifen, was hier nicht stimmte. Sie rieb sich die Augen mit der rechten Hand und glitt weiter hinunter, den Nasenrücken entlang.

Und dann wusste sie es plötzlich.

Die Erinnerung flutete wie ein Tsunami über sie hinweg. *Courant mystérieux!* Das Jackett roch nach *Courant mystérieux!*

Sie war versucht, panisch zu reagieren und ihn anzubrüllen, aber sogleich dachte sie daran, dass sie acht Jahre lang die Lebenspartnerin eines Kriminalhauptkommissars des Morddezernats gewesen war. Daher zwang sie sich, ruhig zu bleiben. Sie kramte ihr Handy aus der Tasche und warf einen gespielt verblüfften Blick darauf.

Dann wandte sie sich an ihren Auftraggeber. »Monsieur Dupont, könnten wir vielleicht kurz anhalten? Ich habe einen wichtigen Anruf aus London verpasst, den ich unbedingt beantworten muss. Also … wenn es Ihnen nicht allzu viel ausmacht …?«

»Aber nein, warten Sie, ich suche nur nach einem geeigneten Platz zum Parken.«

Sie fuhren gerade über die Dürener Straße stadtauswärts. Den Militärring hatten sie schon überquert. Unmittelbar vor der Autobahnbrücke bog er rechts ab. Alexandra sah Felder auf der rechten Seite, die erhöhte A 4 auf der linken. Danach waren auch links nur noch Felder. Schließlich stoppte er den Wagen, und sie griff erleichtert nach dem Türgriff.

Nur raus hier.

Doch die Tür ließ sich nicht öffnen. Sie wandte sich zu ihm um und sah in sein amüsiert grinsendes Gesicht. Er hob den linken Arm. Verschwommen nahm sie ein Tuch wahr, und danach war nur noch Dunkelheit um sie herum.

Abgrundtiefe Schwärze.

88

Köln, 10. Juni

Lukas saß mit Lisa im Büro und besprach mit ihr das weitere Vorgehen. Auch wenn er es sich nur ungern eingestand – er wollte unbedingt wissen, was Neuberg von den letzten Entwicklungen in ihrem Fall hielt. Vorher musste er jedoch noch ein paar andere Dinge in die Wege leiten.

»Ich denke, wir sollten wie folgt vorgehen«, sagte er zu Lisa. »Zuerst müssen wir Mankowski an die Strippe bekommen. Ich will wissen, ob er herausgefunden hat, wo sich Deveraux aufhielt, als er von der Bildfläche verschwand. Dann muss Reimann her. Dank Schneider …« Er schnaubte verbittert und schüttelte den Kopf. »Dank Schneider müssen wir jetzt unbedingt alles über Crane und sein Umfeld herausfinden. Wir müssen hundertprozentig ausschließen können, dass es sich nicht doch um eine Mordserie handelt, die dazu gedacht gewesen ist, die Tötung von Kimberly Crane zu vertuschen. Solange Mankowski noch in Paris ist, muss sich Reimann darum kümmern und den Kontakt zum BKA halten.«

Lisa nickte und warf einen Blick in ihre eigenen Notizen. »Um meine Wohnung müssen wir uns keine Sorgen mehr machen, die wird elektronisch bewacht. Aber ich habe ein ungutes Gefühl, die Suche nach den Rosen-Einkäufen allein der KTU zu überlassen. Fünfhundert Rosen bekommt man in keinem Blumenladen. Entweder hat er sie irgendwo bestellt, oder er hat ziemlich viele Läden abgeklappert.«

Lukas nickte. »Sehe ich auch so. Darum sollen sich Kleiber und Hansen kümmern.« Er seufzte. »Ich werde wohl auch nicht darum herumkommen, Behrend anzurufen, obwohl ich keine

Lust dazu habe.« Er stand auf, ging zur Tür und drehte sich auf der Schwelle noch einmal zu Lisa um. »Versuch bitte, Mankowski zu erreichen, ich rede mit Kleiber und Reimann. Wenn ich wiederkomme, rufen wir Neuberg an. Er hat uns erst gestern gesagt, dass wir noch etwas von unserem Täter hören werden. Ich bin gespannt, was ihm zu den fünfhundert Rosen so alles einfällt.«

Eine halbe Stunde später kehrte er zurück. »Und, etwas Neues von Deveraux?«

Lisa nickte. »Das kann man wohl sagen. Als Tatverdächtigen können wir ihn streichen.«

»Ganz sicher?«

»Ja, ganz sicher.« Sie grinste. »Er hat sich heimlich davongemacht, weil er eine Affäre mit einer in Paris recht prominenten Dame hat, die noch dazu um einige Jahre jünger ist als er.«

»Ach, und wer ist diese Dame?«

»Nun ja, er wollte den Namen erst nicht preisgeben, daher mussten unsere Kollegen sich wieder einmal mit seinen Winkeladvokaten herumschlagen. Aber irgendwann hat er klein beigegeben. Es hat nur ein wenig länger gedauert.«

»Und wer ist es nun?«

Lisa feixte erneut. »Die Tochter des Bürgermeisters ... Gerade erst dreiundzwanzig geworden.«

Nun überzog auch Lukas' Gesicht ein breites Grinsen. »Verstehe.«

»Mankowski hat die Beamten begleitet, die mit ihr gesprochen haben. Sie hat Deveraux' Aussagen bestätigt – und ihr Vater ebenfalls, obwohl er alles andere als erfreut ist über die ganze Geschichte. Deveraux hat also ein hieb- und stichfestes Alibi. Mankowski ist jetzt schon auf dem Weg zum Flughafen. Er kommt mit dem nächsten Flieger zurück.«

»Das ist gut. Reimann gibt sich zwar echt Mühe, aber als Kontaktmann zum BKA hat er einfach nicht den richtigen Draht.

Kleiber war nicht am Platz, aber wenn Mankowski zurück ist, würde ich sowieso lieber Reimann mit den Recherchen zum Blumenkauf betrauen. Er macht sich bestimmt gut als Rosenkavalier.« Lukas ließ sich in seinen Schreibtischstuhl fallen und griff nach dem Hörer. »So, jetzt Neuberg.«

»Wolltest du nicht erst Behrend anrufen?«, merkte Lisa an.

Er warf ihr einen unglücklichen Blick zu. »Ja, du hast ja recht. Aber das wird nicht nett werden.« Seufzend wählte er die Telefonnummer des Journalisten.

Sogleich tönte ihm Markus Behrends Stimme lautstark entgegen. »Endlich! Ich habe schon mehrfach versucht, dich seit dieser unsäglichen Nacht zu erreichen, aber du ignorierst mich einfach!«

»Das ist ja wunderbar. Aber es wäre besser gewesen, wenn du unser Gespräch abgewartet hättest, anstatt diese Halbwahrheiten in deiner Zeitung zu verbreiten. Was glaubst du eigentlich, was hier los ist?«

»Was glaubst du eigentlich, was *hier* los ist? Da stehen zig Leute um die Leiche herum, und du redest nicht ein einziges Wort mit mir. Mein Chefredakteur sitzt mir im Nacken, seit ich ihm geschworen habe, dass ich die Story exklusiv bringen kann, und dann erfährt die Konkurrenz von den Frauenmorden. Ich musste irgendetwas schreiben. Ich weiß selber, dass es nur *irgendetwas* war, weil ich von dir – von euch – keine Unterstützung bekommen habe. Ich war sogar noch fair genug, manche Punkte, wie die Rose zum Beispiel, nicht zu erwähnen. Ich hatte wirklich gedacht, ich könnte mich auf dich verlassen, aber langsam komme ich mir verarscht vor. Beim vorletzten Mord fahre ich Trottel dich noch in die Rechtsmedizin, halte meinen Mund – und dann das!«

Lukas seufzte. »Ich kann ja verstehen, dass das nicht ganz einfach für dich ist. Aber du weißt aus der Vergangenheit, dass ich keine Spielchen mit dir treibe. Ich kann dir im Moment auch noch nichts sagen, doch ich gebe dir einen guten Rat: Glaub nicht alles, was im Fernsehen gezeigt wird. Halte dich zurück, bis ich offen mit dir sprechen kann. Und ich werde zuerst mit dir reden.«

Die beiden beendeten das Telefonat und verabschiedeten sich voneinander.

Anschließend lehnte sich Lukas seufzend in seinem Stuhl zurück. »Eigentlich müssen wir ihm echt dankbar sein, dass er diverse Details unter den Tisch gekehrt hat. Hätte er alles geschrieben, was er weiß, hätte Schneider sich eine ganz andere Geschichte ausdenken müssen, und ich wäre wahrscheinlich gar nicht mehr hier. Erinnere mich daran, Markus mal richtig teuer zum Essen einzuladen.«

Lisa lachte und warf ihrem Kollegen einen fast schon liebevollen Blick zu. «Hey, er wird schon seine Gründe haben, warum er dir vertraut und sich deshalb so zurückhält. Lass dir von Schneider nicht den Tag versauen. Wir kriegen den Kerl schon. Ruf jetzt Neuberg an.«

Lukas hatte den Psychologen sofort am Apparat. Doch Neuberg erklärte ihm, er bräuchte noch ein wenig Zeit, um eine fundierte Beurteilung der »Rosenaktion« abgeben zu können.

Nur wenige Augenblicke später betrat Brigitte Kleiber das Büro. »Du hast mich gesucht?«

Lukas blickte auf. »Ja, ähm, ich wollte da etwas mit Hansen und dir besprechen.«

»Sorry, ich war gerade in Deutz, hab es vorher nicht geschafft. Du wolltest doch, dass ich dieses *Courant mystérieux* besorge.«

Das hatte er völlig vergessen. So viel war seit Alex' Anruf passiert. »Oh, ja danke. Der Rest hat sich vorerst eigentlich erledigt.«

Kleiber sah ihn etwas argwöhnisch an. Dann stellte sie eine weiß-blaue Verpackung vor ihm ab und verließ ohne ein weiteres Wort das Büro.

Lukas ergriff die Kartonschachtel, öffnete sie und zog das Parfumfläschchen heraus. Ein halbtransparenter, dunkelblauer, gebogener Flakon, der eine recht hohe, schlanke Form besaß und ein Wellenmuster aufwies, kam zum Vorschein. Lukas sprühte sich ein wenig auf sein Handgelenk, bevor er das Parfum an Lisa weiterreichte. »Kennst du das Zeug?«

Sie besprühte ein Stück Papier und hielt es sich unter die Nase. Und dann noch einmal. Und ein drittes Mal.

»Ja, ich habe das schon mal irgendwo gerochen.« Sie zögerte und wedelte mit dem Papier vor ihrem Gesicht herum. »Ich weiß nur nicht, wann und wo.«

89

Köln, 10. Juni

Er hatte es sofort gespürt. Sie war arglos aus dem Haus getreten und in seinen Wagen gestiegen, der nun nicht mehr von Tierbildern am Fenster geziert wurde. Trotzdem hatte sie irgendwann merkwürdig reagiert. Er wusste nicht, warum, aber er war vorbereitet gewesen. Dennoch fragte er sich immer wieder: Was hatte ihn verraten?

Er hatte keine Ahnung. Sie mit dem Chloroform zu überwältigen war kein Problem gewesen. Er hatte ein mit dem Betäubungsmittel getränktes Tuch in eine Plastiktüte gesteckt und diese im Ablagefach der Fahrertür deponiert. Mit nur wenigen Handgriffen holte er dann das präparierte Tuch heraus und hielt es der Frau über Mund und Nase. Es wirkte tatsächlich innerhalb von Sekunden.

Nun lag sie auf dem Bett, mit einem Knebel aus dem Sexshop im Mund, und ihre Hände und Füße waren an den Bettpfosten gefesselt. Sie schlief relativ lange, obwohl er darauf geachtet hatte, nicht allzu viel Chloroform zu nehmen.

Er saß einfach nur da und betrachtete seine Gefangene. Sie also hatte Rosenkommissar wegen einer anderen Frau verlassen. Und zwar wegen einer ziemlich unattraktiven Frau. Warum nur? Rosenkommissar war von großer Statur und recht gutaussehend. Diese Erhard konnte man hingegen nur als hässlich bezeichnen, und sie hatte in seinen Augen keinerlei Ausstrahlung.

Doch Alexandra war eine echte Schönheit. Mit ihren langen schwarzen Locken und ihrer durchscheinenden Haut war sie ein wirkliches Schneewittchen. Ob Rosenkommissar das je in ihr gesehen hatte? Sie rührte sich langsam, und ihre Augenlider flatterten. Dann sah sie ihn an und fiel gleich wieder zurück in den Schlaf. Aber einige Minuten später erwachte sie erneut.

Sie blickte ihn verwirrt an, dann – als die Erinnerung zurückkehrte – riss sie panisch die Augen auf und zerrte an ihren Fesseln. Sie versuchte zu schreien, aber es drang nur ein gedämpftes Wimmern durch den Knebel.

Er machte eine besänftigende Handbewegung. »Ganz ruhig, ich werde Ihnen nichts tun, wenn Sie sich an ein paar einfache Regeln halten.«

Sie sah ihn finster an und schaffte es, sich aufzusetzen, während sie weiter an den Nylonseilen zog.

Aha, sie war also eine Kämpferin. Das gefiel ihm. »Sie können, so lange Sie wollen, daran herumzerren, doch es wird ihnen nicht viel bringen. Die Seile sind absolut reißfest und hitzebeständig. Die Manschetten sind aus stabilem, aber dennoch flexiblem Kunststoff gefertigt und außerdem zu ihrer eigenen Sicherheit ...« – er hielt kurz inne und lächelte – »... und zu ihrem Wohlbefinden gepolstert.« Er machte einen Schritt auf das Bett zu. »Ich kann verstehen, dass der Knebel sehr unangenehm für Sie sein muss. Damit kommen wir auch gleich zu Regel Nummer eins. Kein Geschrei. Wenn Sie ein braves Mädchen sind, nehme ich Ihnen den Knebel ab.« Er deutete auf die Wände, die mit einem speziellen Schaumstoff verkleidet waren. »Der Raum ist schallisoliert. Ich habe keinerlei Befürchtung, dass man Sie draußen hören kann, aber ich mag einfach keinen Lärm. Also, werden Sie den Mund halten, wenn ich Ihnen den Knebel abnehme?«

Sie nickte.

Das Bett stand mitten im Raum, sodass er problemlos von allen Seiten an den Fesseln hantieren konnte. Nun verkürzte er am Fußende die Nylonseile, damit sie nicht nach ihm treten konnte. Das Gleiche machte er mit den Handfesseln, um zu verhindern, dass sie nach ihm griff. Danach erst löste er den Knebel.

Sie schluckte ein paar Mal trocken und hustete, sagte aber

nichts. Er verlängerte die Seile wieder und setzte sich dann auf einen Stuhl außerhalb ihrer Reichweite. Ihre Augen folgten jeder seiner Bewegungen, doch sie schwieg noch immer.

»Besser?«, erkundigte er sich.

Sie antwortete nicht.

Er seufzte. »Frau Wagner, ich habe wirklich nicht vor, Ihnen etwas anzutun. Ich möchte Ihnen lediglich einen Job anbieten.«

90

Köln, 10. Juni

Lukas stürmte ins Büro. »Hat Neuberg schon zurückgerufen?«, fragte er Lisa.

Sie schüttelte den Kopf. »Nein, leider nicht.« Sie schaute auf die Uhr; es war mittlerweile schon später Nachmittag. »Soll ich es noch einmal versuchen?«

Er dachte einen Augenblick nach. »Nein, wahrscheinlich ist es besser, wenn wir warten. Ich hoffe mal, dass er auf Hochtouren an unserem Fall arbeitet und sich dann so schnell wie möglich bei uns meldet, wenn er zu irgendwelchen Erkenntnissen gekommen ist.«

Eine halbe Stunde später wurde seine Geduld belohnt.

Es klopfte, und der Psychologe stand in der Tür. »Ich dachte mir, vielleicht ist es doch von Vorteil, wenn ich persönlich vorbeikomme.« Er räumte Lukas' Helm eigenhändig vom Besucherstuhl und setzte sich.

Lukas fand, dass er irgendwie besorgt aussah.

»Ich hoffe, Sie erwarten jetzt keine genaue Analyse von mir; schließlich fehlen mir nach wie vor wichtige Informationen über den Täter. Das Einzige, was ich mit Bestimmtheit sagen kann, ist, dass dies keine spontane Aktion war.« Der Profiler sah sie beide nacheinander an, aber das sonst fast schon herablassende Lächeln fehlte. »Mir ist auch klar, dass man kein psychologisches Fachwissen benötigt, um festzustellen, dass ein Täter nicht einfach mal eben so fünfhundert Rosen in einem Laden kaufen kann, ohne aufzufallen.«

Lukas fing an, sich zu wundern. Neuberg schien heute nicht ganz er selbst zu sein.

Er machte immer noch ein beunruhigtes Gesicht, als er weitersprach. »Wir können also davon ausgehen, dass die Geschichte mit den Rosen in Frau Voigts Wohnung eindeutig geplant war, aber irgendetwas passt daran nicht so ganz zusammen.«

»Wie meinen Sie das?«, hakte Lisa nach und runzelte die Stirn. Sie schien ebenfalls Neubergs Unbehagen zu spüren.

»Nun ja, wenn alles so gelaufen wäre, wie unser Mann sich das vorgestellt hatte, wäre er jetzt auf den Titelseiten aller wichtigen Tageszeitungen und ein Star der Fernsehnachrichten. In diesem Fall wäre diese Rosenaktion stimmig. Er hat vier Morde begangen, ohne entdeckt zu werden, und als krönenden Abschluss – und vermutlich zur Steigerung seines Triumphgefühls – hätte er der Frau aus dem Ermittlerteam, auf die er sich von Anfang an eingeschossen hatte, fünfhundert Rosen zu Füßen gelegt, um die Polizei noch einmal so richtig zu verhöhnen.«

»Aber die Presse hat nicht mitgespielt«, erklärte Lukas, der zu ahnen begann, worauf der Psychologe hinauswollte. »Daher kann diese Deutung der Rosenaktion nicht stimmen.«

Neuberg nickte. »Genau.« Er zögerte. »Alles, was ich jetzt sage, ist mehr Spekulation als Wissenschaft. Es kann natürlich sein, dass der Täter so tief in seinem Gedankenraster verankert ist, dass er seinen Plan einfach durchzieht, auch wenn die Umwelt sich nicht so verhält, wie er es vorausgesehen hat.« Er hielt erneut einen Moment inne. »Das kann ich mir bei ihm aber nicht so ganz vorstellen. Dazu ist er zu intelligent. Ich denke, er hat den letzten Teil seines Plans durchgeführt, weil die damit verbundene Nachricht nicht nur als ein Ausdruck des Triumphs ausgelegt werden kann.« Er sah Lisa nun eindringlich an. »Vielmehr lässt sie sich auch als Drohung interpretieren.«

»Mein Gott, Neuberg macht einen Riesenaufstand, aber eigentlich war uns das doch vorher auch schon klar«, meinte Lisa, nachdem der Psychologe sich von ihnen verabschiedet hatte.

Lukas fand, dass sie erstaunlich gefasst war und sich ruhig ein bisschen mehr Sorgen um sich selbst machen könnte. »Tja, aber jetzt wurde unsere Vermutung von einem Profiler untermauert, was für mich heißt, dass unsere neu kreierte Dreier-WG noch eine Weile Bestand haben sollte.«

»Dagegen wehre ich mich ja auch gar nicht. Ganz im Gegenteil – komm, lass uns nach Hause fahren.« Sie grinste dabei und betonte die Wörter »nach Hause« ganz besonders. Entschlossen packte sie ihre Sachen zusammen und hängte sich ihre Handtasche über die Schulter. »Was ist, kommst du?«

Lukas grinste jetzt ebenfalls. Er brauchte nichts einzupacken, sondern griff einfach nur nach seinem Rucksack. »Hab ich irgendwas verpasst? Weißt du etwas, was ich nicht weiß?«

»Daniel kocht.«

»Daniel kocht öfter, das ist nichts Neues.«

»Ja, aber heute kocht er etwas Besonderes.«

»Und was?« Lisas Begeisterung ließ Lukas befürchten, dass ihr Freund schon wieder irgendwelche undefinierbaren Meeresfrüchte oder Schlimmeres zubereiten würde.

Aber seine Partnerin lächelte nur. »Lass dich überraschen.«

91

Köln, 10. Juni

Alexandra Wagner hatte nicht die leiseste Ahnung, wie sie in diesen Albtraum hineingeraten war. Ihr gesamter Körper fühlte sich starr an wie Eis, obwohl sie gleichzeitig meinte, dass Feuer durch ihre Adern floss.

Als er ihr diesen widerlichen Knebel aus dem Mund nahm, war sie einen Moment lang versucht zu schreien, was das Zeug hielt. Aber nach einem erneuten Blick auf die Wände und die Decke ließ sie es bleiben, denn sie hatte diese Art Verkleidung schon in Tonstudios gesehen. Sie fühlte abgrundtiefe Panik in sich aufsteigen und versuchte gleichzeitig, dagegen anzukämpfen. Ihr schossen tausend Gedanken durch den Kopf. Sie war sich sicher, dass dieser Bestatter, dieser Dupont, derselbe Mann war, den sie am Fischbrunnen gesehen hatte. Größe und Figur passten – und nachdem sie das Parfum wiedererkannt hatte, war sie davon überzeugt, dass der mutmaßliche Frauenmörder von Köln sie gefangen genommen hatte. Inzwischen glaubte sie, auch seine Stimme wiederzuerkennen. In der Zeitung hatte sie über die drei Morde gelesen und die Berichterstattung im Fernsehen gesehen.

Was wollte dieser Kerl mit ihr anstellen? Sollte sie nun Leiche Nummer vier werden? Warum war sie dann noch am Leben? Wollte er sie erst foltern oder quälen? Sie wagte nicht, weiter daran zu denken. Lukas hatte damals darauf bestanden, dass sie einen Selbstverteidigungskurs belegte. Aber was nützte das, wenn man betäubt worden war und später an Händen und Füßen gefesselt aufwachte? Sie war nur froh, dass sie ihre Bekleidung noch trug. Die dünne Jacke hatte er ihr zwar ausgezogen, aber nicht Jeans, T-Shirt und Unterwäsche.

Trotz ihrer ungeheuerlichen Angst versuchte sie, weiter darüber nachzudenken, was Luke ihr beigebracht hatte für den Fall, dass sie einmal in eine bedrohliche Lage geraten sollte. Reden. Es war das Erste, das ihr einfiel. Solange sie ein Gespräch in Gang halten konnte, würde er ihr nichts tun. Und sie konnte Zeit schinden. Sie schrak auf, als ihr bewusst wurde, dass der Kerl gerade mit ihr gesprochen hatte. Was hatte er da gerade gesagt?

»Wie bitte?« Ihre Stimme war brüchig, weil ihr Mund aufgrund des Knebels noch immer so trocken war.

»Ich sagte, ich wollte ihnen eigentlich nur einen Job anbieten.«

»Oh, ich dachte, Sie hätten mir schon längst einen Job angeboten; deshalb habe ich mich ja bereit erklärt, mir Ihr neues Bestattungsinstitut anzusehen. In unserem ersten Gespräch war aber weder von Betäubung noch von Fesseln die Rede gewesen.« Sie hatte keine Ahnung, woher sie den Mut nahm, so aufmüpfig zu sein, aber im Moment fiel ihr nichts anderes ein, um das Gespräch aufrechtzuerhalten.

»Ihr Humor gefällt mir, Frau Wagner, wir werden uns bestimmt gut verstehen. Möchten Sie vielleicht einen Schluck Wasser?«

Sie wollte nichts mehr als das. Ihr Hals fühlte sich an wie eine fünftausend Jahre alte Papyrusrolle, aber das mochte sie nicht zugeben. »Nein, danke. Sagen Sie mir doch einfach, was Sie von mir wollen.«

Er stand auf, ging gemächlich zum Kühlschrank und holte eine kleine Flasche Evian heraus. Dann drehte er langsam den Verschluss auf, setzte die Flasche an die Lippen und begann, genüsslich zu trinken.

Sie wäre ihm in diesem Moment am liebsten an die Gurgel gegangen. Aber da sie aufgrund der Fesseln dazu nicht in der Lage war, verkniff sie sich auch jeden Kommentar.

Er nahm noch einen weiteren Schluck, bevor er sich gemächlich zu ihr umdrehte. »Ich biete ihnen einen Job an, der sie in die

Geschichte Deutschlands eingehen lassen wird. Nicht so etwas Langweiliges wie die Übersetzung einer Broschüre, in der die Dienstleistungen eines Bestattungsinstituts präsentiert werden.«

»Könnten Sie vielleicht etwas konkreter werden?« Sie war selbst erstaunt, wie fest ihre Stimme klang. Aber auch das war einer von Lukes Ratschlägen: Wer einem Gewaltverbrecher gegenüberstand, sollte so selbstsicher wie möglich reden, um ihm zu signalisieren, dass man kein bereitwilliges Opfer war.

Ihr Peiniger trank noch einen weiteren Schluck, drehte dann den Verschluss der Flasche in aller Gemütsruhe zu und stellte sie wieder in den Kühlschrank. »Sind Sie sicher, dass Sie nichts trinken möchten?«

Jede Faser ihres Körpers verlangte nach einem Schluck Wasser, aber sie versuchte, es irgendwie zu ignorieren. »Mich würde viel mehr interessieren, was es mit diesem Job auf sich hat.«

Er wandte sich ihr gemächlich zu und setzte sich langsam wieder auf den Stuhl. »Gut, reden wir darüber.«

92

Köln, 10. Juni

Das Abendessen war hervorragend gewesen. Daniel hatte sich mit seinem Lammkarree selbst übertroffen. Zu dritt hatten sie auf dem Balkon gegessen und dabei die späten Sonnenstrahlen genossen.

Jetzt lag Lukas auf dem Bett im Gästezimmer und zappte durch die verschiedenen Sky-Kanäle. Zuhause hatte er kein Pay-TV, und da er nicht wusste, was er sonst tun sollte, sah er sich an, was dort geboten wurde. Reimann hatte recht. Überall gab es Krimi-Serien, und Lukas wurde mit der Zeit richtig neidisch auf die Filmhelden. Da war zum Beispiel *Navy CIS*. Warum mussten sie sich mit so einem grobschlächtigen Möller herumschlagen, während Gibbs sich ständig von dieser hübschen, wenn auch etwas schrägen Abby aufmuntern lassen konnte? Oder *Criminal Minds*. Dieser Dr. Reid erschien ihm trotz seiner Jugend kompetenter und weniger herablassend als Neuberg. Ein wenig übereifrig vielleicht. Er überlegte gerade, wie sich sein Freund Daniel als unkonventioneller Ermittler à la Dr. Jordan Cavanaugh in *Crossing Jordan* machen würde, als sein Telefon klingelte. Die Nummer, die auf dem Display angezeigt wurde, sagte ihm nichts, und schon beschlich ihn ein merkwürdiges Gefühl.

»Rosenzweig.«

»Hey Lukas, hier ist Miriam.«

Das hatte gerade noch gefehlt. Was wollte denn die blöde Kuh von ihm?

»Du … Lexi ist verschwunden.«

Er hörte, was sie sagte, doch es dauerte einen langen, unwirklichen Moment, bis er die Bedeutung verstand. Er setzte sich abrupt auf. »Was meinst du mit ›verschwunden‹?«

»Sie ist einfach weg, nicht da – wie auch immer du es bezeichnen willst. Unauffindbar. Geht nicht an ihr Handy. Ich kann sie nicht erreichen.« Miriams Stimme klang beunruhigt.

Lukas hielt nun nichts mehr auf dem Bett. Er sprang auf und marschierte erregt durch den Raum. »Seit wann ist sie verschwunden? Was genau ist passiert?«

»Sie hatte heute Morgen einen Termin mit einem neuen Kunden. Um zehn, soweit ich weiß. Am Nachmittag wollte sie bei uns in der Agentur vorbeikommen, um eine Übersetzung abzuliefern. Heute war endgültige Deadline, und sie wusste, dass wir darauf gewartet haben. Sie ist aber nicht erschienen, und das passt überhaupt nicht zu ihr. Sie ist sonst absolut zuverlässig. Als ich nach Hause kam, war sie auch nicht da. Ich habe zig Mal versucht, sie zu erreichen, aber ihr Handy ist ausgeschaltet. Wir hatten Karten für ein Krimi-Dinner heute Abend. Sie hat sich schon seit Wochen darauf gefreut. Das hätte sie nie und nimmer freiwillig sausen lassen. Da stimmt etwas nicht.« Bei den letzten Sätzen überschlug sich Miriams Stimme fast.

So hatte er sie noch nie erlebt. Auch bei ihm selbst löste die Nachricht körperliche Symptome aus: Er spürte, wie sein Blut durch seine Adern raste, und bekam kaum noch Luft – als ob er plötzlich in einem Vakuum schwebte, in dem es unmöglich war zu atmen.

»Ich weiß, ich weiß«, fuhr Miriam fort, »normalerweise unternimmt die Polizei erst nach vierundzwanzig Stunden etwas, zumindest sagen sie das immer im Fernsehen. Aber ich dachte … wenn wir schon einen Kommissar kennen … rufe ich dich lieber direkt an …« Sie klang jetzt wirklich verzweifelt.

Lukas kämpfte sich durch die dicke Watteschicht, die ihn zu umgeben schien, und riss sich endlich zusammen. »Ja, das hast du richtig gemacht. Was ist das für ein neuer Kunde?«

»Ich weiß auch nicht so genau. Irgendein französischer Bestattungsunternehmer, der in Köln eine Filiale aufbauen will. Mehr hat sie darüber nicht gesagt.«

Bei den zwei Wörtern »französischer Bestattungsunternehmer« gefror Lukas das Blut in den Adern. Das konnte kein Zufall sein. »Hör zu! Schau nach, ob du in Alex' Unterlagen etwas finden kannst. Einen Namen, eine Telefonnummer, irgendetwas. Ich komme so schnell wie möglich zu dir.«

Er wusste nicht, was hinter der verschlossenen Schlafzimmertür gerade vor sich ging, aber darauf konnte er im Augenblick keine Rücksicht nehmen. Er klopfte an, hämmerte geradezu gegen das helle Holz. »Ich muss dringend mit euch reden. Ich geh schon mal nach unten.«

Dann ging er hinunter ins Wohnzimmer und rief Baumgartner an. Der stellte wie üblich keine Fragen, sondern versprach, unter diesen Umständen sofort eine Fahndung nach Alex in die Wege zu leiten.

Als Lisa und Daniel mit beunruhigten Mienen das Wohnzimmer betraten, erklärte er ihnen ganz sachlich, was er von Miriam erfahren hatte. Lukas hatte sich jetzt wieder gefangen, alle Gefühle in eine Schublade gepackt und abgeschlossen. Sein Hirn arbeitete auf Hochtouren, und seine Erklärungen und Vermutungen waren klar und verständlich.

Doch dann flackerte erneut eine winzige Gefühlsregung auf, als er sagte: »Lisa, ich will nicht warten, bis der zivile Streifenwagen hier vor der Tür steht, sondern sofort los. Vielleicht ...«

Sie lächelte ihn beruhigend an. »Na, das ist doch kein Problem. Mein Auto steht vor der Tür. Und ich komme natürlich mit.«

93

Köln, 10. Juni

Nachdem er dieser Alexandra Wagner gesagt hatte, was er von ihr verlangte, starrte sie ihn fassungslos mit weit aufgerissenen Augen an und schüttelte im Zeitlupentempo den Kopf.

»Wie bitte?«, fragte sie schließlich nach.

Er seufzte. »Ich dachte eigentlich, ich hätte mich klar genug ausgedrückt. Was ist an meinen Worten so schwer zu verstehen?«

Sie sah ihn noch immer ungläubig an. »Sie wollen, dass ich Ihre Lebensgeschichte aufschreibe, und deshalb entführen und fesseln Sie mich?«

»Nein, nicht meine gesamte Lebensgeschichte, sondern nur die letzten zwei Jahre.«

Ihre Miene wurde argwöhnisch. »Weshalb suchen Sie sich nicht einen Ghostwriter oder einen Autor, der Ihre Biografie schreibt?«

Er lächelte. »Das ist in diesem Fall nicht möglich. Erstens haben wir ein sehr begrenztes Zeitfenster, und zweitens ist Ihre Beziehung zu Kriminalhauptkommissar Rosenzweig nicht ganz unbedeutend.«

»Was hat Lukas damit zu tun?«

»Das ist im Augenblick unwichtig«, antwortete er. »Sie werden es im Verlauf unserer Zusammenarbeit noch früh genug erfahren.«

Nach diesen Worten zog er eine Waffe aus der Tasche. Bei der Pistole handelte es sich sinnigerweise um eine Walther PPK 9 mm, eine ehemalige Dienstwaffe der Polizei. Alexandra Wagner zuckte zusammen.

»Nein, nein, keine Sorge«, beruhigte er sie. »Wenn Sie tun, was ich sage, wird Ihnen nichts passieren. Die ist nur dazu gedacht, dass Sie nicht auf dumme Gedanken kommen.«

Er steckte die Walther wieder in die Tasche und holte aus einem kleinen Koffer weitere Fesseln, die er seiner Gefangenen anlegte: zunächst zwei gepolsterte Manschetten, die durch ein Seil miteinander verbunden waren, an die Handgelenke, dann ein anderes Manschettenpaar an die Fußknöchel. Er zog die Waffe erneut aus der Tasche und löste vorsichtig die Fesseln, die Alexandra Wagner an das Bettgestänge banden.

»So, jetzt ganz langsam aufstehen«, befahl er, entsicherte die Waffe und richtete sie auf die verängstigte Geisel. »Und dann dort rüber zu dem Tisch.«

Sie erhob sich langsam und machte vorsichtig mit den Fußfesseln ein paar Schritte. Immer wieder warf sie einen Blick über ihre Schulter und beäugte argwöhnisch die Pistole.

»Setzen.«

Sie nahm auf dem Stuhl Platz, der ebenso wie der Tisch am Boden festgeschraubt war.

Er griff nach dem Ring, der an dem Seil befestigt war, das ihre Hände miteinander verband, und klinkte ihn an der Tischkante in eine dafür vorgesehene schlossartige Vorrichtung ein. Sie ließ sich nur mit einem Schlüssel öffnen. Das Gleiche wiederholte er mit ihrer Fußfessel auf dem Boden, wobei er die Waffe stets auf die Gefangene gerichtet hielt. Als er sich wieder aufrichtete, grinste er. »So, jetzt können Sie mir nicht mehr weglaufen, haben aber trotzdem ein wenig Bewegungsfreiheit.«

»Machen Sie das mit all ihren Geschäftspartnern oder Angestellten so? Haben Sie Angst, sie könnten Ihnen sonst davonlaufen?«

Ganz schön frech, die Kleine, dachte er. Aber das war gut so. Es würde die Arbeit beschleunigen. Besser, sie machte sich hin und wieder ein wenig Luft, als dass sie wie ein verschrecktes Häschen auf dem Stuhl kauerte. Er ersparte sich eine Antwort, ging erneut zu dem Koffer und holte einen Laptop heraus. Anschließend spannte er den Computer in einen Metallrahmen, den er am Vortag auf dem Tisch befestigt hatte. Er wollte verhindern, dass sie den

Laptop vom Tisch stieß oder, noch schlimmer, damit nach ihm zu werfen versuchte.

»Aufklappen und einschalten«, befahl er.

Sie sah ihn finster an, folgte aber seiner Anweisung.

»Und jetzt öffnen sie bitte *Word*.«

Alexandra Wagner schaute ihn immer wieder misstrauisch an, führte aber auch diesen Befehl aus.

»So, und jetzt schreiben Sie ...«

»Ich bin keine Sekretärin.«

»Das weiß ich. Sie übersetzen fremdsprachige Texte ins Deutsche. Somit kennen Sie sich mit Rechtschreibung, Grammatik und Zeichensetzung aus. Das ist perfekt.«

Sie hatte die Arme trotzig vor dem Körper verschränkt, soweit ihre Fesseln das zuließen.

Die Geste sah zwar etwas unbeholfen aus, dennoch war deutlich zu erkennen, was sie ausdrücken sollte. Das Mädel gefiel ihm immer besser. »Frau Wagner, Sie können sich im Moment nicht von der Stelle rühren, und Sie wissen, dass ich eine Pistole habe. Warum machen Sie es uns beiden so schwer? Können Sie wirklich besser arbeiten, wenn ich die ganze Zeit hinter Ihnen stehe und dabei den Lauf einer Waffe auf Ihren Kopf richte? Ich fände eine Zusammenarbeit in einer weniger angespannten Atmosphäre deutlich angenehmer. Und wir wissen beide, dass Sie früher oder später doch anfangen werden zu schreiben.«

Sie sah ihn zwar immer noch etwas störrisch an, legte aber ihre Hände auf die Tastatur. »Okay, dann los.«

Er ging langsam in dem kleinen Raum auf und ab, während er diktierte. »Er war aus seiner eigenen Wohnung geflüchtet. Zwar wusste er selbst nicht so genau, wovor er eigentlich davongelaufen war, aber er hatte sie einfach nicht mehr ertragen können.«

»Stopp!«

Er wandte sich fragend zu ihr um. »Was ist denn nun schon wieder?«

Ihre Miene wirkte herausfordernd, fast schon ein wenig arrogant. »Wenn das eine Geschichte werden soll, brauchen Sie einen Titel.«

Er sah sie verblüfft an. Aber sie hatte recht. Darüber hatte er noch gar nicht nachgedacht. Er grinste. »Sehen Sie, ich wusste doch, dass unsere Zusammenarbeit fruchtbar sein würde. Eine Sekretärin hätte jetzt einfach fein brav weitergeschrieben. Sie hingegen denken mit.«

Sie seufzte. »Und wie lautet der Titel?«

Er dachte ein paar Augenblicke nach, dann überzog ein triumphierendes Lächeln sein Gesicht. »Im Schatten der Kathedrale.«

94

Köln, 11. Juni

Es war schon weit nach Mitternacht, und sie hatten immer wieder Alex' Arbeitszimmer durchsucht, aber nicht den kleinsten Hinweis gefunden.

»Das wundert mich nicht.« Miriam Erhard schüttelte frustriert den Kopf. »Sie hatte per Kurier ein paar Broschüren von dem Typen bekommen, die sie am frühen Morgen in eine Akte gepackt hat, mit allen anderen Daten. Ihre gesamten Unterlagen für den neuen Kunden wird sie zu dem Treffen mitgenommen haben. Viel war das noch nicht. Sie hatten ja erst einige wenige Gespräche geführt.«

»Und dieser Bestattungsunternehmer hat sie abgeholt?«, fragte Lukas erneut. »Sie steigt einfach so zu einem Fremden ins Auto?«

Miriam schüttelte erneut den Kopf. »Nicht einfach so, und außerdem ist sie ja kein kleines Mädchen mehr. Er ist ja kein Fremder für sie gewesen, denn sie hat ein paar Mal mit ihm telefoniert und diese gediegenen Hochglanzbroschüren von ihm zugeschickt bekommen. Dann hat er ihr angeboten, sie mitzunehmen.« Sie zuckte mit den Achseln. »Übersetzer sind keine Außendienstler, sie hat kein Auto, sondern nur das Motorrad. Klar, dass sie einfach froh über eine Mitfahrgelegenheit war. Ich weiß nicht, wo das Institut liegt, aber es ist wohl ein wenig außerhalb von Köln.«

»Und an den Namen kannst du dich wirklich nicht erinnern?«

Miriam hob hilflos die Hände. »Lexi hat ihn erwähnt, aber ich habe sie ein wenig aufgezogen, und danach hieß er bei uns nur noch der Leichenfledderer. Wir haben Witze darüber gemacht, und sie sagte noch, dass sie nun langsam aufpassen muss, damit sie ihn nicht mit ›Guten Morgen, Herr Leichenfledderer‹ begrüßt.«

Lukas blickte sie an. Er konnte es zwar kaum glauben, aber seine Todfeindin wirkte tatsächlich betroffen und fast schon ein wenig schuldbewusst.

Ein weiteres Mal überlegte er, ob sie wirklich alles durchsucht hatten. Alex' Computer hatte nichts ergeben. Es gab noch keinen Ordner über diesen ominösen Bestatter, und ihre E-Mails hatten ebenfalls nichts erbracht. Lukas war zwar von Schuldgefühlen geplagt worden, als er ihre privaten Mails gelesen hatte, aber es ging nun mal nicht anders.

Dann versuchte er es noch einmal mit einem Anruf, doch das Handy von Alex war nach wie vor ausgeschaltet. Er hatte Baumgartner bereits darum gebeten, so schnell wie möglich zu beantragen, ihnen die Adresse zu nennen, wo das letzte Signal geortet worden war, sowie eine Liste ihrer Telefonate zuzustellen.

Mehr konnten sie in der Wohnung im Moment nicht tun.

Auf dem Weg ins Präsidium fragte sich Lisa, wie ihr Kollege, der zusammengesunken auf dem Beifahrersitz saß, sich wohl fühlen mochte. Erst der misslungene Einsatz am Dom, dann der Druck, den Schneider auf ihn ausübte, und jetzt auch noch die Entführung seiner ehemaligen Lebenspartnerin.

Sie wusste aus eigener Erfahrung, wie wütend und hilflos man war, wenn ein Fall auf das Privatleben übergriff. Sie hatte aufrichtiges Mitleid mit ihm, wusste aber auch, dass sie ihm das nicht zeigen durfte. So gut kannte sie Lukas inzwischen. Sie hoffte nur, dass der arrogante Kriminaldirektor nicht auf die Idee kommen würde, ihren Kollegen »aus Befangenheitsgründen« von dem Fall abzuziehen. Lukas würde dann durchdrehen, was sie durchaus nachempfinden konnte.

Sie seufzte innerlich auf. Jetzt musste sie ihn unterstützen, wo sie nur konnte, und ihn zur Not in der Spur halten, wenn er drohte, Dummheiten zu begehen. Er hatte die ganze Zeit auf sie aufgepasst, jetzt würde sie das Gleiche für ihn tun.

Er hatte ihr erklärt, dass er nicht mehr in Daniels Wohnung zurückwollte, weil er sowieso kein Auge zumachen würde. Auch das konnte sie verstehen. Also fuhren sie jetzt mitten in der Nacht ins Büro.

Zu ihrer Überraschung war auch Baumgartner ins Präsidium gefahren und erwartete sie schon.

Er legte Lukas beruhigend die Hand auf die Schulter. »Ich habe schon alles für einen Gerichtsbeschluss in die Wege geleitet, damit man uns die Adresse nennt, wo das letzte Handysignal geortet worden ist, und uns auch die Liste mit den Nummern zustellt. Habt ihr in der Wohnung etwas gefunden?«

Lukas schüttelte den Kopf. »Nichts. Absolut nichts.«

Der Dezernatsleiter warf Lisa einen Blick zu, aber auch sie zuckte nur resigniert mit den Achseln. Baumgartner seufzte. »Ich weiß, das klingt jetzt blöd … Aber seid ihr wirklich sicher, dass Alexandras Verschwinden mit diesem Fall zusammenhängt?«

Lukas fuhr wütend auf. »Du willst mir doch jetzt nicht erzählen, dass das alles ein Zufall ist?« Er stapfte aufgebracht um seinen Schreibtisch herum und ließ sich auf seinen Stuhl fallen. »Wir haben vier Leichen, die aussehen, als kämen sie aus einem Bestattungsunternehmen. Wir glauben, dass er sie in Leichenwagen über die Grenze transportiert. Der Typ am Fischmarkt hat französisch gesprochen. Lisa wird seit der ersten Leiche bedroht. Das Parfum, die Decke, das Haar, das neue Parfum … Und nicht zu vergessen – fünfhundert Rosen.« Er hielt einen Augenblick inne. »Erst hat er Lisas Eltern mit hineingezogen. Vielleicht bin ich jetzt dran?«

Lisa verfolgte Lukas' Ausbruch zuerst schweigend, doch dann zuckte sie plötzlich zusammen. »O mein Gott.« Sie schlug mit der Hand gegen die Stirn.

»Was?« Lukas und Baumgartner hatten die Frage wie aus einem Mund gestellt.

»Wir haben die Bedeutung der Rose bisher nicht klären können ... Was ... wenn du, Lukas, von Anfang an im Ziel seines Visiers standest?«

Er sah sie verwundert an. »Wie meinst du das? Es war nicht mein Parfum, sondern deins, auch nicht mein Haar oder meine Eltern.«

»Stimmt, aber das tut nichts zur Sache.« Lisa ließ sich langsam auf ihren Schreibtischstuhl sinken. »Mein Gott, wir waren so blind.« Sie sah ihren Kollegen eindringlich an. »Du bist der Einzige, bei dem das Wort ›Rose‹ im Namen vorkommt.«

Sie schwiegen alle drei einige lange Sekunden.

»Willst du damit sagen, er hat sich Köln auch nur ausgesucht, weil ich Rosenzweig heiße?«, fragte Lukas schließlich.

Sie nickte zögerlich. »Kleiber hat ganz am Anfang mal irgendetwas davon gesagt, dass Nordrhein-Westfalen das einzige deutsche Bundesland mit einer Rose im Wappen ist. Vielleicht ist Köln ja die einzige Stadt in unserem Bundesland mit einem Kommissar im Morddezernat, dessen Name etwas mit einer Rose zu tun hat ... oder so ähnlich.«

Baumgartner nickte nachdenklich. »Ein Teil seiner Strategie ist auf jeden Fall, Verwirrung zu stiften. Er lässt es so aussehen, als wäre er hinter Lisa her, hat es dabei aber auf dich abgesehen.« Er sah zunächst Lukas an und wandte dann den Blick Lisa zu. »Ich habe dir vor ein paar Tagen noch gesagt, dass man angreifbarer wird, wenn Menschen aus dem direkten Umfeld in Gefahr geraten – und nicht man selbst. Der Täter weiß das. Vielleicht warst du tatsächlich nur ein Täuschungsmanöver, um von Lukas abzulenken.« Er drehte sich um und ging zur Tür.

Bevor er das Büro verließ, warf er noch einen Blick über die Schulter. »Jedenfalls dürfte es kein Problem sein, herauszufinden, ob es andere Beamte in Nordrhein-Westfalen gibt, deren Namen irgendetwas mit einer Rose zu tun haben. Ich kümmere mich darum.«

95

Köln, 11. Juni

Sie fühlte sich nicht müde, obwohl sie kaum geschlafen hatte. Er hatte ihr bis tief in die Nacht diktiert. So gegen drei Uhr morgens hatte er sie wieder zum Bett geführt und sie mit relativ langen Fesseln ein paar Stunden allein gelassen.

Jetzt war es gerade einmal sieben, zumindest sagte das die Uhr, die über der Tür hing, als er kam, um sie zu wecken. Sie war allerdings schon wach, als er eintrat. Doch das bemerkte er nicht. Um sie zu wecken, berührte er sie allerdings nicht. Dazu war er viel zu clever und viel zu vorsichtig. Er blieb immer auf Distanz, und wenn er näher kam, straffte er zuvor ihre Fesseln. Jetzt stand er mitten im Raum und klatschte laut in die Hände. Das fand sie lächerlich.

Sie war selbst erstaunt darüber, dass sie überhaupt geschlafen hatte. Das musste die Erschöpfung nach der ganzen Anspannung und der stundenlangen Schreiberei gewesen sein. Ihre anfängliche Panik hatte sich in ein dumpfes, untergründiges Angstgefühl verwandelt. Seit er ihr mitgeteilt hatte, was er von ihr wollte, wusste sie immerhin, dass ihr zumindest noch etwas Zeit blieb, bevor er ihr etwas antat. Zeit war gut. Das hatte Luke immer gesagt. Daher versuchte sie, so langsam wie möglich zu tippen, ohne dass es zu auffällig wurde. Außerdem stellte sie ihm immer wieder Fragen. Das kostete auch Zeit. Er schien es jedoch nicht zu bemerken, sondern es eher zu genießen, ihr seine Denkweise und Handlungen zu erklären. Das verschaffte ihr zusätzlich die Möglichkeit, mehr über ihn zu erfahren. Informationen waren auch gut.

Nun legte er ihr die Hand- und Fußfesseln an und ließ sie ins

Bad. Eigentlich war es nur eine Toilette und ein Waschbecken in einem fensterlosen Raum. Die Tür hatte auf der Innenseite keine Klinke. Toilettendeckel und Spiegel waren abmontiert. Nirgendwo sah man scharfe Kanten, an denen sich die Fesseln hätten durchtrennen lassen. Selbst für das Toilettenpapier gab es keinen Halter, die Rolle stand einfach auf dem tristen Fußboden. Er hatte ihr gesagt, sie hätte zehn Minuten, danach würde er die Tür wieder öffnen. Auf dem Waschbeckenrand lagen ein winziges Stück Seife, eine extrem biegsame Zahnbürste und Zahncreme in einer weichen Plastiktube. Nichts, was ihr irgendwie weiterhelfen könnte. Aber was hätte es genützt? Er hatte eine Waffe. Sie benutzte die Toilette, putzte sich die Zähne und wusch sich notdürftig.

Danach lehnte sie sich an die Wand und überdachte ihre Situation. Sie wusste nicht, wie viel Zeit vergangen war, die Armbanduhr hatte er ihr ebenso wie die Schuhe abgenommen. Ob Lukas nach ihr suchte? Sie hoffte es. Sie betete darum, dass er die Verbindung zu dem Mann am Fischmarkt herstellen würde. Aber konnte er das überhaupt? Gab es irgendwelche Anhaltspunkte?

Die Tür wurde geöffnet. Er geleite sie an den Tisch, wo statt des Laptops ein Tablett mit einer Tasse Kaffee, ein paar Scheiben Brot, Aufschnitt und etwas frischem Obst stand. Sie glaubte nicht, dass sie auch nur einen Bissen davon herunterbekam. Aber nachdem sie erst ein paar Schluck Kaffee getrunken hatte, merkte sie, dass sie doch hungrig war. Wann hatte sie eigentlich zum letzten Mal etwas gegessen?

»Freut mich, dass es Ihnen schmeckt. Wenn Sie besondere Wünsche oder Vorlieben haben, sagen Sie es mir ruhig.« Er lächelte sie freundlich an.

Alexandra wurde einfach nicht schlau aus ihm. Sie zweifelte nicht daran, dass er der Typ vom Fischmarkt war. Und sie glaubte, dass er die drei Morde verübt hatte, über die in den

Zeitungen berichtet worden war. Aber auch wenn er ein wenig eigenartig war, konnte sie ihn sich nicht als skrupellosen Serienmörder vorstellen. Das passte einfach nicht zu ihm. Aber zu wem passte das schon? Im Fernsehen hieß es auch immer, es ist der nette unscheinbare Nachbar von nebenan. Unscheinbar war er allerdings nicht. Eigentlich sah er ganz gut aus ... ein bisschen wie Lukas, allerdings mit blonden Haaren und blauen Augen. O mein Gott, was tat sie denn da? Jetzt verglich sie ihren Peiniger schon mit Lukas!

Sie rief sich in Erinnerung, was er zuletzt gesagt hatte, und antwortete: »Ein paar Cerealien wären ganz nett. Das Obst ist okay, aber ich kann morgens nichts Herzhaftes essen.« *Reden*, dachte sie. *Immer schön weiterreden und ihn in möglichst lange Gespräche verwickeln.*

»Gut, dann werde ich das für morgen auf den Plan schreiben«, erklärte er.

Sie atmete innerlich auf. Er hatte »morgen« gesagt. Das hieß, in den nächsten vierundzwanzig Stunden würde ihr nichts passieren. Gut. Zeit schinden.

Er räumte die Überreste ihres Frühstücks ab und befestigte dann wieder den Laptop auf dem Tisch. Alex startete den Computer diesmal freiwillig und öffnete auch gleich die *Word*-Datei.

»Wo waren wir gestern stehen geblieben?«, wollte er wissen.

»Gestern« ist gut, »vor wenigen Stunden« wäre zutreffender gewesen. »Auf den Malediven. Sie wollten Ihr Fall-Trauma mit ein bisschen Schweben ausgleichen.«

Er grinste. »Stimmt, nur dass ich eher geflogen bin als zu schweben.«

»Kann ich mir vorstellen.«

Er sah sie verblüfft an. »Wie meinen Sie das?«

»Na ja, die Malediven sind bekannt für ihre starken und unberechenbaren Strömungen, aber dafür gibt es dort traumhaft viele Fische.«

»Sie sind schon auf den Malediven getaucht, Frau Wagner?«

Nun verriet sein Gesicht ehrliches Interesse. Das war gut. Eine Beziehung aufbauen. Viel reden. Ein Gespräch über das Tauchen war ein Geschenk des Himmels. Taucher unter sich waren wie eine eingeschworene Familie.

»Ja, letztes Jahr im Februar. Allerdings waren wir nicht auf Taj Exotica, sondern schräg gegenüber auf Embudhoo Village.« Sie hatte schon früh einen Tauchschein gemacht. Als sie noch jünger und ungebunden war, hatte sie oft einen Tauchurlaub gemacht. Für Lukas war das allerdings nicht der richtige Sport gewesen, daher war sie selten dazu gekommen. Miriam allerdings tauchte auch, und so hatten sie sich im letzten Jahr dazu entschlossen, auf die Malediven zu fliegen. Die Bedingungen dort waren sehr anspruchsvoll, aber die Unterwasserwelt besaß eine unglaubliche Vielfalt.

»Dann sind Sie ja an denselben Plätzen getaucht wie ich.« Er schien wirklich erfreut. »Oder besser geflogen.«

Oje, jetzt versuchte er tatsächlich, einen Witz zu machen. Doch Alexandra ging darauf ein. »Ich nehme an, Sie meinen den Embudhoo-Express.«

Er nickte. »Ja, ich glaube, so hieß der Spot. Linke Schulter am Riff entlang, dann an der Kanalecke irgendwie krampfhaft festhalten. Haie von rechts, Haie von links, und wenn man Glück hat, eine große Schule Adlerrochen. Wenn die Nullzeit zu Ende geht oder die Luft langsam knapp wird, einfach loslassen und am Riff entlangfliegen.«

Das lief ja hervorragend – diese Strategie mit dem Reden. Und erstaunlicherweise war sie ruhiger, als sie es sich jemals hätte vorstellen können.

Er warf einen Blick auf die Uhr. Das war nicht gut.

»So, jetzt müssen wir aber weitermachen. Wir haben nicht mehr viel Zeit.«

Das klang überhaupt nicht gut.

96

Köln, 11. Juni

Lukas hatte in den letzten Stunden nichts anderes getan, als darüber nachzugrübeln, ob es sein konnte, dass alles, was in den letzten Wochen in Köln geschehen war und was jetzt mit Alex geschah, sich tatsächlich nur deshalb ereignet hatte, weil in seinem Nachnamen zufälligerweise das Wort »Rose« auftauchte. Er konnte das einfach nicht glauben. Ausschließen konnte er es aber auch nicht. Er würde Neuberg später dazu befragen.

Lisa hatte die halbe Nacht damit verbracht, die komplette Akte noch einmal von A bis Z zu studieren. Jetzt lehnte sie sich müde zurück. »Ich hatte so gehofft, wir hätten noch etwas übersehen.«

»Noch etwas?«

»Na ja, das mit deinem Namen haben wir doch auch übersehen.«

Lukas nickte bedrückt. »Ja, aber erinnere mich bitte nicht ständig daran. Wenn das wirklich sein einziges Motiv ist, die Leichen hier in Köln abzulegen – wie soll man dann mit üblichen Ermittlungsmethoden weiterkommen? Der Typ ist einfach total irre. Und was will er jetzt von Alex?« Er sah seine Kollegin niedergeschlagen an. »Wenn er Alex etwas antut, weil ich Rosenzweig heiße, werde ich meines Lebens nicht mehr froh.«

Bevor Lisa ihn ein wenig trösten konnte, betrat Baumgartner das Büro. »Wir haben das letzte Signal und die Anrufliste.«

Lukas sprang auf und ging mit schnellen Schritten auf die Wand mit dem Stadtplan zu. Baumgartner trat neben ihn und deutete auf einen Punkt im Westen der Stadt.

»Hier: Marsdorfer, Ecke Dürener Straße. Nicht ganz ausschließen können wir die A 4, die läuft praktisch darüber.«

Lukas hieb mit der Faust gegen die Wand. »Verfluchter Mist. Da sind nur Felder, Straßen und die Autobahn. Das heißt, sie war in jedem Fall noch im Auto und kann jetzt überall sein.«

Lisa stellte sich hinter die beiden, hatte aber trotz zehn Zentimeter hohen Absätzen keine Chance, über die Männer hinweg auf die Karte zu schauen. »Was ist denn mit der Liste?«

»Die wertet Brigitte gerade aus«, antwortete Baumgartner. »Sie meldet sich dann sofort bei euch.«

Die beiden anderen hatten überhaupt noch nicht gemerkt, dass es schon nach acht war und ihre Kollegen nun nacheinander im Präsidium eintrafen.

Baumgartner wandte sich noch einmal an Lukas, bevor er das Büro verließ. »Ich habe eine Streife dort hingeschickt. Die dürften gleich an der Stelle sein.«

Der Dezernatsleiter war kaum aus der Tür, als Mankowski hereingepoltert kam. »O Mann, der Flieger hatte Stunden Verspätung. Fragt nicht, wann ich zu Hause war. Habe kaum geschlafen.«

Lukas und Lisa warfen sich nur einen kurzen Blick zu, schwiegen aber beide.

Der Ex-BKA-Mann lachte. »Ihr seht aber auch nicht gerade fit aus.« Als er die betroffenen Mienen seiner Kollegen sah, wurde er wieder ernst. »Ist was passiert?«

Sie brachten ihn auf den neuesten Stand der Dinge, und Mankowski schüttelte ungläubig den Kopf. »Na super, ich jage tagelang einer falschen Spur in Frankreich nach, und hier überstürzen sich die Ereignisse.«

»Vielleicht war Frankreich ja gar keine so falsche Spur«, war plötzlich eine bekannte Stimme zu vernehmen.

Sie blickten alle drei erstaunt zur Tür, wo Möller lässig im Rahmen lehnte. »Wir sind endlich mit den Rosen weitergekommen, und so wie es aussieht, stammen sie alle aus Frankreich.«

»Und woher genau?«, fragte Lukas.

»Ganz so weit sind wir noch nicht, aber wir haben drei verschiedene Sorten gefunden, die drei verschiedenen französischen Züchtern zugeordnet werden konnten: Delbard, Meilland und Guillotine ... ähm ... ich meinte Guilott.« Er grinste über seinen eigenen Scherz.

Lukas war ganz und gar nicht nach Scherzen zumute. »Und wo werden die überall verkauft?«

»Tja, natürlich nicht nur in Frankreich. Aber wir fanden es auffällig, dass es sich ausschließlich um französische Züchter handelt. Der Rest liegt jetzt bei euch.« Er knallte Lukas die Unterlagen auf den Schreibtisch und verließ das Büro.

Lukas reichte sie gleich an Mankowski weiter. »Na, dann schließ dich mal mit deinen französischen Kollegen kurz und finde heraus, wo die insgesamt fünfhundert Rosen, die wir am 9. Juni in Lisas Wohnung gefunden haben, gekauft wurden.«

Kurz nach dem Mittagessen erschien Baumgartner im Büro von Lukas und Lisa. »In ganz Nordrhein-Westfalen gibt es noch sieben andere Beamte, deren Namen etwas mit ›Rose‹ zu tun haben«, teilte er ihnen mit. »Aber keiner von denen arbeitet in einem Morddezernat.«

Lukas schloss für einen Moment die Augen und schüttelte den Kopf. »Ich fass es nicht. All das nur wegen eines Namens.«

Nachdem er diese Neuigkeit verarbeitet hatte, griff er zum Telefon und rief Neuberg an. Der Profiler war eine Stunde später im Präsidium, und die gesamte Mordkommission versammelte sich anschließend wieder im Konferenzraum vier, dem Salon der schönen Toten.

Lukas' Kollegen kannten Alex persönlich, da sie im Laufe der Zeit an mehreren Polizeibällen und -festen teilgenommen hatte. Daher war die Stimmung ziemlich gedrückt, und selbst Reimann vergaß seinen sonst üblichen Sarkasmus. Neuberg war der Einzige im Raum, der sich nicht vom allgemeinen Pessimismus anstecken ließ.

»Ich weiß genauso wenig wie Sie, was exakt der Täter vorhat«, verkündete der Psychologe. »Aber ich bin mir relativ sicher, dass es keine fünfte Brunnenleiche geben wird.«

Lukas seufzte auf. Diese Worte konnten ihn nicht trösten, denn er bezweifelte, dass der Serienmörder seine Geisel am Leben ließ und so ein höheres Risiko einging, entdeckt zu werden.

»Ich bin der Überzeugung, dass diese Entführung nicht zum ursprünglichen Plan des Täters gehört, sondern darauf zurückzuführen ist, dass die Presse nur wenig über ihn berichtet hat«, fuhr Neuberg fort. »Ich bin sicher, dass er Frau Wagner dazu benutzen wird – in welcher Form auch immer –, sich endlich seinen Platz auf den Titelseiten zu sichern. Die schlechte Nachricht ist, dass dies voraussichtlich erst am 2. Juli geschehen wird, also vierundzwanzig Tage nach dem letzten Leichenfund.«

Lukas durchfuhr es siedend heiß. Das waren noch drei Wochen. Solange konnte er Alex nicht in den Fängen dieses Dreckskerls lassen. Auch der Rest des Teams schien so zu denken, und ein Raunen ging durch den Raum.

»Ich kann Ihnen nur eines raten«, erklärte der Profiler. »Untersuchen Sie jedes noch so unwichtig erscheinende Detail in diesem Zusammenhang. Da er diesen Zug nicht von langer Hand geplant hat, könnte es durchaus sein, dass ihm diesmal ein Fehler unterlaufen ist.«

Nachdem Neuberg sich verabschiedet hatte, gingen sie noch einmal alle Fakten durch, die ihnen vorlagen.

»Die Telefonliste gibt leider auch nichts her«, teilte Kleiber mit. »Er hat sie von einem Prepaid-Handy aus angerufen.« Sie zuckte entschuldigend mit den Achseln.

Baumgartner schaute Reimann an. »Und was hast du herausgefunden?«

Reimann räusperte sich und druckste ein wenig herum. Er schien sich sichtlich unwohl zu fühlen. »Ähm, wir haben heute Morgen Alexandras Nachbarn befragt. Die haben leider nichts gesehen und nichts gehört. Aber der Besitzer des kleinen Cafés schräg gegenüber hat beobachtet, dass Alex so gegen zehn Uhr in einen Wagen gestiegen ist.« Er blickte kurz in die Runde. »In einen dunkelblauen SUV.«

97

Köln, 12. Juni

Zum Frühstück hatte es ein Bircher-Müsli, Obst, frische Brötchen und Nutella gegeben. Ein kurzes Lächeln, das sie schnell zu unterdrücken versucht hatte, war über ihr Gesicht gehuscht. Aber er hatte es gesehen.

Seit er wusste, dass sie ebenfalls tauchte und sogar den maledivischen Strömungen standhalten konnte, war sie in seiner Achtung noch höher gestiegen. Er hatte nicht gewusst, was ihn erwarten würde, als er sie zu dieser Zusammenarbeit, nun ja, *eingeladen* hatte. Allerdings war er überzeugt gewesen, dass er viel Geschrei, Gejammer und Tränen zu hören und zu sehen bekäme. Er hätte niemals gedacht, dass sie so cool bleiben würde. Respekt. Sie war sogar so kühn, ihn zu verbessern, wenn sie fand, dass ein Satz etwas holprig klang. Er konnte sich weiß Gott gewählt ausdrücken, aber in den meisten Fällen waren ihre Vorschläge tatsächlich eine Verbesserung. Auch das imponierte ihm. Er fand wirklich Gefallen an ihr und begann zu seiner eigenen Verwunderung, darüber nachzudenken, wie er es vermeiden könnte, sie nach getaner Arbeit zu töten. Inzwischen widerstrebte es ihm, sie umzubringen. Sie war die Erste, die ihm bei der Umsetzung seiner Pläne half. Wie dem auch sei, er hatte noch drei Wochen Zeit, um sich eine Alternative einfallen zu lassen. Jetzt stand erst einmal seine Geschichte im Vordergrund.

»Er hatte ihre Motive, die Art und Weise ihrer Morde und ihre dummen Fehler, durch die sie gefasst und überführt worden waren, bis ins Detail analysiert«, diktierte er ihr nun.

»Was fasziniert Sie eigentlich so an Serienmördern?« Sie sah ihn offen an und erwartete augenscheinlich eine ernsthafte Antwort.

Er zuckte mit den Achseln. »Sie sind so widersprüchlich in sich selbst. Auf der einen Seite eiskalt, aber dennoch emotional, und auf der anderen Seite begehen sie so unfassbar dumme Fehler. Das fand ich einfach interessant, und daher wollte ich mehr darüber erfahren.«

»Und, haben Sie mehr erfahren?«

Er lächelte sinnierend vor sich hin. »Ja, ich denke schon, aber es würde jetzt zu weit führen, darüber zu reden.« Er konzentrierte sich und begann wieder zu diktieren. »Ted Bundy zum Beispiel hatte Bissspuren im Gesäß eines Opfers hinterlassen, die ihm eindeutig zugeordnet werden konnten.«

Sie schüttelte sich, schrieb aber tapfer weiter.

Einige Stunden später fand er, dass sie sich ein Mittagessen wirklich verdient hatte. Sie bevorzugte leichte Kost, also besorgte er ein wenig Caprese und Pasta bei einem Italiener. Danach legten sie gleich wieder los.

»Und in seinen Augen hatte es etwas Erotisches und Indiskretes, ihr dabei zuzusehen. Eben noch hatte sie so verletzlich ausgesehen – ohne Make-up. Jetzt war sie wie ein anderer Mensch, der mit ein paar Strichen die eigentliche Sharon kreierte. Für ihn war es Kunst.«

»Finden Sie das wirklich erotisch, wenn eine Frau sich schminkt?«

Er konnte ihren Gesichtsausdruck nicht richtig deuten. Amüsierte sie sich über ihn, oder war es doch eher eine ernsthafte Frage? Er entschied sich für Letzteres. »Ja, ich finde es spannend, einer Frau dabei zuzusehen, wie sie sich in eine völlig andere Person verwandelt.« Sie zuckte mit den Achseln, und er musste sich ein Grinsen verkneifen. »Was stört Sie so an diesem Gedanken?«

Sie drehte sich, soweit es die Fesseln zuließen, zu ihm herum. »Ich weiß nicht … Ich gehöre nicht unbedingt zu den Frauen, die zu zweit auf die Toilette gehen, und wenn ich mich schminke, mag ich es überhaupt nicht, wenn mir jemand dabei zusieht.«

»Warum nicht?«

»Keine Ahnung ... Nun, vielleicht schäme ich mich, weil immer mal etwas danebengeht.« Sie tat so, als würde sie sich die Wimpern tuschen. »Uups, hier ein Klacks Mascara, der nun mühsam mit Augen-Make-up-Entferner auf einem Wattestäbchen behandelt werden muss. Dort ein bisschen Lippenstift über den Rand gemalt ... Solche Dinge eben. Die gehen niemanden etwas an. Das Gesamtbild am Ende sollte die Hauptrolle spielen.«

Er war froh, dass er ihre Frage ernst genommen hatte. Sie hatte ihm nun zum ersten Mal ein wenig von sich selbst offenbart. Das war interessant. Der Wunsch, einen Weg zu finden, wie sie lebend aus dieser Geschichte herauskommen konnte, wurde stärker und stärker.

98

Köln, 12. Juni

Obwohl der heutige Tag ein Samstag war, ging es im Präsidium zu wie an einem normalen Wochentag.

Mankowski war auf dem Weg nach Saint-Quentin. Er hatte die Rosenkäufe zurückverfolgen können, und sie liefen alle über einen Bestatter, der in jenem Ort ansässig war. Das war eindeutig clever. Niemand wunderte sich, wenn ein Beerdigungsinstitut Hunderte von Rosen bestellte. Merkwürdig war nur, dass Jérôme Ledoux vor einem Jahr verstorben war und die Familie sein Unternehmen verkauft hatte. An einen Georges Dupont. Die Geschichte dieses Georges Dupont ließ sich nicht lückenlos verfolgen, also hatte Baumgartner, oder vielleicht war es ja auch Schneider höchstpersönlich gewesen, Mankowski kurz nach seiner Rückkehr gleich wieder nach Frankreich geschickt.

Reimann und Peters waren noch einmal zu dem Café-Besitzer gefahren, um ihn nach den bunten Bildern am hinteren Fenster des dunkelblauen SUVs zu befragen. Neuberg hatte zudem betont, dass der Name »Rosenzweig« tatsächlich eine große Rolle für den Täter gespielt haben könnte, als er über den Fundort der Leichen nachgedacht hatte, was Lukas nicht gerade glücklicher machte.

Er saß nun gemeinsam mit Lisa im Büro und überlegte mit ihr zum hundertsten Mal, was sie übersehen haben könnten. Lisa roch gedankenverloren an dem Stück Papier, auf das sie am Vortag das *Courant mystérieux* gesprüht hatte, als ihr Kollege sie fragte, ob inzwischen Bäumlers Fingerabdrücke abgenommen worden seien. Statt einer Antwort sah sie ihn zuerst nur mit schreckgeweiteten Augen an.

»Was ist los?«, fragte er.

Sie schnappte nach Luft, und ihre Stimme klang brüchig, als sie antwortete: »Jetzt weiß ich, woher ich diesen Duft kenne.«

»Von Bäumler?«

Sie nickte stumm.

»Okay, dann nichts wie los.«

Auf dem Weg zu ihrer Wohnung gingen Lisa tausend Gedanken durch den Kopf. Konnte das wirklich möglich sein? Konnte dieser linkische, gehemmte Mann ihr Täter sein? Und war sie tatsächlich so blöd gewesen, neben ihm zu wohnen und mit ihm zu verkehren, ohne es zu merken? Lukas hatte von Anfang an mit Bäumler sprechen wollen, aber sie hatte es ihm ausgeredet. Hatte ihr Instinkt sie so getäuscht? Aber noch immer konnte sie nicht recht glauben, dass sie so versagt haben sollte.

Endlich fand sie eine Parklücke und marschierte dann mit Lukas rasch zu ihrer Haustür. Bäumler reagierte nicht auf ihr Klingeln. Entschlossen gingen sie zum Hausmeister, erklärten ihm kurz die Situation und holten sich bei ihm den Schlüssel für Bäumlers Wohnung. Sie streiften sich noch schnell Handschuhe über, bevor Lukas die Tür aufschloss.

Vorsichtig spähten sie hinein – und erlebten eine Überraschung. Die Wohnung war leer. Nicht nur dass Bäumler nicht zu Hause war, auch die Möbel waren verschwunden. Einzig die Küchenzeile stand noch an ihrem Platz.

Und auf der hölzernen Arbeitsplatte lag eine einzelne Rose.

»Wie hat er das nur gemacht, ohne dass es jemand mitbekommen hat?« Lisa stellte diese Frage nun schon zum zwanzigsten Mal, nachdem sie zusammen mit Lukas die Nachbarn befragt hatte. Niemand hatte gesehen, dass Bäumler mitsamt dem Mobiliar ausgezogen war.

Lisa schaute sich noch einmal in dessen Wohnung um, in

der es inzwischen von Mitarbeitern der Spurensicherung nur so wimmelte. »Der kann doch nicht die ganze Wohnungseinrichtung hier herausschleppen, ohne dass jemand das mitbekommt«, rief sie frustriert.

Lukas zuckte mit den Achseln. »Was stand denn alles da drin? Ich kenne nur den Flur und das Wohnzimmer. Der Flur war im Prinzip leer und das Wohnzimmer ziemlich spärlich eingerichtet. Sessel und Sofa sahen aus wie von Ikea. Der Tisch war winzig, und an den Wänden hingen ungerahmte Poster. Ansonsten stand hier nur Kleinkram rum, soweit ich mich erinnere.«

Lisa nickte. »Ich war, abgesehen vom Wohnzimmer, auch nur in der Küche. Da standen ein kleiner Bistrotisch und zwei Klappstühle und natürlich die Küchenzeile.« Sie seufzte abgrundtief, bevor sie in Richtung Decke starrte. »Ich habe mir nichts dabei gedacht ... Die wenigen Möbel passten zu dem Bild, das ich mir von ihm gemacht habe. Und ich Idiot habe ihm meinen Schlüssel gegeben. Er konnte in meiner Wohnung ein und aus gehen, wie es ihm passte. Das kann doch alles nicht wahr sein.« Sie sah frustriert dabei zu, wie Möller sämtliche Türgriffe mit einem dunkelgrauen Pulver einstäubte.

Plötzlich rief jemand nach ihnen. Sie gingen zur Wohnungstür, wo ein Mann mittleren Alters in einem leichten, hellgrauen Sommeranzug auf sie wartete.

»Michael Schwarz, ich bin der Hausbesitzer«, stellte er sich vor.

Lukas schüttelte ihm die Hand. »Gut, dass Sie so schnell kommen konnten. Was können Sie uns über Jochen Bäumler sagen?«

»Nicht sehr viel, fürchte ich. Er hat seine Miete pünktlich bezahlt, und es hat auch sonst nie Ärger mit ihm gegeben.«

»Kannten Sie ihn persönlich?«

»Ja, wobei ›kennen‹ eigentlich zu viel gesagt ist. Ich habe ihm die Wohnung gezeigt, und wir sind uns sofort einig geworden.

Er hat einen anständigen Eindruck gemacht, und viel mehr gibt es dazu eigentlich nicht zu sagen.«

»Wer hat vor ihm in der Wohnung gelebt?«

»Eine junge Frau. Sie hat nur ein knappes Jahr hier gewohnt, dann hat sie irgendwo in Süddeutschland ein besseres Job-Angebot erhalten. Und weg war sie.«

»Hat Sie Ihnen Bäumler als Nachmieter vermittelt?«

»Nein, das lief über eine Annonce im Internet.«

»Die beiden kannten sich also nicht?«

Schwarz schüttelte den Kopf. »Nicht dass ich wüsste. Aber ich kann Ihnen gerne ihre neue Adresse geben.«

»Bitte, das wäre nett.«

Er überreichte ihnen seine Kopie des Mietvertrags und verabschiedete sich mit dem Versprechen, sich wegen der Adresse zu melden. Lukas reichte den Mietvertrag direkt an die Spurensicherung weiter.

Lisa stand mit unglücklichem Gesichtsausdruck neben ihm. »Ich fass es noch immer nicht. Ich habe ihm meinen Schlüssel auf dem Silbertablett serviert.«

99

Köln, 13. Juni

… Er kniete vor der Toilettenschüssel, da seine Beine ihn nicht mehr tragen wollten, und befürchtete, dass er beim nächsten Würgen seine Eingeweide gleich mit ausspucken würde. So hatte er sich das nicht vorgestellt. Die ersten drei Tage des Kurses war nur theoretisches Wissen vermittelt worden, aber seit gestern arbeiteten sie mit echten Leichen. Ihm war durchaus klar gewesen, dass man Theorie und Praxis nicht miteinander vergleichen konnte. Doch er hätte nie gedacht, dass es so schlimm für ihn sein würde.

Alex tippte um ihr Leben, aber sie verstand ihn einfach nicht. Einmal abgesehen von den Fesseln, verhielt er sich nett und freundlich zu ihr. Sie konnte auch noch immer nicht den eiskalten Mörder in ihm sehen, der er anscheinend war. Und dann so etwas.

»Wäre das nicht der Augenblick gewesen, sich für etwas anderes zu entscheiden?«, fragte sie. »Ich meine, es gibt viele Möglichkeiten, ein erfülltes Leben zu führen.«

Er schüttelte den Kopf. »Nein, es wäre einfach nur schwach gewesen, alles hinzuschmeißen.« Er ging ein paar Schritte auf und ab und schien nachzudenken. »Wissen Sie, wenn man etwas Faszinierendes anfängt, muss man es auch zu Ende bringen.«

»Und Sie finden es faszinierend, an toten Menschen herumzuschneiden?«

Er lachte. »Nein, da missverstehen Sie mich kolossal. Das betrachte ich mehr als ein notwendiges Übel, darum geht es aber nicht. Wenn man in die Psyche von Serienmördern eindringen will, wenn man sie verstehen und ihren Antrieb begreifen möchte, muss man sich dem Geruch des Todes stellen. Man muss wissen, wie eine Leiche aussieht, wie sie sich anfühlt.«

Alex schauderte, und ganz entgegen ihrer bisher angewandten Taktik mochte sie dieses Gespräch nicht weiter vertiefen und künstlich in die Länge ziehen. Sie ließ ihn weiterdiktieren und atmete erst wieder auf, als dieses unsägliche Kapitel beendet war. Auch danach versuchte sie nicht, mit ihm zu reden. Sie hielt den Blick starr auf den Bildschirm gerichtet, weil sie nicht wusste, wie gut sie ihre Mimik im Griff hatte. Die ersten Seiten hatten noch so harmlos geklungen, aber nun wurde er ihr doch unheimlich. Jetzt schrieb sie automatisch das Gehörte nieder, ohne mit vollem Bewusstsein zu erfassen, was genau er ihr da erzählte.

Doch irgendwann stutzte sie und hörte mit dem Tippen auf. Sie brauchte einen Moment, um zu begreifen, was sie da eigentlich gerade geschrieben hatte:

Bei weiteren Suchaktionen im Web war er dann auf die Lippische Rose gestoßen, die das Wappen Nordrhein-Westfalens zierte. Das Bild dieser stilisierten Blume hatte seinen Blick magisch angezogen. Als er danach bei einer illegalen Internetrecherche einen Kölner Kommissar namens Rosenzweig entdeckt hatte, war er fast geneigt …«

Sie sog scharf die Luft ein. Einen Augenblick später wurde sie unsanft auf den Stuhl zurückgeworfen, als sie spontan aufspringen wollte und dabei ihre Fesseln vergaß. Ihre Augen blitzten ihren Geiselnehmer wütend und ungläubig an. »Heißt das, ich sitze nur deshalb hier gefesselt am Tisch, weil im Wappen von Nordrhein-Westfalen eine Rose abgebildet ist und es in diesem

Bundesland zufälligerweise einen Kommissar gibt, in dessen Namen das Wort ›Rose‹ auftaucht?«

Er lächelte sie beruhigend an. »Wenn Sie so wollen, ja. Aber was ist denn so schlimm daran?«

Sie hätte ihm gerne genau erklärt, was so schlimm daran war, aber sie beherrschte sich noch rechtzeitig und schwieg. Anschließend ermahnte sie sich, wieder ruhiger zu werden und sich nicht aufzuregen. Sie wusste, dass er kein Problem damit hatte, wenn sie Widerworte gab oder auch einmal kurz ihrer Wut Luft verschaffte. Aber sie durfte es nicht übertreiben. Dieser Mann war ein Serienmörder, der skrupellos töten konnte, wenn er einen Anlass dazu sah. Sie wusste nicht, wie viel Zeit sie noch hatte und wann Lukas und die anderen Polizisten sie finden würden. Deshalb musste sie die Tage und Stunden mit diesem Verbrecher sinnvoller nutzen. Ihn wieder in Gespräche verwickeln und mehr über ihn in Erfahrung bringen – um daraus irgendwelche Vorteile für sich zu ziehen. Wahrscheinlich war sie jetzt schon besser über diesen Mann informiert als die gesamte Kölner Polizei. Sie durfte sich nicht so gehen lassen wie gerade eben, sondern musste wieder gezielter auf ihn eingehen. Ihn in Sicherheit wiegen – ihm vortäuschen, dass sie ihn verstand.

Einige Seiten später sollte sie Gelegenheit dazu haben. Alex war gebürtige Kölnerin und amüsierte sich daher ein wenig, als er sich über seine ersten Kontakte mit der Kölschen Sprache ausließ. Sie drehte sich zu ihm herum – vorsichtig, diesmal in vollem Bewusstsein ihrer Fesseln – und warf ihm ein scheues Lächeln zu. »Wissen Sie eigentlich, woher die Bezeichnung ›Halve Hahn‹ stammt?«

Er sah sie leicht überrascht, aber eindeutig erfreut an. »Nein, und um ehrlich zu sein, ist es ziemlich frustrierend, ein trockenes Käsebrötchen vorgesetzt zu bekommen, wenn man sich auf ein knuspriges Hähnchen freut.«

Sie schaffte es tatsächlich, ein süffisantes Grinsen auf ihr Gesicht zu zaubern. »Wissen Sie, es ranken sich einige Legenden um den Ursprung dieses Ausdrucks … Ich erzähle Ihnen jetzt einfach die, die mir am besten gefällt.« Sie hielt einen Moment inne. »Das genaue Datum weiß ich nicht mehr, aber vor ungefähr einhundert Jahren hat ein Gast etwas in einem Kölner Schankhaus bestellt. Als der Wirt ihm dann ein Röggelchen mit Käse servierte, hat der Gast ihn verwirrt angesehen – Geld war damals sehr knapp – und gesagt: *Ääver isch will doch bloß 'ne halve han* – aber ich will doch nur ein halbes haben. So wurde der ›Halve Hahn‹ geboren.«

Er lachte. »Wäre nur schön, wenn man diese Geschichte auf den Speisekarten dazuschreiben würde, damit auch Ausländer wissen, was sie da bestellen.«

Sie nickte. »Praktisch schon, aber nur halb so amüsant.«

100

Köln, 14. Juni

Lukas blickte aus dem Fenster des Konferenzraums vier. Am heutigen Montagmorgen strahlte die Sonne, und es war angenehm warm. Das Wetter passte allerdings überhaupt nicht zu Lukas' Stimmung. Heute war der vierte Tag, an dem der Täter Alex in seiner Gewalt hatte.

Lukas ertappte sich immer wieder dabei, dass er sich ausmalte, was der Kerl wohl alles mit ihr anstellte. Er befürchtete das Schlimmste, auch wenn Neuberg glaubte, dass sie dem Mörder hauptsächlich zu Ruhm und Ehre verhelfen sollte. Aber wie? Er hatte keine Ahnung. Das einzige Tröstliche war, dass sie noch etwas Zeit hatten. Sie alle nahmen an, der Täter würde erst vierundzwanzig Tage nach dem letzten Leichenfund zur Tat schreiten – worum auch immer es dabei ging. Doch Lukas konnte Alex nicht so lange diesem Drecksack überlassen. Wer wusste schon, was er ihr alles antat?

Lukas merkte selbst, dass sich seine Gedanken im Kreis drehten, und versuchte sich wieder auf das Meeting zu konzentrieren. Lisa berichtete gerade dem Rest der Mordkommission, was sie beide kurz zuvor von Mankowski erfahren hatten.

Die französischen Kollegen hatten das Bestattungsunternehmen in Saint-Quentin gefunden und durchsucht. Alles deutete darauf hin, dass die thanatopraktische Behandlung der vier Frauen dort stattgefunden hatte. Die notwendigen Instrumente dafür waren in diesem Institut vorhanden, und die Spurensicherung hatte begonnen, die Überreste sicherzustellen, die im Krematorium gefunden worden waren. Das Geld für die Rosen war von einem Nummernkonto auf Guernsey überwiesen worden. Sie würden nie erfahren, wer der Besitzer war. Mankowski war nun mit einem Phantombild Jochen Bäumlers auf dem Weg zur Familie des Bestattungsunternehmers, dem das Institut in Saint-Quentin zuvor gehört hatte. Des Weiteren lief die Fahndung nach Georges Dupont und Jochen Bäumler sowie seinem roten Golf auf Hochtouren. Sie hatten viel zu tun, überprüften und recherchierten, bisher allerdings ohne Ergebnis.

Lukas glaubte auch nicht wirklich daran, dass sie etwas finden würden. Dazu war diese Mistratte einfach zu gerissen. Er war sicher, dass sie alles gefunden hatten, was sie finden sollten.

»Ist Dunkelblau eigentlich eine typische Farbe für einen SUV?«

Lukas wurde plötzlich bewusst, dass Reimann eine Frage gestellt hatte, und er selbst hatte noch nicht einmal das Ende von Lisas Ausführungen mitbekommen. Er sah nun Reimann verwundert an. »Was?«

»Na ja, ich stelle mir gerade Kölns Straßen vor. Und wenn ich so darüber nachdenke, sieht man ziemlich selten dunkelblaue SUVs, oder? Die sind hauptsächlich schwarz, vielleicht noch silbergrau oder weiß.«

Kleiber stimmte ihm sofort zu. »Ja, darüber habe ich vor Kurzem noch etwas gelesen. Das waren die Trendfarben für Autos im letzten Jahr.«

Das klang interessant, und Lukas fühlte Hoffnung in sich aufkeimen. Der Täter hatte gewollt, dass sie sowohl Bäumler enttarnten als auch das Bestattungsinstitut in Saint-Quentin fanden. Aber sollten sie auch von dem dunkelblauen SUV wissen? Den der Täter zumindest zwei Mal eingesetzt hatte, einmal mit und einmal ohne Abziehbildchen. »Gibt es da Statistiken beim Verkehrsamt?«, fragte er.

Brigitte Kleiber sprang auf. »Bin schon unterwegs.«

»Warte mal!«, rief Lukas. »Überprüf dabei auch gleich, was

für Autos die Familie Hoffmann fährt. Du weißt schon … die beiden, die unsere letzte Leiche am Dom gefunden haben.«

»Okay.« Sie fragte nicht weiter nach, sondern eilte zur Tür hinaus.

Reimann drehte sich fragend zu Lukas um. »Was haben denn die Hoffmanns damit zu tun?«

»Gar nichts, aber die Tochter war eine verdammt gute Zeugin. Sie konnte uns sofort sagen, dass der Stoff der Decke aus Thailand stammt. Die Marke des Wagens kannte sie zwar nicht, schloss aber BMW und Audi sofort aus.«

Reimann nickte. »Verstehe, wenn die Familie diese Autos fährt, können wir sicher sein, dass der SUV unseres Täters weder ein BMW noch ein Audi war.«

Keine Stunde später betrat Brigitte Kleiber das Büro von Lukas und Lisa. »Also, auf Adrian Hoffmann sind drei Autos angemeldet. Ein Audi Q5, ein BMW X1 – beides SUVs – und eine Chrysler Limousine.«

»Bingo!«, rief Lukas. Endlich einmal gute Nachrichten. »Wie viele dunkelblaue Fahrzeuge haben wir insgesamt in Köln?«

»394, ohne Audi und BMW.«

»Okay, Brigitte, überprüf sie gemeinsam mit Rüdiger. Und zwar alle. Und wenn euch irgendetwas merkwürdig vorkommt, bitte sofort melden.« Er wandte sich an Lisa. »Ruf Mankowski an. Er soll herausfinden, wie viele Wagen und was für Fahrzeugtypen auf das Bestattungsunternehmen angemeldet sind. Vielleicht ist da ja ein SUV dabei.« Er stand auf und ging zur Tür. »Ich rede mit Baumgartner wegen der Fahndung und der verstärkten Kontrollen.«

101

Köln, 14. Juni

Nach einer Weile setzte er sich in ein kleines Café, betrachtete durch das Fenster die Autos, die draußen vorbeifuhren, und wartete auf eine Erleuchtung, mit welchem Fahrzeug er den Transport bewerkstelligen sollte. Doch der erhoffte Geistesblitz stellte sich nicht ein. Stattdessen fiel ihm ein blaues Motorrad auf, das schräg gegenüber hielt. Die Fahrerin stieg ab, und als sie ihren Helm abnahm, fiel eine Flut langer dunkler Locken über ihre Schultern.

Alex lief es kalt den Rücken hinunter. So hatte er sie also gefunden. Aber woher wusste er, wer sie war? Wie hatte er sie einfach so auf offener Straße erkennen können? Die Erklärung folgte auf dem Fuße. Bei Recherchen über Luke hatte er sie auf Fotos gesehen. Bei einer Veranstaltung der Polizei. Ob er auch von Miriam wusste?

Plötzlich wurde ihr etwas bewusst. Seit sie sich in dieser grauenvollen Lage befand, hatte sie praktisch nicht ein einziges Mal an Miriam gedacht, sondern fast ausschließlich an Lukas. Lag es daran, dass er Polizist war und sie verzweifelt hoffte, dass er und seine Kollegen sie befreien würden? Oder vielleicht …

»Hallo Frau Wagner, träumen Sie?«

»Entschuldigung.« Sie nahm sich vor, sich besser zu konzentrieren, aber nun schwieg er. Sie warf einen Blick zur Seite und sah ihn fragend an.

»Worüber haben Sie gerade nachgedacht?«, wollte er wissen.

Was sollte sie ihm antworten? Ihr fiel nichts Gescheites ein, also beschloss sie, bei der Wahrheit zu bleiben. »Ich dachte nur gerade, wie simple Zufälle ein ganzes Leben verändern können. Wäre ich ein wenig später nach Hause gekommen, hieße Lukas mit Nachnamen Müller oder Maier, hätten sie auf den Malediven ein anderes Buch gelesen, hätten diese Engländer nicht über Jack the Ripper, sondern über Margaret Thatcher gesprochen … hätte …, wäre …, hätte …«

»Glauben Sie an Zufälle?«

War das eine Fangfrage? Über Zufall, Schicksal und Bestimmung hatten schon klügere Leute diskutiert, ohne zu einem allgemeingültigen Ergebnis zu kommen. Sie fühlte sich auf dünnem Eis und entschied sich für eine Gegenfrage. »Glauben Sie daran?«

Er grinste. »Was meinen Sie?«

Der Schuss war nach hinten losgegangen. *Ach, was soll's*, dachte sie, *mit Vorsicht komme ich nicht weiter.* »Ich denke, Sie haben keine Wahl.«

Sein Gesicht zeigte Verwunderung. »Wieso habe ich keine Wahl?«

»Nun ja, wenn ich das richtig verstehe, sitze ich hier, um die Geschichte einer perfekten Mordserie zu schreiben. Ihre Geschichte. Ihre Genialität. Wenn Sie an Vorherbestimmung glaubten, ginge das zu Lasten Ihrer Perfektion und Ihres Genies … also bleibt nur der Zufall.«

Er lachte schallend und musste zugeben, dass ihm diese Idee gefiel.

Um genau zu sein, hatte er noch nie großartig darüber nachgedacht, aber ihre Worte zeigten wieder einmal, dass sie ihn in gewisser Weise verstand. Er hatte genau die richtige Person ausgewählt, um seine Geschichte schreiben zu lassen. Er würde sich etwas überlegen, um ihr nicht das Leben nehmen zu müssen. Sie hatte es verdient. Wenn alles nach Plan lief, hatte er vielleicht sogar schon eine Idee. Und bis dahin würden sie sich noch besser kennenlernen.

Vielleicht würde sie ihn ja auch ein wenig mögen. Und dann hätte er eine neue Aufgabe, wenn all das hier vorbei war.

102

Köln, 14. Juni

Lukas hatte Baumgartners Büro schon betreten, als er bemerkte, dass auch Schneider anwesend war und an der dem Schreibtisch gegenüberliegenden Wand lehnte. Scheiße. Der Kriminaldirektor war so ziemlich der letzte Mensch, dem er zurzeit begegnen wollte.

Lukas grüßte knapp, und Schneider nickte nur kurz. Baumgartner warf ihm einen warnenden Blick zu, aber Lukas hatte einfach keine Zeit mehr für Diplomatie. »Wir müssen den blauen SUV finden. Wir wissen, dass es nicht so viele davon in Köln gibt, und BMWs und Audis können wir mit ziemlicher Sicherheit ausschließen.«

»Mit ziemlicher Sicherheit?« Schneiders Stimme triefte vor Sarkasmus. »Hatten wir da nicht gerade erst eine Situation, wo Sie sich auch *ziemlich sicher* waren?«

Lukas biss sich auf die Zunge und verkniff es sich, darauf hinzuweisen, dass der Täter genau da aufgekreuzt war, wo er es vorhergesagt hatte. Nun ja, bis auf wenige Meter zumindest. »Die Situation ist jetzt eine andere«, erklärte er. »Wir glauben, dass es sich vorerst um eine Entführung handelt und das Opfer noch lebt.«

»Sie *glauben* … sind sich noch nicht einmal *ziemlich sicher?*«

Lukas hätte sich seine Zunge blutig beißen können, aber was zu viel war, war zu viel. »Mein Gott, was wollen Sie eigentlich, Herr Schneider? Der Täter hat eine Frau da draußen in seiner Gewalt, und wir wollen sie einfach nur lebend finden.«

Lukas' Stimme war mit jedem Wort lauter geworden, und Baumgartners vorsichtige Gesten, die ihn zum Schweigen aufgefordert hatten, waren unbemerkt geblieben. Dafür hatte Schneiders Gesicht wieder diese ungesunde violette Farbe angenommen.

»Und Sie denken, ich weiß nicht, wer diese Frau ist?«, brüllte der Kriminaldirektor. »Für wie blöd halten Sie mich eigentlich?«

»Ach, und nur weil ich diese Frau kenne, ist sie jetzt weniger wert, und es sollte nicht alles getan werden, um sie zu finden?« Wie Schaum aus einer durchgeschüttelten Champagnerflasche sprudelte nun die unterdrückte Wut aus Lukas heraus.

Baumgartner war inzwischen aufgesprungen und hatte Lukas am Arm ergriffen.

Schneiders Gesichtsfarbe hatte wieder einen unterkühlt grauen Farbton angenommen, und seine Stimme war gefährlich ruhig. »Nein, das haben Sie gesagt, nicht ich. Aber Sie, mein lieber Kriminalhauptkommissar, haben schon Mist gebaut, als der Fall Sie noch nicht persönlich betraf. Jetzt werden Sie auf keinen Fall daran weiterarbeiten. Sie sind raus, habe ich mich da klar genug ausgedrückt?«

Lukas hatte keinerlei Erinnerung daran, wie er in sein Büro zurückgekommen war. Er wusste nur noch, dass er Lisa kurz erklärt hatte, was vorgefallen war, seinen Rucksack und seinen Helm geschnappt und das Präsidium verlassen hatte.

Es war das erste Mal, seit er bei Daniel wohnte, dass er wieder auf seiner Ducati saß. Er war immer mit Lisa gefahren und hatte das Motorrad die ganze Zeit ungenutzt in der Tiefgarage stehen lassen.

Aber jetzt waren sie wieder unterwegs. Er und die Ducati.

Er fuhr Richtung Westen. Die Streifenbeamten, die sich die Stelle angesehen hatten, wo Alex' letztes Handysignal geortet worden war, hatten nichts weiter entdeckt. Dort wollte Lukas nun hin. Er brauchte eine knappe halbe Stunde. Dann stand er dort, starrte auf die Felder, das hüfthohe Getreide, das sich in einer leisen Brise wiegte, und hörte schnelle Sportwagen und tonnenschwere Laster über die leicht erhöhte Autobahn rasen. Sonst nichts.

Alex, wo bist du?

Er drehte sich im Kreis und ließ seinen prüfenden Blick schweifen. Nichts. Er stieg wieder auf die Ducati und fuhr unter der Autobahnbrücke hindurch. Obwohl er sich nur wenige Meter weiterbewegt hatte, bot sich auf der anderen Seite ein völlig anderes Bild. Riesige Hallen säumten sowohl die rechte als auch die linke Straßenseite. Ein großes Industriegebiet tat sich vor ihm auf. Das hatte er zwar schon auf der Karte entdeckt, aber ihm war nicht klar gewesen, dass das Gelände so weitläufig war. Er fuhr kreuz und quer durch die gerade angelegten Straßen. Vorbei an Baumärkten, Teppichhändlern und Möbelhäusern. Dabei hielt er permanent Ausschau nach einem dunkelblauen SUV. Fand aber keinen.

Eine knappe Stunde später trank er einen Kaffee bei McDonald's und dachte nach. Sein Instinkt sagte ihm, dass Alex irgendwo in diesem Gewerbegebiet versteckt war. Das letzte Handysignal war um zehn Uhr dreiundzwanzig geortet worden. So lange brauchte man ungefähr von Alex' und – leider Gottes auch – Miriams Wohnung bis zu dieser Kreuzung, wenn man so gegen zehn losfuhr. Da dieser Dreckskerl es geschafft hatte, so viel über Lisa herauszufinden, sich sogar neben ihr einzuquartieren, würde er vermutlich genauso viel über ihn, Lukas, wissen. Das bewies schon allein Alex' Entführung.

Er hielt es plötzlich für keine gute Idee mehr, mit seinem Motorrad durch die Straßen des Industriegebiets zu fahren. Die alte Ducati war ziemlich auffällig. Er zerknüllte den Kaffeebecher, bevor er ihn in den Müll warf, und machte sich auf den Weg zu seinem alten Freund Gerald.

103

Köln, 14. Juni

»Er lächelte sinnierend vor sich hin«, diktierte er. »Obwohl diese überschminkten Verkäuferinnen ja eigentlich die Spezialistinnen waren, musste er voller Respekt anerkennen, dass seine Edelhuren weitaus geschickter in der Kunst des Make-up-Stylings waren als diese aufgemotzten Möchtegernvamps. Er machte sich im Geiste eine Notiz, seinen Mädels ruhig einmal ein Kompliment dazu auszusprechen.«

Alexandra Wagner hörte auf zu tippen und sah ihn nachdenklich an. »Sie mögen diese Mädchen, oder?«

Mochte er sie? Er ging ein paar Schritte auf und ab, während er sich fragte, ob er sich jemals Gedanken darüber gemacht hatte. »Ich weiß es nicht.«

Sie schüttelte ihre schwarze Mähne ungläubig hin und her und lächelte ihn an. »Ach kommen Sie, Sie sprechen immer in einem netten Ton über sie.«

Er setzte sich. Ja, vielleicht mochte er sie wirklich. Als es ihm schlecht ging, als er erneut mit der Langeweile gerungen hatte, war er nicht zu ihnen gegangen, weil er ihnen sich selbst nicht zumuten wollte. »Ja, kann sein. Ist das wichtig?«

»Sagen wir, es ist auffällig. Was mögen Sie an ihnen?«

Er zuckte die Achseln. »Das wissen Sie doch. Die Mädels waren eine große Hilfe bei der Durchführung meines Plans. Auch wenn sie das selbst nicht wussten.«

Alexandra sagte zwar nichts, blickte ihn aber weiterhin fragend an.

Er fühlte sich ein wenig in die Defensive gedrängt. »Ich weiß nicht, ob ich sie mag, aber ich bin gerne mit ihnen zusammen. Sie stellen keine Ansprüche, erwarten nichts von mir und sind doch bereit, eine Menge dafür zu geben. Ja, *das* mag ich.«

Sie schwieg, wandte sich wieder dem Monitor zu und wartete darauf, dass er weiterdiktierte. Während er genau das tat, beobachtete er sie genau. Wie würde sie auf die nächsten Kapitel reagieren?

Alex brach der kalte Schweiß aus, und sie musste ihre Finger buchstäblich dazu zwingen, die einzelnen Tasten in der richtigen Reihenfolge zu drücken: *Er wollte ihren Namen nicht wissen, keine Beziehung zu ihr aufbauen. Ätherisch schöne Engel brauchten keine Namen: Sie waren Kunstwerke, keine Menschen mit so etwas Profanem wie Adressen oder Familien …*

Sie konnte kaum noch atmen. Dieses Schwein hatte die junge Frau allein sterben lassen und ihren Namen nicht einmal wissen wollen. Er war zu feige gewesen, ihnen dabei zuzusehen. In einem sterilen Sektionsraum hatte er sie einsam und allein verrecken lassen.

Alles in Alex schrie danach, auf ihn loszugehen, ihn zu kratzen, zu treten oder zu würgen. Kurz dachte sie an das Gespräch über »seine Mädels« zurück: Die Worte waren ihr so leicht über die Lippen gekommen, und sie hatte sich sicher gefühlt, fast schon ein wenig überlegen. Sie hatte geglaubt, entdeckt zu haben, dass er diese Prostituierten wirklich mochte, also tatsächlich zu gewissen Gefühlsregungen fähig war.

Und jetzt? Jetzt musste sie erfahren, dass der Tod dieser bedauernswerten Studentin ihn nicht im Geringsten kümmerte. Er empfand es eher als lästige Pflicht, sie umzubringen. Es ging ihm in keiner Weise um den Mord, sondern ausschließlich darum, sich selbst zu profilieren. Und die junge Frau war … Wie hatte er sich noch ausgedrückt, als es um den Thanatopraxie-Kurs ging? Genau, sie war für ihn schlicht ein Mittel zum Zweck. Alex traten die Tränen in die Augen, und die Buchstaben auf dem Computermonitor verschwammen. Sie saß hier mit einem Irren zusammen, der aus Langeweile tötete. Mit einem Verrückten, der erkannt hatte, dass triebgesteuerte Täter den Zwang zum Töten in sich trugen und daher dazu verdammt waren, Fehler zu begehen. Er selbst konnte das Ganze aus der Distanz betrachten, und aufgrund des fehlenden Zwangs beging er auch keine Fehler.

Wenn dem wirklich so war – wie sollte Lukas sie dann finden? Am liebsten hätte sie sich die Hände vors Gesicht gehalten und hemmungslos geflennt. Aber das durfte sie nicht. Sie durfte sich auf keinen Fall anmerken lassen, wie tief seine letzten Worte sie getroffen hatten. Sie musste weiterhin reden. Fragen stellen. Die Kommunikation in Gang halten. Was sagte oder fragte man in einer solchen Situation? Darauf konnten weder Selbstverteidigungskurse noch die gut gemeinten Ratschläge eines Kriminalhauptkommissars sie vorbereiten. Sie sollte etwas sagen, aber sie hatte keine Ahnung, was.

»Warum sind Sie nicht wenigstens bei ihr geblieben?« Die Worte brachen aus ihr heraus, ohne dass sie etwas dagegen unternehmen konnte. Er schwieg, blickte sie nicht einmal an. Alex hatte keine Ahnung, woher sie die Kraft nahm, weiterzusprechen, aber sie tat es. »Ich sehe ja, dass Sie sie so sanft wie möglich … haben einschlafen lassen. Aber so allein …?«

Nun sah er sie ganz ruhig, mit dem Anflug eines Lächelns an. »Aber nein, ich habe ihr einen Gefallen getan.«

»Sie haben was?« Alex konnte nicht fassen, was er da gerade gesagt hatte.

»Ich habe mich genauestens informiert. Wissen Sie, wie entwürdigend das eigentliche Sterben sein kann? Selbst Komapatienten geben kurz vor ihrem Tod häufig noch ein erbärmliches Röcheln von sich. Ich habe ihre Würde bewahrt, indem ich ihr die Möglichkeit gab, alleine zu sterben. Ohne Zeugen. Nur so kann sie als reiner Engel in Erinnerung bleiben.«

104

Köln 14. Juni

Lisa saß in Baumgartners Büro und funkelte ihn böse an. »Wie konntest du das nur zulassen? Jetzt ist Lukas unterwegs, und kein Mensch weiß, was für Dummheiten er machen wird.«

Ihr Vorgesetzter seufzte. »Glaubst du wirklich, ich hätte nichts unternommen, wenn es möglich gewesen wäre? Lukas hat sich in Rage geredet und Schneider alles Mögliche an den Kopf geworfen. Ich konnte nichts tun, ohne Lukas noch mehr zu schaden. Oder glaubst du, es wäre klug, unserem Kriminaldirektor zuzuflüstern, dass der betroffene Kommissar vielleicht Dummheiten macht, wenn er von dem Fall abgezogen wird?«

Lisa schüttelte entmutigt den Kopf. »Nein, du hast ja recht, aber ich erwische ihn nicht auf seinem Handy und habe keine Ahnung, wo er steckt.«

»Er wird sich schon bei dir melden, da bin ich mir sicher.«

Lisa konnte die Zuversicht des Dezernatsleiters nicht teilen. »Hoffentlich. Wir werden sehen.« Dann zückte sie ihre Notizen und berichtete Baumgartner über die Suche nach dem dunkelblauen SUV. »Ich denke, dass ist im Augenblick der beste Ansatzpunkt, den wir haben. Wir brauchen verstärkte Kontrollen und Streifen in ganz Köln, hauptsächlich im Westen. Brigitte und Rüdiger überprüfen die Fahrzeuge; ich glaube aber, dass sie ein wenig Hilfe nötig haben, um zu lernen, worauf sie achten müssen, wenn sich da jemand seine Papiere selbst zusammengeschustert hat.«

»Du denkst dabei an Reuther?«

Sie nickte. »Er könnte auch gleich ein paar Nachforschungen anstellen, wie der Täter es geschafft hat, sich als Jochen Bäumler auszugeben.« Sie zögerte kurz. Der Stachel, dass ihr Nachbar der gesuchte Mörder sein sollte, saß tief. »Und er sollte sich über Mankowski mit den französischen Kollegen verständigen, die gerade das Gleiche mit diesem Georges Dupont tun.«

105

Köln, 14. Juni

Geralds Laden mit der angrenzenden Werkstatt lag in Raderthal, in einer Seitenstraße der Bonner Straße.

Als er Lukas eintreten sah, wischte er sich mit einem alten Lappen die öligen Finger ab. »Hey, altes Haus. Alles im Lack?« Er deutete mit dem Kopf in Richtung Ducati, die Lukas direkt vor dem Werkstatttor geparkt hatte. »Oder hast du Probleme mit dem alten Mädchen?«

Lukas rang sich ein Grinsen ab. »Nein, die schnurrt wie ein Kätzchen.«

Gerald sah ihn argwöhnisch an. »Hey, was ist los? Irgendetwas stimmt doch nicht.«

Lukas nickte, bevor er seinem Freund gerade in die Augen sah. »Ich brauche deine Hilfe.«

Zwanzig Minuten später bog Lukas auf einer silbergrauen BMW K 1300 S und mit Geralds schwarzem Helm auf dem Kopf auf die Straße. Im Rückspiegel sah er noch, wie sein Freund die rote Ducati in die Werkstatt schob, während der ebenfalls rote Helm an seinem Arm baumelte.

Lukas war zufrieden mit diesem Tausch. Falls der Täter sein Motorrad kannte, würde er ihn niemals auf dieser Maschine vermuten, und die Farbe war ebenfalls deutlich unauffälliger. Lukas raste zurück zum Industriegebiet und fuhr langsam das gesamte Gelände ab. Einmal stockte ihm der Atem, als er einen dunkelblauen SUV auf einen Parkplatz einbiegen sah. Er folgte ihm und beobachtete, wie eine junge Frau aus dem Kofferraum einen Kinderwagen holte und dann ein schreiendes Baby hineinlegte. Das war definitiv nicht der Wagen, den er suchte. Er kurvte noch ein wenig herum, bis er ein griechisches Restaurant fand. Er ging hinein und setzte sich an einen Tisch am Fenster. Nachdem er bestellt hatte, rief er erst einmal Lisa an.

»O mein Gott, Luke, ich bin so froh, dass du dich meldest. Wo steckst du?«

Er erklärte ihr, wo er war und was er für die nächsten Stunden plante.

»Hey Luke, kommst du heute Abend zu Daniel?«

Er grinste. Zum ersten Mal an diesem Tag war es ehrlich gemeint. »Klar komme ich; rechnet aber nicht zum Essen mit mir.«

Essen – das hatte ihn vor ein paar Minuten auf eine Idee gebracht. Auch der Täter musste essen, und wenn er Alex am Leben erhalten wollte, musste er auch sie irgendwie verköstigen. Er würde sich eine Liste der Restaurants besorgen, die sich im näheren Umkreis befanden. Und dann würde er sich am Abend auf die Lauer legen.

106

Köln, 16. Juni

»Als Tüpfelchen auf dem i hatte er, kurz bevor er Schneewittchen in den orangefarbenen Kleintransporter umgeladen hatte, ihr Haar mit dem gleichen Parfum eingesprüht, das auch Rosenkommissars Partnerin bevorzugte«, diktierte er und musterte anschließend Alexandra.

Sie wirkte bedrückt. In den letzten beiden Tagen waren sie deutlich langsamer vorangekommen, weil Alexandra ihn immer wieder um kleine Pausen gebeten hatte. Außerdem hatte sie nicht mehr so viel gesprochen wie am Anfang. Er konnte sich denken, woran das lag, aber da musste sie jetzt leider durch. Insgesamt lagen sie gut in der Zeit, deshalb gönnte er ihr die Auszeiten. Und er brachte ihr häufig italienisches Essen, weil er wusste, dass sie es am meisten liebte. Sie würde sich schon wieder beruhigen und irgendwann auch verstehen, dass er alles in seiner Macht Stehende getan hatte, um die Würde der Mädchen zu schützen. Er sah, dass sie ihn fragend anblickte, so als ob sie etwas gesagt hatte und nun auf eine Antwort wartete. Offenbar war er gerade ein wenig zerstreut gewesen, sodass er nichts gehört hatte. »Wie bitte?«

»Woher wussten Sie, welches Parfum sie trägt? Ich meine, selbst wenn Sie sich in ihren Computer gehackt haben, dürfte es schwierig gewesen sein, herauszufinden, wonach sie duftet.«

Das war korrekt. Im Computer hatte er ihren Duft natürlich nicht gefunden. »Ich habe in ihrer Wohnung nachgesehen.«

»Wie das?«

»Oh, ich habe neben ihr gewohnt.«

Sie sah ihn an, als hätte er grüne Ohren oder zwei Nasen im Gesicht. »Wie haben Sie denn das hinbekommen?«

Er grinste. Natürlich würde er es ihr sagen, denn er hatte keine Geheimnisse vor ihr. Inzwischen hatte er eine Entscheidung über Alexandras Zukunft getroffen: Sie würde ihn entweder auf die *Rosebud* begleiten oder doch sterben müssen. Eine dritte Möglichkeit gab es nicht.

»Oh, das war nicht weiter schwierig.« Er setzte sich auf ihr Bett: das Bett, in dem sie die Nacht verbringen musste. »Ich besitze einen Konzern mit Tochtergesellschaften in der halben Welt. Für mich war es ein Leichtes, zu veranlassen, dass der jungen Frau, die neben ihr wohnte, ein Job in unserer Münchener Filiale angeboten wurde – ein Job, den sie unmöglich ablehnen konnte. So war ich der Erste, der auf die Annonce im Internet reagieren konnte. Was soll ich sagen? Der Vermieter hatte kein Problem mit mir.«

»Und dann sind Sie von Ihrer angemieteten Wohnung aus in die der Polizistin eingebrochen?«

»Nein, da liegen Sie ganz falsch. Sie hat mir ihren Schlüssel gegeben.«

»Sie hat was …?«

»Ja, wir haben uns recht schnell angefreundet. Und als sie über Weihnachten zu ihren Eltern fuhr, hat sie mir ihren Schlüssel gegeben, damit ich die Blumen gieße und die Post hereinhole.«

»Und Sie haben sie dann einfach ausspioniert.«

»Was heißt ausspioniert? Ich habe mir ihre Wohnung angesehen und den Faltkarton eines Parfums in ihrem Mülleimer im Bad vorgefunden. Nur die Außenverpackung. Liebe Frau Wagner, was erwarten Sie denn von mir? Dass ich eine solch interessante Information ungenutzt lasse? Natürlich habe ich Nachschlüssel anfertigen lassen … und so später in Erfahrung gebracht, dass sie sich einen neuen Duft zugelegt hat.«

107

Köln, 18.Juni

Lukas Rosenzweig fuhr jetzt schon seit vier Tagen durch das im Westen der Stadt gelegene Industriegebiet. Bisher leider erfolglos. Er hatte einige blaue SUVs entdeckt und verfolgt, aber in keinem von ihnen hatte der Mann gesessen, den er als Jochen Bäumler kannte.

Lukas hatte Urlaub eingereicht, den Baumgartner ihm, ohne nachzufragen, gewährt hatte. Sie wussten beide, dass er weiter nach Alex suchen würde, denn mit einem anderen Fall betraut zu werden, derweil sie immer noch in den Fängen dieses Dreckskerls war, hätte er nicht ertragen. Er war dankbar, dass der Dezernatsleiter ihm half, und wusste selbst nicht so genau, womit er das eigentlich verdient hatte.

In den Mittagsstunden und am Abend fuhr er die in der Nähe gelegenen Restaurants ab. Er hatte sich schon Montagnacht in Daniels Wohnung eine Liste aus dem Internet ausgedruckt und von Lisa einen Stapel Phantombilder geben lassen, um sie in den verschiedenen Gaststätten zu verteilen. Die Wirte und ihre Angestellten hatte er gebeten, auch darauf zu achten, ob dieser Mann einen dunkelblauen SUV fuhr, und ihn sofort anzurufen, wenn er auftauchte. Alex aß gerne italienisch, daher hatte er den Radius für diese Art von Restaurants weiter gespannt als für die anderen. Er hatte zwar keine Ahnung, ob den Täter die Vorlieben seiner Geisel interessierten, aber man wusste ja nie.

Bisher hatte sich allerdings noch niemand gemeldet, und so fuhr Lukas weiter kreuz und quer durch das Gelände. Hin und wieder sah er zivile Streifenwagen das Gleiche tun, war aber ein wenig enttäuscht, dass es so wenige waren. Lisa hielt ihn ständig auf dem Laufenden. Schneider glaubte nicht daran, dass es sich lohnte, nur aufgrund des letzten Handysignals eine Großfahndung im Kölner Westen durchzuführen, sondern verteilte die Kontrollen und Streifen auf den gesamten Kölner Raum. Lukas hasste ihn für seine Engstirnigkeit, konnte aber absolut nichts dagegen unternehmen. Ansonsten liefen die Ermittlungen sowohl in Frankreich als auch in Deutschland auf Hochtouren. Mankowski hatte berichtet, dass die Familie des verstorbenen Bestatters Bäumler auf dem Phantombild erkannt hatte. Computerspezialisten in beiden Ländern versuchten inzwischen herauszufinden, wer hinter den falschen Identitäten steckte. Lukas' Hoffnungen lagen dabei auf Reuther. Der Mann hatte einen kompetenten Eindruck auf ihn gemacht. Aber bisher war noch nichts dabei herausgekommen.

108

Köln, 20. Juni

»Er sah die junge Frau mit dem blauen Abendkleid aus dem Taxi steigen, startete den Wagen und fuhr davon.« Er drehte sich lächelnd zu seiner Gefangenen um. »Das war's.«

Sie blickte ihn entsetzt an. »Das war was?«

»Das Ende der Geschichte. Wir sind fertig.« Er sah, dass sie schluckte und sichtlich um Fassung rang. Vielleicht konnte sie ja jetzt nachvollziehen, wie er sich gefühlt hatte, als er mit seiner Planung fertig gewesen war. Die furchtbaren Wochen danach, bis er sich zur Realisierung seines Plans entschlossen hatte. Für sie musste es ein ähnliches Gefühl sein. Ihre Aufgabe war zu Ende. Nun ja, zumindest fast. »Jetzt müssen wir nur noch einen Brief schreiben.«

Sie legte die Hände mechanisch auf die Tastatur und saß ansonsten steif wie ein Brett vor dem Computer. Dann schrieb sie, was er ihr diktierte:

Sehr geehrter Rosenkommissar,
anbei das Manuskript, das die wahre Geschichte Ihrer unaufgeklärten Mordserie in Köln wiedergibt. Sorgen Sie dafür, dass es am 2. Juli dieses Jahres in Buchform und mit entsprechender Presseeinführung auf dem Markt erscheint. Mir ist klar, dass das Timing etwas kurzfristig anmutet, aber aus Gründen, die ich nicht näher erläutern möchte, ist das Datum nicht verhandelbar, wenn Sie Frau Alexandra Wagners Leben nicht in Gefahr bringen möchten.
Hochachtungsvoll,
Ihr Rosenphantom

Er blickte zufrieden auf den Monitor. »So, das war es nun aber wirklich. Jetzt müssen wir das Ganze nur noch ausdrucken. Ich bin gleich wieder da.« Bevor er den Raum verließ, kopierte er sowohl das Manuskript als auch den Brief auf einen USB-Stick. Sicher ist sicher.

Alex saß wie vom Donner gerührt da. Und jetzt? Irgendwie konnte sie es nicht fassen, dass er sie nun nicht mehr als Manuskript-Schreiberin benötigte.

Worüber sollte sie jetzt mit ihm reden? Wie die Kommunikation in Gang halten? Sie hatte zehn Tage lang fast Tag und Nacht nur geschrieben, und die Worte auf dem Bildschirm hatten immer wieder für Gesprächsstoff gesorgt. Sie hatte sich von dieser Routine einlullen lassen. Unter anderem war sie nicht mehr so wachsam wie in den ersten Tagen. Und auch wenn ihre Angst je nach Kapitel immer wieder einmal aufgeflackert war, hatte sie doch die meiste Zeit ohne bewusste Furcht um ihr Leben hier gesessen; ihre Angst war in einer Art Dämmerschlaf versunken. Zwar immer präsent, aber nur selten vordergründig. Jetzt erwachte die Angst erneut und kroch ihr brutal langsam den Rücken hinauf.

Bis zum 2. Juli waren es noch knapp zwei Wochen. Was sollte Sie bis dahin tun? Die Schreiberei hatte sie wenigstens abgelenkt. Sollte sie die kommenden zwölf Tage hier herumsitzen und darauf warten, dass er sie umbrachte, wenn das Buch nicht erschien? Hatte die Polizei überhaupt die Macht und die Möglichkeit, einen Verlag so kurzfristig dazu zu bringen, ein Buch zu drucken? Sie hatte keine Ahnung und war bald einer Panik nahe. Sie hätte am liebsten den kompletten Text gelöscht, damit sie noch einmal von vorne beginnen konnte. Aber er hatte ja eine Kopie. Das brachte also nichts.

Sie schrak auf, als er gut gelaunt zurückkehrte. Sogleich bemerkte sie, dass er dünne Kunststoffhandschuhe trug. Das bereitete ihr Unbehagen. In seinen Händen hielt er einen Drucker und ein Kabel. Beides stellte er auf dem Boden hinter dem Schreibtisch ab und verschwand erneut, um gleich darauf mit einem Paket Papier, einem großen Umschlag und einigen Formularen wieder zu erscheinen.

Er schloss den Drucker an den Laptop an und legte Papier ein. »Es kann losgehen. Geben Sie dem Rechner den Befehl zu drucken.«

Sie gehorchte wie eine Marionette. Während der Drucker leise zu rattern begann, legte er die Formulare vor sie hin.

»Füllen Sie die bitte aus, die sind für den Kurierdienst«, wies er sie an. »Adressat ist der Rosenkommissar, und als Absender nehmen Sie bitte ihren eigenen.«

Sie fügte sich, während sie sich fragte, ob der billige Kugelschreiber ihr in irgendeiner Form als Waffe dienen könnte. Wohl eher nicht.

Er trat hinter sie und blickte ihr über die Schulter.

Plötzlich spürte sie einen leichten Schmerz auf ihrer Kopfhaut. »Autsch.« So schlimm war es eigentlich nicht gewesen, es war einfach eine spontane Reaktion.

»Entschuldigen Sie bitte, Frau Wagner. Ich brauchte nur ein Haar von Ihnen, damit der Rosenkommissar weiß, dass ich es ernst meine.« Er zuckte kurz mit den Achseln. »Diese Nachricht wird er verstehen.«

Auch Alex verstand die Nachricht, wusste aber nicht so recht, was dies für ihre eigene Zukunft bedeutete. War das ein hoffnungsvolles Zeichen – oder musste sie nun Schlimmes befürchten? Sie entschied, einfach das Beste zu hoffen. Als sie mit den Formularen fertig war, sah sie ihm schweigend dabei zu, wie er das Haar mit einem kleinen Streifen Tesafilm auf ein weißes Blatt klebte und dann auf das inzwischen ausgedruckte Manuskript legte. Ganz oben deponierte er den Brief, bevor er alles in einen großen Umschlag schob, auf dem er dann die Versandpapiere befestigte. Er verrichtete die wenigen Handgriffe in einer schon fast abartigen Ruhe und zeigte dabei einen mehr als zufriedenen Gesichtsausdruck.

Alex hätte am liebsten laut geschrien. Lukas würde durchdrehen, wenn er das auf seinem Schreibtisch fand.

Ach Luke, wo bist du? Wirst du mich noch früh genug finden?

109

Köln, 21. Juni

Lisa kam gerade aus Reuthers Büro, der leider noch keine Neuigkeiten für sie hatte, als sie den großen Umschlag auf Lukas' Schreibtisch liegen sah. Sie griff danach, um zu sehen, ob es etwas Wichtiges war oder sie ihn vorerst zur Seite legen konnte. Als sie den Absender sah, stieß sie einen erstickten Schrei aus und ließ den Umschlag fallen, als wäre er kochend heiß oder mit Milzbrand verseucht. Der erste Gedanke, der ihr durch den Kopf schoss, war, dass sie sofort mit Lukas reden musste. Aber der war nicht da.

»Scheiße!« Sie merkte nicht einmal, dass sie laut fluchte. Schon während der gesamten letzten Woche hatte sie sich gefühlt, als wäre sie der einsamste Mensch im Präsidium, obwohl sie mit den anderen Kollegen gut klarkam. Aber erst jetzt merkte sie, wie sehr ihr die Gespräche mit Lukas fehlten. Sie kam sich vor wie ein halber Mensch. Ihr Selbstbewusstsein hatte stark gelitten durch die Tatsache, dass ein Serientäter monatelang neben ihr gewohnt und sie nichts, aber auch rein gar nichts gemerkt hatte: Nun war sie sich nicht mehr sicher, ob sie in ihrem Beruf alles richtig machte. Und jetzt, ohne Lukas an ihrer Seite, hatte sie die Befürchtung, dass ihr vielleicht noch mehr entgehen könnte.

Tief durchatmen, befahl sie sich und riss sich zusammen. Sie ergriff das Telefon und berichtete Baumgartner von dem Umschlag. Ihr Chef kam in Windeseile zu ihr ins Büro und rief sogleich Möller an, um ihn so schnell wie möglich zu ihnen in den dritten Stock zu beordern.

»Wer hat das gebracht?«, wollte Baumgartner wissen.

Lisa zuckte mit den Achseln. »Keine Ahnung. Der Umschlag lag auf dem Schreibtisch, als ich von Reuther zurückkam.« Sie rief beim Empfang an und erkundigte sich; dann sagte sie: »Er traf ganz normal mit dem Kurierservice und einigen anderen Sendungen hier ein.«

Baumgartner nickte. »Habe ich mir schon gedacht.« Er machte eine resignierende Handbewegung. »Ich glaube zwar nicht, dass es viel bringt, aber wir müssen zumindest versuchen herauszufinden, wer den Umschlag aufgegeben hat.«

Nun nickte auch Lisa. Sie hatte ebenfalls wenig Hoffnung, dass sich am Umschlag verwertbare Spuren finden ließen. Ungeduldig sah sie auf ihre Uhr. Wo blieb denn Möller? Sie wippte ungeduldig auf ihren hohen Absätzen und war eigentlich nicht besonders glücklich darüber, dass der Mann von der KTU einer der Ersten sein würde, der den Inhalt des Umschlags zu Gesicht bekäme. Sie hatte keine Ahnung, was sie darin finden würden, aber Möller war in ihren Augen einfach zu unsensibel.

»Wann hast du zuletzt mit Lukas gesprochen?«, fragte Baumgartner und sah sie abwartend an.

Sie brauchte einen Moment, bis sie denn Sinn der Worte begriffen hatte. »Gestern Abend.« Sie zögerte und zuckte mit den Achseln. »Auch wenn ich nicht mehr im Mittelpunkt stehe, wohnen wir noch immer bei Daniel. Das haben wir vorerst einfach so beibehalten.«

Baumgartner lächelte. Als er zu einer Antwort ansetzen wollte, stürmte Möller in den Raum.

Der KTU-Mann zog die mitgebrachten Handschuhe an, breitete eine Folie auf dem Schreibtisch aus und legte die Sendung darauf. Dann öffnete er sie vorsichtig auf einer Seite.

Lisa und Baumgartner traten heran und lasen entsetzt den zuoberst liegenden Brief.

»O mein Gott.« Sie fuhr sich nervös über die straff gebundenen Haare.

Baumgartner schwieg. Möller legte vorsichtig den Brief beiseite. Anschließend starrten sie auf das lange, gewellte schwarze Haar, das auf dem ansonsten leeren Papier prangte.

»Das könnte von Alexandra Wagner stammen«, meinte Lisa.

»Wir werden es untersuchen«, erklärte Möller. Seine professionelle Ruhe, die man von ihm gar nicht gewohnt war, unterstrich den Ernst der Situation.

Als sie die ersten Worte des Manuskripts gelesen hatten, senkte sich Totenstille über den Raum. Möller blätterte behutsam weiter, und schnell wurde allen drei klar, worum es sich hier handelte.

Schließlich brach Baumgartner das Schweigen und gab den beiden anderen Anweisungen, die wie Salven aus einem Maschinengewehr klangen. »Möller, wir brauchen sechs Kopien! Nein, sieben, nein, acht, und zwar so schnell wie möglich. Danach könnt ihr Papier, Umschlag und so weiter untersuchen. Lisa, trommle das Team zusammen! Brigitte soll untersuchen, wer die Sendung aufgegeben hat. Und informiere Lukas! Ich werde Schneider erklären, was passiert ist, und Neuberg anrufen.«

Lisa nickte nur und griff zum Telefon. Möller packte den ganzen Stapel Papier samt Umschlag vorsichtig in die Folie und verschwand, dicht gefolgt von Baumgartner.

Die Kollegen im Präsidium hatte Lisa schnell informiert. Nun musste sie nur noch Lukas anrufen. Statt nach dem Hörer griff sie jedoch nach ihrer Handtasche, hastete zum Aufzug, fuhr nach unten und verließ das Gebäude. Sie überquerte die Straße und bog zügig um die nächste Ecke, bis sie außer Sichtweite war. Dann lehnte sie sich an eine Hauswand und begann in ihrer Tasche zu kramen. Ihre Hand zitterte, als sie versuchte, mit dem zierlichen Feuerzeug eine Zigarette anzuzünden. Irgendwann gelang es ihr, und sie nahm ein paar gierige Züge, bevor sie sich die Worte zurechtlegte, die sie Lukas gleich am Telefon sagen würde.

110

Köln, 21. Juni

Alex erwachte von einem verführerischen Duft nach Kaffe und frischen Brötchen. Sie öffnete die Augen und brauchte einen Augenblick, um sich zurechtzufinden. Sie zuckte zusammen, als sie ihn auf dem Stuhl sitzen sah. Er lächelte sie an. Hatte er sie beim Schlafen beobachtet? Irgendetwas war heute anders. Sie warf einen Blick auf die Uhr und sah, dass es schon nach neun war. So spät hatte er sie noch nie geweckt. Eigentlich hatte er sie gar nicht geweckt, sondern einfach nur still dagesessen. Jetzt fiel es ihr wieder ein: Sie hatte fast die ganze Nacht voller Angst darüber nachgedacht, was er wohl mit ihr machen würde, und war erst in den frühen Morgenstunden eingeschlafen. Wie sollte es nun weitergehen? Ihre Aufgabe war beendet. Sie war zwar immer noch ein Druckmittel, hatte aber ansonsten keinerlei Nutzen mehr für ihn.

»Ich dachte mir, ich lasse Sie heute so lange schlafen, bis Sie von allein aufwachen. Das haben Sie sich nach der hervorragenden Zusammenarbeit verdient. Frühstück?« Er schien regelrecht fröhlich und aufgekratzt zu sein.

»Ich würde lieber erst ins Bad.«

»Kein Problem.« Er machte sich daran, ihre Fesseln zu lösen. »Ach ja, ich habe mir erlaubt, Ihnen etwas Neues zum Anziehen zu besorgen. Es hängt schon im Bad für Sie bereit.«

Das hatte er in der ersten Woche schon zweimal getan, daher wunderte sie das nicht. Es waren ähnliche Jeans und T-Shirts gewesen, wie sie sie ohnehin trug, zudem hatte er ihr noch schlichte Baumwollunterwäsche gegeben. Als sie nun aber den kleinen fensterlosen Raum betrat, stockte ihr beim Anblick der neuen Kleidung der Atem. Dort hing ein langes Trägerkleid aus einem seidig schimmernden Stoff in einem hellen Apricotton. Schlimm war die Unterwäsche: Spitzendessous in der gleichen Farbe. Was sollte das? Sie hatte bisher nur um ihr Leben gefürchtet. Wollte er sie noch vergewaltigen, bevor er sie umbrachte?

»Was soll das?«, rief sie laut.

»Was soll was?« Seine Stimme klang dumpf durch die geschlossene Tür.

»Na, dieser Fetzen hier und die fast nicht vorhandene Unterwäsche.«

»Oh, gefällt es Ihnen nicht?« Er hörte sich enttäuscht und betroffen an.

»Nein, es ist hübsch, aber ich wüsste gerne, was der Anlass ist.«

Jetzt lachte er. »Ich verstehe. Machen Sie sich keine Gedanken. Es ist nur eine kleine Aufmerksamkeit meinerseits, weil ich mit Ihrer Arbeit so zufrieden war. Ich werde nicht über Sie herfallen, wenn es das ist, was Sie befürchten. Jegliche Art von Gewalt liegt mir fern.«

Schon klar, fuhr es ihr durch den Kopf. War ein schmerzloser Mord kein Akt der Gewalt? Und würde er sie nicht töten, wenn sein Buch ungedruckt bliebe? Alex seufzte. Diese destruktive Art zu denken brachte sie auch nicht weiter. In einer gewissen Hinsicht glaubte sie ihm: Rohe Gewalt lag ihm fern. Deshalb beschloss sie, das Risiko einzugehen, dieses zugegebenermaßen wunderschöne Kleid anzuziehen.

Sie sah einfach entzückend aus. Sie war ein ähnlicher Typ wie Sophie. Ihr schwarzes Haar und ihr ebenmäßiger Teint bildeten einen wunderbaren Kontrast zu dem hellen Stoff. Obwohl sie sehr schlank war, besaß sie an den richtigen Stellen sanfte Kurven, die durch das Kleid perfekt zur Geltung gebracht wurden. Sie gefiel ihm immer besser, und er bedauerte es, ihr nun wieder die farblich völlig unpassenden Fesseln anlegen zu müssen.

Anschließend ließ er ihr Zeit, in Ruhe zu frühstücken. Obwohl es im Moment nicht viel zu tun gab, wurde er nicht von der sonst so tückischen Langeweile befallen. Im Gegenteil, er hatte elf spannende Tage vor sich, in der er sie noch besser würde kennenlernen – und sie ihn. Er würde sie am Ende vor die Wahl stellen, ob sie ihn auf die *Rosebud* begleiten oder lieber sterben wollte. Außerdem war das Manuskript hervorragend gelungen. Er hatte ihr alles diktiert, was wichtig war, um die Geschichte zu verstehen. Nur den Namen seines Bootes hatte er ausgelassen und seinen Heimathafen nach Sydney verlegt, damit die Polizei ihn nicht finden konnte. Das war weit genug von Mackay entfernt. Dorthin konnte er sich mit ihr oder ohne sie beruhigt zurückziehen.

»Und jetzt?« Sie sah ihn auffordernd an. »Was machen wir jetzt? Einfach nur hier herumsitzen, ohne irgendetwas zu tun?«

Er lächelte sie, wie er selbst fand, entwaffnend an. »Erzählen Sie mir ein wenig mehr von sich. Wir haben zurzeit keine anderweitigen Pläne.«

Sie warf ihm einen misstrauischen Blick zu. »Warum sollte ich das tun? Ich kenne ja noch nicht einmal Ihren Namen.«

»Nikolas. Mein Name ist Nikolas.«

»Im Ernst? Keine weitere falsche Identität?«

Sie klang ein wenig spöttisch, aber er ließ sich nicht provozieren. »Nein, das ist der Name, den meine Eltern mir gegeben haben. Er stammt aus dem Griechischen – von Nicolaos. Und das bedeutet so viel wie ›Sieger des Volkes‹.«

Sie grinste. »Und Sie glauben natürlich an *nomen est omen?*«

»Glauben Sie daran, meine liebe Alexandra?«

Ihr Grinsen erstarb. »Warum? Alexandra stammt auch aus dem Griechischen und bedeutet ›die Verteidigerin‹.« Sie hob ihre gefesselten Hände hilflos in die Luft. »So lässt sich allerdings nur schwer etwas verteidigen.«

»Nun ja, das ist eine mögliche Übersetzung. Eine andere ist mir viel geläufiger.«

Ihr Blick verriet, dass sie genau wusste, wovon er sprach, und eine leichte Röte überzog ihr Gesicht.

»Haben Sie unseren Rosenkommissar deshalb verlassen und sich einer Frau zugewandt: Alexandra, die ›Männer-Abwehrende‹?«

Sie senkte den Blick und schwieg.

Irgendetwas stimmte da nicht. Er versuchte, so viel Sanftmut wie möglich in seine Stimme zu legen. »Warum haben Sie es getan? Erzählen Sie es mir.«

111

Köln, 21. Juni

Im Morddezernat herrschte angespanntes Schweigen. Nur das Rascheln von Papier war zu hören. Die gesamte Mordkommission inklusive Baumgartner, Neuberg und Schneider las. Sie hatten zwar alle das Gefühl, Zeit zu verschwenden, aber es half nichts: Sie mussten den Text genau studieren und hoffen, dabei auf etwas zu stoßen, das sie zum Täter führen konnte. Und letztendlich waren sie natürlich alle begierig darauf, endlich zu erfahren, wie es ihm gelungen war, bisher unentdeckt zu bleiben.

Lisa hatte anfänglich Schwierigkeiten, sich zu konzentrieren, denn sie dachte immer wieder an das Gespräch mit Lukas. Wie nicht anders erwartet, war es ziemlich emotional verlaufen. Sie seufzte. Sie hatte seinen inneren Kampf am anderen Ende der Leitung förmlich gespürt. Einerseits wäre er am liebsten sofort ins Präsidium gekommen, um das Manuskript ebenfalls zu lesen. Andererseits hatte er das Gewerbegebiet nicht verlassen wollen, weil er nach wie vor davon überzeugt war, dass Alex dort irgendwo gefangen gehalten wurde. Schließlich hatten die beiden sich auf einen Kompromiss geeinigt. Lisa würde ihn sofort anrufen, falls sie oder einer der anderen Kollegen eine Spur im Text entdeckten, und ihm am Abend eine Kopie mit nach Hause bringen. *Nach Hause.* Sie wohnte immer noch bei Daniel, aber sie fühlte sich dort weitaus geborgener als in ihrer entweihten Wohnung. Einer von einem Serienmörder entweihten Wohnung … Stopp! Entschlossen unterbrach Lisa den Fluss ihrer Gedankenassoziationen. Sie musste sich endlich auf das vor ihr liegende Manuskript konzentrieren. Täter, die mit ihren

Morden prahlten, verrieten sich immer auf irgendeine Art und Weise. Das hatte Neuberg vorhin noch einmal betont.

Sie arbeitete sich Wort für Wort durch den Text. Nach nur wenigen Seiten hatte er sie in seinen Bann gezogen. Was sie hier las, war ein ausführliches Geständnis, angereichert mit Gedankengängen, die Verbrecher normalerweise lieber für sich behielten. Unglaublich! Noch viel unglaublicher aber fand sie sein Motiv: Langeweile. Sie hatten sich das Hirn zermartert, warum die Mädchen sterben mussten. Doch keiner von ihnen war auch nur ansatzweise auf die Idee gekommen, dass sich da jemand einfach nur langweilte und daher beschlossen hatte, die perfekte Mordserie zu planen und sie schließlich auch noch durchzuführen. Unfassbar!

Sie hatte das Manuskript gerade bis zur Hälfte durchgelesen, als Reimann und Peters in ihr Büro stürmten. »Wir sind fertig!«, rief Letzterer. »Wir glauben, Lukas hat recht mit der Vermutung, dass Alex in diesem Industriegebiet ist.«

Lisa sah verblüfft von einem zum anderen und dann etwas zweifelnd auf den noch verbleibenden Papierstapel auf ihrem Schreibtisch. »Wie habt ihr das geschafft, das Manuskript so schnell zu lesen?«

Die beiden grinsten.

»Wir haben es aufgeteilt«, antwortete Reimann. »Jeder eine Hälfte. Um Zeit zu sparen.«

Lisa seufzte. Wäre Lukas hier gewesen, hätten sie das vermutlich auch getan, und so wurde ihr wieder einmal deutlich, wie allein sie sich fühlte. »Und?«

Reimann trat an die Wand mit dem Kölner Stadtplan. »Er erwähnt ein Industriegebiet, in dem er eine kleine Lagerhalle gemietet hat. Ein ideales Versteck für eine Geisel. Er schreibt viel über Saint-Quentin und das Bestattungsinstitut, das wir ja inzwischen gefunden haben. Auch über seine Wohnung in Köln. Doch über das Industriegebiet findet man kaum etwas.

Er erwähnt zwar nicht, in welchem Stadtteil es sich befindet, aber …« Er deutete auf eine Stelle auf der Karte, die im Zentrum und sehr dicht am Rhein lag. »… er schreibt an einer Stelle, dass er vom Dom bis zu diesem Gewerbegebiet etwas mehr als zwanzig Minuten braucht. Und zwar nachts. Zwischen zwei und drei Uhr, um genau zu sein.« Reimanns Finger wanderte nun Richtung Westen über die Karte. »Wenn kaum Verkehr ist, kann man diese Strecke in ungefähr zwanzig Minuten zurücklegen. Natürlich gibt es noch andere Industriegebiete, die in dieser Zeit erreicht werden können. Aber wir haben ja auch noch Alex' letztes Handysignal, das auf genau diese Gegend hindeutet.«

Lisa spürte ein leises Kribbeln, und ihre feinen Härchen auf den Armen begannen sich aufzurichten. Lukas hatte offenbar mit seinem Bauchgefühl wieder einmal richtiggelegen. Sie lächelte ihre Kollegen an. Es war unschwer zu bemerken, dass den beiden genauso wie ihr selbst daran gelegen war, Lukas zu rehabilitieren. Dafür war sie ihnen dankbar.

Sie wollte schon aufspringen und mit den beiden zu ihrem Chef gehen; dann kam ihr jedoch ein anderer Gedanke. Wahrscheinlich war es besser, wenn nicht sie, die Partnerin von Lukas, diesen vielleicht entscheidenden Hinweis zur Gefangennahme des Täters vortrug, sondern zwei andere aus ihrem Team. »Geht schon mal zu Baumgartner und erklärt ihm das. Ich komme gleich nach.«

112

Köln, 21. Januar

Lukas fuhr viel zu schnell. Aber das war ihm egal. Lisa hatte ihm aufgeregt die neuesten Erkenntnisse von Reimann und Peters mitgeteilt. Zudem hatte sie ihm versprochen, alles daranzusetzen, dass in dem Gewerbegebiet, das er bislang nahezu allein absuchte, bald ein Großeinsatz durchgeführt wurde. Er hoffte nur, dass dieser Idiot von Schneider sich nicht wieder querstellen würde. Aber er hatte großes Vertrauen in Lisas Diplomatie.

Lukas fuhr weiterhin an den großen Baumärkten, Autohäusern und Supermärkten vorbei. Nach einer Weile entdeckte er einen blauen SUV und folgte ihm. Wenig später sah er zu seiner Enttäuschung, wie eine ganze Familie aus dem Auto stieg, nachdem es auf dem Parkplatz eines Spielwarengeschäfts angehalten hatte. Die Kinder waren noch so klein, dass er sie von hinten nicht im Wagen hatte sitzen sehen. Er wollte gerade weiterfahren, als sein Telefon erneut klingelte.

Der Geschäftsführer des *Destinos*, eines ziemlich teuren Restaurants in Junkersdorf, war am anderen Ende der Verbindung und erzählte von einem Gast, der sich soeben verabschiedet hatte und vielleicht der von Lukas gesuchte Verbrecher war. »Der Mann ist zwar nicht blond, sondern hat braune Haare, aber ansonsten passt er auf Ihre Beschreibung und sieht dem Bild auch einigermaßen ähnlich.«

»Haben Sie gesehen, was für ein Auto er fährt?«

»Ja, einen dunkelblauen Toyota RAV 4. Er startet gerade den Motor. Brauchen Sie auch das Kennzeichen?«

»Ja, bitte.«

Der Geschäftsführer nannte das Kennzeichen. Lukas bedankte sich bei ihm und wollte das Telefonat schon beenden, als ihm noch etwas einfiel. »Was hat er bestellt?«

»Tomaten mit Mozzarella und Fettuccine mit Pfifferlingen, und zwar zum Abholen.«

Das wurde ja immer besser, dachte Lukas. Beide Gerichte hatte Alex unzählige Male gegessen, als sie noch gemeinsam zum Italiener gegangen waren. Er überlegte kurz, wo er am besten auf den Wagen warten sollte. Es gab mehrere Wege, die der Täter nehmen konnte. Aber egal, welchen er nehmen würde, er musste garantiert unter der Autobahn durch. Sehr gut. Ein Motorradfahrer unter einer Brücke war ein alltägliches Bild. Dort würde Lukas auf diesen Dreckskerl warten.

113

Köln, 21. Juni

Alex war am Boden zerstört und ließ ihren Tränen freien Lauf. Wie hatte sie das nur zulassen können? Sie hatte ihr Innenleben vor ihm entblößt. Er war tiefer in sie gedrungen als jeder andere Mensch in den letzten eineinhalb Jahren. Tiefer als jeder ihrer Freunde. Sie hatte sich zunächst gewehrt und versucht, sich zu verschließen, aber irgendetwas hatte plötzlich in ihr nachgegeben.

Sie war erschüttert. Hatte sie sich tatsächlich so blenden lassen, dass sie nicht einmal mehr selbst wusste, was sie eigentlich wollte? Sie griff nach einem der Papiertaschentücher, die er ihr vorsorglich auf den Tisch gelegt hatte, bevor er gegangen war. Es war nicht ihre Absicht gewesen, vor ihm in Tränen auszubrechen, aber sie hatte es nicht geschafft, sie zurückzuhalten.

Nikolas – sie glaubte tatsächlich, dass dies sein richtiger Name war – hatte sie eingewickelt, in Sicherheit gewogen und dann wie eine Kobra im richtigen Moment zugeschlagen. Nachdem sie ihm erst einmal gar nichts erzählt hatte, bedrängte er sie nicht weiter und fragte einfach, wie sie Miriam kennengelernt hatte. Sie fühlte sich gleich ein wenig entspannter und begann zu erzählen, wie schlecht ihre Auftragslage damals gewesen war. Ein Bekannter hatte sie der Werbeagentur empfohlen, die ihr wie die Rettung in letzter Sekunde erschienen war. Nach einer langen Durststrecke hatte sie wieder eine Perspektive gesehen. Ihre Kontaktperson bei der Agentur war Miriam. Sie freundeten sich an, und in ihrer Euphorie merkte Alex zunächst nicht, dass Miriam noch ganz andere Gefühle für sie entwickelte. Alex war einfach nur glücklich, dass sie in finanzieller Hinsicht wieder selbst für sich sorgen konnte. Dass sie Lukas nicht mehr auf der Tasche lag, obwohl der nie ein Wort darüber verloren hatte. Sie genoss es, mit Miriam über das gemeinsame Hobby Tauchen zu reden, das sie schweren Herzens aufgegeben hatte, weil Luke sich nicht dafür interessierte. Er fand es in keiner Weise erstrebenswert, auf technische Geräte angewiesen zu sein, um überhaupt atmen zu können. Miriam hingegen sprach immer häufiger von einer gemeinsamen Reise auf die Malediven. Und Alex musste ständig daran denken, wie oft sie in den Jahren zuvor alleine zu Hause gesessen hatte, weil Lukas' Arbeitszeiten so unvorhersehbar waren.

Das alles hatte sie Nikolas erzählt, ohne sich schlecht dabei zu fühlen. Er hatte sie daraufhin angesehen und den Kopf leicht geschüttelt. »Kommen Sie, Alexandra, das kann doch nicht alles gewesen sein? Sie verlassen doch nicht einen Mann und wenden sich zudem noch dem anderen Geschlecht zu, nur weil es im Job besser läuft und man Ihnen mit einem Urlaub auf den Malediven winkt. Das kaufe ich Ihnen nicht ab.«

Er war verbal überhaupt nicht brutal gewesen, musste sie sich jetzt eingestehen. Aber seine Worte hatten irgendetwas in ihr ausgelöst. Etwas, das schon lange in ihr schwelte, das sie aber nie zu einem offenen Feuer hatte aufflackern lassen. Diese Worte zwangen sie dazu, über sich selbst nachzudenken. Vielleicht war es aber auch der naheliegende Gedanke, dass sie bald sterben könnte und dann niemand auf dieser Welt etwas davon wusste, was damals in ihr vorgegangen war.

»Bereuen Sie, dass Sie unseren Rosenkommissar verlassen haben und nun mit einer Frau zusammenleben? Es würde mich wirklich interessieren, was dazu geführt hat. Hat sich ihr Weltbild von einem Tag auf den anderen verändert?«

Das war der Augenblick gewesen, als ihre innere Abwehr wie ein Kartenhaus in sich zusammengefallen war. Genau die gleiche Frage hatte Luke ihr damals auch wieder und wieder gestellt. Es war der Moment, als ihr die Tränen in die Augen schossen und Nikolas ihr das erste Taschentuch reichte. Er rückte mit seinem Stuhl näher an sie heran und strich ihr eine Haarsträhne zurück. »Erzählen Sie, Alexandra. Lassen Sie es heraus. Ich sehe doch, dass es Sie quält.« Dann warf er ihr einen verschwörerischen Blick zu und fuhr mit dem Zeigefinger über seinen Mund. »Meine Lippen sind verschlossen.«

Und sie begann zu erzählen, was sie noch nie jemandem erzählt hatte. »Es ist eigentlich nicht wirklich etwas passiert. Es war eher ein Prozess. Miriam und ich waren nach der Arbeit oft zusammen essen oder sind einfach auf einen Prosecco in ein Bistro gegangen. Wir haben uns gut verstanden und über Gott und die Welt geredet. Mir hat das gefallen; ich war zum ersten Mal während meiner Beziehung mit Lukas nicht diejenige, die zu Hause gesessen und auf ihn gewartet hat, wenn er wieder einmal länger arbeiten musste. Miriam ist eine interessante Frau. Sie hat viel erlebt, ist intelligent und sehr einfühlsam.« Sie zögerte einen Moment und sah Nikolas an. »Ich weiß. Genau wie Lukas finden Sie sie nicht besonders attraktiv. Aber es macht Spaß, mit ihr zusammen zu sein. Sie kann sehr witzig sein, hat einen trockenen Humor, und wir haben viel herumgeflachst.« Sie hielt erneut inne, weil sie selbst nicht wusste, wie sie es erklären sollte. »Ich weiß nicht, was sich verändert hat, aber irgendwann, als wir wieder einmal herumgewitzelt haben, ist es plötzlich so gewesen, als säße ich mit einem Mann an einem Tisch, der versucht, mich anzumachen. Nur viel subtiler. Ich hatte keine Ahnung, worauf das hinauslaufen sollte, aber ich habe mitgemacht, weil ich es interessant und spannend fand.« Sie sah Nikolas erneut an und machte eine abwehrende Handbewegung. »Es passierte nichts an jenem Abend, aber die Flirterei wiederholte sich noch einige Male, bevor wir gemeinsam ein Wochenende nach London geflogen sind. Rein beruflich. Aber wir haben natürlich im selben Hotel gewohnt. Sie war toll. Ist auf mich eingegangen wie keiner jemals zuvor ... Sie hat mich einfach verstanden ... immer im Voraus geahnt, was ich mir wünschte ... Ich weiß auch nicht, was es war ...«

»Aber ich.« Nikolas stand auf und ging, ähnlich wie beim Diktieren, im Raum auf und ab. »Sie lieben Sie nicht, wollen sich das aber nicht eingestehen.«

Sie wollte aufbegehren, aber er brachte sie mit einer Handbewegung zum Schweigen. »Sie haben sie in einem Moment kennengelernt, als es Ihnen beruflich nicht gut ging und Ihr eigenes Selbstwertgefühl im Keller war. Sie hat Ihnen wieder auf die Füße geholfen und Ihnen auf subtile Weise gezeigt, wie schön es ist, Macht über andere auszuüben. Dabei hat sie vermutlich mehr Macht auf Sie, Alexandra, ausgeübt, als Ihnen jemals bewusst war.« Er schüttelte vehement den Kopf und trat dicht an sie heran. »Sie sind keine Frau, die andere Frauen liebt. Sie brauchen einen Mann. Einen Mann, der Ihre Schönheit und Ihre Weiblichkeit zu würdigen weiß.«

Dann hatte er ihr die Papiertücher auf den Tisch gelegt und war gegangen. Und jetzt saß sie hier, aufgelöst in Heulkrämpfen, und musste sich eingestehen, dass ein Serienmörder ihr gerade gesagt hatte, was sie eigentlich schon seit Langem wusste, aber sich nie hatte eingestehen wollen.

114

Köln, 21. Juni

Oh, wie er dieses tiefgründige psychologische Geschwafel doch hasste. Warum wollten Menschen immerzu über ihre Gefühle reden?

Er wusste es nicht, hatte aber die Notwendigkeit erkannt, mit Alexandra darüber sprechen zu müssen, damit sie begriff, dass sie eigentlich doch auf Männer stand. Ansonsten hätte er nie eine Chance, dass sie ihn auf die *Rosebud* begleitete. Er hoffte, dass diese Heulerei eine Ausnahme war und sie sich ihm ab jetzt wieder als die altbekannte Kämpferin präsentierte. Greinende Frauen waren einfach unerträglich, und er merkte, dass sie durch dieses Intermezzo einige Punkte bei ihm eingebüßt hatte. Wenn sie das nicht in den Griff bekam, würde er alleine nach Australien zurückkehren und sie ihre Reise auf den Friedhof antreten.

Er seufzte auf. Dann versuchte er, sich wieder mehr auf das Autofahren zu konzentrieren. Es war warm, und die Perücke auf seinem Kopf juckte, obwohl er die Fenster geschlossen und die Klimaanlage eingeschaltet hatte. Das Essen hatte er an diesem Tag bei einem teuren Italiener bestellt, der weiter entfernt war als die anderen Restaurants, die er bisher aufgesucht hatte. Er wollte Alexandra verwöhnen – zunächst mit dem wunderschönen Kleid, das er ihr geschenkt hatte, und nun mit exquisitem Essen. Sie sollte sich endlich wieder wie eine Frau fühlen. Doch was machte sie? Heulte die ganze Zeit, was ihr Gesicht aufgedunsen und ihre Augen verquollen wirken ließ. Er bohrte einen Finger unter die Perücke und versuchte, die Kopfhaut unter dem schweißnassen Haar zu kratzen. Es nützte nicht viel. Wenigstens fand er einen Parkplatz vor der Tür. Er stellte den Wagen mit dem Heck zum

Restaurant ab, damit er jederzeit schnell losfahren konnte, und ging hinein. Der Kellner, der ihn bediente, brauchte jedoch ewig, um den Salat und die Nudeln einzupacken. Auch das Abzählen des Wechselgeldes schien für ihn eine größere Rechenoperation zu sein.

Er war wirklich genervt, als er wieder in den Wagen stieg. Und die Wärme machte ihm weiterhin zu schaffen. Er würde Alexandra rasch ihr Essen bringen und sich anschließend erst einmal in seinem Hotelzimmer frisch machen. Das Hotel, in das er sich einquartiert hatte, entsprach zwar nicht dem Standard, den er gewohnt war, aber er konnte es von der Lagerhalle aus zu Fuß in nur zwei Minuten erreichen. Danach würde er Alexandra noch einen weiteren Besuch abstatten und sehen, ob sie sich wieder gefangen hatte.

Als er auf die Dürener Straße abbog, sah er einen Motorradfahrer, der unter der Autobahnbrücke geparkt hatte. Wahrscheinlich musste der Mann pinkeln. Egal, weder das Motorrad noch der Helm waren rot. Und es war eine BMW, keine Ducati.

115

Köln, 21. Juni

Lisa hätte schreien können. Sie mochte Schneider auch nicht, hatte Lukas' Hass auf ihn jedoch nie so ganz nachvollziehen können. Jetzt aber konnte sie es. Reimann und Peters hatten das Manuskript in Rekordzeit durchgearbeitet und einen wichtigen Hinweis darauf gefunden, in welchem Gebiet Alexandra Wagner als Geisel gehalten wurde; und Baumgartner hatte sofort ein Meeting einberufen. Doch anstatt schnell zu handeln, saßen sie nun hier und diskutierten mit Schneider darüber, ob genau in diesem Gebiet ein Großeinsatz durchgeführt werden sollte. Inzwischen war es später Nachmittag, und Alexandra befand sich noch immer in der Gewalt des Täters, während der Kriminaldirektor vorsichtig das Für und Wider abwog.

Lisa hörte überhaupt nicht mehr zu, sondern fragte sich frustriert, ob Lukas sie zukünftig als seine Partnerin noch akzeptieren würde. Zuerst hatte sie ihm ausgeredet, mit Bäumler zu sprechen, und jetzt war es ihr nicht einmal gelungen, Schneider von einem schnellen Eingreifen zu überzeugen. Super! Sie würde sich selbst auch nicht mehr trauen.

Sie ließ den Blick durch die Runde schweifen und sah erstaunt, dass Reimann nervös mit den Augen zuckte. Irritiert sah sie ihn an und erkannte, dass er verzweifelt versuchte, ihr irgendetwas mitzuteilen oder verständlich zu machen. *Okay, Lisa*, sagte sie sich, *reiß dich endlich zusammen. Luke zählt auf dich.* Sie blickte erneut zu Reimann hinüber, der zwar nicht mehr zwinkerte, dessen Mimik und Augenrollen jedoch keine Zweifel mehr offenließen, was er ausdrücken wollte. Gut, vielleicht würde sie es ja wenigstens schaffen, dieses nutzlose Meeting zu beenden.

»Entschuldigen Sie, Herr Kriminaldirektor«, sagte sie. »Ich würde gerne einen Vorschlag machen.« Sie stand auf und begann, auf und ab zu gehen, weil sie so besser reden konnte. »Wir haben das Manuskript natürlich nur überflogen, und vielleicht wäre es besser, wenn wir uns heute Abend alle noch einmal intensiv der Lektüre des Textes widmen und erst morgen früh eine endgültige Entscheidung fällen, nicht wahr?«

Schneider nickte wohlwollend. »Das klingt sehr vernünftig. Frau Wagner ist seit mehr als einer Woche in der Gewalt des Täters. Wenn er sie nicht gleich zu Beginn getötet hat, ist ein wohlüberlegtes Vorgehen in diesem Fall eindeutig von Vorteil. Wir setzen dieses Meeting morgen um neun Uhr fort. Bis dahin bitte ich Sie alle, das Manuskript eingehend zu studieren.«

Der Kriminaldirektor hatte kaum den Raum verlassen, als das komplette Team durcheinandersprach. Lisa rieb sich genervt die Schläfen.

Ein paar Augenblicke später brüllte sie plötzlich: »Ruhe!« Sie sah ihre verblüfften Kollegen nacheinander an, die nun tatsächlich schwiegen. »Wir haben hier gerade jede Menge Zeit verplempert. Also, was können wir tun, um Lukas zu helfen?«

Es wurde ein sehr kurzes Meeting. Anschließend eilten alle in die Tiefgarage, sprangen in ihre Autos und fuhren Richtung Westen.

116

Köln, 21. Juni

Lukas musste nicht lange warten, bis der dunkelblaue Toyota auftauchte. Er schmiss die BMW an und folgte ihm in gemächlichem Tempo. Nicht weit von einem Hotel entfernt, öffnete sich ein automatisches Rolltor, und der dunkelblaue SUV verschwand in einer kleinen Lagerhalle.

Lukas hielt an und suchte nach einem Versteck für das Motorrad. Er parkte die BMW hinter ein paar Büschen und wollte gerade auf die Lagerhalle zugehen, als sich eine kleine Tür öffnete und Bäumler heraustrat. Es war eindeutig Lisas ehemaliger Nachbar, obwohl er jetzt keine blonden Haare mehr hatte, sondern braune. Lukas verbarg sich ebenfalls hinter den Büschen und beobachtete, wie Bäumler zum nahe gelegenen Mercure Hotel ging und es betrat.

Sogleich rannte Lukas zu der kleinen Tür. Er hatte kein Werkzeug dabei, also warf er sich mit seinem ganzen Gewicht gegen die Tür – leider vergeblich. Doch beim zweiten Mal gab sie nach, und er stürzte neben einem Fahrzeug der Stadt Köln zu Boden. Er rappelte sich auf, zückte seine Taschenlampe und sah sich um. Während der Lampenstrahl durch die Halle huschte, entdeckte er einen schmalen Lichtstreifen unter einer Tür am Ende des Raums. Sofort rannte er dorthin. Er versuchte, die Tür zu öffnen, aber sie war verschlossen.

»Alex? Alex, bist du da?«

»Luke, bist du das?«, schrie sie aufgeregt. »Gott sei Dank, du hast mich gefunden. Ich weiß nicht, wie lange er weg ist. Hol mich hier raus. Bitte!«

»Alex, ganz ruhig. Geht es dir gut?«

»Ja, alles in Ordnung, hol mich einfach nur hier raus, bitte!!!«

»Bleib ruhig, ich arbeite dran.«

Er nahm erneut Anlauf und warf sich gegen die Tür. Der Oberarm schmerzte, und er hatte das Gefühl, als ob die glatte Metallfläche ihn regelrecht zurückfederte. Scheiße. So würde er hier nicht weiterkommen. Er betrachtete das Schloss genauer, während er weiterhin versuchte, Alex zu beruhigen, deren Worte hinter der verschlossenen Tür immer hysterischer klangen. Es war nicht allzu schwer zu knacken. Er schaute sich in der Halle um und sah eine Werkzeugbank, wo er schließlich die notwendigen Hilfsmittel fand. Fünf Minuten später hatte er die Tür geöffnet.

Alex saß zusammengesunken auf einem Stuhl und drehte ihm den Kopf zu. Sie konnte sich kaum bewegen, da sie an einen Tisch gefesselt war. Lukas durchquerte den Raum mit zwei Schritten.

Sie drückte sich an ihn. »Hol mich hier raus. Bitte.«

Er fingerte an den Schlössern herum, musste aber sehr schnell feststellen, dass dies nichts brachte. Er versuchte es erneut mit den Werkzeugen, die er in der Halle gefunden hatte. Die Zeit verrann, ohne dass sich eines der Schlösser öffnen ließ.

Plötzlich fiel ein Schatten durch die Tür.

»Ganz langsam aufstehen und umdrehen.«

Lukas drehte den Kopf zur Tür. Dort stand Bäumler. Nicht in seinen übergroßen Hemden und den auf der Hüfte hängenden Jeans, sondern in einem dreiteiligen Designeranzug. In der teuren Kleidung wirkte er nicht mehr wie ein schüchterner, schräger Computerfreak, sondern wie ein Mann mittleren Alters, der genau wusste, was er wollte. Die Walther in Bäumlers rechter Hand war genau auf Lukas gerichtet.

»Und jetzt legen Sie Ihre Waffe auf den Boden, dann schieben Sie sie mit dem Fuß vorsichtig zu mir herüber. Wir wollen doch nicht, dass hier irgendwem noch etwas passiert.«

Lukas hatte keine Wahl. Alex war noch immer gefesselt, und der einzige Fluchtweg wurde von einem bewaffneten Mörder versperrt. Widerwillig kann er der Aufforderung nach.

»Schön, dass wir uns nun doch noch einmal wiedersehen, Rosenkommissar. Ich hatte eigentlich nicht mit Ihrem Besuch gerechnet.«

»Tja, mein lieber Bäumler, dann hätten Sie Alexandras Handy nicht erst so kurz vor Ihrem Ziel ausschalten dürfen.«

»Warum nennst du ihn Bäumler?«, fragte Alex. »Er heißt Nikolas Weidinger, wenn er sich nicht gerade Georges Dupont nennt.« Die Worte klangen verächtlich.

»Nennen Sie mich, wie Sie wollen, Rosenkommissar. Aber erzählen Sie mir nicht, dass allein das Handy Ihrer Exfreundin Sie hierher geführt hat.«

Lukas zögerte. Weidinger schien sehr verärgert darüber zu sein, dass jemand es geschafft hatte, sein Versteck zu entdecken. Vielleicht konnte Lukas ihn genau damit noch ein wenig provozieren, sodass seine Aufmerksamkeit ein wenig nachließ. Das Gespräch mit dem Kerl aufrechtzuerhalten war in der augenblicklichen Situation sowieso das Einzige, was er tun konnte. »Was soll ich sagen? Bei den vier Morden waren Sie gründlicher, was Ihre Planung betraf.«

Nikolas Weidinger lächelte verträumt vor sich hin. »Ja, meine Engel waren perfekt, nicht wahr?«

»Warum haben Sie es nicht dabei belassen?« Während Lukas sprach, verlagerte er vorsichtig sein Gewicht auf einen Fuß.

»Die Presse hat nicht mitgespielt. Das gefiel mir nicht, also musste ich noch etwas unternehmen.«

Lukas seufzte innerlich. Alex und er befanden sich also in dieser prekären Situation, nur weil Schneider den Medien einen Maulkorb verpasst hatte. Unfassbar. »Warum haben Sie die Geschichte nicht einfach aufgeschrieben und an Markus Behrend geschickt, Ihren SMS-Freund von der Zeitung?«

Weidinger schüttelte missmutig den Kopf. »Der hatte seine Chance und sie eindeutig nicht genutzt.« Er trat einen Schritt in den Raum hinein.

Gut. Lukas schätzte ab, wie weit er von dem Kerl entfernt war. Etwas mehr als drei Meter vielleicht. Er schob den linken Fuß ein wenig vor und verlagerte sein Gewicht erneut.

»Aber eigentlich hatten Sie mir ja erzählen wollen, was Sie, abgesehen von dem Mobiltelefon, auf diese Spur gebracht hat.« Weidinger sah Lukas auffordernd an.

»Ihr Wagen. Sie hätten ihn nach dem Mord an Kimberly Crane nicht erneut benutzen dürfen.«

Wut blitzte in Weidingers Augen auf. »Das Kennzeichen dürfte Sie nicht viel weitergebracht haben, Rosenkommissar. Das kann Sie nur in eine Sackgasse geführt haben.«

»Um genau zu sein, hat es uns nirgendwo hingeführt. Bis eben kannte ich es nicht einmal.«

Nikolas Weidinger kniff misstrauisch die Augen zusammen und trat wieder einen Schritt zurück. »Was wollen Sie damit sagen?«

»Wir kannten nur den Fahrzeugtyp und seine Farbe. Dunkelblau ist bei SUVs nicht gerade häufig vertreten. In einem so kleinen Bereich wie diesem Gewerbegebiet sieht man so einen Wagen sehr selten.«

Weidinger begann zu lachen. »Sie meinen, Sie haben mich durch pures Glück gefunden, indem sie wahllos allen dunkelblauen Geländewagen hier in der Gegend gefolgt sind? Ist das vielleicht eine neue, mir unbekannte Ermittlungstechnik?«

Nun zwang sich auch Lukas zu einem Lächeln. »Nein, aber ich hatte den Vorteil, zu wissen, was Alexandra gerne isst.« Er zuckte kurz mit den Achseln. »Und Italiener sind ein sehr hilfsbereites Volk, müssen Sie wissen.« Zuerst sah er ein ungläubiges Staunen im Gesicht des Mannes, bevor sich ein nüchternes Erkennen darauf abzeichnete.

»Verstehe.« Die Worte waren nur gemurmelt, und statt der erwarteten Wut wirkte Weidinger merkwürdig gelassen.

Dies verunsicherte Lukas, was er sich allerdings auf keinen Fall anmerken lassen durfte. Er beschloss, das Spiel noch ein wenig weiterzutreiben. »Sie haben es einfach nicht lassen können, oder? Wären Sie nach dem letzten Mord abgetaucht, hätten wir Sie vielleicht nie gefunden. Aber Sie wollten ja unbedingt mithilfe der Presse berühmt werden.« Er erinnerte sich daran, was Neuberg über den Täter gesagt hatte. »Ihr Plan geriet völlig aus den Fugen, als der Medienrummel ausblieb und niemand Ihre Taten würdigte. Ihre Welt war plötzlich in Unordnung geraten, und dagegen mussten Sie etwas unternehmen. Dabei sind Sie unvorsichtig geworden. Wie ungeschickt, Nikolas.«

Weidinger lächelte, sah dabei jedoch auf einmal uralt aus. »Sie können mich nicht provozieren, Rosenkommissar. Über diesen Punkt bin ich inzwischen hinaus. Ich habe in meinem Leben häufiger gewonnen als verloren, aber ich wusste immer, wann es Zeit war zu gehen.«

»Nimm die Waffe runter, Jochen!«, rief plötzlich eine vertraute Stimme.

Lukas zuckte zusammen, während Weidinger sich nicht einmal rührte.

»Leg die Pistole auf den Boden, und dreh dich dann langsam zu mir um.« Lisas Stimme klang gefährlich leise.

Doch Weidinger stand reglos da, die Walther weiterhin auf Lukas gerichtet. Er lächelte erneut. »Du kommst ziemlich spät, liebe Nachbarin. Wir haben schon auf dich gewartet.«

»Jochen, es ist vorbei. Leg die Waffe auf den Boden, und richte nicht noch mehr Unheil an. Meine Kollegen werden gleich hier sein, du hast keine Chance.«

Lisa hatte diese Worte kaum ausgesprochen, als Reimann und Peters, dicht gefolgt von Kleiber und Hansen, hinter sie traten. Alle hatten ihre Waffen auf Weidinger gerichtet.

Ins Gefängnis konnte er auf keinen Fall. Das war nicht in seinen Plänen vorgesehen.

Seine Engel waren so perfekt gewesen. Schneewittchen, die makellose Rothaarige, die unvergleichliche Brünette, selbst die kleine Blonde mit dem Tattoo. Sie hatten ihn fasziniert.

Aber er hatte sich hinreißen lassen. Rosenkommissar hatte recht. Er war dumm genug gewesen, mehr zu wollen. Er war gierig geworden. Und Gier ging grundsätzlich zu Lasten der Planung. Und es stimmte, was die kleine Kommissarin gerade gesagt hatte. Er hatte keine Chance. Er wusste, dass es vorbei war. Aber er hatte immer noch eine Wahl.

Lisa redete weiter auf ihn ein, aber er hörte nicht zu. Er brauchte noch ein Wort, das er vorher sagen würde, aber auf die Schnelle wollte ihm einfach nichts einfallen. In die Schläfe würde er sich nicht schießen. Das konnte zu viel in seinem Gesicht zerstören, und das wollte er dem Thanatopraktiker nicht zumuten, der sich um seinen Körper kümmern würde.

Plötzlich schoss es ihm durch den Kopf. Das Wort. Er richtete den Blick auf Lukas und lächelte zufrieden. »Kegelschnecke.«

Dann schob er sich die Walther in den Mund und drückte ab.

117

Köln, 22. Juli

Lukas trat aufs Gas. Er würde zu spät kommen, so viel war klar, dennoch wollte er sich beeilen.

Das Gespräch mit Markus Behrend hatte länger als erwartet gedauert. Nach dem Selbstmord des Täters war zwar die Pressesperre aufgehoben worden, doch erst jetzt hatte Friedhelm B. Schneider sich dazu durchringen können, das Manuskript freizugeben. Und Lukas hatte die Ehre gehabt, es Behrend zu überreichen. Der Journalist wollte ein Buch darüber schreiben. Das Leben des Nikolas Weidinger.

Lukas konnte es immer noch nicht fassen, dass ein schwerreicher Unternehmer, dem ein multinationaler Konzern gehörte, aus purer Langeweile eine Mordserie verübt hatte. Selbst jetzt nach der Lektüre des Manuskripts, in dem der Täter seine Gedanken mitgeteilt hatte, vermochte er es nicht zu begreifen.

An einer Ampel musste Lukas anhalten. Nervös trommelte er mit den Fingern auf das Lenkrad. Wurde diese Ampel denn niemals grün? Na endlich ... Entschlossen gab er wieder Gas.

Er musste an Lisa denken. Sie hatte damals Weidingers Versteck nur deshalb gefunden, weil ihr die aufgebrochene Tür der Lagerhalle aufgefallen war. Lukas mochte gar nicht erst darüber nachdenken, was passiert wäre, wenn sie das übersehen hätte. Hatte sie aber nicht. Und da letztendlich auch er zum erfolgreichen Abschluss des Falles beigetragen hatte, musste er sich nun wenigstens keine Gedanken mehr über eine Versetzung machen. Schneider hatte das Kriegsbeil vorläufig begraben. Mal sehen, wie lange das anhielt.

All das interessierte ihn im Moment jedoch nur wenig. Er war auf dem Weg zu Miriams Wohnung.

Schon wieder eine rote Ampel. Er fluchte und sah nervös auf die Uhr.

Er hatte Alex versprochen, ihr beim Umzug zu helfen. Seit dem Ende ihrer grauenvollen Geiselnahme sprachen sie wieder häufiger miteinander. Er wusste inzwischen, dass sie die Trennung von ihm bereut hatte, wenn er auch immer noch nicht so wirklich nachvollziehen konnte, was genau sie dazu getrieben hatte. Vielleicht würde er es nie verstehen. Aber war das wichtig? Wichtig war jetzt erst einmal, dass Alex bei Miriam auszog. Ihm wäre natürlich lieber, wenn sie zu ihm in die Wohnung zurückkäme, aber das Ende der Beziehung mit Miriam war in jedem Fall ein großer Schritt in die richtige Richtung.

Alles Weitere würde sich dann schon ergeben. Hoffte er zumindest.

Danksagung

Am liebsten würde ich mich bei ganz vielen Menschen »zuallererst« bedanken. Da dies aus drucktechnischen Gründen nicht möglich ist, wird es nun eine zufällige Reihenfolge, die nichts über die Wertigkeit der Hilfestellung aussagt.

Mama, vielen Dank dafür, dass du während des gesamten Schreibprozesses hinter mir gestanden hast und mich auch in Momenten der totalen Blockade immer wieder aufgebaut und nie an mir gezweifelt hast.

Bedanken möchte ich mich auch bei Dirk Rumberg, meinem Agenten, der immer ein offenes Ohr für mich hatte und mir ununterbrochen mit Rat und Tat zur Seite stand.

Weiterhin gilt mein Dank meinem Lektor Dr. Arno Hoven, der sich mit all meinen Fehlern herumschlagen musste.

Ein großes Dankeschön an meine Verlagslektorin Karin Schmidt und all die guten Geister bei Bastei Lübbe, die hinter ihr stehen und es überhaupt erst ermöglicht haben, dass aus einem schlichten Computerausdruck ein »richtiges« Buch geworden ist.

Vielen Dank an Christoph Kuckelkorn, der mich in die Geheimnisse der Thanatopraxie eingeweiht hat und auch die eine oder andere Anekdote über die Schulungen in den USA zu erzählen wusste.

Mein Dank gilt auch Bernd Zinkemat von der Bonner Polizei, der mir die internationale Polizeiarbeit nähergebracht hat und mein Bild von der Tätigkeit eines Polizeibeamten geradegerückt hat.

Ein liebes Dankeschön an Ute Niemann, die, kaum waren sie geschrieben, meine Seiten gelesen und kommentiert hat.

Auch bei Jürgen Bach und Karl-Heinz Müller möchte ich mich bedanken, die mir dabei geholfen haben, ein Liebhabermotorrad für einen ein Meter neunzig großen Kommissar zu finden.

Last, but not least ein Dankeschön an meine schnurrenden Gefährtinnen Lilly und Sophie, die wortlos all meinen Selbstgesprächen über Mord und Totschlag gelauscht und mich notfalls auch einmal daran erinnert haben, wenn es Zeit für eine kleine (Futter-)Pause war.